독자님들께 깊이 감사드립니다.
박스오피스

좀비유시룩 82-18

6

MOON
PHASE

6
좀비묵시록 82-08

초판 1쇄 인쇄	2023년 07월 17일
초판 1쇄 발행	2023년 08월 16일
ISBN	979-11-91841-38-1 [04810]

지은이	박스오피스

기획	이하늘
교정·교열	김경희, 윤화리
디자인팀장	공가을
디자인책임	이화정
편집디자인	임은영
타이틀제작	진유성

펴낸이	문상철
펴낸곳	주식회사 바이프로스트
주소	서울시 강남구 선릉로 549, 에본빌딩 3층(역삼동 694-35)
출판등록	제2020-000007호, 2020년 1월 9일
대표전화	070-8833-7312
전자우편	bifrostkr@gmail.com

이 책은 저작권법의 보호를 받는 저작물로서 무단 복제 및 재배포를 금지합니다.
잘못된 책은 구입처에서 교환하여 드립니다.

BIFROST SERIES

CONTENTS

Chapter 44
혼돈 ·················· 007

Chapter 45
서바이벌의 숲 ·················· 058

Chapter 46
청춘, 아름다움, 그렇게 생존 ·················· 137

Chapter 47
불길한 균열 ·················· 167

Chapter 48
던전 & 아이템즈 ·················· 207

Chapter 49
외전: 헬게이트 ·················· 258

Chapter 50
마이 프레셔스! ·················· 311

Chapter 51
킬 하우스 ·················· 350

Chapter 52
텁! ·················· 411

Chapter 44
혼돈

01

"끄으응……."

민구가 눈을 떴다. 간간이 의식이 돌아왔다가 약에 취해 까무룩 넘어가길 벌써 나흘째. 이 정도로 멀쩡하게 정신이 든 건 총을 맞은 이래 처음 있는 일이었다.

후우우~. 가슴이 답답해 한숨을 내쉬려는데, 갈비뼈 전체가 부서져 내리는 듯 아프다. 그리고 그 고통에 미처 대응하기도 전에 온몸으로 거대한 통증이 밀려왔다.

으윽! 민구는 이를 꽉 깨물었다.

방 안은 지독하게 더웠다. 상처 입은 부위뿐 아니라 온몸이 불이라도 붙은 듯 뜨거운 민구에게는 그 열기가 더욱 괴롭게 느껴졌다. 등에 닿는 침대 시트는 축축하고 끈적거린다.

열린 창문으로는 바람이 거의 들어오지 않았다. 대신에 공사하는 소리와 사람들이 떠드는 소리, 트럭 엔진 소리 따위가 햇빛과 한데 섞여 들렸다.

무겁고 눅눅한 공기 때문에 숨을 쉬기가 불편한데, 동시에 입 안은 바짝 말라

톱밥이라도 한 움큼 물고 있는 것 같다. 한마디로 괴롭다.

"젠장, 내 몸이…… 이게 완전히 내 몸이 아닌 것 같군……."

부상당한 곳의 상태를 알아보고 싶어 손을 뻗으려다 따끔한 통증 때문에 멈칫했다. 꽂혀 있던 수액 주삿바늘이 당겨진 것이다. 민구는 줄이 당겨지지 않도록 조심조심 움직였다.

먼저 옆구리부터 짚어 봤다. 그 몽롱한 정신 속에서도 지독하게 아팠던 곳. 총알에 맞아 잘리고, 불에 달군 대검으로 다시 지진 자리에는 두툼한 패드가 덧대어져 있고, 그 위로 또 붕대가 탄탄하게 감겨 있다.

감각이 살아 있는지 궁금해진 민구는 손가락으로 패드를 꾸욱 눌러 봤다. 이내 이마에 식은땀이 솟을 만큼 둔중한 통증이 옆구리 전체에 걸쳐 느껴진다. 그 와중에도 다리가 움찔한 것은 반가운 일이었다. 하체에도 감각이 있다.

후우~ 숨을 모아 쉰 민구는 철제 침대의 양쪽 난간을 잡고서 천천히 몸을 일으켜 보려 애썼다. 오른쪽 옆구리와 왼쪽 갈비뼈에서 동시에 아픔을 주며 움직이지 말라는 경고를 보냈지만, 민구는 멈추지 않았다.

침대 난간과 볼품없는 씨름을 몇 분 정도나 반복한 후에야 민구는 겨우 상체를 온전히 세워 앉을 수 있었다. 온몸에서 땀이 뚝뚝 떨어진다. 하지만 그럴 만한 가치가 있는 일이었다. 간만에 공기에 노출된 등의 피부가 특히 개운하다.

물론 그 상쾌함과 비례해서 양쪽 상처 부위의 욱신거림은 늘어났다. 몸을 똑바로 펴기가 너무 고통스러워서 민구는 구부정하게 허리를 굽히고 침대 아래로 발을 내렸다.

"이상하군."

민구는 주변을 둘러보며 중얼거렸다. 넓은 방 전체에는 그 혼자뿐이다. 그리고 복도 쪽에서도 별다른 인기척이 느껴지지 않는다. 그 점이 이상했다.

비록 꿈속에서 본 것 같은, 어렴풋한 기억만 남았지만, 지난 며칠 동안 이 방에 분명히 다른 누군가가 있었다. 그가 너무나 고통스럽고 괴로울 때, 그리고 도움을 필요로 할 때, 단 한마디의 불평이나 타박도 없이 그를 도와주었던 사람.

"웃차."

침대 옆, 벽에 달린 거울을 보고 있던 민구는 바닥에 내려섰다.

으윽! 그 정도의 충격만 전해져도 몸통과 내장이 다 흔들리는 것 같다. 머리통 속을 빠르게 휘돌아 나가는 현기증으로 인해 저절로 두 눈이 찌푸려진다.

민구는 조심조심 한 발씩을 떼며 구부정한 자세로 걸어가서 거울 앞에 섰다. 꼴이 말이 아니다. 퀭해진 눈, 홀쭉해진 볼, 붕대만 감겨 있는 상체나 푸르스름한 파자마만 걸치고 있는 하체나…… 가릴 것 없이 여위었다.

금세 이렇게나 살이 빠지기도 하는군…….

좀 더 자세히 보기 위해 몸을 기울이던 민구는 또다시 손등을 찌르는 수액 바늘 때문에 주춤 물러섰다. 팽팽하게 당겨진 줄이 더 이상은 늘어나지 않는다. 결국 민구의 산책은 침대 주변, 줄이 미치는 범위 내로 한정이 되었다.

물론 그런 줄이 없더라도 더 멀리 움직이는 것은 힘들다. 민구는 맨발로 천천히 바닥을 밟으며 침대 주변을 서성였다.

달칵ㅡ.

방문이 열리는 소리에 민구는 고개를 돌렸다. 입구에는 의무대 고 하사가 뭔가를 들고 서 있었다.

"어, 일어나셨네요? 어떻습니까? 좀 걸을 만해요? 오, 근데 확실히 건강하시네. 의식 돌아오자마자 자기 발로 벌떡 일어날 줄은 몰랐습니다. 아직 나흘도 채 안 됐는데……."

고 하사는 들고 온 물건을 스테인리스 트레이에 올려놓은 후, 닫혀 있던 쪽 벽의 창문을 열었다.

휘이잉ㅡ.

맞바람이 치자 찜통 같던 실내의 공기가 한결 숨쉬기 편한 것으로 바뀐다. 계속 등을 타고 주르르 흘러내리던 땀도 조금은 식었다.

이렇게 할 수 있는데 왜 굳이 창문을 닫아 놨던 거지?

민구가 의문을 가지고 바라보자 고 하사는 무슨 말을 하려는지 알겠다는 듯 고개를 끄덕였다.

"제가 자리를 비울 때에는 창문을 일부러 한쪽만 열어 둡니다. 맞바람이 치면 시원한 거는 좋은데 뭐가 막 날아다니고, 가끔 정말 바람이 심할 때는 이 링거 주머니 같은 것도 뚝 떨어지거든요. 그럼 위험하니까…… 많이 더우셨습니까?"

그에게서 눈을 떼지 않고 있던 민구가 말했다.

"……당신이었군."

"네? 뭐가 저였다고 하시는 건지? 혹시 허리 빵구 낸 거 말씀하시는 거면…… 그거 다른 놈입니다. 하하하, 저 아니에요."

"내 똥오줌 다 받아 내 주고 살려 낸 은인이 당신이었어."

"아니, 뭐, 그렇게까지……. 하하, 아휴, 이거…… 엄청 쑥스럽네. 마주 보고 그런 말을 하시니까. 사실 고마워하실 대상은 우리 중대장님이신데…… 그분이 미리 주변 병원 털어서 비싼 사제 약을 안 구해 오셨으면 저도 손쓸 방법이 없었으니까 말입니다."

"잊지 않겠소, 의사 양반."

"예? 의사 아니고, 하사입니다요, 하사. 요기 계급장 보이시죠? 어이구, 의사였으면 우리 어머니도 어깨 좀 펴고 다니셨을 텐데…… 응? 하긴 좀비 세상 끝나고 나면 나 정도 야매라도 의사로 쳐줄지 모르겠는데? 의사들도 어지간히 죽었을 테니까. 아, 그런 것보다 잠깐만 앉아 보세요. 이거, 새걸로 갈아 드릴게요."

고 하사는 줄이 연결된 길쭉한 플라스틱 통을 들고 와 민구를 앉혔다. 민구는 고 하사가 수액 커넥터에 줄을 연결하는 동안 명찰에 적힌 그의 이름을 읽었다.

'고, 창, 명.'

고창명, 고창명…… 민구는 입 속으로 자기 앞에 선 군인 의사의 이름을 몇 번이나 되뇌었다. 단순한 치료만 해 준 게 아니다. 민구는 이 지독한 더위 속에서 진땀을 쏟아 내며 나흘 동안 누워 있었는데도 등의 피부가 짓무르지 않았다는 것이 놀라웠다. 그만큼 부지런히 정성스럽게 뒤치다꺼리를 해 줬다는 뜻이다.

일면식도 없고, 돈 한 푼 받지 않은 사람으로부터 이렇게까지 큰 도움을 받았는데, 그걸 잊으면 금수만도 못한 거다. 당연히 받은 만큼 자신도 뭔가를 해 줘야 한다. 예전 같았으면 돈으로 은혜를 갚았겠지만, 돈이 휴지와 다를 바 없어진 지금은 뭔가 다른 방법을 찾아야 했다.

"자, 연결했습니다. 30분인가에 한 번씩 자동으로 약이 들어가기는 할 텐데요, 그사이에라도 만약에 너무 아프다, 아파서 돌아 버릴 것 같다, 그러시면 이 단추를 한 번 꾹 누르면 됩니다."

줄에서 약이 제대로 도는지 확인한 고 하사는 민구의 손에 작은 플라스틱 스위치를 쥐여 주었다. 지금 그가 커넥터와 연결한 통에 달려 있는 것이다. 민구는 스위치와 투명한 액체가 들어 있는 길쭉한 통을 번갈아 보다가 물었다.

"그럼 이 통에 든 게 진통제요?"

"네, 무통 주사라고 하는 겁니다. 비싼 거. 물론 이것도 사제 물건을 털어 온 것 중 하나예요. 환자분 보니까 효과는 정말 확실하네요. 아, 그리고 참고로 말씀드리면, 지금 이게 두 병젠데 보통 병원에서는 중독 때문에 두 병까지만 허용을 하거든요. 저는 그런 거 없습니다. 중독이고 뭐고, 일단 사람이 살고 봐야지. 그러니까 이거 맞고도 더 필요히면 말씀하십쇼."

고 하사의 말을 들은 민구는 고개를 끄덕이면서도 입으로는 다른 소리를 했다.

"고맙긴 한데, 이거…… 잠시 약이 안 나오게 할 수 있소? 정신이 몽롱해지는 걸 별로 안 좋아해서……."

"그래요? 훗, 핑— 도나 보죠? 자요, 이거를, 요 십자가같이 생긴 걸 왼쪽으로 돌리면 약이 안 들어갑니다. 보셨죠? 근데 저 같으면 그냥 맞을 텐데요. 지금 아직 약 기운이 남은 상태라서 그런 말씀 하시는 것 같은데, 이제 곧바로 엄청 아파질 겁니다. 꽤나 크게 부상당하신 거거든요. 하긴 몸 보니까 아픈 것 잘 참으실 것 같기도 하긴 했어요. 뭐~ 흉터가 어마무시하더구만요. 등, 배, 옆구리, 어깨, 팔, 허벅지에 찔리고 베이고 찢기고……."

고 하사가 민구의 몸에 나 있는 여러 흉터들의 위치와 모양을 묘사하며 웃었고, 민구도 미소를 지었다. 보통은 자신 같은 사람을 보면 혐오하거나 두려워하기 마련인데, 이 군인 의사는 그런 게 없다. 심지어 문신에 대한 언급조차 않는다. 그런 건 부상과 무관한 것처럼.

'일어나신 김에…….'라고 말하며 고 하사는 땀에 젖은 침대 시트를 들어내 한쪽 종이 상자에 넣고, 캐비닛에서 새 시트를 꺼내 깔아 주었다. 물병도 주며 천천히 마시라고 했다.

"이렇게 넓은 방을 나 혼자 써도 되는 건지 모르겠소."

민구의 말에 고 하사는 피식 웃음을 터뜨리며 대답했다.

"저언~혀 신경 쓰지 않으셔도 됩니다. 여기는 쉘터가 아니고, 길을 터서 쓰는 옆 건물이거든요. 원래대로라면 선생님을 의무실로 옮겨야 맞는 것이긴 한데, 감염 위험도 큰 데다 워낙 안정을 요하는 상태고 해서 그냥 여기 계속 계시도록 했습니다. 아픈 사람들 들락거리고, 그 사람들한테 구경거리가 되는 것보다는 폐건물 나 혼자 쓰는 편이 나으니까요. 옥상에 배치된 병력들도 있고, 또 지금 당장은 다른 애들도 몇 명 여기서 살고 있으니까 귀신 같은 거 안 나옵니다. 저도 이렇게 하루에 몇 번씩 왔다 갔다 하고요. 그래도 영 귀신 나올까 봐 무섭다, 그러시면 옮겨 드리고요."

"여기가 좋소."

민구가 대답했다. 약해진 상태에서 사람 많은 곳에 가는 건 좋은 생각이 아니다. 사방에 원한을 잔뜩 깔아 둔 민구로서는 더욱 그렇다. 고 하사는 침대 머리맡에서 수액 봉지를 거는 막대기를 잡아 빼 민구에게 건넸다.

"한번 받아 보세요. 들 만하신가. 그 링거 줄이 팔보다 낮게 가면 안 되는 거니까 그저 항상 신경 쓰시고, 걸어 다닐 수 있다 싶으시면 무리가 안 되는 범위 내에서 자꾸 운동을 하세요. 그래야 회복이 빨리 된다고들 하더라고요. 에, 또…… 뭐 필요하신 거 있습니까? 아 참, 그 초희 씨라는 연예인분도 엄청 안타까워하기는 했어요. 강 실장 오빠 죽으면 자기도 죽은 목숨이라고, 꼭 좀 살려 달라고 어찌나 애를 태우시던지…… 지금은 규정 때문에 저쪽 쉘터 건물로 옮겨 가셨지만……."

"그…… 내 옷에 담배가 있었는데……."

머뭇거리다가 어렵게 말을 꺼낸 민구는 말끝을 흐렸다. 무슨 답이 돌아올지 알고 있기 때문이다. 아니나 다를까, 고 하사는 당장 코웃음을 쳤다.

"어이쿠, 세게 나오시네. 일어나시자마자 담배부터 찾깁니까? 후후후, 옆구리로 술술 연기가 새어 나올 것 같은데…… 후후후."

안 되는 건가…….

민구는 입맛을 다셨다. 의사들은 늘 이렇게 조금만 아프면 술, 담배를 멀리하라고 한다. 고 하사는 민구를 이해한다는 표정을 지으며 말했다.

"지금 담배 피우시면 기침이 날 텐데, 그러면 아마 갈비뼈가 무지하게 울릴 겁니다. 그러면 또 열이 오를 거고……. 사실 저보다도 따로 허락을 받으셔야 할 놈이 하나 있습니다. 어찌나 걱정하고 안타까워하는지 열녀가 따로 없다니까요."

그때, 밖에서 급한 발소리와 누군가 고 하사를 부르는 소리가 들려왔다. 고 하사는 '어이구, 이거, 양반은 아니네.'라고 중얼거리며 문을 열었다.

"무슨 일인데? 누구 아픈 병사 있어? 들어와."

"고 하사님, 아픈 게 아니라 말입니다, 지금 엄청 신기한 구경거리가 생겼지 말입니다. 엇, 일어나셨네요! 괜찮으십니까, 형님?"

밤톨이다. 방글거리며 웃고 들어오던 밤톨은 일어나 있는 민구를 보며 아주 반색을 했다.

그래, 맞아. 이놈에게도 어지간히 신세를 졌지. 지혈한다고 서투른 솜씨로 그 고생을 하고, 나를 업고 뛰기도 하고…….

하여간 붙임성 하나는 어지간히 좋아서 어느새 이 군인 의사와도 아주 친숙해졌나 보다. 민구는 고개를 숙이며 말했다.

"음…… 뭐, 여러 사람이 도와준 덕분에."

"와아~ 다행입니다, 저는 형님 일어나시는 거 못 보고 복귀할까 봐 걱정 엄청 했습니다. 근데…… 이렇게 무리하시면 안 되는 거 아닙니까?"

"무리는커녕 이제 다 나으신 것 같다. 담배 찾으시는 것 보니까 말이야."

고 하사가 민구의 요청을 고자질해 버리자 밤톨은 어처구니없어하며 웃었다.

"지금 이 상태에서 담배랑 술은 암만 형님이라도 안 될 것 같은데 말입니다. 하여튼 다행입니다. 저는 형님 큰일 나는 줄 알고……."

"야, 근데 뭘 봤냐고 물어보는 거였어? 엄청 신기한 구경거리라며?"

고 하사가 말을 끊고 묻자 밤톨은 자기 허벅지를 탁, 치며 위를 가리켰다.

"아, 맞다! 지금 옥상하고 마당에는 엄청 시끌벅적합니다. 지금 하늘에 굉장히 신기한 게 떠 있지 말입니다. 혹시 여기에서도 보이려나?"

창문으로 고개를 내밀고 좌우로 돌리던 밤톨은 이내 포기했다. 그의 이야기를 듣고 보니 바깥이 웅성웅성 시끄러운 것도 같다. 밤톨은 고 하사에게 옥상으로 가자고 권유했다.

"좀 귀찮으시겠지만, 와 보시지 말입니다. 그렇게 대단한 건 아니지만, 볼만합니다."

"뭐, 그럴까? 어차피 담배도 한 대 피우려고 했고……."

거기까지 말하던 고 하사는 민구를 슬쩍 돌아보고 웃으며 제안을 했다.

"옥상까지 걸으실 수 있겠습니까? 계단으로 세 층을 올라가야 하는데, 거기까지 따라오시면 담배 한 대 드리겠습니다. 그 정도면 정말로 몸이 꽤 나아진 거니까요."

'무리겠지?' 하는 표정이 역력했다. 이 제안을 받아들이지 않으면 담배는 없다. 민구는 무조건 고개를 끄덕였다. 침대 밑에서 슬리퍼를 가져와 바닥에 놓아 준 고 하사는 민구의 손에서 수액 봉지 걸이를 빼앗아 들며 말했다.

"그래도 첫 나들이니까 이건 제가 잡아 드리죠. 앞장서서 천천히 가 보세요."

민구는 며칠 만에 처음으로 방문을 나섰다. 버려진 건물 특유의 황량한 복도가 그를 맞았다. 지익, 지익, 슬리퍼 끄는 소리와 그 뒤를 따르는 군인들의 전투화 소리가 엇박자로 울린다. 처음 몇 발짝을 떼는 동안에는 그래도 견딜 만했다.

하지만 복도를 반쯤 가로질렀을 때부터 온몸에서 비 오듯 땀이 솟고, 숨이 거칠어진다. 숨이 거칠어지는 만큼 가슴의 압박은 커져서 이내 고통은 끔찍한 수준으로 증폭되었다.

슬쩍 허벅지를 들어 올리는 것만으로도 총을 맞은 옆구리가 찢어지는 것처럼 당겨 온다. 마침내 계단 앞까지 도달했을 때, 뒤따르던 고 하사가 민구를 불렀다.
"선생님, 잠시만요. 잠시만 기다리세요."
"음? 후우~ 후우~ 아직…… 걸을 만한데…… 끄응, 갈 수 있소."
말은 그렇게 했지만, 민구 역시 죽을 맛이어서 벽을 짚고서야 겨우 버티고 설 수 있었다. 눈앞이 노랗다. 한 걸음씩 디딜 때마다 권투 선수가 복부를 가격하는 것 같은 기분이다. 하지만 오기로 버티고 있다. 하사가 군복 주머니에서 담배와 라이터를 꺼내 민구의 손에 쥐여 주며 말했다.
"제 장난이 경솔했습니다. 그냥 농담 삼아 했던 말이었거든요. 아프신 분한테 그러지 말았어야 했는데……. 자, 이 담배 드릴게요. 피울 수 있다 싶으시면 아무 때나 피우세요. 뭐, 어차피 누구랑 같이 쓰는 병실도 아니고, 층 전체를 선생님 혼자 쓰시는 중이니까. 오늘 산책은 이만하면 충분하고도 넘치게 하신 것 같습니다. 돌아갑시다. 가서 좀 누우셔야겠어요. 제가 힘이 들어서 더는 못 보겠습니다."
민구는 자신의 손에 올려진 담배와 라이터를 물끄러미 바라보며 생각에 잠겼다. 이 의사 군인도 그렇고, 저 밤톨도 그렇고, 자신이 부딪치며 살던 세계의 인간들과 너무 다르다.
상처 입은 사람은 오히려 타깃이 되고, 약한 놈은 도태되던 세상에서 살던 그에게 타인들이 베푸는 이런 식의 배려는, 그것도 갚아 줄 수 없는 은혜는 낯설고 부담스럽다.
"아, 저 사람 또 기웃거리네. 옌장, 도대체 여기에 뭐 볼 게 있다고 저렇게 자꾸 기웃기웃 난리를 치지? 벌써 며칠째야? 생각해 보니까 저번 날 밤에 철책 넘으려던 놈도 저 사람 같아. 그치 않냐, 조 병장? 실루엣이 비슷하지?"
복도 창문을 보며 고 하사가 투덜거렸다. 밤톨과 민구의 시선도 자연스럽게 그쪽으로 옮겨갔다. 기동이다. 다른 사람들의 관심이 하늘에만 쏠려 있는 동안 기동이는 철책 앞에서 병실 쪽을 보며 서성이고 있었다. 기동이를 알아본 민구는 놈과 눈이 마주치기 전에 얼른 한 발 뒤로 물러났다.

후우우~. 민구의 머릿속이 복잡해진다. 지은 죄가 있는 놈이니만큼 반가워서 저러는 건 분명 아닐 테니까…… 몸을 못 가누는 동안에 제끼려고?

하긴 지금의 자신이라면 연장질 당하기에는 아주 좋은 조건이다. 약에 취해 잠이 들면 그때는 더 무방비일 테고……. 밤톨과 하사가 며칠 전에 본 놈이 맞다, 아니다, 투닥대는 동안 민구는 티 나지 않게 고개를 저으며 웃었다.

큭큭큭, 그렇지. 이게 내가 살던 세상이지…….

02

"야, 너 근데 아까 말했던 그 신기한 구경이 뭐야?"

병실로 돌아와 민구를 눕히고 링거를 침대에 고정하던 하사가 물었다. 밤톨이 북쪽 하늘을 가리키며 말했다.

"처음 보는 모양이라서 무인 비행기인지 뭔지 모르겠는데 말입니다, 그런 게 날아다닙니다. 딱 봐도 색깔이며 모양이 군용은 아닌데, 꽤 큽니다."

"개뿔. 신기한 것도 쌨네. 빨간 좀비도 본 마당에 그까짓 게 뭐가 그리 신기해? 난 또……."

하사가 콧방귀를 뀌자 밤톨이 그게 다가 아니라며 침을 튀겼다.

"그 자체는 뭐 그렇게 말씀하실 수도 있지만 말입니다, 뒤에 이상한 글자가 달려 있습니다. 메시지라고 해야 하나? 하여간 뭐, 그게 신기한 거지 말입니다."

"메시지? 뭔데? '영숙아, 사랑해' 이딴 거?"

"에이, 그런 게 아니고 말입니다. 영어로 딱 여섯 글자만 적혀 있었습니다. 앞에 숫자 1하고, 영어 여섯 글자. 그…… 뭐였지? 어라, 조금 전에 봐 놓고 기억이…….."

밤톨이 고개를 갸웃거리자 고 하사는 녀석의 뒤통수를 가볍게 치며 웃었다.
"아이구, 똑똑해라. 이 새끼, 너 관등성명은 어떻게 외우냐?"
"아, 기억났습니다. RM, KF, FD, 이렇게 여섯 글자였습니다. 무슨 의미인지 아시겠습니까, 고 하사님?"
글쎄다…….
골똘히 생각해 보던 고 하사는 이내 도리질을 하며 포기해 버렸다.
"몰라. 근데 원소기호나 무슨 약호겠지, 뭐."
"그게 이상한 점 아닙니까? 전혀 모르겠는 걸 비행기까지 띄워서 광고하고 다니지 말입니다. 고 하사님, 간첩일까요?"
고 하사와 밤톨이 비행기와 메시지를 가지고 대화를 나누는 동안 민구는 멀리 도로가 보이는 창밖을 보며 가만히 생각에 잠겨 있었다.
기동이 놈이 설치려 드는 걸 어떻게 해야 좋을지 난감했다. 자신이 찾아내지 못하도록 숨겨 놓은 메모부터 이 습격 시도까지, 대체 왜 그놈이 그렇게 미친 짓을 하는지 모르겠다.
하긴 몸만 멀쩡하다면 그깟 놈 따위 무슨 딴마음을 먹고 있든 신경 쓸 필요도 없다. 버릇없이 이빨을 드러내면 거기에 합당한 벌을 주면 그만이니까. 하지만 지금의 그는 나약하기 짝이 없는 환자일 뿐이다.
나흘 동안 누워 있다가 겨우 설 수 있게 된 팔다리에는 힘이 들어가지 않고, 그나마 무리해서라도 움직이려 들면 상처 입은 부위들이 끔찍한 고통으로 발목을 잡는다.
육 회장에게 알려 보호를 요청하는 따위의 일은 생각지도 않았다. 민구에게도 나름의 규칙이 있다. 남의 등 뒤에 숨어서 목숨을 연명할 만큼 편리한 성격이 못 된다. 그러니 이 일도 그 혼자 처리해야 한다.
하지만 어떻게…….
그게 문제였다. 회복할 수 있는 시간이 필요한데, 기동이 놈은 그걸 주고 싶지 않아서 저렇게 호시탐탐 이쪽 건물로 넘어오려 하는 것이다.

"제가 절대로 귀찮다거나 그래서 하는 말은 아닙니다. 오해하시지 말고 들어 주세요."

생각에 잠긴 민구에게 고 하사가 말을 걸었다. 민구는 고 하사를 향해 고개를 돌렸다.

"조 병장네 분대 애들, 내일 잠실로 복귀한답니다. 선생님도 다 사연이 있고 일행이 있으니까 일부러 힘들게 여기까지 오셨겠지만, 제 생각 같아서는 일단 얘네들 갈 때 그 차편으로 잠실로 다시 가시는 게 어떨까 싶네요. 거기는 그래도 연대급 주둔지라 정식 군의관도 있고, 시설도 좀 나을 겁니다. 혹시 추가 감염이나 염증이 생겨도 여기서는 검사고 뭐고 그냥 소염제, 항생제 놓는 것밖에 없어요."

그럼 도망치는 것 같아서 모양새가 너무 우스워지는데…….

위신이 상하는 것 같아 망설이던 민구는 고 하사의 안전에 생각이 미쳤다. 이 군인 의사, 하루에도 몇 번씩 이렇게 나를 돌봐 주러 들락거리는데 그러다가 혹시라도 기동이 놈이 들이닥쳤을 때, 이 군인 의사가 이 방에 있다면…….

지금이야 밤톨네 군인들도 여기 묵는다니까 좀 낫지만, 내일 밤이라면…….

민구의 머릿속에 영상이 떠오른다.

깊은 밤, 약에 취해 잠든 민구를 군인 의사가 돌보고 있을 때, 갑자기 문이 벌컥 열린다. '뭡니까?'라고 묻는 동안 기동이 놈은 방 안에 뛰어들 거다. 그러고는 소리를 지를 수 없도록 입을 막고 다짜고짜 연장질부터 하겠지…….

민구는 고 하사의 얼굴을 물끄러미 쳐다봤다. 생긴 건 껄렁껄렁하지만, 겉보다 속이 더 깊은 사람이다. 의식을 찾지 못하고 누워 있는 동안 군소리 없이 똥기저귀를 갈아 주고, 몸을 닦아 주고…… 온갖 호의를 베풀어 준 은인.

그런 사람까지 함께 위험에 빠뜨리느니 차라리 가오가 상하는 편이 낫다. 민구의 시선을 오해한 밤톨이 보충 설명을 하려고 했다.

"고 하사님이 계속 걱정 많이 하셨거든요. 잠실로 가서 제대로 치료받으면 좋은데, 저렇게 의식이 없으면 아마 차량 이동은 너무 힘들어서 무리일 거라고. 형님, 저랑 같이 가셨다가 나중에 다 낫고 다시 오시면 되죠. 물론 여기에 여자 친

구분도 계시고 해서…….."

"그럽시다. 차가 언제 출발한다고 했소?"

민구가 너무 선뜻 대답을 하자 밤톨은 오히려 의외라는 반응이었다. 민구는 고개를 끄덕이며 다시 한번 말했다.

"잠실 가서 나아 오겠소. 거기에도 선생처럼 좋은 사람이 있을 것 같지는 않지만."

"잘 생각하셨습니다. 가시는 동안 차에서 흔들리면 좀 고생스러우시겠지만, 그래도 정식으로 의사에게 치료를 받으세요. 상태가 썩 좋지만은 않습니다. 내일 오전 10시에서 11시 사이에 출발하는 걸로 되어 있으니까, 차에 타시기 전에 제가 붕대는 다시 꽉 잘 묶어 드리겠습니다."

고 하사도 다행이라는 듯 미소를 지어 보였다.

끄응~ 침대 난간을 잡고 겨우 몸을 일으킨 민구가 고 하사에게서 받은 담배를 입에 물고 두 병사에게도 권했다.

"헤어지기 전에 담배라도 한 대 같이 태웁시다. 내일까지 또 이렇게 만나기도 어려울 텐데."

"뭐, 그렇게 하죠. 까짓것, 장교들한테 걸리면 환자의 치료를 위한 의료 행위였다고 하면 되려나? 큭큭."

고 하사와 밤톨에게 불을 붙여 준 뒤, 민구는 나흘 만의 담배를 빨았다.

후우우~ 쿨럭! 큭!

잔기침만으로도 갈비뼈가 부서지는 것 같다.

하지만 그가 지금 달아나기로 결정하며 자존심에 입은 상처는 이보다 몇 배나 크고 깊다. 민구는 고통을 내색하지 않고 다시 담배 연기를 들이마셨다. 쓰고 아리다.

"조 병장님, 조 병장님! 내일 이동 건으로 지시 사항 전달받으시랍니다!"

담배가 3분의 1 정도로 짧아졌을 때, 복도에서 누군가 밤톨을 찾았다.

"에이 참, 쉬지도 못하게……."

밤톨은 물병 안에 꽁초를 버리고 뛰어나가다 문가에 서서 민구를 돌아봤다.

"이따가 시간 나면 또 들르겠습니다. 아, 그리고 형님 옷이랑 가방은 저 맨 끝, 캐비닛 안에 있습니다. 놔두기를 잘했네요. 그냥 초희 씨한테 드릴까 하다가 본인이 찾는 게 원칙이라 그렇게 했는데. 하긴 옷은 거의 걸레가 돼 버려서 또 입으시기는 어려울 것 같지만 말입니다. 비싸 보이는 양복이었는데……."

밤톨이 남기고 간 말을 듣고 민구의 머리를 스치는 것이 있었다. 이 고마운 군인 의사에게 주고 갈 게 생각났다. 물론 그 정도로 답례를 했다고 말할 수는 없지만, 그래도 뭔가 하나쯤은 꼭 주고 싶던 터였다.

"저도 이제 쉘터로 가 보겠습니다. 상병 애 혼자서 의무실 맡아 보느라 아주 똥을 싸고 있을 겁니다. 사실 대단히 아픈 사람은 없는데, 그래도 계속 약들을 타 가거든요."

"잠시만, 꼭 좀 받아 줬으면 하는 게 있소."

'아니, 저는 그런 거 영 성격에 안 맞는데…….'라며 쑥스러워하는 고 하사를 억지로 만류하며 민구는 캐비닛에서 가방을 꺼냈다. 그러고는 따로 보관해 놨던 D.E.M. 두 개를 꺼냈다.

병원 옥상에서 검은 헬기를 타고 온 놈들 셋을 죽였을 때 훔쳐 둔 물건이다. 다행히 그 난리 통에서도 깨지거나 하지 않고 멀쩡했다.

"이게 뭡니까? 처음 보는 건데요?"

빨간색으로 된, 볼펜 절반 크기의 캡슐 두 개를 받아 들고 고 하사는 어리둥절한 표정을 지었다. 민구는 최대한 간략하게 설명을 했다.

"믿기지 않겠지만, 이거 일부에서만 쓰는 물건인데…… 이 뚜껑을 젖히고 근육에 대고 누르면 침이 박히는 거요. 그러면 곧바로 심장이 멎게 되는 거고."

"허! 심장이 멎으면 죽잖아요? 암살 무기 같은 거 필요 없는데……."

"아니, 그랬다가 10분 뒤에 깨어나는 거요. 그러니까 특별한 거지."

"네에? 아니, 그게 무슨…….."

고 하사가 의심 가득한 눈초리로 민구를 바라봤다. 그가 무슨 생각을 하는지 민구도 잘 안다. 그 역시 처음 총 맞은 놈으로부터 이 이야기를 들었을 때 믿지 않았으니까.

"안 믿길 테지만, 확실한 거요. 내가 이 두 눈으로 똑똑히 봤으니까 믿어도 좋소."

물론 자신이 태양 그룹 용병 세 놈을 죽였고, 그중에 한 놈이 기관총에 맞아 죽어 가는 동안 실험을 했다는 말은 생략했다. 아직도 미심쩍은 눈으로 D.E.M.을 보고 있는 고 하사에게 민구가 말했다.

"이런 거밖에 줄 수 없어서 참 면목이 없소. 어쨌든 지금 내가 가진 것 중에는 그게 제일 요긴한 물건이라서. 모든 게 다 잘 풀릴 때야 그깟 거 쓸 일이 없겠지만, 혹시라도 밖에서 괴물들에게 막다른 곳까지 몰리거나 했을 때는 그걸로 한 번쯤 운에 기대 볼 수도 있지 않겠소? 괴물들은 심장이 멎은 사람은 물지 않는다더군. 그리고……."

그 대목에서 민구는 잠시 머뭇거렸다. 아까부터 이 말을 해야 하나, 말아야 하나 줄곧 고민을 해 봤는데, 참 결론을 내리기가 어렵다. 식구들 내부에서 일어난 일은 식구들끼리 해결해야 한다. 그게 철칙이다.

그리고 남에게 식구 험담을 하거나 고자질하는 놈은 배신자다. 하지만…… 하지만 식구 중에 못난 놈이 생명의 은인을 해코지할까 봐 두렵다. 그걸 미연에 방지할 힘이 없어서 괴롭다.

"아까 그 철책 앞에 서 있던 놈, 그놈 얼굴 기억하시오? 알아볼 수 있겠소?"

고 하사는 고개를 끄덕였다.

"잊어버리기가 더 어렵지 않겠습니까? 덩치도 그렇고, 더러운 인상도 그렇고."

"그럼 그놈 조심하시오. 기동이라는 놈인데, 질이 별로 좋지 않소. 아무거나 대충 핑계를 대서 잡아 가둬 두면 더 좋고."

그 말을 하는 민구의 얼굴에는 만감이 교차했다.

음, 고 하사는 눈 주변을 긁적이며 잠시 생각에 잠겼다. 이 사내가 하는 말, 다 믿기지는 않는다. 하지만 저렇게 간절히 주려는 마음을 비웃어 넘기기는 어렵다.

"뭔가 사연이 많은 분이신가 보네요. 몸 보고 대강 짐작은 했지만…… 알겠습니다. 참고할게요. 가둬 두는 건 뭐, 현실적으로 불가능하지만…… 눈여겨보도록 하겠습니다. 뭐, 제가 그렇게 하지 않아도 어차피 며칠 있으면 저 정도 나이 남자들은 다 징집될 겁니다. 그리고 이것도 감사히 받을게요. 이렇게 해야 마음이 더 편하시겠죠?"

"그렇소."

D.E.M. 두 개를 건빵 주머니에 넣은 고 하사가 방을 나가려다가 창밖을 보며 멈춰 섰다. 그러고는 민구를 향해 손짓을 했다.

"힘드시겠지만 와서 한번 보실래요? 이거는 진짜 재미있는 구경거리니까."

민구는 그를 따라 창가로 걸어갔다. 아까처럼 사람들이 웅성거리는 소리가 들린다. '저쪽입니다, 저기 멀리 도로 쪽에.', 고 하사가 가리키는 방향으로 눈을 돌려 보니 괴물들 사이로 희한한 놈들이 섞여 있다. 온몸이 빨간 괴물이다. 빨간 괴물들은 철책 근처까지 기웃기웃하다가 걸음을 돌려 멀어져 간다.

"볼만하죠? 이 동네 명물, 빨간 좀비입니다."

"저게 뭐요? 돌연변이인가?"

"아뇨. 저희도 처음에는 무슨 새로운 병이 퍼지는가 싶어서 무지 놀랐었는데, 알고 보니까 어디에서 페인트를 잔뜩 뒤집어쓰고 온 거더라고요. 떠나시기 전에 보셨네요. 다시 여기로 돌아오시더라도 그땐 저놈들 구경하시기 어려울 거거든요."

"그건 또 왜 그렇소?"

"모레나 글피쯤에는 저놈들 오는 길목을 아예 폭파시켜서 차단해 버리고, 거기에 철책을 쌓을 예정입니다. 이 쉘터에서 한 300미터 전방에 말이죠. 그러면 저놈들도 여기까지 못 오고 다시 왔던 데로 되돌아갈 수밖에 없겠죠. 항상 이 앞으로 돌아 나가서 신경이 쓰였었거든요. 자, 그럼."

말을 마친 고 하사는 고개를 까딱하고 웃으며 방을 나갔다. 혼자 남겨지자 민구의 감정은 더욱 복잡해졌다. 조직의 식구에게 배신당하고, 또 민구 자신 역시 그놈을 배신해서 남에게 고자질을 하고…….

 애초부터 그리 대단한 인간은 아니었지만, 지금의 자신은 철저하게 더럽혀져서 나락에까지 떨어진 기분이다. 복수, 응징, 본보기…… 다 좋은 이야기다. 하지만 지금의 그는 당장 오늘 밤을 무사히 넘기는 것도 힘에 부치는 신세가 되었다.

 캐비닛에서 걸레 쪼가리처럼 찢긴 양복을 꺼낸 민구는 안쪽의 나이프 홀더에 감춰 둔 라그리프 나이프를 꺼냈다. 홀더는 찌그러져 있었지만, 다행히 칼은 빠진다. 손에 쏙 들어오는 손잡이와 엄지손가락 길이의 칼날, 이것이 그가 가진 유일한 무기였다.

 테라는 젠킨스와 의자 하나를 사이에 두고 앞뒤로 앉은 채 또다시 거래를 하고 있었다. 과자와 비밀을 맞바꾸는 거래를. 다만, 어제부터 테라는 거래의 룰을 좀 바꿨다. 이제 젠킨스는 과자 한 봉지를 먹고 나면 물 200밀리리터를 마셔야만 그다음 과자를 얻을 수 있다.

 "너무하는군. 내가 무슨 고래도 아니고…… 음식을 먹기 위해 물을 이렇게나 많이 마셔야 한다니."

 투덜거리면서도 젠킨스는 결국 테라의 조건을 받아들일 수밖에 없었다. 그녀가 아니면 그 누가 자신에게 이렇게 많은 양의 과자를 제공해 주겠는가.

 마찬가지의 이유로 테라 역시 인류의 반 이상을 살상한 주범 중 하나와 지근거리에 앉아 이야기를 듣고 있다. 젠킨스가 아니라면 그 누구도 이런 이야기들을 해 줄 수 없으니까.

 물을 많이 마시도록 한 것은 과자의 양을 줄이면서도 공복감을 느끼지 않도록 만들려는 의도에서만은 아니었다. 말로 설명하자면 좀 복잡하지만, 테라가 생각할 때 자신은 그가 과자 몇 개에 영혼이라도 팔 기세로 탐욕을 부리는 것을 보고 있기가 괴로웠던 것 같다. 그래서 연민의 대상이 될 수도 없을 만큼 나쁜 인간이라는 걸 알면서도 반강제적으로 다이어트를 시키는 중이다.

주변의 사람들에게는 젠킨스를 플로리다에서 살 때의 이웃이었다고 둘러대 뒀다. 테라의 부모님들과 친한 사이였으며, 그의 아이들과도 자주 같이 놀았었다고…….

그 정도 허술한 변명으로도 대부분의 사람들을 납득시킬 수 있었던 건, 젠킨스의 외모 덕이라고 할 수 있다. 누가 봐도 그는 여자를 끌어당길 만한 매력의 소유자가 아니라는 이유가 컸다.

"그건 그렇고, 테라 양, 정말 발가락 상처 한번 보여 주지 않겠나? 대체 언제 다친 거야? 그 앙증맞고 흰 발가락이 훼손돼서 빨간 피를 흘렸다니, 우~ 그거, 상상만 해도 짜릿한 보들레르적인 아름다움 아닌가?"

젠킨스가 또다시 붕대에 싸 둔 상처에 관심을 보인다. 테라는 얼른 발을 뒤로 빼서 반대쪽 발로 가렸다. 그러고는 최대한 냉담하게 말했다.

"제 발을 보여 드리고 싶어서 과자를 드리는 게 아니잖아요. 관심 갖지 마세요."

"좋아, 좋아. 자, 나 물 다 마셨어. 이제 뭐든 씹을 수 있는 걸 줘."

젠킨스는 금방 물러나면서 의자 손잡이를 두드렸다. 테라는 작은 과자 봉지를 올려놓으며 물었다.

"일전에 저에게 말했었죠? 하늘에서 신호가 올 거라고."

"응, 맞아. 그들은 내가 이 나라에 왔다는 것도, 떠나지 않았다는 것도 알아. 그러니 마지막 GPS 신호를 수신한 지점부터 시작해서 차츰 범위를 넓혀 가며 신호를 보내올 거야."

"그런데 정작 젠킨스 씨는 그다지 신경을 쓰지 않는 것 같아요. 왜죠? 정말 그 말이 사실이라면 매일 애타게 하늘만 쳐다보고 있을 것 같은데. 혹시 신호가 왔는데 부주의해서 그걸 놓치기라도 하면 안 되잖아요?"

"그 이유는 간단해. 일단 신호가 오면 굳이 내가 신경 쓰지 않아도 이 주변의 모든 사람들이 일제히 그걸 쳐다보면서 웅성거릴 거야. 난 그런 사람들의 반응을 통해 자연스럽게 신호가 왔다는 걸 알게 될 거고."

"신호가 어떤 방식일지 이야기를 안 해 주는 건 왜 그런데요?"

"어차피 보게 될 건데 뭐. 금방 올 거야. 그때의 즐거움을 위해 아껴 두는 거지."

젠킨스는 감자칩에 묻어 있는 소금 한 톨까지도 놓치지 않고 털어 넣으며 말했다.

"하지만 젠킨스 씨 말처럼 당신이 그렇게 대단한 사람이라면 신호가 너무 늦는 거 아닌가요? 벌써 보름이 넘게 지났잖아요. 이렇게 시간을 끌다가는 좀비들이 다 죽은 후에야 신호를 받아 볼지도 모르겠네요."

테라가 야구장의 잔디를 보며 중얼거리자 젠킨스는 빙글거리며 되물었다.

"시간이 걸리는 일이니까 어쩔 수 없어. 그런 것보다, 조금 전에 뭐라고 했지? 좀비가 죽은 다음에? 사람들이 그러던가? 좀비들이 곧 죽을 거라고?"

"다들 이야기는 하죠. 아무것도 못 먹고 있으니 얼마 안 가 하나씩, 하나씩 차례로 죽을 거라고. 언제가 될지는 정확히 모르겠지만요. 어쩌면 그게 사람들이 이렇게 버틸 수 있는 가장 큰 힘일지도 몰라요. 조금만 더 버티면 예전으로 돌아갈 수 있다는 희망 말이에요."

테라의 이야기를 들으며 젠킨스는 기묘한 표정을 지었다. 비웃는 것 같기도 하고, 찡그린 채 슬퍼하는 것 같기도 하다. '테라 양…… 휴슬리 기억나나?' 젠킨스가 물었을 때, 테라는 고개를 끄덕였다.

"네. 그 남극 기지의 연구원인가 하는 사람 말씀하시는 거죠? 처음 좀비가 되었던."

"그래, 맞아. 우리가 알고 있는 한 휴슬리는 좀비로 변한 첫 번째 인간이지. 알파 개체란 말이야. JL에서는 수많은 인간을 좀비로 만들었고, 또 수많은 좀비들을 파기하거나 이동시켰지만, 휴슬리만큼 특별하게 관리한 경우는 찾아보기 힘들어. 알파 개체니까 특별했지. 당연히 그의 상태는 중요한 보고 사항이었고. 테라 양, 휴슬리가 어떻게 되었을 것 같아?"

설마…… 테라의 얼굴이 어두워진다. 불길한 이야기를 듣게 될 것 같은 예감 때문이다.

그래, 맞아. 젠킨스는 고개를 끄덕이며 말했다.

"우리는 휴슬리에게 별도로 식량을 공급하지 않았어. 경련을 하고 있다가 날아올라 물어뜯은 연구원들이 그가 섭취한 마지막 인간의 살이었지. 그건 2010년 겨울의 일이었고. 그러니까 요약하자면 이런 거야. 휴슬리는 5년 이상 아무런 에너지를 섭취하지 않았어. 그저 실험실에 갇혀 있었지. 그런데 말이야, 세상이 이렇게 되기 직전까지도 나는 그의 사망 소식을 전해 듣지 못했어. 약화되었다는 보고조차 없었지. 내가 아는 한 좀비들은 자연 도태 되거나 소멸하지 않아. 최소한 5년 이상은 버틴다고."

5년…….

테라의 얼굴이 굳는다. 5년이라는 말이 영원처럼 들린다. 그 긴 세월 동안 먹지도 쉬지도 않고 끊임없이 또 다른 감염자를 찾아 움직인다고?

게다가 그것조차 최소한의 보장 기간이다. 그 뒤로 얼마나 더 좀비들이 살아 움직일지는 아무도 모른다. 갑자기 모든 게 허탈해지는 것 같아 눈물이 맺혔다.

잠실 쉘터에서 웅크린 채 살아가는 사람들, 그들을 보호해 주는 군인들, 다들 가슴 한구석에 희망의 조각을 품고 그 온기로 살아가고 있다.

조금만, 조금만 더 꾹 참고 버티면 머지않아 좀비들도 결국은 죽게 될 거라는 기대, 아무것도 먹지 않고 오래 버틸 수 있을 리 없다는 기대. 그게 사람들의 마음이 무너지지 않도록 버텨 주는 기둥이었다.

"당혹스러운가 보군, 테라 양. 왜? 너무 긴가?"

젠킨스가 물었다. 테라는 순순히 그렇다고 인정을 했다. 후후후, 젠킨스는 아주 교만한 표정을 지었다. 그래 봐야 입가에 과자 부스러기를 잔뜩 묻힌 채여서 그리 잘나 보이지는 않는다.

"후후후, 그러니까 내가 중요한 사람인 거야. 나의 이 커다란 배는 말하자면 희망으로 가득한 셈이지. 이렇게 물이나 억지로 먹이면서 박해하면 안 된다니까."

"그……전에 말했던 우리나라의 JL 연구소, 거기에 널 키드의 혈청이 보관되어 있다고 했죠? 쇼크 억제제인가 하는 약과 같이. 제 기억이 맞나요?"

"음, 맞아. 확실히 테라 양은 영리하다니까. 그렇게 많은 정보가 그저 구두로만 전달되었는데도 필요한 것들은 다 기억하고 있잖아."

"생각해 보니까 그게 정확히 무슨 의미인지를 제가 잘 모르고 있더라고요. 혈청이 있다는 건 백신이나 치료제가 있다는 말과 같은 건가요? 그러니까 JL 연구소에는 그런 약들이 있나요?"

고역스럽게 또 물 200밀리리터를 마신 젠킨스가 과자를 요구하며 설명을 시작했다.

"이야기가 조금 다르지. 백신은 약화시킨 세균을 주사하는 거야. 그래서 미리 겪어 봤던 몸이 면역 체계를 갖추도록 돕는 거지. 말하자면 예방약이니까 사후적 치료는 못 해. 혈청이라는 건 말 그대로 피를 뽑아 혈액 세포들을 침전시키고 남은 세럼이야. 면역자의 경우엔 이 맑은 세럼 내에 항체가 포함되어 있는 거고. 그런데 이미 이야기했던 것처럼 오직 널 키드의 항체만 다른 사람에게도 항체를 만들 수 있도록 작용하지. 자, 한국 JL 연구소에 뭐가 있다고? 널 키드의 혈청! 백신이 아니라 혈청이야. 그래서 내가 필요한 거고."

"치료가 된다고 하면…… 항체가 백신보다 훨씬 좋은 것 아닌가요?"

테라가 조심스럽게 묻자 과자를 삼키던 젠킨스가 잘난 척하며 킥킥거린다. 그러다가 사레가 들려 곧 죽을 것처럼 기침을 콜록거리기 시작했다.

컥! 컥! 콜록!

테라가 등을 두드려 주었지만, 젠킨스의 기침은 좀처럼 멎지 않았다. 한참 동안 고생을 한 후에야 겨우 진정이 된 젠킨스의 얼굴은 시뻘게져서 눈물과 콧물, 침, 과자 부스러기로 범벅이 되었다. 꽤나 큰 대가를 치른 잘난 척이었다.

"쿨럭, 끄음…… 어, 죽을 뻔했군. 테라 양, 대체 널 키드에게서 얼마나 많은 피를 빼낼 셈인가? 살아남은 전 세계인들에게 혈청을 제공한다는 건 무리야. 불가능하지. 전 세계인이 다 살아 있었을 때에도 널 키드의 수는 70명이 채 되지 않았을 텐데, 이렇게 헬 게이트가 열린 이후에는 그보다 훨씬 더 줄어 있을 테니까. 그 적은 수의 널 키드들을 다 모을 수도 없겠지만, 모았다고 해도 뽑을 수 있는 혈액의 양은 한계가 있어. 또 혈액형도 일치해야 하고."

"혈청 치료라는 건 혈액형이 맞아야 해요?"

"귀하는 애초에 혈액형이라는 것이 어떤 일을 계기로 분류되기 시작했는지 모르는 모양이군. 하긴 이제 와서 그까짓 것들이 다 무슨 소용이 있겠어. 어쨌든 답은 그렇다……야. 수혈할 수 없는 혈액형끼리는 혈청 역시 제공할 수 없어. 정말 운이 좋아서 널 키드의 항체를 제공받았다고 해도 어떤 형태의 면역을 얻게 될 것인지는 몰라. 기억나나, 테라 양? 내가 세 종류의 면역자와 그들이 가진 특성이 각각 어떤 것인지에 대해 이야기해 준 적이 있는데."

테라는 그렇다고 했다. 어떻게 잊을 수가 있을까, 그녀 자신이 그 셋 중 하나일 거라서 엄청나게 집중한 채로 들었는데. 또 애초에 젠킨스와 이렇게 이야기를 하게 된 것이 면역자라는 키워드를 그가 끄집어내면서 시작된 일이기도 했고…….

젠킨스는 고개를 끄덕이며 손가락 세 개를 펼치더니, 하나씩 접어 가며 말을 이었다.

"운과 확률의 문제이기는 하지만, 분명 90% 이상은 아나필락시스 진이 될 테지. 그러면 한 번 물렸을 때의 치료는 가능하지만, 두 번째라는 건 없어. 쇼크로 죽어 버린다고. 너무 허무해서 그쯤 되면 사망한 당사자가 아니라 그를 구하기 위해 사용한 혈청이 아까울 정도야. 그렇게 단발적인 항체보다는 JL이 만들고 있던 백신이 훨씬 안전하다고 느끼지 않나? 백신으로 항체를 얻고 나서 쇼크 억제제만 매일 복용하면 필락시스 진처럼 여러 번을 물리더라도 감염되는 일은 없단 말이지. 뭐, 물론 후자의 방법으로는 널 키드가 될 가능성이 전혀 없지만, 그래도 어떤 걸 고르겠어? 단 한 번의 안전과 무한 반복되는 조금 불편한 안전 중에서. 응?"

"쇼크 억제제는 이미 있다면서요? 아나필락시스 진들도 그걸 복용하면 안 되나요?"

"그걸 설명하자면 또 무지하게 길어질 테니 짧게 하지. 애초부터 이 연구는 변형된 형태의 필락시스 진을 위해 진행된 것이어서 그렇게는 안 돼. 작용하는 대상이 다르니까 별도의 연구가 필요하다고. 겉보기에는 똑같은 쇼크처럼 보이더라도 몸속에서 그게 발생하는 원인은 무수히 많거든. 물론 그동안 축적한 기술과 경험 덕에 개발 기간은 현저히 단축되지 않을까 싶지만……. 어쨌든 그런 일들이 가능하려면 유능한 마스터가 있어야지. 지금 현재의 상황으로는 연구가 멈춰진 상태야. 왜냐면 소중한 혈청을 마스터가 없는 상태에서 허비할 수는 없거든. 이 나라의 JL 연구소 역시 마찬가지고."

"유능한 마스터? 그게 누구인데요?"

"귀하가 억지로 물을 먹이고 있는 바로 그 사람이라네, 테라 양. 마주 보고 대화하는 사람들은 나를 마스터 젠킨스라고 하고, 뒤에서 욕하는 사람들은 매드 사이언티스트 젠킨스라고 부르지. 둘 다 약자로는 MJ이고. 아이쿠, 이거…… 너무 많은 정보를 주었나? 큭큭큭, 괜찮아. 어차피 못 알아들을 테니까. 히히히히."

젠킨스는 갑자기 미친 사람처럼 실실거렸다. 그는 대화 도중 종종 이렇게 필요 이상의 조울 증세를 보였다. 어떤 때는 너무 좋아 미치겠다는 듯 벙글대다가, 또 어떤 날은 별거 아닌 말을 하면서도 과장되게 슬픔을 표했다.

날짜며, 이름이며, 지역 따위의 사실관계를 아주 정확히 기억하고 있고, 가끔 재확인을 해도 막힘없이 같은 대답을 해 주는 걸 보면 제정신이 아닌 것 같지는 않은데……. 어쨌든 테라는 그와 이야기를 나누면서도 혼란스러웠다.

"그런데 테라 양의 혈액형은 무얼까? 응? 그 희고 고운 피부 아래의 혈관에서는 어떤 타입의 피가 흐르고 있나? 피도 맑겠지? 후후후."

그녀의 마음이 어수선하다는 걸 눈치채자마자 젠킨스는 또 그 특유의 능글능글한 미소를 지으며 테라의 얼굴과 발을 힐끔거린다. 테라는 과자가 들어 있는 비닐봉지를 탁, 소리 나게 덮으면서 지그시 젠킨스를 노려봤다. 그래도 그는 기죽지 않고 물었다.

"알려 줘. 나는 이렇게 많은 이야기를 해 주는데, 그까짓 혈액형 정도는 말해 줄 수 있잖아?"

"이야기에 대한 보상은 이미 하고 있어요, 젠킨스 씨. 당신의 입가에 그 증거가 무수하게 남아 있고요. 자, 이제 고개를 앞으로 돌리세요. 시선이 불편합니다."

'어지간히 냉정하구만. 얼음으로 만든 심장인가?' 따위의 말들을 투덜거리며 젠킨스는 마지못해 다시 앞쪽을 보고 돌아앉았다. 하지만 여전히 그의 관심은 테라의 발가락, 다쳤다는 그 새끼발가락에 쏠려 있다.

대체 며칠째 계속 저렇게 붕대로 친친 동여매고 다니는 거지? 그가 아는 것만 따져도 벌써 나흘째다. 가끔 붕대 밖까지 피가 스며 나오기도 했다.

그렇다면 꽤나 큰 상처여야 할 것 같은데, 테라가 걷는 모습을 보면 그리 고통스러워 보이지 않는다. 그게 이상한 점이다. 그녀의 걸음걸이는 저 상처 난 발에 적응이 되어 있다. 상당히 오랜 기간 동안 저렇게 다친 상태로 걸어 다녔다는 이야기다.

몸이 적응할 만큼 긴 시간 동안 계속 상처가 아물지 않고 피를 흘린다고? 그건 절대 일반적이지 않다. 음, 충동을 억누르던 젠킨스는 가볍게 앓는 소리를 냈다.

저 흰 붕대를 풀어 버리고 그녀의 상처를 보고 싶어 미칠 것 같다. 물론 관음증을 충족시키기 위한 말초적인 욕구는 아니다. 초조해하던 젠킨스의 눈빛에 광기가 번뜩였다. 제법 그럴듯한 아이디어가 떠올랐기 때문이다.

"생각해 보니 쇼크 억제제가 양쪽 모두에게 작용할 수 없는 가장 근본적인 이유를 제대로 말하고 가는 게 좋겠군. 그…… 내가 했던 그 이야기 기억나지? 아나필락시스 진과 필락시스 진의 구분을 하는 방법에 대한 건데……."

"필락시스 진은 하루 이상 높은 체온에 시달리고 한쪽 눈이 충혈되기도 하는데 절대적인 기준은 아니라고 했었어요. 혈청 검사를 해 봐야 정확히 안다고."

정확하게도 기억하고 있군. 좀 잊어먹고 그래 줬으면 내가 한결 수월한데…….

젠킨스는 속으로 웃었다. 그건 그녀가 좀비에게 물린 사람이라는 가장 확실한 증거일지도 모른다. 자기 이야기라고 생각했으니 이렇게 열심히 듣고 흡수하는 거다. 어쨌든 젠킨스는 그물을 걸어 보기로 했다.

"아닌데. 하나가 더 있잖아. 그새 잊어먹은 건가."

"제가 들은 건 두 가지뿐이었어요."

"정말? 이런! 내 정신이 그 정도로 맑지 못했다니! 아마 혈당 수치가 낮아져서 그랬던 걸 거야. 제일 명료하면서도 중요한 구분법을 말해 주지 않을 뻔했군. 이래서야 과자를 받는 값어치를 다 했다고 할 수 없지."

젠킨스는 놀라는 척하며 뒤쪽 측면에 앉아 있는 테라 쪽으로 몸을 돌렸다. 이제부터는 대화하는 동안 눈을 살펴야 하기 때문이다. 테라가 싸늘한 눈으로 젠킨스를 내려다봤다.

"말했을 텐데요, 거짓말은 싫다고."

"무슨 거짓말? 테라 양, 내 혀는 오직 진실만을 말한다네. 그렇게 오해를 하면 섭섭한데?"

"그럼 혀가 아니라 입술이 왜곡을 하나 보네요. 젠킨스 씨만큼 똑똑한 사람이 그런 걸 빠뜨리고 말해 줄 리가 없죠. 그때든, 지금이든 둘 중에 한 번은 거짓말일 수밖에 없다고요. 오늘의 이야기는 이걸로 끝내요. 저는 정직한 젠킨스 씨가 하는 이야기에만 관심이 있거든요."

테라는 과자를 정리하고 자리에서 일어나려 했다.

젠장, 젠킨스는 투명한 비닐봉지 안쪽의 과자들을 애잔한 눈으로 바라보았.

저걸 다 못 먹게 되다니…… 더 맛있는 것들이 남아 있는데…….

하지만 이 시도는 과자 부스러기보다는 더 중요한 가치를 가지는 것이다. 그래서 젠킨스는 사과하는 대신 그대로 밀어붙이기로 했다.

"가도 좋아, 화를 내도 좋고. 그러나 나는 기억난 걸 추가적으로 말해 주려는 것뿐이야. 실수를 바로잡으려는 거라고. 그게 죄라고 하는 데야 내가 어쩔 도리가 없지."

테라는 듣는 둥 마는 둥 하며 일어섰다. 젠킨스는 다급하게 지껄였다.

"면역자들 중에는 상처가 나면 제대로 아물어지지 못하는 사람들이 있어. 아물었는가 싶다가도 조금만 충격을 받으면 다시 벌어지지. 몸 전체가 그렇다는 건 아니야. 물렸던 곳 주변만! 그걸로 어떤 부류냐를 알 수 있지."

말을 던지면서 젠킨스의 눈은 호기심을 가득 품은 채 테라의 안색을 살폈다. 하지만 과연 대스타. 표정으로는 전혀 동요를 보이지 않는다. 다만, 비닐봉지를 들고 걸음을 떼는 속도가 아주 미묘하게 느려졌다. 흥미를 가지고 있다는 뜻이다. 젠킨스는 결정적인 한 방을 던졌다.

"필락시스 진이나 널 키드는 안 그래. 그건 아나필락시스 진만이 가지는 특징이라고. 단발성 면역자 말이야. 난 테라 양의 상처도 그런 건 아닌가 싶었던 것뿐이야. 만약 그렇다면 아나필락시스 진인 거니까 좀비들을 더 각별히 조심할 필요가 있는 거잖아."

테라는 뒤도 돌아보지 않고 걸어가 버렸지만, 젠킨스는 이렇게 일부러 거짓말을 지껄여 댄 것에 대해 후회하지 않았다. 테라의 옆얼굴에서 아주 미세하게나마 실망하는 기색을 읽었다.

상처가 아물지 않는 사람들이 아나필락시스 진이라는 부분을 들을 때였다. 그때 그녀의 몸에서 힘이 빠져나갔었다. 단정할 수는 없지만, 젠킨스는 자신의 판단이 옳을 것이라는 데에 꽤나 높은 확률을 부여할 수 있었다.

후후, 후후후후…….

젠킨스는 땀으로 범벅이 된 얼굴을 비비며 웃었다. 반응을 보니 아무래도 자신의 예상이 맞은 듯하다. 저 붕대 밑에는 좀비에게 물린 이후 계속 다시 피를 흘리고, 좀처럼 아물지 않는 상처가 감춰져 있을 것 같은 반응이었다.

만약 정말로 그녀의 상처가 그런 상태라면…… 후우우~ 상상을 하는 것만으로도 가슴이 뛰어 젠킨스는 잠시 숨을 헐떡였다. 엄청난 보물이, 지구상에서 가장 값진 보물이 바로 곁에 있는 건지도 모른다.

하지만 아직 속단하기는 이르다. 최종 확인 단계가 남아 있으니까. 젠킨스는 테라가 사라져 간 방향을 보며 입술을 핥았다. 자, 이제 마음을 흔들어 놓는 데는 성공했다.

내색을 하지는 않지만, 테라는 지금 분명히 두렵고 실망스러울 것이다. 자신이 좀비에 대해 더 나은 면역성을 가지고 있는 것이기를 은근히 기대하고 있었을 테니까.
 어떻게 더 으르고 흔들어야 저 작은 천사가 내 앞에서 붕대를 풀어 보일까? 후후후, 후후후후…….
 젠킨스의 웃음은 그칠 줄을 몰랐다.

03

 젠킨스가 기대에 한껏 차올라 있을 때, 태양 그룹 빌딩의 지하에서는 실험체 번호 AX20324가 실험실로 끌려가고 있었다. AX20324는 열일곱 살짜리 소년으로, A708756으로부터 혈액을 수혈받은 실험 대상이다.
 비록 죽은 상태에서 채취한 피지만 심장 정지로부터 몇 시간 지나지 않은 상태였고, 최대한의 처리를 거친 것이었기에 혈액은 별 이상 없이 AX20324의 신체에 수용되었다. 그 결과, 그는 오늘 이 방에까지 이르게 된 것이다.
 "저기…… 이 방, 이상한데요? 정말로 검진하는 방 맞아요? 왜…… 왜 바닥이 이렇게 철망으로 되어 있어요? 지하철 환풍구도 아니고……."
 방에 들어서자마자 이상한 낌새를 느낀 AX20324가 두려움에 떨며 되돌아 나가려 했다. 하지만 소년의 힘으로는 건장한 섀도 실드 대원들의 완력을 이겨내지 못했다. 대원들은 AX20324를 바닥에 내동댕이치고 팔다리를 꽉 잡아 제압했다.
 "왜 이러세요! 제가 무슨 잘못을 했다고 그래요! 네? 저 아무 잘못도 안 저질렀어요! 제발 살려 주세요!"
 침대에 결속당하는 동안에도 AX20324는 끊임없이 애원하고 사정했다. 뭔가 오해가 있다고 생각했다. 자신은 아무런 말썽도 부리지 않았고, 이상한 병 같은 것도 없다. 당장 오늘 아침만 해도 오 박사에게 '아주 좋다'는 평가를 받았다.

그런데 왜 내가 이런 곳에 묶이는 거지?

AX20324는 이 상황을 도저히 이해할 수 없었다. 침대에 꼼짝 못 하게 묶어 둔 대원들이 두꺼운 철문을 닫고 나갈 때까지도 끊임없이 살려 달라고 빌던 AX20324는 결국 포기하고 겁먹은 눈동자로 방 안을 둘러보았다.

이 방, 너무 이상하다. 하나뿐인 대형 창문은 검은색 막으로 덮여 있고, 사방에 감시 카메라가 설치되어 있다. 게다가 저 바닥의 철망은 대체…….

불길한 예감에 소년의 눈에서는 눈물이 솟는다. 그때, 귀에 익은 목소리가 스피커를 통해 들려왔다.

— 그만 울어. 너무 흥분해 있는데, 좀 진정해. 그러다가 심장마비 걸리겠다.

오 박사였다. 자신을 아는 사람의 등장에 AX20324는 목청껏 소리를 지르며 도움을 요청했다.

"오 박사님? 오 박사님이시죠? 저 좀…… 저 좀 구해 주세요! 저, 저 누군지 아시죠? 저 대형이에요! 김대형!"

— 알지. 오늘 아침에도 우리 만났잖아.

"네! 네! 박사님! 저 좀 살려 주세요! 저를 왜 이렇게 묶어 놨는지 모르겠어요!"

— 대형아, 조용히 해 봐. 그렇게 흥분해서 떠들면 내가 도와주고 싶어도 도울 수가 없어. 알겠지? 말하지 마. 그만 울고.

아무리 필사적으로 고개를 돌려 봐도 오 박사의 모습은 찾을 수가 없다. 하지만 일단 AX20324는 그가 시키는 대로 따랐다. 입을 꾹 다문 채 다음 말을 기다리려니, 너무 무서워서 자꾸 흐느끼게 된다.

끅, 끄윽, 소년은 입술을 깨물며 울음을 삼켜 보려 애를 썼다. AX20324가 좀 진정되는 기미를 보이자 오 박사가 다시 말을 전했다.

— 무서워할 거 없어. 그냥 주사 한 방 맞는 거랑 비슷해. 따끔하고, 피만 조금 난다고. 그러니까 너무 그렇게 울지 마.

"주사요? 무슨……."

소년이 울면서 물었다.

― 입 다물라니까. 비유하자면 주사 같다는 거야. 아니면 너 혹시 개에 물려 봤니? 그 정도랑 비슷할 텐데.

"아니요…… 흑흑흑, 없어요. 박사님…… 제발 살려 주세요."

소년의 눈에서 눈물이 뚝뚝 떨어지지만 오 박사의 목소리 톤은 흔들림이 없었다.

― 대형아, 우리가 요 며칠 너 검사도 해 주고 치료도 해 주고 그랬잖아. 그런데 놀라운 일이 일어났어. 그게 뭐일 것 같니?

모르겠어요, 소년은 끅끅 울면서 도리질을 했다.

― 우리 대형이가 좀비에 대한 항체를 갖고 있다는 걸 알았어. 좋지? 그래서 아주 간단한 실험을 하나만 할 거야. 아, 아, 울지 마. 안 죽는다. 그냥 살짝 한 번만 물리면 된다니까. 하하하, 너는 정말 겁이 많구나. 네 동생은 금방 울음을 뚝 그쳤었는데.

"예? 다정이가요? 걔, 걔는 왜? 다정이 어디 있어요?"

여동생도 이곳으로 끌려왔었다는 말에 AX20324의 얼굴은 더욱 일그러진다. 오 박사는 아무렇지도 않게 대꾸했다.

― 다정이도 면역자였어. 엉덩이 한 번 살짝 물리고 이제 치료받으면서 편하게 쉬고 있다. 너도 이것만 끝나면 가서 만나게 될 거야. 자, 동생한테 지면 안 되겠지?

AX20324의 환자복 가랑이에서는 오줌이 줄줄 흘러나온다.

"어흐흑흑, 박사님, 제발…… 제발 살려 주세요. 저 이거 안 하고 싶어요. 너무 무서워요. 흑흑흑."

― 대형아, 너는 안전해. 면역자니까. 그러니까 놀라서 심장마비만 일으키지 않으면 돼. 잠깐 따끔한 것만 참으면 그때부터는 엄마랑 동생이랑 같이 좋은 데에서 함께 살 수도 있어. 그리고 너는 진짜 한국 최고의 영웅이 되는 거야. 계속 이러면 나도 협조 못 해 줘. 내가 빠지면 이 사람들이 좀비를 통제 못 해서 너 그냥 물려 죽게 된다고. 그래도 괜찮아? 나 갈까?

"선생님, 제발 가지 마세요. 근데 저, 정말이에요? 제가 면역력이 있어요? 검사 결과가 그렇게 나왔어요? 확실한 거예요?"

― 훗, 그렇다니까. 자, 이제 마음이 좀 진정이 됐니?

오 박사는 아주 호기롭게 말했다. 네……. 소년은 눈물범벅이 된 얼굴을 끄덕이며 용기를 쥐어짜 내기 위해 애를 썼다. 하지만 아무리 참으려고 해도 계속 울음이 터져 나온다.

― 자, 이제 좀비를 묶은 기계가 잠깐 들어갈 건데, 너무 무서우면 잠깐 다른 쪽을 봐도 돼. 하지만 겁먹을 필요는 없어. 물자마자 곧바로 기계를 뒤로 뺄 거니까. 알았지? 간다.

건너편 방의 강화 유리 뒤에 서서 묶여 있는 대형을 보며 대화를 나누던 오 박사는 마이크를 끄고 중얼거렸다.

"아이, 진짜, 어지간히 찌질하게 굴어서 사람 귀찮게 만드네. 어미고, 동생 년이고, 저 새끼고…… 온 가족이 다 똑같구만, 똑같아. 그냥 얌전히 물리면 서로 편할걸."

오 박사는 짜증스럽다는 듯이 마이크 헤드셋을 테이블에 집어 던졌다. 그가 이렇게 귀찮은 대화를 해야 하는 건, 사전 설명 없이 좀비를 넣은 경우에 꽤 많은 실험 대상들이 심장마비를 일으키거나 발작 증세를 보여서 항체가 제대로 작용해 보기도 전에 사망해 버리기 때문이다.

아까운 실험 대상을 그런 식으로 허무하게 잃을 수가 없었던 오 박사는 궁여지책으로 이 안정 유도 대화를 도입했다. '너는 항체가 있는 면역자다.'라고 의사가 말해 주는 것만으로도 실험 대상들은 한결 진정이 됐고, 별다른 발작 없이 얌전히 좀비에게 물어뜯겨 주었다.

물론 그중에 실제 면역력을 발휘한 실험체는 단 하나도 없어서 모조리 다 좀비로 변해 버렸다는 게 문제지만……. 초기에는 마취제를 사용하기도 했으나, 하도 실적이 좋지 않아 더 이상은 쓰지 않는다. 혹시라도 그 약품들이 항체의 활동을 방해하는 것이 아닌가 하는 우려 때문이다.

"어이, 들여보내. 쟤 슬슬 안정됐다."

대형의 호흡을 살피던 오 박사가 명령했다. 곁에 서 있던 연구원이 단추를 누르자 대형이 누운 침대 맞은편에 있던 문이 열리고, 무선 자동차에 고정된 좀비가 등장했다. 자동차는 그냥 흔히 볼 수 있는 RC 자동차를 대형화한 것이다.

좀비는 불필요한 부분들을 절단해 버리고 머리와 몸통 정도만 남긴 채 자동차에 기둥을 박아 단단히 고정해 놓았다.

키이잉―.

연구원이 리모컨의 레버를 조종하자 좀비를 싣고 무선 자동차가 전진한다.

― 으아! 엄마! 엄마!

좀비의 등장에 대형은 미친 듯이 울부짖으며 몸부림을 쳤다. 연구원은 무표정한 얼굴로 방향을 틀어 좀비의 입이 대형의 발 쪽에 위치하도록 만들었다.

먹을 것을 눈앞에 둔 좀비는 쉬지 않고 아가리를 벌리며 이빨을 딱딱, 부딪친다. 대형은 계속해서 발가락을 꼼지락거리고 비명을 질렀다. 하지만 워낙 꽉 묶여 있기 때문에 피한다는 게 불가능했다.

지이잉―.

좀비의 몸통이 고정돼 있는 기둥이 앞으로 기울고 좀비의 아가리와 대형의 발 사이의 거리가 점점 줄어든다.

콱, 놈의 이빨이 대형의 엄지발가락과 두 번째 발가락을 한 번에 깨물었다.

으드득, 으득.

근육이 잘리고 뼈가 으스러지는 소리가 비명과 함께 울리고, 좀비의 아가리 주변은 솟아오른 피로 범벅이 되었다. 뚝뚝뚝, 바닥에 떨어진 붉은 피는 철망 사이로 흘러 들어간다.

― 끄아아아! 으아악! 박사님! 살려 주세요! 씨발, 살려 줘! 끄으으으!

대형은 고통을 이기지 못하고 처절한 애원을 했다. 칵, 칵, 그러는 동안 좀비는 대형의 발가락 두 개를 다 잘라 삼키고, 발등의 뼈를 깨물어 부수는 중이다.

스테인리스 침대 하단은 이제 피로 점철이 되었다.

"아하암~ 이만하면 실컷 물어뜯은 거지? 이제 뺄까?"

길게 하품을 하며 기지개를 쭉 켜고 난 오 박사가 연구원에게 신호를 보냈다. 연구원은 RC 자동차를 후진시켜 좀비를 방으로 돌려보냈다.

그롸아아!

한창 식사를 하던 중에 방해를 받은 좀비는 분하다는 듯 포효하며 멀어져 갔고, 탁, 소리와 함께 자동문이 닫히자 방 안에는 대형의 비명 소리만이 남았다.

― 으으아아! 끄으으으! 으아아! 사, 살려 주세요! 박사님! 살려 주세요! 제발! 내 발이! 내, 내 발이! 으으흐흑!

그러자 조금 전 대형이 들어왔던 문이 열리며 의료반이 뛰어 들어온다. 몸 전체를 방진복으로 휘감고 마스크까지 뒤집어쓴 의료반의 외모를 보고 놀란 대형은 또다시 기겁하며 절규해 대기 시작했다.

"대형아! 진정해! 그분들도 의사야! 너 치료해 주시려고 하는 거니까 진정해. 이제 다 끝났어."

오 박사는 다시 마이크를 들어 대형에게 말을 걸었다. 의료진들로부터 지혈 처치를 받는 대형은 뭐라 형언할 수 없는 표정을 지으며 애원하기 시작했다.

― 끝났으면 저 여기서 내보내 주세요. 이, 이것부터 좀 풀어 주세요. 네? 박사님? 내 발이…… 발이 다 잘렸어요. 으아아아!

"그래, 알았어. 그러자, 대형아. 내가 금방 가서 너 풀어 달라고 부탁할게. 기다려. 금방 가니까."

오 박사는 웃음기까지 곁들인, 아주 친절한 말투로 이야기하고는 마이크를 탁, 꺼 버렸다. 사실 이건 심장마비 방지나 그런 것과는 무관한 그의 악취미였다.

약해져 있는 인간에게 기대를 주고, 그 기대가 배신당하는 동안 어떤 반응을 보이는지 관찰하고 있으면 배꼽 부근이 간질간질해지는 것 같아 저절로 웃음이 난다.

강화 유리의 위쪽에는 대형 디지털시계가 AX20324가 좀비에게 물린 뒤 얼마의 시간이 지났는지를 표시하고 있었다.

"그, 그, 그, 근데 왜 저, 저렇게 보, 보, 복잡한 기계를 사용해?"

지금껏 말없이 지켜보고 있던 메이저가 오 박사에게 물었다.

응? 오 박사는 메이저를 돌아보며 되묻는다.

"그럼 어떻게 해? 그냥 좀비가 들어 있는 방에 던져 넣어? 그러면 꺼낼 때 난감하다고. 물리는 부위를 치명적이지 않은 곳으로 지정할 수도 없고."

"그냥 거, 거, 거, 검사를 한다고 하면서 파, 파, 팔을 좀비가 있는 구멍에 너, 넣으라고 하면 되잖아."

메이저의 이야기를 들은 오 박사는 '오호~!' 하는 표정을 지어 보인다.

"그럴듯한데? 그럼 그 방안도 한번 추진해 보지, 뭐."

지혈을 마친 의료반은 AX20324의 발에 두꺼운 붕대를 친친 감아 놓고, 좀비화되지 않고 죽은 사내 A708756에게서 추출한 혈청까지 주사한 뒤에야 방을 나섰다.

이제 필요한 조처는 다 취했으니 운이 따라 주기를 바라며 기다리는 일만 남았다. 아니, 사실은 운까지도 필요 없다. 논리적으로 무조건 면역반응을 보이고 생존해야 말이 된다.

─ 으으으, 으으…… 아프다, 아파. 아으, 내 발…… 흐흐흑.

대형은 고통에 신음하면서도 계속 문가를 주시하며 오 박사가 나타나 주기만을 기다렸다. 이성적으로 생각해 보면 누군가에게 부탁을 해야 풀어 줄 수 있다는 오 박사의 이야기가 말도 안 되는 소리라는 걸 쉽게 알 수 있겠지만, 지금 피실험자의 뇌는 극심한 두려움과 고통으로 마비된 상태다. 그저 아직 세상을 모르는, 10대의 어린 소년일 뿐이다.

"몇 분 지났어?"

오 박사가 볼펜 뒤쪽을 입에 문 채 초조하게 물었다.

"10분 27초 지났습니다."

바로 곁에 선 연구원이 즉시 답을 해 준다. 방 안 전체에 긴장감이 감돌았다.

요즘 오 박사의 분노 게이지는 거의 최대치까지 치솟아 있기 때문에 다들 조심하는 분위기가 역력했다.

물론 그 이유는 새로운 면역자를 만들어 내지 못하고 있다는 스트레스가 큰 까닭이다. 지난 며칠간 A708756의 인체 조직과 혈액을 이식받은 실험 대상들 중 그 누구도 이렇다 할 성과를 보여 주지 못했다.

정말 이상한 일이다. 조직을 이식한 후에 거부반응을 일으키지 않고 안정을 유지한다는 것은 피를 나눴다는 의미이고, 피가 나뉜 만큼 당연히 항체도 공유되어야 한다.

하지만 그의 기대와 달리 좀비에게 물어뜯긴 이식자들은 모두 구토를 하고 괴로워하다가 결국 좀비로 변해 버리고 말았다. 지금까지 단 하나의 예외도 없이…….

신 차장이 주도했던 열여섯 명의 실험 대상은 이미 다 소진되었고, 곧바로 2차 계획을 진행하는 중이다. 오늘의 AX20324는 2차 계획의 30번째 실험체다. 그러니까 총 50명에 가까운 사람들이 이 실험 때문에 희생됐다.

― 왜…… 왜 아무도 안 와? 으으으…… 아으, 머리야! 아우, 아파! 오 박사님! 살려 주세요! 흐흐흐흑…… 윽! 으! 으우우웁! 우웨에엑!

자신을 죽이는 진범이 오 박사라는 것을 끝까지 알아채지 못한 채 오히려 그에게 도움을 요청하던 대형이 구역질을 시작한 것은 물린 지 28분이 지난 시점의 일이었다.

계속 고통을 호소하던 대형은 엄청난 양의 토사물을 뿜어내면서 몸 전체를 뒤틀어 댔다.

빠직, 빠직, 스테인리스 침대에 단단히 결박되어 있던 그의 팔과 다리, 허리에서 뼈에 금이 가는 소리가 울렸다.

"이런 씨발!"

그 광경을 지켜보고 있던 오 박사가 볼펜을 강화 유리에 집어 던지며 욕설을 내뱉었다.

"뭐냐고, 이 씨발! 개새끼들이 왜 죄다 변해 버리고 이 지랄이냔 말이야! 으아아악!"

오 박사는 테이블의 물건들을 사방으로 밀어 치며 미친 사람처럼 소리를 질렀다. 주변의 연구자와 직원들은 겁을 먹은 채 물러나 벽에 바짝 달라붙어 있다. 자칫하면 희생양으로 지목될지 모른다는 두려움 때문이다.

"이게 맞잖아! 근데 왜 안 되냐고! 응? 왜! 이 씨발!"

혹시 무슨 착오가 있었나 싶어 AX20324의 차트를 넘겨 가며 확인하던 오 박사는 터져 오르는 분통을 참지 못하고 모니터를 들어 테이블에 내려찍었다.

혈액에 문제가 있을 리는 없다. 죽었던 상태에서 채취한 것이라고는 해도 몇 시간 흐르지 않았기에 얼마든지 제 기능을 할 수 있는 상태. 게다가 신중을 기하기 위해 최근의 실험에서는 항체가 있는 혈청까지 사후에 주입했다.

그런데도 이 멍청한 잡것들은 도무지 견디지를 못하고 그냥 뒈져 버린다. 수혈을 해 봐도, 장기 이식이나 신체 이식을 해 봐도 다 마찬가지다.

― 그롸아아아아!

좀비화를 완전히 마친 AX20324가 침대에 머리를 짓찧으며 포효한다.

우두둑, 우두둑, 빠직!

단단히 고정되어 있던 팔과 다리를 억지로 비틀고 끊어 빼낸 AX20324는 허리의 결박 장치를 해체하고 싶어 발버둥을 치며 울어 댔다. 벗겨진 살갗 사이로 아직도 뜨뜻한 피가 흘러나온다.

"AX20324, 실패. 접촉부터 변이까지의 소요 시간…… 야! 소요 시간 얼마야? 재깍재깍 답을 해 줘야 할 거 아냐?"

마이크를 들고 실험 결과를 녹음하던 오 박사가 다시 성질을 부렸다. 연구원들이 기죽은 목소리로 31분 28초라고 대답한다. 후우~ 한숨을 내쉬어 목소리를 가다듬은 오 박사는 다시 결과를 녹음한 뒤, 마이크를 집어 던지고 주변을 돌아봤다.

"실패 원인에 대해서 각자 생각해 보고 내일 점심 전 회의에서 개선책을 제시

해 봐. 뭐, 아무거라도 좋아. 그거 가지고 책임을 묻지는 않을 테니까. 알았어?"

그런 후, 오 박사는 곧바로 방을 나섰다. 그의 뒤를 따라 움직이는 것은 메이저뿐이다.

"아우, 진짜!"

15층 정원으로 오르는 엘리베이터 안에서 오 박사는 또 한 번 벽을 차며 성질을 부렸다. 메이저는 생난리를 치는 오 박사를 가만히 바라보기만 했다. 자신이 신 차장을 데리고 나갔다가 놓쳐 버린 이후, 미묘하게 빚을 지고 있다는 생각이 든다.

원래부터 지랄 맞았던 오 박사의 성질이기는 하지만, 그날 이후 더 날카로워졌다. 요즘은 메이저를 제외하면 아무도 그와 눈을 마주치고 싶어 하지 않았다.

15층에 도착한 오 박사와 메이저는 오후의 햇살이 뜨겁게 내리쬐는 산책로를 지나 난간에 도착했다. 한동안 아무 말 없이 난간을 짚고 서서 아래쪽 거리를 구경하던 오 박사가 입을 열었다.

"샘플이 모자라. 작은 회장 새끼 밥도 처먹여야지, 실험은 도무지 성공할 생각도 않지. 나 요새 아주 죽을 맛이야."

"더 자, 자, 잡아 와 주지. 며칠만 기, 기다려."

눈을 가늘게 뜬 채 현란하게 반짝거리는 지상의 대형 태양광 패널들을 바라보고 있던 메이저가 천천히 고개를 끄덕였다. 오 박사가 반색을 하며 돌아본다.

"근데 요새 사람 구하기가 점점 어려워진다며? 전에 곽 소령, 자네 입으로 그랬잖아."

"히, 힘든 건 사실이야. 그래도 아직 마, 마, 많아. 조, 좀비 세상이니 뭐니 해도 나가 보면 수, 수, 숨어 있는 것들이 드, 드글드글해. 아직도 어, 어, 엄청나게 많이 살아남아 있다고. 그리고 그런 놈들도 스, 스, 슬슬 더 이상은 버티기 힘들어졌을 테니까 기어 나올 거야. 그러니까 거, 걱정하지 말고 팍팍 써. 내, 내가 계속 잡아 올 테니까. 그리고 자네도 구, 군에 더 요청을 해. 미, 미, 민간인 분산 수용 해 준다고. 대, 대량으로 끌어올 수 있잖아."

메이저의 말에 오 박사는 쓴웃음을 지었다. 메이저가 아무리 열심히 헬기 연료를 팍팍 쓰고 돌아다녀 봐야 하루에 30명을 넘겨 잡아 오기 벅찬 게 현실이기는 하다. 하지만 꼬리가 길면 밟히기 마련이니까 거짓말을 하는 입장에서는 몸을 사릴 필요가 있다.

"아니, 초장에 이미 받아들여서 서류상으로는 여기 수용된 인원이 얼마나 많은데, 또 데려오겠다고 했을 때 그 많은 사람을 다 어디에서 먹이고 재우냐고 물으면 어떻게 하려고? 만약에 실사라도 나와 보겠다고 하면 감당이 안 되잖아. 그건 너무 위험부담이 커."

큭큭큭, 그 말을 들은 메이저는 긴장하기는커녕 오히려 더 크게 웃었다. 한참을 낄낄거린 메이저가 오 박사에게 말했다.

"오, 오, 오 박사는 며, 면제지? 구, 군에 대해서 몰라도 너, 너무 모르는군. 위, 위, 윗대가리들…… 대부분 자, 자기 주머니에 돈 들어오는 일이 아니면 과, 관심도 없어. 아, 아무 데나 수용소 시, 신축했다고 하고, 기, 기존 수용자들 다 거기로 옮겼다고 해. 그, 그러면 다들 그, 그런가 보다 하고 마, 말 거야. 시, 실사? 그런 거 없어. 자, 자기 일도 아닌데."

그래? 나름 말이 되는 이야기 같아서 오 박사는 잠시 생각에 잠겼다. 하긴…… 민간인을 수용한다는 핑계로, 또 부상병들을 치료해 준다는 핑계로 초기에 이쪽으로 데려와 좀비를 만든 수만 해도 백 단위는 가볍게 넘는다. 그런데 보름이 넘는 시간 동안 단 한 번도 그들의 안부를 묻거나 하는 연락은 없었다.

메이저의 말이 온전히 사실이 아니라고 해도 현 상황에서 군이 그런 사소한 문제에까지 신경을 쓸 여력이 없어 보이는 것만은 분명했다.

'그런가…… 그럼 또 한 100명 정도만 수용하겠다고 신청해 볼까…….'

오 박사는 빙긋 웃었다. 어차피 신 차장의 명의로 공문을 보내 일을 진행하면 책임질 사람도 없다. 각 쉘터에 다음번 보급품을 전달할 때에는 그 이야기도 함께 전하라고 해야겠다.

04

"네. 그거 하루 세 번 식후에 드시고요. 다음 분 들어오십쇼."

고 하사는 통 밥맛이 없고 배가 아프다는 중년 남자에게 소화제 열두 알을 지급하고 다음 사람이 들어오기 전까지 수용자 이름과 날짜, 증상과 지급 품목을 적었다.

건대 쉘터 의무반을 맡은 단 두 명의 의무병은 정말 거의 쉬지 못하고 매일을 보내야 했다. 신체적으로 바쁘고 힘든 것은 물론, 각양각색의 하소연을 듣고 적당히 위로해 주어야 하는 일들이 그들을 지치게 만들었다. 사람들은 다들 자신의 고통이 제일 크고 힘든 것이라고 생각했다.

요새 너무 잠이 부족하다. 휴식 시간까지 멀었나, 하는 마음에 자꾸만 시계를 보게 된다.

오후 9시 45분.

젠장, 아직도 15분을 더 일해야 20분 쉴 수 있다. 아하암~.

고 하사가 눈을 비비며 크게 하품을 할 때였다.

"아, 많이 피곤하신가 보네요. 죄송해요."

새로 들어온 수용자가 수줍은 목소리로 부끄러워한다. 그녀를 기억하고 있던 고 하사는 얼른 자세를 바로 하고 표정을 바꿨다.

"엇! 피, 피곤하긴요. 괜찮습니다. 하하, 안녕하세요. 오늘은 어디가 편찮으십니까?"

"네, 역시 머리가 좀……."

여자는 조용한 목소리로 말했다. 그녀의 이름은 임수정. 여기 가끔 약을 타러 오는 사람인데, 고 하사는 그녀가 좋았다. 나이도 자신보다 연상이고 대단한 미모의 주인공은 아니지만, 그녀의 차분함이나 어딘지 모르게 느껴지는 지적인 분위기가 좋다.

처음 이곳으로 와서 머리가 아프다며 진통제를 처방받아 갈 때부터 고 하사는 그녀가 마음에 들었다. 그래서 그녀와 마주칠 때마다 부담이 가지 않을 정도로 호감을 표현하려 노력하고 있다.

"그렇죠? 확실히 골치 아픈 일들이 많으니까요. 저번에 드린 그 약은 잘 듣던가요? 에…… 어디 보자, 7월 28일 날인가? 아마 그때쯤 약을 타 가셨던 것 같은데……."

고 하사는 장부를 앞뒤로 넘겨 보는 척을 했지만, 실은 정확히 날짜를 기억하고 있다. 7월 28일. 건대 쉘터 앞까지 좀비들이 밀려왔던 날이다. 그날 밤 그녀는 진통제를 받아 갔었다. 총성 때문에 두려웠던지 바르르 떨리던 그녀의 입술이 너무도 예뻐 보여서 한참 동안 바라봤던 기억이 난다.

그가 지금 장부를 뒤적이는 것은 임수정과 한방에 함께 있는 이 시간을 좀 더 늘이고 싶다는 마음 때문이다.

"네. 그걸 먹으니까 한결 머리가 덜 아팠어요. 고 하사님도 힘들어 보이시네요. 요즘 많이 바쁘신 모양이에요."

임수정이 말했다. 고 하사는 머리를 긁으며 웃었다.

"아, 저 건너편 건물에 중환자가 하나 들어오는 바람에 요 며칠 좀 정신이 없습니다. 옆구리에 총을 맞아 가지고 이따만 한 빵…… 아, 부상! 부상이 심해서…… 그, 왜, 저……."

젠장, 참 여자가 좋아할 만한 이야기 한다.

고 하사는 자기 주둥이를 한 대 쥐어박고 싶었다. 나름 말재주 좀 있다고 생각했는데, 정작 마음에 드는 여자 앞에서는 어떻게 이야기를 풀어야 할지 전혀 모르겠다.

"아……."

고 하사는 놀라는 임수정의 얼굴을 바라보면서 생각했다.

잠시 시간을 좀 내달라고 해 볼까? 아니면 캔 커피라도 같이 마시자고 할까? 그러면 어떤 반응을 보일까…….

군인과 민간인 여자들 간의 교제는 건대 쉘터에서 드문 일도 아니고, 비밀도 아니다. 서로 외롭고 두려운 사람들인지라 잠시만 틈이 나면 남들의 눈을 피할 수 있는 곳으로 가서 살아 있다는 걸 확인하기 위해 안간힘들을 쓴다.

고 하사는 임수정과 그런 사이가 되고 싶었다. 아니, 최소한 친한 친구처럼 손을 꼭 잡고 서로에 대해 이야기라도 해 봤으면 좋겠다.

"그랬군요. 고생 많으셨겠네요. 그분은 그래서 많이 괜찮아지셨나요?"

"아, 예. 뭐, 워낙 강한 사람이더라고요. 또 제가 명의 아니겠습니까. 하하하."

고 하사가 임수정의 눈을 보고 빙글거리는 그 시각에 쉘터 밖 그늘에서는 철책을 넘는 커다란 그림자가 있었다.

"후우우~ 후우우~ 씨발 놈들, 더럽게 높이도 만들어 놨네. 넘기 불편하게."

철망이 울리는 소리가 나지 않도록 조심하느라 짜증이 난 기동이가 투덜거렸다. 그나마 이 위쪽에 철조망을 깔아 두지 않아서 다행이다. 철책 꼭대기에 올라서자마자 기동이는 재빨리 몸을 날려 건너편 건물 주차장 위로 뛰어내렸다. 몸무게나 덩치에 비해서는 꽤나 민첩한 움직임이지만, 그럼에도 땅이 울린다.

쿵!

그 정도 소리는 괜찮다. 어차피 24시간 이동식 발전기가 윙윙거리며 돌아가기 때문에 어느 정도의 소음은 묻히니까.

사사삿.

기동이는 빛이 닿지 않는 그늘 속에 몸을 숨긴 채 4층 건물의 입구까지 뛰어갔다.

그러고는 잠시 기둥 뒤에 기대서 숨을 골랐다.

후우~. 사실 운동량은 별로 대단치 않았는데 자꾸 가슴이 벅차다. 뭐, 지금부터 그가 제껴야 하는 대상이 누구인지 생각해 보면 당연한 일이기도 하다.

강민구. 구름 위의 존재인 것처럼 온갖 건방을 떨며 자신을 무시하던 개새끼가 지금 이 건물 2층에 얌전히 누워 있다. 그것도 아주 반송장이 된 채로. 정말 인생에 다시없을 기회였다.

처음 이곳으로 와서 머리가 아프다며 진통제를 처방받아 갈 때부터 고 하사는 그녀가 마음에 들었다. 그래서 그녀와 마주칠 때마다 부담이 가지 않을 정도로 호감을 표현하려 노력하고 있다.

"그렇죠? 확실히 골치 아픈 일들이 많으니까요. 저번에 드린 그 약은 잘 듣던가요? 에…… 어디 보자, 7월 28일 날인가? 아마 그때쯤 약을 타 가셨던 것 같은데……."

고 하사는 장부를 앞뒤로 넘겨 보는 척을 했지만, 실은 정확히 날짜를 기억하고 있다. 7월 28일. 건대 쉘터 앞까지 좀비들이 밀려왔던 날이다. 그날 밤 그녀는 진통제를 받아 갔었다. 총성 때문에 두려웠던지 바르르 떨리던 그녀의 입술이 너무도 예뻐 보여서 한참 동안 바라봤던 기억이 난다.

그가 지금 장부를 뒤적이는 것은 임수정과 한방에 함께 있는 이 시간을 좀 더 늘이고 싶다는 마음 때문이다.

"네. 그걸 먹으니까 한결 머리가 덜 아팠어요. 고 하사님도 힘들어 보이시네요. 요즘 많이 바쁘신 모양이에요."

임수정이 말했다. 고 하사는 머리를 긁으며 웃었다.

"아, 저 건너편 건물에 중환자가 하나 들어오는 바람에 요 며칠 좀 정신이 없습니다. 옆구리에 총을 맞아 가지고 이따만 한 빵…… 아, 부상! 부상이 심해서…… 그, 왜, 저……."

젠장, 참 여자가 좋아할 만한 이야기 한다.

고 하사는 자기 주둥이를 한 대 쥐어박고 싶었다. 나름 말재주 좀 있다고 생각했는데, 정작 마음에 드는 여자 앞에서는 어떻게 이야기를 풀어야 할지 전혀 모르겠다.

"아……."

고 하사는 놀라는 임수정의 얼굴을 바라보면서 생각했다.

잠시 시간을 좀 내달라고 해 볼까? 아니면 캔 커피라도 같이 마시자고 할까? 그러면 어떤 반응을 보일까…….

군인과 민간인 여자들 간의 교제는 건대 쉘터에서 드문 일도 아니고, 비밀도 아니다. 서로 외롭고 두려운 사람들인지라 잠시만 틈이 나면 남들의 눈을 피할 수 있는 곳으로 가서 살아 있다는 걸 확인하기 위해 안간힘들을 쓴다.

고 하사는 임수정과 그런 사이가 되고 싶었다. 아니, 최소한 친한 친구처럼 손을 꼭 잡고 서로에 대해 이야기라도 해 봤으면 좋겠다.

"그랬군요. 고생 많으셨겠네요. 그분은 그래서 많이 괜찮아지셨나요?"

"아, 예. 뭐, 워낙 강한 사람이더라고요. 또 제가 명의 아니겠습니까. 하하하."

고 하사가 임수정의 눈을 보고 빙글거리는 그 시각에 쉘터 밖 그늘에서는 철책을 넘는 커다란 그림자가 있었다.

"후우우~ 후우우~ 씨발 놈들, 더럽게 높이도 만들어 놨네. 넘기 불편하게."

철망이 울리는 소리가 나지 않도록 조심하느라 짜증이 난 기동이가 투덜거렸다. 그나마 이 위쪽에 철조망을 깔아 두지 않아서 다행이다. 철책 꼭대기에 올라서자마자 기동이는 재빨리 몸을 날려 건너편 건물 주차장 위로 뛰어내렸다. 몸무게나 덩치에 비해서는 꽤나 민첩한 움직임이지만, 그럼에도 땅이 울린다.

쿵!

그 정도 소리는 괜찮다. 어차피 24시간 이동식 발전기가 윙윙거리며 돌아가기 때문에 어느 정도의 소음은 묻히니까.

사사삿.

기동이는 빛이 닿지 않는 그늘 속에 몸을 숨긴 채 4층 건물의 입구까지 뛰어갔다.

그러고는 잠시 기둥 뒤에 기대서 숨을 골랐다.

후우~. 사실 운동량은 별로 대단치 않았는데 자꾸 가슴이 벅차다. 뭐, 지금부터 그가 제껴야 하는 대상이 누구인지 생각해 보면 당연한 일이기도 하다.

강민구. 구름 위의 존재인 것처럼 온갖 건방을 떨며 자신을 무시하던 개새끼가 지금 이 건물 2층에 얌전히 누워 있다. 그것도 아주 반송장이 된 채로. 정말 인생에 다시없을 기회였다.

기동이는 허리춤에서 식칼을 꺼내 날을 건드려 봤다. 제대로 갈려 있다. 이만 하면…… 그는 회심의 미소를 지었다. 병실이 2층 어디쯤에 붙어 있는지는 초희에게 들어 잘 알고 있다. 초희 말로는 꼼짝도 못 하고 누워서 오늘내일한다지만, 그건 그 멍청한 년이 강민구가 어떤 인간인지 잘 몰라서 씨부리는 개소리다.

어디가 어떻게 망가졌든 간에 칼 한 자루만 쥐여 주면 사람 한둘쯤은 순식간에 저세상으로 보낼 수 있는 게 자신이 아는 강민구다. 숨겨 놓았던 쪽지로 이미 두 마음 품고 있다는 것을 들켰으니, 운신을 하지 못하고 있는 지금 죽여 놓아야 후환이 없다.

"웃!"

인기척에 놀란 기동이는 벽 쪽으로 더 바짝 붙어 서서 어둠 속에 몸을 밀어 넣었다. 저벅저벅, 군화 소리가 계단을 타고 내려오더니, 플래시 불빛이 번쩍이고 댓 명의 군인이 그가 숨어 있는 곳을 지나쳐 걸어간다. 서치라이트 불빛이 닿는 경계선에 선 군인들은 라이터로 담배에 불을 붙였다.

찰칵.

"아, 내일 돌아가면 또 좆뺑이 시작이다. 그동안 손님 대접 받아 가며 꿀 빨고 푹 쉬었는데……."

"조 병장님, 그래도 거기서는 운 좋으면 가까이서 테라를 볼 수 있지 말입니다."

"아, 맞다. 씨발, 같은 잠실에 있다는데 나는 걔 한 번도 가까이에서 못 봤네. 나만 피해 다니나? 야, 박 상병. 너 실제로 테라 본 적 있냐? 지근거리에서."

"한 번 봤습니다, 조 병장님. 가까이에서 보면 말입니다, 우와, 이건 진짜 막 빛이 나는 것 같습니다. 얼굴이…… 거짓말 안 하고 제 주먹만 합니다. 게다가 다리가 막…… 하얗고 쪽 곧은 게 이렇게, 이렇게 움직이면…… 아후~ 막 미치는 것 같지 말입니다. 하여간 눈이 딱 마주쳤는데, 머릿속이 멍해지고 아무 생각이 안 났습니다. 뭐라도 있으면 그거 주는 척하고 다가갔을 텐데, 하필이면 그때 아무것도 없었지 말입니다. 그다음부터는 항상 건빵 주머니에 맛스타 넣고 다닙니다."

"지랄 똥 싸고 자빠졌네. 이 새끼야, 어차피 똑같은 사람인데 그게 말이 돼? 네가 묘사하고 있는 건 사람이 아니라 엘프잖아. 김 이병, 네 생각은 어때? 이 새끼, 구라 까는 거 맞지?"

"구라 아니라 진짜 그렇게 예쁜데요."

"요? 요? 아~ 김 이병님은 민간인이셨어요? 아나, 이 모자란 새끼! 짬밥을 대체 얼마나 먹어야 다나까를 쓸래? 너 같은 새끼도 테라를 봤는데, 난 왜 못 봤냐고! 응? 넌 이 새끼야, 테라 만나면 내가 다 이를 거야. 이 새끼가 좀비 보고 도망치다가 우에엑— 토한 새끼라고."

조 병장이라 불린 놈이 냅다 헤드록을 걸자 머리통을 잡힌 놈은 곧바로 '잘 기억해서 잊지 않겠습니다.'를 외친다. 다른 놈들은 낄낄거리며 웃고 있다.

바로 몇 미터 뒤에 숨어서 숨도 제대로 못 쉬며 식은땀을 줄줄 흘리고 있는 기동이에게는 놈들의 이야기가 늘어지는 게 죽을 맛이었다.

'개새끼들, 말 존나게 많네. 대강 피우고 빨리 들어가서 자빠져 자라.'

기동이는 입술을 꽉 깨물고 속으로 욕을 퍼부었다. 저 개새끼들이 자꾸 들락거리는 통에 지난 며칠 동안 번번이 민구 암살 계획이 실패로 돌아갔다. 한두 놈만 되면 확 그냥 쑤셔 버릴 수도 있겠지만, 여러 놈들이 몰려다니니 그저 얌전히 기다리는 수밖에 없다.

군인 놈들은 내일 돌아갈 길에 대한 걱정이나 죽은 동료에 대한 회상 따위를 한참 동안이나 더 떠들다가 올라갔다. 계단에서 놈들의 발소리와 플래시 불빛이 사라진 다음에도 기동이는 움직이지 않고 한동안 그대로 도사리고 있었다. 저렇게 왁자지껄 낄낄대던 놈들이 금방 잠이 들 리가 만무하다. 놈들이 모두 곯아떨어졌을 때까지 기다려야 한다.

잠실에서 온 군인 놈들의 임시 숙소는 3층, 민구의 병실은 2층. 한 층 차이밖에 나지 않는다. 건물 안으로 들어간 다음부터는 군인들과 마주치게 되면 곤란해진다.

왜 민간인 출입 금지 구역에 칼까지 소지하고 들어왔는지 납득시킬 만한 핑계가 전혀 없기 때문이다. 그러니 신중해질 수밖에 없다. 30분 이상을 더 기다린 뒤에야 기동이는 계단에 발을 올렸다.

"옘병, 더럽게 깜깜하네."

오로지 희미한 달빛에만 의존한 채 계단을 오르자니 여간 까다롭지가 않다. 3층의 불침번에게 들킬까 봐 플래시를 켤 수가 없다. 2층에 올라선 기동이는 이마의 땀을 씻어 내며 복도 끝 방을 노려보았다.

저기가 민구가 누워 있는 곳이다. 얼른 들어가서 슥슥, 몇 번 담근 다음에 빠져나와야 한다. 덩치에 어울리지 않게 뒤꿈치를 든 채로 살금살금 걸어간 기동이는 문 앞에 멈춰 선 채 귀를 기울였다. 혹시라도 누가 같이 있다면 계획에 차질이 생긴다.

아무 소리도 들리지 않는다.

후후후, 개새끼. 초희 말이 맞나 보다. 약에 취해서 세상모르고 뻗어 있구만. 좋은 꿈 잘 꾸고 있어라. 내가 금방 편하게 해 주마, 영원히.

기동이는 음흉한 미소를 지으며 문손잡이를 잡고 살짝 돌렸다.

끼이이.

손잡이가 돌면서 아주 가늘고 작은 쇳소리가 울린다. 하지만 이 정도는 웅웅거리는 발전기 소리에 묻히는 정도이다. 아무도 못 들었을 거다.

기동이는 허리춤에서 식칼을 꺼내며 발끝으로 천천히 문을 밀었다. 혹시 몰라서 몸의 중심은 여전히 뒤쪽에 두었다. 아주 조금씩, 천천히, 경첩에서 소리가 나지 않을 정도로 살살 문을 밀었다.

문이 열리는 각도가 커질수록 보이는 풍경도 늘어났다. 이윽고 침대의 끝부분이 보인다. 침대 머리맡에 걸려 있는 링거 봉지가 달빛을 받아 반짝인다.

저기구나, 저기 자빠져 있어.

거기까지 확인한 기동이는 칼날을 앞세우고 한 발을 들이밀었다. 그때…….

"읏!"

갑자기 번뜩이는 날붙이가 눈앞에 보였다가 사라졌다. 기동이는 재빨리 뒤로 물러났다. 볼을 스치는 날카로운 통증. 아픔보다도 놀라움이 더 컸다.

뭐지? 링거는 저기 걸려 있는데? 민구 새끼는 저 링거를 맞고 누워 있는 것 아닌가? 게다가 이 느낌은 분명 칼이다. 그 새끼는 칼이 없는데…….

베인 볼에서는 금방 뜨거운 피가 주르륵 흘러내렸다.

후우~ 후우~. 기동이의 숨소리가 거칠어진다.

"크크크, 기동아. 조용히 해야지, 새끼야. 군인 애들 깰라."

민구의 목소리. 벽 뒤에서 민구가 속삭이고 있다. 문을 열고 들어갈 때 사각인 지점이다. 기동이의 몸이 얼어붙었다.

아닌데…… 저녁때, 초희가 문병했을 때만 해도 분명 다 죽어 가는 데다가 약에 취해서 사람도 잘 못 알아본다고 했는데…… 고 앙큼한 년이 거짓말을 한 건가?

"혀, 형님? 의, 의식 찾으셨습니까? 걱정 많이 했습니다."

기동이도 소리를 죽인 채 말했다. 민구는 또 크크거리며 웃었다.

"응, 그랬을 거야. 형 일어나면 어쩌나 하고 걱정 많이 했겠지. 후후후, 새끼."

낭패. 이 새끼가 자신이 올 줄 알고 있었을 줄이야. 기동이는 칼을 쥔 자세를 바꾸고 조금씩 옆으로 걸음을 떼면서 속삭였다.

"아이구, 형님. 무슨 말씀이세요? 저는 초희가 형님 정신 못 차리실 것 같다고 해서……."

"응, 아까는 그랬어. 근데 네 상판 보니까 반가워서 벌떡 일어나진다. 크크크."

기동이는 난감했다. 그가 들었던 정보와 너무 다르다.

민구, 이 개새끼가 대체 얼마나 회복한 거지?

100퍼센트가 아니라는 건 확실하다. 그랬다면 이렇게 벽 뒤에 숨어 있지 않고 침대에 앉아서 온갖 여유를 부리며 이죽거렸을 테니까. 분명 이 악마 같은 새끼도 어지간히 약해져 있기는 하다. 문제는 얼마나 약해졌냐는 거다.

씨발 놈, 스텝을 밟을 정도는 되는 건가? 그럼 안 되는데…… 그리고 대체 이 칼은 또 어디서 주워 왔지?

살짝 열린 문과 벽을 사이에 두고 두 폭력배는 팽팽한 신경전을 벌였다.

"안 들어올 거야? 형 병문안을 왔으면 빨리 들어올 것이지, 새끼가 계속 문가에 서서 쭈뼛거리네? 왜? 깜깜해서 무서워? 괜찮아. 엉아가 여기 있잖아."

민구는 계속 킥킥거리며 도발을 한다. 기동이도 지지 않고 받아쳤다.

"형님, 잠깐만 나와서 얼굴 좀 보여 주세요. 같이 담배라도 한 대 피웁시다."

"크크크, 이 새끼가 언제부터 형한테 오라 가라 할 만큼 컸지? 응? 기동아, 너 형이 없던 사이에 많이 컸냐?"

이제 좋은 말로 꾀는 것은 소용이 없다. 기동이는 좀 더 직설적으로 도발했다.

"형님, 갈 때 되면 가는 게 섭리요. 그러니까 조용히 갑시다, 예? 내가 그래도 옛정 생각해서 애들 안 풀고 직접 왔소. 내 칼 받는 게 나을 거요."

"응, 그래. 우리 기동이 맘도 참 곱지. 형 지금 뒷짐 딱 지고 배 내밀고 있다. 그러니까 들어와. 맘껏 쑤셔 봐, 크크크."

젠장, 이렇게 대치만 하고 있어서야 답이 안 나올 것 같다.

기동이는 안쪽을 살피며 눈치를 봤다. 칼을 앞세워 휘두르면서 획 뛰어 들어가면 승산이 있을까, 아니면 내 모가지가 먼저 그어져서 바닥을 나뒹굴게 되는 걸까? 가오 빠지게 벽에 기대 있는 꼬라지를 보니까 이 새끼도 별거 없는 모양인데 말이야……

민구라는 인간은 폼에 살고 폼에 죽는다. 지금 당장도 큰 소리 한 번만 내면 바로 위층에 있는 군인들이 뛰어 내려와 도와줄 텐데 저렇게 낮게 으르렁거릴 뿐, 자신이 찾아올 걸 알면서도 일부러 방문을 잠그지 않은 채 기다렸다.

그런 행동들이 다 체면을 죽인다고 생각하기 때문에 안 하는 거다. 오늘 밤, 민구는 죽는 마지막 순간까지도 일부러 비명을 지르거나 큰 소리를 내지는 않을 것이다.

후우우~ 호흡을 고른 기동이는 왼손으로 칼을 옮겨 쥔 채 틈을 보다가 불시에 획 내지르며 좌우로 휘둘렀다. 어차피 민구 새끼도 칼이 닿는 거리에서 기다리고 있을 테니까.

슉— 슉—.

날카롭게 벼려진 쇠가 공기를 가르는 소리만 울린다. 그러다가 자신의 손등이 뜨끔해진다. 두 번이나!

끅! 기동이는 얼굴을 찡그리며 얼른 팔을 거둬들였다. 하마터면 칼을 떨어뜨릴 뻔했다.

씨발! 기동이는 얼른 오른손으로 칼을 옮겨 잡았다. 개새끼가 그어도 꼭 핏줄을 건드려서 왼손에는 피가 철철 흐른다. 응? 그런데 식칼 끝에 붉은 피가 묻었다. 기동이의 눈빛이 번뜩였다.

들어갔다! 내가 민구 개새끼의 배때기를 뚫었다!

흥분으로 가슴이 벅차오른다.

"후후후, 형님. 피 나면 아프다고 하셔야지, 모르고 지나칠 뻔했수. 후후후, 형님 배때기도 철판은 안 깔렸네? 칼맛 좋습디까?"

"크크크, 요 새끼. 지금 많이 웃어 둬라. 형 핏값 비싸다."

민구는 옆구리를 움켜쥔 채 웃었다. 찢은 침대 시트를 두툼하게 감아서 나름 대비를 한다고 했는데, 기동이가 막 내지른 칼이 총상 입은 부위 바로 아래를 훑고 지나갔다.

수가 빤히 보이는데도 몸이 따라 주지를 않아 피할 수가 없으니 그게 참 고역이다. 이제 상처 입은 걸 확인했으니 기동이는 더 과감해지리라. 그 순간이 놈에게도, 자신에게도 기회다.

민구는 기척을 숨기면서 아주 천천히 두 다리를 넓게 벌리고 자세를 낮췄다. 문밖에서는 기동이 놈이 계속 위치를 바꿔 가며 틈을 보고 있다. 옥상의 저격조가 비추는 서치라이트의 불빛이 잠시 지나면서 복도가 환해졌을 때, 획— 기동이가 뛰어들었다.

슛— 자세를 낮추고 기다리고 있던 민구의 이마 위로 놈이 내지른 칼이 스쳐 간다. 민구는 왼손으로 놈의 팔을 밀어 올리며 오른손에 들린 짧은 나이프로 겨드랑이를 그었다.

좋은 전법이었지만, 문제는 그가 아직 제대로 걷지도 못할 만큼 허약한 상태라는 데 있었다. 그리고 엄지손가락만 한 칼날도 너무 짧았다.

"윽!"

기동이는 짧게 비명을 지르면서도 달려들던 기세를 늦추지 않고 민구를 덮쳤다.

퍽!

100킬로그램이 넘는 기동이의 무릎에 가슴을 차인 민구는 벽에 내동댕이쳐졌다. 그러는 동안에도 민구의 칼날은 기동이의 종아리 뒤쪽을 쭉— 그어 내렸다.

"끄윽! 아으, 이 씨발 놈이!"

기동이는 욕설을 퍼부으며 나동그라졌고, 민구도 얼른 몸을 일으키지 못했다. 온종일 진통제를 맞지 않은 탓에 상처에서는 아까부터 미칠 것같이 찌릿한 통증을 계속 보내왔고, 지금의 충돌로 그 크기가 두 배는 커진 기분이다.

커억, 민구는 가슴을 움켜쥐고 겨우 숨을 내뱉었다. 깜깜한 방 안에서 두 남자가 고통에 겨운 숨을 헐떡인다.

"이…… 개새끼야, 그냥 좀 곱게 뒈질 것이지. 씨발…… 끄으으으."

기동이는 벌어진 종아리의 상처를 만지며 민구를 노려보았다. 민구 역시 어지간히 괴로워서 벽을 지지대 삼아 몸을 웅크리고 있다.

윽! 한 발짝을 떼어 보던 기동이의 얼굴이 일그러진다. 지금까지 그가 가지고 있던 가장 큰 무기, 이동의 속도가 현저히 떨어져 버렸다.

후우, 후우, 천천히 숨을 고르던 민구가 씨익 웃었다.

"새끼야, 형을 잡고 싶었으면 네 새끼들 있는 대로 다 끌고 왔어야지. 네깟 놈 혼자서 뭘 하겠다고."

"닥쳐, 이 개새끼야!"

이성을 잃은 기동이가 쿵쿵거리며 뛰어든다. 아무렇게나 빠르게 찔러 대는 칼날. 민구는 한 번 정도는 찔릴 수밖에 없다는 각오로 몸을 틀고 놈의 목을 노려 그었다. 핏, 서로의 살갗을 얇게 가른 두 사람은 기묘한 자세의 대치를 시작했다.

민구는 옆구리를 노리고 들어오는 기동이의 팔목을 누르고 있다. 벽을 교묘히 이용해서 어찌어찌 버티고는 있지만, 다친 갈비뼈가 금방이라도 부러져 버릴 것처럼 아프다.

가가각, 기동이의 칼날이 벽을 긁는 소리가 울린다. 이 팔을 놓치는 순간, 놈의 칼끝은 민구의 옆구리를 뚫고 들어올 것이다.

한편, 기동이는 어깨를 움츠려 민구의 칼날이 목에 더 깊이 박혀 들어오지 않도록 버팀과 동시에 붙잡히지 않은 한쪽 팔을 아래로 뻗어 어떻게든 민구의 총상을 움켜쥐어 보려 애를 썼다.

하아~ 하아~. 대치가 길어지면서 민구의 숨소리가 거칠어졌다. 이렇게 장기전은 불리하다. 체력이 이제 정말로 바닥이 났다. 아까 놈이 뛰어들 때, 끝을 냈어야 하는데…….

끄으응~. 민구의 짧은 칼끝이 기동이의 목에 실 같은 붉은 금을 긋고 있고, 기동의 식칼도 민구의 왼쪽 옆구리에서 피가 솟게 한다. 이 상태가 몇 분만 더 계속되면 둘 다 피를 콸콸 쏟고 쓰러지게 될 것이다.

"기동아, 이 새끼야…… 모가지에는 비계가 별로 없나 보다? 쑥쑥 잘 들어가는데? 형이 금방 따 줄게."

민구가 고통을 허세로 해소하면서 웃었다. 죽느냐 사느냐의 순간에서 불리했던 쪽도, 먼저 포기한 쪽도 기동이였다. 민구의 옆구리보다 자기 모가지의 동맥이 더 먼저 끊어질 것 같았기 때문이다. 놈은 있는 힘껏 민구를 밀어 쳐 버리고 뒤로 훌쩍 물러났다.

쩽그렁, 놈이 떨어뜨린 식칼이 바닥에 뒹군다. 민구는 이를 악물고 그 칼을 집어 들었다. 순식간에 무기를 잃고 열세에 빠진 기동이는 손에 닿는 대로 아무거나 쥐고 닥치는 대로 집어 던졌다. 휴지통, 슬리퍼, 의자…… 그러고는 민구가 발이 묶인 틈을 타 창문 쪽으로 달아났다.

"설마 고자질 같은 거 하지는 않겠지? 그런 거는 형님 스타일이 아닙니다."

그 말을 남긴 기동이는 민구가 대꾸할 틈도 주지 않고 창문 아래로 훌쩍 뛰어 내려 버렸다. 부스럭, 아래쪽의 화단이 엉망으로 으스러지는 소리가 난다. 그런 후에 탁탁탁탁, 급한 발소리가 멀어져 간다.

아까 담배 피우던 3층의 군인 놈들에게서 들었던 이야기. 내일이면 이 건물에 머물고 있는, 그 눈엣가시 같은 놈들이 다른 곳으로 가 버린다는 사실도 기동이의 이런 결정에 한몫을 했다.

하루만 더 기다리면 확실하게 죽일 수 있는데, 오늘 굳이 목숨을 걸 필요가 없다. 달아나면서 기동이는 스스로의 행동을 정당화하려 애를 썼다.

"큭큭큭, 멍청한 새끼…… 끝까지 얕은수 쓰기는."

놈이 사라져 버린 창문을 보며 민구는 쓴웃음을 지었다. 그러고는 옆구리를 움켜쥔 채 바닥에 주저앉았다. 워낙 친친 감아 둔 덕에 찔린 상처는 얕다. 다만, 애초부터 부상을 당했던 갈비뼈와 총을 맞은 옆구리에서는 불이 나는 것 같다. 한동안 숨을 고르고 기운을 모은 민구는 침대로 걸어가 담배를 집어 들었다.

후우우우~ 길게 연기를 내뱉으며 민구는 엉망으로 어지럽혀져 있는 병실을 돌아보았다. 사방이 기동이의 핏자국으로 번들거린다.

'이만하면 혼을 좀 내 주기는 한 건가?'

그렇게 생각하던 민구는 이내 고개를 저었다. 애초부터 그럴 만한 싸가지도, 대가리도 없는 놈이다. 그런 놈들이 하는 선택이라야 뻔하다. 오늘 혼자서 못 당해 냈으니 내일 밤은 아마 댓 놈쯤 몰고 나타날 것이다. 물론 그래 봐야 빈 병실이나 실컷 구경할 테지만.

다음 날 아침, 고 하사는 민구가 잠실로 떠나기 전에 마지막으로 붕대를 갈아 주기 위해 병실을 찾았다.

"허어~."

병실 가까이 다가갔을 때부터 그의 입에서는 탄식이 터져 나왔다. 문 주변 복도가 온통 뻘겋다. 누군가 피를 흘렸고, 그걸 닦아 보려고 대충 문댄 흔적이다.

병실 손잡이에도 군데군데 피가 말라붙어 있다. 암만 피 보는 일이 흔한 좀비 세상이라고는 하지만, 군부대가 주둔하고 있는 건물 내에 이게 무슨…….

— 그놈 조심하시오. 기동이라는 놈인데, 질이 별로 좋지 않소.

피를 보자마자 자연스레 어제 민구라는 환자가 했던 말과 철책 부근에서 얼쩡거리던 그 덩치 큰 놈이 떠오른다.
설마…… 당한 건가?
자책감이 가슴을 엔다.
어제 좀 더 신경을 썼어야 하는데…… 제대로 걷지도 못하는 사람을…….
뭔가 단단히 사달이 났다. 발걸음이 정신없이 빨라진다. 고 하사는 급하게 문을 열었다.
"괘, 괜찮습니까!"
"아, 잘 잤소? 일찍부터도 와 줬군."
창가에 서 있던 민구가 태연한 말투로 인사를 건넨다. 너무 태평해서 긴장했던 이쪽이 오히려 바보짓을 한 느낌이 들 정도였다. 하지만 병실의 꼴은 평화와는 아주 거리가 멀었다.
복도의 핏자국은 방 안에 비하면 아무것도 아니었다. 입구 주변 바닥부터 창가까지 온통 붉은 피로 점철이 되어 있다. 그나마 대충 닦은 게 이 정도니, 사건이 일어났을 당시에는 말도 아니었을 것이다.
"아, 그거…… 닦는다고 하긴 했는데…… 미안하게 됐소. 잘 안 되더군."
고 하사의 시선이 피에 꽂혀 있자 그걸 의식한 민구가 멋쩍게 중얼거렸다.
아니, 이 양반아, 지금 그걸 닦고 안 닦고가 중요한 게 아니잖아. 이거, 누구 피냐고…….
고 하사는 고개를 들어 민구를 보았다.
"설마 누가 죽은 건 아니죠?"

"후후후, 우리 둘 다 알잖소. 사람이 어딘가 뚫려서 죽으면 그보다 훨씬 더 많은 피가 나온다는 거. 그냥 체벌 비슷한 거였지."

민구는 여유로운 척 빙그레 웃고 있지만, 실제 그의 몸 상태는 그리 좋아 보이지 않았다. 양쪽 옆구리에 각각 혈흔이 있고, 안색은 창백하다. 목숨을 걸고 싸우다 부상을 입은 게 뻔했다. 소독을 하고 붕대를 갈아 주며 고 하사가 물었다.

"그…… 기동인지 뭔지 하는 사람 짓입니까?"

"정확히는 내가 한 짓이지. 이 피는 기동이 거긴 하지만."

"아니, 계단도 못 올라가는 양반이 무슨 힘이 있어서 이런 일을 벌였다는 건지……."

"그냥, 배운 재주라고 합시다."

휴, 고 하사는 마음속으로 한숨을 쉬었다.

군인들이 바로 한 층 위에서 분대 단위로 잠들어 있는 동안 이 난리를 떨었다고?

이 민구라는 사람도 어지간하지만, 영 골치 아픈 놈이 쉘터 내에 있는 모양이다. 총을 들고 있는 군인들에게야 별 위협이 되지는 않겠지만, 일반 수용자들은 그놈에게 협박을 당하고 있을지도 모르겠다.

"그럼 그 사람, 아직도 베인 상처가 남아 있겠네요? 음, 어쩌지? 그 상처랑 이 피를 증거로 삼아서 체포할 수 있으려나?"

고 하사가 고민하자 민구는 고개를 저었다.

"그래 봐도 되지만, 아마 핑계는 벌써 다 만들어 놨을 거요. 유리에 넘어졌다든가, 누구 딴 놈들이 증언도 해 줄 거고. 그런 게 생활이니까."

하긴, 다쳤다는 이유로 체포할 수는 없다. 그런 것보다는 좀 더 확실한 현장을 잡아야 할 거다. 고 하사의 답답한 마음을 아는지 민구는 다시 한번 강조했다.

"내가 잠실에서 다시 돌아올 때까지는 항상 그놈을 눈여겨보고 조심하시오. 무슨 변고가 일어나려면 그놈이 앞장서서 난리를 칠 테니까."

Chapter 45
서바이벌의 숲

01

진우는 중앙 고속 도로 북쪽 방향으로 달리고 있었다. 아침 안개가 조금 껴 있고, 주변에는 여전히 아무것도 없지만, 기분은 꽤나 좋다.

씨잉— 씨잉—.

바람이 귓가를 스치며 아주 경쾌한 소리를 만들어 낸다. 자전거와 아스팔트 도로라는 두 가지 문명의 이기 덕에 그는 어제 하루 만에 지난 일주일 동안 이동했던 거리를 모두 합친 것보다 훨씬 더 먼 거리를 주파했다.

인가가 많은 곳을 피하기 위해 고속 도로와 국도를 옮겨 타면서 중앙 고속 도로까지 왔다. 이 페이스대로라면 오늘 해 떨어지기 전에, 좀 늦어져도 내일이면 화천 부근까지 닿을 수 있을 것이다.

"여기는 차도 별로 없구나."

빽빽하게 자동차가 늘어서 있던 다른 도로들과 달리 중앙 고속 도로는 한산한 편이었다. 그나마 몇 안 되는 자동차들도 한쪽 구석으로 밀려나 있어서 도로는 그야말로 시원하게 뻥 뚫려 있다. 페달을 밟을 맛이 난다.

촤악— 촤악—.

진우는 신나게 다리에 힘을 줬고, 자전거는 빠르게 그를 앞의 공간으로 이동시킨다. 우측에는 산, 좌측에는 평야, 그리고 앞에는 쭉 뻗은 왕복 4차선 도로뿐이다.

오랜 시간 핸들을 잡고 있다 보니 아직 다 낫지 않은 오른팔의 상처가 땅기기는 하지만, 이 정도 고통은 충분히 감수할 만했다.

"있을까?"

진우가 혼잣말을 했다. 정말로 만 발이 있을까? 화천이 먼 꿈이 아니라 정말로 구체적이고 실현 가능한 목표라고 인식된 순간부터 그의 가슴은 두근거렸다. 그리고 그 두근거림의 주된 원인은 기대보다는 불안감 때문이었다.

혹시…… 이 모든 어려움을 다 뚫고, 내가 가진 모든 에너지와 실탄을 다 쓰고 찾아갔는데, 그런데 구령대 아래의 흙이 다른 곳과 별반 차이가 없으면 어떻게 하지? 죽어라 파 봤는데도 만 발이 든 상자가 나오지 않으면 어떻게 하지? 김 상병님은 그냥 나를 놀리려고 아무렇게나 던진 농담이었는데, 나는 거기에 모든 희망을 걸고 있는 거면 어쩌지?

사실 김 상병은 충분히 그런 짓을 하고도 남을 만큼 싱거운 사람이었다. 생각하면 할수록 불안감은 자꾸 커지고 가슴속은 멀미를 하는 것처럼 울렁거린다.

총알이 없다면, 자대 구령대 아래에 만 발이 없다면, 진우는 자신이 그 순간 허물어져 버릴까 봐 두려웠다. 그 자리에서 훌훌 털고 일어나지 못할까 봐 무서웠다.

"아니야, 있어. 반드시 있으니까 일단 거기까지 가기나 해. 이 새끼, 일이 닥치기도 전에 겁부터 내고. 꽉꽉 밟아!"

진우는 늘어지려는 자신의 허벅지와 종아리를 다그치고, 긍정적으로 생각하기 위해 애를 썼다. 하지만 그 만 발 때문에 스트레스를 받는 것은 어쩔 수 없다. 잊어버리고 오로지 현실에만 집중하려 해도 자꾸 상상이 된다.

예비 탄창까지 다 쓰고, 겨우겨우 부대 게이트를 통과해서 아무도 없는 연병장을 가로질러 가 삽으로 땅을 파는 자신의 모습. 그리고 왠지 시간 배경은 황혼이 질 무렵, 여기에 만 발이 없다는 걸 깨닫는 자신…….

으아아아! 생각만 해도 온몸의 피가 싹 빠져나가는 것 같다. 그 뒤의 상황이 전혀 상상이 안 된다는 게 더 두렵다.

"씨발, 근데 만약에…… 구령대 아래가 이미 파헤쳐져 있으면 어쩌지?"

한번 싹을 틔운 부정적인 생각들은 자꾸 쑥쑥 자라나기만 한다. 진우가 그 지독한 심리적 괴로움에서 벗어날 수 있게 된 건 오르막을 만나면서부터였다.

"끄으으으~ 끄으으으~."

기어를 바꿔 가며 어떻게든 오르막길을 올라가 보려던 진우는 결국 포기하고 자전거에서 내렸다. 허벅지는 화끈화끈 터져 나갈 것 같고, 무릎이 시큰거린다.

젠장, 이번 오르막은 너무 길고 경사도 가파르다. 나란히 서서 끌고 가려니, 자전거라는 건 은근히 짐이 되었다.

"젠장, 오르막 만든 새끼들은 다 감옥에 처넣어야 돼. 이왕 길을 깔 거면 그냥 평평하게 만들 것이지."

그렇게 씩씩거리며 그래도 겨우 정상에 가까워졌을 때, 이상한 소리가 귓가를 울렸다.

응? 진우는 이마를 찌푸리며 뒤를 돌아봤다. 하지만 아무것도 없다. 그러는 동안에도 소리는 조금 더 가까워지고 명확해졌다.

부르르르릉―.

엔진 소리다.

이런! 당황한 진우가 자전거를 돌려 왔던 길을 되짚어 내려가려고 할 때, 엔진 소리의 주인공, 레토나와 육공 트럭은 벌써 오르막의 반대편에서 정점으로 올라와 우뚝 멈춰 선다.

하아아~ 하아아~. 여러 대의 군용 트럭이 자신을 굽어보고 있다는 걸 알면서도 진우는 한 발도 떼지 못했다. 숨을 곳이 없다. 자전거로 속력을 낸다고 해 봐야 자동차를 뿌리칠 수는 없고, 오히려 더 수상하다는 인상만 줄 뿐이다. 물론 지금도 더할 수 없이 충분히 수상하지만…….

길길길길, 정차한 자동차들의 엔진에서 요란한 소리가 울려온다.

젠장, 젠장…… 이렇게 큰 소리가 나는데 왜 몰랐지? 왜 미리 좀 산속으로라도 도망쳐 있지 못했지?

진우의 머릿속에 후회가 솟았다. 일어나지도 않은 미래의 일을 걱정하느라…… 씨발, 당장 코앞까지 뻗어 온 커다란 위험을 몰랐다. 멍청한 새끼…….

"손 들어!"

트럭에서 뛰어내린 병사들 한 무리가 그에게 총을 겨누며 다가온다. 진우는 순순히 시키는 대로 했다. 달리 어쩔 방법이 없으니까.

콰창!

갑자기 기댈 곳이 없어진 자전거가 자빠진 뒤, 내리막 쪽으로 스르륵 미끄러졌다.

하아아~ 하아아~. 불안함 때문에 커진 자신의 숨소리가 직접 뇌를 울리는 것 같다.

쿵쾅쿵쾅, 뇌까지 전달되어 울릴 만큼 심장 박동이 강해졌다.

여기까지 왔는데 다시 끌려가는 건가? 다시 어딘가를 지키다 닳아 없어지는 소모품이 되어 버리는 건가?

눈앞이 캄캄하다. 병사들이 달려와 진우의 총과 배낭, 탄창, 대검, 그리고 실탄이 한 발 남은 권총까지 모두 수거했다. 진우는 발가벗겨진 것 같은 기분이었다. 머리가 핑핑 돌고, 온몸은 땀으로 흠뻑 젖었다.

"이 새끼 뭐야? 깜짝 놀랐네. 뭔데 이런 데에서 할랑할랑 돌아다니고 있어? 옷 꼬라지하고는…… 어쭈, 자전거까지 타고? 소풍 나왔냐?"

레토나에서 내린 소령이 진우를 보며 비아냥거렸다. 그러더니 진우의 무장에 관심을 보였다.

"총이 두 자루야? 이 권총은 또 뭐고? 탈영병인가?"

"아닙니다! 저는 삼척 원자력 발전소 경비 대대 2중대 1소대 1분대……."

쫘악—.

소령의 옆에 서 있던 중위가 끼어들며 난데없이 풀스윙으로 따귀를 날렸다.

눈앞에서 별이 번쩍 튀고, 볼이 빨갛게 달아오른다.

"아가리 다물어, 이 개새끼야! 어디서 거짓말을 지껄여? 대가리가 돌았나? 여기서 삼척이 어딘데."

"하아~ 삼척 발전소가 좀비들에게 뚫려서 경비대가 전멸했습니다. 저는 그걸 알리기 위해서……."

짝—.

또 따귀다. 이 중위 놈은 어지간히 따귀를 좋아하나 보다. 진우는 미동도 하지 않았다. 그깟 따귀가 문제가 아니다. 이제 자유를 박탈당할 위기에 빠졌다. 어쩌면 없는 죄를 뒤집어쓰고 총살당할지도 모른다.

진우의 입술은 바짝바짝 말랐다. 그때, 소령이 끼어들어 만류했다.

"됐어, 됐어. 김 중위, 중요한 작전 앞두고 쓸데없는 일에 힘 빼지 마. 좀 놀라기는 했지만, 이 새끼를 만나서 좋은 일도 있잖아. 적어도 이 도로는 안전하다는 거야. 이제 슬슬 매복에 신경을 쓸 만큼 가까이 온 거라 은근히 신경이 쓰였는데. 야, 탈영병."

진우는 대답하지 않았다. 소령은 같잖다는 듯 콧방귀를 뀌며 물었다.

"너 여기까지 오는 동안 다른 부대 병사들 본 적 있나? 이 직선 도로에서 말이야. 특히 한 5킬로미터 근방에서."

"……없습니다."

"들었지? 내 생각도 그래. 그 새끼들이 만약에 미리 마중을 나와서 매복하고 있었더라도 이렇게 수상한 새끼가 그냥 지나가도록 내버려 뒀을 리가 없잖아. 그냥 한 방 갈겨서 잡아 버리고 말지. 좋아, 저기까지는 안전하다, 이거지? 야, 그 탈영병 새끼 일단 태워라. 번거롭게 영창 보내는 것보다 훨씬 재미있는 쓸데가 생각났다."

매복? 한 방? 뭔 소리지? 누가 매복을 하고, 누가 군인에게 총을 쏜다는 거야? 진우는 두 장교의 대화를 따라잡기 위해 필사적으로 머리를 굴렸다.

트럭으로 끌려가면서 진우는 중위의 눈빛에서 공포를 읽어 냈다. 이 사람은 두려움 때문에 난 화를 자신의 뺨을 때리는 것으로 해소하려 했던 것이다.

그런데…… 대체 뭐가 그렇게 두려운 거지?

진우는 그걸 이해할 수 없었다.

진우를 태운 트럭은 다른 차량들과 함께 길게 뻗은 경사로를 내려갔다. 조금 전 그가 죽어라 힘을 써 가며 올라왔던 그 오르막이 돌아서서 보니 아주 시원한 내리막길이다.

와지끈, 트럭은 매정하게도 진우의 자전거를 짓밟고 지나갔다. 진우에게는 그 소리가 희망이 깨지는 상징처럼 느껴졌다.

진우는 자신의 양옆을 지키고 앉은 병사들의 얼굴을 슬쩍 바라봤다. 이들의 얼굴에도 두려움과 경계의 기색이 가득하다. 완전무장. 게다가 위장크림. 좀비 세상이 온 이후에 위장크림 바르는 놈은 그 잘난 척 쩔던 애송이 장갑차장 이후 처음이다. 뭔가 심상치 않다.

"저기 지금…… 무슨……."

빡!

맞은편에서 곧바로 군화가 날아온다. 호되게 정강이를 차인 진우는 얼굴을 찡그리며 입을 다물었다.

그래, 좋아. 비밀이다, 이거냐? 마음대로 해 봐라. 어차피 이제 다 끝난 모양이니까.

진우는 고개를 숙인 채 자신의 미숙함을 탓했다.

아까 거기에서 조금만 더 일찍 알아챘더라면…….

하긴 근데 더 일찍 알았어도 별로 달아날 만한 데가 없긴 했다. 국도로 옮겨 탄 트럭들은 한동안 더 울퉁불퉁한 흙먼지 길을 내달리다가 멈춰 섰다.

"야, 그 새끼 데려와."

전 병력이 다 트럭에서 내리고 있을 때, 누군가 진우를 붙잡아 중위 앞으로 끌고 갔다. 끌려가며 진우는 주변을 돌아봤다. 사방이 다 산이다.

산, 산…… 이런 옌장, 또 산속으로 들어와 버렸다.

중위는 진우의 멱살을 잡아끌며 멀리 좁은 도로 끝의 표지판을 지목했다.

"저기 저 표지판 보이나? 교차로에 있는 거."

"보입니다."

"거기까지 걸어가. 걸어가면서 계속 좌우 경계하고, 그러다가 저 표지판에 닿으면 총구를 돌리면서 사격 자세를 취해. 좌측으로 한 번, 우측으로 한 번. 그런 후에 곧바로 뛰어서 되돌아와. 무슨 말인지 알아들었나? 야, 이 새끼한테 아까 들고 있던 총 한 자루 들려 줘라. 탄창 다 비워서."

중위의 명령을 받은 병사들은 탄창의 실탄을 빼 버린 다음, 진우의 낡은 총을 되돌려 줬다. 빈총을 받아 든 진우는 난감했다. 무슨 일인지 전후 사정은 모르지만, 이놈들이 자신을 미끼로 삼으려 한다는 것만은 이제 분명히 알겠다. 척후병보다도 더 먼저 출발하는 미끼.

씨발, 사람을…… 이렇게 써도 되는 거냐? 내가 무슨 지렁이도 아니고…….

"이 작전, 성공적으로 마무리하고 돌아오면 과거의 죄는 묻지 않고 다시 복귀할 수 있도록 조처해 주겠다. 그러니 이번에는 도망갈 생각 하지 않도록. 알겠나? 자, 출발……."

퍼억!

뻔뻔한 소리를 지껄이던 중위의 가슴팍이 뚫리고, 총소리가 그보다 약간 늦게 들려왔다.

타앙!

진우의 얼굴에는 중위에게서 터져 나온 붉은 피가 확 뿌려졌다.

웃! 진우는 재빨리 피를 훑어 내고 바닥에 납작 엎드렸다. 그의 가슴이 땅에 닿는 것과 거의 동시에 무수한 총성이 사방에서 쏟아져 내렸다.

투투투투투— 탕— 타아앙— 투투둑— 투투둑— 타타타타타—!

방향과 거리, 근처의 지형에 따라 조금씩 다르게 들리기는 하지만, 꽤나 많은 수의 총구가 그들을 향해 불을 뿜고 있다. 중위와 소령이 말하던 매복이 여기에 있었다.

"으아아아아!"

트럭에서 내려 아직 채 전열을 가다듬지 못한 병사들은 거의 무방비에 가까운 상태였고, 그래서 순식간에 수십 명의 사상자가 발생했다. 트럭 주변에는 피가 어지러이 튀고, 고개를 돌리는 곳마다 어린 병사들이 눈을 홉뜬 채 죽어 있다.

"트럭 뒤에 숨어! 대응 사격 해!"

지휘관들이 미친 듯이 소리를 질러 대지만, 대부분의 병사들은 날아드는 총알 때문에 고개조차 들지 못하고 있다.

파악, 파바박.

응사를 하기 위해 몸을 일으키던 병사가 대여섯 발을 한꺼번에 맞고 뒤로 날아간다.

피이잉— 핑— 팅—.

진우가 엎드린 자리 부근으로도 총탄이 수없이 날아와 꽂혔다. 그의 얼굴에서 불과 50센티미터도 떨어지지 않은 자갈이 총알에 맞아 쪼개지며 흙먼지가 어지럽게 날린다. 좌측 산이다. 좌측 산의 중턱에서 쏴 대고 있다.

"으아이!"

투투투투투—.

일부 병사들이 용감하게 응사를 했지만, 그들도 이내 엉망으로 꿰뚫린 피투성이 시체가 되고 말았다. 상대가 되지 않는, 일방적인 싸움이었다.

당연하다. 저쪽은 미리 총구를 고정한 채 이쪽을 기다리고 있었고, 이쪽은 저들이 어디에 있는지도 정확히 모르면서 대강 지향 사격만 하고 있는 것이니까.

털썩, 진우의 바로 옆으로 피투성이 시체가 쓰러졌다. 두 구나! 진우는 좌우를 둘러보았다. 아무도 그에게 관심을 두지 않고 있다. 그렇다면…… 자기 몸 앞으로 시체들을 끌어당긴 진우는 시체의 총에서 탄창을 빼 자신의 K-2에 끼웠다.

그러고는 시체들을 엄폐물 삼아 쌓아 놓고, 그 뒤에 숨어 전방을 향해 총구를 겨눴다. 목표는 조금 전부터 그를 노리고 계속 총알을 날리던 산 중턱 소나무 뒤의 누구인지 모를 개새끼.

투투둑— 투투둑—.

목표물의 머리통이 박살 난 걸 확인한 뒤에도 진우는 목표를 바꿔 가며 쉬지 않고 방아쇠를 당겼다.

투투둑— 투투투—.

누구에게 소속되어 누구를 향해 총구를 겨누는 것인지도 모르는 채로 그는 이상한 전쟁에 말려들어 버렸다.

02

탄창 한 개분의 실탄은 금방 바닥을 드러냈다. 진우는 두 시체의 전술 조끼에 손을 뻗어 예비 탄창들을 빼냈다.

퍼억! 퍼억!

시체의 다리와 몸통에는 계속해서 총알이 박히고, 그럴 때마다 크게 흔들리며 총상 부위에서는 붉은 피가 주르르 흐른다.

윽! 총알이 빗발쳐 날아오는 동안 진우는 고개를 푹 숙이고 기다렸다. 침착해야 한다. 어차피 저놈들을 금방 다 못 죽인다. 그러니까 서두르면 안 된다.

타타타타타— 타타타타—.

진우의 인내심을 한계까지 끌어내리는 듯 총성은 쉬지 않고 울리고, 바로 코앞의 땅이 움푹움푹 팼다. 박살 난 뒤쪽의 바위에서 돌가루와 먼지가 쏟아져 내린다. K-3가 긁고 있는 모양이다.

타타타타— 타타타타—.

"끄아아악!"

진우의 옆에 납작 엎드려 있던 병사가 허리를 직격당해 비명을 내지른다. 그의 척추에서 뼛조각과 살덩어리, 내장과 신경이 엉망으로 뒤섞여 튀어나왔다.

치치칫, 탄산수 캔이 터진 것처럼 피가 솟는다.

끄으으~. 아직 죽지도 못한 병사의 얼굴과 팔다리에 또다시 총알이 꽂혔다.

젠장, 젠장······.

진우는 이를 악물었다. 그가 몸을 숨기고 있는 이곳, 영 좋은 자리가 아니다. 엄폐물이 너무 없고, 시야가 탁 트여서 상대방이 조준하기에는 더할 나위가 없다.

으아악―!

또 다른 희생자의 단말마가 뜨거운 피와 함께 터져 나온다. 비명이 빗발친다. 이미 총에 맞은 병사, 막 총에 맞은 병사, 그리고 총에 맞을까 봐 겁을 먹은 병사까지······ 다들 울부짖고 있다.

하긴 이 상황에서 비명조차 흘러나오지 않는 게 더 이상하다. 그리고 비명을 지르면서도 병사들은 열심히 방아쇠를 당겨 댔다.

투투투― 투투투투투투― 투투투투―.

겨우 양각대를 펴고 사격 준비를 마친 이쪽의 K-3들이 불을 뿜었다. 빨간 불꽃처럼 빛나는 실탄이 좌측 산의 중턱을 향해 어지럽게 날아간다. 이제야 좀 숨을 돌릴 틈이 생겼다.

K-3의 등장 이후 자신을 향해 날아오는 총알이 확연히 줄어들었다 싶었을 때, 진우는 다시 총구를 들어 적진을······ 누구인지도 모르는 적진을 겨눴다.

둥근 가늠자에 적병의 윤곽이 들어온다.

투투둑―.

낡은 총의 정확도를 장담할 수가 없어서 진우는 세 발을 잇달아 날렸다.

파악!

놈의 고개가 뒤로 젖혀진다. 그리고 또 바로 옆의 놈·······.

진우는 세 놈을 더 쓰러뜨리고 난 후, 곧바로 몸을 일으켰다. 이만큼 난리를 쳐 놨으니 적들의 관심도 이쪽으로 쏠릴 것이다. 이 자리를 떠야 한다.

진우는 허리를 숙인 채로 트럭 뒤쪽을 향해 뛰었다.

핑― 피빙―.

총알이 바로 근처를 스치고 지나가며 날카로운 소리를 낸다.
마침내 트럭 근처까지 도달한 진우는 재빨리 몸을 날렸다.
팅, 트럭의 짐받이를 총알이 때리며 불꽃이 인다.
투투투투투투, 투투투투투—.
대여섯 정의 K-3가 지원사격을 하기 시작한 이후, 이쪽의 병사들은 그나마 조금 기를 펴고 싸울 수 있게 되었다. 수백 발이 순식간에 산 중턱을 어지럽히고 나면 저쪽의 사격이 주춤해지고, 이쪽의 병사들이 고개를 들고 방아쇠를 당겼다. 이러니저러니 해도 중대 단위의 병력. 그리 쉽게 궤멸되지 않는 것이다.
하지만 동시에 이길 것 같다는 느낌도 들지 않는다. 병사들이 자동차 뒤에 몸을 숨긴 채 열심히 응사를 하고는 있지만, 정확도나 명중 비율은 확연히 떨어졌다. 좌측 산까지는 거리가 꽤 돼서 눈 나쁜 사람은 어디에서 총알이 날아오는지조차 파악하기 어려울 정도였다.
저쪽은 이 도로라는 하나의 선을 목표로 하는 반면, 이쪽은 저 산 어딘가라는 커다란 면적을 상대하고 있다. 시작부터 불공평한 싸움이다. 게다가 이쪽의 유일한 엄폐물이라고는 트럭뿐이다.
"하아아~ 후우우~."
진우는 숨을 헐떡이면서 탄창들을 전술 조끼에 채워 넣고, 다시 싸울 준비를 마쳤다. 하지만 여전히 왜 여기에서 이 지랄을 하고 있는 건지는 전혀 모르겠다.
방아쇠를 당길 때, 그는 분명히 보았다. 좌측 산속에 매복하고 있던 저 병력도 국군이다. 무슨…… 북한군이나 외국의 군대 같은 게 아니다.
그러니까 저 도로에 널브러져 있는 수많은 피투성이 시체들을 만든 것도 국군, 저쪽 산속 어딘가에 엎어져 있을 시체를 만든 것도 국군이다.
그리고 아까 장교들의 대화에서 엿들었던 것처럼 이 싸움은 우발적인 사고 같은 게 아니라 군 내부에서 벌어지는 계획적인 전쟁인 것이다.
국군들끼리 서로를 제압하고 죽일 계획을 세웠다고? 씨발, 이게 대체 무슨 미친 짓이야? 힘을 합쳐 좀비를 잡는 것만으로도 버거운데…….

진우는 울상을 지었다.

팅, 티딩— 피잉!

값싼 연민 따위는 집어치우라고 말하는 것처럼 총알이 날아와서 트럭을 때린다.

푸슈숫—.

터져 버린 타이어에서는 바람이 새어 나오고 있다.

병사들은 트럭에 몸을 숨긴 채 팔만 내밀어 대응 사격을 하는 중이다. 운이 정말 좋지 않고서야 보지도 않고 쏘는 저런 총알이 맞아 줄 리 만무하다.

다들 얼마나 정신이 없는지 조금 전까지 포로였던 진우가 무장한 채 자신들 사이에 섞여 있는데도 아무도 신경 쓰지 않는다.

진우는 혹시 달아날 곳이 있을까 싶어 주변을 돌아봤다. 바로 지근거리에 있는 우측의 산은 가깝기는 한데, 도로와 인접한 20여 미터 구간에 나무가 너무 적어 몸을 숨기며 올라가기가 어려워 보인다.

시간을 만들어 내야 한다, 어떻게든 저 민둥산 구간을 무사히 돌파하여 나무들 사이에 몸을 숨길 수 있는 시간을.

"중앙이야! 중앙을 겨눠!"

지휘관들은 트럭 뒤에 바짝 달라붙어 움직이지도 않으며 계속해서 뭐라고 무의미한 지시를 해 대고 있다. 그때마다 K-3의 조준점이 이동하지만, 별로 달라지는 건 없다. 애초부터 제대로 직시하지 않은 채 그저 자신의 느낌을 바탕으로 명령을 내리고 있는 것뿐이다.

전술은 한심하고 지형은 불리한 데다 병력도 전투에 숙련되어 있지 않지만, K-3의 수가 저쪽보다 이쪽이 더 많은 덕에 그래도 근근이 버텨 낸다.

이만하면 전멸은 아니겠다 싶어 어떻게 하면 이 상황을 돌파해 낼 수 있을까 하는, 얕은 희망이 고개를 들었을 때, 좌측 산 쪽에서 무시무시한 소리가 들려왔다.

텅텅텅텅텅— 텅텅텅— 텅텅텅텅텅—.

물론 이번에도 소리가 들려오기 전에 실탄이 먼저 날아와 박혔다.

콰콰콰쾅! 콰쾅!

40㎜ 고폭탄이다. 탄두가 박히는 소리 자체가 다르다. 콘크리트가 박살 나서 사방으로 파편이 튀고, 트럭의 강판도 뻥뻥 뚫린다. 얼마나 오래전부터 준비를 철저히 한 매복이었는지, 저 무거운 K-4를 산 중턱까지 짊어지고 올라가 설치까지 해 둔 것이다.

콰아앙―.

몇 발 직격당한 트럭들이 폭발해서 불길에 휩싸인 채 튀어 올랐다. 그 뒤에 숨어 있던 병사들은 졸지에 엄폐물을 잃고 뛰어나와야 했고, 그렇게 무방비로 노출된 병사들은 적 K-3의 먹이가 되기 딱 좋았다.

투투투투투― 투투투―.

한 번씩 K-3가 훑고 지날 때마다 병사들은 온몸이 피투성이가 된 채 흙먼지가 이는 바닥을 뒹굴었다. 그 시체들 위로 40㎜ 고폭탄이라도 한 번 꽂히면, 살덩이와 피가 튀어 올라 비처럼 쏟아진다. 지옥이다.

"개새끼들아!"

피와 불을 보고 흥분한 병사들이 좌측 산 중턱을 향해 난사를 한다. 하지만 그들은 이렇게 사람 대 사람의 전투를 오늘 처음으로 경험한 신출내기들이다. 당연히 허점투성이고, 그래서 노련한 지휘관이 필요한 것이지만, 지휘관들 역시 실전 경험이 없기는 매한가지였다.

그러니 이런 매복에 걸려들어 꼼짝도 못 하고 당하고만 있는 것이다. 100명을 훌쩍 넘겨 보이던 병력은 어느새 절반 이하로 확 줄어들어 있다. 그리고 대부분의 병사들 얼굴에는 절망과 두려움이 가득하다. 이미 이 싸움은 졌다는 패배 의식이 순식간에 중대 전체로 번져 간다.

투투투투― 투투투―.

또 한 번 적의 K-3가 한바탕 총탄을 퍼부어 댄다. 불길을 피해 뛰어나갔던 병사들이 벌집처럼 온몸이 꿰뚫린 채 쓰러져 갔다. 아까부터 줄곧 트럭 아래에 몸을 숨긴 채 놈들의 위치를 살피던 진우는 산의 좌측에서 K-4를 찾아냈다.

물론 바위와 나무에 가려져 정확히 보이진 않는다. 이미 진지를 구축해 놓고 그 안에 들어가 쏴 대는 중이어서 보이는 것은 검은 총구와 하이바 정도뿐이다.

텅텅텅텅— 텅텅텅텅텅—.

체인이 울리며 발사되는 저 소리가 악마의 웃음같이 들린다. 놈이 목표로 삼은 지역은 순식간에 초토화되고, 그 범위 안에 숨어 있던 병사들은 전혀 대비도 못 한 채 죽음을 맞이했다.

퍼엉—.

고폭탄에 직격당한 병사의 상체는 아예 사라져 버렸다.

처리해야겠다. 진우는 총구를 겨눈 채 K-4의 위치를 좀 더 특정하기 위해 애를 썼다. 검은 총구와 하이바 사이에 아주 작게 존재할 무방비의 공간을 마음속으로 상정해 거기에 총알을 날리기로 했다.

저 K-4 사수에게 아무런 원한도 없고, 의무감 따위는 더 없다. 하지만 저놈이 계속 저 묵직한 고폭탄을 발사하도록 내버려 둔다면 얼마 안 가 이 부근이 모두 불바다가 되고 말 것이다. 그러면 진우 자신도 살아남기 어렵다.

텅텅텅— 텅텅텅텅—.

K-4의 조준이 자신에게서 멀어진 틈을 타 진우는 입술을 꽉 깨물고 정든 K-2의 방아쇠를 당겼다.

투투둑— 투투둑—.

사격을 하고 있으면서도 확신이 서지 않는다. 육안으로만 보고 쏘는 거라 대강의 위치를 향해 총알을 날리는 것이지, 정확한 하나의 지점을 겨누고 있는 게 아니다.

어쨌든 여러 발을 날리다 보면 적중되는 게 한두 개는 나올 것 같아서 진우는 계속 비슷한 위치를 향해 총알을 날렸다.

하지만 아직 적중시키지 못했다. K-4가 건재하다는 것을 놈의 그 독특한 발사음이 일러 주었다.

텅텅텅— 텅텅텅텅—.

투투툭— 투투투투—.

적 편의 K-4, 진우의 K-2. 서로 계속 교차하며 울려 대던 두 화기의 합주가 어느 순간 독주로 바뀌었다.

투투둑— 투투둑—.

남은 것은 K-2의 발사음뿐. 힘없이 아래로 축 처진 K-4의 총신과 뒤로 젖혀진 두 개의 하이바가 보인다. 드디어 저 지긋지긋한 놈을 잡아 버렸다.

피잉— 티잉, 팅! 팅!

진우가 좋아할 틈도 주지 않고 수십 발이 총알이 날아든다. 하긴 그 귀중한 전력인 고속 유탄발사기를 봉쇄해 버렸으니 놈들도 어지간히 화가 났을 것이다.

몇 차례 맞받아치던 진우는 더 버티지 못하고 낮은 포복으로 물러나 타이어 뒤에 몸을 숨겼다.

하아아~ 하아~. 진우는 긴장을 덜어 내기 위해 숨을 골랐다. 좀비들을 수없이 죽여 오면서, 또 네 명의 탈영병과 싸움을 벌이면서 전쟁에 어느 정도 익숙해졌다고 생각했는데, 그건 완전한 착각이었나 보다.

서로 총알을 주고받는, 그것도 대규모의 인원이 서로를 향해 난사를 해 대는 이런 전쟁은 좀비들과의 그것과는 다른 느낌으로 무서움을 안겨 준다.

'언제 내 머리통도 날아갈지 모른다.'

진우는 주변을 둘러보았다. 이제 남은 병사는 채 30명이 되지 않는다. 반면 저쪽은 진우에게 사살된 몇몇을 제외하면 개전 이후 지금껏 거의 피해를 입지 않고 있다.

텄다. 도망이나 쳐야겠다.

진우는 달아날 궁리를 좀 더 본격적으로 하기 시작했다.

투투투투— 투투투—.

저쪽의 병사들은 한층 기세가 올라 더 열심히, 맹렬하고도 부지런히 방아쇠를 당기고 있다. 견디다 못해 총알이 날아온 방향을 향해 대응 사격이라도 할라치면, 곧바로 놈들의 집중 공격 대상이 되어 버린다.

이런 상황이니 난사 후에 달아나는 것은 꿈도 꿀 수 없다. 진우는 벌써 한참 전부터 타닥거리며 불이 날 거라는 신호를 보내고 있는 중앙의 트럭 두 대가 폭파되어 주기만을 간절히 기다렸다. 불꽃과 함께 검은 연기가 높이 피어오를 때, 그 짧은 시간 동안이 기회다. 그때를 틈타서 우측 산속으로 도망쳐 들어가야 한다.

치칫— 치칫— 화르르르르—.

진우가 기다리던 기회는 생각보다 빨리 찾아왔다. 아까부터 K-4에 한참을 두들겨 맞은 앞쪽의 트럭에서 먼저 발화가 시작되었고, 불길은 곧바로 뒤차마저 삼켜 버렸다.

화르르르—.

두 대의 트럭에서 시꺼먼 연기가 하늘 높이 솟아오른다. 시야가 가려졌다. 이제 누군가 지원사격을 해서 주의를 흐트러뜨려 주면 더 좋기는 한데…….

그런 생각을 하고 있을 때, 소위 한 명이 몸을 일으켜 K-2를 난사했다.

"야, 이 채양균의 개새끼들아! 반란군 새끼들!"

알아듣지 못할 소리만 가득하지만, 그 의미 따위를 묻고 있을 여유는 없다. 겁 없이 대드는 소위와 그 주변의 병사들 쪽으로 놈들의 총구가 쏠리는 동안, 그 틈을 놓치지 않고 진우는 곧바로 산을 향해 뛰었다.

파바바박—.

바로 머리 옆을 스치며 총알들이 날아와 박힌다. 그를 겨냥하고 쏜 것은 아닐 테지만, 정말 뼛속까지 오싹해진다.

돌무더기가 부서져 내리고, 흙먼지가 날리는 오르막을 몇 걸음 정도 뛰어오른 진우는 미리 봐 뒀던 바위 뒤에 바짝 몸을 붙였다. 그러고는 총알이 날아오는 방향을 향해 방아쇠를 당겼다.

투투투투— 투투투— 투투투—.

목표로 삼았던 두 개의 점을 제압한 뒤에 진우는 다시 다리에 힘을 모아 뛰어올랐다. 아래쪽에서 총성이 울리는 동안에 어떻게든 달아나 둬야 한다.

핑—.

또다시 근처를 때리는 총알. 진우의 목이 움츠러든다. 자신을 집요하게 노리는 놈들이 모두 처리된 게 아니다. 진우는 곧바로 몸을 돌려 응사했다. 물론 방향은 그저 감으로 짐작하는 것이다.

팅— 팅— 티디잉—.

발아래, 옆구리 부근, 하이바 위쪽, 얼굴 근처까지…… 꽤나 가까운 곳에 탄착군이 형성되고 있다. 진우는 눈을 부릅뜨고 흙먼지와 불꽃이 어지럽게 튀는 사이에서 적의 발사 지점을 찾았다.

산 중턱의 바위 뒤, 나무가 주변에 무성하게 우거진 곳. 컴컴한 나무 그늘에서 불꽃이 번쩍거리며 실탄이 날아와 주변을 때린다.

"거기구나!"

진우는 곧바로 총을 들어 올린 후, 놈을 향해 방아쇠를 당겼다.

탕, 탕, 탕탕탕— 탕탕탕탕—.

그러고 나서 다시 몸을 돌려 뛰었다. 확인할 것도 없다. 명중했으니까. 아래쪽에서 응사하던 병력의 수는 확연히 줄어서 이제는 총소리가 띄엄띄엄 울렸다.

"끄응차!"

진우는 절벽의 바위 사이에 휘어져 자라나 있는 소나무를 꽉 잡고, 그 위로 몸을 끌어 올렸다. 그러고는 단단한 바위 뒤에 몸을 숨겼다.

핑— 핑— 피잉—.

뒤늦게 쫓아온 총알이 바위를 때리지만, 어림없다. 그 정도에 관통될 크기가 아니다. 이제 진우는 나무도 엄폐물도 거의 없는 20여 미터의 민둥산 구역을 다 돌파했다.

후우~ 후우~ 두 번 크게 숨을 고른 진우는 잠시도 더 지체하지 않고 숲과 바위가 만든 그늘 속을 내달려 더 높은 곳으로, 더 깊숙한 산속으로 들어갔다. 마지막으로 바위를 때리던 총알. 자신이 달아났다는 걸 아는 놈들이 있다. 쫓아올지도 모른다.

진우는 옆구리에 단단히 총을 낀 채 어딘지도 모르는 숲속을 전속력으로 내달렸다.

탕탕탕탕탕— 투투투투— 끄아아아— 콰아아앙—.

전장의 총소리와 비명이 아스라이 멀어지고, 자신의 숨소리와 흙을 밟는 전투화 소리만이 점점 더 또렷하게 울린다. 푸른 풀 향기가 콧속에 가득 차 있던 화약 냄새를 밀어내고 들어온다.

"윽!"

허벅지의 근육에 힘이 풀려 쓰러질 때까지 진우는 산속을 달렸다.

하아아~ 하아아~ 바닥에 쓰러진 진우는 주변을 둘러보았다. 깊은 숲속, 온통 나무와 흙뿐이다.

큭, 크크크큭…….

이 상황이 너무 어처구니가 없어 진우는 얼굴을 일그러뜨리며 웃었다.

왜, 왜 나를 이 개같은 싸움에 끌어들인 걸까? 어차피 다 그렇게 죽을 거였으면서…… 나같이 보잘것없는 사람 하나, 자전거 타고 제 갈 길 가는 게 그렇게 배가 아프고 화가 났단 말인가.

탈영? 탈영이 죄라고? 아군들끼리 총질하기 위해 출동하던 놈들이? 그래서 내 뺨을 그렇게 갈겼어?

큭큭큭크, 진우는 히스테릭한 웃음을 한동안 멈출 수 없었다.

가장 웃긴 건 배낭이었다. 그 개새끼들이 배낭을 홀랑 빼앗아 가는 바람에 물 한 병, 건빵 한 조각 없이 또 이렇게 산속에 던져졌다.

큭큭큭큭큭.

03

진우는 덤불숲 속에 큰대자로 누워 한동안 미친 사람처럼 웃다가 찡그리다가를 반복한 후에야 좀 진정할 수 있었다. 믿어지지 않는다. 불과 한 시간 전만 해도 그는 화천에 닿을 수 있다는 것을 조금도 의심하지 않고 있었다. 다만 걱정되는 바라면, 그저 만 발이 구령대 아래에 있을 것인가 아닌가 하는 정도…….

자전거는 잘 굴러갔고, 배낭에는 마실 물과 먹을 것이 들어 있었다. 하나만 챙겨 온 스팸은 아끼느라 아직 뜯지도 않았었다. 터널에서 잔뜩 소비하기는 했어도 탄약은 여유가 있고, 총은 두 자루에 장비도 필요한 만큼은 갖추고 있었다.

그런데 이게 뭐람? 오르막길에서 그 트럭을 만나지 않았더라면, 서로 잠시만 엇갈려 지났더라면 이렇게 어딘지도 모르는 산속에 누워 있지 않아도 됐을 텐데.

젠장, 진우는 더듬더듬 손으로 짚어 전술 조끼에 끼워 둔 탄창의 수를 확인했다. 30발짜리 탄창 두 개…… 아까 시체가 된 병사들에게서 빼낼 수 있는 만큼은 빼낸다고 했는데, 살아남으려고 싸우다 보니 이것만 남았다. 도망쳐 나오기 전에 더 보충을 할 수 있었으면 좋았겠지만, 그런 데 눈 돌릴 여유는 없었다.

사실 여기까지 도달한 것도 운이 70퍼센트는 도와준 거다. 자신의 바로 옆 바위를 때리던 총알, 그게 허벅지나 등을 꿰뚫었을 수도 있었다. 총에 장착되어 있던 클립에는 여섯 발이 남아 있다. 진우는 일단 그 여섯 발 남은 탄창을 탄창 집에 넣고, 꽉 차 있는 새 탄창을 끼웠다.

이거야 원, 그야말로 목숨만 살려 줬구나.

진우는 속으로 한숨을 쉬었다. 삼척 발전소에서 벗어난 그 아침에 펜션의 화재로 모든 걸 잃었다고 생각하던 때보다도 오히려 살림이 더 쪼그라들었다. 그간 꽤나 요긴하게 써먹었던 대검도, 권총도, 플래시도, 주야 조준경이 달린 K-2도 이제 없다.

그럼 뭐가 남았지?

진우는 주머니 속에 손을 넣어 봤다. 묵직하게 느껴지던 것은 지포라이터다.

이거 기름을 마지막으로 넣었던 게 언제였지? 라이터 연료는 배낭 안에 있는데…….

윗옷 주머니에는 껌 반 통이 들어 있다. 그리고 팔목에 찬 시계. 그게 그가 가진 장비의 전부다. 심지어 물병도 없다.

"아, 씨발. 나 존나 부자네."

좆같다고 생각하면서도 일단 껌부터 하나 까서 씹었다. 목이 바짝 말라 있어서 이렇게라도 입을 속이지 않으면 구역질이 날 것 같아서다.

일어나 앉은 진우는 질겅질겅 껌을 씹었다. 입술에 말라붙어 있던 피 때문에 과일 맛과 함께 비릿한 쇠 맛이 느껴진다. 그 중위의 피…….

자신에게 미끼 역할을 지시하던 중위의 가슴이 난데없이 뻥 뚫렸을 때, 그의 그 시뻘겋고 뜨거운 피를 뒤집어쓰며 받았던 충격이 생생하다.

적은 보이지도 않고, 인지되지도 않았다. 그냥 아주 멀리서 모습을 감추고 있다가 경고도 없이 방아쇠를 당겼다. 그걸로 끝이었다.

그것은 진우에게 또 다른 경험이었다. 지금까지 그의 전투는 육박전을 위해 다가오는 좀비들을 원거리에서 저지하는 것이었다. 그래서 시야에 잡히지 않으면 적도 없고, 위협도 없는 거였다.

예외적으로 탈영병들과 상대한 적은 있지만, 그때도 놈들이 쏘리라는 것 정도는 미리 알고 있었다. 하지만 이건…… 이건 완전히 다르다. 이건 정말로 영화에서 보았던 것 같은, 전통적인 전쟁이다.

오늘 나는 대체 왜, 누구와 싸운 거였을까?

아무리 생각해 봐도 답이 나오지 않아 진우는 고개를 저었다.

대체 왜 벌건 대낮에 국군들끼리 이런 교전을 벌여야 하는 거지?

두 미친 중대장의 개인적인 싸움처럼 보이지는 않았다. 뭔가 서로 명령받은 작전을 수행한다는 느낌이었다.

그렇다면 군이 반으로 갈렸나? 그래서 이제부터는 언제 어디서든 총알이 날아와 얼굴을 박살 낼 수도 있다는 건가…….

하아아~ 저절로 한숨이 나온다. 이런 걸 알아 버렸으니 앞으로 마음 편히 큰 길로 다니기는 텄다. 언제라도 오해를 받고 저격의 표적이 될 수 있으니까.

"그건 그렇고……."

진우는 몸을 일으켜 조금 전 자신이 미친 듯 내달려 왔던 길을 돌아보았다.

얼마나 달려온 걸까? 10분? 15분?

산길이었으니 넉넉히 잡아도 1킬로미터 남짓이나 겨우 될 것이다. 그리 멀리 도망 온 건 아니다.

타다아아아앙— 타아아앙—.

아직도 저 멀리에서 울리는 총성이 아주 작게 들려올 만큼 가깝다면 가까운 거리.

이제 여기에서 어떻게 할까? 현실적으로 가장 중요한 질문이다. 66발의 실탄만 믿고 그냥 무작정 달아나? 아니면 돌아가서 교전 현장에서 쓸 만한 물건들을 좀 집어 올 수 있는지 살펴볼까?

선택의 문제라고는 하지만 둘 다 참 택하고 싶지 않은 길이다. 무작정 달아나면 미래가 없다. 당장 점심 끼니부터가 없으니 고생길은 훤하게 예정되어 있다. 게다가 예순 발 정도의 탄환만 가지고서는 이 산길을 통해 화천까지 가기에는 아무래도 무리다.

그렇다고 총격전의 현장으로 다시 돌아가려니 발이 떨어지지가 않는다. 아무래도 너무 위험하다. 좌측 산에 매복했던 병력 중에는 자신이 달아났다는 걸 본 놈들이 있다. 만약에 놈들이 추격대라도 꾸렸다면 그때는 이쪽에서 마중을 나가는 모양새가 된다.

하지만 그럼에도 불구하고 진우가 그곳에 미련을 버리지 못하는 이유는 단 한 가지였다. 거기에는 실탄이 있다. 그것도 잔뜩.

진우를 태우고 여기 도달했던 게 100명이 넘는 병력이었으니, 병사 하나당 탄창 세 개씩만 남아 있다고 해도 만 발이 훨쩍 넘는다. 기세등등하게 완전무장을 하고 왔지만, 대부분의 병사들은 탄창 하나를 다 비우기도 전에 전사해 버렸다. 탄창 하나는커녕 안전장치도 해제 못 한 채 죽어 버린 녀석들도 허다할 것이다.

죽은 병사들의 전술 조끼에 장착되어 있던 탄창들이, 이제 그들에게는 아무 쓸모 없는 그 실탄들이 눈에 어른거리는 듯하다. 그것만 챙길 수 있다면 굳이 화천까지 갈 필요도 없다. 배낭 하나 가득 탄창만 채워서 메고 가벼운 발걸음으로 서울을 향해 가면 된다.

"아, 진짜 가벼운 발걸음 같은 소리 하고 앉아 있네……. 위험하다고, 이 미친 놈아!"

진우는 욕심을 부리는 자신에게 짜증을 섞어 내뱉었다. 하지만 논리적으로 생각해 봐도 충분히 위험을 감수할 만큼의 이점이 거기에는 있다. 그렇게 많은 실탄이 방치되어 있는 상황을 언제 다시 또 만날 수 있다는 기약이 있는 것도 아니고.

마음을 정하지 못하고 몇 번이나 제자리에서 빙글빙글 돌던 진우는 결국 다시 왔던 길을 되짚어 걷기 시작했다.

그의 마음을 정해 준 원인 중에는 조금 전부터 더 이상 총소리가 들리지 않는다는 사실도 꽤나 크게 작용했다. 죽은 당사자들에게는 유감스러운 일이지만, 병력 전체가 깨끗이 전멸했다는 의미이다.

막장 드라마처럼 진우가 연달아 뺨을 맞을 때 거만한 표정으로 지켜보던 소령도, 빈총을 쥐여 주며 빙글거리던 중위도, 트럭 안에서 자신의 정강이를 걷어차던 그 이름도 모르는 병장도, 그 주변에서 두려움이 가득 찬 초점 없는 눈으로 바닥만 보고 있던 병사들도…… 모두 다 죽은 거다.

"하아아~ 다들 소모되어 버렸구나."

수풀 속을 걸어가며 진우가 중얼거렸다. 다시는 군대에 돌아가지 않겠다는 다짐이 더 확고하게 굳는다. 단순히 군복을 입었다는 이유만으로 얼굴도 모르는 어떤 놈이 내린 명령을 수행하다가 영문도 알지 못한 채 닳아 없어진다. 단 하루를 살더라도 이제 더 이상은 그렇게 살고 싶지는 않다. 그의 복무는 삼척 발전소가 무너지던 밤에 끝났다.

발소리를 죽여 가며 30분 이상을 걸어서 다시 문제의 그 교전 현장 부근으로 돌아올 수 있었다. 불탄 트럭에서 뿜어져 나온 연기가 워낙 높고 진하게 솟아오르고 있어서 방향을 잡는 건 그리 어렵지 않았다.

이제 충분히 가까워졌다 싶어졌을 때, 진우는 나무 그늘 안에 몸을 숨기고 귀를 곤두세웠다.

사람들의 말소리, 타닥거리며 뭔가가 불타는 소리…… 두 소리가 섞여 있다. 젠장, 개새끼들이 여기까지 와서 다 죽었는지 확인하는 모양이다. 매복에 성공했으면 시체 정도는 그냥 내버려 두고 돌아갈 것이지…….

진우는 조금 낙담하면서도 자세를 낮추고 천천히 전진했다. 여기까지 왔으니 눈으로 확실하게 보고 판단을 하고 싶다.

부스럭— 부스럭— 와삭—.

싱싱한 풀을 밟는 아주 작은 소리조차도 조심스럽다. 신중하게 한 발, 한 발을 내디디면서 도로가 보일 수 있는 위치까지 이동한 진우는 바위 뒤에 숨어 빼꼼 고개만 내밀었다.

20여 미터 아래에 줄줄이 서 있는 트럭들과 그보다 몇 배는 많은 병사들의 시체가 눈에 들어온다. 연한 회색 아스팔트는 양동이로 뿌려 놓은 것처럼 흥건하게 붉은 피로 덮여 있다.

매복조였을 것으로 보이는 열댓 명의 병사들이 그 사이로 걸어 다니며 대검을 끼운 총으로 시체들을 한 번씩 건드리고 지나간다. 푹푹 찌르거나 확인 사살을 하는 건 아니었다.

그저 외상이 두드러지지 않거나 엎어져 있는 시체들을 골라 대검을 사용해 뒤집어 보는 정도다. 총구멍이 숭숭 뚫린 트럭 안으로 들어가 보는 병사들도 있었다.

진우로서는 좋은 소식이 아니다. 여기에 병사들이 서성거린다는 것도 문제지만, 그 수가 열댓 명밖에 되지 않는다는 게 더 큰 문제였다.

그렇다는 말인즉, 아직도 저 산 중턱 어딘가에 대부분의 병력이 그대로 남은 채 여기에는 일부만 보냈다는 의미이므로. 이놈들이 가 버린 뒤에도 한동안 저 도로 아래로 내려가기는 틀렸다.

'밤이 돼서 어두워질 때까지 기다려야 하나…….'

진우는 생각했다. 젠장, 마실 물 한 모금이 없는데 그때까지 어떻게 버텨야 할지 막막하다. 그리고…… 막상 그가 바라는 그런 기회가 밤에 와 준다고 해도 달빛에만 의존해서 100구가 넘는 저 시체들 사이를 헤집고 기어 다니며 주머니마다 더듬거려야 한다.

으…… 상상을 하는 것만으로도 진우의 얼굴이 일그러졌다. 그가 아는 가장 무서운 괴담의 주인공도 그 정도로 끔찍한 일은 경험하지 않았다.

아래에서는 여전히 시체 확인이 계속되고 있다. 승전의 주인공들이지만, 매복조 병사들의 표정도 그리 밝지는 않았다. 다들 얼굴을 찌푸린 채로 자신과 같은 모양, 같은 색깔의 군복을 입고 죽어 있는 시체들을 살펴보며 피를 밟고 지난다. 자신들도 얼마 못 가 이런 모습이 되어 버릴 수 있다는 걸 본능적으로 느낄 터였다.

"우에에엑— 우웩!"

심하게 훼손된 시체의 곁을 지나던 병사 하나가 결국 구역질을 참지 못하고 길가로 뛰어가 허리를 굽혔다. 다른 놈들도 이따금씩 손으로 입을 가리며 헛구역질을 한다.

그래, 그럴 테지.

진우는 이해할 수 있다는 눈빛으로 토악질을 하고 있는 병사들을 바라봤다. 그 역시 삼척에 처음 배치되었을 때 좀비들의 시체를 보고 미치는 것 같았었다.

내장이 밖으로 다 터져 나오고 팔다리가 잘린 채 쓰러진 또래들의 시신을, 그것도 여기까지 비릿한 냄새가 느껴질 정도인 피범벅 위에서 보고 있는데 속이 뒤집히고 눈물이 나지 않으면 그게 비정상이다. 물론 진우 자신은 이제 꽤 무뎌지기는 했지만.

시체와 피에 대한 반응을 볼 때, 저 도로에서 시체들을 확인하고 있는 저 녀석들 역시 전투를 많이 해 본 놈들은 아니다. 그것이 좀비를 대상으로 하는 것이든, 사람을 대상으로 하는 것이든 말이다.

좀비 세상이 왔다고는 해도 배치되는 지역과 임무에 따라 시체 구경이 익숙해지지 않을 만큼 교전에서 멀리 있는 녀석들이 있는 모양이다.

그런데 그들 중 두 놈이 진우의 눈길을 끌었다. 잔뜩 움츠러들어 있는 다른 병사들에 비해 그 두 놈은 꽤나 적극적으로 돌아다니면서 이런저런 지시를 하고 있다.

단순히 간이 큰 놈들인가, 라고 생각할 수도 있지만, 전술 조끼의 색깔이나 재질이 다른 병사들과 확연한 차이를 보인다. 누가 봐도 사제 방탄조끼다.

무기도 달랐다. 놈들은 K-2보다 총신이 짧고 앞쪽에 소음기가 장착된 총을 들고 있다. 탄창도 폭이 좁고 길쭉한 K-7 기관단총이다. 둘 중 한 놈은 등에 길쭉한 저격 소총도 메고 있다.

뭐지? 진우는 고개를 갸웃거렸다. 이병 계급장이 증명해 주듯 진우가 군 생활을 오래 경험한 건 아니지만, 저런 장비와 무기를 들고 다니는 일반 병사는 본 적이 없다. 비슷한 걸 봤던 기억은 예전에 707특임대와 삼척 시내에서 함께 작전을 수행했던 때 정도뿐.

그렇다면 특수부대라는 건가…….

그 두 명의 K-7 소지자는 다른 병사들을 지휘해서 현장을 정리하는 중이었다.

'아냐, 이 개새끼야. 꼰지르지 마. 그냥 너 혼자만 알고 있어.'

일반 병사 중 하나가 어떤 지점을 가리키며 K-7 소지자에게 뭔가 말하는 걸 본 진우는 하마터면 버릇처럼 몸에 밴 혼잣말이 입 밖으로 튀어나올 뻔했다.

그 병사가 무슨 이야기를 하는 건지 직감했기 때문이다. 그놈의 손가락이 가리키고 있는 건 아까 자신이 탈출할 때 타고 올랐던 그 루트였다. 놈이 이곳저곳을 지목해 댄다. 아마 이렇게 이야기하는 것 같다.

'이쪽으로 뛰어 도망가는 놈이 하나 있었지 말입니다.'

대화를 마친 K-7 소지자는 근엄한 표정으로 진우가 숨어 있는 산 쪽을 둘러본다.

어떻게 할까?

놈의 고민이 여기까지 들리는 듯하다.

총격전이 벌어진 지 이미 한 시간 가까이 지났으니 달아났다고 하는 그 시간부터 계속 뛰어갔다고 상정하면 적어도 4킬로미터는 멀어져 있다. 물론 방향도 모른다.

이 넓은 산속에서 반경 4킬로미터면 거의 무한정한 범위라고 봐야 한다. 게다가 목표물도 계속 움직일 테니, 그럼 더 찾아내기가 어렵다.

겨우 한 명의 병사 때문에 그 짓을 해야 할 필요가 있을까? 어차피 혼자만의 힘으로 생존해 자기 부대까지 돌아간다는 건 불가능한 일일 텐데…….

놈의 얼굴은 대강 그런 말을 하고 있었다.

'그래, 맞아. 도저히 생존할 수가 없어. 좀비들이 배회하는 산속이라고…… 하루도 못 버틸 거야. 그러니까 제발 이쪽 일은 잊어버리고 그냥 돌아가. 돌아가서 총기 정비나 해. 돌아간다…… 돌아간다…….'

진우는 그런 생각을 하며 놈에게 염력으로 주문을 걸려 애를 썼다. 그러는 사이에도 구토를 동반한 시체 확인 작업은 계속 진행되었다.

그나마 다행스러운 점이라면 이놈들이 시체를 뒤져서 무기를 꺼내 간다든지 하는 기미는 보이지 않는다는 거다. 아마 아직 보급품이 넉넉하게 남아 있는 모양이다.

이놈들이 수색을 다 마치고 여기에서 벗어나 저 밭두렁인지 벌판인지를 한 300미터 이상 가로질러 걸어가서 산속으로 사라져 버린다고 해도 그걸로 끝나는 건 아니다.

밤의 어둠이 자신을 가려 주기 전까지는 안심하고 산을 내려갈 수 없다. 장기전이 되어야 할 상황이라서 진우는 어두워질 때까지 일단 좀 더 물러나 있기로 했다.

바위 뒤, 나무 그늘 속에 숨어 있다고는 해도 놈들의 얼굴이 보일 만큼 가까운 데서 계속 시간을 보내는 건 가슴이 조마조마한 일이었다. 지금도 몇 분 동안이나 숨도 제대로 못 쉬어 가며 기척을 죽이고 있는 중인데, 이게 꽤나 힘이 든다.

까딱 손을 잘못 짚어 돌이 굴러떨어지기라도 하면 곧바로 놈들의 주의가 이쪽으로 쏠리게 될 것이다. 그런 위험을 감수할 필요가 없다. 그리고 조금 전부터 점심 식사를 거른 배가 아주 조그맣게 꼬르륵거리고 있다.

이 소리는 점점 더 커지면 커졌지, 작아지지는 않을 거다. 진우는 새를 노리며 다가가는 고양이처럼 조심조심 네발로 뒷걸음질을 쳐서 물러났다.

"휴우~ 먹고살기가 힘드네."

도로를 살피던 지점에서 300미터 이상 물러나 야트막한 언덕 위에 자리를 잡은 진우는 하이바를 벗고 땀을 식혔다. 덥다. 물이 마시고 싶다. 염탐하는 내내 어금니 사이에 꼭 끼워 뒀던 껌을 다시 씹어 갈증을 달래면서 진우는 도로와 이어진 방향의 산길을 노려보았다.

시계가 가리키는 시간은 이제 겨우 1시가 조금 넘었다. 캄캄해지려면 앞으로 댓 시간은 족히 이렇게 기다리고 있어야 한다.

젠장, 뭘 하면서 시간을 보내지? 졸면 안 되는데…….

진우의 껌 씹는 속도가 빨라진다. 벌건 대낮에 아무것도 않고, 그저 시간을 죽여 보는 건 정말 오랜만의 일이어서 낯설기까지 하다.

입대하기 전에 친구들과 함께 보냈던 평범한 휴일 오후가 자연스럽게 떠오른다. 삼식이 새끼가 여자 만나러 나가고 나면 다 큰 놈 셋이 방구석에 누워 있다가 서로의 방귀 냄새나 맡던, 그 평화로운 시절.

그놈들…… 다시 볼 수 있을까? 한 번만이라도 좋으니 그때처럼 친구들 사이에 누워 하품을 하면서 '뭐 좀 재미있는 거 없냐?'를 다시 지껄이고 싶다.

낙담해서 고개를 숙인 채 하이바 안쪽에 붙여 둔 핑크 펀치의 사진을 보고 있던 진우가 흠칫 놀라 고개를 돌렸다.

이거 지금…… 설마? 아주 작기는 하지만, 분명 들린 것 같다.

그 특유의 이상한 포효. 좀비다!

진우는 사방에서 메아리치는 작은 울림들 중에 소리의 진짜 근원을 찾기 위해 이마를 찌푸리며 하이바를 다시 썼다. 어째 한가하게 옛날 생각이나 할 때가 아닌 모양이다.

그롸아아아—!

진우가 몸을 일으켰을 때는 훨씬 또렷해진 소리가 들렸다. 이건 꽤나 가깝다. 방향도 다르다. 그러니까 방금 울음소리를 냈던 그놈과는 다른 놈이다.

"야, 얘들아. 오지 마. 다음에 와라. 나 지금 총 쏘면 안 된단 말이야. 저기 있는 새끼들이 듣는다고!"

울음소리의 크기나 빈도도 그렇고, 소름이 돋지 않는 걸 봐도 그다지 많은 수는 아니다. 하지만 지금 그의 사격 솜씨는 봉인해 두는 편이 낫다.

진우는 좀비의 울음소리가 들려온 쪽의 반대 방향을 향해 급하게 걷기 시작했다. 일단 피하자. 피하면 놈들은 분명히 트럭 쪽으로 몰려갈 거다. 불만 나면 신이 나서 달려드는 놈들이니까. 그러면 저기서 수색하고 있던 놈들이 다 죽이든가 하겠지…….

진우의 계산은 그거였다.

하아아~ 하아아~.

숨을 헐떡이며 구불구불한 비탈을 걷던 진우는 내리막길 앞에서 멈춰 섰다. 아, 씨발. 저절로 욕이 나온다. 꾸역꾸역 비탈길을 기어 올라오던 좀비 한 마리와 정면으로 눈이 마주쳤다.

녀석도 어지간히 오랫동안 돌아다녔는지 반팔 와이셔츠가 거의 넝마 수준으로 더럽혀진 채였다.

총은…… 총은 쓰면 안 되는데…….

진우의 관자놀이로 한 줄기 굵은 땀이 흘러내릴 때, 넝마 셔츠 좀비가 꾸에엑! 소리를 지르며 비탈길을 뛰어 올라온다. 한쪽 다리가 발목뼈밖에 남지 않은 놈이라고는 믿어지지 않을 스피드다. 달아나기는 다 글렀다.

빙글—.

진우는 총을 돌려 두 손으로 총구를 꽉 잡았다.

휘익—.

야구 배트처럼 돌아간 K-2의 개머리판이 놈의 얼굴을 후려갈겼다.

빠악!

머리통을 직격당한 좀비는 중심을 잃고 비탈 아래로 굴러떨어졌다. 왼쪽 눈알도 어디론가 튀어 나가 버렸다.

하지만 멀쩡히 살아 있다. 두세 바퀴를 구르던 좀비는 타격음의 메아리가 끝나기도 전에 벌떡 일어나 진우를 향해 또다시 쇄도했다. 진우도 다시 한번 힘차게 개머리판을 돌렸다.

빠악—.

첫 타격 때보다 더 큰 소리가 났다. 제대로 들어갔다고 생각했지만, 이번에도 좀비는 다시 몸을 일으켰다.

젠장, 역시 무게가 문제인 건가…….

진우는 K-2의 개머리판을 내려다봤다. 이건 애초에 사람의 두개골을 부수기 위한 용도로 만든 물건이 아니다. 싸움이 길어질수록 눈앞의 좀비보다 큰 소리가 나는 것이 더 무섭다. 한 번씩 총으로 후려칠 때마다 진우는 깜짝깜짝 놀라며 뒤를 돌아보게 된다.

혹시 그 소리가 도로에 있던 놈들에게까지 들리지 않았을까 하는 걱정 때문이다. 몇백 미터나 떨어져 있으니 이 정도는 괜찮을 듯도 하지만, 아무래도 신경이 쓰이는 건 어쩔 수 없다.

그롸아아악—.

다른 데 신경 쓰지 말고 자기만 바라보라는 듯 넝마 셔츠 좀비가 크게 포효한다. 두 번이나 비탈 아래로 굴러떨어지는 동안 부러져 버린 놈의 오른쪽 팔꿈치는 이상한 각도로 돌아가 있다. 보기만 해도 아프다. 하지만 이놈에게 그런 건 중요하지 않은 모양이다.

녀석은 오로지 단 하나, 바로 눈앞에 있는 진우에게만 관심을 보였다. 뭐, 진우도 놈에게 아주 관심이 없는 건 아니긴 하지만…… 도대체 얼마나 더 세게 정통으로 맞아야 죽어 주겠다는 거냐.

미묘하게 뒤뚱거리면서도 빠르게 달려드는 넝마 셔츠 좀비를 향해 진우의 제

3차 타격이 날아간다. 그런데 이번에는 앞서의 두 번과 양상이 조금 달랐다. 비탈길을 뛰어오르다 발을 헛디딘 좀비가 앞으로 고꾸라졌고, 그 덕에 진우가 휘두른 K-2 개머리판은 놈의 머리가 아닌 팔목을 때렸다.

우득, 팔목 뼈가 골절되는 소리가 났지만, 머리를 때렸을 때처럼 뒤로 날려 보내는 데는 실패했다. 엎어졌던 넝마 셔츠 좀비가 네발로 기며 진우의 다리를 노리고 달려든다. 한쪽 팔은 팔꿈치가 꺾였고, 또 다른 팔은 팔목이 부러져 있는데도 제법 빠른 속도로 뛰듯이 기어온다.

"으앗!"

진우는 가벼운 비명을 흘리며 뒤로 물러났다.

딱, 딱, 놈의 위아래 이빨이 맞부딪칠 때마다 소름 끼치는 소리가 났다. 익, 진우는 총구를 잡고 K-2를 골프채처럼 휘둘렀다.

덜컥.

넝마 셔츠 좀비의 턱이 들리며 밖으로 삐져나와 있던 혀가 썽둥 잘려 나간다. 하지만 그 와중에도 녀석은 부러진 팔을 뻗어 진우의 전투화 끈 사이로 손가락을 쑤셔 넣었다.

으드득, 손가락이 뒤틀리는 소리와 함께 진우의 발이 휙 끌린다. 엄청난 힘이었다. 진우는 중심을 잃고 뒤로 넘어갔다. 그 바람에 손에서 총을 놓쳤다.

털썩, 엉덩방아를 찧은 진우를 향해 턱이 부서진 좀비가 몸을 날린다. 그러는 동안 전투화 끈 사이에 낀 놈의 왼팔도 180도 이상 돌아가며 뼈가 부러져 버렸다. 진우는 놈의 양쪽 어깨를 잡고 옆으로 비틀었다.

그롸아아ㅡ.

놈이 성치 않은 두 팔을 미친 듯이 휘두른다. 조금 전, 전투화 끈 사이에 끼었다가 겨우 빠져나온 놈의 왼 손가락들은 고문이라도 당한 것처럼 엉망으로 꺾인 채다.

데굴ㅡ 데굴ㅡ 데굴ㅡ.

서로 엉킨 진우와 좀비가 빙글빙글 돌며 비탈길을 함께 구른다. 한 번씩 아래

깔린 채 땅에 뒹굴 때마다 튀어나온 돌과 나무뿌리 따위가 숨이 턱턱 막히는 고통을 안겨 주었다. 하지만 진우는 눈앞의 좀비에게만 집중했고, 결국 마지막으로 멈춰 섰을 때, 놈의 위에 올라탈 수 있었다.

그와아아아—!

물론 마운트 포지션을 차지했다고 능사가 아니다. 이놈은 자기 팔이 꺾이고 부러져도 그 잘린 뼈의 튀어나온 단면으로 진우를 할퀴어 보려 애쓰는 놈이니까. 힘은 또 어찌나 센지 허리를 한 번씩 챌 때마다 몸이 휘청거린다.

진우는 무릎을 꿇은 채 두 다리로 놈의 팔을 봉인하고 하이바를 쓴 머리로 놈의 아가리에 박치기를 한 후, 그대로 꽉 눌렀다.

변형된 원산폭격 자세여서 영 꼴사나워 보일 테지만, 효과만큼은 확실했다. 거기에 더해 두 팔이 자유롭다는 장점도 있다.

으드득, 우두둑, 놈의 이빨이 안으로 꺾여 들어가고, 이미 덜렁거리던 아래턱도 더 벌어진다. 그러나…… 그러나 이 정도로는 놈이 죽지 않는다. 더 확실한 방법을 찾아야 한다.

진우는 목에 힘을 꽉 주고 버티면서 좌우로 눈동자를 돌려 필사적으로 쓸 만한 물건을 찾았다. 돌, 바위…… 묵직하고 단단한 것. 이 끔찍한 입 냄새를 뿜어내는 좀비 놈의 머리통을 완전히, 그리고 단번에 박살 낼 수 있을 만한 무기.

'저건……'

몇 개의 자잘한 자갈 사이에 긴 나뭇가지가 떨어져 있다. 꽤나 굵고 단단해 보인다. 그의 손이 닿는 범위 내에서는 그게 그나마 가장 쓸 만한 도구다. 진우는 손을 뻗어 나뭇가지를 움켜쥐었다.

으그르르, 으그그, 위에서 꽉 누르던 진우의 힘이 조금 분산된 틈을 놓치지 않고 좀비는 발버둥을 쳐 댄다. 진우는 얼른 목에 체중을 옮겨 실으며 버텼다.

"하아아~ 하아아~."

으그르르~.

서로의 입김이 고스란히 교차할 만큼 가깝고도 치열한 대치 상황. 그래도 진우는 나뭇가지를 손에 넣었다. 당구 큐대보다 좀 더 굵고 길이는 1미터 정도. 진우는 더 뾰족한 방향을 왼쪽에 오도록 잡았다. 그러고는 뒤로 휙— 허리를 젖혔다.

아가리를 꽉 누르고 있던 하이바가 사라지자 좀비는 곧바로 몸을 일으키며 이빨을 드러냈다. 진우는 두 손으로 나뭇가지를 잡고 세워 힘껏 박아 넣었다.

콱!

좀비의 아가리에 나뭇가지가 꽂힌다.

와가각!

이빨과 잇몸, 반 토막 난 혀가 다 안쪽으로 꺾여 들어가고, 입가가 찢어져 옆으로 벌어졌다. 단번에 머리 뒤쪽까지 관통하지는 못했지만, 그래도 놈의 가장 크고 위협적인 무기가 완전히 봉인됐다.

익! 익! 진우는 나무 끝을 꽉 잡은 채 힘을 주어 누르고, 좀비는 몸을 계속 일으키려 든다. 둘이 힘을 합쳐 좀비 머리를 꿰뚫는 것이다.

"이야! 좀! 죽어라!"

마지막으로 한 번 더 힘을 꽉 주려 할 때, 진우는 좀비와 눈이 마주쳤다. 눈알이 빠져 뻥 뚫린 왼쪽 안구가, 그 검은 구멍이 원망하듯 진우를 노려본다.

등골이 서늘해질 만큼 섬뜩하다. 하지만 진우는 놈의 눈을 피하지 않고 나뭇가지를 누르고 있던 손끝에 무게를 실었다.

콰직—!

뼈가 부서지는 느낌, 그리고 그 너머의 뭔가 물컹한 것이 한 번에 뭉개지는 느낌이 손바닥에 전해진다. 진우는 눈을 가늘게 뜬 채 이제 더 이상 움직이지 않는 좀비의 모습을 내려다보았다.

내가 이겼어…….

"후우우~."

좀비의 입에 박혀 있는 나뭇가지를 지팡이 삼아 짚고 일어나며 진우는 거친 숨을 몰아쉬었다. 확실히 육박전은 힘들다. 그래서 실탄이 간절한 거다. 어찌나 힘을 주며 누르고 버텼는지, 양쪽 정강이뼈가 다 멍이 든 것 같다. 이놈과 엉켜 굴러떨어질 때 작은 돌에 찍혔던 곳들도 뒤늦게 엄살을 부린다.

진우는 허리도 제대로 펴지 못하고 기다시피 비탈길을 올라가 총부터 집어 올렸다. K-2의 총신에 묻은 흙을 툭툭, 털고 다시 멜빵을 어깨에 걸었을 때, 진우는 고개를 푹 수그리며 한숨을 내쉬었다.

"으아, 진짜…… 이런 식으로 할 거냐?"

건너편 비탈 아래, 조금 전 넝마 셔츠 좀비가 서 있던 바로 그 위치 부근에 좀비들이 서 있다.

두 마리…… 이거, 육탄전으로 승산이 있을까? 벅차지 않을까? 하지만 총소리가 들리면 너무 위험해지는데…….

진우가 쉽게 마음을 정하지 못하고 갈등하는 동안 또 한 놈이 나무 뒤에서 불쑥 머리를 내밀며 나온다. 세 마리. 그리고 또 두 놈이 수풀을 헤치고 돌아 나온다. 이제 전부 합쳐 다섯 마리다.

큭, 진우는 미친놈처럼 끅끅 웃었다.

이런 개새끼들…… 차라리 처음부터 이렇게 한 번에 몰려와 줬으면 조금 전 그 피 말리는 몸싸움을 하지 않았어도 되는 거였잖아.

눈을 한 번 질끈 감았다 뜬 진우는 곧바로 사격 자세를 취하며 안전장치를 해제했다.

그렇게 총소리를 원해? 그렇게 내가 잘되는 꼴은 못 보겠어?

가장 왼쪽에 서 있던 아줌마 좀비의 부스스한 파마머리가 둥근 가늠자 안에 들어오자마자 진우는 방아쇠를 당겼다.

타아아아앙―.

고요한 산속을 온통 뒤흔드는 거대한 총소리. 그와 거의 동시에 파마머리 좀비의 목이 뒤로 휙 젖혀졌다. 나무에 앉아 쉬던 새들이 퍼드득거리며 날아오른다.

끄롸아아아아―.

네 마리가 한꺼번에 뛰어 올라온다.

칫, 진우는 한쪽 입술을 찡그리며 웃었다.

이것들아, 너희가 무서워서 오지 말라고 빌었던 게 아니야. 저 뒤 도로에 더 무서운 새끼들이 있으니까 그게 신경 쓰였던 거지.

진우는 시계 방향으로 몸을 돌리며 한 놈에 한 방씩 정확하게 머리를 꿰뚫었다.

타앙— 타앙— 타앙— 타아아아앙—.

뇌수가 터져 나온 네 마리의 좀비가 나무 그늘 아래 자빠져 버렸고, 진우는 분하다는 눈빛으로 도로 방향으로 이어진 산길을 돌아보았다.

타아아아아— 아아아— 아아아—.

아직도 메아리는 계속 울려 대고 있다. 이 정도면 제아무리 듣고 싶지 않은 놈들이라도 들을 수밖에 없었을 거다. 그리고 이제는 신경이 쓰여서라도 분명 쫓아오겠지. 그리 멀리 있지 않다는 것도 알았을 테니까.

'아우, 젠장! 내 총알! 피 같은 내 총알!'

도로의 반대편 산 쪽으로 내달리면서 진우는 마음속으로 악을 썼다. 분한 마음을 도저히 지워 낼 수가 없다.

씨발, 트럭이 불타고 사방에 총알이 박히는 그 상황에서도 살아남아 여기까지 도망 왔는데! 사방이 깜깜해진 달밤에 피 흘리고 누워 있는 100구의 시체 사이로 기어 다니며 손으로 더듬어 탄창을 빼낼 각오도 다 했는데!

그런데 저 좀비 새끼들 몇 마리가 기웃거리는 바람에 모든 게 다 허사가 됐다.

내 총알! 정말 욕심 안 부리고 탄창 100개만 챙겨 가려고 했는데!

피잉—.

소름 끼치는 소리. 총성이 울린다. 진우는 자세를 바짝 낮췄다. 바로 곁의 나무껍질이 움푹 파여 날아간다. 뒤를 돌아보았다. 저 멀리 지금 막 산 위로 기어 올라온 군인들이 새우깡만 하게 보인다. 애초에 300미터 정도만 물러나 대기하고 있었기 때문에 거리는 그리 멀지 않다.

진우는 나무 사이사이를 헤집으면서 지그재그로 내달렸다. 이렇게 해야 저격하는 놈이 힘들어한다는 이야기를 어디선가 들었던 기억이 난다.

그런데 그게 대체 어디서 누가 한 말이지? 지금처럼 목숨이 걸려 있는 상황에서도 따를 만큼 신빙성이 있는 이야기인가?

아까 보았던 그 인원 그대로라면 추격해 오는 상대는 약 열댓 명. 좀비라면 우스운 수겠지만, 쟤들도 다 총으로 무장하고 있다. 그러니 혼자서 그들 전부와 맞서 싸운다는 건 정말 무리한 일이다. 아까 저놈들처럼 매복이라도 하고 있는 거라면 또 모를까.

열댓 명 중에서도 진우가 가장 신경 쓰고 있는 건 아까 보았던 두 명의 특수부대원 중 긴 총을 메고 있던 쪽이다. 그 새끼, 분명 총에 엄청난 광학 장비들을 덕지덕지 달아 놨을 것이다. 총 자체도 비싼 외제 고급 저격 총일 테지. 지금 나무에 박힌 이 한 발 역시 놈이 쐈을 가능성이 아주 높다.

타앙— 타앙—.

또 총소리. 진우가 바위 뒤쪽으로 돌아 들어가던 순간이다.

팍, 놈이 쏜 총알은 근처의 다른 나무를 스치고 지나갔다. 패턴을 읽히면 안 된다고 생각해서 진우는 왼쪽, 오른쪽으로 미친 듯이 돌며 방향을 트는 주기를 계속 바꿨다.

문제는 그렇게 지그재그로 내달리다 보니 속도가 안 나온다는 거였다. 쫓아오는 놈들은 직선으로 달려오고, 자신은 좌로 갔다 우로 갔다 하면서 도망간다. 당연히 시간이 갈수록 양쪽의 간격은 줄어들 수밖에 없다.

대응 사격을 해서 쫓아오는 속도를 늦추고 싶은 마음은 굴뚝같지만, 일단 한번 발이 묶이면 저 뒤 어딘가에서 자신을 노리고 있을 저격수에게 기회를 주는 꼴이 된다.

미친놈처럼 나무 사이를 헤치고 이리저리 내달리던 진우에게 기회가 왔다. 꽤나 큰 경사의 내리막길이 나타난 것이다. 평지가 끝나고 내리막이 시작되는 지점, 나무 뒤에 뛰어든 진우는 아래쪽을 굽어봤다.

30미터 이상의 길고 가파른 비탈, 그리고 그 너머에는 나무로 빽빽하게 뒤덮인 나지막한 언덕들이 몇 개나 이어지고 있다. 거기까지는 일반적인 산에서 흔하게 볼 수 있는 풍경이다. 다만, 멀리 우거진 수풀 사이로 뭔가 다른 것들이 움직이는 게 보인다.

좀비들. 규모는 그리 크지 않다. 전부 합쳐야 규모 삼도 안 된다. 하지만 놈들은 하나의 무리를 이루는 게 아니라 제멋대로 흩어져 돌아다니는 중이다. 그래서 저 아래로 내려가면 안전한 루트라는 게 딱히 없다. 그리고 저 언덕들을 넘어가면 대체 뭐가 나올지 전혀 모르는 상황이기도 하다.

타타탕— 탕— 탕—.

추격해 오는 놈들의 K-2 소리가 등 뒤에서 요란하게 울렸다. 물론 아직은 거리가 있으니 저건 별로 무섭지 않다. 근처를 때리는 총알도 없다.

하지만 이쯤에서 한 번 브레이크를 걸어 줄 필요는 있을 성싶다. 진우는 총구만 밖으로 내밀고 좌우로 돌리며 세 번 3점사를 날렸다.

투투둑— 투투둑— 투투투—.

진우가 두 번째로 방아쇠를 당겼을 때, 날카로운 소리가 울려온다.

피이잉— 피이잉—.

그리고 그가 몸을 숨긴 나무의 귀퉁이가 팍 떨어져 나간다. 어찌나 가까웠는지, K-2의 총열에 놈이 날린 나무 파편이 튀었다.

이걸로 확실해졌다. 저격수 놈은 어딘가에 자리를 잡고 죽어라 자신의 얼굴만을 좇고 있는 거다.

그리고 지금은 내가 이 나무 밖으로 벗어나기를 기다리고 있겠지……. 좌인지, 우인지 고민하고 있나? 미안하지만, 난 옆으로 안 가. 뒤쪽으로 미끄러질 거야.

진우는 나무 뒤에 몸을 숨긴 채 비탈길 아래로 몸을 날렸다.

촤아아아아—.

아무리 흙과 풀로 덮인 부드러운 산길이라고 해도 미끄러져 내려가는 동안의 마찰로 등과 엉덩이에 불이 나는 것 같다.

진우는 필사적으로 전투화 바닥을 끌며 속도와 방향을 조절했다. 몸이 좀 아프기는 해도 저격수 놈의 위협에서 벗어나려면 어쩔 수가 없었다. 자신이 내리막길로 사라져 버린 걸 저격수가 깨닫는다고 해도 놈이 있던 곳에서 여기까지 뛰어오려면 또 꽤나 시간이 걸릴 것이다. 진우에게는 그 몇십 초가 필요했다.

쿵!

비탈이 끝나고 평지가 시작된 지점에 도착해 내동댕이쳐진 진우는 꼬리뼈를 문지르며 일어나 다시 뛰기 시작했다. 슬슬 어지럽고 목이 탄다. 아침에 자전거를 빼앗기고 뺨을 존나 맞았던 그때 이래, 수분이라고는 전혀 섭취하지를 못한 채 땀만 계속 흘렸다. 눈이 따끔거린다.

탁탁탁, 위에서 보아 두었던 루트를 따라 나무 사이로 뛰었다. 벅찬 오르막의 정점에서 점프를 해 그다음 언덕의 중간 지점까지, 또 도움닫기를 한 후 점프를 하고…….

그렇게 죽어라 뛰고 있을 때, 오른쪽 저 멀리서 자신과 거의 나란히 달려오는 좀비를 보았다.

휙— 휙— 좀비의 방향이 슬쩍 사선으로 바뀐다. 아무리 열심히 뛰어도 놈과의 거리는 점점 좁혀진다.

진우는 속도를 늦추고 놈을 향해 총구를 돌렸다. 그러고는 격하게 뛰는 가슴의 움직임에 맞춰 방아쇠를 당겼다.

탕!

좀비의 왼쪽 귀와 눈, 그리고 뇌의 일부가 사라져 버렸다. 좀비는 달려오던 관성을 못 이기고 앞으로 고꾸라져진 뒤, 더 이상 움직이지 않았다.

"저기다! 저기!"

비탈 위쪽에 도착한 추격대 놈들이 아래 언덕에 있는 진우의 모습을 찾아내고 고함을 친다. 곧바로 정신없이 총소리가 이어졌다.

타타타타— 타타타타— 투투둑— 투투둑— 탕— 탕—.

진우는 언덕 아래로 미끄러지며 몸을 숨겼다. 근처를 때리는 총알은 없다. 워낙 거리도 있고, 각도상으로도 사각이니까.

발사하는 쪽에서도 얼마 지나지 않아 그런 사실을 깨달았는지, 총성이 잠시

멎었다가 다시 시작되었을 때는 한결 단조로운 소리로 바뀌었다.

투투투투— 투투투투투— 투투투—.

몇 놈만 제압사격을 하는 꼴을 보니, 아마 지금쯤 몇 명인가는 비탈 아래로 내려오고 있는 모양새였다.

그럼 이쪽도 슬슬 움직여 줘야 할 타이밍이다. 그 신경 쓰이는 저격수도 잠시 후면 도착해서 다시 자리를 잡을 테니까 그 전에 멀어질 수 있는 만큼 멀어져 둬야 한다.

언덕에 몸을 숨긴 채 횡으로 이동하던 진우는 슬쩍 고개를 들어 비탈길 쪽을 돌아봤다.

추우우욱— 촤촤촥—.

가파른 언덕을 뛰어 내려오느라 병사들은 다들 애를 먹는 중이다. 이렇게까지 할 필요가 있냐고 물어보고 싶은 집요함이었다.

훗, 다시 달리기 시작한 진우는 코웃음을 쳤다.

오고 싶으면 와 봐. 근데 조심해라. 여기에는 나만 있는 게 아니야.

04

추격대들은 진우의 예상보다 조금 페이스가 빨랐다. 쫓아올지도 모른다는 생각을 하긴 했지만, 저렇게 아무 고민 없이 곧바로 비탈을 뛰어 내려올 거라고는 예측하지 못했다.

저 위 능선에서는 이 아래 나무숲 사이로 언뜻언뜻 비치는 좀비들의 움직임이나 대강의 규모가 빤히 다 보였을 거다. 자신이 봤던 걸 저놈들만 보지 못했을 리는 없으니까. 그럼 좀 망설이기라도 하는 게 상식적인 일이다. 그런데도 이 병사들의 지휘관은 자기 새끼들에게 비탈을 미끄러져 내려가라고 명령했다.

'무조건 잡아! 반드시 죽여!'라는 명령을 받은 걸까? 대체 내가 뭐라고 생각해서 그렇게까지 하는 거지?

대가리가 조금이라도 도는 놈들이라면 패잔병 하나를 잡자고 병사들을 여기까지 내려보낼 이유가 없다. 이 숲은 좀비라는 이동형 지뢰가 잔뜩 깔린 지뢰밭이다. 정말 위험한 사지다. 진우에게도, 그의 뒤를 쫓고 있는 저 추적자들에게도…… 공정하게 위험하다.

어쨌든 진우로서는 추적자들의 병력이 둘로 갈린 게 그리 나쁠 것 없는 상황이었다. 그리고 아마 저 비탈 위에도 슬슬 좀비들이 모습을 드러낼 테니까 엄호 사격을 하고 있는 놈들도 언제까지나 무작정 도망자의 꽁무니만 쳐다보고 있을 수는 없을 것이다. 트럭을 폭파시키고 불을 낸 덕에 사방에 흩어져 있던 좀비들이 하나둘씩 이 주위로 모여들고 있었다.

타타탕— 탕— 탕—.

아래로 내려온 추격대 놈들은 아무렇게나 총을 쏴 댔다.

피이잉— 피피잉—.

탄두가 공기를 가르는 소리가 요란하게 울린다. 이 먼 거리에서 이렇게 나무들이 울창한데, 대체 뭘 보고 저렇게 쏘는 걸까 싶을 정도의 난사였다.

근처 나뭇가지에 달린 초록색 이파리들이 모두 멀쩡하게 붙어 있는 걸로 보아 당장 위협적이지는 않지만, 그래도 등이 서늘하다. 뒤를 한 번 흘끗 돌아본 뒤, 진우는 계속 나무 사이사이를 누비며 전속력으로 내달렸다.

몇 개의 구릉을 지나 산속으로 깊이 들어갈수록 더 큰 나무들이 빽빽하게 들어찬다. 그것과 비례해서 시야는 좁아지고, 어디에서 좀비가 튀어나올지 모르니 위험은 늘어난다.

이름도 모를 자잘한 나무들과 무성하게 자라난 잡초들이 여름의 햇살을 받고 제멋대로 쑥쑥 자라서 가슴 높이까지 올라와 있다. 덕분에 온통 녹색으로 뒤덮인 어떤 지점에서는 바로 몇 미터 앞도 제대로 보이지 않는다. 순식간에 진우의 팔은 가시나무에 긁힌 생채기로 가득해졌다.

진우는 머릿속으로 그려 놓았던 루트를 따라가는 데 온 신경을 집중하려 노력했다. 하지만 어디까지나 계획은 계획일 뿐, 막상 내려와 직접 두 발로 달리다 보니 생각했던 것과 다른 부분들이 많다.

다 비슷비슷한 나무와 바위들이어서 어디가 어디인지 분간한다는 것도 그리 쉽지 않았고, 좀비들의 이동 속도도 그의 예상을 훨씬 웃돌았다. 특히 발목에 착착 휘감겨 오는 잡초들 때문에 죽을 맛이다.

그롸아아악— 그와아아—.

사방에서 좀비들의 포효가 울린다. 간만에 사람들이 잔뜩 찾아와 준 덕에 좀비들도 꽤나 흥분해서 속도를 높여 뛰고 있다. 지금은 놈들이 마음껏 활개를 쳐 줘야 진우의 부담도 좀 줄어든다.

확실히 추격대의 기세는 한풀 꺾였다. 비탈을 내려온 바로 그 순간부터 병사들에게는 모든 것이 미지와 위협으로 변했다. 더 이상 전체적인 판세 조망 같은 건 못 한다.

나무와 덤불, 바위와 언덕이 시야를 가리는 이 상황에서 전후좌우를 파악하는 것만도 꽤 벅찬 일이다. 반면, 소리는 사방에서 증폭되어 더 크고 가깝게 느껴진다. 당연히 공포심이 들고 주춤거리게 될 것이다.

그들이 머뭇거리는 동안 진우는 엄폐물이 없는 구간을 지나며 거리를 벌렸다.

핑— 총알이 근처의 땅을 때리는 것과 동시에 타아앙! 소리가 들려온다. 이건 그 저격수 놈이 멀리서 쏜 거다. 확실히 그 새끼가 제일 위험하다. 모습을 감춘 채 보병들만 앞세워서 토끼몰이를 하는 새끼.

진우는 얼어붙으려는 두 다리를 억지로 채찍질해 가며 지그재그로 내달렸다. '어디, 두고 보자.' 하는 마음으로 이를 부드득 갈면서…….

진우에게는 뚜렷한 목표 지점이 있었다. 왼쪽에 높게 튀어나온 바위 봉우리. 비탈 아래로 뛰어내리기 전부터 눈여겨보고 목표로 삼았던 곳이다. 봉우리의 기묘한 모양과 크기, 각도 때문에 저 안쪽으로 꺾어 들어가 버리면 위쪽 비탈의 능선에서 아무리 위치를 바꿔 봐도 각도가 나오지 않는다.

그 말인즉슨, 일단 저 봉우리의 그림자 안쪽까지만 무사히 가면 잘난 저격수께서도 무거운 엉덩이를 끌고 친히 이 아래로 왕림해 주셔야만 진우의 모습을 볼 수 있다는 의미였다.

이리로 놈이 내려와 준다면, 그래서 서로 평지에서 겨루는 거라면 진우도 싸워 볼 만하다.

그롸아아악ㅡ.

수풀이 흔들리고 악취가 진동하더니, 나무들 사이에서 확 튀어나오는 두 마리의 좀비. 진우는 바위를 뛰어넘으며 놈들의 머리를 겨눴다.

탕ㅡ 탕ㅡ.

한 마리는 앞으로 고꾸라지고, 또 한 놈은 뒤의 나무에 머리를 박고 넘어져서 주르륵 미끄러졌다. 지금 두 발, 아까 제압사격을 위해 3점사 세 번이 아홉 발, 좀비들 다섯 마리에 각각 한 발씩. 도합 열여섯 발을 썼다. 이제 남은 실탄 수는 총 50발. 이 탄창에는 열네 발이 채워져 있다.

투투둑ㅡ 끄아아악ㅡ 타타타타ㅡ 투투투둑ㅡ.

뒤쪽에서도 요란한 비명과 총성이 뒤섞여, 누군가 좀비와 맞닥뜨렸음을 알려 주었다. 그리고 또 잠시 후에 다른 방향에서 왁자지껄 떠드는 소리와 총성이 났다.

가끔 저격수 놈의 총알 때문에 심장이 멈칫멈칫하지만, 그래도 진우는 자신이 세웠던 계획대로 잘 달렸다. 한 가지 문제는 그 역시 저 봉우리 건너편에 뭐가 있는지 전혀 모른다는 것이다. 이렇게 죽어라 뛰었는데 혹시라도 낭떠러지라거나 나무가 없는 넓은 평원을 만나게 된다면 정말 암담해질 텐데.

스사삿ㅡ 사사삭ㅡ.

한 발, 한 발 내디딜 때마다 푸른 잎과 새로 돋은 가지들이 얼굴을 때려 댔다.

"하아아~ 하아아~."

계속 내달리던 진우는 심장이 터질 것 같아 잠시 속도를 늦췄다. 그러고는 역삼각형을 이루고 있는 세 그루의 나무 뒤에 몸을 숨겼다. 이제 봉우리까지 그리 멀지 않다.

타타타— 으아악—.

뒤쪽에서는 아직도 총성과 비명이 난무하고 있다. 추격대가 상당히 분산되고 우왕좌왕하고 있다는 게 확실히 느껴진다.

그럼에도 불구하고 저격 소총 특유의 그 발사음은 들려오지 않는다. 놈이 자기 아군을 위협하는 좀비들을 저격하는 데 관심을 좀 기울여 주면 그사이를 틈타 진우도 단번에 봉우리 너머까지 뛰어갈 수 있을 텐데, 그쪽으로는 전혀 신경을 쓰지 않나 보다. 어지간히 차가운 놈이다.

뒤쪽을 살피던 진우는 다시 그가 가야 할 방향으로 고개를 돌렸다. 여기까지 오니 봉우리가 가리고 있던 지역이 보인다.

다행히 절벽 따위가 아니라 나무가 울창한 숲이다. 그것도 꽤나 넓은 숲. 여기에서는 그 끝이 어디인지도 잘 알 수 없을 만큼 광활하다. 울룩불룩 수십, 수백 개의 높고 낮은 언덕이 그를 기다리고 있다.

저기까지만 가면…….

진우는 생각했다. 저기까지만 가면 이세 게임의 절반쯤은 이쪽이 가져오는 거라고. 그를 쫓아 내려왔던 게 일곱인지 아홉인지는 모르겠지만, 그 병력들 중 상당수는 좀비에게 당했거나 당하지 않기 위해 도망치는 중이다.

그러니 저기까지 도달할 때쯤이면 놈들의 수는 얼마 되지도 않을뿐더러 이미 만신창이가 된 이후일 터였다. 그리고 저 봉우리의 그늘 뒤에 숨으면 그때부터는 저격수에 대한 걱정도 크게 덜어 낼 수 있다.

하지만 이제 곧 그를 지켜 주던 언덕과 숲이 끝나고, 그 뒤로 10미터가량은 큰 나무가 없다. 엄폐물로 삼을 만한 게 전혀 없이 그저 허리 높이로 돋아난 잡초들뿐이다. 잔뜩 도사리고 있는 저격수의 총구를 피해 저 구간을 무사히 주파하는 것이 관건이다.

진우는 나무에 기대 몸을 숨긴 채 비탈의 위쪽을 살폈다. 당연한 이야기지만, 저격수의 위치는 확인되지 않는다. 이제는 꽤나 멀어져서 육안으로는 잘 보이지 않는 거리가 되어 버렸다.

하지만 녀석은 조준경을 통해서 나를 좇고 있겠지. 내가 이 나무 뒤에 숨어 있다는 걸 알고 있을 테지…….

그건 꽤나 기분 나쁘고도 오싹한 이야기다.

가까운 나무까지 달려가 숨고, 또 그다음 나무까지 뛰고……. 땀이 비 오듯 흘러내렸지만, 그래도 여름이라 다행이라는 생각이 들었다. 만약 하늘 높이까지 무성하게 돋아난 저 나뭇잎들이 시야를 가려 주지 않았더라면 이렇게 오랫동안 저격을 피할 수 없었으리라……. 이제 곧 그게 없는 구간을 통과해야 한다.

'10미터. 뛰어서 가면 몇 초나 걸릴까?'

지금까지의 추격전을 통해 진우가 체득한 정보는 제아무리 뛰어난 저격수라도 방향과 높이를 바꿔 가며 달리는 표적을 맞힐 때는 실수를 한다는 거다. 하지만 어느 특정 지점에 조준을 맞춰 두고 노린다면 이야기는 달라진다.

그롸아아아―.

언덕의 끝에 도착한 진우가 고민을 하는 사이, 덤불 틈새로 뛰어나오는 세 마리의 좀비. 진우는 얼른 방아쇠를 당겼다.

탕― 탕― 탕―.

첫 두 마리는 단번에 이마를 꿰뚫었지만, 세 번째 놈을 노린 총알은 조준이 조금 벗어나 놈의 광대뼈만 날렸다. 우둑, 하는 소리와 함께 목이 휙 돌아간 좀비는 조금 비틀거리다가 이내 중심을 되찾고 달려들었다.

젠장, 진우는 다시 한 발을 쏘며 혀를 찼다. 실탄이 줄어드는 것도 큰 문제지만, 자신의 낡은 총…… 벌써 예전부터 한계까지 내몰렸던 총열의 수명이 다해 가고 있다.

하긴 영문도 모른 채 헬기에 태워져 삼척으로 갔던 이래 지금까지 전부 합쳐 몇 발이나 쐈는지도 모를 정도로 정말 어마어마하게 혹사시키긴 했다.

혹시 지금의 총소리가 아래로 내려온 추격대에게 자신의 위치를 노출한 건 아닐까 하는 걱정이 잠시 들었지만, 그건 두려워할 필요도 없는 일이었다.

이미 사방에서 총소리가 바쁘게 울리고 있고, 그 메아리까지 더해진 상황이어서 소리로 방향을 특정한다는 건 불가능해 보였다. 하물며 바로 옆에서 좀비들이 '그롸아—.'거리며 튀어나와 혼을 쪽 빼놓는 상황에서야 말할 것도 없다.

진우는 다시 저격수와 자신, 그리고 저 10미터가량의 엄폐물 없는 구간에 관해 고민하기 시작했다.

10미터. 아무리 잡초들이 많다고 해도 '하나, 둘…… 셋'을 헤아리기 전까지는 주파할 수 있을 것 같다. 그러니까 2초, 더도 말고 딱 2초만 벌면 된다. 그러다 바닥에 뻗어 있는 좀비들의 시체로 눈길이 갔다. 순간, 뭔가가 떠올랐다.

"아, 진짜 그건 하기 싫은데……."

상상을 하는 것만으로도 구역질이 나서 진우는 입술을 깨물었다. 하지만 살아남으려면 해야 할 일이다. 역겨운 계획을 실행하기 전에 일단 테스트부터 해 보기로 했다.

진우는 잡초들 사이로 넣고 흔들어 보기 위해 근처에 떨어져 있는 나뭇가지를 집었다. 만약에 이게 날아가면 놈이 보고 있는 거다.

"아니지."

나뭇가지를 집어넣으려던 진우가 손을 멈췄다. 혹시라도 내밀자마자 놈이 총을 쏴서 그게 이 나뭇가지에 맞기라도 하면 잡고 있는 자신의 손에도 엄청난 충격이 전해질 테니까.

그 방법은 별로다. 결국 편한 길은 안 되는 거다. 진우는 가장 가까이 있는 좀비의 시체로 다가가서 발목을 잡았다.

"으…….'

느낌이 이상하다. 예전에 중년 여자의 시체를 끌었을 때의 촉감과도 다르고, 살아 있는 좀비와 뒤엉켰을 때와도 또 다르다. 양말 아래 발목의 살이 뻣뻣하면서도 뭔가 물컹하다. 자칫 너무 힘을 줬다가는 살점이 뚝 떨어져 나갈 것 같다.

어으, 진우는 인상을 찌푸리면서 좀비의 시체를 잡아끌었다. 질질질, 박살 난 뒤통수가 흔들리고, 잡초 더미에 걸려 튕길 때마다 미처 빠져나오지 않은 뇌수가 찐득한 피와 섞여 흘러내린다.

"하아~ 하아~ 개새끼…… 넌 진짜…… 따라 내려오기만 하면 아주……."

두 번째 좀비의 시체를 끌어오면서 진우는 계속 솟구쳐 오르는 분노를 저격수에게로 돌렸다. 저 망할 놈 때문에 정말 별짓을 다 한다. 아주 돌아 버릴 것 같다.

두 번째 좀비는 반바지 차림에 양말도 신고 있지 않다. 어쩔 수 없이 신발 뒤꿈치를 잡았더니, 이내 휙 벗겨져 버린다.

진우는 속으로 욕설을 내뱉으며 첫 번째 좀비의 허리띠를 풀어내 진물이 질질 흐르는 좀비의 발목을 묶어서 끌었다.

좀비 시체들을 근처로 끌어온 진우는 일단 확인부터 해 보기로 했다.

끄응차, 축 늘어져 있는 시체들 중 더 가벼워 보이는 놈을 골라 바닥에 눕히고 엄폐물이 없는 공간의 수풀을 향해 이를 악물고 두 발로 쭉 밀었다. 바닥과의 마찰 때문에 단번에 밀리지 않고 위아래로 꿈틀대는 모양새가 되었고, 그게 더욱 그럴듯한 움직임을 만들어 냈다.

좀비의 머리가 잡초 사이로 밀려 들어가고, 빽빽하게 자라난 풀들이 좌우로 갈라지며 흔들린다고 느꼈을 때, 퍽! 좀비의 몸통을 관통한 총알이 잡초 더미들을 뿌리째 날려 올린다.

진우가 서 있는 나무에서 불과 1미터도 떨어지지 않은 곳이다. 이번에도 총성은 총알보다 약간 늦게 도착했다.

"하아~ 하아~ 보고 있기는 했구나……."

진우는 이마의 땀을 닦아 내며 중얼거렸다. 두 가지가 확실해졌다. 하나, 놈은 내가 여기 있다는 걸 알고 기다리는 중이다. 둘, 저놈의 총은 5.56㎜보다 훨씬 관통력이 뛰어난 총알을 쓴다. 7.62㎜일 거다. 그러니 좀비를 방패로 삼아 앞세우고 이동하는 건 안 된다.

혹시 이걸로 내가 죽었다고 생각해 줄까?

잠시 아주 조금 기대를 하던 진우는 이내 고개를 저었다. 그 정도로 바보 같지는 않다. 놈도 나름 긴장해서 보고 있다가 얼결에 방아쇠를 당기긴 했지만, 아마 지금쯤은 엉뚱한 걸 잡았다고 깨달았으리라.

만약 저격수가 저 시체를 정말 나라고 생각했다면 지금쯤에는 확인 사살을 위한 한 발이 더 날아왔어야 한다. 자신이라면 그렇게 했을 테니까.

"좋아, 이제부터가 진짜다……."

진우는 고개를 끄덕이면서 하이바를 벗었다. 안쪽에 붙여 뒀던 핑크 펀치의 사진을 떼어 내서 접은 뒤, 건빵 주머니 안에 넣은 진우는 자신의 하이바에 입을 맞췄다. 그러고는 그걸 두 번째 좀비의 머리에 씌웠다.

터져서 두개골이 뭉개진 좀비의 머리에 자기 하이바를 씌운다는 게 뭔가 불길한 거 같기도 하고, 그동안 정들었던 놈과 이런 식으로 이별을 하자니 영 기분은 좋지 않지만, 그래도 해야 한다.

안 그러면 되돌아가서 좀비들과 추격대를 다 죽이고 다른 방향으로 달아나야 한다. 46발의 총알만 가지고 있는 상태에서 저격수의 눈을 피해 가며 그 일을 다 수행하는 것보다는 하이바에게 안녕을 고하는 편이 훨씬 수월하다.

좀비의 턱에 하이바 끈을 고정한 진우는 근처의 풀을 잔뜩 잡아 꺾어서 놈의 웃옷과 등 사이에 꽂았다.

그롸아아아ㅡ.

그렇게 바쁘고 중요한 일을 하는데 또 좀비 새끼들이 찾아왔다.

아, 정말 가지가지 한다.

진우는 저 멀리서 뛰어오는 두 마리의 좀비를 향해 총구를 돌리고 방아쇠를 당겼다.

타앙ㅡ 타앙ㅡ.

좀비들이 풀숲 속으로 고꾸라지는 걸 확인한 진우는 다시 좀비에게 위장 작업을 했다.

"그래, 이만하면 절대 분간 못 한다."

썩은 피부가 보이지 않도록 하이바 씌운 좀비의 온몸을 풀로 뒤덮고 나서 진우는 놈의 옆으로 가 허리끈을 잡았다.

끄응차, 진우는 안간힘을 쓰며 들어 올린 좀비를 수풀을 향해 쭉 밀어 넣었다.

하이바를 쓰고 위장을 한 좀비가 잡초 더미 위로 떨어질 때, 파아아앙— 이번에도 여지없이 총성이 울린다. 하이바가 뚫리고 좀비의 목이 반대 방향으로 완전히 꺾였다.

총알이 날아온 걸 확인하자마자 진우는 두 시 방향으로 내달렸다. 저격수가 보고 있는 조준경의 범위 밖이다. 아니, 범위 밖이기를 간절히 바라는 방향이다.

파아아앙—.

채 두 걸음을 떼기도 전에 한 번 더 총성이 울린다. 오금이 딱 달라붙을 것같이 무서운 소리지만, 멈춰 서거나 속도를 죽이지 않고 계속 뛰었다. 놈이 확인 사살을 할 줄은 예상하고 있었다. 그만큼 엄청나게 투자를 해서 만든 리얼한 미끼였으니까.

놈의 조준경이 좀비 시체에 가 있는 동안 약간의 거리를 벌리며 출발한 진우는 10미터 구간의 중간 지점을 돌파했다. 아마 지금쯤은 놈도 주변에 피가 터져 나오지 않았다는 걸 깨달았을 거다. 감적수가 있다면 목표가 저 위에서 뛰어간다고 일러 줬을 수도 있고.

진우는 허리를 앞으로 굽히며 전속력으로 내달렸다. 놈의 조준경이 정신없이 흔들리며 자신을 찾고 있는 광경이 상상된다.

하지만 거리는 600미터 이상 벌어져 있고, 놈의 시야는 좁은 조준경 안으로 제한되어 있다. 자존심이 상해서 꽤나 흥분해 있을 테니 살짝만 방향을 틀어도 보이는 경치가 확확 달라질 거다.

기계라면 모를까, 1초 내에 표적을 다시 찾아내서 방아쇠까지 당길 수는 없다. 제발…… 없어야 한다! 으아아!

진우는 나머지 절반의 구간을 정말 젖 먹던 힘까지 끌어다 쓰며 달렸다.

파아앙, 파앙, 파앙!

저격수도 어지간히 다급한지, 계속 난사해 대고 있다.

저 개새끼 총은 정확도도 높으면서 연발도 되나 보다!

1초가 이렇게 긴 시간인 줄은 몰랐다. 봉우리의 흰 화강암 재질이 눈에 들어왔을 때, 진우는 최대한 낮고 빠르게 슬라이딩을 했다. 지금쯤은 저격수가 자신의 위치를 찾아냈을 것 같아서였다.

촤아아아—.

날카로운 풀들이 얼굴을 스치면서 베어 대지만, 그 느낌조차 좋고 반가웠다.

파아앙!

놈이 마지막으로 쏜 총알은 봉우리의 돌을 깨부쉈다.

딱 진우의 명치 높이 되는 지점이 팍 뜯겨 나가며 자잘한 돌 부스러기가 잔뜩 쏟아져 내린다. 사각 안으로 들어온 진우는 돌 부스러기를 뒤집어쓴 채 얼른 다리부터 배 쪽으로 끌어당겼다.

"하아아~ 하아아~."

진우는 가쁜 숨을 몰아쉬며 바위에 바짝 달라붙었다. 그러고는 고개를 오른쪽으로 돌렸다. 시야에 들어오는 것은 구릉과 숲뿐, 비탈은 더 이상 보이지 않는다. 지긋지긋한 저격수 놈의 총도 이제 더 이상 자신을 위협할 수 없다.

하아아~ 살았다…….

기다시피 해서 숲의 안쪽으로 더 들어간 진우는 잠시 눈을 꾹 감고 그렇게 중얼거렸다.

천천히 걸어가며 주변을 둘러보던 진우는 얕은 비탈에 쓰러져 있는 큰 나무를 발견하고 그 뒤에 몸을 숨겼다. 나무 표면에는 이끼가 잔뜩 돋아 있고, 주변은 온통 초록색으로 덮여 있다. 잡초의 키가 자신의 허리보다도 높이 자라서 완전하게 은폐가 가능할 듯싶다.

좋다. 여기서 기다려야겠다. 맨 앞의 저 봉우리 사이로 가장 처음 들어오는 놈, 딱 두 놈만 잡을 거다. 그런 후, 탄창과 총을 빼앗아서 이 자리를 뜰 거다.

05

 쓰러져 있는 나무 아래 엎드린 진우는 잡초 사이로 총구를 내밀고 숨을 가다듬으며 기척을 죽였다. 그가 매복한 장소는 봉우리 입구에서 60여 미터 더 들어온 지점.
 우측으로 비스듬히 꺾여 있어서 정면으로 뛰어 들어오는 놈들이 무작정 쏴 대는 총알에 맞을 위험은 없다. 울창한 나무숲도 꽤나 든든한 총알받이다.
 그의 우측 바로 옆에는 작은 언덕, 더 멀리까지 가면 커다란 봉우리에 이어진 가파른 절벽이 있다. 웬만큼 숙련된 산악인이 아니라면 오르지 못할 것 같은, 험한 산세였다.
 왼쪽으로는 울퉁불퉁한 언덕이 넓게 펼쳐져 있고, 그 끝은 맞은편의 완만한 산기슭과 이어진다. 녹색 풀들 사이로 입구를 노려보며 진우는 땀을 훔쳤다.
 찌르륵, 짹— 짹— 찌르르륵—.
 숲의 이편에서는 평화롭게 새가 울고, 저편에서는 총소리와 고함이 점점 가까워진다.
 조금 전까지 표적이었던 진우는 이제 저격수로 변신해서 숨어 있고, 저 바위 봉우리를 왼쪽으로 끼고 들어올 누군가가 표적이 될 것이다.
 두 명의 표적. 불과 60미터. 노쇠하고 닳아 버린 자신의 K-2라고 해도 절대 놓칠 일이 없는 거리였다. 살았다는 안도감이 조금씩 분노로 변하며 머리를 뜨겁게 했다.
 그의 분노 중 대부분은 자신을 이 어딘지도 모르는 사지까지 끌고 온 그 중위나 소령이 아니라, 저격수를 향한 것이었다. 몸 위로 떨어져 내리던 화강암 부스러기들……. 죽음이 바로 그의 곁을 스쳐 갔다.
 좀비 세상에서 죽을 뻔했다는 게 뭐 그리 새로운 경험인가 하겠지만, 저격수의 총알에서 진우는 분명한 악의와 오만함을 느낄 수 있었다.

좀비들과 싸울 때는 느껴 본 적이 없는 종류의 감정이다. 저격수는 자기 목숨을 내걸지 않은 채 아주 먼 곳에 숨어서 진우의 생명을 조롱했다. 당연히 그런 짓을 한 놈에게 복수를 하고 싶다. 놈이 자신을 깔본 대가를 치르게 하고 싶다.

하지만 저 봉우리를 돌아 들어오는 맨 앞의 두 놈 중에 저격수가 포함될 확률은 지극히 낮아 보인다. 아예 없다고 보아도 좋다. 앞장서서 달려가다가 가장 먼저 총알을 맞고 꽃잎처럼 스러져 가는 것은 언제나 자신과 같은 평범한 병사들 몫이니까……. 그러니 진우가 꿈꾸는 복수는 실현되기가 어렵다. 그것이 진우를 더욱 화나게 만들었다.

"진정해라, 진정. 그 새끼 하나 잡는다고 세상이 정의로워지는 것도 아니고, 뭔가 확 바뀌지도 않아. 그러니까 진정하고 네 할 일 깔끔하게 하고 여기서 뜨자."

진우는 놈에 대한 복수심으로 이글거리는 자신을 달랬다. 이성적으로, 가장 합리적이고 생존 확률이 높은 방향으로…… 진우는 고개를 끄덕이며 결심을 다잡았다.

망설이지 마라. 지금 네가 하고 있는 건 전쟁이다. 사람을 함부로 죽이지 않겠다는 얄팍한 소리 따위는 꺼내지도 마라. 하 중위를 능욕했던 탈영병들부터 오늘의 교전까지…… 너는 이미 많은 사람에게서, 한 손으로는 다 세지도 못할 만큼 많은 사람에게서 생명을 빼앗았다.

상대방도 마찬가지다. 너와 함께 트럭을 타고 왔던 수많은 병사들 전부가 저 놈들 중 누군가가 쏜 총알에 의해 고통을 받다가 죽어 갔다. 총을 사람에게 겨눈 그 시점부터, 빠르고 정확하고 더 독한 놈만 살아남는다는 사악한 계약에 서명을 한 거나 다름없다.

그렇게 스스로를 쉼 없이 채찍질하고 있던 진우의 시선에 좌측 언덕의 수풀 사이를 헤치고 이쪽으로 가까워지는 일군의 형체들이 들어왔다. 거리는 200 이상. 여섯 마리의 좀비다.

이동하는 속도가 느릿한 걸 보면 아직 자신의 존재를 눈치채진 못한 것 같다. 그저 불길이 올랐던 때의 그 열기에 홀려 멀리서부터 이 부근까지 와 버린 좀비들이다.

 하지만 깨끗이 무시할 수만은 없는 게, 놈들은 지금 진우와 봉우리의 중간 지점을 향해 걸어오는 중이다. 여기까지 도달했을 때, 과연 놈들이 어느 쪽으로 갈 것인지 전혀 예측이 불가능하다.

 제일 좋은 건 이제 불도 다 꺼졌을 테고 열기도 사라졌을 테니 미친 척하고 휙 돌아서 얌전히 사라져 버려 주는 건데, 지금 놈들의 분위기를 보면 그래 주지 않을 듯하다.

 덕분에 진우는 봉우리 쪽에도 주목하고 있으면서 동시에 저 좀비 놈들을 어떻게 해야 할지까지에 대해서도 신경 써야 하는 상황에 빠졌다. 만약 놈들이 너무 접근해 와서 사격으로 처리해야 한다면, 그때는 또 위치를 적에게 들키게 된다.

 어쩔까 고민하고 있는 동안, 봉우리 쪽에서 병사 셋이 뛰어 들어왔다. 모두 어지간히 어리바리한 자세와 몸짓이다.

 휙— 바람이 불어 전방의 수풀이 흔들리자마자 셋 중 한 놈이 기겁을 하고 그쪽으로 총구를 돌려 3점사를 퍼붓는다.

 투투둑, 투투둑, 투투둑.

 놈을 제외한 두 병사는 총소리가 울리자마자 납작 엎드리며 같은 방향을 향해 일제히 사격을 시작했다. 잠시 후, 그들이 방아쇠에서 손을 뗐을 때, 타아아아아아앙—! 마지막 발의 긴 메아리가 화약 냄새와 함께 숲을 가득 메웠다.

 "자세 낮춰! 뭐, 뭐야? 뭘 쏜 거야?"

 "잘, 모르겠습니다……. 전방에 뭔가가 휙 움직이긴 했는데 말입니다."

 맨 처음 총을 쏜 놈이 엉거주춤하게 허리를 굽힌 채 전방을 손가락으로 가리켰다.

 "그래? 맞힌 건가? 너 맞혔어?"

 "그, 그것도 모르겠습니다. 제 딴에는 잘 쏜다고 쏜 건데, 확인을 해 봐야 할 것 같지 말입니다."

 총소리가 윙윙 울리고 거리까지 있어서 두런거리는 말소리가 정확히 들리지는 않지만, 대충 그런 대화처럼 짐작되었다.

세 놈은 허리를 낮추고 잔뜩 긴장한 채 숲의 안쪽으로 걸어 들어왔다. 놈들의 위치도, 사격한 목표 지점도 모두 진우가 매복한 장소와는 거리가 좀 된다.

진우는 수풀 사이로 놈들이 접근해 오는 모습을 빤히 내려다보고만 있었다. 논리적으로는 지금 방아쇠를 당기지 않아야 할 이유가 전혀 없다.

지금 저 셋을 먼저 처치하고 그들의 탄창을 획득한 다음, 좀비들까지 마저 처리하고 후속 병력이 도달하기 전에 이 숲을 떠나면 끝이다.

그런데 진우는 도저히 그렇게 할 수가 없었다. 셋 중 맨 끝에 선 병사의 얼굴 때문이다. 순진해 보이는 인상에 둥근 안경. 삼척에서 함께 분대를 이뤘던 강 일병님과 정말 닮았다. 얼굴뿐 아니라 체형이나 몸짓도 얼마나 유사한지, 강 일병의 친형제라고 해도 아무 의심 없이 믿을 수 있을 수준이다.

헉, 학, 뒤쪽에 처진 강 일병의 클론은 긴장한 표정으로 거친 숨을 몰아쉬며 나무와 잡초들 사이를 헤치고 들어온다. 나머지 두 놈도 긴장한 표정으로 주변을 살피며 천천히 전진하고 있다. 그러는 동안에도 진우의 시선은 강 일병 클론에게 고정되었다.

폭풍 속에서 삼척 원전 방어대가 궤멸되던 밤, 그는 강 일병에게 빚진 감정들이 좀 있다. 자신이 밀치는 바람에 나뭇가지에 팔이 찢겼던 강 일병⋯⋯.

좀비들의 습격에서 김 상병을 먼저 구했을 때의 미안함, 그리고 거의 마지막까지 살아남았던 강 일병은 지하 통로로 들어가기 직전, 좀비들을 저지하다가 그놈들에게 덮쳐졌었다. 그 가여운 마지막 모습⋯⋯.

조금 전까지 분노로 가득 차 있던 진우의 가슴이 연민 때문에 혼란스러워진다. 방아쇠를 당기는 것이 생각했던 것처럼 쉽지 않다. 저 녀석은⋯⋯ 차마 못 죽일 것 같다. 놈들이 차라리 되돌아갔으면 좋겠다.

그리고 동시에 또 한 가지가 이해되지 않았다. 이 세 놈, 그 누구도 자신들의 오른쪽에서 가까워져 오는 좀비 무리들에게 신경을 쓰지 않고 있다. 오로지 조금 전 쏴 댔던 그 잡초 더미에만 온 관심이 집중되어 있는 모양이다.

'……모르고 있나? 설마…… 이렇게 악취가 진동을 하는데?'

부쩍 가까운 곳까지 다가온 좀비들은 언덕의 아래쪽에서 걸어 올라오고 있다. 거리는 이제 불과 70미터 정도. 세 명의 추격대가 선 위치에서 우측 하향으로 고개를 돌리면 발견할 수 있는 각도다.

그런데 지금 이 세 놈은 잔뜩 자세를 낮춘 채 전진하고 있으니 아래쪽이 더 잘 안 보일 것이다. 이대로라면 좀비들은 셋의 뒤를 치게 된다.

'미치겠군. 저 얼굴이 좀비에 물려 죽는 광경을 두 번이나 보기는 싫은데……. 이쯤 다가왔으면 알아채라, 좀!'

진우가 입술을 깨물었다. 하지만 간절한 바람이 무색할 정도로 세 놈의 신경은 무뎠고, 이후로 10초 이상 사방으로 고개를 돌리면서도 반드시 보아야 할 우측 후방만은 무시하였다.

진우로서는 보기 영 갑갑하고 기분 좋지 않은 상황이지만, 그렇다고 이쪽에서 먼저 위치를 드러내 가며 '거기, 좀비 조심해!'라고 외칠 수도 없는 노릇이었다. 그랬다가는 저 떨떨한 놈들이 깜짝 놀라 진우를 향해 총알 세례를 퍼부어 댈 테니까. 그래서 결국 좀비들의 아주 공개적이면서도 느린 습격은 성공을 거뒀다.

그롸아아아!

세 병사보다 먼저 상대방의 존재를 알아챈 좀비들이 괴성을 내지르며 언덕을 뛰어오른다. 아직도 거리는 꽤 되니까 침착하게 대응하기만 하면 제압하는 데 문제는 없다. 물론 침착하게만 대응하면……. 그러나 세 녀석은 다 침착하지 않았다.

"으아아아!"

세 사람 모두 비명과 함께 뒷걸음질을 치면서 총구를 돌려 사격을 개시했다. 조금 전까지 자신들이 개인 화기로 무장한 패잔병을 뒤쫓고 있었다는 걸 새까맣게 잊기라도 한 듯 요란스럽고 부주의한 행동이었다.

게다가 명중률도 정말 형편없다. 가만히 서서 조준을 해 가며 쏜다면 충분히 다 잡고도 남을 만큼 여유가 있는데, 울퉁불퉁한 산길을 뒷걸음질 쳐 가며 쏴 대는 바람에 정확도가 확 떨어졌다.

투투투— 투투둑— 투투둑— 투두둑—.

계속 3점사를 퍼부어 대는데도 어찌 된 게 여섯 마리 중에 네 마리나 언덕을 다 기어 올라와 버렸다. 그중 세 마리는 총알에 단 한 발도 스치지 않아 멀끔하다.

그롸아악—.

좀비들은 포효와 함께 군인들을 덮쳤다. 세 병사는 필사적으로 재장전을 하고, 또 총알을 퍼부어 댔지만, 별 실효를 거두지 못했다.

파바박, 어깨와 팔을 맞은 좀비가 뒤로 쿵, 밀려났다가 다시 비틀거리며 일어나는 동안, 세 마리가 덮쳐든다.

투투둑, 한 마리가 다시 골반에 커다란 구멍이 뚫린 채 뒤로 날아갔다. 하지만 여전히 두 마리의 속도는 줄지 않았고, 나머지 두 마리도 온전하게 처리한 게 아니었다.

전세는 완전히 병사들의 열세로 기울었다.

피잉— 피잉—.

빗나간 총알이 좀비 뒤쪽의 나무에 생채기를 낸다. 거리가 줄어들수록 병사들의 손과 그들이 들고 있는 총구는 격하게 떨렸다.

밀린다. 언덕의 경사로를 뛰어 올라오는 동안에도 제대로 제압하지 못했으니 빠른 속도로 평지를 달려오는 놈들에게 밀리는 건 당연하다고도 할 수 있는 일이다.

"으으…… 으으으…… 하아……."

병사들의 긴장된 숨소리가 멀리 숨어 있는 진우에게까지 고스란히 들릴 만큼 커졌다. 당연히 행동에도 실수가 따랐다. 턱, 뒷걸음질을 치다가 나무뿌리에 걸린 가운데 놈이 비명을 내지르며 뒤로 벌렁 넘어간다. 좀비들은 녀석의 몸 위로 덮쳐들었다.

"아아악! 끄윽!"

좀비는 총신을 잡은 병사의 왼팔을 꽉 깨물고 좌우로 마구 흔들어 댔다. 녀석에게 어깨를 잃은 좀비도 뒤늦게 합류해서 첫 번째 희생자의 다리를 물어뜯는다.

"끄아아―."

비명을 내지르던 병사가 방아쇠를 당겼다.

투투둑, 투투둑.

정확하게 겨냥되지 않은 총알이 사방으로 날아간다. 하지만 세 번째 좀비가 달려와 녀석의 오른 손가락들을 와자작 씹자 총소리는 이내 멎어 버렸다.

까끄작― 꽈드득―.

꿀럭― 꿀쩍―.

찌이익―.

솟아오르는 붉은 피와 함께 기분 나쁜 씹는 소리가 숲속에 울린다.

"오 상병님!"

강 일병 클론이 울먹거리며 주변을 둘러본다. 그의 왼편에 서 있던 세 번째 병사는 이미 응전을 포기하고 봉우리 쪽으로 뒤돌아 저 멀리 달아나는 중이다.

그으으으, 네 번째 좀비가, 그러니까 골반에 총알을 맞아 엉망으로 부서진 네 번째 좀비가 덜렁거리는 다리를 질질 끌면서 앞으로 몸을 굽힌 채 세 발로 강 일병 클론을 향해 달려오고 있다. 중심이 맞지 않아 계속 몸이 흔들리는 기묘한 자세다.

"어어어―! 으어어!"

혼자 남은 강 일병 클론은 어쩔 줄 몰라 하며 계속 방아쇠를 당기고 뒷걸음질을 친다. 하지만 골반이 날아간 좀비의 그 기묘한 들썩거림은 자연스러운 회피 동작이 되어 가뜩이나 부정확한 총알들을 모두 흘려 버렸다. 단 한 발만이 놈의 쇄골과 어깨 사이를 맞혔다. 좀비가 푹 앞으로 고꾸라진다. 이제 녀석은 두 발만으로 내달려야 할 것이다.

타타탕―.

세 발을 더 쏘자 탄창이 바닥났다. 강 일병 클론은 '으아! 아!' 탄성을 질러 가며 달아나다가 탄창을 빼고 전술 조끼에 손을 뻗는다. 그러는 동안에도 빈 탄창이 무슨 중요한 물건인 듯 왼손 끝에 꼭 쥐고 있다. 당황스러워 어쩔 줄을 모르는 모양새다.

파그작— 파드득— 꿀쩍— 우드득—.

이쪽에서 난리가 나거나 말거나 세 마리의 좀비는 여전히 오 상병의 몸을 한 부분씩 차지한 채 성찬을 즐기고 있다. 두 팔과 다리가 피투성이로 변한 첫 번째 희생자는 거의 의식을 잃은 채 이따금씩 경련을 하는 것으로 아직 실낱같은 숨이 붙어 있다는 걸 알려 주었다.

그르르르—.

계속 허물어지던 네 번째 좀비가 겨우 두 발로 중심을 잡고 일어서려 한다. 그 사이 뒤늦게 깨닫고 빈 탄창을 바닥에 버린 강 일병 클론은 새 탄창을 장착하려다가 뜨거운 총열에 손을 댔는지 화들짝 놀랐다. 그러는 바람에 탄창은 잡초 더미 사이로 떨어졌다.

급하니까 일단은 다시 새로운 탄창을 뽑아 쓰고 일을 다 처리하고 난 다음 떨어뜨린 걸 주우면 될 텐데, 클론은 그 반대로 행동했다. 놈은 당황해하는 얼굴로 허리를 굽힌 채 풀숲 사이에서 탄창을 집어 올리려고 애를 썼다.

그롸아아아—.

좀비가 그런 걸 봐줄 리가 없다. 겨우 팔 하나와 다리 하나로 몸을 추스를 수 있게 된 네 번째 좀비가 쓸 수 없게 된 팔다리 대신 대각선 방향으로 붙은 한쪽 팔과 다리를 기묘하게 질질 끌고 강 일병 클론에게 다가간다.

으어어! 탄성을 내지르며 겨우 탄창을 집어 올린 클론은 또 그걸 제대로 끼우지 못하고 떨어뜨렸다. 쫓아오는 놈이 워낙 느리니까 그깟 탄창 하나 포기해 버리고 틈이 있을 때 도망가 버리면 될 텐데, 그 정도도 생각이 미치지 않는 모양이다. 이러다가는 이제 정말 죽을 일만 남았다.

그 꼴을 더 이상 못 봐 주겠어서 진우가 끼어들었다. 진우는 풀숲 사이로 겨냥하고 있던 총구를 좀비의 머리통에 조준하고 방아쇠를 당겼다.

퍼억—.

뒤뚱거리며 기어오던 좀비의 머리통이 터지면서 뒤로 확 젖혀진다.

어! 강 일병 클론이 깜짝 놀라 뒤를 돌아보는 사이, 진우는 벌떡 몸을 일으켜 놈에게 뛰어갔다.

그러고는 아직도 탄창을 장착하지 못한 강 일병 클론의 뒤축을 걸어 바닥에 넘어뜨려 버렸다. 엉덩이를 뒤로 빼고 있던 클론은 맥없이 나뒹군다.

좀비에 이어 이번에는 자신이 쫓던 패잔병까지. 예상치 못했던 진우의 등장에 안경 너머 클론의 눈은 더욱더 큰 공포에 빠졌다. 진우는 놈의 총을 밟아 뒤쪽으로 밀어 치워 버리고 총구를 강 일병 클론의 턱에 바짝 겨눴다.

"덤빌 생각 마. 네가 뭘 하든 내 손가락이 더 빨라."

강 일병 클론은 땀을 줄줄 흘리며 고개를 끄덕였다.

꽈드득, 우드득.

20여 미터 떨어진 곳에서는 아직도 좀비들이 식사에 여념이 없다. 클론의 눈동자가 그쪽으로 돌아간다. 충격적인 장면을 보자마자 녀석이 옹알이하듯 웅얼거렸다.

"조…… 좀비가……."

클론이 떨리는 손으로 좀비 세 마리를 향해 손가락질하는 걸 무시하고 진우는 자기 할 일을 했다.

"탄창 다 빼. 천천히! 천천히 빼서 내 발밑에 던져."

명령이 떨어지자 강 일병 클론은 더듬거리며 탄창들을 빼내 진우가 시키는 대로 던졌다.

툭, 툭.

녀석의 전술 조끼에는 세 개의 탄창이 남아 있었다. 강 일병 클론이 탄창을 다 빼내자 진우는 녀석에게 다시 명령했다.

"엎드려. 머리에 깍지 껴. 두 다리 벌리고."

꽈드득, 꿀럭, 쩝쩝.

살과 뼈를 씹고 삼키는, 게걸스러운 소리.

"끄으으으."

희생자의 마지막 단말마.

강 일병 클론은 어쩔 수 없이 시키는 대로 하면서도 한 번 더 애원하지 않을 수 없었다.

"흐으으~ 조, 좀비가……."

때마침 씹어 삼키는 소리가 뚝 끊어졌다. 희생자가 죽어 버린 것이다. 세 마리의 좀비는 약속이라도 한 듯 거의 동시에 피가 잔뜩 묻은 얼굴을 들고 진우와 클론을 돌아보았다.

그르르르.

놈들의 시뻘건 주둥이가 벌어지며 낮게 그렁거리는 울림이 터져 나왔다. 녀석들이 진우를 향해 뛰어들기 위해 일어섰다.

탕— 탕— 타, 타앙—.

진우는 한 걸음 물러나며 빠르게 네 발을 발사했다. 그러고는 곧바로 다시 총구를 클론 쪽으로 돌렸다.

풀썩. 세 마리의 좀비가 풀숲에 쓰러져 뒹군다. 네 발째 총알은 좀비에게 물려 죽은 병사의 미간을 관통했다. 클론은 순식간에 머리가 꿰뚫린 좀비들의 시체를 보며 벌어진 입을 다물지 못했다.

그렇게 강 일병 클론의 얼이 빠져 있는 동안 진우는 놈이 던진 탄창 세 개와 아까부터 제대로 끼우지 못한 탄창 하나를 집어 들었다. 진우가 놈의 얼굴이 보이는 쪽으로 돌아가서 물었다.

"너, 나 알아?"

클론은 겁먹은 눈으로 고개를 젓는다.

당연히 모르겠지. 서로 부대가 완전히 다른 졸병들끼리 알 일이 있나.

진우는 놈에게서 눈을 떼지 않은 채 탄창을 전술 조끼에 끼워 넣으면서 다시 물었다.

"누군지도 모르는 놈인데 왜 이렇게 목숨 걸고 맨 앞에서 쫓아와?"

"전원 섬멸이 목표니까⋯⋯ 반드시⋯⋯ 잡으라고 해서⋯⋯."

클론이 시선을 바닥에 떨군 채 힘없이 말했다.

후우~ 진우는 한숨을 쉬며 나무 옆으로 고개를 빼서 봉우리 쪽을 돌아봤다. 새로 들어서는 병사의 모습은 아직 눈에 띄지 않는다.

진우는 좀비에게 물려 죽은 병사 쪽으로 걸어가서 그의 예비 탄창 세 개도 챙겼다. 제자리로 되돌아온 진우는 무릎을 굽혀 클론에게 얼굴을 바짝 가져다 댄 후 말했다.

"시켜서 마지못해 하는 일이면 그냥 하는 척만 해도 돼. 몸을 좀 사리라고. 알겠어?"

강 일병 클론은 고개를 끄덕였다. 진우는 녀석의 얼굴로 왼손을 뻗었다. 진우의 손이 다가오자 놈은 눈을 꾹 감고 진저리를 친다. 무슨 해코지라도 당할 거라 생각했던 모양이다. 진우는 그의 코끝까지 흘러 내려와 있는 안경을 톡 쳐서 제자리로 올려 주며 경고했다.

"또 마주치면 죽일 거야. 농담 아니니까 잘 생각해서 결정해. 숨어 있든가, 따라오든가."

말을 마치자마자 진우는 강 일병 클론의 총을 들어 좀비가 왔던 숲 쪽으로 힘껏 던졌다. 그러고는 그와 직각인 봉우리 방향을 향해 탄창 하나를 집어 던졌다. 조금 전, 클론이 계속 제대로 끼우지 못하고 떨어뜨리던 그 탄창이다.

어, 어⋯⋯ 자신의 총과 탄창이 분리된 채 각기 다른 두 방향으로 날아가는 것을 보며 강 일병 클론은 당황한 신음을 흘렸다.

그러거나 말거나 진우는 녀석을 내버려 두고 뒤돌아 달렸다. 발소리에 놀라 고개를 한 번 움츠렸던 클론은 진우가 멀어져 가는 것을 확인하고 황급히 일어나 총이 날아간 언덕 아래를 향해 뛰어갔다.

'총을 먼저 집는구나. 이제 탄창을 찾아 그 방향 그대로 너희 편 찾아가라.'

클론이 네발로 기다시피 하며 총이 날아간 언덕 아래로 뛰어 내려가는 걸 보며 진우는 생각했다. 진우는 놈이 도망가 주기를 바랐고, 그래서 의도적으로 탄창을 봉우리 쪽으로 던져 버렸다. 거기까지 도달했으면 뒤도 돌아보지 말고 봉우리 너머로 자신의 동료들을 찾아가면 된다.

"너는 너고, 내 문제가 어쩌면 더 크니까……."

진우는 봉우리 반대 방향의 숲속으로 들어가 수풀을 헤치며 계속 빠르게 걸었다. 몇 개의 꼬불꼬불한 작은 비탈을 넘고 언덕 위에 올라선 진우는 나무 사이에 숨어 슬쩍 뒤를 돌아봤다.

클론은 아직도 탄창을 찾지 못했는지 구부정하게 허리를 굽힌 채 풀숲 위를 서성거리는 중이었다.

진우는 혀를 찼다. 이렇게 전쟁에 휘말려 버렸으니 저놈도 저 정도 감이나 실력으로 오래 살아남기는 텄다. 하지만 지금 당장은 주변에 별다른 위험이 없으니 저대로 내버려 둬도 될 것 같다. 이제 더는 강 일병 클론에게 관심을 두지 말자고 다짐하면서 진우는 다시 나무 사이로 내달렸다.

06

"하아~ 하아~ 큭, 컥! 컥!"

그렇게 험한 산속으로 점점 더 깊숙이 들어가며 언덕을 오르고, 다시 바위를 타 넘고, 나무 사이로 뛰어오르던 진우가 큰 바위 뒤에 주저앉았다.

목이…… 갈증이 너무 심하다. 이젠 껌을 씹는 정도로는 어떻게 해결될 것 같지가 않은 수준까지 왔다. 계속 기침이 나온다. 하지만 물은 없다.

줄줄 흘러내리는 땀이라도 핥아 볼까 싶어서 바짝 말라 갈라지기 직전인 혀를 날름거렸다.

진우는 손을 뻗어 주변의 이름 모를 꽃들을 훑었다. 그러고는 그 연한 이파리들을 입에 넣고 씹었다. 혹시라도 단물이 좀 나오지 않을까 했는데, 그냥 쓰기만 존나게 쓰다.

 윽, 진우는 인상을 찌푸리면서도 그 쓰고 떫은 맛 덕에 침이 돌 때까지 꽃잎을 계속 질겅거렸다. 그러고는 땀으로 범벅이 된 몸을 억지로 일으켜 세웠다. 더 쉬고 싶지만, 아직은 안전하지 않다.

 조금 높은 곳에 올라 후방의 시야가 확보될 때마다 진우는 뒤를 돌아보며 혹시 후발 추격대가 도착하지는 않았는지 확인했다. 여전히 봉우리 주변에는 아무도 없다.

 하는 척만 하라던 조언을 그 클론이 알아먹은 걸까?
 적어도 동료들을 불러오지 않은 것만은 확실해 보인다.
 깊숙하게 들어오면서 산세는 급격하게 험해졌다. 봉우리 지나서 나타났던 그 완만한 평지가 거짓말인 것만 같다.

 끄응~ 나무를 잡고 비탈을 오르는 진우의 입에서 저절로 앓는 소리가 터진다. 그리고 이 깊은 산속에 왜 그리 올무는 많은지, 그 가느다란 철사를 피해 다니는 것도 꽤나 신경이 쓰이는 일이었다.

 시야를 가리는 게 없는 평지였다면 휙휙 넘어가 버릴 수 있겠지만, 온갖 풀들이 가슴 높이까지 자라 있고 낙엽도 발목을 덮는 이런 깊은 산에서는 이야기가 다르다.

 "밀렵꾼 개새끼들……."

 진우는 길게 쳐진 철사를 넘어가며 욕설을 내뱉었다. 뭔가가 발목에 걸린다 싶었을 때, '풀이겠지.' 하고 그대로 다리를 뻗으면 콱 당겨지는 구조다. 일단 올무가 조여지면 총 말고는 아무 이렇다 할 도구가 없는 진우로서는 정말 큰 고생을 해야 할 것이다.

 그래도 몇 번 위험한 상황을 직접 겪어 보고 나니 어느 정도 요령이 생겼다. 나무 사이의 간격이 노루 정도가 지날 수 없을 만큼 좁은 곳에는 올무도 없다.

 그리고 다니기 더 편한 길목에 올무가 숨겨져 있다. 올무 주변에는 꺾인 나무가 보인다. 그리고 이런 모든 요령이니 식별보다 지팡이로 먼저 짚고 훑어 가며 지나는 게 제일 효과적이라는 걸 배웠다.

"후우······."

긴 나뭇가지를 꺾어 지팡이로 삼고 수풀을 훑어 가며 걷던 끝에 드디어 능선에 도착한 진우는 잠시 멈춰 서서 뒤를 돌아보았다. 어느새 그는 꽤나 멀리까지 왔다. 등 뒤로 보이는 봉우리는 이제 250사로보다 훨씬 더 멀게 보인다.

능선 너머에서 그를 기다리고 있는 것은 길게 이어진 좁은 협곡이었다. 자동차 한 대나 겨우 지날 수 있을까 싶을 만큼 폭이 좁고 완만한 내리막길인데, 그마저도 드문드문 솟아 올라와 있는 바위 때문에 휑히 뚫려 있지는 않다. 양쪽으로 높게 솟은 언덕은 쉽게 기어오를 수 없을 만큼 가파르다.

그런 형태의 협곡이 아주 완만한 내리막 경사와 곡선을 이루며 길게 뻗어 있다. 다시 말해 일단 저기로 들어가기만 하면 이 길고 짜증스러운 추격전도 끝이다.

100명이 쫓아온대도 저 협곡 안에 들어선 순간, 4열 종대로 스물다섯 줄을 만들어 전진하지 않으면 안 된다. 누군가 언덕 위쪽에서 매복하고 있다가 수류탄이라도 한 발 던지고 난사하면 순식간에 절반 이상이 궤멸되기 딱 좋은 구조였다.

그러니 저런 곳에까지 추격대를 내려보내는 미친놈은 없을 것이다. 아무리 일반 병사 알기를 우습게 여기는 지휘관이라고 해도 마찬가지다. 설사 보낸다고 해 봤자 포위당하는 게 아니니 별로 두려워할 이유도 없고.

후우~. 진우는 안도의 한숨을 내쉬었다.

그래, 이젠 다 끝났다.

최고로 좋은 하루도 아니었고, 계획했던 것과는 완전히 다르게 흘러간 한나절이지만, 그래도 아직 살아 있어······ 싸울 수 있는 실탄도 손에 넣었고·······.

가슴에 꽉 차 터질 것 같은 불만과 답답함을 달래기 위해 진우는 최대한 긍정적인 생각들을 하려 노력했다.

능선 아래로 내려가기 전에 진우는 마지막으로 한 번 더 자신이 왔던 길을 되돌아보았다. 그리고 그걸 보고 말았다. 봉우리 안쪽에 병사들 한 무리가 도열해 있고, 그 맨 앞으로 사제 방탄조끼를 입고 긴 소총을 멘 놈이 나선다.

놈들을 보자마자 진우는 얼른 몸부터 숨겼다. 저격수다. 꽤 먼 거리에서도 확연히 구분될 만큼 놈의 사제 조끼 색깔과 긴 총열이 튄다.

너, 너…… 이 새끼!

진우는 눈에서 불꽃이 확 이는 듯했다.

진우는 수풀 뒤에 몸을 숨긴 채 계속 놈들의 움직임을 살폈다. 사실 자신은 그냥 이 고개 아래로 내려가 산속으로 사라져 버리면 그만이다. 그러면 저놈들이 쫓아오든 말든 더 부딪칠 일도 없고, 위험할 일도 없다.

이만큼의 거리를 확보했으니 이 넓은 산속에서 그를 다시 찾아낸다는 건 불가능에 가깝다. 게다가 정말 만약에 소수 병력이 협곡까지 따라온대도 두려워해야 하는 건 오히려 저놈들 쪽이다.

그런데…… 왜 이렇게 가만히 여기 엎드려서 저놈들을 노려보고 있는지 묻는다면, 설명하기는 어려웠다. 하여간 뭔가가 진우의 가슴을 뜨겁게 만들어 발을 뗄 수 없게 했다.

'두 개 분대는 넘어 보이는데…… 그럼 지원 병력이 추가로 온 건가…….'

병사들의 머릿수를 헤아려 보며 진우는 생각했다. 아까 도로에서 시체들을 확인하던 병력보다 지금이 더 많다. 놈들은 그 자리에 서서 좌우를 둘러보고 있다. 아마 '골치 아픈 패잔병 한 놈'이 어디로 도망갔을지 그 방향을 찾는 모양이다.

잠시 후, 추격대는 세 개의 그룹으로 나뉘어졌다. 제1대는 아까 여섯 마리 좀비가 걸어왔던 언덕 방향으로, 제2대는 그 반대쪽으로 봉우리를 끼고 위쪽으로 이동한다.

마지막으로 제3대는 진우가 왔던 길 쪽으로 움직이기 시작했다. 진우가 눈독을 들이고 있던 저격수가 공교롭게도 이 제3대에 끼어 있다.

놈이 댓 명의 병사와 함께 숲 안쪽으로 들어오는 모습을 보자 진우는 자신이 왜 그냥 가 버리지 않고 여기서 지켜보고 있는지를 깨달을 수 있었다.

아마 저격수가 다른 방향으로 가는 수색대에 끼었다면 그 역시 미련을 두지 않고 협곡을 향해 떠났을 터였다. 하지만 그는 복수를 원하고 있었다. 그리고 지금 그 기회가 왔다.

진우는 지팡이를 그 자리에 눕혀 두고 힘들게 올라왔던 길을 조심조심 다시 내려가기 시작했다. 놈의 강점은 긴 사거리와 저 고배율 조준경이다. 그러니 미리 가서 전략적 우위에 있는 장소를 선점하고 조준경이 없는 자신이 육안으로 겨룰 수 있을 만큼의 거리까지 끌어들인 후, 저 밉살스러운 놈을 끝내 버리리라.

촤아아아—.

시간을 단축하기 위해 내리막길을 미끄러질 때마다 낙엽과 풀들이 눕는다. 진우는 최대한 조용히, 그리고 기척을 죽인 채 산길을 미끄러져 내려갔다.

'복수의 기회'라는 어휘를 떠올리는 것만으로도 가슴이 두근거린다. 아직 멀쩡히 살아 있으면서 무슨 복수 타령이냐고 묻는다면 이렇게 대답해 주겠다.

만났던 모든 사람들이 자신을 공격하기만 했던, 이 기분 나쁜 하루를 그냥 이대로 흘려 버리기는 싫다. 이럴 때조차 화 한 번을 내지 못하고 무작정 도망만 쳐야 한다면 그건 숨을 쉬고 있어도 이미 살아 있는 게 아니다. 그리고 그 분노를 쏟아부을 만한 대상으로는 저놈이 가장 적합하다. 아직 살아 있는 놈들 중에서는.

추격대와의 거리를 좁히며 진우는 어떻게 싸울 것인지를 정리했다. 수많은 사투를 헤쳐 나왔다고는 하지만, 자신은 사람 대 사람의 전투에 대해서 잘 모른다.

반면, 적은 전술 교범이랄지 암살, 저격 따위를 전문가 레벨로 숙지한 놈이다. 장비도 그렇고, 동료의 화력 지원도 그렇고, 여러 면에서 이 싸움은 자신이 불리하다.

하지만 저격수는 지금 조급할 것이다. 착용한 장비가 말해 주듯 놈은 엘리트 군인이고, 오늘 진우는 놈의 총알을 피하며 그 엘리트의 단단한 자존심을 몇 번이나 상하게 만들었다.

그게 이 싸움에서 진우가 확보해 놓은 심리적 자산이자 중요한 이점이었다. 놈이 서두르는 마음, 약이 올라 평정이 흔들리는 그 상태를 파고들어야 한다.

10분여를 더 내려간 진우는 비교적 높고 가파른 언덕 위에 자리를 잡고 천연 참호 뒤에 몸을 숨겼다.

그 자리를 고른 이유는 몇 가지가 있다. 아래에서 올라오는 추격대는 완만한 산길을 지그재그로 한 번 왕복해야만 그가 있는 곳까지 닿을 수 있다.

직선으로 오고 싶다면 급격한 경사로를 60미터 이상 뛰어 올라와야 하는데, 그건 그냥 죽여 달라고 도발하는 것이나 다름없는 짓이다. 여기는 좀비들도 돌아다니지 않을 만큼 가파른 언덕이다.

그리고 아주 중요한 또 한 가지 장점을 꼽자면, 이 언덕은 저격수를 잡은 다음 빠져나가기 좋도록 뒤로 이어지는 길목이 튀어나온 바위와 나무로 잘 가려져 있다. 여차할 때 도망을 칠 수 있다는 건 정말 큰 강점이었다.

"후우~ 후우~."

진우는 호흡을 가다듬으며 잡초들 사이에 숨어 아래쪽을 노려봤다. 슬슬 나타날 때가 되었다. 하이바가 없지만, 어차피 풀이 높이 자라 있어 가려 준다. 그리고 놈이 쏘는 7.62㎜탄은 하이바를 쓰고 안 쓰고에 상관없을 만큼의 관통력을 가지고 있다.

잠시 후, 억! 하는 소리가 작게 들려오고, 멀리 녹색 덤불이 흔들렸다. 왜 그런 소리가 나는지, 그 소리가 난 지점이 어디쯤인지 진우는 잘 안다. 누군가 올무에 걸린 거다. 몇십 분 전, 진우도 저기에서 아슬아슬하게 올무를 피했었으니까.

'좀 더 와. 무서워하지 말고.'

막연하나마 한 지점을 특정할 수 있게 된 진우는 가늠자를 천천히 그 방향으로 돌렸다. 머릿수 하나가 아쉬운 상황이니, 이제 놈들은 어떻게든 그 올무를 풀어낼 것이다. 그리고 잠시 후에는 저기 보이는 나무 쪽으로 한 놈씩 엉거주춤 걸어 나오겠지.

여섯이나 되는 사람을 다 죽이고 싶은 마음은 추호도 없으니, 진우가 방아쇠를 당기는 건 그 저격수 놈의 머리가 이 가늠자 안에 들어오는 순간이다. 녀석을 잡은 다음에는 곧바로 돌아서서 고개를 넘을 계획이었다.

그런데 놈들은 좀처럼 모습을 드러내지 않았다.

올무 하나를 푸는 데 너무 오래 걸리는 것 아닌가?

혹시 포위를 당하나 하는 생각에 가늠자에서 눈을 뗀 진우가 좌우를 둘러보려는 순간, 파아앙— 날카로운 총소리가 울렸다.

그리고 진우의 바로 곁으로 총알이 스치고 지나갔다. 계속 조준하고 있는 상태였다면 그대로 머리가 날아갔을 터다.

"윽!"

진우는 황급히 머리를 숙이고 둔덕 아래로 엎드렸다. 바로 곁을 스치고 간 총알의 열기와 소리 때문에 귀가 찢겨 나간 것 같은 느낌이다. 귀 안쪽에서는 찌이이이이잉— 찌이잉— 엄청난 이명이 울려 댔다.

투투둑, 투투투, 투투둑.

계속 3점사가 이어지고 주변의 흙과 돌이 부서져 꺾인 풀들과 함께 날린다.

'뭐지? 어떻게 알았지?'

두려움보다도 놀라움이 더 컸다. 분명 노리고 쏜 거다.

자신이 매복하고 있던 지점을 처음부터 알고 있었단 말인가.

아니, 그랬다면 병력을 나눌 이유도 없고, 이렇게 가까이까지 접근해 올 이유도 없는데…… 그럼 대체 뭐지?

투투투, 투투두, 투투둑.

그렇게 고민을 하는 짧은 동안에도 놈들의 제압사격은 계속 이어졌다. 언덕이 있어 직격당할 위험은 없지만, 도무지 고개를 들 수 없다는 게 문제다. 그리고 계속 흙먼지가 날려 눈을 똑바로 뜨기가 어렵다.

"총은…… 총은 괜찮나?"

진우는 떨어지는 흙에서 총을 보호하기 위해 가슴 쪽으로 끌어당겼다.

반짝, 총열 덮개의 검은 쇠가 여름 오후의 강렬한 햇빛을 받아 반짝인다.

아하, 진우는 그제야 저격수가 어떻게 자신의 위치를 알아냈는지 깨달았다.

놈은 수풀 사이로 삐져나온 총구가 햇빛을 반사하는 것을 본 거다. 놈에게 신통력이 있는 게 아니라는 점은 다행이지만, 제압사격으로 이쪽이 잔뜩 움츠러 들어 있는 동안 놈이 어디로 도망가서 자리를 잡을지 모른다는 점이 걱정된다.

투투둑, 투투둑, 투투둑.

잠시 저쪽의 총성이 뜸해진 틈을 타서 진우도 대응 사격을 했다. 총구만 위로 올리고 보지도 않은 채 대충 갈기는 것이지만, 그래도 효과는 있었다.

핑— 핑—.

돌이 튀는 소리가 울리면서 저쪽의 총소리가 일시에 확 줄었다. 저쪽이 여섯 명이라고는 해도 어차피 저격수 한 놈을 제외하면 다 일반 병사들. 강 일병 클론 일행들의 모습으로 미루어 볼 때, 전투 경험도 풍부하지 않다. 이렇게 총알이 날아다니면 병사들은 저절로 위축될 수밖에 없다.

투투, 탕탕, 투투둑.

다시 놈들의 사격이 시작되었을 때, 총소리가 사방으로 분산된다는 게 느껴졌다. 돌아서 빙 둘러 포위를 할 심산인가 보다.

그건 아직 괜찮다. 어차피 놈들이 이 산비탈을 다 올라서 근처까지 뛰어오려면 아직도 한세월은 있어야 한다. 그 전에 저격수 놈만 잡으면 된다.

어차피 여기에 오래 있을 생각도 없고, 있어서도 안 된다. 총소리를 들었으니 양방향으로 분산되었던 병력들도 곧 여기로 합류할 것이다.

진우는 생각했다.

병사들을 분산시켜 놓은 시점에서 정작 놈은 어디로 갈까? 엉덩이가 무거운 저격수님께서는 어디로 이동할까?

자신은 안전하면서도 목표물의 총알은 잘 닿지 않을 만한 곳, 놈은 뒤돌아 내려가고 있다. 그리고 자세를 낮출 거다.

투투둑, 투투둑, 투투둑.

양방향으로 빠르게 한바탕 총알 세례를 퍼부어 주며 올라오는 적 병력의 발을 묶으려던 진우는, 언덕 왼편 아래에서 힘차게 팔을 휘두르는 병사 한 놈을 보았다.

휘익―.

수류탄. 전혀 예상치 못했다. 삼척에서 하도 폭발물과 멀리하고 싸워 왔기 때문에 그게 전투의 한 도구로써 사용될 수 있다는 것조차 머릿속에서 깨끗이 지워진 상태였다.

'……좆 된 건가?'

일시적으로 머릿속이 하얗다. 당장 피해야 하지만, 지금 일어나거나 자세를 높였다가는 사방에서 조준하며 기다리던 놈들의 먹잇감이 될 뿐.

진우는 떨어지는 궤도에서 수류탄을 맞힐 수 있을까 싶어 급하게 총구를 돌렸다. 그런데…… 놈이 투척한 수류탄은 중간 지점에서 잎이 무성하게 달린 나뭇가지에 맞고 아래로 뚝 떨어져 버렸다.

나무가 높이 솟아 있는 숲속에서 오르막을 향해 수류탄을 던지다니, 애초에 정신 나간 시도였다.

똑― 똑― 떼구루루―.

잠시 총성마저 멎을 만큼 모두의 시선이 비탈을 타고 굴러 내려가는 수류탄에 집중됐다.

"미친!"

수류탄의 위치가 놈들 쪽으로 더 가까이 내려갔다는 걸 확인하면서도 진우는 얼른 머리를 감싸고 언덕 아래에 몸을 바짝 붙였다. 혼비백산하기는 아래의 추격대 놈들도 마찬가지였다. 우왕좌왕하며 당황한 목소리가 1초 정도 들려오는가 싶더니…….

콰아앙―!

그야말로 엄청난 굉음이 산을 흔든다. 몇십 미터나 떨어져 천연 참호 안에 몸을 숨기고 있는데도 텅 빈 위장이 흔들릴 만큼 강한 진동이 몸 전체를 훑고 지나간다. 곧이어 돌과 나뭇조각, 흙더미들이 쏟아져 내렸다.

후드드득― 후드드득―.

진우는 가능한 한 머리를 가슴속에 묻으려 애를 썼다.

탁, 날아온 돌조각이 팔과 허벅지, 머리를 때린다.

물론 더 큰 대미지를 받은 건 아래쪽에 산개해 있던 추격대 쪽이다. 한바탕의 흙더미 폭풍을 견뎌 낸 진우가 혼란을 틈타 왼쪽으로 20미터쯤을 기어간 뒤 다시 시선을 언덕 아래로 돌렸을 때, 무참하게 박살 난 나무들과 움푹 팬 땅, 그리고 자욱한 화약 연기 너머로 신음하는 병사들이 기어 다니는 모습이 보였다. 하지만 그놈들 중에 저격수는 없다.

'어디냐…… 어디…….'

진우는 K-2를 가슴에 꼭 끌어안은 채 살짝 눈만 돌려 놈의 위치를 추적했다. 총구로 위치를 들키는 실수는 한 번이면 충분하다.

좀 전의 흙더미 폭풍 덕에 얼굴 전체가 흙과 낙엽에 덮여 있어서 위장 걱정은 따로 하지 않아도 될 터였다. 총은 놈의 위치를 확인한 다음 빨리 꺼내서 당기면 된다. K-2 속사라면 누구랑 겨루더라도 해볼 만하다.

나와 봐, 이놈아. 총구를 내밀어. 내 총이 빛을 반사한다면, 네 총도 반짝이겠지……. 그리고 총열도 더 길고. 넌 전술 조끼도 검은색이잖아…….

진우는 최대한 기척을 숨긴 채 쑥대밭이 된 아래쪽 언덕을 훑었다. 원래 병사들이 있던 위치보다 먼 거리, 엄폐물이 있는 곳, 그리고 그중에서도 수풀이 무성하게 돋아 있는 지점들만을 골라 살폈다. 자신이 놈이라면 저런 곳 중 한 곳에 있을 테니까.

투투둑, 투투둑.

겨우 정신을 차린 병사들이 원래 진우가 숨어 있던 곳 부근을 향해 3점사를 퍼부어 댄다. 놈들이 그러거나 말거나 진우는 저격수를 찾는 일에만 집중했다. 그리고 마침내 찾았다.

다른 건 전혀 눈에 띄지 않았다. 하지만 놈의 저격 소총에 붙어 있는, 그 요란스러운 광학 조준경 렌즈가 아주 일순간 햇빛을 반사해 부자연스러운 반짝임을 만들어 냈다.

미세했지만 진우의 눈길을 사로잡기엔 충분했다. 거기 있다는 걸 알고 집중

하니 풀숲에 가려져 완벽하게 은폐되어 있던 놈의 모습도 조금씩 구체적으로 보이기 시작했다.

거리는 80? 어쩌면 100?

나무 두 그루 사이에 배를 깔고 엎드려 있다. 어찌나 신중하게 움직이는지, 총구가 미세하게 돌 때조차도 풀이 흔들리지 않는다. 놈의 총구도 막연하게나마 진우가 몸을 숨기고 있는 방향을 겨누고 있다. 결국 박빙의 승부가 될 모양이다.

진우는 기다렸다. 놈의 총구가 자신의 엄폐 지점에서 오른쪽으로, 놈의 시점에서 보자면 왼쪽으로 돌아갈 때까지 기다렸다. 조준경을 보고 있는 동안에는 오른쪽의 시야가 약점이 될 수밖에 없으니까.

아주 느릿느릿 돌던 저격수의 총구가 어느 정도 돌아갔다 싶었을 때, 진우는 재빠르게 몸을 돌리며 연사를 퍼부었다.

타, 탕! 타다다다당! 타타타타타탕! 탕탕탕!

파앙, 파앙!

저격수 역시 재빠르게 반응을 하며 연발 사격을 시도했지만, 진우가 미세하게 더 빨랐다. 머리와 어깨, 등, 그리고 온몸에 열댓 발의 총알을 맞은 저격수는 조준도 하지 못한 채 두 발을 당기고 총을 놓쳐 버렸다.

탕! 탕! 타탕!

놈의 고개가 힘없이 떨어지고 근처의 잡초들이 새빨간 피로 뒤덮인 걸 확인한 후에도 잠시 동안 진우는 방아쇠를 계속 당겼다. 그러고는 곧바로 천연 참호 뒤에 몸을 숨겼다.

07

투투투, 투투둑, 투투둑.

여기저기서 총알이 날아온다. 뒤늦게 진우의 위치를 파악한 일반 병사들이 당황해하며 3점사를 퍼붓고 있다. 그래 봐야 이미 진우는 바위 뒤로 다시 몸을 피한 뒤다.

높은 곳에 숨은 그를 아래에서 쏴 맞힌다는 건 사실상 불가능에 가깝다. 군대에서 괜히 고지 선점을 중요하게 여기는 게 아니다.

진우는 쏟아지는 돌 부스러기와 흙먼지를 뒤집어쓰며 기다렸다. 어차피 탄창 한 개를 다 쓰면 놈들은 몇 초 동안을 더듬거리며 탄창을 교환해야 한다.

그때를 맞춰 이쪽에서 제압사격을 해 주면 물론 그 공백기는 더 길어질 것이고, 그 정도 시간을 벌면 달아나는 데 아무런 장애도 안 된다.

복수는 성공했고, 위험 요소는 제거됐다. 저격수가 숨어 있던 숲속을 어지럽게 물들이던 그 선명한 빨간색은 아직도 진우의 망막에 진한 잔영으로 남았다. 웅크린 채 탄창을 교환하면서 진우는 틈을 기다렸다.

투투둑, 투투둑.

여섯 발을 끝으로 총성이 잠시 잦아들었다. 진우는 머리 위로 총을 올려 방향을 바꿔 가며 3점사를 퍼부어 줬다.

'웃', '엇!' 당황한 병사들이 황급히 몸을 숨기면서 내는 신음 소리가 여기저기서 울린다. 이제 뛸 차례다.

진우는 엄폐물 뒤에서 한 번 더 아래쪽을 향해 총알 세례를 퍼부은 뒤, 나무들 사이로 몸을 던졌다. 그러고는 곧바로 다시 일어나 언덕의 위쪽으로 달렸다.

자신이 달아나고 있다는 걸 지금쯤은 알아챘을 테지만, 어차피 지휘관 잃은 병사들일 따름이다. 탄창 교환 시기를 조율하지 않는 것만 봐도 삼척에서 이 병장이 이끌던 분대처럼 일사불란한 움직임 따위는 없다는 걸 알 수 있다.

핑— 핑—.

투투둑, 투투두.

아무렇게나 쏴 대는 총알이 어지럽게 바람을 가른다. 하지만 진우는 여기를 전장으로 정했을 때부터 이미 퇴로를 염두에 뒀고, 그 퇴로는 꽤나 많고 든든한 엄폐물로 보호되고 있다. 급하게 비탈을 올라 큰 바위 뒤에 몸을 숨긴 진우는 뒤를 돌아 한 번 더 제압사격을 했다.

으윽! 쫓아오던 놈들은 구르듯 언덕 아래로 피하며 엄폐물을 찾았다. 병사들은 진우가 예상했던 것보다 훨씬 더 열심히 뒤를 밟고 있다. 명령을 내리는 놈만 조지면 알아서 흩어질 거라 생각했는데, 저 녀석들도 동료의 피를 보고 꽤나 흥분한 모양새다.

덕분에 도주에 걸린 시간이 조금 더 늘어나기는 했지만, 그래도 진우는 다시 산의 능선으로 돌아왔다. 아래쪽에서 꾸역꾸역 따라오는 추격대와의 간격은 100미터 이상으로 벌어졌다.

반대편의 협곡으로 내려가기 전에 진우는 다시 한번 탄창을 갈아 끼우고 추격대 놈들이 고개를 들 생각조차 못 하도록 오싹한 위협사격을 가했다.

핑— 핑—.

놈들이 숨은 지점 하나하나마다 바로 머리 근처에 총알을 박아 넣었다. 간이 배 밖으로 나오지 않고서야 다시 고개를 들기까지 적지 않은 시간이 걸릴 것이다.

다른 방향으로 갔던 추격대가 합류해 저 멀리서 이쪽 산기슭으로 들어오는 모습이 보인다. 이제 정말 더 지체하지 않는 게 좋다. 진우는 한 번 더 위협사격을 해 주고 협곡 아래로 내달렸다.

탁탁탁탁.

자갈과 흙이 반반씩 섞인 길을 뛰어가고 있을 때, 발소리에 섞여 누군가 건네는 말이 들려온다.

'큭큭큭, 이 새끼…… 심장 콩닥거리는 거 봐라. 사람 죽이고 완전히 신이 났네. 왜? 피를 보니까 좋아? 흥분돼?'

젠장, 진우는 머리를 흔들었다. 힘들고 심각한 상황만 되면 나타나는 그 목소리. 진우가 '개같은 혓바닥'이라고 이름 붙인 또 다른 자아가 실실거리며 또 비웃어 대는 소리가 머릿속에서 울려온다.

'닥쳐, 이 개새끼야! 나도 살려고 발버둥 친 거야! 쫓아온 건 저 새끼들이었어!

누구를 살인마 취급 해?'

진우는 또 다른 자아에게 욕설을 퍼부으며 계속 내달렸다. 이따금씩 나타나는 커다란 바위들이 반갑다. 그 뒤쪽으로 숨어서 달리면 든든한 방패가 되어 줄 것이니까.

'길 비켜라! 살인자 납신다! 앞을 가로막는 놈은 다 죽인다!'

"지랄하지 말라고! 난 한 놈밖에 안 죽였어! 여섯 놈 중에 제일 위험한 놈 하나만 죽였다고!"

'나는 휴머니스트다! 여섯 명 죽일 수 있는데 한 명밖에 안 죽였다! 골라서 죽였으니까 죄가 없다! 아아, 그러셨어요? 큭큭큭, 그런 논리면 이 세상에 죄인이 어디 있어? 열 놈 죽이고 열한 번째 놈 살려 주면 그것도 착한 일 한 거겠네? 킥킥킥.'

"내가 죽어야 네 속이 시원하겠어? 좆 까! 난 살 거야! 꾸역꾸역! 악착같이! 다 이기고 살아남을 거라고!"

미친놈처럼 혼잣말을 중얼거리면서도 진우는 이따금씩 뒤를 돌아보는 걸 잊지 않았다. 슬슬 추격대 애들도 산의 능선 위까지 도달할 때가 됐다.

'다 이기는 것 좋아하시네. 오늘만 해도 그 새끼가 멋 부리지 않았으면 넌 벌써 뒈진 목숨이야. 네가 엄청나게 대단하다고 착각하지 마.'

그 말을 남기고 또 다른 자아는 머릿속 어딘가로 숨어 버렸다. 그 마지막 말에는 진우도 반박하지 않았다. 맞는 말이다. 만일 그 저격수가 단발 헤드 샷을 고집하지 않았더라면 아까 총열로 위치를 들켰을 때, 벌써 게임은 끝났을 거다.

놈이 연발로 세 발 정도만 훑었으면, 피를 뿌리고 죽는 건 그 저격수가 아니라 진우 자신이었을 것이다. 그걸 알기에 진우도 놈을 잡을 때, 모드를 연사로 두고 최대한 많이 갈겼다.

'그래, 자만하면 안 돼. 오만해져서 허세 부리면 죽는 거야.'

굽이를 돌기 직전 진우가 다시 뒤를 돌아보았을 때, 100여 미터 떨어진 언덕의 능선 위로 추격대 병사 한 놈이 올라섰다. 당연히 서로 눈이 마주쳤다. 놈이 화들짝 놀라며 서둘러 사격 자세를 취한다.

 진우는 왜 그 녀석이 얼른 자세를 낮추지 않고 서서쏴 자세로 총구를 들어 올리는지 이해할 수 없었지만, 그것에 대해 답을 찾기 전에 얼른 방아쇠부터 당겼다.

 타앙!

 진우를 쏘려던 병사는 눈 주위에서 핏빛 안개를 뿜어내며 뒤로 넘어갔다. 원하지 않는 상황이지만, 돌이킬 수도, 피해 갈 수도 없는 일이다.

 '씨발!'

 저격수의 피를 보았을 때와는 다른 기분이어서 진우는 눈을 질끈 감고 돌아서서 뛰었다. 완만한 굽이를 돌아 더 이상 언덕 위쪽에서 뿌려 대는 총알에 노출되지 않게 되었을 때, 진우는 자신의 이마 주변을 마구 훑었다.

 씨발, 바보 같은 새끼! 왜 얼른 엎드리지 않은 거지? 왜 그렇게 멍청하게 사격 자세를 취하냐고! 옆에 서 있는 나무가 보호해 줄 거라고 믿은 건가?

 계획했던 것보다 한 사람을 더 죽였다는 게 영 기분이 좋지 않다. 게다가 그놈…… 어쩌면 아까 그 강 일병 클론인지도 모르겠다. 거리가 100여 미터나 되고 단 몇 초 동안만 봤으니 정확하게 얼굴을 인식할 수는 없었지만, 놈이 안경을 끼고 있던 건 분명하다.

 '잊어버리자. 아마 아닐 거야. 안경 쓴 군인이 그놈 하나만 있는 것도 아니고…… 그리고 생긴 게 닮았을 뿐이지, 걔가 정말로 강 일병님인 것도 아니잖아. 난 분명히 경고도 했었어. 또 만나면 죽일 거라고……. 아, 젠장. 안 쐈으면 뭐 무슨 수가 있어? 네가 총 맞게 생겼었다고! 걔는 너 못 맞히라는 법 있어? 좀 전에 다짐했잖아. 자만하면 안 된다니까!'

 그렇게 뇌리에서 조금 전의 그 병사에 대한 생각을 애써 지워 내며 계속 협곡을 따라 달리던 진우는 40여 분이 지난 뒤에야 처음으로 물을 만났다.

 바위틈을 따라 졸졸 흐르는 개울물이 넓적한 큰 바위 위로 잔잔한 수면을 이루고, 그 옆의 흙바닥에 작은 웅덩이를 만들었다.

 "하아…… 물…… 아아…… 물이다."

물을 보고 안심을 하자마자 머리끝이 핑 돈다. 어지럽고, 뜨겁고, 정신이 하나도 없다. 일단 주변부터 훑어 안전을 확인한 후에 진우는 무릎을 꿇은 채 총을 옆에 내려놓았다. 그러고는 바위에 입을 맞추듯 흙먼지투성이 입술을 내밀어 잔잔하게 흘러내리는 물을 빨아들였다.

추르릅, 추릅.

수분이 위장과 뇌 양쪽으로 동시에 흡수되는 것 같다. 너무나 시원하고 달다. 바짝 말라 있던 입술과 혀, 그리고 식도와 온몸 구석구석까지 천천히 수분이 충전된다.

"하아~ 고마워."

족히 1리터는 넘게 물을 마시고 난 뒤, 진우는 옆의 웅덩이에서 물을 퍼 올려 목덜미와 정수리에 부었다. 자신의 몸이 이렇게 끈적거리고 흙투성이인 데다가 뜨거웠는지 몰랐다. 진우는 눈을 꼭 감은 채 몇 번이나 물을 끼얹어 얼굴과 머리의 흙을 털어 냈다.

"어?"

옆머리를 씻던 진우가 손바닥을 보고 놀란다. 말라붙은 피딱지와 함께 붉은 피가 묻어 나온다.

뭐지?

머리 주변을 손가락으로 짚어 보니, 관자놀이에서 손가락 두 마디 정도 위가 찢어져 있다. 아마 아까 수류탄이 터졌을 때 쏟아져 내린 돌에 맞은 게 분명하다.

"아야야……."

물로 씻어 내는 동안 감각이 살아났는지 따끔따끔하다. 보이지는 않지만, 손가락 끝의 촉감으로 재 보니 대충 3센티 정도 쭉 찢어졌다.

뭐, 그리 대단히 깊은 상처는 아니어서 일단 안심하기로 했다. 사실 따끔거리는 건 머리의 상처뿐만이 아니다. 아까 풀을 뜯어내고 헤치고 꺾었던 손바닥은 실처럼 가늘게 베인 상처들이 셀 수 없이 많고, 온몸 여기저기가 긁히고 찍히고 멍이 들었다.

손톱이 빠진 왼손 검지를 싸 뒀던 붕대는 어디로 날아가 버리고, 시꺼멓게 피멍이 든 살이 드러났다. 하 중위가 치료해 준 오른팔의 상처도 심장이 뛸 때마다 욱신욱신했다.

"오늘 죽은 놈들도 있어. 엄살떨지 마."

한 번 더 물을 마신 진우는 스스로를 다그치며 총을 집어 올렸다. 그러고는 지칠 대로 지친 두 다리를 질질 끌며 눈앞에 펼쳐진 또 다른 숲속의 언덕을 걸어 올라갔다. 올무에 걸리지 않기 위해 나뭇가지부터 꺾어 지팡이로 삼는 것을 잊지 않았다.

우웁, 너무 지치고 덥고 힘이 들어서 걷는 내내 계속 구역질이 치밀고, 실제로 몇 번은 토사물을 게워 내기도 했다. 물론 토사물이라고 해야 거의 다 물밖에 없지만.

"케엑! 캑— 큭! 우욱!"

어지럽다. 뭔가…… 열량을 섭취해야 한다. 하다못해 소금이라도…….

머리가 핑 돌 때마다 진우는 나무를 짚고 서서 한숨을 몰아쉬었다.

입으로 들어오는 건 하나도 없이 계속 너무 많은 땀을 흘리고, 벅찬 운동을 한 덕에 긴장이 풀리자마자 극심한 무력감이 온몸을 덮쳤다. 이 상태대로라면 그리 길게 버티기 힘들 성싶다. 하지만…… 근처에 먹을 것이라곤 없다.

또 20분 가까이 땀을 흘리며 언덕을 오르자 지난 몇 시간 만에 처음으로 도로가…… 사람이 닦아 놓은 도로가 보였다. 뒤쪽에 추격대는 아직 눈에 띄지 않는다. 하긴 추격대라고 해서 무슨 전문가들도 아니고, 풀숲으로 덮인 이 넓은 산중에서 사람 하나가 어디로 갔는지 수월히 찾아내지는 못할 거다.

후우, 후우…….

산기슭에 도착한 진우는 숲 바깥으로 나가기 전에 까맣게 그늘이 진 눈으로 도로 주변을 둘러봤다. 그리고 별다른 위험 요소가 없다는 걸 확신한 후에 도로와 이어진 평지로 내려섰다.

"집이 있을 텐데…… 인가가…….""

완전히 탈진해서 멍하게 중얼거리던 진우는 자신의 발밑을 보았다. 발바닥을 통해 전해지는 땅의 울퉁불퉁함이 뭔가 자연스럽지가 않다. 그리고 깨달았다. 무성하게 자라난 이 녹색 풀은 단순한 잡초가 아니었다.

뭔가 심어져 있다. 흙 묻은 검은 비닐도 보인다. 야생동물들 때문에 엉망으로 파헤쳐져 있고, 주변에 다른 잡초들도 잔뜩 돋아 있어서 모르고 그냥 지나칠 뻔 했지만, 여기는 고랑이 있는 밭이다.

'먹을 거다. 뭔가 먹을 게 묻혀 있다!'

땅속에 들어 있는 작물의 정체가 뭔지도 모르지만, 일단 침부터 고인다. 대검을 뽑기 위해 대검집이 달린 왼쪽 어깨를 더듬던 진우는 그제야 자신이 오늘 오전에 대검을 포함한 모든 무기를 압수당했었다는 걸 기억해 냈다.

"아, 젠장! 이 멍청이! 대검!"

진우는 끌탕을 하며 아쉬워했다. 아까 탄창만 빼앗을 게 아니라 대검도 빼앗아 왔어야 했는데! 좀비에 물려 죽은 병사가 있었으니 굳이 강 일병 클론의 것을 빼앗지 않아도 됐을 텐데!

그때 당시에는 탄창을 다시 획득하는 것과 그 클론을 살려 주려는 마음만 앞서 있어서 대검에까지는 생각이 미치지 않았었다.

어쨌든 이미 지나간 일이고, 일단 입에 뭔가를 넣고 싶었기에 진우는 나뭇가지 지팡이로라도 땅을 쑤셔 봤다. 별로 능률이 없다는 걸 깨닫고 지팡이를 내려놓은 진우는, 근처에서 넓적하고 단단한 돌을 주워 와 두 손으로 꽉 잡고 땅을 내리찍었다.

그리고 부서져 나온 흙더미를 열심히 긁어냈다. 마침내 나타난 것은 뿌리줄기에 달려 있는 둥근 알맹이…… 감자다. 감자가 나왔다.

"우와! 이게! 이게 웬 떡이야!"

돌로 찍어 떼어 낸 흙투성이 감자를 군복에 문질러 흙을 털어 내고, 서둘러 입으로 가져갔다.

아삭.

특유의 텁텁한 맛. 거기에 흙냄새가 강하게 첨가되어 있다. 하지만 진우는 아주 좋아 죽겠다는 표정을 지으며 계속 감자를 씹었다.

우걱우걱, 고소하다. 날감자 한 개는 순식간에 사라졌다. 진우는 곧바로 두 번째 감자를 뜯어내서 흙을 털었다. 그러고는 또 크게 한입을 베어 물었다.

후, 후, 껍질에 붙은 잔 흙을 불어 내던 진우의 시선이 도로 너머 저편의 평원으로 향했다. 여러 겹으로 나란히 줄지어 서 있는 까만색 차양막. 그게 뭘 의미하는지 알 것 같아서 진우는 벌떡 몸을 일으켰다.

그런 뒤 홀린 듯이 그쪽으로 걸어갔다. 두 번 이어졌던 태풍의 피해로 까만색 차양막들은 반쯤 부서진 채다.

하지만 그 아래 재배되고 있던 작물들이 망가지지는 않았다. 줄을 맞춰 심겨 있는 이 수많은 녹색 풀들은 인삼이었다.

진우의 손에서 힘이 빠지며 지금껏 소중하게 쥐고 있던 감자가 떼구루루 굴러떨어졌다. 흙 묻은 날감자 같은 걸 씹어 먹고 있을 때가 아니다.

인삼! 파워! 에너지!

진우는 인삼밭을 덮고 있는 가마니를 뜯다시피 해서 들어내고, 손으로 땅을 파헤쳤다.

잘 안 된다. 토양은 딱딱하고, 짚으로 짠 가마니는 쫀쫀하다. 마음이 급해져 도구를 찾던 진우는 옆의 차양 기둥용 각목을 잡고 뜯어냈다. 그러고는 뾰족한 부분으로 가마니를 찍고 땅을 파헤쳤다.

이윽고 파란색 줄기에 흙투성이 누런 뿌리, 무수한 잔털을 가진 손가락 굵기의 인삼이 자태를 드러냈다.

'인삼……! 인삼!'

진우는 인삼을 집어 옷에 문대고 흙을 털어 냈다. 급한 마음에 잔뿌리에 묻은 것들은 대충 손으로 뜯어내 버리고 입에 욱여넣었다.

와작, 와작.

쓰면서도 단맛이 난다. 흙이 씹혀서 도저히 못 삼키겠으면 그 부분만 뱉어 버렸다.

캑, 캑…… 이따금씩 사레가 들기는 했지만, 그래도 워낙에 맛있다.

진우는 인삼을 꼭꼭 씹으면서 새 뿌리를 파헤치기 시작했다. 인삼 밭이 여기에 있으니 근처 어딘가에는 이 밭을 관리하며 농사를 짓던 농가가 적어도 하나는 있을 거다. 위장이 조금이라도 차는 대로 찾아 나서 봐야겠다.

적어도 펌프나 우물 정도는 있으면 좋겠는데…….

인삼을 우걱우걱 씹으면서 진우는 멍하니 생각에 잠겼다. 연장도, 플래시 같은 것도 없고, 소독약과 물병도 꼭 필요하다. 머리에 쏟아지는 햇볕을 막아 줄 모자도 있어야 하고…….

하지만 인가를 발견해도 거기에서 오래 머물 수는 없다. 혹시라도 추격대 놈들이 뒤를 밟으면 당연히 집부터 뒤지고 다닐 것 같으니까.

뒤를 밟는다라…….

아, 젠장. 그러면 인삼 파먹은 자리, 감자 파먹은 자리도 다시 풀로 덮어서 위장을 해 놔야 하는 걸까? 지팡이로 쓸 나뭇가지 부러뜨린 것도 마음에 걸리는데……. 그리고 여긴 대체 어디야?

그렇게 진우가 상념에 잠긴 채 인삼을 씹고 있을 때, 콰아앙— 콰앙— 멀리서 포격 소리가 울렸다. 인삼을 씹어 삼키던 진우의 입이 움직임을 멈췄다.

그리고 잠시 후에 또 콰아앙— 콰콰앙— 쿠, 쿠쿵—!

거리는 꽤 있지만, 이건 뭔가 심상치 않다. 아무래도 군인들 간의 싸움이 여기 한곳에서만 일어났던 문제가 아닌 모양이다. 메고 있던 K-2를 꽉 잡으며 진우가 중얼거렸다.

"설마…… 내전인가……."

Chapter 46
청춘, 아름다움, 그렇게 생존

01

"몇 개 더 뿌려 놓을까?"

삼식이가 물었다. 해머를 짚고 서서 도로를 잠시 관찰하던 보안관이 고개를 끄덕였다. 보강할 필요가 있어 보인다.

"그러자."

삼식이는 두툼한 보호 장갑을 낀 손으로 가방에서 '덫'들을 꺼내 내려놓았다. 말이 '덫'이라 거창하지만, 실은 운동화 끈의 양쪽에 깡통을 달아 놓은 것으로, 발을 묶어 놓을 만한 위력은 없다.

만드는 방법도 간단해서, 캔 커피 빈 깡통의 3분의 2 높이 정도에 구멍을 뚫고, 운동화 끈만 안으로 넣은 뒤 매듭을 지어 빠지지 않도록 하면 된다. 그리고 연결된 깡통 두 개를 거리를 벌려 세워 두면 끝이다.

물론 캔 커피 깡통이 없으면 다른 깡통을 사용해도 무방하다. 음료수 캔, 옥수수 깡통, 프루트칵테일 깡통, 스팸 캔…… 종류 따위는 가릴 필요 없다.

공통적으로 안에다가 적당한 추를 좀 넣어 두는 건 필수적이다. 삼식이와 보안관은 철물점에서 가져온 볼트를 넣고 테이프로 입구를 반쯤 봉했다.

이 덫을 도로의 이곳저곳에 지그재그로 장치해 두고 있다. 혹시 좀비가 이 위로 지나가다 줄에 걸리면 양쪽의 깡통이 휘리릭 발목에 감겨서 요란한 소리를 내 줄 것이다.

운이 좋으면 그놈 발목에 착 달라붙어서 계속 따라다니며 고양이 방울처럼 위치를 알려 줄 수도 있다.

"어디······."

삼식이가 시험 삼아 발을 걸고 당겨 본다.

뗑그렁, 깡통이 흔들리고 발목에 걸린 줄은 친친 감기지는 않았지만, 그래도 꽤 오래 따라오다 떨려 나갔다.

뗑그렁, 뗑그렁.

볼트가 깡통 안에서 튕기며 소리도 꽤 요란하다. 좀비처럼 다리를 질질 끌고 다니는 놈들에게는 훨씬 효과가 좋을 터이다.

"삼식아, 장난 그만 치고 옆 골목으로 가자."

피곤한 얼굴로 보고 있던 보안관이 재촉을 한다. 그들의 뒤에서는 제니와 태권 소녀가 빨랫줄로 전봇대와 건물 문손잡이를 연결하고 있다.

좀비에게 쫓겨 몇 초의 시간이 간절할 때라면 20~30미터 간격으로 쳐 두는 이 가슴 높이의 줄 한 가닥이 생명을 구해 줄 수도 있다.

줄을 다 묶고 나면 은박 테이프를 길게 찢어서 세 군데 정도에 붙여 눈에 잘 띄게 해 둔다.

길가의 모텔 옥상에서 망을 봐 가며 송곳으로 캔에 구멍을 뚫고, 볼트를 넣고, 끈을 연결하는 모든 수작업은 신입과 규영이 맡았다.

계단을 오르내리며 대로의 좀비 행렬이 지난 걸 확인하고 완성된 '덫'을 받아 내려오는 건 유빈의 몫이다.

이 모든 난리는 어제 골목 안으로 들어왔던 좀비들을 다 잡지 못한 까닭이다. 그새 다섯 마리를 더 죽이긴 했지만, 아무리 죽어라 쫓아다녀 봐도 여섯 마리는 끝내 자취를 찾을 수 없었다. 건너편 도로에서 사라진 놈들도 행방이 묘연하고······.

도대체 놈들이 어디까지 가 버렸는지도 모르는 상태에서 무작정 그것들만 찾아 다닐 수는 없는 노릇이라, 결국 골목 안에 트랩을 설치해 두고 기다리기로 했다.

어제 그 사건 이후로 안 그래도 조마조마했던 생활에 미묘한 위험이 더해졌다. 손톱 밑에 박힌 가시처럼 신경이 쓰인다.

길가의 모텔 옥상에서는 늦은 오후의 따가운 햇볕을 받으면서 유빈과 규영, 그리고 신입이 '덫'과 '딸깍이'를 만들고 있다.

신입과 규영이 '덫'을, 유빈이 '딸깍이'를 담당한다. '딸깍이'는 못을 두어 개씩 박은 각목 조각을 바닥에 한 무더기 뿌려 놓는 장치다.

이것 역시 좀비의 발을 묶어 두기 위한 용도로 복지 센터 때부터 꾸준히 써먹던 것이다. 만약 쫓아오는 좀비가 있을 때 놈이 '딸깍이'를 밟고 그것 때문에 중심을 잃고 쓰러져 주면 제일 좋고, 두 다리의 균형이 깨져서 스피드만 조금 줄어도 감사하다.

대신에 혹시라도 사람이 넘어지면 그야말로 큰 비극이니까, 평소 잘 다니지 않는 외곽에만 설치해 두는 게 낫다.

위력이 좀 약하더라도 트랩은 간단한 것이어야 했다. 동네 전체를 빙 둘러 쳐야 하는 거라서 너무 복잡하면 만드는 데도, 설치하는 데도 많은 시간을 필요로 한다. 놈들만 잡으면 세상 모든 고민이 끝나는 게 아니므로 그렇게까지 긴 시간을 투자할 수는 없다.

옥상 노동 현장의 분위기는 우중충하달까, 하여간 막 신이 나는 분위기는 아니었다. '단순 작업의 반복이라 일하는 재미가 없어서'라는 문제만은 아니었다.

규영과 신입, 둘 다 유빈 대신 제니가 여기에 있으면 좋겠다는 표시를 노골적으로 해 댔기 때문이다.

"씨발, 몸이 힘들면 눈이라도 좀 호강을 해야지. 이게 일을 할 맛이 나냐?"

송곳으로 캔에 구멍을 뚫으며 신입이 툴툴거린다. 여간해서는 신입에게 동조하는 법이 없는 규영도 이 사안에 대해서만은 한목소리를 냈다.

"여자가 없다면 남자는 무엇이 되는 걸까? 그것은 결핍, 강력한 결핍이라네.

마크 트웨인. 이 자리에 땀 냄새에 찌든 누군가 대신에 제니 누나가 있다면 능률은 얼마나 오를까? 아마도 열 배, 잘하면 백배라네. 김규영. 뭐, 그렇다는 이야기야."

"캬! 그 새끼, 쪼그만 놈이 옳은 말도 잘하네! 옳소! 그렇지!"

그런 대화를 주고받으면서 두 놈의 시선은 유빈에게 고정되어 있었다. 뭐라고 칭얼대든 간에 유빈은 못 들은 척 뭉개고 묵묵히 못질만 했다.

어지간하면 이놈들 소원을 들어주겠지만, 옥상까지 여섯 층을 몇 번이고 오르내리는 건 여간 진이 빠지는 일이 아니다. 당장 자신이 빨랫줄 묶는 걸 하면 각목을 자르고 못을 박을 사람도 없다.

그렇다고 해서 전투병이자 망보는 사람인 보안관에게 이런 일까지 맡길 순 없다. 이래저래 녀석들의 요구는 무시하는 게 상책이다.

"앗, 아야! 씨발! 졸려서 손이 자꾸 헛나가네. 낮에 이 지랄을 하면 밤에는 좀 쉬게 해 줘야 하는 거 아니야? 왜 밤에까지 편히 잠도 못 자게 계속 들락거리면서 망을 봐야 하는 건데? 이런 상황인데 다른 놈들이 몰래 들어오는 게 뭐가 무서워? 어차피 좀비들이 있어서 마음 편히 돌아다니지도 못하는데."

송곳이 미끄러져 손바닥을 찔린 신입의 짜증이 괜한 것을 빌미로 폭발했다. 보호용으로 두툼한 장갑을 끼고는 있지만, 그래도 아프긴 할 거다. 아프니까 또 성질이 나서 결국 밤에 보초 서는 일까지 불만을 삼는다.

유빈은 작게 한숨을 쉬며 두 녀석이 만들어 둔 '덫'과 자신이 만든 '딸깍이'를 가방에 담아 가지고 일어섰다. 가방 밖으로 삐죽삐죽 튀어나와 있는 못이 위험해 보였다.

"다치지 않도록 조심해 가면서 해. 내려갔다 금방 올게. 규영이, 틈틈이 망보는 거 잊지 말고."

지긋지긋한 계단을 뛰어 내려가면서 유빈은 창문을 통해 골목 안쪽을 힐끗 내다봤다.

무수한 빨랫줄이며 전깃줄 트랩, 깡통들, 그리고 각목들…….

모두 어떻게든 좀 더 안전해 보려는 안간힘이었다.

위험한 좀비들이 돌아다니니까 자칫 외부 타인들의 침입으로부터 안전한 거 아닌가 하는 오해를 할 수도 있겠지만, 오히려 그 반대다. 좀비는 맹수도, 경비견도 아니고, 그저 좀비일 뿐.

다른 사람들이 몰래 이 동네로 들어왔다가 좀비한테 물리면 그냥 다치거나 죽어 버리는 걸로 끝나지 않는다. 그놈들도 좀비가 돼 버릴 터라 자신들 일행이 모르는 동안에 머릿수가 늘어나 버리는 거다.

남아 있는 좀비의 수가 여섯이라고만 기억하고 있다가 그걸 다 잡고 나서 마음을 턱 놓고 있을 때, 계산에 없던 놈들이 갑자기 튀어나오면 정말 아찔한 상황이 되는 것이다.

목숨이 위협받을 수도 있다. 그런 일이 없으려고 보초도 서고, 다들 밤잠도 설치는 중이다. 어쩔 수 없다.

"오빠, 여기로 지나가요. 림보 하는 것처럼. 이렇게……."

유빈을 보자 제니가 환하게 웃으며 허리 높이의 빨랫줄 아래로 다리만을 굽혀서 지나는 시범을 보인다. 중간에 멈춰 서서 보안관의 박수를 유도하는 여유도 부렸다.

처음엔 어처구니가 없는 눈으로 보던 유빈의 입에서도 어느새 바보같이 헤벌쭉한 미소가 생겨난다. 격리되어 있는 옥상의 놈들이 열받을 만도 하다고 유빈은 생각했다.

얘를 만나지 않았다면 대체 우리는 어떻게 살고 있었을까?

제니가 보안관의 갈채를 받으며 깔끔하게 림보를 성공하자 태권 소녀도 곧바로 그걸 따라 해 보려 들기에 유빈이 얼른 말렸다.

아직 발목도 다 안 나았으면서 얘는 대체 왜 이렇게 승부 근성이 강한지…….

"자, 이것만 뿌려 두고 나서 밥 먹어야 할 것 같다. 옥상 애들도 많이 지쳤고, 내 다리도 그렇고…… 슬슬 해도 지니까."

삼식이에게 트랩들이 든 가방을 넘기며 유빈이 말했다. 오늘 오전, 예정해 뒀던 좀비 무리 합체 계획은 거의 다 성공을 시켰다. 이제 좀비는 딱 두 무리로 뭉쳐졌다. 빨간 좀비들과 나머지 전부, 그리고 며칠 내로 그것들마저 하나로 묶으면 이론적으로는 이 앞 도로에서 작업을 하고 돌아다니기가 한결 편해질 예정이다.

30분이 멀다 하고 한 번씩 호각 소리만 들리면 안으로 뛰어 들어와야만 했던, 암울하던 시절은 끝났다.

단, 둘 다 어지간히 긴 간격으로 오기 때문에 궤도가 다른 그 두 무리가 간발의 차이로 겹치는 타이밍을 잘 잡아서 합체시켜야 한다. 안 그랬다가는 공연히 진땀만 빼거나 또 새로운 이탈 좀비들이 골목 안으로까지 들어오게 될 테니까.

"그럼 나머지는 유빈이가 뿌려 줘. 나는 신입이랑 자전거 타고 나가서 담배 피우고 올게."

장갑을 벗은 삼식이가 땀으로 축축한 손을 엉덩이에 닦으면서 말한다. 유빈은 선선히 고개를 끄덕였다. 어차피 다음 좀비 무리가 올 때까지는 몇 시간이나 여유가 있다.

기린처럼 긴 다리로 성큼성큼 달리던 삼식이가, 제니가 아래로 지났던 빨랫줄을 훌쩍 뛰어넘는다. 저놈도 아까부터 참전하고 싶었나 보다.

"신입! 담배 피우러 가자!"

삼식이가 옥상에 올라와 기분 좋게 불렀을 때, 신입과 규영은 아예 손에서 일감을 놔 버리고 난간에 바짝 달라붙어 아래를 내려다보고 있었다. 대로 쪽이 아니라 제니와 태권 소녀가 있는 골목 쪽을…….

"하하하, 너희들은 진짜 감시하는 사람이 없으면 손을 딱 놓는 타입이구나. 내일부터는 유빈이한테 맴매 때찌를 좀 하라고 해야겠는걸. 뭘 보는 거냐, 근데?"

삼식이 신입과 규영의 가운데에 끼어들며 물었다.

찌이잉— 지지잉—.

규영은 열심히 디지털카메라의 줌을 조절해 가며 화면을 들여다보고 있었다. 이놈 방에는 배터리가 박스째로 쌓여 있다.

찰칵, 제니의 옆얼굴이 비스듬히 찍힌다.

또 찰칵, 이번에는 태권 소녀와 제니가 함께 마주 보고 있는 사진이다.

작품이 마음에 들었는지 규영은 씨익 웃었다.

"너, 사진 열심히 찍더라. 뭐 하려고 그래?"

삼식이는 또 무심한 척 규영이의 머리카락을 헝클었다. 그럴 때마다 이놈이 생난리를 쳐 대고 질색하는 게 꽤 재미가 있어서다.

아니나 다를까, 이번에도 규영은 당장 한 손으로 머리카락을 매만지며 인상을 찌푸렸다.

"이건 나중에 좀비 세상 끝날 때까지 살아남으면 블로그에 올릴 거야. 제목도 정했어. '15세 여름, 아름다움, 그렇게 생존' 캬~ 어때, 죽이지?"

듣기만 해도 닭살이 돋는 제목이었다. 삼식이가 환하게 웃으며 대꾸했다.

"하하하, 미치겠다. 아니, 아니, 그거 말고 '중2병, 허세, 10년 뒤 이불 킥'으로 정해. 그거 좋다."

"쳇, 뭐야…… 블로그를 아주 졸로 아네. 그런 제목으로 퍽이나 사람들 모으겠다."

규영과 삼식이가 그렇게 투닥대고 있을 때, 신입의 눈은 태권 소녀에게 고정되어 있었다.

저 계집애, 성질머리가 사납고 아무 때나 발이 휙휙 올라와서 가까이에 있으면 영 껄끄럽지만, 이렇게 거리를 두고 보니까 나름 괜찮다. 게다가 오늘은 평소의 트레이닝복 대신 아주 타이트한 5부 레깅스만 입고 있어서 그게 또…….

신입의 마음을 다 읽었다는 듯 규영이 씨익 웃으면서 옆구리를 툭, 친다.

"몸매 죽이지, 응? 알아. 크크크, 다 이해해. 그래도 남자라 이거지? 크크크, 제니 누나가 워낙 독보적이라 그렇지, 혜주 누나도 어디 가서 꿀리는 외모 아니야. 키 크지, 팔다리 길쭉길쭉하지, 운동해서 군살도 없고 탱탱하지. 그러니까 내가 이렇게 렌즈를 통해 담아 내고 있는 거잖아. 아름다움!"

신입과 삼식이가 어이없다는 눈으로 규영을 돌아보았다. 잠시 어버버 하고 있던 신입이 입을 열었다.

"우와~ 이놈, 자기 가족 몸매를 이렇게 징그러운 눈으로 웃으면서 말하는 놈은 처음 보네. 일본 만화에 나오는 변태 중딩도 아니고…… 뭐지? 야, 삼식아. 나 이 새끼 좀 무서운데?"

"누가 우리 가족이야? 하여간에 바보 같다니까. 아무렇게나 자기 마음대로 상상하고. 이러니 도통 존댓말이 나오지가 않는 거야. 존경하려야 할 수가 없다고!"

규영이 발끈 대든다.

엑?

삼식이와 신입의 입이 또 바보처럼 벌어졌다.

그렇게나 아끼고 보듬고 챙기는데 친누나가 아니라니, 이건 또 무슨 말인가.

삼식이가 물었다.

"……둘 다 김씨잖아? 그러면 사촌?"

"참 내, 한국에 있는 성씨 중에 김씨가 20프로라고. 그 김씨들이 다 가족이겠어? 수준이 뭐 이러냐?"

규영은 밉살맞게 대꾸하고는 또 카메라를 들어 제니를 찍어 댔다. 삼식이가 고개를 끄덕였다.

"아항, 알겠다. 애인이구나. 금단의 연하. 하긴 나도 일곱 살 차이 정도랑은 많이…… 가만있어 봐, 오렌지 호프 누나는 그것보다 차이가 더 났겠는데? 열셋? 열다섯? 아우, 숫자로 계산하니까 또 이상하네."

"아…… 진짜 수준 떨어지게 왜 이러지? 좀 그만하고 둘이 손 꼭 잡고 잘난 담배나 피우러 사라지셔."

자꾸 계속된 선문답에 신입이 인내심의 한계를 드러냈다.

"그럼 대체 뭔데? 애새끼가 똑바로 말을 안 하고 어른 앞에서 버르장머리 없이 자꾸 빙빙 돌리기만 하네. 네 말대로라면 그냥 생판 남이라고? 근데 그렇게 잘해 주고 끔찍이 챙겨 주고 한방에서 같이 자기까지 했다고? 뭐야, 이 새끼야!

잘해 주는 무슨 이유가 있을 거 아니야!"

"아…… 진짜 왜 그렇게 남의 사생활에 관심이 많아? 잘해 주는 이유? 뭐, 내가 워낙에 귀여우니까 그런 거겠지. 됐어?"

규영은 더 이상 말하고 싶지 않다는 티를 확확 내며 인상을 찌푸렸다. 하긴 사생활이니까 꼭 답을 해야 할 필요는 없다. 하지만…… 아무래도 좀 이해가 안 가는 관계인 것만은 확실하다. 뭔가 말하지 않고 있는 다른 사연이 있어 보인다.

뭐…… 삼식이는 납득한다는 듯 고개를 끄덕였다. 어차피 앞으로 같이 시간을 보내다 보면 결국은 다 알게 될 이야기들이니까.

"오케이, 오케이. 알았어. 네 말이 맞아. 귀엽기는 하지. 에, 그건 그렇고…… 어떤 게 내 거지?"

그러면서 삼식이는 옥상 구석, 눈에 잘 띄지 않는 자리에 놓아둔 1.8리터 페트병을 이것저것 살펴본다. 자기 것을 찾아낸 삼식이가 아무렇지도 않게 지퍼를 내리자 규영이는 또 진저리를 쳤다.

"아니! 진짜! 왜 그래? 왜 오줌을…… 야만인이야?"

"응? 그럼 어디다가 싸? 여기다 싸고 가방에 담아서 버리고 오는 게 더 낫지. 그럼 오줌 쌀 때마다 길 건너 하수구까지 달려가야 돼? 하하하!"

삼식이는 당연한 걸 왜 따지냐는 표정이었다. 규영은 이런 게 싫었다.

아…… 정말 존경할 사람, 하나도 없다. 키가 커다란 이것도 생긴 것만 기생오라비지, 완전 허당이다. 아무리 남자들 사이라고 해도 지켜야 할 매너라는 게 있는데, 무례해도 너무 무례하다.

하지만 규영이가 지랄을 하든, 신입이 손으로 눈을 가리든 삼식이는 의연하게 하던 일을 계속했다.

"아니! 여기가 무슨 목욕탕이야? 한쪽 구석으로 가서 벽 보고 누라고! 좀 부끄러워하란 말이…… 헐!"

덜렁.

삼식이가 꺼내 놓은 것을 보게 된 규영이는 말을 더 잇지 못했다.

이 남자는…… 한국인의 한계를 넘었다. 아니, 동양인의 한계를 넘었다고 하는 게 더 적절할지도……. 오오, 대단하다. 삼식이 형은 부끄러워할 필요가 없었던 거다.

"땅꼬마, 그럼 잘 지키고 있어. 엉아들 금방 담배 피우고 올게. 아마 제니나 누가 좀 있다가 올라올 거니까 너무 무서워하지 말고."

오줌을 다 눈 삼식이가 규영이의 머리통을 한 번 더 쓰다듬고 지나간다. 평소였다면 오줌 묻은 손으로 어딜 만지냐고 길길이 뛰었겠지만, 규영이는 이미 완전히 압도되어 있었다. 그래서 멍청한 대답밖에 안 나왔다.

"……네."

그리고 몇 시간 후, 약속처럼 어둠이 또 찾아왔다. 야간의 첫 번째 경비조를 맡은 보안관은 2층 가발 가게에서 잔뜩 긴장한 표정으로 캄캄한 도로를 노려보고 있다. 보안관은 손에 해머를 계속 꽉 움켜쥐고서 손가락을 꼼지락거리며 심리적 안정감을 얻기 위해 애를 썼다.

좀비나 또 다른 침입자가 무서워서 그러는 건 아니었다. 불편하다. 보안관을 불편하게 만드는 건, 그의 바로 곁에 있는 경비조 파트너, 태권 소녀였다.

저놈의 쫙 달라붙는 5부 레깅스, 어지간히 신경이 쓰인다. 발목의 압박붕대를 자주 고쳐 감으려면 트레이닝 바지보다 레깅스가 편하다는 게 태권 소녀의 주장이다.

낮에처럼 길게 내려오는 박스 티라도 입으면 좀 낫겠는데, 오늘 밤 걸치고 나온 트레이닝복 상의는 슬림 핏이라 허리에 딱 걸려 있다.

TV에서 본 요가 강사를 제외하고는 국내에서 저렇게만 입고 돌아다니는 사람을 목도했던 기억이 보안관에겐 없다. 쟤가 있던 태릉 선수촌에서는 저게 일상적이었는지 모르겠지만, 촌 동네에서 주로 서식하던 보안관으로서는 눈 둘 바를 모르겠다.

눈빛이 기분 나빴다는 소리를 듣지 않기 위해 보안관은 아무것도 움직이지 않는 도로 위만 계속 노려보느라 애를 써야 했다. 태권 소녀도 그리 말이 많은 편은 아니어서 둘 다 화난 사람처럼 입을 꾹 다문 채 한참을 보냈다.
"이거 원래 7부 바진데, 내가 입으니까 5부가 된 거야. 왜 그런지 알아?"
긴 침묵을 깨고 태권 소녀는 갑자기 아무 의미도 없는 질문을 던졌다. 보안관은 그녀의 얼굴을 잠시 쳐다보다가 감정 없는 목소리로 대답했다.
"……네가 다리가 길어서?"
"맞았어."
그걸로 대화는 끝. 또다시 침묵이 이어진다. 그녀와 짝을 이뤄 경비를 보는 게 좀비를 발견했을 때 가장 잘 싸울 수 있는 조합이기는 하지만, 이건 정말 보안관에게 고역이었다.
차라리 이럴 때 좀비나 한 두어 마리 튀어나와 주면 우당탕탕! 하면서 시간을 보낼 수 있을 텐데. 하지만 언제 어떤 일이 일어날지 모르니까 아예 경비를 안 볼 수도 없다.
"아, 발목 아파서 붕대 다시 감아야겠다."
또 한참의 시간이 지난 뒤에 태권 소녀는 벽에 기대앉으며 그런 말을 중얼거렸다. 보안관은 자기도 모르게 돌아다봤다. 달빛을 받은 태권 소녀가 한쪽 다리는 쭉 펴고 한쪽 다리는 굽혀서 가슴에 붙인 채 붕대를 풀어 다시 감고 있다. 감는 솜씨도 아주 능숙하다.
확실히 운동을 하던 애는 다르구나…….
빤히 쳐다보고 있던 보안관은 태권 소녀가 고개를 드는 바람에 눈이 마주쳤다.
"아니! 나…… 보려고 했던 게 아니라…… 그, 부, 붕대 감는 법이 신기해서! 진짜야, 안 봤어!"
잘못한 것도 없는데 변명이 터져 나온다. 보안관의 눈을 가만히 보고 있던 태권 소녀는 다시 고개를 숙여 붕대에 시선을 두면서 퉁명스럽게 말했다.
"봐도 돼."
응? 보안관의 등에서 땀이 주르르 흘러내렸다. 가뜩이나 더운데 이건 무슨 당황스러운 반응인가.

야, 나…… 진짜야. 네 다리랑 몸매라든가…… 훔쳐본 거 아니야…….

아, 젠장. 변명을 하는 게 더 쪽팔린 것 같다. 차라리 삼식이처럼 대놓고 위아래로 훑어보다가 걸렸으면 억울하지나 않지.

"너도 어제 좀 다쳤지?"

붕대를 다 감고 일어난 태권 소녀가 가까이 다가오며 물었다. 보안관이 괜찮다고 대답하기도 전에 태권 소녀의 손은 보안관의 뒤통수를 꽉 움켜쥐고 자신의 눈앞으로 얼굴을 끌어당겼다.

힘도 존나게 세다.

"이거 봐. 너도 얼굴 베였어, 유리 파편에. 얼굴만 그런 거 아니지? 또 베인 데 어디, 어디야?"

그러면서 태권 소녀는 바닥의 배낭에서 뭔가를 주섬주섬 꺼냈다. 소독용 알코올과 소독솜, 피부 재생 연고 등이다.

아, 저기, 나 어저께 제니가 다 치료해 줬는데…….

보안관은 어쩔 줄 몰라 하며 눈만 껌벅였다.

"앉아, 약 바르게. 이렇게 방치하면 염증 생긴다고. 좀 위생에도 신경 써라."

보안관을 반강제로 눌러 앉힌 태권 소녀는 손가락으로 더듬거려 얼굴의 상처를 찾는다.

야이, 계집애야! 위생에 신경 안 쓰는 건 너지! 좀 전에 네 발이랑 붕대 주무르던 손으로 왜 남의 상처를…….

보안관으로서는 할 말이 정말 많았지만, 그리 가까운 사이가 아니라 확 내뱉지도 못했다. 그러거나 말거나 태권 소녀는 알코올에 적신 솜으로 우악스럽게 보안관의 상처를 누르고 쑤셔 댔다.

"아! 아야! 왜, 왜 이래!"

"시끄릿! 참아. 이래야 낫지. 따가우면 좀 불어 줄 테니까."

그러더니 후우우~ 입김까지 분다.

이건 뭐, 곤욕도 이런 곤욕이 없다.

"후아~ 밤인데도 되게 덥네."

강제 치료를 하다 말고 태권 소녀는 벌떡 일어나더니 트레이닝복의 지퍼를 내렸다. 이런 젠장! 안에는 딱 달라붙는 탱크톱만 입고 있다.

아…… 불편해, 불편해.

보안관은 얼른 시선을 옆으로 돌렸다.

야! 면 티 정도는 좀 입어 주라고, 제발!

하지만 태권 소녀는 막무가내로 다시 가까이 와 보안관의 얼굴을 자기 쪽으로 돌린 뒤, 소독을 하기 시작했다.

손길은 또 어찌나 거칠고 섬세하지 않은지, 이건 소독을 하는 건지, 딱지를 떼어 내고 상처를 다시 벌리는 건지 분간이 안 된다. 주먹을 꽉 쥐는 장갑 속 보안관의 손은 진땀으로 흥건히 젖어 있다.

이건…… 이건 정말 못 참아. 내일은 다른 놈이랑 조를 짜든지, 아니면 삼식이 새끼를 데리고 올 거야…….

02

제니는 파라다이스 모텔의 자기 방 침대에 누워 있었다. 아침 6시부터 시작해서 하루 종일 바쁘게 일을 하고 계속 움직였으니 잠이 올 만도 한데, 눈이 말똥말똥하다.

이유 없이 불안하고 공연히 두렵다. 눈을 감으면 자꾸 추상적인 이미지의 공포가 확 덮쳐 오는 것 같아서 벌떡 몸을 일으키게 된다. 전등을 켜 놔도, 철 지난 잡지를 뒤적거려 봐도 여전히 마음은 심란하다.

벽이 없는 한 공간에서 다 같이 마주 보고 잠들었던 복지 센터에서는 이런 기분이 한결 적게 느껴졌었다. 선로 자갈에 박스를 깔고 잠을 청했던 때조차도 지금보다는 불안함이 작았다.

거기에서는 눈에 보이는 곳에 믿음직한 얼굴들이 있었고, 손만 뻗으면 언제라도 닿을 수 있다는 생각을 하며 잠이 들었었다. 하지만 지금은 벽과 문이 가로막고 있다.

침대라는 편안한 잠자리에 감동했던 것도, 마음 편히 옷을 벗고 물티슈로나마 몸을 씻으며 사생활이 보장되는 것에 기뻐했던 것도 모두 처음 이틀 정도뿐이다.

그 이후로는 석양이 지는 걸 보는 게 굉장히 무서워졌다. 다 같이 웃고 떠드는 낮의 고됨이, 밤의 휴식보다 훨씬 편안했다.

혼자 남겨질까 봐 두렵고, 혼자 남겨 두고 온 테라에게 미안하다. 눈부신 조명과 열광적 환호를 잊고서 잠시라도 홀로이고 싶었던 게 불과 몇 주 전인데······.

닫힌 창문 때문에 꽉 막힌 더운 공기 속에서 제니는 목이 조여 오는 것 같은 답답함을 느꼈다.

그래도 자야겠지······ 라고 생각하며 불을 끄려 할 때, 똑, 똑, 누군가 그녀의 방문을 두드렸다. 목욕할 때를 제외하면 제니는 방문을 잠그지 않았다. 그렇게 상대방을 신뢰하고 있다는 걸 보여 주는 게 기본적인 예의라고 생각해서다.

다급한 노크 소리는 아니었다. 제니는 누구냐고 묻지 않고 '들어와요.'라고 하며 문을 열었다. 문 앞에는 가장 의외의 인물이 있었다. 규영이다. 휠체어에 앉은 규영은 눈물이 그렁그렁한 눈으로 제니를 바라봤다.

"왜 그래? 무슨 일이야?"

제니는 규영의 눈물을 닦아 주면서 물었다.

"저······ 무서워서······ 어제 그놈들이 이 골목 안으로 들어오는 걸 본 다음에는······ 계속 무서워서 잠을 못 자겠어요. 혜주 누나도 없고······ 혼자서는 도저히 못 자겠는데······ 깜빡 졸았다가도, 엄청 괴로운 악몽 때문에 자꾸 깨요······. 방문을 볼 때마다 소름이 끼쳐요. 갑자기 저 문이 열리면서 좀비가 들어오면 어쩌지…… 그런…….”

제니는 규영을 가만히 바라보았다.

아직 어린 소년이라는 걸 알리는 듯한 하늘색 줄무늬 파자마, 두려움을 달래려는 듯 꼭 끌어안고 있는 작은 토끼 인형.

규영이는 고개를 푹 숙이고 작은 어깨를 들썩거렸다.

"내가…… 다리만 건강했어도…… 이렇게 겁쟁이가 아니라 오히려 내가 누나를 지켜 줄 텐데…… 너무 분해요……. 누나…… 미안한데요…… 나 여기에서 오늘…… 딱 하루만 재워 주시면 안 돼요? 옆에 누워서 저 잠들 때까지 토닥거리면서 옛날이야기 해 주시면 안 돼요…… 네, 누나?"

그러더니 규영은 고개를 들어 눈물이 찔끔 배어 나온 눈으로 제니를 바라본다.

훗, 제니는 아주 자상한 미소를 지으며 천천히 규영의 머리를 두어 번 쓰다듬었다. 그러고는 엄지와 검지로 규영의 코를 꽉 쥐었다. 규영의 입에서 엷은 미소가 막 번지려던 시점이었다.

"후후후, 아주 좋은 시도였어. 일부러 소품까지 갖추시고……. 후후후, 하지만 안 통해. 누나가 네 머리 꼭대기에 있어요, 요놈."

"아하하……."

규영도 어색한 미소를 흘린다. 제니는 녀석의 머리를 한 차례 더 쓰다듬어 주면서 휠체어 손잡이를 잡고 녀석의 방 쪽으로 밀고 갔다. 방문을 닫아 주려는데, 규영이 묻는다.

"근데 저 어디에서 걸린 거예요, 누나?"

"뭐, 전체적으로 다 조금씩 모자랐는데…… 특히 눈물 연기가 좀 어색했달까? 억지로 짜내는 게 보였어. 잘 자."

제니가 손을 흔들어 주자 규영은 파자마 품에서 얼른 카메라를 꺼낸다.

"누나, 누나. 잠깐만요. 지금 그 웃으면서 손 흔드는 거 한 번만 더요."

제니는 기꺼이 그렇게 해 줬다.

찰칵, 찰칵, 어두운 복도를 배경으로 두 번이나 플래시가 터졌다. 혜주 언니가 봤으면 기겁할 일이다.

후후, 카메라를 숨기고 있었다는 걸 감추려고도 하지 않는군. 발칙한 녀석일세…….

제니는 웃으면서 자기 방으로 돌아왔다. 어쨌거나 아주 좋은 핑계를 배웠다. 즉각 써먹어도 될 만하다.

30분쯤 뒤.

똑, 똑.

이번에는 유빈의 방문에 노크 소리가 울렸다. 깜빡 잠에 빠져들어 있던 유빈은 깜짝 놀라 벌떡 몸을 일으켰다.

"어…… 뭐, 뭐야?"

비상사탠가? 무슨 일이 났나?

온갖 생각을 다 하며 황급히 침대에서 일어나 눈을 비비고 있을 때, 끼이익, 문이 열린다. 그리고 제니의 얼굴이 보였다.

"들어가도 돼요, 오빠?"

"무, 무슨 일 있어? 들어와, 들어와."

마음은 엄청 급한데 여전히 잠에서 덜 깬 혀는 자꾸 꼬인다. 제니가 방 안으로 들어와 살포시 문을 닫는 동안 유빈은 손바닥으로 몇 차례나 얼굴을 훑어 내렸다. 이제야 겨우 좀 정신이 차려진다. 눈에 힘을 주어 뜨며 유빈이 물었다.

"왜 그래? 무슨 일이야? 어엇, 너 옷이 왜…….”

상황이 좀 선명하게 인식되어 가자 제니의 옷차림이 눈에 들어왔다. 그녀는 한쪽 어깨가 반쯤 드러난 오버 사이즈 티셔츠 한 장만 입고 있는 것 같다. 그녀의 희고 쭉 뻗은 맨다리 때문에 유빈이 당황스러워하자 제니는 태연한 표정으로 티셔츠의 한쪽 끝을 들어 올렸다.

"어휴~ 오빠, 무슨 생각 하는 거람? 반바지, 입었어요. 혜주 언니가 준 거."

그 반바지라는 게 올림픽 장거리 육상 선수들이 입는 경기복 수준이다. 유빈은 난감해하며 고개를 끄덕였다. 시선은 우측 하향 고정이다.

"그, 그래, 그렇구나. 근데 이 시간에 무슨……."

"무서워서 잠이 안 와요."

"응?"

"좀비들이 이 골목 어딘가로 돌아다니고 있다는 생각이 드니까…… 너무 무서워서 도저히 혼자서는 못 자겠어요……. 깜빡 졸았다가도 계속 악몽을 꾸고…… 금방이라도 닫힌 문을 열고 좀비가 들어올까 봐…… 흑……."

제니는 비장의 눈물을 그렁거리는 연기를 시작했다.

규영아, 사람의 마음은 이렇게 흔드는 거란다.

유빈이 손사래를 쳤다.

"아냐, 그런 걱정 안 해도 돼. 저기…… 아까 우리가 다 덫이며 줄이며 장치해 뒀잖아. 좀비들이 이 근처 두 블록 안에 들어오기만 하면 아마 뗑그렁뗑그렁 난리가 날 거야. 그럼 또 보안관이랑 혜주가 가만히 안 있을 거고. 그러니까 무서워하지 말고 푹 자."

유빈이 논리를 무기로 내세워 봤지만, 제니의 애절한 연기는 이제 막 시작되었을 뿐이다. 제니는 입술을 꽉 깨무는 척을 하면서 속삭였다.

"그렇게 차갑게 말하지 말고, 그냥 여기에 있어도 된다고 해 주면 안 돼요, 오빠? 조금 진정될 때까지 조용히 있다가 갈게요. 혹시 졸려지면 소파에서 잘게요."

하아~. 유빈은 어쩔 줄 몰라 하며 머리를 긁적였다. 그 순간, 제니는 약점을 잡은 맹수처럼 결정타를 날렸다.

"오빠는 제가 있는 게 싫어요? 그럼 나갈게요."

"아냐, 싫은 게 아니라…… 왜 싫겠어. 그냥 네가 있으면 이번에는 내가 못 잘 것 같아서……. 하아…… 알았어. 여기에서 자. 네가 침대 써."

헤헤헷, 유빈의 허락이 떨어지자마자 제니는 혀를 날름하고 발레리나처럼 가볍게 도약해서 침대 위로 몸을 날렸다. 조금 전까지 유빈이 베고 자던 베개를 꼭 끌어안고 엎드린 제니가 빙글거리며 물었다.

"근데요, 오빠. 내가 있으면 왜 못 잔다고 했던 거예요?"

조금 전까지 그렁거리던 눈물은 어느새 쏙 들어갔고, 대신에 장난기가 데굴데굴하다. 두 다리를 번갈아 가며 달랑달랑 흔드는, 그 천진한 얼굴이 오히려 더 사악하게 느껴져서 유빈은 한숨을 쉬었다.

너랑 한방에 있는데 편하게 잠들 수 있는 남자가 너희 아빠랑 삼식이 말고 더 있겠어?

"그럼 나도 좀 물어보자. 잠이 안 온다는 것까지는 이해했는데, 꼭 나를 콕 찍어서 놀렸어야 했냐?"

"어머, 처음부터 오빠 방에 들어온 거 아니에요. 웬일이야? 저요, 삼식이 오빠 방부터 갔었어요. 근데 문밖에서도 코 고는 소리랑 방귀 뀌는 소리가 다 들리잖아요. 그래서 어쩔 수 없이 여기로 왔다고요. 근데 오빠, 계속 서 있을 거예요? 여기로 와서 더 자요. 조금 전까지 잘 자고 있었잖아요. 코~ 자요."

제니는 자신의 옆자리를 톡톡, 두드리더니 빙글 한 바퀴를 굴렀다.

으아…… 아찔하다 못해 찌릿하다.

그날 옥상에서 사투를 벌이고서 제니가 오줌 지린 바지를 갈아입던 순간이 오버랩된다.

유빈은 티 내지 않기 위해 애쓰며 마음속으로 주문을 외웠다.

서지 말아라…… 서지 말아라…… 제발 서지 마. 너 쟤한테 들키면 그때는 정말 계속 놀림 받는다. 이미 충분히 장난감 취급 받고는 있지만…….

유빈은 애써 쿨한 척하며 소파에 기대앉았다. 시선은 일부러 커튼 쪽으로 돌렸다.

"오빠는 잠들기 전에 무슨 생각 했었어요?"

제니가 묻는다.

"그냥…… 이런저런…… 주로 걱정이었어. 제일 마지막으로 생각하다가 잠들었던 건 아마…… 겨울이 되면 엄청 추울 텐데, 불도 못 피우고 어떻게 견디지? 뭐, 그런 거였던 것 같아."

"우하하하, 하여간 걱정왕이라니까. 겨울 걱정까지 미리 했어요? 그렇게 걱정이 많은데 잠이 와요?"

"뭐…… 평생 걱정만 했으니까 그게 그냥 일상이지. 돈 걱정, 월세 올려 달라고 하지 않을까 하는 걱정, 아프면 큰일 나는데 하는 걱정, 나 군대 가면 할머니 용돈은 어쩌지 하는 걱정……. 걱정을 안 한다는 게 이제는 오히려 상상이 안 돼. 정말로 걱정을 안 하고 사는 사람도 있었을까? 좀비 세상이 오기 전에 말이야. 하긴 너 같은 사람은 별로 걱정 없었겠구나. 넌 완벽하니까."

유빈은 아무 생각 없이 던진 말이었는데, 제니는 꽤나 심각하게 받아들였다. 까불까불 뒹굴던 제니가 침대에 걸터앉아서 조용히 말했다.

"……나도 걱정 있었어요."

"진짜? 그렇게 모든 걸 다 가진 사람처럼 보였는데…… 하긴 정상에 서 있다는 건 또 그 나름의 고충이 있는 거겠지. 누가 내 자리 빼앗으면 어쩌지, 뭐 그런 거?"

여전히 유빈은 그녀에게 등을 돌린 채 무심하게 지껄였다.

"아니요. 그런 건 별로 안 무서웠어요. 건방지게 들리겠지만, 자신이 있었거든요. '우리 둘은 절대 못 이길걸?' 하는, 그런 마음. 근데 다른 게, 정말 큰 걱정이 하나 있었어요."

제니의 목소리가 점점 작아져서 유빈은 얼굴을 찌푸리며 고개를 돌렸다.

"마지막에 뭐라고 한 거야? 잘 안 들렸어."

유빈의 베개를 꼭 끌어안고 앉아 있던 제니가 손짓을 한다.

"멀리 도망가 있으니까 그렇죠. 그런 아픈 얘기는 큰 소리로 말하기 싫다고요……. 소리 높이지 않도록 여기, 옆에서 들어 주면 되잖아요."

그녀의 다리를 보는 것만으로도 아찔해져서 쉽사리 다가갈 엄두가 나지 않았지만, 유빈은 순순히 시키는 대로 그녀의 곁에 가 앉았다. 제니의 표정이 조금 전 방문을 두드렸을 때와는 다른 간절함을 담고 있었기 때문이다.

유빈이 옆에 앉자 제니는 엷은 미소를 지으며 손을 달라고 한다. 유빈은 땀이 송골송골 맺힌 손바닥을 그녀에게 맡겼다. 깍지를 껴서 유빈의 손을 차지한 제니는 커튼 쪽으로 시선을 돌리며 소곤거린다.
"나는요, 지금보다 더 어렸을 때 정말 기분 나쁜 거래를 했어요. 그 거래 자체를 후회하느냐고 물으면 그건 아니에요. 만약 지금 또다시 그런 상황이 되더라도 아마 똑같은 선택을 할 것 같아요."
으아…… 큰일 났다…….
유빈의 가슴이 미친 듯이 콩닥거렸다. 아까 제니가 속옷 뻠치는 반바지를 보여 줬을 때보다도 훨씬 더 빠르고 강하게 심장이 펌프질을 하고 있다.
말을 딱 듣자마자 떠오르는 인물도 있다.
태양 그룹 작은 회장.
왜지? 왜 나한테 이런 이야기를? 이거, 뭔가 나 따위가 들으면 안 되는 은밀한 이야기인 것 같은데…….
하지만 제니의 깍지 낀 손가락은 유빈의 손을 놔줄 기미가 없다. 제니가 팔을 당기는 바람에 유빈의 손등은 제니의 허벅지에 닿았다.
심리적으로는 불안하고, 육체적으로는 흥분하고, 이래저래 유빈의 얼굴은 빨갛게 달아올랐다. 그 감촉을 인지하지 못하는지 제니는 평온한 표정으로 이야기를 계속했다.
"걱정되는 건…… 나중에 내가 정말 좋아하는 사람이 생겼을 때…… 예전의 그 기분 나쁜 거래를 했던 당사자가 그, 내가 좋아하는 사람을 만나서 나랑 자기가 했던 일을 이야기하며 비웃으면 어쩌지 하는 거였어요……. 나한테…… 정말 소중한 사람이 내가 했던 일 때문에 비참한 기분을 느끼게 될까 봐…… 그게 무서웠어요."
제니의 눈에서 눈물이 주르르 흘러내린다. 유빈은 당황스러워서 미칠 것 같았다.
이게 뭔 말이야, 도대체……. 뭘 어떻게 해야 하는지 도무지…… 삼식이, 삼식이가 필요한데, 이럴 때는.
유빈이 그렇게 두꺼비처럼 눈만 껌뻑거리고 있는 동안 제니는 이야기를 계속

했다.

"그래서…… 고민 끝에 얕은 꾀를 낸 게, 내가 먼저 살짝살짝 눈치를 주다가 용서해 줄 것 같은 사람이면 고백을 해야지 하는 수준이었어요. 참 얕죠. 그 나쁜 놈의 입을 통해 밝혀지기 전에 내가 먼저 말하면 충격이 덜할 거라고…… 그렇게 나한테 거짓말을 하면서 불안을 좀 덜어 내 보려고 했었어요. 바보죠. 누구 입을 통해서 듣는다고 뭐가 달라져요. 어차피 있었던 사실은 변함이 없는 건데…… 그 사람이 비참해지는 건 똑같다고요."

제니는 또다시 눈물을 한 줄기 쭉 짜낸다.

"그, 그거, 얕은 생각도 아니고 바보 같지도 않아. 나름 굉장히 현명하다고 생각해. 어떤 사람들은 과거 같은 건 그렇게 중요하게 생각하지 않는 사람들도 있대……. 아, 아니, 그런 사람들도 있어. 그리고 정말 좋아하는 사람은 그런 걸로 화내거나 비참해하지 않을 거라고 생각해. 그냥 같이 아픈 거지. 왜 그렇게 자꾸 울어? 누구한테 그런 말 했을 때 그 사람이 화냈어? 그럼 그 사람이 문제가 있는 거야."

"아니요. 지금까지 한 번도 말한 적 없어요. 너무 창피해서…… 아무한테도…… 엄마도 몰라요."

제니는 힘없이 고개를 저었다. 유빈은 멍해져서 이 눈물 많은 소녀의 울음을 그치게 할 방법을 궁리했다. 또 걱정거리 하나가 늘었다.

"아까…… 어떤 사람들은 과거 같은 건 중요하게 생각하지 않는다고 했었잖아요. 그리고 정말 좋아하는 사람은 옛날 일 때문에 화를 안 낼 거라고 했잖아요."

하도 울어서 목소리가 갈라진 채로 제니가 속삭였다. 유빈은 고개를 끄덕였다.

"응, 그래. 당연히 그렇지. 그런 사람들이 의외로 꽤 많아. 그러니까 그만 걱정해."

잠시 뜸을 들이던 제니가 고개를 돌려 유빈을 보며 물었다.

"오빠는요? 오빠는 어떤 타입이에요? 정말 좋아하는 사람이 옛날에 부끄러운 일을 했던 걸 알아도 그것 때문에 상처받지 않을 자신이 있어요?"

아…… 유빈의 정신이 아득해지면서 아주 멀리 안드로메다까지 찍고 다시 돌아왔다. 차라리 얘가 섹시 코드로 자신을 장난감 취급 하면서 놀렸을 때가 백배는 편하고 행복했다. 이건 완전히 늪에 빠져 버린 상황이다.

얘 지금 대체…… 술을 이빠이 마신 건가? 아닌데, 술 냄새는 나지 않는데…….

무슨 이유에선지는 몰라도 그냥 감정이 굉장히 과잉돼 있는 모양이다. 그런 생각을 하는 동안 0.5초가 흘렀다.

여기에서 긍정을 하면 그때부터는 더 듣기 힘든 이야기를 들어야 할 것 같다. 이미 지금까지 들은 것만으로도 가슴에 담고 살기 벅찰 정도인데…… 그렇다고 '아니, 나는 그런 성격이 아니야.'라고 말해 버리는 건 얘한테 울라고 스위치를 눌러 버리는 거나 다름없어진다.

제니의 눈이 자신의 눈과 입술만 보고 있다.

거리는 불과 30센티나 될까? 내쉬는 숨결이 고스란히 전해졌다.

또 0.5초가 흘렀다.

이제 더 딜레이는 두면 안 된다. 뭔가 말을 해 줘야지, 그렇지 않고 시간만 보내면 그냥 'No'나 마찬가지다. 유빈은 입을 열었다.

"나…… 나는…….''

제니는 깍지 낀 손 위에 또 손을 포개서 자신의 품으로 끌고 갔다. 그 눈빛이 너무 간절하다. 그때…….

덜그럭, 덜그럭.

방문의 손잡이가 반쯤 도는 소리.

'어, 뭐야? 유빈아.'라고 문밖에서 부르는 삼식이의 목소리.

그때, 유빈은 처음 깨달았다. 제니가 들어오고 난 뒤 자신이 방문을 잠가 뒀다는 사실을…….

나라는 놈, 하여간에 속속들이 음흉하다.

느닷없는 삼식이의 개입으로 고조되었던 감정은 순식간에 가라앉고, 제니와 유빈은 당황한 얼굴로 마주 봤다.

쿵, 쿵, 쿵.

삼식이는 문을 두드리고 있다. 이 정도 답이 없으면 자나 보다 하고 좀 그냥 갈 것이지, 어지간한 녀석이다.

제니가 침대 옆으로 몸을 숨기는 걸 확인하고, 유빈은 얼른 일어나 방문을 열었다. 삼식이는 맥주 두 캔을 들어 보이며 밝게 웃었다.

"하하하, 뭐야? 갑자기 문을 다 잠그고 그래? 유빈이 너도 신입 흉내 내냐? 맥주 한잔하고 자자. 더워서 영 잠이 안 온다."

"아니, 아니, 나…… 술 안 마실래. 머리 아파서 못 마셔. 컨디션 너무 안 좋아. 지금 막 자려던 참이야."

아무렇지도 않게 방으로 들어오려는 삼식이를 필사적으로 막으며 유빈은 진땀을 흘렸다. 뭐, 도무지 핑계가 떠오르지 않아서 눈앞이 캄캄하다. 불알친구가 방에 좀 들어오겠다는데 그걸 막을 만한 타당한 이유 같은 게 있을 리가 없다.

"어? 왜 이러지? 이제는 방에도 못 들어오게 하네? 뭐야, 문 잠근 거랑 무슨 연관이 있어? 그러고 보니 이 방, 왜 이렇게 더워? 후끈후끈하네."

삼식이가 수상하다는 듯 유빈을 위아래로 살핀다. 유빈은 땀이 삐질 솟았다. 하나는 뜨거운 눈물을 펑펑 쏟아 내며 울고, 또 하나는 그 옆에서 당황한 채 머리와 몸이 각각 다른 사유로 열을 내고 있었으니 이 방의 공기가 그사이 더 더워진 건 당연한 일이다.

이놈, 구구단은 못 외우지만 눈치 하나는 기가 막힌 놈. 뭔가 이상한 낌새라도 느낀 걸까?

빨리 보내야 한다. 지금은 그게 상책이다.

"응, 이 방이 좀 더워. 문 잠근 건 그냥…… 홀떡 벗고 시원하게 좀 자 보려고 그랬어. 어제는 옷을 입고 잤더니 땀이 너무 많이 나서 잠을 좀 설쳤거든……. 그래서…… 다 벗고 잘 건데 문을 어떻게 열어 놔. 근데 그때 네가 막 문을 두드린 거야."

"그러니까, 늦게 문을 연 게 옷을 다시 주워 입느라고 그랬다고?"
"응, 응."
"하하하, 뭘까, 유빈 군? 엄청 수상해~."
어처구니없어하며 껄껄 웃던 삼식이가 아하! 하는 표정을 지었다.
"에헷~ 그거구나, 그거. 알았어, 알았어. 그럼 나 혼자 마시지 뭐. 이따가 경비 서러 나갈 때 보자."
"응, 그래. 미안해. 내일 같이 마셔."
삼식이가 말하는 '그게' 뭔지는 모르겠지만, 일단 납득하고 돌아가 준다니 그저 고마울 따름이다. 상황이 종료되는구나 싶어 유빈이 안도의 한숨을 내쉴 때, 삼식이가 다시 문을 밀고 들어와 방 안을 훑어보더니 은근하게 속삭였다.
"네 방 달력은 산수화네? 내 방에 맥주 회사 달력 걸려 있던데, 그거 가져다 줄까?"
"맥주 회사 달력?"
"아이, 그런 달력 있잖아. 외국 여자들 수영복 입고 있는…… 뭐, 엄청 야한 거는 아니지만, 그래도 아무것도 볼 게 없는 것보다는 도움이 될 텐데."
하하하…….
유빈은 힘없이 웃었다.
'그거'가 그걸 말한 거였어?
"아냐. 너 그거 오해야. 그냥 정말로 피곤해서 좀 시원하게 자 보려던 거라고. 그런 거 아니라니까."
"아니긴. 지금 생각해 보니까 아까 문 열었을 때부터 숨결이 장난 아니었는 데…… 난 황소인 줄 알았어."
"아니라고요. 삼식아, 좀. 사람 추잡스럽게 만들지 말아라."
그렇게 문을 닫으려는데 삼식이가 한 번 더 고개를 삐죽 내밀었다.
"로션은? 너 로션 있어?"
"하하~ 어? 너는 그…… 로션 쓰냐? 아니, 그런 이야기는 됐고 좀! 아으! 상상했잖아, 이 새끼야! 어쨌든 필요 없다고. 그거 아니야! 잘 자!"

유빈은 결국 삼식이를 내쫓는 데 성공했다. 반쯤은 억지였다.

하아아~ 죄짓고 사는 사람들은 도대체 간이 얼마나 큰 걸까? 이 정도로도 나는 심장이 떨어지는 것 같은데…….

다시 문을 잠근 유빈이 진땀을 닦고 돌아서자 침대 옆에 숨어 있던 제니도 손으로 입을 가리며 일어난다. 금방이라도 웃음이 터질 것 같은데 꾹 참는 얼굴이다.

풋, 푸풋, 소리를 죽여 웃음을 터뜨린 제니가 침대에 벌렁 드러누우며 말했다.

"우와! 오빠, 거짓말 진짜 잘하네요. 후후, '아냐, 삼식아. 나 홀딱 벗고 잘 거야. 아주 홀딱!' 크크크."

하지도 않은 말까지 덧붙여서 유빈의 말투를 흉내 내던 제니는 다시 또 웃음보가 터졌다. 도저히 못 참겠는지 유빈의 베개를 얼굴에 덮어 소리를 죽이며 끅끅거린다. 유빈은 힘없이 중얼거렸다.

"거짓말을 잘한다고? 그건 내가 하고 싶은 말이다. 삼식이가 코를 골고 방귀 뀌면서 잔다며?"

"아까 내가 찾아갔을 때는 분명히 그랬어요. 아니라는 걸 오빠가 증명할 수 있어요? 그러니까 거짓말이라고 단정하면 안 되죠."

제니는 정색하는 척하더니 곧바로 또 웃음을 터뜨리며 말을 이었다.

"하지만 오빠는 이제 홀딱 벗고 자야만 거짓말을 안 한 게 되는 거예요. 그러니까 거짓말쟁이라는 말 듣기 싫으면 얼른 계획대로 하세요. 후후후, 나는 아무것도 안 볼게요. 자, 이거 봐요. 눈 다 가렸잖아요."

손가락 틈으로 빤히 쳐다보면서 그런 말을 하며 놀리는데도…… 젠장, 정말 예쁘다.

제니가 들어온 후 켜 놓았던 미니 램프의 약한 조명 아래서 그 애를 보고 있자니 꿈을 꾸는 것 같다.

물론 삼식이가 문을 두드리기 전까지는 에로틱한 악몽에 가까웠다. 진땀이 뚝뚝 떨어지고 정신이 아득해지는 악몽.

어쨌든 그녀가 조금 전의 한껏 과잉된 감정에서 벗어난 것 같아 유빈으로서는 다행스러운 일이었다. 자신이 그녀를 책임질 것도 아닌데 감당 못 할 만큼 깊은 비밀을 알게 되는 건 사양하고 싶다.

"근데 오빠, 맥주 달력 정말 필요 없어요? 내 방에도 그거 걸려 있던데. 푸하하하—!"

말을 해 놓고 자기가 부끄러운지 제니는 또 베개에 얼굴을 묻고 웃었다. 맥이 탁 풀려서 소파에 걸터앉은 유빈은 힘없이 말했다.

"비위도 좋다. 베개 그거, 냄새 엄청 날 텐데…… 계속 땀 흘리면서 씻지도 못하고 쓰던 거라."

킁킁, 냄새를 맡아 보던 제니가 고개를 저었다.

"아뇨, 나쁜 냄새 안 나요. 그냥 오빠 냄새."

"칭찬이야, 뭐야? 잘 모르겠네. 땀에 찌든 냄새가 내 냄새라고? 후후, 악취맨인가?"

유빈은 소파 팔걸이에 머리를 기대며 중얼거렸다. 두 다리를 쭉 편 채 침대 옆자리를 두드리며 제니가 또 야릇한 미소를 보낸다. 사람 가지고 놀 때의 그녀로 돌아왔다.

이건 애완견이나 뭐, 그런 취급이구나……. 에휴~.

내일부터는 보안관이랑 경비조를 바꿔야겠다고 유빈은 생각했다. 얘가 이렇게 야밤에 노크하는 데 재미를 들렸으니, 돌아가라는 말을 매몰차게 못 할 바에야 아예 한동안 피해 있는 편이 좋겠다. 잠이 깊이 들어 있는 새벽에 들어오면 그때는 좀 낫겠지…….

힘들어서 왔다는 애를 외면해 버리는 모양새라 마음이 편치는 않지만, 정 무서우면 보안관 방문을 두드리면 된다. 보안관이야 물론 엄청 기뻐할 거고, 그놈이라면 정말로 잠만 잘 재워 줄 수도 있는 녀석이다.

"오빠, 일루 와요. 이렇게 넓은데 왜 불편하게 거기서 자려고 그래요? 자, 내가 이만큼 더 비켜 줄게요."

그러면서 한쪽 엉덩이를 살짝 들었다.

어이쿠, 유빈은 차라리 눈을 감았다.

어차피 내가 욕심내면 안 될 사람이다. 참아야 한다. 참아야 한다. 이런 추세라면 애 덕분에 가까운 미래에는 정말 득도의 경지까지 오를지도 모르겠다.

유빈을 마주 보도록 옆으로 기대 누운 제니가 중얼거렸다.

"이상하다. 어떤 남자들은 여기 누워 보는 게 소원일 텐데……. 오빠는 그것보다 달력을 더 좋아해."

"어후~ 제니야, 얼마나 더 놀릴 거니. 나 정말 힘들어."

더 이상은 스트레스를 못 참겠어서 유빈은 두 손으로 얼굴을 감싸며 애원하듯 본심을 털어놨다.

이건…… 정말 이상한 형태의 지옥이다. 눈은 즐거운데, 그걸 제외한 나머지가 다 괴로운.

"불쌍해라. 세상에…… 이렇게 착한 오빠를…… 내가 무슨 짓을 한 거야? 알았어요. 이제 그만 장난칠게요. 자, 여기 와서 편하게 자요. 전 여기 안 넘어갈게요. 정말로! 약속!"

제니는 침대의 3분의 1 지점으로 옮겨 누우며 손으로 선을 쭉쭉 그었다. 유빈이 대꾸하지 않자 제니는 천연덕스럽게 말을 덧붙였다.

"그렇게 하는 게 제가 소파로 가는 것보다는 훨씬 편할걸요?"

정말 그런 장난을 치고도 남을 애라서 유빈은 얼른 몸을 일으켰다. 그러고는 침대에 눕기 전 한 번 더 확인을 했다.

"각자 방에서 잔다는 선택지는 없는 거야?"

"없어요. 아까 다 부탁했는데 왜 치사하게 그래요? 자, 얼른 누워요. 에이, 걱정하지 말라니까요. 장난은 이제 안 쳐요."

영 찜찜해하면서도 유빈은 침대에 누웠다. 이따 보안관이랑 교대를 해 주려면 잠을 자기는 좀 자 둬야 한다.

뭐…… 환경이 쉽게 잠들 수 있기는 됐지만, 유빈은 침대 모서리에 자리를 잡고 투탕카멘처럼 두 팔을 가슴에 모은 채 눈을 꾹 감았다. 제니와 유빈은 침대 가운데를 무서워하는 사람들처럼 각자 구석에 몰려 있다.

빠르게 뛰던 유빈의 심장이 조금 안정을 찾아갈 무렵, 옆으로 누워 한동안 그를 보고 있던 제니가 속삭였다.

"그거 봐요. 막상 옆에 누우니까 별거 아니죠? 우리, 복지 센터에서는 늘 이런 각도로 누워서도 잘 잤었잖아요. 자리도 바로 옆이었고요."

"……그땐, 우리 둘만 있는 게 아니었잖아. 다 한군데에서 같이 잤으니까 이거랑은 다르지."

"오빠는 나랑 둘만 있는 게 뭐가 그렇게 무서워요? 후후후, 평소에 대체 무슨 생각을 하는 거예요?"

대답이 궁한지, 유빈은 눈을 가리며 '장난 안 치겠다고 했잖아.'라고 중얼거렸다. 알았어요, 알았어요.

고개를 끄덕인 제니는 질문을 바꿨다.

"몇 시에 경비 보러 나가요?"

"2시에 교대야. 한 10분 전에 나가면 안 늦어."

제니는 침대 머리맡에 있는 시계를 봤다. 11시가 막 지났다.

"어머, 몇 시간 못 자네요. 그때 나갔다가 언제 다시 들어와서 자요?"

"안 들어와. 6시 반까지 쭉 있어."

"그럼 오빠네만 너무 조금밖에 못 자는 거잖아요."

"아니야. 다 비슷해. 보안관도 겨우 네 시간 자는 거고, 경비 안 보는 애들은 그 대신에 여기에서 내일 쓸 물건 만들다가 자잖아. 아침에도 일찍 일어나고."

유빈의 말끝이 조금씩 늘어진다. 정말로 어지간히 피곤한 모양이다. 이쯤에서 놓아주고 재워야 하는 걸 아는데도 제니는 자꾸 말을 걸고 싶었.

언제 또 이렇게 단둘이서만 은은한 조명을 받으며 한 침대에 누울 수 있을지 아무런 기약이 없으니까. 운이 없으면 내일 당장이라도 둘 중 한 사람이 어떻게 될지 모른다. 생각하기도 싫은 불길한 이야기지만, 엄연한 현실이다.

그녀를 포함한 일곱 명의 일행 중 그 누구도 삶을 온전히 보장받지 못했다.

"내가 장난치는 거 싫어요? 짜증 나요?"

"……싫은 게 아니라 그냥 힘든 거야."

반쯤 잠든 목소리로 유빈이 느릿느릿 대답한다. 잠결에 나오는 말이라 그런지 평소보다 훨씬 무장이 해제된 것처럼 들려서 제니는 귀를 쫑긋 세우며 속삭였다.

"왜요?"

"뭐…… 예뻐서라고 하는 게 제일 맞겠지. 친동생처럼 대해야 하는 거 아는데…… 그게…… 네가 장난을 치며언…… 그게 잘 안 돼. 그래서…… 힘들어. 내가…… 실수할까 봐. 내가 워낙에…… 속물이라서…… 푸우우~."

마지막에 가서는 아예 푸우, 푸우, 숨을 불면서 잠에 곯아떨어졌다. 제니는 아주 살살 거리를 좁혀 다가갔다. 마침내 둘의 간격이 30센티 이내로 줄어들 때까지도 유빈은 전혀 눈치 못 채는 것 같다.

가느다란 손가락으로 유빈의 떡 진 머리카락을 살살 쓸어 주자, 유빈의 입에서는 강아지처럼 낑낑 앓는 소리가 흘러나온다.

풋.

그 모습이 귀여워서 제니는 소리 죽여 웃었다. 계속해서 머리카락을 쓸어 주며 제니가 물었다.

"기분 좋죠? 잠이 저절로 오죠?"

"……"

"오빠, 기분 좋냐고요?"

"……응? 으응~."

대답인지, 무의식적인 반응인지 잘 구분이 안 가는 목소리로 유빈이 대답을 한다. 짧다.

"내가 가까이 오는 거 안 싫죠?"

"……응."

대답 옵션이 하나뿐인 모양이다. 그럼 물어보고 싶은 게 더 늘어난다. 제니는 생긋 웃으면서 아주 낮게 속삭였다.

"전에 내가 뽀뽀 한 번 해 주기로 했던 거 기억나요? 빚진 거 있는데."

"……응."

"언제인지 정말 알고 있어요? 오빠가 볼라 만들어 줬을 때예요."

"……응."

"그거 지금 해 줄까요?"

"……응."

제니는 잠든 걱정왕의 떡 진 머리카락에 가볍게 입을 맞췄다. 그러고는 그의 베개를 안고서 침대 밖으로 내려섰다. 아직 잠이 오진 않지만, 이걸 끌어안고 있으면 한결 덜 무서울 것 같다.

"나중에 무서워지면 또 와도 되죠?"

잠긴 문을 열고 나가기 전, 제니는 침대의 유빈을 돌아보며 물었다. 물론 답은 같았다.

"……응."

제니는 만족한 미소와 함께 아주 살짝 손잡이를 열고 살며시 복도로 빠져나왔다.

Chapter 47
불길한 균열

01

아침이 밝았을 때, 건대 쉘터 내 자신의 숙소에서 일어난 박 소위는 눈을 비비며 좀처럼 야전 침대에서 벗어나지 못하고 있었다. 잠이 떨쳐지지를 않는다. 온몸이 노곤하다.

안 그래도 빡세게 돌아가는 근무 일정인데, 거기에 더해 밤마다 가희와 뜨거운 시간을 나누니, 아무리 젊고 건강한 몸이라도 슬슬 여기저기서 삐걱거림이 느껴졌다.

"아…… 머리야."

박 소위는 지끈거리는 골을 감싸 쥐고 한숨을 내쉬었다. 그러는 동안에도 온몸 구석구석에 어젯밤의 감각이 스멀스멀 되살아나는 것 같아 가볍게 전율이 인다.

대단한 쾌락이었다. 요즘 들어 그는 자신을 새로 발견하고 있다. 이전에도 몇 번쯤 이성을 사귄 적이 있고, 그중에는 깊은 관계로까지 이어진 드문 경우들도 존재했지만, 가희처럼 이렇게 완전히 사람을 녹이고 빠져들게 하는 여자는 처음이었다.

그녀를 안을 때면 너무 황홀하고 뜨거워서 몸 전체가 다 아주 작은 파편으로 부서지는 것 같다. 게다가 일을 다 치르고 나서 그녀가 자신을 바라봐 주는 그 사랑스러운 눈빛.

그녀를 만나지 않았더라면 내 인생은 얼마나 텅 빈 것이었을까?

박 소위는 요즘 하루에도 몇 번씩 그런 생각을 한다. 이전까지 그가 여자들과 나눴던 즐거움을 모두 다 더해 봤자 가희와의 하룻밤에 비교조차 할 수 없다.

하지만 그렇게 활활 타오르는 만큼 체력과 정신력이 소진되는 것은 그가 감수해야 하는 몫이었다. 의무대에서 받아 왔다며 밤마다 가희가 챙겨다 주는 비타민을 먹는데도 사랑을 나누고 나서 몰래 숙소로 돌아올 때쯤이면 초주검이 되어 있다. 하루 종일 계속 몸은 축축 처지고 생각나는 건 오직 그녀뿐이다.

"아…… 또 하고 싶다……."

아무 생각 없이 말을 내뱉고 나서 박 소위는 어처구니없어하며 웃었다.

무슨 중독자가 된 건가…… 사랑 중독…….

그 단어의 어감이 나름 괜찮아서 박 소위는 빙긋 웃으며 일어났다.

자, 나가서 얼른 세수하고 담배 한 대 피운 다음 오늘 하루 시간을 보내야지. 그래야 밤에 또 몰래 옆 건물로 가서 가희를 만나지…….

그렇게 하이바와 개인 화기를 챙겨 쉘터 주차장으로 나간 박 소위가 담배 한 대를 막 피워 물었을 때, 뒤에서 그를 부르는 목소리가 들려왔다. 문형식 대위다.

"박 소위, 지금 시간 괜찮으면 잠깐 이야기 좀 할까? 아, 담배 끄지 마. 나랑 같이 한 대 피우지."

물어보는 것 같지만, 엄연한 명령이다. 게다가 우연히 만난 것도 아니다. 자신을 기다리고 있었던 인상이다.

뭐지? 내가 또 뭘 잘못했지? 도로 차단 작업 속도 때문에 짜증을 부리나?

박 소위는 서둘러 담배를 끄고는 그런 걱정들을 하며 문형식의 뒤를 따랐다.

"하하, 이 친구…… 끄지 말라니까. 왜? 내가 불붙여 주는 담배가 더 맛이 있어서 그래?"

다른 사람들의 시선이 닿지 않는 구석으로 박 소위를 데려온 문형식은 직접 담배를 권하고 불도 붙여 줬다. 그러고는 자신도 길게 연기를 내뿜는다. 침묵 속에서 두어 번 더 담배를 빨던 문형식이 박 소위의 눈을 보면서 물었다.

"박 소위, 지금 자신과 관련해서 어떤 추문이 도는지 알고 있나? 짐작 가는 건?"

당혹스럽다.

소문?

박 소위는 빠르게 머리를 굴렸다. 아니, 굴리려고 노력해 봤다. 하지만 그게 잘되지 않는다. 워낙 잔꾀와는 거리가 있게 타고난 데다가 특히 요즘은 더 멍해져 있어서 뭔가에 집중이 안 된다.

"……잘 모르겠습니다. 대한민국 군인으로서 부끄러운 일은 하지 않았습니다."

할 수 있는 대답은 그게 다였다. 물론 가슴을 짓누르는 큰 걱정거리가 하나 있지만, 그건 아닐 거다.

가희와는 몰래 만난다. 낮에는 서로 특별히 친밀한 내색을 하지 않고 있다. 따로 건물로 와서 달빛 속에서 정사를 나누고, 또 따로 쉘터로 돌아간다. 그러니 소문이 나려야 날 수가 없다.

"그래……."

문형식은 무표정하게 고개를 끄덕이며 또다시 담배 연기를 길게 내뿜은 뒤 말을 이었다.

"나도 그런 대답을 들어서 기쁘다. 박 소위와 가희라는 여성 수용자가 민망한 사이라는 이야기가 돌고 있어서 꺼낸 말인데, 사실이 아닐 테니까 곧 수그러들 테지. 그렇게 진정이 되도록 자네도 노력할 거라 믿겠다."

문형식의 지적은 박 소위에게 충격이었다. 그는 땀을 뚝뚝 떨어뜨리면서 자신의 앞에 서 있는 문형식을 보았다.

도대체 어떻게 이 사람이 나와 가희의 일을 알고 있는 거지?

대체 누가…… 어떤 때려죽일 새끼가 소문을 퍼뜨려서 그게 중대장의 귀에까지 들어갔단 말인가. 아니, 대체 어디에서 말이 나온 거지? 아무도 눈치채지 못

하도록 그렇게 조심해서 행동했는데…….

그리고 그는 곧바로 가희에 대해 걱정하기 시작했다. 그러면 사람들이 가희를 볼 때마다 뒤에서 흉을 보며 수군댄단 말인가.

아…… 불쌍한 가희. 그 여리고 가여운 여자가 그런 모멸감을 이겨 낼 수 있을까?

당장에라도 달려가서 우울해져 있을 그녀를 달래 주고 싶다.

"이런 준전시 상황에서 기강 문제는 무엇보다도 중요하다. 장교에 대한 신뢰가 없다면 자기 생명을 맡기고 전투에 뛰어드는 데 주저함이 생겨날 수밖에 없지. 그래서 특히 장교들이 더 모범을 보여야 하는 거라고 생각한다. 박 소위도 항상 그 점을 염두에 두었으면 해. 지휘관으로서도 휘하 장교들이나 부사관들이 안 좋은 소문에 휘말리면 읍참마속의 심정으로 징계를 내릴 수밖에 없는 상황이니까……. 이봐, 박 소위. 자네 괜찮나? 안색이 별로 안 좋은데?"

담배 연기를 내뿜으며 문형식이 물었다. 박 소위는 서둘러 아니라고 대답했다. 가뜩이나 이렇게 계속 마주 보고 서 있는 게 부담스럽고 힘든데, 징계라는 말까지 나오니 정신이 하나도 없었다.

문형식의 사람을 꿰뚫어 보는 것 같은 무서운 눈빛에서 해방되고 싶다. 하지만 문형식은 아직 그를 놓아줄 생각이 없는 모양이다. 철책으로 연결된 대로 건너편의 건물들 중 하나를 눈짓으로 가리키며 문형식이 물었다.

"저 건물인가?"

"네? 잘 못 들었습니다."

박 소위는 가슴이 뜨끔했다. 문형식이 지목한 건물이 바로 자신과 가희가 매일 밤 찾는 사랑의 도피처였기 때문이다. 박 소위의 표정을 가만히 보고 있던 문형식이 다시 물었다.

"이번에 새로 보안 작업 마무리한 건물 말이야. 저기까지 철책을 연장했다고 하지 않았나?"

"아…… 네, 네. 그렇습니다."

박 소위는 그제야 안도하며 고개를 끄덕였다.

젠장, 문형식이 들고 있는 담배는 왜 이리 잘 타들어 가지도 않는지, 저걸 다 피워야 이 대화도 대충 마무리가 될 텐데…….

애가 타서 어쩔 줄 몰라 하는 박 소위와 달리, 문형식은 느긋하게 이 상황을 지배하고 있었다.

"그런데 왜 사용하지 않고 그냥 방치해 두나?"

"그…… 저 건물을 사용하기 위해서는 서치라이트 설치와 같은 몇 가지 사전 준비가 필요한데, 현재까지는 동원 가능한 인력들을 도로 봉쇄 작업에 집중 투입 하고 있는 중입니다. 그 작업이 마무리되면 곧바로 저 건물을 사용할 수 있도록 조처하겠습니다."

"음, 그래. 소수 인원만 출입할 수 있는, 은밀한 공간이 있으면 거기에서 일탈이 벌어지기 마련이다. 박 소위가 신경을 써서 그런 불상사가 일어날 가능성을 미연에 방지하도록 해."

"네, 잘 알겠습니다."

그렇게 어지간히 대화가 마무리되었을 때, 멀리 쉘터 마당에서 두 명의 병사가 여자 수용자들과 밝게 웃으며 이야기를 건네는 모습이 눈에 띄었다.

아마도 교대해 들어와 휴식 중인 병사들일 터다. 친밀하게 대화를 나누는 네 남녀의 모습에서 주위 시선에 대한 우려 같은 것은 찾아볼 수 없었다.

방금 전 추문이니, 기강 확립이니, 읍참마속의 징계 따위를 들먹였던 문형식조차도 그들을 보면서 흐뭇한 미소를 짓고 있다.

박 소위는 그런 문형식이 이해되지 않았다. 결국 박 소위는 마음을 숨기지 못하고 치졸한 질문을 하고 말았다.

"저…… 중대장님, 질문드려도 되겠습니까?"

"음, 말해 봐. 뭔가?"

"제 눈에는 지금 저기 두 병사가 민간인 여성 수용자들과 불건전한 교제를 시도하려는 것 같은데, 저런 상황을 발견하면 그것도 처벌합니까?"

박 소위는 자신이 정곡을 찔렀다고 생각했다. 아마 건대 쉘터에서 근무하는 군인 중 절반은, 어쩌면 그 이상이 민간인 수용자들과 이성 교제 경험이 있을 것이다. 그것이 이 쉘터를 지배하는 분위기인데도 이 도덕 교과서 같은 중대장만은 그걸 모르는 것 같다.

박 소위는 이 질문을 던짐으로써 자신의 상관에게 저 많은 애들을 다 처벌할 셈이냐고 따지고 싶었다. 그리고 덩달아 자신의 허물도 덮어 버릴 수 있길 바랐다. 하지만 문형식은 박 소위의 기대와 전혀 다른 대답을 했다.

"하하, 무슨 소린가, 박 소위. 쟤들을 왜 처벌해? 자기 근무 시간도 아닌데 젊은 애들이 이성이랑 좀 어울렸다고 문제를 삼으면 되겠나? 그건 너무 가혹하지."

"네? 하지만 제가 기억하기로는 중대장님께서 조금 전 제게 추문에 휘말린 장교들은 징벌 대상이 된다고 말씀하신 걸로……."

"음, 잘 기억하고 있는 거다. 장교들의 이성 교제는 징계 이유가 맞아. 그리고 지금 같은 상황에서 내가 내릴 수 있는 징계는 근무지를 이동시키는 정도겠지. 아쉽기는 하지만…… 다른 쉘터나, 아니면 여타 위수 지역으로 보낼 생각이다."

박 소위는 혼란스러웠다. 자신의 상관이 대체 왜 이렇게 왔다 갔다 하는 건지 이해할 수가 없었다.

"똑같은 이성 교제 문제인데 장교들을 대할 때와 병사들을 대할 때 차이를 두시는 이유를 모르겠습니다. 다른 분도 아니고, 언제나 공명정대를 중요하게 여기시는 중대장님께서 그렇게 말씀하시니까 제가 더 혼란스러워집니다."

"박 소위, 병사들은 좋아서 여기에 군복을 입고 있는 게 아니야. 쟤들은 그저 의무를 수행하기 위해서 징집되어 온 것뿐이라는 말이네. 군이라는 직업을 선택한 우리와는 당연히 다른 처우를 받아야지."

문형식은 단호하게 말했다.

"하지만…… 국방의 의무는 신성한 것이어서…… 그…… 충실히 의무를 수행한다는 점에서는 예외가 없어야 한다고……."

"좋은 이야기야. 일반인이었던 국민들은 잠시 자유를 반납하고 병사가 돼서 규율을 따르며 의무를 수행하지. 그럼 직업군인들의 의무는 뭐지? 박 소위나 나, 더 나아가서는 장성들까지도 포함하는, 군이라는 조직의 상시적 구성원들 말이야. 그런 '군'의 의무는 뭐라고 생각하나?"

"국가의 안전 보장과 영토 방위라고 알고 있습니다."

박 소위가 판에 박힌 대답을 하자 문형식은 고개를 저었다.

"아니. 그건 일반 병들도 마찬가지지. 그 논리라면 우리는 직업으로 의무를 대신하고 있다는 말이 되지 않나. 그건 너무 편리한 발상이야. 흔히들 잊고 있지만, 군에도 아주 분명하고 신성한 의무가 있다. 그 의무라는 건 병사들이 안전하게 병역을 마치고 사회로 복귀할 수 있도록 하는 거다. 일반 사회로부터 잠시 빌려온 소중한 국민을 의무 기간 동안 아껴서 잘 사용하고, 그 기간이 끝나면 육체적으로나 정신적으로 건강한 상태로 다시 돌려보내는 것이 우리들의 의무라는 이야기야. 그런데 이미 우리는 그 의무의 일부를 성공적으로 수행할 수 없게 되어 버렸어."

문형식은 두 개비째 담배를 물고 불을 붙인 뒤, 다시 이야기를 이었다.

"군은 국가의 안전 보장에 실패했어. 그 결과가 이거지. 병사들은 돌아갈 사회를 잃었고, 지난 7월 14일부터 국방부 시계는 멈춰 버렸네. 지금 복무하고 있는 병사들의 전역일은 무기한으로 미뤄졌어. 진급조차도 이뤄지지 않고 있지. 의무가 늘어난 거야. 그러니 거기에 맞춰 당연히 보상도 조금은 늘어나 줘야 하지 않겠나? 나는 그 추가적인 보상으로 아주 작은 자유를 허용해 주려고 하는 거다. 저들의 헌신에 비하면 내가 줄 수 있는 보상은 정말 보잘것없는 수준이지만, 그 정도라도 안 하는 것보다는 나을 테니까. 무슨 말인지 알겠나?"

이쯤에서 수긍하고 대화를 끝내야 하는 게 맞지만, 박 소위는 좀처럼 고집을 꺾을 수가 없었다. 문 대위의 운용 원칙을 긍정해 버리면 자신은 가희와 더 이상 만나지 말아야 한다. 그렇게 하지 않았다가는 다른 부대로 쫓겨나 버릴 상황이니까.

Chapter 47 불길한 균열

가희가 없는 삶이라고?

지금 박 소위는 그런 게 어떤 것일지 상상조차 되지 않았다. 단 하루도 그녀를 품에 안지 않고는 배길 수가 없다. 박 소위는 억울하다는 듯 입을 열었다.

"그럼…… 장교들에게는 어떤 보상이 더 주어집니까? 제 짧은 생각으로는 이 난국을 헤쳐 나가고 있는 장교들과 군에도 추가적인 보상이 필요하지 않을까 싶습니다. 그런데 중대장님께서는 오히려 더 엄격한 규율을 말씀하시니……."

"박 소위, 정말 몰라서 묻는 건가? 군은 평시에 계속 보상을 받아 왔어. 우리의 봉급, 관사, 병사들의 복종과 존경, 예정되어 있던 퇴직 수당이나 연금까지…… 풍족했다고 할 수는 없지만, 그래도 전부 다 보상이었네. 그렇게 미리 지속적인 보상을 해 줬던 건 바로 지금과 같은 상황이 왔을 때 우리가 가장 치열하게 헌신해 줄 것이라는 믿음 때문이었던 거야. 지금은 우리가 쓰여야 하는 때야, 보상을 받을 때가 아니고. 그걸 망각하는 장교가 있다면 병사들의 신뢰는 기대할 수 없네. 신뢰받지 못하는 장교는 무능한 장교고, 무능한 장교는 적보다 더 무섭지. 나는 그렇게 생각한다. 그리고 그 생각을 바꿀 의사도 전혀 없고! 그러니 만약 박 소위가 거기에 동의하지 않는다면 다른 부대로의 이동을 신청하도록. 알겠나?"

문형식은 평소보다 조금 격앙된 어조로 단호하게 말했다. 그의 눈빛이 너무 강렬하게 번뜩여서 박 소위는 더는 반론을 펼 수 없었다.

돌아가도 좋다는 말을 듣고 씩씩거리며 걷는 동안 박 소위는 분해서 도저히 견딜 수가 없었다. 아주 엿 같은 상황이다.

문 대위, 저 철두철미한 인간이 저렇게까지 말했을 때는 이미 꽤 많은 걸 알고 있다는 이야기였다. 건대 쉘터 최고의 미녀 가희가 자신의 여자라는 것도, 그 가희가 자신과 매일 밤을 같이 보낸다는 것도, 그리고 사랑을 나누는 장소가 어딘지도 다 아는 모양이다. 큰일 났다.

이제 저 건물은 쓸 수 없다. 그럼 당장 오늘 밤부터 어디에서 몰래 만나지? 어디로 피해야 문 대위의 눈을 속일 수 있을까? 젠장, 겨우 둘만의 밀회를 위한 장소를 마련해 놨는데…… 보안 핑계를 대고 건물로 이어지는 게이트 열쇠를 장교들에게만 줘서 가능한 한 사람들의 발길을 차단했는데…….

박 소위는 신경질적으로 이마를 긁으며 이를 바득바득 갈았다.

추문? 씨발, 나와 가희의 이 아름답고 뜨거운 사랑을 추문이라고? 미친 새끼들. 솔직하게 말을 해, 차라리! 질투가 나고 배알이 꼴린다고 말을 하라고! 사랑은 국경도 초월한다는데, 장교가 수용자 좀 사귀는 게 뭐가 문제냔 말이야!

소문이 만들어지려면 필연적으로 처음에 주둥이를 턴 새끼가 있어야 한다. 어떤 개새끼일까? 소문의 원흉을 찾아내기만 하면 아주 곤죽을 만들어 버리고 싶다.

경비병 새끼들인가? 아니면 옥상에 배치해 둔 저격조 새끼들이 보라는 도로 방향 좀비들은 안 보고 엉뚱하게 저희 상관을 엿봤나?

용의자들을 하나하나 짚어 가는 동안 떠오르는 얼굴이 있다.

설마…… 강 소위? 그 얍삽한 새끼가?

생각해 보니 말이 된다. 강 소위는 저 건물을 출입할 수 있는 열쇠도 가지고 있다. 게다가 그 새끼는 가희를 어시간히 짝사랑하던 놈이기도 하다.

가희가 나한테 푹 빠져 있다는 것도 모르고…… 바보 같은 새끼가 혼자서 똑똑한 척은 다 하더니. 그랬구나. 네가 꿈꾸던 여자를 내가 차지하니까 아주 눈이 돌아갔구나, 강 소위, 이 등신아. 질투도 적당히 해야지, 이건 너무 추하잖아.

박 소위의 마음속에서 이미 소문의 근원지는 강 소위라고 결론이 나 버렸다.

어디 두고 보자, 이렇게 하고도 앞으로 내가 네놈을 도와줄 것 같으냐?

박 소위는 언젠가 한번 아주 단단히 강 소위에게 쓴맛을 안겨 줄 것이라고 다짐했다.

그래도 여전히 화는 안 풀린다. 이런 상황을 만든 문 대위에게 제일 화가 난다.

혼자서만 올바른 척하는 역겨운 위선자, 꽉 막힌 꼰대, 개뿔도 모르는 주제에 잔소리만 처해 대는 인간, 죄수 한 놈 죽었다고 자기 부하 장교에게 눈을 부라리는 등신, 제 식구도 챙길 줄 모르는 밥통…….

나만 헌신하라고? 병사 새끼들은 아무 데서나 계집 끼고 낄낄거려도 되고, 더 계급이 높은 나는 안 된다고? 그게 무슨 개같은 논리야? 당연히 그 반대여야지! 장교가 더 권한이 커야지! 기강이 어쩌고 어째? 말 같지도 않은 소리…….

박 소위의 숨결은 점점 더 거칠어졌다. 주변에 온통 다 좆같은 새끼들뿐이다. 이런 멍청이들밖에 없으니 일이 제대로 될 턱이 있나!

멧돼지처럼 씩씩거리며 빠르게 건물 안으로 걸어 들어가던 박 소위는 나오던 고 하사와 부딪쳤다.

"억! 죄송합니다, 박 소위님. 괜찮으십니까?"

비틀거리는 박 소위를 향해 고 하사가 손을 내민다. 박 소위는 그 손을 탁, 후려치며 악을 썼다.

"똑바로 보고 다녀! 비켜!"

그러고는 곧바로 자신의 관사를 향해 가 버렸다. 고 하사는 멋쩍은 표정으로 얻어맞은 손등을 비비며 중얼거렸다.

"와, 뭐지? 오늘 기분 어지간히 안 좋은가 보네. 애들한테 조심하라고 얘기해 줘야 되나……."

고 하사는 박 소위가 별로 마음에 들지 않았다. 고지식하다는 표현만으로는 부족할 만큼 미련한 구석이 있는 데다가, 가끔 저렇게 폭발하면 사고를 친다. 며칠 전에도 저 장교 때문에 수감자가 하나 죽었다는 이야기를 들은 적이 있다. 그리고 가희라는 여자와 아주 뜨겁다는 소문도 돌고 있고…….

"저런 사람이 왜 좋지? 하나도 재미없을 것 같은데……."

가희의 얼굴을 떠올리며 고 하사가 고개를 갸웃거렸다. 자신이 좋아하는 타입은 아니지만, 그래도 꽤나 미인인데…… 하필 남자를 골라도 왜 저런 걸…….

잠시 생각해 보던 고 하사는 고개를 절레절레 흔들고 흡연 구역으로 뛰었다. 환자들이 더 밀려들기 전에 얼른 한 대라도 빨고 와야 한다.

02

"의사 군인 오빠!"

담배에 불을 붙이던 고 하사에게 다가와 말을 거는 여자가 있다. 초희다.

"아, 안녕하셨습니까? 여전히 그 미모 그대로시네요. 한 대 드릴까요?"

"어머, 이 오빠 매너 좋다아~. 다시 보이네. 아니지, 근데 지금은 그런 이야기 할 때가 아니고요."

초희는 고 하사가 내미는 담배를 마다하고 바짝 다가와서 물었다.

"우리 강 실장 오빠, 어디 있어요? 네?"

"강 실장 오빠요? 그게 누구…… 제가 워낙 돌보는 환자가 많아서요."

"아이, 진짜. 이 오빠 왜 이러셔. 강 실장 오빠요. 저랑 같이 잠실에서 온 사람이요. 왜, 그 옆구리에 총 맞아서 빵꾸 난, 성질 더러운 사람. 오빠가 직접 치료하고 그랬잖아요. 붕대도 감아 주고. 나한테 최선을 다할 테니까 걱정하지 말라고, 그런 소리도 했었잖아요. 바로 여기에서 담배 피우면서."

일부러 초희가 장황하게 떠들도록 내버려 두고 그동안 여유롭게 담배 연기를 내뿜던 고 하사가 고개를 끄덕였다.

"아~ 아~ 그분, 총상 당하신 분, 초희 씨 일행분. 예, 기억납니다. 그렇게 말씀해 주셔야 알죠. 갑자기 강 실장이라고 막 내지르시면…… 여기 아픈 사람이 한둘이 아니거든요. 그렇게 한 분, 한 분 다 이름을 기억 못 해요. 근데 그분이 왜요?"

고 하사는 태연하게 거짓말을 했다. 민구를 잠실로 이송시킨 일에서 자신의 역할을 지우고 싶다. 그래야 그제 밤, 민구를 죽이기 위해 찾아왔던 놈인지, 놈들인지로부터 주목을 덜 받고, 주목을 덜 받아야 감시하기도 편하다.

이 경박하지만 예쁘장한 여자도 어차피 그 기동인지 뭔지 하는 말썽꾸러기와 일행이다. 그녀를 얼마 정도나 신뢰할 수 있는지 전혀 감이 안 온다.

"왜요는 무슨 왜요예요? 저 건물 병실에 강 실장 오빠 없잖아요. 어디로 보낸 거예요? 헐, 설마 죽었어요?"

"아, 그분 어제 잠실로 되돌아가셨어요. 제가 계속 여기 치료가 약의 질이든 뭐든 더 낫다고 했는데도 자기는 의사한테 치료받고 싶다고 그러더니, 휙 가 버리더라고요. 뭐, 저희야 일거리 줄어드니까 더 홀가분하기도 하지만."

초희가 당혹스러운 표정으로 중얼거렸다.

"잠실로 돌아갔다고요? 나한테 말도 안 해 주고…… 아니, 여기에서 강 실장 오빠 오기만 기다리던 사람들 다 완전히 바보 됐잖아요. 아유~ 웬일이야. 당장 내가 큰일 났네."

"저한테도 인사 한마디 안 남기고 갔더라고요. 참 내, 사람이 그렇게 매몰찰 수가 있나요? 그런데 왜 큰일이 나요?"

"강 실장 오빠 말도 없이 가 버린 거 알면 다 나한테 돌아오니까 그렇죠. 어후~ 어떡해. 완전 죽었네."

"아니…… 이렇게 예쁜 초희 씨를 누가 죽인단 말입니까?"

고 하사는 너스레를 떨었다. 초희는 울상을 지으며 말했다.

"누구긴 누구겠어요, 육 회장이 그렇지. 아, 진짜 그 앞에 가서 보고할 생각만 해도 후달린다. 의사 군인 오빠, 저도 한 대 줘요. 일단 한 대 빨면서 생각 좀 해 봐야겠어요."

정말로 무서운지 초희는 담배에 불을 붙이는 동안에도 이마를 찌푸리며 발을 동동거렸다.

육 회장이라…….

고 하사는 연기를 내뿜으며 그 이름을 머릿속에 입력하려고 노력했다. 그게 골치 아픈 놈들의 대빵인 모양이다.

"그 육 회장이라는 사람이 어지간히 무서운 사람인가 보네요. 혹시 부하가 많은가? 초희 씨는 공주님 같은 외모하고 달리 강단이 있어서 어지간한 일로는 그리 겁먹을 것 같지 않아 보이는데."

고 하사는 은근히 캐물어 봤다. 칭찬을 받은 게 기분 좋았는지 초희는 배시시 웃으며 고 하사의 어깨를 툭, 쳤다.

"아우, 이 오빠 진짜, 완전 사람 볼 줄 아는구나. 맞아요, 나 그런 말 많이 들어요. 곱게만 자랐다고 생각했더니 장군감이라고."

기분을 맞춰 줘서 입을 열게 한 건 좋았는데, 주제가 벗어나 버렸다. 초희는 자신이 얼마나 외모가 뛰어난지, 그러면서도 대범하고 깡이 좋은지 등을 자랑하느라 육 회장에 대한 걱정은 아예 잊은 사람처럼 수다를 떨기 시작했다.

"……그래 가지구 그때 감독님이 그러시는 거예요. 이거 웬만한 배짱으로는 못 한다. 그러니까 못 뛸 거 같으면 지금 이야기를 해라. 그럼 내가 대역 배우 불러 준다. 그래서 내가 그랬죠. 감독님, 그 대역한테 같은 옷 입힌다고 해서 표가 안 날까요? 제 몸매 따라올 대역 없을 텐데요? 그랬더니 감독님도 고개를 끄덕끄덕하더라고요. 결국 직접 뛰었어요. 그랬더니 영화관에서 막 난리가 난 거 있죠? 저 배우 누구냐고. 연기도 진짜 짱이고, 몸매도 끝내준다. 진짜 죽은 거 아니냐. 후후후, 뭐 그래요. 의사 군인 오빠도 그 영화 봤죠? 그 장면만 머리에 확 박혔죠?"

고 하사는 멍한 얼굴로 고개를 끄덕여 줬다. 제목을 들어 본 적이 없는 걸로 봐서 아마 개봉하자마자 VOD 서비스로 직행한 영화인가 본데, 지금의 초희가 이렇게 열을 내고 있는 상황에서 안 봤다는 말을 할 용기는 없었다. 그 긍정에 초희는 더 기분이 좋아져서 까르르 웃었다.

"그렇다니까요. 사람들이 그래요. 이상하게 그 영화 내용이고, 여자 주연이고 뭐고 하나도 기억 안 난다고. 왜 그런지 나는 알지. 내가 압도했거든. 완전 신 스틸러인 거지. 호호호…… 에휴, 그런 훌륭한 배우가 강 실장 오빠 때문에 지금 이게 무슨 꼴이야……. 그러면 군인 의사 오빠도 자세한 건 모르겠네요? 그냥 잠실 간 거 같다는 것밖에."

"아, 네. 뭐, 그쪽 군인 애들이 제 허락 받고 이동하는 건 아니니까…… 저는 그날 얼굴도 못 봤어요."

고 하사는 자칭 대배우 초희 앞에서 철저히 모르는 사람 연기를 했다. 그렇게 속여 둬야 기동이라는 놈도, 육 회장이라는 놈도 자신을 귀찮게 굴지 않을 거다.

조금이라도 내막을 아는 낌새를 보여 봤자 공연히 놈들의 경계심만 북돋을 뿐, 좋을 게 별로 없다. 초희는 아쉬운 듯 입술을 삐죽거리더니 고 하사에게 제안을 했다.

"그럼요, 군인 의사 오빠, 이렇게 해요. 지금 나는 강 실장 오빠 관리 제대로 안 했다고 엄청 깨지게 생겼거든요, 그러니까 육 회장님한테 살짝만 구라를 칠게요. 내가 간호 진짜 열심히 했는데, 강 실장 오빠 상태가 갑자기 너무 안 좋아서 어쩔 수 없이 수술하려고 잠실 쪽 군인들이 자기네 집에 데려간 거라고. 네? 그렇게 얘기를 맞춰 놔요, 우리."

"에…… 저보고 그런 말을 하라고요? 나는 그 강 실장이라는 분도 몇 번 못 봤고, 육 회장이 누군지도 모르는데요. 나는 앞에 나서서 책임지고 이러는 거 굉장히 싫어하는 사람인데."

"아니, 아니. 그런 거 아니고요. 지금 말은 내가 할 건데, 그냥 나중에 아~주 만약에라도 초희가 거짓말하는 거 아니냐고 누가 오빠 찾아와서 물어보면 꼭 기억했다가 그렇게 얘기해 주라고요. 나를 도와주는 의미에서…… 팬이니까 그 정도는 해 줄 수 있잖아요."

고 하사는 잠시 고민에 잠겼다. 짚어 보면 어차피 변화랄 것도 거의 없다. 민구가 자발적으로 갔느냐, 아니면 잠실 군인들이 억지로 데리고 갔느냐 정도의 차이뿐이니까. 불안한 표정으로 머리카락을 꼬고 있는 초희에게 고 하사가 역제안을 했다.

"그러세요. 제가 돌팔이여서 민구라는 분이 싫어했고, 그래서 초희 씨가 간호를 거의 다 도맡아 했던 걸로 해요."

"그거 좋다! 그럴게요! 의사 군인 오빠, 짱! 짱! 고마워요."

약속을 받고 돌아가려는 초희에게 고 하사는 한마디를 더 보탰다.

"건성으로 치료했던 돌팔이 군인이 누구냐고 그러면 하사라고 하세요. 그래야 그 사람들이 확인하려고 할 때 나한테 물어보러 오지. 아니면 엉뚱한 군인들한테서 딴 이야기 들을 수도 있잖아요."

"푸흡, 알았어요. 그럴 수도 있었겠네. 음, 기억했어요. 하사, 하사…… 후훗."

변명거리를 얻어 낸 초희는 뒷걸음질을 쳐서 멀어지는 내내 연달아 손 키스를 날렸고, 만족한 웃음과 함께 돌아갔다.

"와, 어지간히 부산스럽구만……."

멀어져 가는 초희의 뒷모습을 보면서 고 하사가 중얼거렸다. 그가 굳이 자신의 신분을 밝힌 것은 혹시라도 저 말썽꾸러기 새끼들이 다른 의무대 병사에게 무슨 해코지라도 할지 모른다는 걱정 때문이었다.

자신의 행동 때문에 순진한 애들에게까지 피해가 가면 안 된다. 물론 이런 상황에서 감히 군인을 건드리는 미친놈은 거의 없겠지만…….

"기동이, 육 회장…… 젠장, 이야기는 한참 했는데 알맹이가 없네. 생각해 보니까 한 놈은 성을 모르고, 또 한 놈은 이름을 모르잖아. 뭐, 대충 그 정도면 될 것 같기도 하고. 육씨가 몇 명이나 되겠어. 이 새끼들, 아주 싹 다 입영을 시켜 버려야지."

아직 공문 하달이 지연되고 있지만, 징집은 곧 닥친다. 고 하사는 기동이라는 놈의 이름을 들었을 때부터 그 징집을 노리고 있었다. 서류 업무를 담당하는 장교에게 부탁해서 육 회장, 기동이 전부 다 집어넣어 버리면 꼼짝없이 끌려가는 수밖에 없다. 강 소위는 그 정도 융통성을 언제든 발휘해 줄 수 있는 장교다.

이미 징집 동의서에 사인은 다 했겠다, 총을 든 군인이 바로 곁에서 지키고 있다가 다른 줄로 밀어 넣어 버리면 끝이다. 폭력이니 조직이니 좋아서 껍죽거리는 놈들이니까, 두 가지 특성 모두의 최고 전문가 집단인 군에 넣어 주면 아주 좋아서 죽겠지. 흥, 불법에서 합법으로 넘어가는 게 좀 빡세겠지만.

"시간 날 때마다 저 여자한테 이름 좀 몇 개 더 들어 놔야겠는걸. 어째 두 놈만 숨어 있는 것 같지가 않아."

머리를 긁적이며 의무대로 돌아가려던 고 하사는 체육관 앞마당에 서 있는 임수정을 보았다. 그녀는 잠시 기지개를 켜다가 다시 목을 갸웃갸웃하며 머리를 짚는다.

두통이 있는 사람이 흔히 취하는 자세다. 그냥 지나쳐야지, 하는 생각과 달리 고 하사의 발길은 어느새 임수정 쪽으로 돌려졌다.

참…… 사람에게 끌린다는 건 정말 숨기기가 어려운 모양이다.

"머리가 계속 아프세요? 진통제 안 드셨습니까?"

고 하사는 임수정의 두통을 주제로 대화를 열었다. 임수정도 고 하사를 알아보고 멋쩍게 웃는다.

"아…… 안녕하세요. 네, 먹기는 했는데, 좀 이쪽이 묵직하달까…… 그러네요. 약 기운이 아직 퍼지질 않았는지."

"뒤통수를 바닥에 부딪치신 지 얼마 안 됐다고 하셨죠? 거기가 아직도 아파요? 혹이 있습니까?"

전에 의무대에서 그녀는 14일 새벽에 머리를 다쳤다고 했다. 워낙 심하게 부딪쳐서 이틀인가 사흘인가를 계속 의식을 잃고 있었다고…….

말이 사흘이지, 수십 시간 동안 의식 없이 누워 있었다는 건 죽었다가 다시 살아난 것이나 다름없다. 임수정은 자기 뒤통수를 살살 눌러 보더니, 걱정스러운 눈으로 고개를 끄덕인다.

"제가 좀 자세히 봐도 될까요? 이제 시간도 꽤 지난 것 같은데……."

고 하사는 은근슬쩍 뒤로 가서 그녀의 머리에 손을 댔다. 임수정도 목을 살짝 움츠리기는 했지만, 그다지 거부하는 의사는 없어 보인다.

손으로 촉진을 해 보니 혹이 분명하게 느껴진다. MRI도 CT도 다 불가능한 현 상황에서는 이게 가장 첨단의 의료 행위다.

"이 손가락 따라 눈만 움직여 보시겠습니까?"

고 하사는 임수정의 눈앞에서 검지를 세워 천천히 좌우로 움직여도 보고, 구토나 메스꺼움 증상이 있는지도 물었다. 그런데 사실 이런 질문들…… 다 소용없다.

큰 병원 가 보라는 말도 못 하는 이런 상황에서 만약 그녀가 '네.'라고 해 버리면 후속으로 해 줄 수 있는 조처는 전무하다. 하다못해 얼음주머니를 대라고도 할 수 없다. 얼음 같은 건 구할 수도 없으니까.

"아뇨. 구토나 메스꺼움 같은 건⋯⋯. 그냥 이따금씩 한쪽 머리가 좀 욱신거리는 정도예요. 아⋯⋯ 며칠 전에 좀비들이 쳐들어왔던 날 밤, 그때에는 좀 토할 것 같기는 했어요. 그 외에는 달리⋯⋯."

"그때야 뭐, 병사 애들도 긴장해서 다 게워 올리고 그랬으니까 특별한 게 아니고요. 내부 출혈이 걱정돼서 여쭤 봤던 건데, 그 정도시라면 그렇게 걱정하지 않아도 될 것 같습니다. 대신에 통증이 있을 때 억지로 참지 마시고 진통제라도 드세요. 거기에 소염 성분도 있으니까요. 제 기억이 맞나 모르겠는데, 에⋯⋯ 이부프로펜 성분 들어간 약이 더 잘 듣는다고 하셨던 것 같습니다. 맞나요?"

"와아, 놀랐어요. 약 성분까지도 일일이 다 기억하시네요. 수용자들이 몇백 명이나 되는데."

임수정이 감탄한 표정을 짓는다. '뭐, 일이니까요⋯⋯.'라고 대꾸했지만, 그런 걸 다 기억할 수 있을 리가 없다. 자신에게 특별한 사람이라 저절로 각인된 것뿐이다. 그녀가 더 마음에 든다는 약을 미리 쟁여 놓기 위해서.

아, 이쯤에서 저녁때 뭐 하냐고 물어볼까? 그때 나도 근무 교대하는데⋯⋯.

고 하사는 잠시 망설이며 입술을 달싹거렸다. 하지만 이내 포기했다. 그런 말을 했다가는 조금 전에 머리를 만졌던 것도 다 음흉한 의도를 가진 행동처럼 보일 것이다. 고 하사는 결국 중간 정도 지점에서 타협을 했다.

"지금 이부프로펜 진통제가 좀 귀해서요. 외부로 징발 나가는 애들한테 말을 해 놓기는 했지만, 언제 들어올지 장담을 못 합니다. 그리고 들어와도 금방 다 나가고. 사람들이 워낙 약을 엄청나게 복용하거든요. 그러니까 시간 나실 때마다 자주 의무대에 들르셔서 약이 있나 확인을 해 주시는 수밖에 없습니다. 아마 오늘 오후에도 들어올 겁니다."

반은 사실이고, 반은 거짓이다. 사람들이 약을 과용하고 있다는 건 사실이다.

수용자, 병사 가리지 않고 다들 뭔가 트라우마를 치료하듯 약을 먹어 댔다. 조금의 통증도 못 견뎌하고, 또 언제라도 움직일 수 있도록 항상 몸의 컨디션을 좋게 유지해야 한다는 강박관념이 생긴 듯싶다.

하지만 임수정에게 줄 약은 서랍 안에 잔뜩 쌓아 놨다. 언제라도 그녀가 오면 줄 수 있다. 다른 의무병들이 건드리지 않도록, 약을 모아 둔 비닐봉지에 〈특수 관리 품목〉이라고 표기까지 해 뒀다.

"네, 그럴게요. 저야말로 이렇게 신경 써 주셔서 고맙습니다."

임수정은 꾸벅 고개를 숙였다. 고 하사의 입 안에서는 사심 가득한 말이 맴맴 돈다.

고마우면 같이 달 보면서 캔 커피라도 한잔 기울여 주세요. 마음에 빚을 쌓아 둬 봤자 소화도 잘 안 될 텐데…….

하지만 끝내 하지 못했다. 그녀에게 인사를 하고 돌아선 고 하사가 몇 걸음을 뗐을 때, 뒤쪽에서 누군가가 목을 꽉 끌어안는다.

"야아~ 우리 고 하사, 아주 인생의 봄날이 왔구나. 내가 지켜본 게 몇 분 안 되는 것 같은데, 그 짧은 사이에 여자를 둘이나 바꿔 가며 만나네? 너무 잘나가시는 거 아닙니까? 응? 어떻게 하면 그렇게 카사노바가 될 수 있는지 나도 좀 배우자. 담배 한 갑 주면 가르쳐 주나?"

강 소위다. 야간 근무를 마치고 돌아와서 담배를 피우러 가는 길이었는지, 온몸이 땀으로 흠뻑 젖어 있다. 고 하사는 피식 웃었다.

"아이참, 강 소위님…… 오해십니다. 수용자들 의료 상담 해 주는 거 아닙니까. 그걸 왜 그렇게 불온하게만 보십니까?"

"뭔 놈의 의무 상담을 담배를 마주 피우고 실실 웃으면서 하냐? 응? 후후후후, 그리고 좀 전의 그 여자분 머리 만질 때, 어떤 표정이었는지 고 하사 본인은 모르지? 참 내, 배짱도 좋아. 중대장님이 이런 걸 아시면 어떻게 하려고 이렇게 아침부터 공개적으로 열애를 하시나."

강 소위가 빙글거리며 억지로 흡연 구역에 끌고 간다. 불편한 제약이지만, 일면 이해가 가는 부분도 있다. 사랑을 하면 아무래도 공정해지지 못한다. 당장 고 하사 자신만 해도 임수정이 좋아하는 진통제는 따로 서랍에 쟁여 두고 있으니까…….

장교들이 여자에 홀려 누군가만 특별 대우를 하면 분위기가 개판 되는 건 아마 금방일 거다. 고 하사는 능글거리며 받아쳤다.

"강 소위님, 대한민국 군대에서 하면 안 되는 게 어디 있습니까? 요는 안 걸리면 되는 거 아닙니까."

"지금 나한테 걸렸잖아."

"강 소위님은 그런 걸 거시는 분이 아니잖습니까. 그 정도는 압니다. 아, 그리고 솔직히 부사관 자원이 부족해서 저 안 쫓겨납니다. 이 원사님 보시면 알지 말입니다. 오죽 행정이 꼬였으면 중대 단독 주둔하고 있는 부대에 상사도 아니고, 원사를 다 배정하겠습니까."

"후후후, 야, 너 뻔뻔하다, 고 하사. 근데 그렇게 잘 나불거리시는 분이 좀 전에 저 여자분 앞에서는 왜 어버버거리며 앓기만 하셨어요? 응? 아, 네에~ 의무대에 약 받으러 오세요오~ 큭큭큭, 그게 데이트 신청이라고 하는 거냐? '라면 먹고 갈래~?'도 들어 봤고 '커피 마시고 갈래~?'도 들어 봤지만, '진통제 먹고 갈래~?'는 너한테 처음 듣는다, 새끼야."

"아, 그게 말입니다…….."

고 하사는 강 소위의 담배에 불을 붙여 주면서 계면쩍어했다.

"……참 우습습니다. 긴장하지 말고 잘하자고 마음먹는데도 영 안 됩니다. 자꾸 말이 입 안에서만 빙빙 돌지, 밖으로 나오질 않으니까……."

"그럼 이야기 잘되는 사람하고 어떻게 해 봐. 너랑 맞담배 피우던 연예인은 네가 무슨 말만 하면 아주 깔깔 넘어가더라. 수다도 엄청 떨고."

초희의 이야기가 나오자 고 하사는 천만의 말씀이라는 듯 손사래를 쳤다.

"아니, 그건 진짜 오해십니다, 강 소위님. 그분은 다른 일이 있어서 오신 거지 말입니다. 그리고 암만 예쁘면 뭐 합니까, 제 타입이 아닌데. 뭐, 물론 그분도 저한테 마음이 있는 건 아닐 테지만 말입니다."

"그래? 의왼데? 그 연예인보다 조금 전 그 여자분이 더 좋다는 거잖아. 근데…… 저분은 너보다 좀 연상처럼 보이는데, 아니야? 어쨌거나 티 나지 않게 잘 추진해 봐. 정말로 걸리지 말라고. 요즘 안 그래도 분위기 영 안 좋으니까."

강 소위의 말속에는 걱정이 담겨 있었다. 고 하사가 눈치를 보다가 물었다.

"그…… 박 소위님 소문 때문에 그러십니까?"

"음, 다들 아나 보네. 뭐, 파다하게 퍼진 모양이니까 숨길 것도 없나? 그제인가 중대장님도 불러서 물어보시더라고. 난 그냥 잘 모르겠다고 했어. 내가 알아서 먼저 박 소위에게 브레이크 걸어 줬으면 하시는 눈치던데, 그게 연애 문제가 남이 잔소리한다고 되겠어? 완전히 눈이 멀었는데. 그 성깔에 괜히 성질이나 부리지."

그렇게 두 군인이 이야기를 나누고 있을 때, 앞쪽 건물 옥상에서 확성기 소리가 울려왔다.

치익—.

"5번 사대! 사격합니다!"

그러자 게이트를 지키고 있던 경비병들도 큰 소리로 복창을 했다.

"5번 사대! 사격합니다!"

마당과 주차장에 서 있던 수용자들은 이제 별다른 동요도 보이지 않는다. 이게 예고의 힘이다. 예전에는 좀비가 철책에 너무 근접하면 예고 없이 그냥 쏘고 봤다.

그럴 때마다 수용자들이 패닉을 일으키는 바람에 뭔가 다른 방법을 생각해 낸 게 이 사격 예고다. 총소리가 날 거라는 걸 몇 초 일찍 아는 것만으로도 민간인들의 동요는 훨씬 적어졌다.

탕— 탕— 탕탕탕— 탕탕— 탕— 탕— 탕탕— 탕—!

몇 초 후, 5번 사대에서는 총성이 요란스럽게 울려 댔다. 아마 그들이 담당하고 있는 북동쪽 철책 쪽으로 좀비들이 너무 근접하고 있는 모양이다. 사격하는 시간이 길어지자 담배 연기를 내뿜던 고 하사가 이마를 찡그리며 물었다.

"엄청 쏴 댑니다. 쟤들 맞히기는 잘 맞히면서 저렇게 쏩니까?"

"사격 훈련 때도 20발 만발 꽂는 애들이 드문데, 뭐, 얼마나 잘 쏘겠어. 게다가 이건 가만히 서 있는 표적이 아니고, 자꾸 움직이잖아. 존나 어렵지. 그냥 제 돈 내고 산 총알 아니니까 맞을 때까지 갈기는 거야. 뭐, 그러다 보면 눈먼 좀비 몇 마리는 잡는 거고."

강 소위는 글렀다는 듯 고개를 저으며 눈을 가늘게 떴다. 어림없다는 표정이다.

"그러면 실탄 소비도 어마어마할 것 같은데 말입니다. 중대 전체에서 하루 실탄 얼마나 사용합니까?"

"글쎄…… 건물 옥상에 배치해 놓은 사대가 여섯 개에다가 외부로 사제 물건 징발하러 나가는 트럭까지 더하면, 대충…… 600발? 700발? 평소에는 그 정도면 넉넉한 것 같고, 며칠 전 밤처럼 떼로 몰려오면 그때는 그런 거 셀 여유도 없는 거고. 애들이 멀리 있는 거 쏠 때는 좀 나은데, 좀비들이 접근해 버리면 머리가 아주 하얗게 되나 봐. 그냥 자동으로 놓고 꽉 누르는 거야. 왜? 총알 떨어질까 봐 걱정돼? 설마 대한민국 국군이 빈총으로 싸우는 수준까지야 떨어지겠어?"

강 소위는 길게 연기를 내뿜으며 여유롭게 말했다. 그건 고 하사의 생각에도 의심의 여지가 없는 이야기로 들렸다.

03

"테라 양, 도대체 얼마나 더 가야 이 지독한 운동을 그만하게 해 줄 건가? 과자 하나에 너무 심한 걸 요구하는 것 아니야? 이 땀을 보라고. 이러다가 탈진해서 죽어."

젠킨스가 헥헥거리며 뒤를 돌아본다. 내야석 중단을 한 바퀴 정도 돌았을 뿐인데 그의 얼굴과 몸에서는 땀이 비 오듯 흘러내리고 있다. 2미터 정도 뒤처져서 따라 걷고 있던 테라는 조용히 말했다.

"물을 좀 드세요. 한결 나아질 거예요."

"아니, 저기…… 당 수치가 떨어진 거야. 물로는 안 돼. 아무거나…… 헥, 좀 줘. 초콜릿이든, 아니면 사탕이라거나. 눈앞이 어지러워지기 시작했어. 이러다가 계단 아래로 굴러떨어질까 봐 무섭다고. 이까짓 물로는 안 된다는 말이야!"

젠킨스는 아예 멈춰 서서 무릎을 짚고 애원을 했다. 양복 주머니에 꽂힌 물병 따위 지금 당장이라도 바닥에 내팽개쳐 버릴 기세다. 하지만 테라는 흔들리지 않았다.

"젠킨스 씨, 지방이 연소되면서 에너지가 생겨요. 수분을 섭취해서 몸을 살짝만 도와주면 돼요."

사실 조금 전 과자 한 봉지를 다 게걸스럽게 해치웠으니, 아직 지방 분해는 일어나지도 않을 시점이다. 하지만 테라는 그렇게 독려를 해 줬다.

"혹시 모아 둔 과자가 다 떨어졌나, 테라 양? 그래서 이렇게 나를 기만하고 가혹 행위를 하는 건가? 더 이상 줄 과자가 없다는 걸 속이기 위해서? 아니면 갑자기 과자가 아까워졌나? 내 이야기가 가진 가치를 너무 무시하는 거 아니야? 헥, 헥……."

말로는 그렇게 툴툴거리지만, 젠킨스도 알고 있다. 저 가냘픈 계집애의 창고는 비는 속도보다도 더 빠르게 찬다. 수많은 군인들이 지치지도 않고 찾아와 조공을 바쳐 대는 덕이다.

수천의 군인들이 주둔하고 있으니, 매일 열 명씩 찾아와 과자 한 봉지씩만 준다고 해도 1년 내내 행렬이 끊이지 않으리라. 물론 그가 관찰한 바에 따르면, 실제로는 그보다 훨씬 더 많이 받는다.

"무슨 말을 하셔도 소용없어요. 전 빈손이잖아요. 사물함에 넣어 뒀다고요. 저기 문을 통과해서 건물 내부로 가신 다음 사물함에 도착하셔야 다음 과자도 있는 거예요."

"대체 나를 왜 이렇게 괴롭혀? 그냥 아무 데나 앉아서 이야기를 듣고 과자를 주면 되잖아. 오, 하나님."

젠킨스가 토실토실한 털북숭이 손을 꽉 맞잡으며 애처롭게 사정한다. 테라는 이미 듣고 있지 않았다. 그녀는 쭈뼛거리며 다가온 두 명의 군인과 가벼운 인사를 나누는 중이었다. 언어를 알아듣지 못하는 젠킨스가 보기에도 그녀의 태도는 예의가 바르고 상냥하다.

잠시 후, 군인들이 수줍게 주머니에서 꺼내 내미는 간식거리를 테라는 두 손으로 받고 정말 고맙다는 표정으로 고개를 숙였다.

초코파이! 맛있는 거다! 저건 포기할 수 없지!

젠킨스가 매의 눈을 번뜩인다. 군인들에게 손을 흔들어 주고 돌아선 테라가 과자를 주머니에 넣으며 말했다.

"젠킨스 씨가 본인의 입으로 말했잖아요. 당신은 엄청 중요한 사람이라고. 그런데 제가 보기엔 그 엄청 중요한 사람의 건강이 지금 굉장히 위험한 수준까지 와 있어요. 이야기를 듣는 것도 좋지만, 그렇게 계속 자신의 몸을 망치는 걸 그냥 보고만 있고 싶진 않아요. 아무 잔소리도 않고 계속 과자를 제공한다면 저 역시 그 파괴적인 과정에 협조하는 걸 테니까요."

"그…… 엄청 중요한 사람이 명령한다! 파괴고 협조고 따지지 말고, 지금 당장 초코파이를 내놔! 받은 거 다 봤어!"

젠킨스가 위엄을 부려 보려 했지만, 땀이 비 오듯 쏟아지는 그의 겉모습 때문에 우스꽝스럽기만 하다. 결국 젠킨스는 항복했다.

"그럼…… 조금만, 조금만 쉬었다가 마저 걸을게. 무릎이 너무 아파……. 옆구리도 죄고…… 나는 이렇게 걸어 다니는 사람이 아니었다고."

의자에 털썩 주저앉은 젠킨스는 연신 땀을 훔치고 물을 마셨다. 누가 보면 엄청난 하드 트레이닝이라도 마친 사람인 줄 알 만큼 그는 지치고 괴로워 보였다.

어차피 오늘은 시작한다는 것에 의미를 두기로 한 날이라 테라는 더 잔소리하지 않고 두어 칸 떨어진 좌석에 앉아 얌전히 기다렸다. 그녀 역시 속이 편치만은 않은 상황이었다.

　젠킨스의 말에 의하면, 물렸던 곳 부근이 잘 아물지 않는 건 아나필락시스 진, 다시 말해 단발성 면역자의 특징이라고 한다. 사실 그건 그녀가 기대할 수 있는 경우의 수 중 가장 덜 반가운 것이었다.

　드물게 타고난 면역자라고는 하지만, 백신을 맞아 항체가 생기는 사람들보다도 못하다. 앞으로 한 번 더 물리면…… 좀비가 되어 버린다. 그건 정말 생각하는 것만으로도 끔찍하다.

　그녀가 젠킨스로부터 듣고 싶은 말은 이런 게 아니었는데, 실상을 알고 나니 뭔가 더 비참해져 버렸다. 하지만 아직 희망이 있다고 자신을 속이고 싶다. 젠킨스가 말한 백신이나 혈청의 개발이 진행되면 자신 역시 그 혜택을 받을 수도 있다고…… 그렇게 생각하며 스스로를 다잡았다.

　한데…… 이 모든 고민들의 근원에는 한 가지 해결되지 않은 의문이 무겁게 자리하고 있었다.

　그의 말을 정말로 신뢰할 수는 있는 걸까?

　그가 했던 말들 중에 믿을 수 있는 근거가 있는 말은 딱 하나뿐이었다.

　좀비에 물리고도 살아남은 사람이 있다는 것.

　그건 신뢰할 수 있다. 테라 본인이 살아 있는 증거인 셈이니까…….

　하지만 그 외의 모든 이야기들, 앱테크나야의 비밀 연구소라든가, 세 가지 종류의 면역자라든가, 남극 기지에서의 이상한 사건, 배에 태워 보낸 좀비들 이야기 따위는 정말 일말의 증거물도 존재하지 않는 것들이다.

　그냥 그가 망상 속에서 마구 지껄여 댄 이야기라고 해도 하나도 이상할 게 없다. 거짓말을 하지 말라고 단단히 못을 박아 두기는 했지만, 그 약속이 지켜졌는지 아닌지도 모른다.

　테라는 옆자리에서 숨을 헐떡이고 있는 젠킨스를 가만히 쳐다봤다. 그가 구사하는 어휘나 사치스러운 양복, 매너 같은 것은 분명 꽤나 상류 계층의 느낌이 든다. JL의 간부였다는 말도 그리 어색하지 않다.

하지만 그렇다고 해서 그것이 그의 황당하기까지 한 이야기들을 믿어야 하는 이유는 되지 못한다.

뭔가…… 증거가 있으면, 눈에 보이고 손으로 잡을 수 있는 증거가 있으면 좋을 텐데. 그래야 희망이든 기대든 포기든 어떤 판단을 내릴 수가 있을 텐데…….

그렇게 테라가 고민에 잠겨 있을 때, 외야석 쪽에서부터 웅성거림이 번지기 시작했다. 담배를 피우고 있던 사람들이나 산책을 하던 사람들, 심지어 작업하던 군인들까지도 모두 멍해져서 하늘을 보며 웅얼거렸다.

"어어, 저거 뭐야?"

"풍선인가? 아니면 비행기? 비행기면 얼마나 높이서 날고 있는 거지?"

"저거, 무슨 소리야?"

그 웅성거림은 내야석 구석에 앉아 있던 테라에게도 전해졌다. 테라는 사람들의 시선과 손가락이 향하는 방향으로 고개를 돌렸다. 그러고는 창공을 가로지르며 날아가는 비행기와 거기에 매달린 암호문을 보았다.

① RM, KF, FD

숫자와 여섯 개의 영문자. 그게 전부다. 글자는 선명하게 보이지만, 의미를 찾을 수가 없다.

뭐지? 대체 어떤 메시지인 거지?

생각에 잠긴 테라는 가슴이 두근거리는 걸 느끼며 비행하는 물체의 움직임을 따라 목을 돌렸다.

그리고 나머지 수많은 사람들의 고개도 똑같은 방향으로 움직인다. 마침내 그것이 시야 밖으로 사라진 뒤에도 한동안 사람들은 마치 홀린 것처럼 야구장의 지붕을 바라보며 멈춰 서 있었다.

좀비들 외에는 놀랄 만한 일도, 여흥거리도 거의 없었던지라 그 정도만 해도 꽤나 흥미로운 관심사였던 것이다.

"후후후후, 봤지? 하늘에서 신호가 온다고 했지? 내가 주목하고 있지 않아도 사람들이 다 알려 줄 거라고도 했지? 어떤가, 테라 양. 복종하고 싶어졌나? 후후후."

테라가 다시 고개를 바로 했을 때, 젠킨스가 아주 교만한 표정으로 웃으며 중얼거렸다. 테라는 제일 중요한 것부터 물었다.

"뭐예요? 지금 저거…… 어떤 암호예요? 네?"

"이런, 이런…… 뭔가 잊은 것 아닌가, 테라 양? 우리의 관계는 애초에 호의의 증여로 형성되어 있지. 그렇게 아무 선물도 없이 물어본다고 해서 내 입이 열릴까? 으히히힛."

젠킨스는 탐욕스럽게 웃으며 손바닥을 비볐다. 테라는 귀찮다는 듯 고개를 저으며 주머니에서 조금 전 군인들로부터 받은 초코파이를 꺼냈다.

"자요, 이제 말씀해 주세요, 젠킨스 씨. 궁금해요."

젠킨스는 미동도 않고 가만히 앉아 있다. 평소의 그였다면 재빨리 다가와 과자를 덥석 집었을 텐데, 이 순간만큼은 여유를 부렸다. 뭔가 더 큰 걸 얻어 낼 수 있다고 생각하는 모양이다.

테라가 먼저 다가가 의자 팔걸이에 초코파이를 올려 주기까지 해도 그의 눈은 테라만을 바라보고 있다.

"발가락."

계속 뜸을 들이던 젠킨스가 콧구멍을 벌렁거리며 말했다.

"발가락 상처 보여 주면 기쁘겠어, 테라 양. 여기 앉아서 그 작고 가녀린 손으로 흰 붕대를 살살 푼 다음 상처를 보여 줘. 응? 그걸 보고 나면 나도 기꺼이 저 암호가 뭔지에 대해 말해 줄 수 있을 것 같은 기분이 드는걸."

테라는 그의 탐욕스러운 눈을 빤히 쳐다보며 고개를 저었다. 따지고 보면 별것도 아니지만, 저렇게 상대방이 의미를 부여하고 있으면 그때는 그게 '별것'이 된다.

자존심을 꺾어 가면서 그의 변태적 취향을 맞춰 주는 거래는 하고 싶지 않다.

테라가 거부하자 젠킨스는 어린아이처럼 짜증을 터뜨렸다.

"왜? 왜 나에게만 보여 주지 않는 거야? 응, 테라 양? 그 붕대를 받으러 가서 군인들에게는 보여 줬을 거 아니야?"

"의무병들은 보여 달라고도 하지 않지만, 설사 그렇게 말했다고 해도 젠킨스 씨처럼 그렇게 숨을 헐떡이지 않아요. 젠킨스 씨, 기분 나쁘니까 앞으로도 그 요구는 하지 마세요. 제 상처는 안 보여 드려요. 과자와 교환하는 게 싫으시면 말하지 않으셔도 돼요. 저 암호, 어차피 저와는 별 상관 없는 거기도 하니까."

테라가 초코파이를 다시 회수하려 하자 젠킨스는 솥뚜껑만 한 손으로 얼른 그걸 덮어 버렸다. 그러고는 단호히 고개를 저었다. 푸들거리며 흔들리는 그의 볼살에서는 절대 내주지 않겠다는 의지가 강하게 뿜어져 나왔다.

"테라 양, 야비하게 굴 필요는 없잖아. 어차피 성인들끼리 협상을 하는 자리인데, 서로 주저 없이 조건을 제시해 볼 수 있는 거라고."

"전 성인 아니에요. 아직 열여덟 살 생일이 지나지 않았거든요. 어린애라서 변덕스럽죠. 과자를 계속 준다고 했다가도 금방 마음이 바뀌기도 하고, 계속 친하게 지내다가도 어느 날 모르는 사람 대하듯 차가워질 수도 있고요."

테라는 주머니 안에 든 나머지 초코파이 봉지를 바스락거리며 웃었다. '더 이상 과자를 못 먹게 될지도 몰라.'라는 협박이 강하게 전달되는 웃음이었다. 젠킨스는 한숨을 내쉬며 고개를 저었다.

"나와 함께 JL의 연구소로 떠나고 싶은 것 아니야? 하늘에서 온 저 신호를 혹시 놓치게 되면 어쩌나 싶어서 어지간히 신경 쓰일 텐데?"

테라는 어처구니없다는 듯 웃었다.

"아뇨. 제가 왜 젠킨스 씨를 따라가겠어요. 젠킨스 씨가 제게 협박에 가까운, 기분 나쁜 제안을 했던 것, 아직도 기억에 생생해요. 제가 여기에서 지내는 게 불편해 보이나요? 그럴 리가요. 여기에 저를 아껴 주는 군인 오빠들이 이렇게 많이 있는데."

"JL의 연구소에는 백신이 있고, 여기에는 그게 없잖아. 군인들이 아무리 많아도 좀비에 물린 뒤의 귀하를 보호해 줄 수는 없거든."

"이 안에 있으면 좀비에게 물릴 일도 없죠."

젠킨스가 아무리 얼러 봐도 테라는 요지부동이다. 그저 저 커다랗고 까만 눈으로 말없이 쳐다보기만 할 뿐이다. 보고 있는 사람이 왠지 부끄러워지는 이상한 눈으로…….

게다가 젠킨스에게는 또다시 강력한 적이 추가되었다. 배고픔이라는 적이다.

꾸르르륵~.

여유로운 척 협상을 시도하던 젠킨스의 배에서 간식을 요구하는 소리가 요란하게 울려 나온다.

테라와 배고픔, 양쪽의 협공으로 싸움은 2 대 1의 형국이 되었다. 시간이 가면 갈수록 불리해지는 싸움이다.

큼, 큼, 젠킨스는 시치미를 뚝 떼고 목소리를 가다듬었다.

"후우~ 좋아, 이 과자 값어치만큼의 이야기를 하라는 거잖아. 그러면 되지?"

"저 비행기와 암호에 관해서요. 하늘에서 신호가 온 것까지는 확인했어요. 그런데 젠킨스 씨, 당신은 신호를 보고 나서도 왜 아무런 대응을 하지 않죠?"

"간단해. 지금의 암호는 나에게 아무런 의미가 없는 것과 마찬가지니까."

젠킨스는 벌써 초코파이 봉지를 뜯어 우물거리기 시작했다. 맛은 있는데 너무 작아서 두 번 베어 물면 끝이다. 더위에 찐득하게 녹은 초콜릿을 입 주변에 잔뜩 묻힌 채 젠킨스는 이야기를 이었다.

"그냥 음, 준비가 되었군…… 나를 잊지 않고 있군…… 곧 연구소로 가게 되겠군…… 뭐, 이 정도만 생각하면 되는 신호였다고나 할까?"

"숫자 1이랑 RM, KF, FD가 그런 의미였다는 말씀인가요? 그럼 연구소로 가게 된다는 의미의 암호는 어떤 거였어요? 어떤 규칙으로 읽는 거예요?"

"그것 봐. 귀하는 부정하고 있지만, 관심이 많았던 거야. 그 무의미한 알파벳을 전부 기억하고 있을 만큼. 근데 혹시 그게 무슨 약자라고 생각하는 건가, 테라 양?"

젠킨스는 킬킬대며 웃기 시작했다. 테라는 대꾸하지 않았다.

 "발가락을 좀 보여 달라고 할 때에는 냉철하게 거절하는 우리 똑똑한 테라 양이 그 간단한 걸 왜 파악 못 하지? 후후후후, 내가 전에 기분이 좋아서 단서를 어지간히 줬는데. 히히히, 내 이름이 뭐라고? 그런데 약자는 또 뭐라고? 하하하, 어렵지? 음, 어려워."

 지적 우위를 점한 게 어지간히 기분이 좋은지 젠킨스의 입에서는 또 광인처럼 웃음과 말이 섞여 나왔다. 테라는 그가 하는 말에서 단서를 찾으려 노력해 봤지만, 너무 뜬구름 잡는 것처럼 모호하다. 애초에 그녀는 퍼즐을 푸는 전문가도 아니다. 갑자기 웃음을 뚝 그친 젠킨스는 거만한 표정으로 말했다.

 "바꿔 말하자면 이런 거지. 저 암호는 내가 가지고 있는 유일한 생명줄이야. 내 히든카드라고. 그런데 테라 양은 그걸 이 싸구려 파이와 바꾸자고 하는 거야. JL이 엄청난 돈을 들여 마련해 놓았던 최고 시설로의 탈출 방법을……. 이게 얼만가? 이런 파이가 한 봉지에 얼마나 할까? 뭐, 좋아. 세게 쳐주지. 2달러라고 해 볼까? 2달러짜리 과자 하나를 내밀고서 알려 달라고 하고 있는 거야. 내가 굶주려 있는 약자라는 사실을 이용해서……. 이건 말이지, 붉은 포타주 한 그릇에 장자의 권리를 넘기라고 했던 제이콥보다도 더 심하잖아. 어떤가, 테라 양? 지금 우리가 공정한 거래를 하고 있나?"

 테라는 한마디만 했다.

 "안 보여 드린다고요."

 "뭐, 좋아. 어쩔 수 없지. 그럼 과자라도 줘. 그리고 오늘은 더 걷지 않을 거야. 그거라도 약속해. 사물함에 넣어 둔 과자는 테라 양이 가져와. 그 지긋지긋한 물도……."

 "거기까지만 받아들일게요. 오늘 운동은 끝이고, 과자는 드릴게요. 하지만 물은 꼭 드셔야 해요."

 후우~ 한숨을 내쉰 젠킨스는 테라가 내미는 두 봉지째의 초코파이를 받아 들었다.

와구, 크게 한입을 베어 문 젠킨스는 '역시 좋군.' 하는 표정으로 초코파이 내부의 마시멜로를 바라보았다.

"좀 돌아가야 할 필요가 있는데…… 테라 양은 혹시 부메랑이라고 아나? 그 호주 원주민들이 개발했다는 무기 말고, 현대 나토군들이 사용하는 군사 장비인데 말이야."

테라는 고개를 저었다. 젠킨스는 손가락을 쪽쪽 빨면서 이야기를 계속했다.

"그렇군. 그럼 간단히 이야기해 주지. 부메랑이라는 건 총격 위치 추적기의 한 종류야. 그런 게 왜 필요하냐고? 뭐, 여러 이유가 있지만 가장 큰 이유를 말하라면, 군에서 원했어. 그렇다면 막대한 예산이 투입된다는 뜻이고, 연구가 진행되는 것이거든. 적의 저격수라는 건 영 골치 아픈 문제여서 우수한 장비고 뭐고 다 필요 없게 만들어 버리지. 천 야드 이상의 거리를 두고 잠복하고 있다가 방아쇠를 당기면 행군하고 있던 미군이 픽 쓰러져 버리는 거니까. 즉사하지 않더라도 수많은 문제를 만들어 낸단 말이야."

"왜 갑자기 전쟁 이야기를……."

테라가 말을 끊으려 했지만, 젠킨스는 오히려 목소리를 높였다.

"그래서! 한 지질학자의 제안이 주목을 받았고, 스탠퍼드 같은 곳에서도 연구소를 차렸지. 조건을 다 말하자면 밤을 새워도 모자랄 만큼 까다롭지만, 원리는 간단해. 발사된 총알이 음속을 돌파할 때 만들어지는 충격파를 잡는 거였어. 알겠어, 테라 양? 우리 생활 속의 수많은 소음들 중에서, 심지어는 계속 총성이 울리는 전장에서도 특정한 한 종류의 음파만을 잡아내는 거야. 그리고 그 궤도를 역추적해서 발사된 위치를 알려 주는 거지. 거리나 방향 같은 걸 말이야."

목이 메는지 젠킨스는 물을 한 모금 들이켰다. 그러고는 곧바로 인상을 찌푸렸다.

"이런 걸 계속 마시라고? 끔찍하군……. 어쨌든 이런 장비 중 하나가 부메랑이라는 거야. 생각해 봐. 이것이 이상적으로 실현된다면 미래의 군인은 생각할 필요도 없어. 그냥 귀에 이어셋을 끼고 있다가 컴퓨터가 시키는 대로 하면 돼.

'500미터 전방 열한 시 방향 2층에 적군이 있습니다.'…… 살상용 내비게이션이랄까? 훌륭한 발상인 것만은 분명한데, 몇 가지 제약이 있었어. 그중에 하나가 거리고, 또 하나가 속도였지. 특히 거리가 문제였는데, 총알의 궤도가 이 부메랑으로부터 100야드 내외를 지나야만 해. 그래야 충격파를 감지할 수 있거든. 자, 여기까지 들었는데도 아직 암호가 뭔지 모르겠나? 단서는 꽤나 줬는데."

테라가 다시 고개를 저었다. 그러자 젠킨스는 오만한 표정으로 의자의 손잡이를 탁, 치며 말했다.

"그럼 얼른 귀하의 사물함으로 가서 과자를 가져오지 그래. 그 복숭아 맛이 나는 이상한 팩 주스도. 후후후후, 테라 양. 서둘러!"

04

테라가 과자를 가지고 돌아오자 그녀에게 심부름을 시킨 것이 만족스러웠는지 젠킨스는 평소보다도 더 수다스러워졌고, 실없는 웃음이 늘었다.

하지만 테라도 그리 만만한 상대는 아니었다. 그녀는 평소처럼 젠킨스의 뒷자리에 앉아 조용히 말했다.

"물 먼저요."

"주스를 달라니까? 물은 맛없어서 못 마시겠어!"

"주스는 이야기 다 끝나면 드릴게요. 아까 우리 합의에서 물은 마시는 거였어요. 자, 보이시죠. 주스 두 팩은 여기 이 비닐 안에 들어 있어요. 저랑 헤어지고 혼자 계실 때 마시면 되잖아요."

끄응~. 젠킨스는 못마땅한 기색을 감추지 않으면서도 물부터 두어 모금 들이켰다. 그러자 테라가 조그만 감자 칩 한 봉지를 놓아주었다.

"음, 걸어갔다 오면서 생각을 해 봤어요. 그러니까 우리가 오늘 봤던 암호와 그…… 부메랑이라는 게 연관이 있다는 거잖아요. 그리고 젠킨스 씨가 마지막으로 주신 단서가 뭐였냐면, 부메랑의 한계는 소리를 감지할 수 있는 거리가 짧다는 거였고요. 그래서 제 나름대로 추리를 해 보니까 이런 결론이 나왔어요. JL은 젠킨스 씨의 위치를 파악할 수 있는, 어떤 특별한 장치를 가지고 있어요. 그 방법은 젠킨스 씨만이 낼 수 있는 어떤 소리를 감지하는 거고요. 아마 목소리일까요? 그런데 그 특별한 장치에서 너무 멀리 있으면 소리를 감지하지 못해요. 여기까지 제가 한 말이 맞았나요?"

호오~. 젠킨스는 가벼운 감탄사를 흘리면서 부지런히 감자 칩을 입에 넣었다.

아름다운 소녀가 이렇게 영리하다니…… 그리고 그것으로도 부족해서 혈관 속에는 외모나 지혜보다도 훨씬 더 소중한 것이 흐르고 있단 말인가? 대체 신은 이 아이를 얼마나 편애할 셈이지?

후후후, 어서 발가락을 직접 보고 확인해야 해. 아물지 않는 상처…… 널 키드의 특징. 그것만 확인되면 이 아이를 내 생명 다음으로 소중하게 다뤄야지. 후후후…….

젠킨스는 저절로 터져 나오는 웃음을 삼키며 대답했다.

"대체적으로 보자면 맞았어. 몇 군데 사소하게 오류가 있기는 하지만, 그 정도는 사실 디테일의 문제니까 신경 쓰지 않아도 되는 것들이지. 훌륭해, 테라 양. 어디 계속해 봐. 좀 더 듣고 싶구만."

"음, 그리고 오늘 우리가 봤던 암호는…… 숫자 1, 그다음이…… 에, RM, KF, FD였어요. 그런데 젠킨스 씨는 아까 힌트라면서 자기 이름과 약자가 다르다는 말도 했었죠. TJ여야 하는데 MJ라고 쓴다고 했던 걸 기억했어요. 매드 사이언티스트 젠킨스, 혹은 마스터 젠킨스."

"좋아, 정말 잘하고 있어. 그건 아주 중요한 단서지. 히히히, 내가 그때 너무 많이 알려 준 게 맞았군. 자, 그래서 그 MJ가 어떤 의미를 가지는지도 말해 주겠나?"

젠킨스는 보고를 듣는 상사처럼 의자 깊숙이 몸을 기대며 두 손을 깍지 낀 채

다리에 올렸다.

후~ 테라는 조그맣게 한숨을 내쉬고 생각을 정리한 다음 입을 열었다.

"그러니까 RM, KF, FD도 어떤 위치나 건물 이름을 나타내는 약자가 아닐까 하고 생각했었어요. 약자이긴 한데 원래 이름 그대로의 약자는 아니고, 변형된 거죠. TJ여야 하는데 MJ인 것처럼, JL에서만 통용되는 그런 별명 같은 지명. 왜 그런 생각을 했냐면…… 젠킨스 씨가 그랬잖아요, 오늘 암호는 지금 젠킨스 씨에게 아무런 의미가 없는 거여서 답을 할 필요가 없는 거라고. 그 말을 반대로 생각해 보면 너무 멀리 있어서 답을 할 수가 없다는 의미도 되는 거거든요. 하지만 젠킨스 씨는 조급해하지 않았어요. 숫자가 1이었으니까 이제 시작이라는 거고, 곧 2도 등장하겠죠. 그러면 거기에는 또 다른 새로운 암호가 적혀 있을 거라고 생각해요. 위치를 나타내는 암호 말이에요."

테라가 이야기를 마치자 젠킨스는 고개를 갸웃거렸다.

"좀 전의 것이 A라면 이번 답안은 B 정도야. 그것도 심지어 열심히 하려는 마음에 가산점을 줬기 때문에 겨우 받은 B랄까……. 반은 맞고, 반은 틀렸어. 그런데 그 틀린 절반이 전제에 해당하는 것이어서 큰 감점 대상이야. 뭐가 틀린 걸까, 테라 양?"

"글쎄요, 잘 모르겠네요. 알았다면 애초부터 틀리지 않았겠죠."

테라가 순진한 표정으로 웃는 바람에 젠킨스의 얼굴에도 미소가 번졌다.

"하지만 여전히 예리해. 공부를 잘했나?"

"전혀요. 그냥 제니랑 어울려서 노래만 했어요. 함께 거울을 보면서 춤 연습을 하거나, 아이돌들 VOD를 보고 수다 떨고……. 왜, 그런 거 있잖아요. 우리가 더 잘할 수 있지 않냐? 난 원곡 부른 가수보다 네 목소리가 더 예쁜 것 같은데? 내가 너 머리 땋아 줄게……. 10대 여자애들이 친구끼리 흔히 하는 짓."

"제이미? 제니? 누군지는 모르겠지만, 그 친구와 굉장히 가까웠나 보군. 이 이야기를 하는 동안에도 늘 냉정한 테라 양의 얼굴에 벌써 그리움이 드러나."

테라가 어처구니없다는 듯 웃음을 터뜨리자 그 이유를 모르는 젠킨스는 눈만 껌뻑거렸다.

"응? 뭐지? 그리운 친구가 아닌가?"

"아뇨. 후후후, 그게 아니라…… 이걸 뭐라고 해야 하지? 제가 누구인지는 아는데 제니는 모르겠다는 사람이랑 이야기해 본 게 너무 오랜만이라서 그랬다고 해야 하나? 뭐, 그런 거예요. 말하는 저도 당연히 듣는 사람이 제니를 알고 있다고만 생각하거든요, 늘. 그래서…… 그냥 그게 웃겼어요. 젠킨스 씨가 외국인이라는 게 확 실감이 돼서……. 저기 큰 광고 보이시잖아요. 제 옆에 있는 저 예쁜 이. 후우, 쟤가 제니예요."

테라는 전광판 옆에 붙은 광고 그림을 가리키다가 갑자기 울컥하는지 손가락으로 얼른 눈가를 찍었다. 두 미소녀의 모습을 음미하듯 바라보던 젠킨스는 능글맞게 물었다.

"그래, 저 섹시 스타는 지금 어디 계신가? 한 번도 못 만나 본 걸 보면 이 스타디움 안에는 없는 것 같은데 말이야."

"……잘 지내고 있기를 바라요. 그리고 너무 오래 지나지 않아서 또 만났으면 좋겠어요."

대답을 마친 테라는 크게 숨을 내쉬어서 감정을 정리하고는 다시 젠킨스를 향해 물었다.

"자, 이제 제가 뭘 틀렸는지 알려 주세요. 어떤 전제가 잘못된 거였나요?"

"내가 했던 말 중에 하나 흘려들은 게 있는 모양이더군. 암호를 보고 테라 양이 가장 처음 질문을 던졌을 때, 내가 되물었지. '설마 저걸 무슨 약자라고 생각하는 건 아니겠지?' 이렇게 물었어. 기억나나?"

"음, 그랬었나요?"

테라가 고개를 갸웃거렸다. 들었던 것 같기도 하고, 아닌 것도 같은 모양이다. 젠킨스는 과자 봉지를 탈탈 털어 부스러기와 소금을 입에 넣고 씹으면서 말했다.

"분명히 말했어. 그러니까 RM, KF, FD는 약자가 아닌 거지. 선택지에서 지워 버려야 한다고."

"하지만 만약 그렇다고 하면 TJ니, MJ니 하는 약자 이야기들은 왜 해 주신 거예요? 말로는 힌트라고 하시지만, 그것 때문에 저는 오히려 더 혼란스러워지기만 한 셈인데."

"테라 양……."

젠킨스가 손바닥으로 입 주위의 기름기와 과자 부스러기들을 슥슥, 닦으면서 근엄하고 잘난 척할 때의 목소리를 냈다.

"……한 개의 단서나 규칙으로 모든 걸 꿰뚫을 수 있다면 그건 제대로 만든 암호가 아니지. 나 정도 되는 사람이 설마 그런 식의 일차원적인 암호를 만들었겠나? 그건 나를 너무 무시하는 거 아니야? 단서가 두 개 있어. 내 약자는 원래 TJ여야 하지만, 회사 내부에서는 MJ로 사용해. 이게 하나지. 두 번째, 오늘 우리가 봤던 암호들은 약자가 아니야. 하지만 장소를 나타낼 거라는 귀하의 추측은 맞았어. 자, 이렇게 두 개의 단서를 줬으니까 이제 추리는 테라 양의 몫이야. 생각해 봐. 왜 젠킨스라는 사람은 굳이 T를 M으로 바꿨을까? M은 되고 T는 안 되는 이유는 뭘까? 그 차이를 알 수 있다면 퍼즐을 절반 이상 풀어낸 거라고 봐도 돼."

"차이가 뭔지도 모르겠지만, 그렇게까지 해도 겨우 절반인가요? 어렵네요."

테라는 힘들다는 듯 한 손으로 턱을 괴고 투덜거렸다. 젠킨스가 좌석 손잡이를 두드리면서 중얼거렸다.

"좌절하지 마. 테라 양의 머리는 분명 나만큼 좋지 않아. 하지만 이미 테라 양에게는 충분한 축복이 있었잖아. 누구나 부러워할 미모에 그 고운 목소리, 그리고 한 번 좀비에 물리고도 살아남을 수 있는 특별한 체질까지 갖췄지."

"다른 건 모르겠지만, 그 특별한 체질이라는 건 젠킨스 씨 회사에서 좀비들을 풀어놓지 않았으면 존재하는지도 몰랐을 거였잖아요. 평생 모르고 살 수도 있었다고요. 그편이 훨씬 좋았고."

그렇게 말하면서도 테라는 또 과자 한 봉지를 올려 주었다. 젠킨스는 뻔뻔한 얼굴로 대꾸했다.

"완전히 동의하기는 어려운 주장이군, 테라 양. 이번에 좀비들이 풀려난 것이 JL의 관리 소홀에서 비롯된 비극이라는 걸 부정하자는 건 아니야. 하지만 만약 JL이 프로젝트를 진행하지 않았더라면 이 모든 일이 일어나지 않았을까? 아니, 난 거기에 동의할 수 없어. 어딘가의 어떤 기업이 JL이 했던 것과 거의 똑같은 일을 했을 거라는 데에는 의심의 여지가 없네. 좀비 박테리아가 한번 그 존재를 드러낸 이후에는 단지 시기의 문제였을 뿐이야. 생각해 보라고. 자본이 엄청난 크기로 규모를 불릴 수 있는 기회를 만났는데, 거기에 부수되는 소소한 비극을 신경 쓸까? 절대 아니지."

"자기들 욕심을 채울 수만 있으면 몇 명이 죽어도 상관하지 않을 거고, 그게 오히려 당연하다는 건가요? 그래서야 좀비들이랑 별로 다를 것도 없잖아요."

테라는 징그러운 것을 대할 때처럼 이마를 찡그리며 말했다. 그녀의 시선에서 서늘함을 느낀 젠킨스는 두 팔을 살짝 벌리면서 힘없이 중얼거렸다.

"그게 태생적인 특성인 거야, 테라 양. 어쩔 수 없는 본질. 귀하는 동정심이 많고, 나는 지적인 능력이 뛰어난 것처럼 자본은 무한 증식을 욕망한다고. JL이 이상한 게 아니야. 이 나라의 타이양 그룹이 그 좀비들을 손에 넣었어도 똑같은 꿈을 꿨을 거야. 단언할 수 있는 건, 만일 타이양이 뭔가 하려 했다면, 그 결과는 훨씬 더 끔찍하고 통제 불가능한 수준이었을 거라는 점이야. 그들보다 JL이 훨씬 유능했기 때문에 그래도 이만큼의 대비책이나마 존재한다는 거지."

"됐어요, 그런 이야기는. 그 생각을 하면 할수록 젠킨스 씨가 망쳐 놓은 수많은 사람들의 행복이 떠오르니까. 어차피 반성을 하는 것 같지도 않고……. 그런 것보다 아까 제가 처음에 했던 대답 중에서 어떤 게 틀렸었나요?"

음, 새 과자 봉지를 뜯은 젠킨스는 머리를 긁적이며 말했다.

"장비가 나만이 낼 수 있는 소리를 감지할 거라는 추측은 맞았어. 하지만 목소리는 아니야. 육성을 수단으로 사용하기에는 현실적인 제약들이 너무 많거든."

"그럼 어떤 소리인 거죠?"

"후후후, 거기까지. 그다음으로 넘어가자면 너무 많은 걸 바라는 거야. 테라 양, 귀하에게는 호기심을 충족시키는 놀이일지 몰라도 나에게는 목숨이 달린 일이라고. 그렇게 호락호락 모든 걸 다 알려 줄 수는 없지. 목소리가 아니라고 일러 주는 것도 우리 사이 정도나 되니까 가능한 일이야. 영리한 테라 양이니 그 정도는 이해할 수 있다고 믿어. 알고 싶다면 더 추리를 해 봐. 정답을 말했을 때에는 나도 인정을 할 테니까. 아니면…… 우리가 운명 공동체로서 하나가 되었을 때에는 또 이야기가 다르긴 하지. 테라 양이 나와 함께 JL의 연구소로 갈 거라는 확신이 생기면 더 자세한 방법을 차차 알려 줄 수도 있어."

"가지 않을 거예요."

테라는 단호하게 고개를 저었다. 젠킨스는 의아해하며 물었.

"그럼 대체 왜 이런 것들을 궁금해하는 거지? 이 과자, 이게 지금 이 스타디움 안에서는 엄청난 가치를 지닌 것들인데도 그것까지 투자해 가면서 내 이야기를 듣고 있잖아. 남자로서의 내가 좋아서도 아니고, 나를 무슨 홀로코스트 범죄자처럼 취급하고 있으니 인간적인 동정도 아닐 거야. 그럼 대체 뭐가 남지? 응? 난 궁금해, 테라 양. 대체 귀하가 나와의 대화를 통해 기대하고 있는 바는 뭔가?"

"제가 뭘 기대하고 있는지가 중요한가요? JL에서 가장 힘이 센 열세 명 중 한 사람이었을 때, 젠킨스 씨는 그런 걸 궁금해하는 사람이 아니었잖아요."

테라는 무표정한 얼굴로 되물었다. 젠킨스는 자조적으로 고개를 끄덕이며 웃었다.

"물론 그래. 나는 그런 사람이 아니었고, 지금 이 과자와 이야기 거래는 테라 양보다 내게 훨씬 절실한 것이긴 하지. 그러니까 사실 이유 같은 건 물어볼 필요도 없어. 난 그냥 듣고 싶다는 이야기를 해 주면서 배만 불리면 되는 거야. 그런데…… 그래도 말이야, 어떤 인간들은 자신이 이해 못 할 어떤 것을 만났을 때 끊임없이 질문을 던지는 존재거든. 나도 그 부류에 속하고…… 초기에 면역자에 대해 물었을 때만 해도 난 우리의 대화가 귀하에게 왜 절실한지 알 수 있었어. 그게 테라 양 본인의 이야기였으니까, 저주가 아니라 축복인 걸 확인하고 싶었겠지. 하지만 이 구조 플랜 같은 건 완전히 다른 주제잖아. 따라 나서지도 않을 거면서 왜 듣고 있지?"

젠킨스가 격정적으로 열변을 토하고 나자 테라는 그의 주머니에 끼워진 물병을 가리키며 마시라는 손짓을 했다. 그러고는 가만히 기다렸다.

일단 물을 마셔야 답을 해 주겠다는 의미인 걸 깨달은 젠킨스는 억지로 또 두어 모금을 들이켰다. 원래부터도 물을 잘 마시지 않았지만, 이 정수된 물은 정말 맛이 형편없었다.

"제가 바라는 거요……."

테라가 젠킨스의 얼굴을 빤히 쳐다보며 입을 열었다.

"지금 저는 젠킨스 씨의 과장 섞인 장담들이 모두 사실이기를 바라요. 이 끔찍한 좀비 세상이 언젠가 가까운 미래에 의학의 힘으로 좀 진정되었으면 좋겠고요. 그래서 모든 사람들이 좀비에 물리면 끝장이라는 두려움에 떨지 않고 마음껏 거리를 걷고 누군가를 만나면 좋겠어요. 이렇게 한군데에 갇혀 있는 게 아니라요. 하지만 눈을 뜨고 현실을 보고 있으면 그 바람은 너무 덧없어서 아주 허망한 꿈 같아요. 그러니까 자꾸 젠킨스 씨의 이야기를 들으면서 거기에서 뭔가 믿을 만한 근거를 찾고 싶은 거예요. 내 이성이 이 사람의 계획을 믿어도 되겠다고 판단할 수 있을 때까지……. 오늘은 처음으로 증거가 나온 날이었어요. 그 비행기요."

"비행기가 아니야. 드론이지."

"하하하, 드론. 그러네요. 하마터면 엄청 중요하고 본질적인 걸 틀릴 뻔했군요. 하지만 그 드론을 보고 나서도 도무지 걱정은 잠재워지지를 않았어요. 과연 젠킨스 씨는 어떻게 구조대가 기다리고 있는 곳까지 도달할 수 있을까? 이분은 100미터도 완주할 수 없을 것 같은 사람인데. 그래서 계속 묻고 있는 거예요. 당신이 자신을 위한 완벽한 구조 계획을 갖추고 있는 건지를 확인하기 위해서……. 답이 됐나요?"

크크크, 젠킨스도 실없이 웃기 시작했다. 테라가 100미터 완주 이야기를 했을 때부터다. 한참이나 둥그런 배를 두드리며 웃던 젠킨스가 말했다.

"그래서 나를 걷게 한 건가? 구조대가 기다리고 있는 곳까지 잘 갈 수 있도록 돕기 위해서 운동을 시킨 거야?"

"그것도 이유의 하나지만, 갑자기 심장마비로 잘못되지는 않을까 하는 걱정이 더 컸어요. 백신 개발이 완료되지 않았으니까 아직 젠킨스 씨는 천벌을 받으면 안 되거든요."

"오, 테라 양. 착한 마음이 감동적이군. 그게 위선인지, 아니면 귀하의 그 아름다운 몸 안에 정말로 천사의 영혼이 깃들어 있는 건지는 모르겠지만 말이야. 인류의 평화를 바랐다는 거잖아."

젠킨스가 조롱 조로 도발했지만, 테라는 아무런 감정의 동요도 보이지 않은 채 가만히 듣고 있었다.

"테라 양, 걱정하지 않아도 돼. 일단 범위 내에 교신 장치가 배치되기만 하면 타일러 젠킨스는 걸을 필요가 없어. 당연한 거지. 지난 25년 동안 난 조깅은커녕 한 번에 200미터 이상을 걸어 본 적도 없는 사람이야. 이 무릎이 그런 가혹한 운동을 견뎌 낼 만큼 튼튼하지 않거든. 그런데 좀비 세상이 왔을 때를 위한 대비책을 만들면서 자신이 이동한다는 선택지를 뒀겠나? 어림없는 이야기잖아. 난 안전한 곳에서 기다리기만 하면 돼. 기다리고 때를 보다가 부메랑이 충분히 가까운 곳에 배치되었다는 걸 확인하면, 그때 신호를 보낼 거야. 그러면 부메랑은 내 소리를 역추적해서 기록할 거고, 하루도 지나지 않아서 구조 헬기가 소리의 발원지로 올 거야. 자, 이제 안심했지?"

젠킨스는 뮤지컬 배우처럼 손을 흔들면서 과장된 톤으로 떠벌렸다. 말이 되는 건지 잠시 머릿속으로 앞뒤를 맞춰 보고 난 뒤, 테라가 물었다.

"그냥 그 신호를 드론이 감지하도록 하는 편이 더 나았던 거 아닌가요? 만약 그랬으면 오늘 당장 구조될 수도 있던 거잖아요."

"그건 안 돼. 내가 아까 부메랑의 두 가지 한계를 말했지? 거리와 속도. 테라 양의 아이디어는 속도가 문제야. 부메랑은 시속 60킬로미터 이상으로 이동 중인 차량에서조차 제 기능을 못 해. 하물며 하늘 높이 떠서 비행 중인 드론에서는 말할 것도 없지."

 젠킨스는 조금도 주저하지 않고 막힘없이 지껄여 댔다. 그런 모습을 보고 있으면 거짓말을 꾸며 댄다는 생각은 잘 들지 않는다. 테라는 납득했다는 의미로 고개를 끄덕이면서 한 가지를 더 물었다.

 "알겠어요. 그럼 부메랑이라는 게 얼마나 가까운 곳에 설치되어야 젠킨스 씨가 보내는 신호를 받을 수 있을까요?"

 음……. 젠킨스는 잠시 계산을 해 본 후에 대답했다.

 "애초에 JL이 의뢰한 규격에서 최대치는 1마일로 되어 있지만, 그건 탁 트인 대평원이나 야트막한 건물들이 많은 시골에서나 해당되는 이야기고…… 서울처럼 이렇게 고층 빌딩이 빽빽한 대도시 환경에서는 그보다 수신 범위가 축소된다고 가정하는 게 타당할 거야. 아마도…… 0.6마일 정도. 그 정도면 안정적인 거리라고 믿고 있어. 미터 단위로 환산하자면 1킬로미터겠군."

Chapter 48
던전 & 아이템즈

01

테라와 젠킨스가 암호에 관해 이야기를 나누고 있던 바로 그때, 상봉동 코스트코 앞에서는 막 하나로 합쳐진 모든 색깔의 좀비들이 행진 중이었다.

보안관 일행은 평소처럼 길가의 6층 모텔 옥상에서 놈들이 지나는 모습을 숨죽여 가며 지켜보고 있었다. 빨강, 파랑, 노랑, 분홍…… 모든 색이 다 모여 있다.

그르르르, 그르르…….

수천에 달하는 좀비들이 그렁거리며 천천히 대로를 걷는다. 워낙에 무리의 덩치가 커져 버린 터라 아무 짓도 않고 그저 천천히 700~800미터 정도의 구간을 다 지나가는 것만 해도 한 시간 가까이가 소요됐다. 행렬의 양 끝이 한눈에 들어오지 않을 정도로 질리는 모습이다. 어마어마하게 많다.

꿀꺽.

침 넘기는 소리조차 내기가 조심스러웠다. 하지만 다들 긴장하고 있는 터라 계속 침을 삼키게 된다. 자꾸 오줌이 마렵다. 지금까지의 행동 패턴으로 보아 놈들이 6차선 대로를 따라 쭉 걸어가 버릴 것이라고 확신하고 있으면서도, 동시에 마음 한구석에서는 두려움이 뭉게뭉게 피어올랐다.

수천⋯⋯ 도저히 통제할 수 없는 엄청난 수가 바로 몇십 미터 떨어진 곳을 지나고 있다. 놈들이 갑자기 변덕을 부리거나 해서 이대로 여기 주저앉아 버린다면⋯⋯ 그 순간 모든 게 끝난다. 굶어 죽기 전에, 아마 두려움 때문에 피가 말라 죽을 것이다.

'제발 그대로 가라. 제발 그대로 쭉 가 주세요. 부탁입니다⋯⋯.'

입 밖으로 소리를 내지는 않지만, 일행들은 한마음으로 빌었다. 무한에 가까운 압박을 주던 좀비의 행렬이 마침내 시야 밖으로 사라졌을 때, 모두의 입에서 안도의 한숨이 새어 나온다. 그러고는 다들 다리가 풀려 바닥에 주저앉아 버렸다.

무섭기는 했지만 그래도 별 탈 없이 모든 좀비들을 하나로 합쳐 냈다. 가장 멀리 돌았던 빨간 좀비들의 궤도를 따를 테니까, 이제 저 좀비 군단은 열네 시간에서 열다섯 시간을 주기로 한 번씩 이 앞 도로를 지날 것이다.

앞으로는 그것만 신경 쓰면 이제 예기치 못했던 좀비들 때문에 위험에 빠질 일은 없다. 물론 골목 안으로 숨어 들어왔던 여섯 마리는 아직도 행방이 묘연하다.

"와아~ 냄새! 좀 무서웠어. 그치?"

삼식이가 혀를 내두르며 물을 벌컥벌컥 들이켰다. 공기 중에는 아직도 놈들이 풍기던 그 특유의 악취가 진하게 남아 있었다.

"좀 무섭다고? 완전 무서웠지. 보고 있는데 '우리가 대체 무슨 짓을 한 거지?' 싶더라."

유빈이 난간에 등을 기대며 얼굴의 땀을 훔쳤다. 주먹을 어찌나 꽉 쥐고 있었는지, 손바닥에 손톱자국이 빨갛게 새겨져 있다. 물론 좀비들의 행진에만 집중하고 있을 때에는 자신이 그렇게 하고 있는 줄도 몰랐다.

"무슨 짓을 하긴요. 열네 시간을 벌었죠. 아무나 이런 수를 생각해 낼 수 있는 거 아니에요."

규영이의 오른손을 잡아 주고 있던 제니가 미소를 지으며 말했다. 규영이의 왼손을 담당하고 있던 태권 소녀도 고개를 끄덕였다.

"30분이 멀다 하고 이 앞으로 좀비들이 돌아다니는 것보다는 확실히 낫지."

"저놈들 수가 얼마나 될까? 3천? 4천?"

유빈이 물었다. 보안관은 어림없다는 표정이다.

"훨씬 더 될 것 같은데? 적게 잡아도 5천은 넘을 기세야. 6천? 에이, 그걸 세고 앉아서 뭐 해. 어차피 더 이상 싸운다거나 뭘 어떻게 해 볼 수 있는 규모가 아닌데."

그저 보기만 하는 것뿐인데, 언제나 자신만만하던 보안관조차도 꽤나 질려 있었다. 그만큼 수천이라는 규모는 위압적이었다.

아직도 심장이 벌렁벌렁 뛰고 있는데, 정작 지금까지의 모든 작업은 다 사전 준비 수준에 불과했다는 게 우습다. 진짜 작전은 아직 시작되지도 않았다.

"자, 이제 그 열네 시간을 소중하게 사용해야지? 코스트코 이야기를 해 보자."

잠시 모두에게 숨을 돌릴 틈을 주고 나서 유빈이 말했다. 삼식이가 자신의 이마를 두드리며 한숨을 내쉬었다.

"아, 그러네. 젠장, 그냥 좀비들만 한 덩어리로 묶으면 다 끝나는 게 아니었구나."

"응. 쟤들이 열 시간 넘게 자리를 비워 준 이 틈을 노려야지. 코스트코 안에 들어가 본 사람, 손."

유빈의 말에 대부분 손을 들었다. 의외였다. 유빈이 물었다.

"삼식이, 너 저기 언제 가 봤어?"

"우리 의정부 코스트코 자주 갔었는데? 거기서 공사할 때, 그, 왜…… 작업반장님이 회원 카드가 있어서 맥주를 막……."

"아니, 그런 말이 아니라 바로 이 건물 말하는 거야. 여기 상봉 코스트코 내부를 본 사람 손 들어 보라고."

이번에는 대다수의 손이 내려갔다. 계속 손을 들고 있는 사람은 태권 소녀와 규영뿐이다. 일전에 코스트코에 들어갔다가 좀비들의 습격으로 떼죽음을 당했다고 했으니, 적어도 그 둘은 가 봤을 거라고 기대했다. 유빈은 두 사람에게 물었다.

"저기가 주차장이지? 혹시 저기도 가 봤어?"

유빈이 손가락을 천천히 위로 올리며 훑은 곳은 코스트코의 2층부터 옥상까지다. 대형 마트의 일반적인 형태와 크게 다르지 않다. 둘은 고개를 끄덕였다. 태권 소녀가 대답했다.

"난 예전에도 자주 왔었어. 선수촌 선배 중에 저기 물만 마신다는 사람이 있어서 짐꾼 비슷하게…… 여튼 매장이고, 주차장이고 훤해. 뭐가 궁금한 건데?"

"주차장이랑 매장이 어떻게 연결되어 있어? 가능한 한 자세히 알려 줘."

"뭐, 저런 형태의 주차장은 대충 비슷하지 않나? 저기 정문에서 오른쪽으로 보이는 저 문으로 차가 들어가고, 나선형으로 된 길을 따라 올라가면 2층 주차장이야. 거기에 차를 세우면 왼쪽 벽에 문이 있어. 문을 열고 들어가면 거기에 그…… 계단 없는 에스컬레이터 같은 거 있지? 그…… 뭐라고 하나. 아, 무빙워크. 그래, 무빙워크가 있지. 그걸 타고 내려가면 저 정문 왼쪽이야. 그것과 마주보는 식으로 올라가는 무빙워크가 있고. 대충 상상이 돼? 나머지 층들도 다 마찬가지야."

태권 소녀는 꽤나 성실하게 설명을 해 주었다. 유빈은 고개를 끄덕였다. 추측했던 것과 다르지 않다.

"근데, 저 안에 몇 마리 정도 있냐?"

보안관이 물었다.

음, 태권 소녀와 규영이 괴로운 표정을 지었다. 한때 그들의 일행이었던 사람들도 지금은 '마리'로 헤아리는 좀비가 되었다는 게 마음 아픈 것이다. 눈을 아래로 깔고 셈을 해 보던 태권 소녀가 확실하지 않다는 듯 고개를 갸웃거리며 말했다.

"정확하게는 모르지만, 꽤 많아. 70? 80? 어쩌면 그보다 더 많고."

으아~ 몇몇의 입에서 탄성이 흘러나왔다.

70…… 해머로 때려 죽여도 한세월이다. 물론 얌전히 죽여 달라고 기다려 줄

놈들도 아니고. 70마리가 달려들어 난리를 친다면…….

 골치깨나 썩게 생겼다. 정문에서 보았던 놈들 외에도 매장 안쪽에 숨은 좀비들이 꽤나 많은 모양이다.

 "뭐…… 그 정도야 되겠지. 쳐들어온 좀비들도 있고, 안에 갇혔던 사람들도 있으니까. 근데 이상하지 않아?"

 그렇게 말한 유빈은 다시 옥상 주차장을 가리켰다.

 "우리가 바로 이 앞 도로를 수도 없이 지나다녔고, 심지어는 바로 저 아래까지 갔던 적도 있는데, 단 한 놈도 저기서 뛰어내린 놈이 없었어. 단 한 마리도 말이야."

 모두의 시선이 코스트코 건물로 향했다. 유빈의 말을 듣고 보니 이상하다. 건물 옥상은 물론이고, 2층에서 4층 사이 주차장에도 개방되어 있는 부분이 많았다. 좀비들이 뛰어내리려면 언제든지 그럴 수 있는 구조다. 그리고 놈들은 몇 층에 있든 간에 사람을 보면 주저 없이 뛰어내린다.

 그렇다면…….

 "내 생각에 저 주차장에는 좀비들이 없어. 무슨 이유에선지는 모르겠지만, 다들 1층 매장이나 그 아래에만 잔뜩 모여 있다고. 아마 혜주가 말했던 그 무빙워크가 지금은 박살이 났거나, 정확한 원인은 모르겠지만 무슨 문제가 생겨서 좀비들이 고립돼 있는 것만은 분명해."

 유빈의 의견에 제일 먼저 의문을 제기한 건 삼식이였다.

 "그냥 1층이 좋아서 있는 걸 수도 있잖아."

 "70마리가 전부 다 1층 성애자라고?"

 "걔들도 좀 전에 지나갔던 놈들처럼 코스트코 1층에서 크게 원을 그려 가며 뱅글뱅글 행진 놀이를 하고 있을지도 모르지."

 "뭐, 이유가 그렇다 하더라도 2층부터 옥상까지 주차장에 좀비가 없다는 사실 자체는 변하는 게 없네. 그렇지? 물론 조금 있다가 실험을 해 봐야 확실해지긴 하겠지만."

유빈과 삼식이가 말장난 같은 토론을 벌이고 있자 태권 소녀가 채근을 했다.

"너 또 말 늘어진다. 아직 요점은 나오지도 않았어. 그래서? 주차장에 좀비가 없으면 어떻게 한다고?"

"굉장히 크고 좋은 기회라는 거야. 네가 이야기해 줬잖아. 저 안에 주차장이랑 매장이 연결되는 곳이 무빙워크라고. 비탈길이지. 그것도 사람 두 명이나 겨우 나란히 설 수 있을 만큼 아주 좁은 비탈길. 위쪽에서 자리를 잡고 있다가 뛰어 올라오는 좀비들을 상대한다면 평지에서 싸우는 것보다 몇 배나 편해. 안전하기도 하고."

"네가 무빙워크는 끊어졌을지도 모른다며?"

"그렇다면 더 좋지. 약하게 살짝만 고쳐 놓고 꾀면 좀비들이 뛰어오다가 무너져서 떨어져 죽을 테니까. 그런데 정말 끊어졌을까? 올라가는 거, 내려가는 거, 두 개가 동시에? 아닐 것 같아."

유빈은 자신만만하게 말했다. 하지만 태권 소녀는 아직도 의심의 눈초리를 거두지 않았다.

"근데 있지, 좁은 오르막길을 뛰어 올라온다고 해도 좀비들은 빨라서 금방이야. 나랑 쟤만 믿고 덤비면 안 돼. 일곱을 상대로 하는 거랑 70을 상대로 하는 거는 완전히 다른 싸움이야. 위험하다고."

"응, 그것도 잘 알지. 나도 위험한 거 무지 싫어하는 사람이니까. 아무도 안 다치는 게 제일 중요하다는 것도 알고. 근데 좁은 비탈길이라서 쓸 수 있는 꼼수가 떠올랐거든. 자, 들어 봐."

모두의 머리를 모여들게 한 유빈은 자신이 지난 며칠 동안 궁리해 낸 계획을 종이와 펜까지 동원해 가며 설명했다.

"그러니까 말이야……."

잠시 후, 유빈의 이야기가 끝난 다음에는 다들 의아한 표정을 지었다. 너무 간단하고 쉬워 보인다. 하지만 생각해 보니 또 말이 된다. 그게 재미있는 부분이다.

어지럽게 작전 계획도를 그려 놓은 종이로 방점을 찍듯 유빈의 땀이 뚝 떨어졌다. 보안관과 태권 소녀, 제니, 심지어 삼식이까지도 진지한 눈빛으로 검토를 해 본다.

계속 배가 아프다고 찡찡거리던 신입은 규영과 함께 남겨진다는 것을 확인하고 나서야 엄살 부리는 것을 그만두었다. 삼식이가 걱정스러운 눈으로 물었다.

"정말 잘 미끄러지기는 할까? 안 미끄러지면 어떻게 하지?"

"그 홈을 메울 수 있을 만큼 넉넉하게 부으면 아마 거의 될 거야. 안 되면 그때는 다시 생각해 보자. 거기까지 갔더라도 철수하는 데는 아무 문제 없어. 매장과 주차장이 분리되어 있기만 한다면."

다들 한번 해 보자는 것으로 의견을 모았다. 조금 전의 엄청난 좀비 행진을 보고 난 후여서 다들 초조해져 있었고, 서둘러 승부를 보고 싶어 했다.

열네 시간 혹은 열다섯 시간의 여유가 있다고는 하지만, 이렇게 한낮에 통째로 비어 있는 거리를 얻기 위해서는 또 이삼일 정도를 기다려야만 한다. 오늘이 기회다.

"그러면 우리 셋이 준비물 챙겨서 올게. 너희는 좀 쉬고 있어. 위험할 일은 없겠지만, 망도 봐 주고."

유빈과 보안관, 삼식이는 상점에서 필요한 장비들을 더 털어 오기 위해 계단을 걸어 내려왔다. 셔터 문을 들어 올리던 보안관이 멍하니 코스트코 정문 앞의 거리와 시체들을 바라봤다. 며칠 전 정체가 발생했을 때, 몇몇 이탈자 좀비들이 걸어 들어온 방향이다.

그런 식의 유입은 그 이전에도, 이후에도 없던, 이례적인 일이었다. 그걸 보고 난 후부터 보안관의 뇌리에는 한 가지 의문이 떠올랐고, 이후 줄곧 가라앉지 않고 있다.

답이 떠오를 것 같으면서도 동시에 정리해 보면 아주 막연하기만 하다. 고민은 200여 미터를 걸어 내려와 공구상을 뒤질 때까지도 계속되었다.

"아까부터 무슨 생각 해, 보안관?"

무선 전동 드릴과 네일 건을 찾아내서 공구 가방에 담던 삼식이가 멍해 있는 보안관을 툭, 치며 물었다.

"아……" 보안관이 머뭇거리며 입을 열었다.

"그…… 좀비 새끼들 있잖아. 아까 그 수천 마리가 여기를 지나가면서는 왜 흘리고 가는 놈이 한 마리도 없지? 우리 복지 센터 앞의 번화가에서는 안 그랬잖아. 지나갈 때마다 꼭 몇 마리씩을 남겨 놓고 가서 그것들을 찾아 죽이는 게 일이었는데…… 이상하지 않나?"

"그러네, 생각해 보니. 오호, 그거 뭐지? 동네마다 유행이 있나? 아니면 이미 여기를 자기 구역이라고 해 놓은 새끼들이 있어서 터치하지 않는 게 좀비들 사이에서 기본 매너인 걸까? 그런 가설은 어때?"

"대로를 지나는 좀비들이 코스트코 안에 있는 놈들을 어떻게 알겠어? 보이는 각도도 아닌데."

"에이, 꼭 봐야 아나. 느낌이라는 게 있잖아. 아니면 음…… 텔레파시?"

삼식이를 가만히 보고 있던 보안관이 고개를 저으며 말했다.

"내가 미친놈이지, 너한테 무슨 답을 바라고……. 됐어, 새끼야. 좀비가 퍽이나 네 구역, 내 구역 따지고 있겠다. 걔들이 무슨 구청장 선거 하냐?"

"그거야 모르지. 낯선 놈들끼리 붙여 놓으면 서로 어색하고 불편할 수도 있는 거니까."

'불편함'이라는 단어를 듣자마자 보안관의 머리를 스치는 또 하나의 생각이 있었다. 좀비들에게 홀려 까맣게 잊고 있었다. 보안관은 삼식이를 휙 돌아보며 말했다.

"야, 삼식아. 밤에 경비 보는 거 나랑 시간 바꾸자. 네가 혜주랑 같은 조 해라."

"왜에? 나는 유빈이랑 같이 있는 게 더 편한데……. 그리고 그렇게 나누면 둘 다 전투력이 그저 그래지잖아. 차라리 지금처럼 너희 둘 조가 엄청 센 게 낫지 않아?"

"아…… 그, 그냥 좀 바꾸자고! 젠장, 이유가 있어. 내가 힘들어서 그래."

보안관이 다짜고짜 졸라 대자 삼식이는 그게 재미있는지 팔짱을 딱 끼고 거

들먹거렸다. 비싸게 굴기로 한 모양이다.

"그을쎄~ 뭐, 납득할 만한 이유가 있다면 못 바꿔 줄 것도 없기는 한데…… 이렇게 다짜고짜 맡긴 거 내놓으라는 식이면 곤란하지."

"부탁합니다. 불편해서 그래요. 바꿔 주세요. 됐냐, 이 새끼야?"

"큭큭큭, 부족해. 근데 우리 광훈 군이 무슨 잘못을 해 놓으셨기에 나한테 이렇게 애원을 하시는 걸까? 수상한데? 혜주 보고 있으면 자꾸 사랑에 빠질 것 같아? 제니를 향한 일편단심이 흔들려?"

"어휴~ 그런 게 아니라……."

보안관은 한숨을 푹 쉬더니 갑자기 주변을 둘러보고 목소리를 낮췄다. 사람이라고는 두 명이 전부인 공간인데.

"그…… 걔가 자꾸 가, 갑빠를 보여 줘서……."

"진짜? 왜? 왜 보여 줬는데?"

"야! 이 새끼야, 목소리 좀 낮춰. 아니…… 무슨 노골적으로 보여 주는 것도 아니야. 이, 이렇게 목을 콱 잡아서 꼼짝도 못 하게 해 놓고 치료해 준다고……. 그러면 네 시선이 어디로 가? 여기지? 응?"

보안관은 삼식이의 목을 억지로 잡고 끌어당기면서 자신의 가슴 근육을 힘주어 모았다.

"하하하! 하지 마, 징그러."

오뚝한 콧날이 보안관의 가슴에 닿을락 말락 해지자 삼식이의 웃음보는 완전히 폭발했다.

"웃지 마, 이 새끼야. 나는 심각해. 제 딴에는 잘해 준다고 약도 발라 주고 그러는 거라서 화도 못 내겠고, 아주 미칠 것 같아. 그러다가 갑자기 또 막 성희롱당했다고 성질내고 지랄할까 봐 그게 제일 무서워. 너도 걔 성질부리는 거 봤잖아."

"야, 보안관. 걔가 너 좋아하나 보다."

"좋아하는데 얼굴을 이 모양으로 만든다고? 장난하냐?"

보안관은 어제 태권 소녀가 '치료'해 준 얼굴의 상처를 손가락으로 짚었다. 겨우 붙었던 딱지가 다 뜯어져서 보기에도 따가워 보인다. 하지만 삼식이는 확신에 찬 표정으로 고개를 끄덕였다.

"마음에 드는데 좋아한다는 말은 먼저 하기 싫어서, 네가 자기를 좋아하게 만들려고 그러는 거야. 근데 영 서툴러. 그 분야는 내가 잘 알지."

"난…… 제니밖에 없는데?"

"그런 게 어디 있어? 얘도 만나 보고, 제니도 만나 보고, 그러다가 더 마음이 끌리는 게 진짜 좋아하는 감정이지. 처음부터 나는 '누구 거다.'라고 딱 정해 놓는 건 바보짓이야. 그거는 정말 그 사람을 좋아하는 게 아니고, 그 사람만 좋아하는 자기의 모습에 우쭐하는 거라고. 아유, 말하다 보니까 복잡하다. 내가 지금 뭐라고 했는지도 잘 모르겠네. 하여간 다 만나 봐. 길지도 않은 인생인데…… 대신에 거짓말만 하지 말고."

"이상한 바람둥이 개똥철학은 너나 많이 믿으시고, 그래서 결론이 뭐야? 야간 경비 시간 바꿔 줄 거야, 안 바꿔 줄 거야?"

보안관과 삼식이의 실랑이는 계속되었고, 결론은 스포츠 용품점에 들렀다 돌아온 유빈이 보안관과 시간을 교대해 주는 것으로 났다.

사실 야간 경비니 뭐니 떠들어 봤자 일단 오늘 코스트코 털기가 제대로 되고 난 후의 이야기다.

"이제 이거 자르자."

공구상 한쪽에 쌓인 쇠파이프를 짚으며 유빈이 말했다.

"아주 날카로워야 해. 푹 박히도록……."

02

한 시간 반 뒤, 코스트코 주차장 입구에는 준비를 마친 다섯 사람이 우뚝 서서 어두운 건물 내부를 노려보고 있었다. 셔터가 내려진 진입로 내부는 나선형 구조여서 먼 곳까지 보이지가 않았다.

유빈은 눈을 감고 가만히 귀를 기울여 봤다. 확실히 이 주차장 내에서 좀비의 기척은 느껴지지 않는다. 왜인지는 아직도 모르겠지만.

"……근데 이거, 너무 거창한 거 아니야?"

태권 소녀가 등에 짊어진 '특수 장비'를 가리키며 쑥스러워하자 유빈이 그녀를 다독거렸다.

"괜찮아. 누가 본다고…… 금방 적응될 거야."

특수 장비. 유빈이 개발하고 세 친구가 한 시간여 동안 진땀을 흘려 가며 만든 물건으로, 유빈과 삼식이, 태권 소녀 세 명이 장착하고 있다.

제작 과정을 설명하자면…….

① 쇠톱으로 150센티 길이의 파이프를 죽창처럼 한쪽 끝이 뾰족하도록 자른다.
② 폭 1미터, 길이 50센티의 철제 격자를 준비한다. = 하수구 덮개를 빼 온다.
③ 하수구 덮개에 쇠창 파이프의 날카롭지 않은 면을 찌그러뜨려 꽉 끼워 넣고 볼트로 양쪽에서 고정한다. 이것으로 특수 장비 완성.
④ 일단 등을 보호하기 위해 배낭을 멘다.
⑤ 배낭 위에 특수 장비를 올리고 끈으로 묶어 몸과 단단히 고정한다.
⑥ 합체 성공.

어깨 위로 쇠창이 네 개나 길게 튀어나와 있는 모습은 로봇 코스프레 같기도 하고, 판타지 만화의 악역이 떠오르기도 한다.

주로 죽게 되는 역할? 하여간 뭐, 그리 멋지다고는 할 수 없다.

하지만 이 우스워 보이는 장비가 무빙워크를 무대로 벌어질 싸움에서는 중요한 역할을 할 거다.

유빈은 그렇게 믿었다. 그래서 시간을 들여 세 개나 만들었고, 무거운 걸 꾹 참고 짊어지고 있다.

홀가분한 몸은 보안관과 제니뿐이다. 보안관은 해머와 야구 배트를 들었고, 여분의 무기가 든 배낭을 멘 제니는 커다란 플래시를 꽉 쥐고 있다.

"삼식아, 담배 한 대 피워 봐."

셔터를 올리기 전, 마지막으로 한 번 더 좀비들을 위한 유혹 작업을 했다.

좋지, 삼식이는 담배를 두 대나 물고서 곧바로 불을 붙였다.

후우우~. 삼식이는 아주 멋들어지게 연기를 내뿜었다.

그동안 금연 구역이었던 곳에서 이러고 있으니 두 배는 더 맛있는 것 같다. 몇 모금을 뻐끔거리던 삼식이는 한 대를 셔터 안쪽으로 던져 넣었다.

그런 후, 남은 한 대를 천천히 다 피웠다. 좀비들이 이 근처에 있었다면 벌써 달려오고도 남을 만큼의 시간이 지났다. 하지만 조용하다.

"가도 될 분위기인데?"

꽁초를 벽에다 탁, 튕긴 삼식이가 고글을 쓰고 헤드 랜턴의 불을 켜며 말했다. 유빈과 보안관도 고개를 끄덕이며 같은 준비를 마쳤다. 보안관이 해머를 힘껏 휘둘러 자물쇠를 부수고, 셔터를 들어 올렸다.

촤르르르륵—.

요란한 소리와 함께 모험이 시작된다. 일행은 보안관을 앞세워 컴컴한 나선형 진입로를 따라 걸어 올라갔다.

보안관의 뒤에서는 제니가 커다란 플래시를 비추며 헤드 랜턴이 비추지 못하는 사각을 밝혀 준다. 나머지 셋은 약간의 거리를 두고 일렬로 따라갔다.

아직 등에 부착된 창이 익숙하지 않아서 좌우를 두리번거리다가 몇 번이나 벽에 창끝이 부딪치곤 한다. 거기에 두 손에는 묵직한 짐까지 들고 있으니 꽤나 힘이 들었다.

"진짜네······. 없어."

2층 주차장으로 올라온 보안관이 넓은 주차장을 빙 둘러보고 나서 중얼거렸다. 드문드문 자동차들이 서 있을 뿐, 좀비의 모습은 보이지 않는다.

물론 살아 있는 좀비의 모습이 보이지 않는다는 의미였다. 대가리가 터진 채 자빠져 있는 놈들이나 아비규환 속에서 죽어 간 사람들의 시체는 군데군데 눈에 띈다.

"무거워……."

쿵, 손에 들고 있던 짐을 내려놓은 삼식이가 앓는 소리를 냈다. 태권 소녀도 숨이 거칠어졌다. 유빈은 굴러다니고 있던 카트를 끌고 와 세 사람의 짐을 실었다.

"아, 죄송해요. 제가 같이 들었어야 하는데……."

제니가 고개를 돌리며 미안해하자 태권 소녀가 손을 저었다.

"아냐. 미안해할 것 없어. 각자 가진 힘만큼 최선을 다하는 건데 뭘. 그런 것보다 앞에 잘 비춰. 사각 때문에 쟤가 못 보는 거 없도록."

하지만 일단 2층에 올라오고 나니 빛이 부족하지는 않았다. 사방으로 뚫려 있는 부분들이 많아서 그 사이로 여름 오후의 화창함이 번져 들어오고 있다. 주변이 안전한 것을 확인한 보안관이 왼쪽 끝을 가리켰다.

"저기지? 무빙워크로 이어져 있다는 데가?"

태권 소녀가 고개를 끄덕였다. 다섯 사람은 자동차와 시체, 카트가 버려진 넓은 주차장을 가로질러 무빙워크 입구로 걸어갔다.

도르르르륵, 도르르르륵ㅡ.

유빈이 밀고 있는 카트의 바퀴 소리만이 조용한 주차장 안을 가득 메운다. 머리가 깨진 좀비 시체 두 구가 무빙워크 입구 주변에 엎어져 있다.

"이것 봐. 누가 일부러 셔터를 내려놨어."

무빙워크로 이어지는 문의 안쪽을 보며 보안관이 중얼거렸다. 셔터가 굳게 내려져 있다. 자물쇠를 끼워 둬야 하는 부분에는 카트의 일부분을 떼어 낸 것 같은, 가느다란 쇳조각이 끼워져 있었다.

대단히 튼튼한 자물쇠라고는 할 수 없지만, 하여간 이 셔터를 잠그겠다는 분명한 의지가 보이는 물건이다.

들어 올리는 게 아니라 단순히 몸으로 부딪치는 좀비들에게는 꽤나 열기 어려운 자물쇠였을 것이다. 셔터 여기저기에, 특히 자물쇠 부위에는 다량의 피가 묻어 있었다. 검붉게 말라붙은 혈흔을 보면서 보안관이 머리를 긁적였다.

"이래서 좀비들이 이 밖으로 못 나왔나 보네······."

누가 했는지는 모르지만, 잠가 둔 셔터 덕에 2층 주차장은 안전했다. 일행은 다음 층으로 올라갔다.

3층도, 4층도······ 모두 마찬가지로 셔터가 내려져 있었다.

무빙워크까지 올라오는 놈들이 있다 해도 셔터에 막혀 그 밖으로는 나오지 못하게 해 둔 것이다. 물론 시야도 완전히 차단된다. 4층의 셔터와 그 주변에는 정말 피가 범벅이 된 채 굳어 있었다.

자물쇠에 끼워진 쇠의 모양으로 보아 모두 동일 인물이 해 놓은 일이다. 2층에서 시작해 4층까지 올라와 셔터를 내렸을 때쯤에는 아마 피를 콸콸 쏟아 내는 상황이던 모양이다.

"대단하네······ 다 죽어 가는 와중이었을 텐데, 뭘 위해서 이렇게까지······."

셔터맨의 희생정신에 감동한 보안관이 고개를 내저었다. 덕분에 주차장을 통해서 이렇게 용이하게 진입했고, 그 부근을 돌아다니면서도 뛰어내리는 좀비들 걱정을 하지 않을 수 있었다.

만약 오늘의 작전이 성공한다면 그 공의 절반은 당연히 이 지극정성의 셔터맨에게 돌아가야 한다.

"이 위가 마지막 층이지?"

보안관이 묻자 태권 소녀가 고개를 끄덕였다. 일행은 셔터맨의 핏자국을 따라 걸으며 옥상으로 올라갔다. 나선형 진입로를 중간 정도 올라갔을 때부터 빛이 환하게 비친다.

지붕이 없는 옥상에는 오후의 햇볕이 따갑게 내리쬐고 있었다. 그리고 야외로 나오자 셔터맨의 핏자국도 사라져 버렸다. 그간 내렸던 비에 씻겨 나갔을 것이다.

"음, 성실해. 여기도 내려놨어."

옥상의 무빙워크 입구에까지도 셔터는 내려져 있다. 물론 같은 방식의 자물쇠에다 검은 핏자국은 컵으로 부은 것같이 잔뜩 묻어 있다. 들이치는 비에 씻겨 나가고도 이만큼이 남은 것이다. 옥상이 맨 마지막 작업 장소였던 게 분명하다.

"그럼…… 그 셔터맨은 어디로 갔어?"

유빈이 물었다. 다들 얼굴을 마주 보았다. 누군가 다 죽어 가는 상황에서도 층마다 돌아다니며 좀비들이 밖으로 나가지 못하도록 하기 위해 안간힘을 썼다는 건 이제 알겠다.

그리고 이 정도 출혈이라는 건 좀비에게 어딘가를 아주 단단히 물어뜯겼다는 뜻이다. 그럼 좀비로 변했어야 했다.

"우리 오기 전에 너희 노리고 뛰어내린 좀비 있었어?"

유빈이 물었다. 태권 소녀는 모르겠다고 했다. 2층에서 내려진 셔터와 거기에 묻은 피를 보고 난 후부터 그녀는 뭔가 좀 얼이 빠져 있다.

그때, 보안관이 고개를 갸웃하더니 손을 들어 조용히 해 보라는 신호를 보냈다.

"왜? 무슨 일이야?"

"아니, 아니, 잠깐만. 이거 안 들려?"

보안관의 시선이 넓은 주차장의 가장 끝부분으로 향했다. 자동차들과 카트가 어지럽게 널려 있는 곳이다.

"있어 봐."

보안관은 배트를 짧게 잡고 천천히 걸어갔다. 그 뒤로 네 명이 따라 걸었다. 거리가 반 정도로 줄었을 때, 소리가 커지기 시작했다. 좀비다. 보안관 일행의 기척을 느끼고 그르렁대는 것이다.

"이런 젠장……."

가장 앞서 걷던 보안관이 힘없이 배트를 내리더니 뒤를 돌아보며 말했다.

"셔터맨 찾은 것 같다."

후우~. 보안관은 머리를 긁적이며 감정을 추스르기 위해 애를 썼다. 셔터맨 좀비는 안전벨트를 단단히 맨 채 자동차 운전석에 앉아 있었다.

짧은 머리에 날씬하고 단단한 근육질의 남자 좀비다. 키가 크지는 않지만, 빠르고 강해 보였다. 목덜미와 복부는 피투성이다.

유리창이 깨진 조수석에는 그가 카트에서 철사 조각을 뜯어내고, 유리창을 깨는 일에 사용했을 것으로 보이는 커다란 스패너가 놓여 있다. 그리고 자동차의 전면 유리창에는 피로 쓴 글자 몇 개가 좌우 반전이 된 채 남아 있었다.

혜주야, 규

그 뒤의 글자는 다 피범벅이 돼서 보이지 않는다. 아마도 메시지를 남기던 도중에 좀비가 되어 버렸든지, 아니면 너무 극심한 고통을 이기지 못하고 엉망으로 짓뭉개 놓은 것 같았다. 하지만 이미 의미는 충분히 전달되었다. 다섯 사람 모두에게…….

"흐윽!"

셔터맨을 보자마자 태권 소녀의 눈에서는 왈칵 눈물이 쏟아져 내렸다. 설마 했던 우려와 두려움이 현실이 되어 그녀를 덮친 것이다. 셔터맨은 여전히 고개를 휘두르고 두 팔을 휘저으며 포효하고 있다.

그롸아아악— 그롸아악—.

"후우우~."

삼식이는 담배를 피워 물었다. 코스트코 내부에 있는 좀비들 중에 상당수가 태권 소녀의 예전 일행이었다는 건 미리 알고 있었지만, 이 정도로 모두에게 마음의 빚을 지워 준 좀비를 만날 거라는 건 예상하지 못했다.

게다가 이제 처리해야 할 그 좀비가 규영이의 형이라는 걸 알고 나니 기분이 몇천 배나 더 더럽다.

"바보같이…… 끄윽…… 끝까지 이렇게 힘들게…… 흐윽……."

끄왁! 끄롸아악!

운전대를 두드려 대는 셔터맨과 유리창 하나를 마주하고 선 태권 소녀는 좀처럼 울음을 멈추지 못했다. 제니도 돌아서서 훌쩍거린다.

"꽈창!

셔터맨의 왼팔에 맞은 운전석 유리창이 박살 난다. 벨트로 고정되어 있다고는 하지만, 저렇게 난리를 치고 있으니 언제 풀려날지 모른다. 그러면 깔끔하게 처리할 수 없다.

등에 메고 있던 특수 장비를 풀어 한쪽에 내려 둔 유빈이 삼식이와 보안관에게 눈짓을 했다. 알아들었다는 의미로 고개를 끄덕인 삼식이는 우느라 정신이 없는 태권 소녀와 제니를 부축해서 뒤쪽으로 끌고 나왔다.

"후우~."

장비 벨트에서 네일 건을 꺼낸 유빈은 깊은 한숨을 내쉬었다. 피를 콸콸 쏟으며 죽어 가는 동안에도 코스트코 내부의 수많은 좀비들이 밖으로 나가지 못하도록, 자신의 동생에게 해를 입히지 못하도록 하기 위해 셔터를 잠그던 남자는 여기 없다. 그저 살아 있는 사람을 물어뜯고 싶어 하는 좀비가 있을 뿐이다.

머리로는 그걸 다 아는데, 가슴 한구석에서 자꾸 주저하게 만든다. 그래서 힘이 든다.

"네가 뒤에서 들어갈 거야?"

셔터맨이 벨트를 풀고 나올 경우를 대비하고 있던 보안관이 물었다. 유빈은 고개를 끄덕였다.

"응, 배트로 좀 고정해 봐."

두꺼운 작업용 장갑에 네일 건으로 무장까지 했으니 위험하지는 않다. 다만, 한 방에 깨끗하게 보내지 못할까 봐 그게 두렵다. 고글 안에는 송골송골 땀이 차오른다.

보안관이 배트로 셔터맨의 목을 눌러 헤드 레스트에 붙이는 걸 확인한 유빈은 재빨리 뒷문을 열고 들어갔다. 그러고는 방아쇠를 당기기 전, 셔터맨에게 말했다.

"······꼭 같이 살아남을게요."

그롸아아아— 그롸아아—.

셔터맨은 어떻게든 벗어나 보려고 악을 썼다.

뚜청—.

못이 발사되는 소리와 함께 셔터맨의 아우성도 끝이 났다. 갑자기 찾아온 침묵에 태권 소녀가 화들짝 놀란다.

"안 돼!"

뛰어가려는 태권 소녀를 삼식이가 옆에서 붙잡았다.

팅-! 두 사람의 어깨 밖으로 길게 튀어나와 있는 쇠파이프 창이 부딪친다.

"진정해······ 진정해."

삼식이가 태권 소녀의 손을 꽉 잡으며 차분한 목소리로 달랬다.

끅, 끄윽!

태권 소녀의 눈에서는 또 눈물이 뚝뚝 떨어진다. 잠시 감정을 추슬러 보려던 태권 소녀는 고개를 내저으며 중얼거렸다.

"규영이에게 보여 줬어야 했던 거 아니야? 걔 형이라고! 왜 너희 마음대로······."

"진정해······. 지금도 보여 줄 수 있어. 그냥······ 훨씬 평화로울 뿐이야. 그게 저 사람이 보여 주고 싶었던 모습일 거고. 너도 알잖아, 돌이킬 수 없다는 거. 진정해······."

삼식이는 태권 소녀의 어깨를 다독이며 속삭였다. 태권 소녀는 힘없이 울먹였다.

"내가······ 내가 죽은 사람들 화장시켜야 한다는 고집만 안 피웠어도······."

완전히 감정적으로 소모된 태권 소녀는 더 버티지 못하고 바닥에 무릎을 꿇어 버렸다. 옆에서 눈물짓고 있던 제니가 얼른 그녀의 특수 장비를 풀어 줬다.

하아~. 삼식이도 힘없이 한숨을 내쉬고 또다시 담배를 피워 물었다. 만반의 준비를 하고 올라왔는데, 정작 싸우기도 전에 힘이 다 빠져 버린 것 같다.

잠시 후, 조용히 돌아온 유빈과 보안관의 얼굴도 흙빛이다. 다섯 사람은 잠시 아무 말도 하지 않은 채 이글거리는 옥상 바닥만 노려보고 있었다. 시간마저도 찐득하게 녹아 버려서 아주 천천히 흐르는 것 같은 기분이다.

"이제 가자, 싸우러."

30분 이상을 멍하니 앉아 있던 태권 소녀가 눈물을 훔치고 일어섰다. 유빈과 보안관은 그런 그녀의 안색을 살폈다.

뭐, 당연히 좋지 않다. 정신을 바짝 차리고 있어도 시원찮을 판에 저러면 곤란하다.

"물부터 마셔. 세수도 좀 하고."

보안관이 짐에서 꺼낸 생수 페트병을 건넸다. 그러고는 자신도 한 병을 까서 마셨다. 물병을 받아 든 태권 소녀가 힘없이 중얼거렸다.

"솔직히…… 아직도 모르겠어. 규영이한테 뭐라고 하지?"

"뭐…… 사실대로 말해. 마지막까지 네 걱정밖에 없었다고."

"도저히 자신이 없어……."

물을 한 모금 마신 태권 소녀는 또 한동안 멍해 있다가 누구에게랄 것 없이 물었다.

"왜…… 저렇게 구석에 있는 자동차를 골라 들어간 걸까? 여기, 셔터 주변에도 차가 많이 있는데……. 가뜩이나 힘이 들었을 텐데, 일부러 저기까지 걸어가서……."

"나는 알 것 같은데, 저 사람 마음."

유빈이 대답했다. 잠시 뜸을 들이며 태권 소녀의 눈을 보던 유빈은 그녀가 듣고 싶어 한다는 걸 확인하고 이야기를 이었다.

"셔터를 잠그고 나서 떨어져 죽어 버리려고 했어. 옥상에서 머리부터 떨어지면 죽을 테니까……. 좀비가 돼서 자기 동생에게 위협이 되느니 그게 더 깔끔하다고 생각했겠지. 그런데 갑자기 아주 작은 희망이 발목을 잡았던 거야. 혹시…… 혹시 변하지 않을지도 모르잖아? 가능성이 거의 없는 일이긴 하지만, 그래도 모르는 일인데. 그래서 난간 아래로 떨어지려다가 바로 곁에 보이는 차 안으로 들어갔을 거라고 생각해. 안전벨트로 묶어 두면 변해 버려도 남을 쉽게 해치지는 못할 테니까. 뭐, 아주 실낱같은 희망이라도 붙잡아 보고 싶은 거잖아. 저 사람이 다 못 쓴 편지도, 우리가 하루라도 더 오래 살겠다고 이런 것까지 둘러메고 여기를 들어온 것도…… 따지고 보면 다 거기에서 비롯된 거야."

"희망이라······."

또 눈물이 나려는지 태권 소녀는 눈에 힘을 주고 고개를 젖혔다. 여전히 지쳐 있기는 하지만, 조금 전보다는 훨씬 제정신이 든 얼굴이다. 남은 물을 얼굴에 부은 태권 소녀가 젖은 머리카락을 뒤로 쓸어 넘기면서 말했다.

"이젠 정말로 괜찮아. 싸우러 가자."

"응, 힘내자."

보안관이 그녀의 손을 맞잡고 일으켜 주었다. 자기가 알던 사람도 아닌데 제일 많이 울어서 입술과 눈이 퉁퉁 부은 제니도 뺨을 두드리며 기합을 넣었다.

결전의 장소는 3층으로 정했다. 2층은 너무 가까워서 셔터를 올리고 난 뒤 사전 준비를 할 시간이 부족하고, 4층은 혹시 너무 멀어 좀비들을 제대로 끌어모을 수 없을까 봐 걱정이 됐다.

3층으로 내려온 일행은 유빈과 태권 소녀가 다시 특수 장비를 단단히 고정하는 사이, 카트 세 개를 빼서 뒤집어 세운 뒤 하나로 연결해 묶었다.

이걸 머리 쪽에 뒤집어쓰고 앉으면 어깨 위로 삐죽 솟은 쇠파이프 창과 더불어 인간 방책이 된다. 카트들을 연결한 이유는 무빙워크 아래로 끌려 내려가는 불상사를 예방하기 위해서다.

"뭐, 됐어. 이 정도면 물리지는 않아. 잘 버티기만 하면 돼."

셋이 호흡을 맞춰 방책으로 변신하는 연습을 몇 번 해 보고 나서 유빈이 중얼거렸다. 그럼 이제 정말 셔터를 열고 좀비들과 마주할 시간이다. 셔터맨이 힘들여 잠가 둔 걸쇠를 빼고 셔터를 들어 올렸다.

촤르르르르ㅡ.

셔터가 요란한 소리를 내며 올라가는 것과 동시에 삼식이는 짐에서 커다란 양철통을 두 개 꺼냈다. 튀김집에서 흔히 볼 수 있는 식용유였다.

뽕, 식용유의 마개를 뽑은 삼식이는 무빙워크의 비탈을 향해 기름을 쏟아부었다. 삼식이가 부은 두 통의 기름이 주르르륵 흘러내려 저 아래층 바닥에까지 번진 것을 확인하고 나서 유빈은 물을 뿌리기 시작했다.

03

멀리까지 물을 쫙쫙 뿌리는 동안 슬슬 아래쪽에서 반응이 올라온다.

그르르르르—.

좀비들이 흥분하고 있는 모양이다. 기름이 제대로 잘 발라졌는지 확인하기 위해서 보안관은 고무 스토퍼를 떼어 낸 카트 하나를 무빙워크 아래쪽으로 쭉 밀어 봤다.

스으으읏—.

가속도가 붙은 카트는 빠르게 아래로 미끄러져 내려간 뒤, 벽에 부딪치며 요란한 소리를 낸다. 합격이다. 아래쪽에 멈춰 선 저 카트는 앞으로 장애물 역할도 해 줄 것이다.

인기척과 빛, 소음에 이어 유혹의 단계를 하나 더 올리기 위해 삼식이는 담배를 세 개비나 한꺼번에 피워 물었다. 그러곤 곧바로 기침을 한다.

"캑— 캑—!"

"야잇! 폐까지 삼키지 말고 그냥 입으로만 빨았다가 뱉어. 불을 붙이랬지, 누가 음미하래!"

"아, 그렇구나. 습관이 돼 놔서……."

삼식이는 두어 모금 더 빨아 불을 잘 붙인 담배 세 대를 좌측 하단의 무빙워크를 향해 던졌다. 1층에서 2층으로 올라오는 길이다.

자, 이제 준비는 다 끝났다. 제니가 비춰 준 플래시 불빛 때문에 아래쪽 벽에는 특수 장비를 멘 세 사람의 그림자가 왜곡된 채 일렁거린다. 뿔이 여러 개 난 마왕의 부하처럼 보인다.

좀비들의 울음소리와 쿵쾅거리는 발소리가 가까워지는 것을 느끼며 유빈은 슬쩍 보안관을 돌아보았다.

"보안관, 일차로 여기에서 밀어 칠 테니까, 우리를 타고 넘어오려는 새끼들만 때려! 절대 오버 페이스 하면 안 돼. 알았지?"

보안관은 해머를 꽉 쥔 채 어깨의 근육을 풀며 허세 가득하게 대답했다.

"알았어. 근데 난 오버 페이스라는 게 없는데. 무한 파워라서……."

픽, 삼식이와 유빈이 동시에 웃었다.

하긴 눈에 뭐가 보이겠어, 제니라는 스테로이드가 바로 뒤에서 플래시를 쏴 주고 있는데.

이 작전의 아이디어는 예전에 썩은 야채를 밟고 미끄러져 죽은 좀비에게서 얻었다. 아무리 운동 능력이 뛰어난 놈들이라 해도 미끄러운 바닥을 내달릴 수는 없다. 경사로에서라면 더욱 그럴 테니까.

이 작전의 가장 큰 특징이자 장점은 슬로 페이스다. 게임의 속도를 아주 느리게 진행되도록 만들어 좀비들의 물량 공세와 스피드를 다 삭제시키는 게 목적이다.

동시에 사방에서 덤벼드는 70마리는 이길 수 없지만, 2분이나 5분 간격으로 한 방향에서만 한 마리씩 나타나는 70마리는…… 물론 그것도 보통 사람에게는 어렵다.

젠장, 말이 좋아 70마리지…….

하지만 아군에 보안관 정도의 파워 히터가 있으니까 승부를 걸어 볼 수 있다. 슬로 페이스라는 것은 엄청난 지구력을 요하는 게임이라는 의미이기도 하다.

5분 간격으로 등장하는 70마리면 다섯 시간이 넘는 긴 싸움이 될 것이다. 그러니까 힘을 쓰는 역할을 한두 사람이 다 맡으라고 하면 안 된다.

끄응차, 특수 장비를 멘 세 사람이 일으켜 세운 카트 세 개를 끌고 무빙워크 앞으로 와서 뒤집어쓰듯 그 안으로 들어갔다.

철컥, 카트 끝부분과 어깨에 장착하고 있는 특수 장비가 부딪치며 쇳소리가 난다. 파이프와 줄로 단단히 연결되어 있는 이 카트는 단순히 좀비들의 이빨로부터 몸을 보호하기 위한 게 아니다.

세 사람이 타이밍을 맞춰 카트를 밀어 부딪치기만 하면 뛰어 올라오던 좀비들 중 상당수를 놈들이 출발했던 곳이나 그 아래층 무빙워크로 떨어뜨려 버릴 수 있다. 좁은 무빙워크가 무대라서 어차피 한 번에 한 놈이나 두 놈밖에 못 뛰어오를 테니까 가능한 계획이다.

만약에 난간을 밟거나 해서 카트 위로 뛰어오르는 독한 놈들은 파이프 창에 한 번 걸러질 것이다. 이 모든 저지 계획이 실패하면, 그때 보안관이 나서면 된다.

계획의 관건은 놈들이 저 기름과 물로 잔뜩 코팅이 된, 미끄러운 무빙워크에서 얼마나 곤두박질을 쳐 주느냐에 달렸다. 기름이 다 소모될 경우를 대비해서 삼식이의 발 주변에는 여분의 기름이 또 한 통 있다. 이런 걸 다 들고 오느라 처음에 그렇게 힘이 들었던 거다.

그롸아아아ㅡ.

담배 냄새에 홀려 다가왔던 좀비들이 가까운 곳의 인간 기척을 느끼고 포효한다. 저 소리는 언제 들어도 참 반갑지가 않다.

쿵탕퉁탕ㅡ.

2층으로 올라오는 무빙워크를 내달려 온 좀비들이 코너를 돈다. 개전이다.

가장 앞선 놈이 기름 함정 무빙워크에 첫발을 힘차게 내디뎠다.

쭈욱ㅡ 놈은 앞으로 미끄러지며 난간에 호되게 얼굴을 찧었다. 괜히 보는 사람들의 코까지도 얼얼한 기분이 들게 만드는 충돌이었지만, 좀비는 이내 벌떡 일어났다.

그러고는 또다시 두어 걸음 만에 미끄러졌다. 뒤에서 달려오던 좀비들은 자빠진 놈과 카트 사이에서 우당탕거리며 뒹굴고 생난리를 친다.

"……기름 너무 많이 뿌린 거냐, 우리?"

기름밭에서 나동그라지고 자빠지는 좀비들을 보며 삼식이가 중얼거렸다. 놈들이 너무 많이 근접했을 경우를 대비해 네일 건에 전동 드릴까지 챙겨 오기는 했는데, 이거 어째 맥이 빠지는 광경이다.

동시에 초조하기도 하다. 이건 시간을 끈다고 해서 이기는 게임이 아니라 좀비들을 다 죽여야 끝나는 전쟁이기 때문이다.

"아냐. 그렇게 건성으로 덤비는 새끼들이 아닌 거 알잖아. 이제 금방 온다."

유빈의 말은 금방 실현이 되었다. 수십의 좀비들이 좁은 무빙워크 주변을 꽉 메우자 좀 더 높이까지 올라오는 놈들이 늘어났다. 자빠진 뒤 미끄러져 내려가는 동료의 몸을 밟고 뛰는 좀비들도 있다.

우당탕— 쿵—.

20여 미터 아래에서 요란한 소동이 벌어지기를 10여 분. 마침내 가장 위에까지 도달한 좀비가 생겼다. 놈은 찍찍 미끄러지면서도 어찌어찌 무빙워크를 기어 올라와 카트를 뒤집어쓴 채 도사리고 있는 유빈을 향해 이빨을 드러냈다.

"밀어!"

놈이 풀쩍 뛰는 것을 확인하고 유빈이 큰 소리로 외쳤다. 세 명은 카트를 꽉 잡고 30여 센티미터 앞으로 밀었다가 되돌렸다.

콰창—.

카트 바퀴에 얼굴을 맞은 좀비는 뒤로 밀려 나갔고, 착지하는 과정에서 중심을 잡지 못해 저 멀리 바닥까지 굴러떨어졌다.

갑자기 굴러온 놈 때문에 뒤따르던 좀비들이 또 한바탕 뒹군다. 그중에 한 놈은 난간 너머로 떨어져 아래층으로 곤두박질쳤다.

뻐걱!

놈의 몸이 난간에 부딪쳐 박살 나는, 끔찍한 소리가 울린다.

그놈만 박살이 난 게 아니었다. 비틀대며 다시 일어나는 대여섯 놈의 다리 역시 기묘한 방향으로 꺾여 있다. 저렇게 관절이 부러져 주면 고맙다. 아무래도 스피드가 확 줄어들 테니까.

물론 그래 봐야 아직 한 놈도 제대로 끝내지 못했다. 그리고 좀비들은 계속 뛰어 올라온다. 일관되게 좌절도, 포기도 모르는 놈들이다.

"또 온다! 대기, 대기, 대기…… 밀어!"

콰창—.

두 번째 좀비를 후려치고 난 세 사람은 곧바로 한 방을 더 내질렀다. 하지만 미묘하게 타이밍이 맞지 않았다. 카트를 피해 뛰어오른 좀비는 삼식이의 파이프 창에 맞고 옆의 난간 쪽으로 뒹군다. 어떻게든 일어나 보려고 발버둥 치는 좀비를 향해 보안관이 달려들었다.

"머리 들지 마!"

엄청난 성량의 경고와 거의 동시에 보안관은 좀비의 머리를 겨누고 힘껏 해머를 내리찍었다.

콰작!

요란한 소리와 함께 좀비의 목이 꺾이고, 놈의 시체는 마치 난간 사이로 빨려 들어가는 것처럼 떨어져 버렸다.

털썩, 좀비의 시체가 아래층 복도를 때리는 소리가 요란한 메아리를 만들어 낸다.

하지만 그걸 감상할 시간은 없다. 아래쪽에서는 또 불굴의 의지로 미끄덩거리는 경사로를 뛰어 올라오는 좀비들이 아가리를 쫙 벌리고 포효해 댄다.

유빈은 태권 소녀와 가끔씩 서로 눈을 마주치며 호흡을 맞추기 위해 노력했다. 서로 너무 잘 알아서 척 하면 척인 삼식이와 손을 맞추는 것하고는 다르다. 얘는 내가 뭘 하고자 하는지 미리 말을 하지 않으면 모른다.

"밀어!"

콰창!

요란한 소리와 함께 좀비가 또 뒤로 밀려난다. 하지만 놈을 밟고 뛰어오른 다른 좀비가 뒤집어진 카트의 윗부분에 걸렸다.

"크롸아아악— 캬아악—."

카트를 움켜쥔 놈은 절대 떨어지지 않겠다는 듯 손아귀에 힘을 꽉 주고 당긴다. 어찌나 힘이 센지 세 명이서 버티고 있는데도 카트가 휘청휘청한다.

바로 머리 위에서 좀비가 아가리를 벌리고 난동을 쳐 대는 압박은 엄청났다. 카트의 철망과 등에 짊어진 쇠파이프 창이 당장 물리는 것을 방지해 준다고는 해도, 그 보호막은 겨우 한 겹뿐이다. 그리고 완전히 폐쇄된 구조도 아니다.

"으아아! 떨어져라, 좀!"

유빈과 삼식이는 카트를 앞뒤로 흔들며 달라붙은 좀비를 떼어 내기 위해 안간힘을 썼다.

철컹!

또 한 마리의 좀비가 바로 옆으로 뛰어오른다. 태권 소녀의 쇠파이프 창에 찢겨 목의 반쪽이 덜렁거리면서도 오로지 모든 열정을 카트에만 담아 흔든다.

그리고 잠시 후, 놈들의 등을 짚고 또 한 마리가 뛰어오른다. 여기서 뒷걸음질을 치거나 일어나서 몸을 피하면 안 된다. 그러면 카트 방책이 무너지고, 곧바로 좀비들의 잔치가 벌어질 것이다.

등 뒤에서 해머를 들고 있는 동료를 꾹 믿고 세 사람은 눈앞의 좀비들을 떨쳐 버리는 것에만 집중했다. 보안관은 믿을 만한 녀석이다. 이미 싸움이 벌어진 상황에서는 확실히 그렇다.

"어딜, 이 새끼야!"

보안관은 날아오른 좀비의 머리를 해머로 힘차게 후려갈기며 소리쳤다.

쩍!

대가리를 맞은 좀비는 옆쪽의 벽에 한차례 부딪친 뒤, 난간을 구르다가 아래층 쪽으로 떨어져 버렸다. 곧바로 다시 자세를 잡으며 보안관이 외쳤다.

"앞에만 봐! 앞에만! 뒤는 걱정하지 마!"

그롸아아아—.

좀비들의 포효가 워낙 시끄럽게 울리는 중이라 정확한 단어가 들리지는 않았지만, 듬직한 의미만큼은 분명하게 전달됐다. 방책을 담당하고 있는 세 사람은 달라붙은 좀비들과 이를 악물고 힘 싸움을 벌였다.

"이익!"

유빈이 바닥에 눕혀 뒀던 네일 건을 집어 안전장치를 해제했다. 그러고는 카트 위쪽을 이빨로 잘라 내려는 듯 갉아 대는 좀비의 머리에 네일 건을 바짝 가져다 댔다.

콰랑—.

카트가 한차례 거세게 흔들리는 바람에 유빈은 방아쇠를 당기지 못했다.

그와아아—.

달라붙은 좀비의 너머로 또 다른 한 마리가 비틀거리며 달려오는 게 보인다. 두 마리가 달라붙었는데도 이렇게 힘이 드는데, 여기에 한 마리가 더해지면…….

유빈은 다시 서둘러 네일 건을 철망 너머 좀비의 머리에 바짝 가져다 대고 방아쇠를 당겼다.

뚜청—! 뚜청—!

오늘 끼워 넣은 가스 캔은 전기 점화 신호를 받자마자 엄청난 속도로 피스톤을 밀었고, 거기에 맞아 발사된 15센티 길이의 단단한 콘크리트 못이 좀비의 두개골을 뚫고 들어가 박혔다.

털썩, 두 방이나 못 세례를 받은 좀비는 힘없이 카트를 놓치고 아래로 주르륵 미끄러져 내려간다.

그롸아아아—.

남은 한 마리가 발광을 하며 카트를 긁어 대지만, 끄떡없다. 버텨야 했던 하중이 두 마리에서 한 마리로 줄어들자 어깨가 다 홀가분해진 기분이다.

"그래, 와라! 물어! 이 새끼야!"

유빈은 왼팔로 카트를 지탱하며 네일 건을 꽉 붙잡은 채로 놈의 얼굴이 철망

쪽에 바짝 붙기만을 기다렸다. 삼식이가 유빈과 태권 소녀를 향해 외쳤다.

"왼쪽으로 밀자! 그럼 아래로 떨어질 것 같아! 혜주, 넌 당겨!"

"알았어! 신호 보내!"

"셋에 가자! '하나! 둘! 셋!'이야!"

세 사람이 힘을 합쳐 좀비 한 놈을 난간 아래로 떨어뜨려 버리는 동안 조금 전 달려오던 놈이 부웅, 몸을 날린다. 하지만 발이 미끄러져서 놈의 원래 목표 지점과는 다른 곳에 떨어졌다.

푸욱, 좀비는 태권 소녀의 어깨에 장착된 창에 복부를 찔린 채 허공에 멈춰 버렸다.

"악! 으윽!"

떨어져 내리는 좀비의 몸무게를 어깨만으로 받아 낸 태권 소녀의 몸이 휘청한다. 그러나 역시 힘도 좋고 근성도 있어서 이를 꽉 깨물면서도 버텨 냈다.

찌지직—.

창에 관통된 좀비의 상처가 녀석의 몸무게를 이기지 못하고 조금씩 찢어지면서 넓게 벌어진다. 그러는 동안에도 녀석은 팔을 휘두르며 난리를 친다. 보안관이 얼른 달려와 도왔다.

"때린다! 가만있어!"

경고가 끝나자마자 보안관은 해머를 힘껏 돌려 좀비의 관자놀이를 후려갈겼다.

빠가각!

얇은 뼛조각들이 부서지는 소리와 목뼈들이 한꺼번에 돌아가는 소리가 동시에 울린다. 머리가 170도 돌아간 좀비의 사지가 힘없이 축 늘어진다.

"됐어! 잡았어!"

해머의 머리 부분으로 좀비의 몸통을 밀어 쳐서 빼내 주며 보안관이 외쳤다.

주르르륵, 목 돌아간 좀비의 시체도 기름 범벅이 된 무빙워크 아래로 미끄러져 내려갔다. 그리고 달려오던 좀비도 녀석의 시체를 밟고 나동그라져 함께 구른다.

"오빠! 벽! 삼식이 오빠!"

조명을 담당하고 있는 제니의 외침. 삼식이는 자신의 오른쪽을 돌아보았다. 난간과 벽을 짚고 빠르게 달려오는 놈이 있다.

부웅— 난간을 밟고 놈이 몸을 날린다. 삼식이도 지지 않고 허리를 뒤로 젖혔다가 몸을 확 앞으로 숙이며 창을 찔러 넣었다.

찌익, 좀비의 얼굴이 반쯤 찢어져 날아갔다. 하지만 놈은 그대로 떨어지며 삼식이의 카트를 덮쳤다.

콰차창!

삼식이의 무릎이 움찔한다. 세 사람이 함께 버티는 게 아니었다면 엉덩방아를 찧고도 남았을 것이다. 카트 위로 몸이 3분의 1 이상 빠져나온 좀비가 팔을 마구 휘저으며 할퀸다.

그래 봐야 등에 짊어지고 있는 하수구 덮개를 때릴 뿐이다. 물론 좀비가 자기 머리 위에 업혀서 등을 할퀴고 있으니 무섭기는 더럽게 무섭다. 그리고 무겁기도 하다.

"유빈아! 얘, 얘 좀…… 빨리!"

삼식이가 카트의 지붕 부분을 꽉 잡고 버티면서 외쳤다. 유빈은 얼른 팔을 뻗어 네일 건을 놈의 머리에 가져다 댔다.

콰창— 콰창—.

가만히 있어 주면 서로 편하겠건만, 좀비는 계속 얼굴로 카트에 박치기를 해 댄다. 주저하던 유빈은 네일 건을 카트 안쪽에 바짝 붙이고 기다리다가 놈의 얼굴이 다시 부딪쳐 오는 타이밍에 맞춰 방아쇠를 당겼다.

뚜청—.

좀비의 눈을 관통한 콘크리트 못은 안구 저 깊숙한 곳까지 순식간에 뚫어 버렸고, 그 너머의 뇌 속에 깊숙하게 박혀 들어갔다. 놈이 더 이상 움직이지 않는 걸 알면서도 유빈은 얼른 위치를 바꿔 한 방을 더 쐈다.

뚜청—.

좀비의 머리가 가볍게 들렸다가 툭, 떨어진다.

"으아아! 진짜!"

자신의 카트에 얹혀 있던 좀비의 시체를 밀어 떨어뜨리면서 삼식이는 진절머리 난다는 표정을 지었다.

쿠당탕탕—.

아래쪽에서는 여전히 뛰어오르려는 놈들의 도전이 계속되고 있다. 물론 그중에 상당수는 기름을 밟고 미끄러져 버린다.

지금까지 몇 마리나 죽였을까? 여섯? 일곱?

잘 모르겠다. 그리고 헤아린다는 게 아무런 의미도 없다. 애초에 코스트코 안에 들어 있던 놈들의 머릿수를 전혀 모르고 뛰어들었으니까.

이건 움직이는 좀비들이 더 이상 눈에 띄지 않을 때 비로소 끝이 나는 싸움이다. 하여간 앞으로 갈 길이 아주 멀다는 것만은 분명하다.

'포기하지만 않으면 이길 수 있다…… 내가 먼저 질리지만 않으면 된다…….'

진저리를 치며 마음속으로 몇 번이나 같은 말을 되뇐 유빈은 주변의 동료들을 둘러보았다. 삼식이도 멍해져 있고, 태권 소녀도 어지간히 지쳐 보인다. 짧은 커트 머리가 다 땀에 흠뻑 젖어 있다. 발목이 좋지 않은 상태에서 이렇게 힘쓰고 버티는 일을 하고 있으니 아마 꽤나 고통스러울 것이다.

좀비들의 공세가 뜸해진 틈을 타서 물을 한 모금 들이켠 태권 소녀가 갑자기 소리를 빽! 질렀다.

"거미베어!"

그러고는 아무 일도 없었다는 듯이 카트를 꽉 잡고 아래쪽의 좀비들을 노려본다. 어안이 벙벙해진 모두를 대표해서 유빈이 물었다.

"거미…… 뭐?"

"아, 목표야, 목표. 내 버릇이니까 신경 쓰지 마."

대수롭지 않게 중얼거리던 태권 소녀는 유빈의 얼굴을 힐끔 한 번 돌아보고 나서 정면으로 시선을 고정한 채 쑥스러워하며 일러 주었다.

"운동할 때 버릇이 든 거야. 훈련하고 있다가 토할 만큼 힘들어지면 자기가 목표로 하고 있는 걸 큰 소리로 외치면서 기합을 빡 주거든. 그러면 왠지 동기부여가 돼서 더 기운이 나는 것 같으니까. 왜 이런 거 있잖아. 금메달! 금메달! 우승! 우승! 이렇게 소리 지르면서 마지막 한 바퀴 더 뛰고 그러는 거."

"근데 이번에 힘든 거 이기고 나면 얻는 목표가 거미…… 그……."

유빈이 단어를 이해하지 못하고 있자 제니가 끼어들어서 알려 주었다.

"거미베어요, 오빠. 쪼그만 곰 모양 쫀득한 젤리."

태권 소녀가 여전히 무표정하게 고개를 끄덕였다.

"응. 난 여기 뭐 사러 오면 그것만 하나씩 집어 갔었어. 감량해야 되니까 많이는 못 먹었지만, 모양이랑 색깔이 좋아서…… 뭐, 그래. 이제는 감량도 필요 없지. 으얍! 거미베어!"

태권 소녀가 한 번 더 기합을 주었다. 그게 좋아 보였는지 삼식이도 좀비들을 향해 큰 소리로 악을 썼다.

"양주! 이름도 모르는 비싼 양주! 으얍!"

"육포! 소고기 육포!"

유빈도 지지 않고 따라 외쳤다. 곧바로 제니가 풍부한 성량으로 내지른다.

"목욕! 목욕! 목요~옥!"

그라아아—.

미끄러운 무빙워크를 용케 거슬러 올라온 좀비들이 포효한다. 하지만 그보다 더 크게 다섯 일행의 물적 욕망이, 코스트코를 털고 나면 꼭 챙기겠다고 생각하는 물건들의 이름이, 복도를 쩌렁쩌렁 울렸다. 정말로 더 기운이 나는 것 같다.

"거미베어!"

"양주!"

"육포!"

"목욕!"

그렇게 모두가 부끄러움도 다 던지고 외쳐 댈 때, 보안관 한 놈만은 배신을 때렸다. 달려드는 좀비의 대갈통을 힘껏 갈겨 박살 낸 보안관이 천둥소리처럼 크게 외쳤다.

"제니의 웃는 얼굴! 으얍!"

04

친구들이 좁고 어두운 건물 내부에서 아주 느린 싸움을 벌여 내고 있는 동안, 진우는 어느 이름 모를 산기슭에서 나무 사이에 몸을 숨기고 있었다.

타타타타— 투투투—.

타앙— 타앙—.

멀리서 쉬지 않고 울려오는 총소리.

고막을 살살 긁어내고 뇌 속까지 파고들어 오려는 것 같다. 스트레스를 참아내기 위해 진우는 이를 악물었다.

그를 목표로 하고 쏘는 총알은 아니다. 아마 이 부근 어디선가 교전이 벌어진 것 같다. 하지만 여전히 위험하다는 것에는 변함이 없다.

소총에서 발사된 총알은 400미터 이상, 어쩌면 600미터까지도 위력을 잃지 않고 날아간다. 어제 보았던 저격수의 총이라면 그보다도 훨씬 더 멀리까지 날아가서 박힐 것이다.

최소한 1킬로미터?

허, 그 거리가 너무 황당해서 진우의 입에서는 헛웃음이 터졌다.

이 산속의 1킬로미터 떨어진 어딘가에서 그를 노리지도 않고 발사한 총알이 우연히 날아와 아무 곳이나 한 군데 꿰뚫기만 하면 그걸로 끝이다. 쏜 놈이 보이지도 않고, 어디에서 발사된 것인지도 모른 채 죽어 가야 한다. 너무 허망한 이야기다.

그래서 진우는 총성이 울리기만 하면 이렇게 엄폐물을 찾아 숨었다. 목표물에서 빗나간 애먼 총알에 목숨을 빼앗기고 싶지 않으니까.

문제는 이 지긋지긋한 소규모 교전이 잊을 만하면 한 번씩 재개된다는 데 있었다. 산굽이를 하나 돌고 나면 타타타타— 언덕 하나를 넘을라치면 또 투투투투—.

그럴 때마다 납작 엎드려서 어디에서 울리는 총성인지 확인하는 것도 고역이고, 언제 어디서 군 병력과 맞닥뜨릴지 몰라 도무지 이동 속도를 올리지 못하는 것도 짜증 난다. 그리고 거기에 가끔 한 번씩 등장하는 좀비들까지…… 모두 그의 생명을 위협하는 것들뿐이다. 도와주는 착한 친구 같은 건 아예 존재하지도 않는다.

"젠장, 내가 왜 너희들 미친 짓 하는 데 끌려와서 덩달아 이 고생을 해야 하냔 말이야!"

진우는 머리를 벅벅 긁으며 자신을 이 산속으로 끌고 들어온 그 소령과 중위를 원망했다. 아까부터 내리고 있는 부슬비 덕분에 아직 대낮인데도 하늘은 어둑하다.

워낙 더운 날씨였기 때문에 비 자체는 그리 문제가 되지 않았다. 오히려 약간 시원하기까지 하다. 다만, 시야가 좁아진 게 부담스럽다. 아주 미세한 빗방울들이 쉬지 않고 쏟아지는 산속의 대기는 짙은 안개가 낀 것처럼 변해 있다.

"후우~ 먹자, 먹어. 일단 시간 있을 때 먹어 두자."

진우는 등에 지고 있는 보따리에서 인삼 뿌리들을 꺼내 빗물에 씻은 후 입에 넣고 와작와작, 씹었다. 세상이 다 좆같아도 인삼만은 여전히 맛이 좋다. 기분 탓인지는 모르겠지만, 어제 인삼을 배부르게 먹고 나서부터는 피곤한 것도 훨씬 덜해진 듯한 기분이다.

"횡성……."

진우는 반쯤 잘라 먹은 인삼 뿌리를 보며 중얼거렸다. 주변에 산이 많다는 걸 정보로 치지 않는다면, 그가 알고 있는 유일한 지리 정보는 여기가 횡성이라는 것뿐이다. 밭에 박혀 있던 '횡성 인삼 영농 조합'이라는 표지를 보고 얻은 정보다. 그러니까 화천에 닿으려면 북서쪽을 향해 가야 한다.

젠장, 북서쪽은 무슨. 총소리에 쫓겨 산을 뺑뺑이 돌다 보면 어디가 동쪽인지도 잘 분간이 가지 않는데…….

진우는 또 끌탕을 했다.

투투투투투— 투투투— 투투두둑—.

진우의 전방에 펼쳐진 계곡을 끼고 양쪽 산에서 서로를 향해 쏴 대는 총성은 좀처럼 멎을 기미가 보이지 않는다. 서로들 어지간히 대단한 군인이든가, 아니면 지독하게도 못 맞히나 보다.

아무래도 저쪽으로 가는 건 포기하고 우회로를 찾아야 할 것 같다.

또 돌아가야 하나…….

긍정적으로 생각하려 해도 한숨이 나온다.

다리가 아프고 발이 피곤한 건 괜찮다. 등에 인삼을 한 보따리 짊어지고 있으니, 하루나 이틀 시간이 더 경과되는 일도 참을 수 있다.

하지만 이 강제적인 뺑뺑이가 진우에게 압박으로 느껴지는 가장 큰 이유는 개인 화기 때문이다. 멀리 빙 둘러서 길게 이동하다 보면 만나는 좀비의 수도 늘고, 그만큼 실탄도 소모된다. 게다가…….

게다가 이 총, 정이 들 대로 든 K-2, 총번 927307. 얘가 정말로 수명이 다 됐다. 진우는 자신의 품 안에 든 총을 가만히 쳐다보았다.

늘 불안불안한 구석이 있었지만, 오늘 아침 좀비들을 만났을 때 방아쇠를 당겨 보고 확실히 알게 됐다. 어제 그 저격수와의 싸움에서 얘가 마지막 불꽃을 화려하게 피워 올렸다는 걸.

이 녀석은 협곡에서의 그 한 발을 끝으로 눈을 감았다. 그동안 애쓴 걸 생각해 보면 좀 더 버텨 달라고 말하기도 미안하다.

사실 이미 총열이 소모되고도 남았을 시점이 한참 전에 지났다.

삼척으로 이동한 날부터 대체 이 녀석으로 몇 천 발이나 쏜 건지……. 어제 그 좀비에 물려 죽은 병사의 총을 집어 왔어야 했는데…….
 피투성이 총이라 왠지 꺼려졌고, 손에 길이 든 내 총이 더 낫겠지 하는, 막연하고 어리석은 기대가 있었다. 특히 어제 하루는 유난히 잘 맞기도 했고.
 "뭐, 이젠 후회해도 다 소용없는 일이잖아. 가 볼까?"
 배도 어느 정도 채웠겠다, 총성이 잠시 뜸해진 틈을 타서 진우는 얼른 뒤쪽 산길로 내달렸다. 젖은 산길은 미끄럽고, 안개비가 자욱하게 내린 산속은 30미터 앞도 잘 분간이 가지 않는다. 그래도 언제까지 그 자리에 앉아서 버틸 수만은 없기에 탄착군이 형성되지 않는 죽은 총을 꾹 붙들고 뛰었다.
 투투투투투— 투투투투—.
 등 뒤에서 또다시 시작된 난사. 자신을 겨냥한 것이 아니라는 것을 알면서도 진우는 저절로 목을 움츠렸다. 그리고 가능한 한 언덕을 옆에 끼고 걷기 위해 애를 썼다.
 한 시간여 동안 더 산속을 헤매고 난 뒤, 그의 앞에 좁은 오솔길이 나타났다.
 "이리로 가도 되나……."
 진우는 나무 그늘 안에 숨은 채 주변의 산들을 둘러봤다. 뿌연 안개비 속에 잠긴 녹색의 산봉우리들 하나하나가 다 위협적으로 느껴진다. 혹시 저 중간 어딘가에 매복하고 있는 병력이 도로를 겨냥하고 있으면 어쩌지 하는 두려움 때문이다.
 바로 옆, 1미터도 떨어지지 않은 거리에서 중위의 가슴이 뻥 뚫리는 걸 보고 난 뒤부터 생겨난 그 공포심은 도로를 볼 때마다 저절로 되살아난다.
 하지만 지금이라면 괜찮지 않을까? 워낙에 시야가 좁아진 터라 산속에서도 도로가 그리 훤하게 보이지 않을 것 같은데…….
 떨리기는 하지만 이럴 때를 틈타 이동할 수 있는 만큼 잽싸게 가 두는 게 낫다. 안 그러면 내전이 벌어지는 험한 산속에서 계속 헤매고 다녀야 한다.
 후우~ 후우~. 진우는 콩닥거리는 가슴을 진정시키고, 조심스레 오솔길로 내려섰다.

"내가 무슨 죄를 지었다고 이렇게 떨어야 하는 거냐, 대체. 그냥 길을 걸어가는 것뿐이잖아."

그렇게 혼잣말을 할 만큼 겁이 나기는 해도 막상 평지를 걸어 보니 확실히 좋다. 숨 막히는 비탈도, 발목을 휘감는 잡초도 없고, 돌부리에 걸려 비틀거릴 일도 없다. 이렇게 편안한 길이라면 멈추지 않고 열 시간도 걸어갈 수 있을 것 같다.

진우는 기죽은 눈초리로 사방을 훑어보면서도 부지런히 걸음을 옮겼다. 몇 개의 굽이를 돌고, 다시 또 굽이를 만나고 방향마저 슬슬 어지러워질 무렵, 앞쪽에서 이상한 소리가 들려왔다.

딸랑~ 딸랑~.

진우는 바짝 얼어붙어 버렸다. 순간적으로 머릿속에서 수만 가지 경우의 수가 떠오른다.

뭐지? 이건 또 무슨 소리지? 이런 이상한 방울 소리를 내는 건 대체…….

하지만 도무지 추측이 되지 않는다. 진우는 길가의 수풀 속으로 쓰러지듯 몸을 숨겼다. 그러고는 숨을 죽인 채 가만히 기다렸다.

잠시 후, 굽이를 돌아 나오는 방울 소리의 주인공들을 보고 진우는 안도의 한숨을 내쉬었다.

음머~.

소다. 누런 황소. 어떻게 풀려난 건지는 모르겠는데, 방울까지 단 세 마리의 황소가 아주 한가롭게 오솔길을 타박타박 걸어오고 있다. 송아지 한 마리와 어른 소 두 마리. 마치 가족처럼 보이는 녀석들은 진우를 보고도 별 놀라는 기색 없이 걷다가 또 길가의 풀을 뜯는다.

"……횡성 한우."

퀭한 눈으로 소들을 보고 있던 진우는 아무 생각 없이 중얼거렸다. 그리고 그 단어를 듣자마자 반사작용처럼 입 안 가득 침이 고인다.

한우…… 등심, 육회, 갈비, 불고기…….

주머니 사정 때문에 예전에도 별로 먹어 본 기억은 없지만, 세상이 이렇게 되어 버렸으니 앞으로는 더 먹기 어려워질 것이다. 하지만 지금이라면……

"크크크, 미친놈아. 고기 한입, 그것도 날고기 한입 먹자고 저렇게 멀쩡하게 돌아다니는 놈들을 죽이겠다고? 너 뭐냐? 악마냐? 크크크."

잠시나마 총을 만지작거렸던 자신이 우스워서 진우는 혼자 문답을 하고 쓴웃음을 지었다.

"너희 오늘 용꿈 꾼 줄 알아, 인마! 대검만 있었으면 나도 어떻게 했을지 몰라."

마음에도 없는 소리로 소 일가족에게 인사를 한 진우는 괜히 유쾌해져서 피식거리며 소들이 왔던 길을 따라 걸었다. 녀석들이 잘 가고 있나 다시 한번 확인하려고 고개를 돌리려는 순간, 콰쾅! 전방에서 엄청난 폭발음이 들려온다.

"으앗!"

진우는 또 바짝 엎드렸다. 곧이어 시작되는 총성. 메아리가 사방에서 울리지만, 열한 시 방향인 것 같다.

젠장! 교전을 피해서 얼마를 돌아왔는데, 여기에서도 또 이 난리라니. 그럼 대체 어디로 가라는 말이야, 어디로…….

이젠 이러는 거 정말 지긋지긋하다. 수풀 속으로 기어 들어가면서 진우는 총을 가진 모든 족속들을 저주했다.

쏭쏭쏭쏭쏭ㅡ.

머리 위로 울리는 요란한 소리. 바람을 가르며 지나가는 것은 헬리콥터. 크기나 모양이 아마도 블랙 호크인 것 같다. 블랙 호크는 능선에 바짝 붙어 낮게 날면서 진우가 숨은 곳을 지나쳤다.

어딜 목표로 하고 있는지는 모르지만, 저기에서 쏴 대기 시작하고 특수부대원들이 추가 투입 된다면 더 크고 진한 피바람이 불 것만은 분명했다.

"……미쳤네. 이젠 공중전까지…….”

순식간에 저 멀리까지 날아가는 헬기의 꽁무니를 보면서 진우는 맥없이 중얼거렸다. 말로는 타박을 하고 있지만, 그의 마음속에는 부러움의 감정이 더 컸다.

저 스피드…… 저 강인함…… 그리고 저 헬리콥터 내부의 병사들이 소지하고 있을 막강한 개인 화기…….

수명이 다해 버린 총을 들고 산속을 정처 없이 헤매고 있는 자신의 입장에서는 모두 다 부러울 수밖에 없는 것들이다. 물론 누군가의 명령에 따라 움직여야 한다는 건 질색이지만.

'또 있는 건가?'

세 대의 헬기가 더 지나갈 때까지 가만히 숨어 있던 진우는 수풀 밖으로 삐죽 고개를 내밀고 전방의 먼 산 쪽을 주시했다.

쑹쑹쑹쑹―.

아직도 작게 프로펠러 소리가 울린다. 그게 지나가 버린 헬기들이 남긴 메아리인지, 아니면 저 봉우리 앞쪽을 넘어오고 있는 또 다른 헬기가 만들어 내는 소리인지 가만히 귀를 기울이고 있는 동안에도 저 멀리 산속에서는 쉼 없이 총성이 난다.

잠시 후, 봉우리 사이로 다섯 번째 블랙 호크가 모습을 드러냈다. 능선에 바짝 붙어 날아오는 비행의 고도나 속도, 모두 앞서의 네 대와 거의 같았다.

"죽인다, 진짜……."

자신은 일주일이 걸려도 다 주파하지 못할 것 같은 지형을 순식간에 가로질러 날아오는 블랙 호크를 보며 진우가 중얼거렸다. 그리고 그로부터 1초도 지나지 않아 열한 시 방향의 산기슭에서 대각선으로 수천 개의 불꽃 기둥이 솟아올랐다.

"어!"

진우의 입에서 경악의 외마디가 터져 나왔다. 태어나서 그런 광경을 실제로 본 건 처음이었다. 몇 초나 지나서 드르르르륵― 드르르륵― 하는 저음의 발사음이 들려왔다. 블랙 호크의 주변을 서너 번 훑으며 방향을 조금씩 틀던 불꽃 기둥은 마침내 꼬리 로터를 박살 냈다.

꼬리 부분에서 시커먼 연기가 뿜어져 나오자마자 블랙 호크는 중심을 잃은 채 빙글빙글 돌았고, 그러면서도 엄청난 속도로 산을 향해 곤두박질쳤다.

드르릇— 드르릇—.

몇 차례 더 불꽃 기둥이 치솟았지만, 흔들리며 낙하하는 블랙 호크에 추가 대미지를 입히지는 못했다.

사실 그럴 필요조차 없었다. 이미 자세를 통제할 수 있는 기능이 마비된 블랙 호크는 요란한 소리와 함께 완만한 산의 중턱을 들이받았다. 곧바로 가느다란 연기가 솟아올랐다. 진우가 서 있는 곳을 기준으로 네 시 방향이다.

"하아아~ 하아아~."

너무나도 순식간에 일어난 학살. 중위의 피를 뒤집어썼을 때와는 또 다른 충격에 진우의 숨이 가빠진다.

자신이 그렇게도 부러운 눈으로 바라봤던, 강인하고도 아름다운 비행 물체가…… 그 안에 탑승하고 있던 병사들이…… 순식간에 끝장나 버렸다. 그 이상한 소리를 내는 발칸포의 화망에 걸리자마자…… 안전한 곳은 어디에도 없는 것이다.

"다, 달아나야 하나……."

진우는 초식동물의 얼굴이 되어 어디로 도망쳐야 할지 퇴로를 모색했다. 자신과 같은 땅개 하나를 잡으려 할 때도 그 많은 병사들이 추격해 왔었는데, 저렇게 커다란 전리품을 챙기기 위해서는 당연히 훨씬 더 대규모의 병력이 곧바로 투입될 것이다.

그러니 피하는 게 상책이다. 근처에서 어슬렁거려 봐야 공연한 싸움에나 말려들게 된다. 그리고 이번에는 이기기 어렵다.

그렇게 어디로 튈까를 고민하던 진우가 갑자기 우뚝 멈춰 섰다.

"가만…… 너 지금 대체 무엇 때문에 어디로 가려고 하는 거였어?"

'그거야 총알 가지러 화천 가는 거지…… 만 발. 알잖아…….'

"야! 바로 저기 네 시 쪽 산 중턱에 총알 있어. 아마 못해도 헬기 안에 수천 발은 들어 있을 거야. 거기에 더해서 총도 잔뜩 있을 거라고!"

'그러네……'

자신과 문답을 나눈 진우는 블랙 호크가 추락한 네 시 쪽의 산으로 시선을 돌렸다. 저 멀리 열한 시 방향에서 보낸 추격대가 네 시 쪽 추락 현장에 도착하는 것보다 자신이 훨씬 더 빨리 저기에 닿을 수 있다. 시야가 확보되어 있지는 않아도 연기가 피어오르고 있으니, 위치를 파악하는 데도 어려움이 없다.

'그럼 대체 왜 망설이고 있는 거지? 뭐가 그렇게 무서워?'

입술을 꽉 깨문 진우는 곧바로 오솔길을 뒤돌아 뛰기 시작했다. 요란한 소리에 겁을 먹고 걸음을 서두르는 황소 일가족을 추월한 진우는 망설임 없이 산비탈을 기어올랐다.

총! 총알!

광기에 가까운 설렘이 진우의 온몸에서 아드레날린을 샘솟게 만든다. 비탈을 미끄러지고 언덕을 뛰어넘는 동안 쿵쾅거리며 심장이 응원을 한다.

죽어 버렸을 게 분명한 젊은 군인들에 대한 애도나 비통한 동정심 같은 것은 완전히 저 구석 어딘가로 숨어 버렸다. 오로지 추격대보다 먼저 추락 현장으로 가서 무기와 실탄을 챙겨 달아나겠다는 일념뿐이다.

"하아아~ 하아아~."

얼마나 더 내달렸을까. 진우는 그 자리에 엎어져 잠시 숨을 골라야 했다. 너무 열심히 뛰느라 과부하가 걸렸던 심장은 금방이라도 터져 나갈 것 같다. 마음이 급해서 그렇게 느끼는 것인지, 아니면 산속의 원근감이라는 게 원래 그렇게 가까운 듯 막연하게 먼 것인지, 아무리 뛰고 달려도 연기가 솟는 지점과의 거리가 좀처럼 줄어들지 않는다.

하지만 그건 저 멀리에서 달려오고 있을 추격대에게도 공평하게 적용되는 조건이니까, 얼마든지 받아들일 용의가 있다.

"괜찮아, 하아~ 내가 더 빨라. 빠를 거야."

진우는 비와 땀으로 흠뻑 젖은 얼굴을 손바닥으로 훑어 내고, 부들거리는 다리에 억지로 힘을 줬다.

여기서 조금만…… 조금만 더 힘을 내면 정말 꿈에 그리던 것들을 손에 넣을 수도 있다. 그러니까…… 그러니까 기운을 내자.

진우는 그런 말들로 스스로를 다독이며 다시 이를 악물고 달리기 시작했다.

첨벙, 얕은 개울을 지나서 다시 언덕을 기어오르고, 비탈길에서는 구르듯이 몸을 던졌다. 나뭇가지에 얼굴을 긁히고, 힘이 풀린 다리 때문에 몇 번이나 넘어질 뻔하면서도 멈추지 않았다.

가느다란 연기가 바로 저기에서 그를 유혹하듯 피어오르는 통에, 지금 당장이라도 등 뒤에서 버석거리며 추격대가 나타날까 봐 두려워도 멈출 수가 없었다.

"끄으윽~ 으윽~ 하아아~."

사람이 '조금만 더, 조금만 더' 하고 욕심을 부리다가 이렇게 죽는 거구나 싶을 만큼 숨이 차오른다. 눈앞의 풍경이 조금씩 일그러진다. '이거, 아무래도 잠깐 쉬었다가 가야 하지 않을까.' 하는 유혹이 머릿속을 뒤흔들 때, 덤불 속을 빠져나온 진우의 눈에 커다란 쇳덩어리가 보였다. 헬기의 꼬리 부분이다.

"허! 바로 여기에 있어. 다 왔어!"

진우는 그것이 무슨 신의 계시라도 되는 양 잘려 나간 헬기의 꼬리 부분을 손으로 쓸며 지났다. 거기에서부터는 쉬웠다. 뚝 부러져 나간 나무들과 움푹 팬 흙이 헬기가 어떻게 휩쓸고 지나갔는지를 아주 친절하게 일러 주고 있었기 때문이다.

블랙 호크는 20여 미터 이상을 더 돌진한 후, 언덕 아래로 떨어져서 계곡의 물속에 앞코를 박고 멈춰 서 있었다.

상상했던 것보다 훨씬 기체 손상이 적어서 진우는 그게 놀라웠다. 떨어져 나간 오른쪽 문에는 피범벅이 된 사람의 상반신이 걸려 있다.

"후우우~."

한 번 깊게 숨을 들이쉰 진우는 K-2의 안전장치를 해제한 후, 천천히 언덕 아래로 미끄러져 내려갔다.

05

잘려 나가 땅속에 깊숙이 박힌 프로펠러 조각을 지나친 진우는 자세를 낮추고, 왼쪽으로 약간 기운 채 쓰러져 있는 블랙 호크의 뒷부분으로 살금살금 다가갔다.

이렇게나 강한 충격을 받고 추락한 헬기 내부에 생존자가 있을 것 같지는 않지만, 그래도 접근은 조심스럽다.

내부에 타고 있던 것은 어디까지나 고도로 훈련받은 군인들이고, 당연히 무장도 하고 있었을 것이다. 다 죽어 가는 사람이라도 방아쇠 정도는 당길 수 있다.

타닥타닥, 치이익—.

연기가 뿜어져 나오는 헬기의 로터에서는 화염이 쉬지 않고 타올랐다가 이슬비에 맞아 진정되기를 반복하고 있다. 그러나 헬기 전체로 불이 번질 위험은 아직 없어 보인다.

진우는 온몸의 신경을 바짝 곤두세운 채 아주 조심스럽게 한 발짝씩 내디뎠다. 거리가 줄어들수록 블랙 호크의 크기가 실감이 된다. 막연하게 상상했던 것보다 훨씬 크고 높아서 꼬리 날개를 제외한 몸통 자체만으로도 버스 크기와 비슷하다.

당장 눈으로 확인한 시체는 둘이다. 열려 있는 오른쪽 문에 걸린 피투성이 상반신, 그리고 헬기 기체에 가려져 위에서는 보이지 않던 또 한 구의 시체가 계곡 물속에 머리를 박은 채 움직이지 않는다.

거미줄처럼 금이 간 블랙 호크의 전면 창이 온통 붉은 피로 물든 것으로 보아 조종사와 부조종사도 살아 있을 것 같지는 않다. 그들까지 치면 넷이다.

원래 몇이나 타고 있었을까?

진우는 헬기 뒤쪽에 바짝 붙어서 신음 소리가 나는지 귀를 기울였다.

들린다. 있다.

"으으으…… 으으……."

아주 작은 신음. 신경 써서 듣지 않았더라면 다른 소음들에 묻혀 인지하지 못했을 만큼 꺼져 가는 숨소리가 끊어질 듯 간간이 들려온다. 그 외에 다른 사람의 기척은 느껴지지 않았다.

얼마나 다친 거지?

진우는 고민에 빠졌다.

방아쇠를 당길 힘은 있는 걸까?

헬기 내부의 구조도, 내부의 상황도 전혀 모르기 때문에 뛰어들기가 망설여진다.

가장 빠르고 간단한 문제 해결 방법은 내부에 총질을 두어 번 갈겨 주는 것이지만, 그런 건 하고 싶지 않다. 자신은 그저 여기에 원래 주인들이 이제 더 이상 사용할 수 없게 된 개인 화기와 실탄을 훔치러 온 것뿐이다.

부상병을 확인 사살 하는 건 계획에 들어 있지 않았다. 총소리를 내는 것도 바람직한 일이 아니다.

텅—.

내부에서 뭔가 울림이 들려온다. 사람 몸무게 정도의 질량이 바닥에 쓰러지는 듯한 소리. 그리고…….

턱, 쇠가 쇠와 부딪치는 소리.

그러면서 신음은 더 커졌다. 안의 상황이 대충 상상이 간 진우는 기울어 있는 왼쪽의 문으로 총구를 고정했다. 꽤나 크게 다친 누군가가 기어 나오려 하고 있다. 그럴 때는 당연히 아래쪽 경사로를 향해 빠져나오려 할 것이다.

"끄으윽~ 으으으~."

진우의 예상이 맞았다. 독특한 모양의 하이바를 쓴 군인 하나가 피카티니 레일이 달린 신형 K-2 개머리판으로 바닥을 찍으면서 헬기 바깥쪽으로 아주 천천히 빠져나온다.

고통스럽게나마 포복하고 있는 것이 용할 만큼 두 다리의 상태가 좋아 보이지 않는다. 얼굴과 발목에서 흘러나온 붉은 피는 그가 지나가는 경로를 따라 흙을 물들이며 선명한 궤적을 만들어 놓았다.

"끄으으……."

개머리판으로 땅을 짚고 어떻게든 일어나 보려던 부상병이 땅에 나뒹군다. 진우가 모습을 감추고 있던 헬기 뒤쪽과 5미터도 떨어져 있지 않은 지점이다.

녀석이 바닥에 벌렁 넘어지면서 K-2를 손에서 놓쳐 버리는 걸 확인하자마자 진우는 곧바로 뛰어나갔다. 만약 놈이 다시 총을 집어 든다면 그때는 망설임 없이 방아쇠를 당기자고 마음을 다잡았다.

"으윽!"

하지만 놈의 부상 정도는 생각보다 훨씬 심했던 모양이다. 진우가 달려오는 걸 보고 놀라 고개를 돌리면서도 이렇다 할 대응을 하지 못한다. 물론 찰나의 짧은 순간이었다. 진우는 얼른 바닥에 떨어진 신형 K-2를 밟고 놈에게 총구를 겨눴다.

"움직이지 마! 두 손 하늘!"

부상병은 증오에 가득 찬 눈으로 진우를 노려본다. 아직 녀석의 손은 전술 조끼 주변에 머물러 있다. 권총이나 뭔가 다른 무기를 꺼낼지도 모른다는 생각에 진우는 한 번 더 힘주어 명령했다.

"손 들어. 한 대 맞고 들래?"

부상병은 천천히 머리 위로 손을 올리면서 의아하다는 듯 물었다.

"너…… 너 뭐야? 옷 꼬라지며…… 하이바도 없이……."

진우는 대꾸하지 않았다. 가슴에 총을 겨눈 채로 바닥에서 자신의 총을 주워 올리는 진우를 향해 부상병은 다시 묻는다.

"……1107 소속이 아니잖아? 그런데 왜 여기서 이 짓을 하고 있어?"

"글쎄, 나도 그걸 알고 싶네. 어허, 손!"

새 총을 걸쳐 메는 동안 녀석의 손이 슬슬 내려오는 걸 보면서 진우는 재차 지적을 했다.

끄으으~. 부상병은 신음을 토해 가며 손을 든다. 90도 이상 돌아간 발목은 보는 것만으로도 고통스러워 보였다. 하이바와 머리 사이에서도 잊을 만하면 한 번씩 피가 주르륵 흘러내렸다.

진우는 부상병의 등 뒤로 돌아가 자세를 낮춘 채 녀석의 몸을 방패로 삼고 헬기 내부를 살폈다. 움직이는 것은 보이지 않는다. 그래도 확인하는 의미에서 물어보았다.

"안에 생존자 더 있어?"

부상병은 대답 대신 다급한 제안을 했다.

"너…… 무슨 사연인지는 모르겠지만, 여기…… 여기 있으면 안 돼. 대공 발칸 쐈던 새끼들이 금방 쫓아올 거야. 끄으으~ 너나 나나 잡히면 죽어. 후우우~ 빨리 여기를 뜨자. 조금만…… 조금만 도와줘. 여기서 벗어나야 돼."

"쫓아오는 거 알고 있어. 물론 난 그 전에 뜰 거고."

진우는 부상병의 왼쪽 어깨를 당겨 바닥에 눕히고 그의 허벅지에서 권총을, 칼집에서 대검을 빼냈다. 부상병을 무장 해제 시킨 진우는 블랙 호크의 내부로 들어갔다.

치짓! 치지직!

계기판과 조종간에서는 불꽃과 함께 하얀 연기가 조금씩 뿜어져 나온다. 예상했던 대로 두 명의 조종사는 피범벅이 된 채 사망한 상황이었고, 탑승 구역에도 세 구의 시신이 더 있었다.

낯이 흙빛으로 변해 버린 시체들은 다들 척추와 목뼈가 심하게 꺾인 채 죽어 있다. 밖으로 튕겨 나간 사망자는 아마도 기관총 사수였던 모양이다.

"탈영하기 전에는 어느 편이었어? 어디 소속이야?"

"난 내 편이야."

진우는 차갑게 내뱉고서 어지러운 헬기 안을 살폈다. 내부는 엉망이었다. 바닥에는 피가 잔뜩 튀어 있고, 떨어져 나온 좌석 벨트와 로프, 여러 종류의 수하물, 개인 화기들이 잔뜩 널브러져 제대로 발 디딜 틈조차 찾기 어려울 지경이다.

가장 먼저 진우의 관심을 끈 것은 바닥에 엎어져 있는, 커다란 검은 가방들이었다. 영화에서 은행 강도들이 돈을 담아 나오는 것과 비슷한 크기와 모양이다.

지이익—.

진우는 그중 한 개의 지퍼를 내려 봤다. 탄창과 소음기가 달린 기관단총, 정글모가 들어 있다.

가방 하나 가득한 만큼의 탄창…….

진우의 가슴이 두근거린다. 곧바로 두 번째 가방을 열었다.

이번에도 탄창. 5.56㎜ 30발짜리다.

꿈에서도 나왔던 광경. 각기 구경이 다르기는 해도 셀 수 없을 만큼 많은 실탄이 가방 두 개에 들어 있다. 부상병과 블랙 호크 내부를 번갈아 보며 탐욕스럽게 가방들을 열어젖히는 진우를 향해 부상병이 말했다.

"그런 거 말고 저기 저…… 무전기를 챙겨. 실탄 좀 챙겼다고 도망갈 수 있을 거라 생각하나? 끄으으…… 아니, 못 가. 저 새끼들…… 사방에 지뢰도 깔아 뒀을걸? 하지만 나는 도와줄 수 있어. 그러니까…… 나를 데려가, 이병. 나는 이런 상황을 수도 없이 훈련받아 왔어. 산 두 개만 넘으면 우리 둘 다 안전하다. 그때 서로 제 갈 길 가자. 너는 네 갖고 싶은 거 챙기고…… 나는 무전기만 줘."

진우는 부상병이 가리키는 방향으로 시선을 돌렸다. 배낭형 무전기는 이미 박살이 나 있다. 하긴 저게 멀쩡했더라도 애초에 도와줄 마음 같은 건 없었다.

"당신네들…… 우수한 군인이라는 거 아는데, 이 상황에서는 무리야. 걷지도 못하는 사람 끌고 도망가 봐야 결국 둘 다 잡혀. 그 다리로 어딜 가겠다고 그래. 그리고 무전기 박살 났어. 희망을 버려."

진우는 가방을 블랙 호크 입구로 끌어내면서 무감정하게 대꾸했다. 그러고는 세 번째 가방을 열었다. 또 기관단총과 탄창. 이런 화력을 갖춘 우수한 병력들이, 나라가 이 지랄이 났는데 왜 좀비가 아닌 군을 상대로 투입되고 서로 총질을 해 대는지 이해할 수 없었다.

철컥, 진우는 자신과 체격이 비슷한 시신을 골라 안전벨트를 풀고 배낭과 전술 조끼를 벗겨 냈다. 낡아 다 찢어져 가는 자신의 전술 조끼와 인삼 보따리를 벗은 진우는 검은색 방탄 전술 조끼를 걸쳤다. 그러고는 목이 부러진 시체에서 벗겨 낸 검은색 하이바를 자신의 머리에 걸쳐 봤다. 대충 들어맞는다.

"부탁한다……. 여기에 있으면 나는 죽어……. 데리고 가라. 산 두 개만 넘으면 된다니까……. 지금 출발하면 갈 수 있어. 끄으~."

진우가 새로 획득한 하이바의 끈을 조이는 걸 보면서 부상병은 재차 부탁을 했다. 진우는 냉정하게 고개를 저었다.

"무전기가 망가졌다니까? 그리고 내가 데리고 가 봤자 산 하나 넘기도 전에 죽을 거야. 추격대가 오면 그냥 얌전히 항복을 해. 치료해 달라고 하고. 그게 오히려 생존 확률이 높아. 두 손 들고 누워 있는데 죽일 놈 없어. 대부분 그만큼 독하지가 못해."

몇 개의 가방을 더 확인해 본 진우는 폭발물이나 방독면처럼 쓸모없는 장비들을 덜어 내고, 그 자리에 탄창과 전투식량을 채웠다. 먹어 본 적이 없는 제품이지만, 어쨌든 감자를 캐 먹는 것보다는 백배 나을 테니까.

실탄은 5.56㎜ 위주로 챙겼다. 소음기가 욕심나기는 하지만, 기관단총은 아무래도 근거리용이라 쓰임새가 제한될 것이다. 진우의 대답을 들은 부상병은 이를 악물면서 분한 목소리로 애원했다.

"젠장! 이 피! 끄으으…… 니가 인간이라면 지혈이라도 좀 해 주고 뭘 해!"

부상병이 가리키는 곳은 그의 발목과 종아리 부분이다. 두 다리가 더 심각한 부상을 입은 상황. 날카로운 것에 걸려 찢어진 살과 뒤틀린 뼈 때문에 사실 의료 지식이 전무한 진우로서는 어떤 처치를 해야 하는지도 모르겠다. 진우가 눕혀 놓은 대로 가만히 있으면 조금이라도 나을 텐데, 부상병은 자꾸 몸을 일으켜 가며 저 난리를 친다.

그리고 무엇보다도 상대방에 대한 신뢰가 없기 때문에 진우는 그에게 다가가 위험을 자초하는 상황을 만들고 싶지 않았다.

조금 전, 본인의 입으로 말했듯이 저 부상병은 이런 상황에 대처하기 위해 혹독한 훈련을 거친 엘리트 군인이다. 그런 살인 전용 병기에게 바짝 다가가서 두 손을 다 사용해 가며 치료를 하다가 어떤 위기를 만날지 알 수 없다.

"끄으응~!"

권총집까지 차고 배낭을 짊어진 진우는 바닥에 놓아둔 가방 네 개를 모두 들어 보려고 용을 썼다. 어찌어찌 들어 올리기는 했는데, 너무 무겁다. *끄응~* 아무리 가볍게 잡아도 합이 40, 50킬로그램은 넘는 것 같다.

게다가 등의 배낭, 짊어진 총, 탄창이 주렁주렁 달린 전술 조끼 자체의 무게까지 더하면 총 70킬로그램은 우습게 넘을 기세다.

안 되겠어. 이렇게 들고서는 못 달려…….

진우는 고개를 저으며 가방을 다시 내려놨다.

'아…… 젠장, 어떤 걸 버리지?'

진우는 두고 갈 것과 가져갈 것들을 고르기 위해 가방의 지퍼들을 다시 열어 봤다. 다시 봐도 너무나 좋은 것들뿐이다.

탄창, 기관단총, 그리고 식량…….

도저히 버릴 것을 못 고르겠다. 진우는 탐욕에 사로잡혀 초조하게 입술을 깨물었다.

"쿠욱! 쿨럭쿨럭! 캑! 캑!"

용을 쓰던 부상병이 돌연 마른기침을 해 댄다. 그걸 보고 나서야 진우는 자신도 꽤 목이 마른다는 걸 깨달았다. 실탄과 화기에 대한 욕심 때문에 미처 인지하지 못하고 있었을 뿐이다.

어쩐지, 머리가 잘 안 돌아가더라…….

죽은 병사에게서 수통을 풀어낸 진우는 뚜껑을 열고 몇 모금을 크게 들이켠 후, 헬기 밖으로 나가 부상병에게 권했다.

"하아~."

꿀꺽대며 급하게 물을 마신 부상병이 수통을 바닥에 떨구며 한숨을 몰아쉰다. 진우는 다시 헬기 안으로 들어가 가능한 한 짐을 적게 덜어 내고도 빨리 움직일 수 있는 방법이 없는지 궁리했다. 그러다가 좌석의 구석에 놓여 있는 긴 총을 발견했다.

저격 소총이다.

아……. 진우는 홀린 듯 다가가 조준경이 부착된 소총을 집어 올렸다.

'이거였구나. 이걸로 나는 보이지도 않는 까마득한 거리에서 내 머리를 겨눴었구나…….'

저격 소총을 든 진우는 사격 자세를 취해 보고, 조준경의 커버를 벗겨 눈에 대 봤다. 순식간에 수십 배의 배율로 확장된 경치가 눈에 들어온다. 욕심이 난다. 짐을 덜어 내려고 하던 참이었는데, 오히려 묵직하고 커다란 총까지 더 가져가고 싶어져 버렸다.

'일단 가져가자. 버리는 건 나중에 버린다고 해도…….'

진우는 저격 소총 멜빵을 사선으로 걸치고 다시 배낭을 멨다. 그러고는 총이 떨어져 있던 주변을 뒤져서 7.62㎜ 탄창이 든 배낭을 찾아냈다.

이제 짐은 또 10킬로그램 가까이 늘어났다. 한 개도 버리고 가고 싶지 않다. 들고 가는 것 외에 다른 방법을 찾아내야 한다.

"이건……."

헬기 내부에 어지럽게 늘어져 있는 나일론 로프 사이에서 파이프에 둘둘 말려 있는 녹색 직물을 발견한 진우는 얼른 그것을 꺼냈다. 들것이다.

진우는 반으로 접혀 있던 들것을 밖으로 가지고 나가 폈다. 길이는 2미터가량, 폭은 50여 센티. 양쪽 끝으로는 플라스틱 커버가 달린 파이프가 길게 튀어 나와 있다.

"좋아, 좋아. 이거면 되겠어……. 고정을……."

진우는 조금 전 획득한 대검을 꺼내 어지럽게 널려 있는 격자 구조 나일론 로프들을 끊어 내기 시작했다. 잘라 낸 로프들을 바닥에 먼저 깐 진우는 그 위에 들것을 올렸다. 그리고 들것에 총과 탄창이 든 검은 가방들을 평평하게 올렸다.

"나는 데리고 갈 수 없다면서 그걸 다 가지고 가겠다고? 다시 생각해라. 그

많은 실탄 다 사용하기도 전에 죽을 거다. 이병, 네 욕심은 이해하지만, 너에게는 생존 기술이 없다. 하지만 나는 널 도와줄 수 있어……. 도주, 매복, 위장, 저격…… 그리고 너는 나라를 위해서 뭔가를 하게 되는 거다."

물 한 모금에 기운을 얻은 부상병이 또 입을 열고 설득을 시도한다.

미친…… 생존 기술이 뭐가 어쩌고 어째? 내가 어떤 아수라장을 헤쳐 왔는지 알지도 못하는 주제에…….

곧바로 받아치고 싶었지만, 그래 봐야 아무 이득도 없는 일이다.

진우는 입을 꾹 다물고 오직 나일론 로프들로 가방과 들것을 단단히 고정하는 일에만 집중했다. 바닥으로 기울일 쪽에는 로프를 더 단단히 두 겹으로 감았다. 그러고는 두 줄을 길게 빼서 앞쪽으로 돌렸다.

"끄응차~!"

줄을 어깨에 감고 당겨 보니 정말로 무겁다. 하지만 못 끌고 갈 정도는 아니다. 진우는 들것으로 만든 캐리어를 잡아당겨 가며 완만한 언덕 쪽으로 올라갔다.

개천을 따라가면 몸이야 편하겠지만 지대가 낮고 시야가 트여 있어 금방 눈에 띄게 될 것이다. 왔던 길을 되짚어가서 아예 존재하지 않던 사람처럼 사라져야 한다. 그래야 추격대에 대한 걱정을 하지 않을 수 있다.

"이봐, 어린 친구……."

부상병이 은근하게 부른다. 진우가 달아날 준비를 하는 것을 보고 그의 말투는 더 간절해졌다.

"자네가…… 후우, 반란군 새끼들에게 동조하고 있는 게 아니라면 나를 좀…… 도와줘. 이렇게…… 끄으, 부탁할게. 간청한다. 네 바로 옆에 덧없이 스러져 간 병사들의 얼굴을 봐서라도 좀 들어줘. 나를 데려가, 제발. 이 싸움은 국가의 명운이 달린 거야. 여기서 잡히면 난…… 죽을 때까지 고문당하게 될 거라고."

"그럼 고문당하기 전에 다 불어. 끄응차!"

들것 캐리어를 언덕 위로 다 끌어다 놓은 진우는 한숨을 내쉬며 추격대가 쫓아올 것이라 예상되는 경로 쪽을 돌아봤다. 숲은 고요하기만 하다. 아직 시간이 있다. 애초에 대공 캐논을 쐈던 산은 워낙 거리가 먼 곳이었다.

캐리어를 덤불 속에 숨겨 둔 진우는 땀을 훔치고 헬기에 부딪쳐 꺾인 나뭇가지 하나를 주워 들었다. 그러고는 다시 언덕을 내려가 나뭇가지로 비질을 하며 캐리어를 끌고 왔던 흔적을 지웠다.

비가 내린 후의 젖은 흙은 자연스러운 모양으로 골을 메워 주었다. 그런 모습을 보며 부상병은 한 번 더 분노를 표출했다.

"너 같은 새끼가 대한민국의 군복을 입고 있다니…… 이 더러운 도망자 새끼! 이기주의자 새끼야."

진우는 비질을 멈추고 부상병의 근처로 가 눈을 똑바로 마주 보며 입을 열었다.

"중사님."

부상병도 지지 않고 노려본다. 진우는 낮은 목소리로 이야기를 이었다.

"당신들이 얼마나 거창한 걸로 싸우고 있는지 그런 거는 난 잘 모르겠습니다. 하지만 군인의 의무를 말하고 싶은 거라면, 난 이미 최선을 다했으니까 더 이상은 아무것도 요구하지 마십쇼."

"후우~ 네가 그렇게 가면 내가 입을 다물 거라고 생각하나? 내 진짜 동료에 대해 털어놓기 전에 네가 간 방향을 먼저 고자질할 거라는 생각은 안 들어? 내 동료들이 만약 지금 네 모습을 보면 어떤 복수를 할지 상상이 가나? 응?"

"그건 좋을 대로 하세요. 당신 자유니까."

벌떡 일어난 진우가 새로 얻은 K-2를 꽉 잡으며 말했다.

"하지만 날 잡기는 쉽지 않을 겁니다."

Chapter 49
외전: 헬게이트

이 이야기는 좀비 세상 첫날, 박테리아가 확산되는 과정을 담은 외전입니다.

01

"비켜! 비켜!"

새벽 4시. 조용하던 용산 프란체스코 병원 응급실의 문이 열리고 한 무리의 검은 양복을 입은 덩치들이 들이닥쳤다. 험상궂은 그들은 닥치는 대로 사람들을 밀치며 들어와 사방을 두리번거리며 무언가를 찾았다.

그들 중 맨 뒤의 남자가 둘러업고 있는 것은 만배파의 넘버 투, 최성호.

"으~으으!"

1500만 원짜리 양복을 온통 피로 적신 채 의식을 잃고 널브러져 있는 최성호의 입에서 신음이 흘러나왔다.

"의사 나와!"

빡빡 깎은 머리의 사내가 응급실이 떠나가라 외쳤다. 응급실 침대에 누워서 고통을 호소하던 다른 환자와 보호자들은 겁에 질려 눈을 마주치지 않기 위해 힘겹게 돌아누웠다.

"응급실에서 이러시면 안 돼요. 먼저 수속부터 밟으시고······."

용기가 있는 것인지, 분위기 파악을 못 하는 것인지 알 수 없는 간호사 하나가

다가가서 사내들을 진정시켜 보려 했지만, 그들은 예의를 갖추기엔 너무 다급했다.

빡빡머리 사내는 옷깃을 잡으려는 간호사의 따귀를 사정없이 후려치며 악을 썼다.

"안 되긴 뭐가 안 돼, 이 싸가지 없는 년아! 여기 이분이 누구신 줄 알고! 야 이…… 씨발, 의사 안 나오고 뭐 하냐?"

간호사의 편을 들기 위해 다가오던 인턴들은 그 장면을 보고 그대로 얼어붙어 버렸다.

"용식아!"

중년의 사내 하나가 근엄하게 이름을 부르자 핏대를 세우던 빡빡머리는 곧 입을 다물었다.

"이봐, 거기, 의사 선생."

중년 사내가 손을 들어 바짝 긴장해 있는 인턴들 중 하나를 가리켰다.

"빨리 외과 과장 호출해서 내려오라고 해. 오는 길에 전화해 놨으니까, 육 회장님이 보낸 분이라고만 하면 알 거야."

그의 말이 다 끝나 갈 때쯤, 응급실 반대편 문을 열고 외과 수술팀이 급하게 뛰어 들어왔다. 스태프들이 수술용 침대에 환자를 옮겨 눕히고 각종 측정기를 매다는 동안 젊은 의사가 숨을 헐떡이며 물었다.

"헉, 허억, 최성호 님 보호자분이시죠? 지금 곧바로 수술 들어가겠습니다."

"누구지? 낯이 선데? 조 박사님이 집도하는 거 아니었나?"

중년 사내가 의심쩍은 눈초리로 물었다.

"전 외과 2팀장입니다. 조 박사님도 곧 도착하신다고…… 일단 응급 처치는 제가 맡습니다."

의사는 말을 마치자마자 돌아서서 최성호의 상태를 보고받았다. 심각했다. 한눈에도 알 수 있는 과다 출혈에, 호흡도 불안정하고 심박 수는 20 언저리에 머물고 있었다. 게다가 어찌 된 영문인지 그렇게 피가 돌지 않는데도 온몸이 불덩어리처럼 뜨겁다.

동공의 반응 역시 간헐적으로만 일어났다. 그는 일단 강심제와 혈액 투여부터 명령했다. 이대로 두었다간 뇌까지 산소가 닿지 못해 몇 분 내에 뇌사가 일어날 수 있었다.

'아니, 어쩌면 이미 늦었을지도…….'

그런 생각이 들자 젊은 의사의 목덜미에는 식은땀이 흘렀다. 전국 최대의 폭력 조직 넘버 투가 자기가 집도하는 수술에서 죽었다가는 골치가 아픈 정도로 일이 끝나지 않을 것이다.

"수술실로 곧바로 이동한다. 마취팀, 준비됐지?"

스태프들을 다그치는 젊은 의사의 목소리가 더욱 다급해졌다.

"네!"

수술용 침대를 밀며 수술실로 뛰어가려는 그를 중년 사내가 붙잡았다. 중년 사내의 손은 피에 전 붕대로 감겨 있었고, 그 피는 고스란히 의사의 하얀 가운에도 묻어 붉게 번졌다.

"젊은 선생!"

"뭡니까?"

"부디 잘 부탁드립니다. 저희에게는 목숨보다 귀한 형님이십니다."

그런 말을 하면서도 사내의 눈은 의사를 똑바로 노려보았다. 그것은 또 다른 형태의 협박이었다. 중년 사내가 고개를 숙이자, 뒤에 서 있던 덩치들도 일제히 허리를 90도로 굽히며 크게 합창을 했다.

"잘 부탁드립니다!"

"그, 그만두세요. 이럴 시간이 없습니다!"

어지간히 질린 젊은 의사는 곧바로 뒤돌아 뛰었다. 그가 긴 복도를 지나 수술실 문을 양쪽으로 젖히고 들어가는 것과 동시에 문 위의 램프에는 수술 중이라는 걸 알리는 불이 들어왔다.

"수, 수술실 왼편에 대기실이 있습니다. 수술이 끝나자마자 만나실 수 있으니,

그쪽에서 기다리시는 게…….”

인턴 하나가 다가와 쭈뼛거리며 말했다. 돌려 말하고는 있지만, 응급실 분위기 험악하게 만들지 말고 이제 좀 다른 사람들 시야 밖으로 사라져 달라는 주문이었다.

"……그럽시다."

선선히 대답을 한 중년 사내가 뒤에 섰던 덩치들을 거느리고 사라지자, 그제야 응급실을 가득 채우고 있던 긴장감이 걷히며 여기저기서 한숨이 터져 나왔다.

"충기 형님, 여기 앉으십시오. 고생 많으셨습니다."

대기실에 들어서자마자 빨간 구두를 신은 녀석 하나가 앞질러 달려가 의자의 먼지를 털어 낸 뒤 중년 사내에게 자리를 권했다.

"어흐으!"

의자에 엉덩이를 걸치자마자 중년 사내의 입술 사이로 가볍게 앓는 소리가 삐져나왔다. 강서 정수장에서 프란체스코 병원이 있는 용산까지, 새벽 서울 도로를 신호도 무시하고 시속 200킬로미터 가까이 내달렸던 긴장이 조금은 풀어진 탓이었다.

건달 밥을 먹은 지 20년이 되었지만 오늘 밤같이 지랄 맞은 경험은 처음이었다. 회칼을 맞고도 고꾸라지지 않는 괴물들을 다 만나게 될 줄이야.

"야, 커피 한 잔 뽑아 와라. 형님 목마르시겠다."

충기에게 의자를 권했던 빨간 구두가 대기실 입구를 막고 나란히 서 있는 부하들에게 명령을 했다. 충기는 붕대 감은 손을 내저으며 말했다.

"커피는 됐고, 소주나 두어 병 사 와. 다들 어지간히 기운도 뺐으니까 술심이라도 빌어서 버텨야지. 수술도 길어질 것 같으니까…… 어이, 담배 하나 줘라."

빨간 구두는 잽싸게 담배를 꺼내 라이터를 켰다. 비에 흠뻑 젖은 담배에 겨우 불을 붙여 왼손에 끼워 주자, 충기는 깊이 한 모금을 들이켠 뒤 천천히 내뱉었다. 차갑고 청결한 냄새가 나는 수술 대기실의 공기 속으로 뿌연 담배 연기가 번졌다.

"윽!"

긴장이 풀어진 몸에 고통이 번져서 충기는 잠시 미간을 찌푸렸다. 정체 모를 괴물에게 물려 잘려 나간 오른손 검지에서는 아까부터 불로 지지는 듯한 통증이 계속 그를 자극하고 있었다.

하나 그보다 더 괴로운 것은 간간이 오른팔 전체로 번져 올라오는 저릿저릿한 감각이었다. 누군가 그의 팔에다가 전깃줄을 꽂아 두고 스위치를 켰다 껐다 하는 것 같았다.

"형님도 이거 치료받으셔야 하는데……."

곁에 서 있던 빨간 구두가 충기의 다친 오른손에 시선을 두며 아첨이 섞인 걱정을 했다. 충기는 담배를 이로 문 채 과장스럽게 턱을 치켜들며 대수롭지 않다는 듯 대꾸했다.

"야, 이놈아, 지금 성호 형님이 큰 수술을 받으시는데 이까짓 손가락 한두 개가 뭐 대수라고."

"역시 형님께서는 진짜 사나이십니다. 제가 또 배웁니다."

두 건달이 입에 발린 소리들을 늘어놓고 있는 동안 심부름을 갔던 녀석이 소주를 사서 돌아왔다. 충기는 종이컵을 꽉 채워 한 잔을 들이켠 후, 나머지를 부하들에게 돌렸다.

"그거 마시고 다들 기합 바짝 넣어라. 성호 형님 무사히 나오실 때까지 우린 이 자리에서 한 발짝도 움직이지 않는다."

"네! 형님!"

말은 그렇게 해 두었지만 피로가 무겁게 짓누르는 새벽 시간인 데다가 비에 흠뻑 젖고 피까지 흘린 덕에 충기의 눈꺼풀은 매초, 매초가 흐를 때마다 점점 더 무거워졌다. 줄담배를 피워 물었다가 바닥에 비벼 꺼 보기도 하고, 자리에서 일어나 서성대 보기도 했지만, 그래 봐야 잠시였다.

오히려 지독한 통증이 머리까지 번지는 바람에 하마터면 부하들이 보는 앞에서 헛구역질을 할 뻔했다.

……나이는 못 속이는 건가.

고작 이 정도의 부상에 정신을 차리지 못할 만큼 약해진 자신을 느끼며 충기는 속으로 한숨을 쉬었다. 정신이 몽롱해지는 가운데 그는 깜빡 졸고 말았다.

잠에 빠져들기 전, 그가 마지막으로 인식했던 것은 급하게 수술실 안으로 들어가는 조 박사의 모습이었다.

◦━━◦◦━━◦◦━━◦

한편, 육만배의 수행 차량과 괴물을 실은 봉고는 그 시각에 인천공항 화물 터미널에 막 도착해 있었다. 갑자기 전화가 와서 접촉 장소를 이곳으로 바꾸는 바람에 방향을 돌려 달려온 것이다.

길게 늘어서 있는 여러 개의 거대한 상업용 항공 화물 창고들을 지나 거의 끝에 이르자, 전해 들었던 대로 간판도 없는 창고에서 그들을 마중하는 불빛이 비쳤다.

"저기에다가 세워."

육만배가 손짓을 하자 두 대의 검은 승용차와 승합차는 나란히 창고 앞에 멈춰 섰다. 경호원이 문을 열어 주고 육만배가 차에서 내려서자, 안쪽에서 경박한 목소리가 들려왔다.

"하이고, 뭐 이렇게 한참 걸려? 하여간 노인네들이랑 일하면 아예 시계를 차고 오지 말아야 한다니까."

30대 중후반의 남자 하나가 과장된 몸짓을 하며 다가온다. 곱상한 이미지와 달리, 실은 천하의 개망나니라고 소문이 자자한 태양 그룹의 후계자였다.

젠장, 속았나…….

남자의 얼굴을 본 육만배는 속으로 끌탕을 했다. 어제 회장의 직속 비서가 찾아와 이 건을 부탁할 때만 해도 육만배는 그것이 태양 그룹 황 회장의 주문이라고만 생각했었다.

하지만 이제 와 생각해 보니 아무래도 지금 그의 눈앞에서 사악하게 웃고 있는 저 망나니가 중간에서 뭔가 장난을 친 모양이라는 생각이 스쳤다.

"작은 회장님, 오셨습니까?"

육만배는 마음을 속이는 미소를 보이며 공손히 허리를 숙였다. 돈이 어른인 세상이라, 이 망나니가 이 나라에서 두 번째로 높은 사람인 것이다. 작은 회장이 낄낄대며 말했다.

"아이구, 왜 이러셔? 당신도 회장이잖아, 육 회장. 씨발, 그러고 보니 내 주변엔 개나 소나 다 회장이야. 우리 집 노친네도 회장, 울 할망구도 뭔 협회 회장, 그리고 지금 육 회장. 어이, 육 회장. 고개 들어요! 난 사장이니까 당신이 더 높잖아."

"천만의 말씀을 다 하십니다. 저야 그저 애들 몇 명이랑 밥값이나 벌어 보자고 뛰어다니는 중입니다. 어디 비교가 되겠습니까."

굴욕적인 말이지만, 동시에 사실이기도 했다. 사람들이 육만배를 가리켜 밤의 황제니 전국구 보스니 하지만, 황 회장이 마음만 먹으면 단 며칠 만에도 그의 조직은 먼지처럼 산산이 부서져 버릴 터였다.

"아, 아, 그런 소리 들으러 온 거 아니니까 됐고, 물건이나 넘겨받읍시다. 잘 가지고 왔수?"

"네, 저기 승합차 안에…… 얘들아, 어서 물건 옮겨 넣어 드려라."

"아니야! 너넨 그냥 문이나 열어 두고 가만히 있어. 어디, 태양 그룹 소유지에 깡패 새끼들이 더러운 족발을 들이밀려고. 야, 챙겨."

작은 회장이 손가락을 튕기자 창고 안쪽에서 경찰 특공대처럼 검은 헬멧에 마스크까지 낀 녀석들이 우르르 뛰어나와 승합차를 점거했다. 그리고 지게차가 작은 컨테이너를 싣고 접근했다. 컨테이너의 내부를 힐끔 보니 두꺼운 금속으로 둘러싸여 있었다.

아마 납일 것이다. 납으로 싸 두면 혹시 있을지 모르는 GPS 발신도 차단하고, 엑스레이 투시도 막아 준다. 작은 회장 뒤에 버티고 선 경호원들에게 시선을 돌리니, 양복이 유난히 불룩한 것이 육만배의 눈에 들어왔다.

'기관단총을 채워 놨군. 겁쟁이 놈…….'

사람에게 심부름을 시켜 놓고는 총을 찬 채 맞이하다니, 그리고 그런 사실을 굳이 숨기려고도 하지 않다니…….

이런 방식의 거래는 반감만 산다. 무력에 그렇게 자신이 있었다면 남에게 시키지 말고 자신의 손으로 했으면 될 일이다. 이 망나니 자식은 말만 번지르르하지, 도무지 제대로 하는 게 없다.

눈빛과 목소리만으로도 상대를 제압하던 제 아비에 비하면 이런 건 그냥 잔챙이도 못 된다. 그저 아비의 후광만 믿고 미쳐 날뛰는 애송이에 불과했다.

"그래, 뭐가 들었습디까?"

짐을 화물 창고 안으로 들이는 동안 작은 회장이 물었다.

육만배는 억울하다는 듯 두 손을 들어 손사래를 쳤다.

"하, 하하, 저야 그저 심부름이나 하는 놈인데, 어디 감히 회장님 물건에 손을 대겠습니까? 믿어 주십시오. 그냥 얌전히 가지고만 와서 아무것도 모릅니다."

"캬하하하! 지금 그걸 믿으라고? 시발, 사람을 무슨 코찔찔이 중학생으로 아나? 크크크큭! 아, 뭐, 됐수다. 열어 봤어도 뭐, 어쩔 수 있는 물건도 아니고. 어이, 준비한 거 드려라."

경호원 중 하나가 다가와 007 가방 두 개를 내밀자 육만배의 경호원이 나서서 받아 들었다.

"안 세어 봐요? 얼마인지도 모르잖아?"

돈 가방을 트렁크에 실을 때, 작은 회장이 놀리는 것처럼 물었다. 순박한 사람의 가면을 쓰고 있는 육만배는 뒷머리에 손을 올리며 대답했다.

"허허허, 무슨 그런 섭섭한 말씀. 작은 회장님께서 저희를 신경 써 주신 것만 해도 그저 감사한데, 액수야 문제가 되겠습니까?"

"흥, 그럼 줄 거 줬고, 받을 거 다 받았으니, 가쇼. 애들 입단속 잘 시키고. 멀리 안 나갑니다."

육만배가 재차 허리를 숙이고 있는 동안 작은 회장은 화물 창고 안으로 들어가 문을 쾅! 닫았다. 다시 고개를 들 때, 육만배의 얼굴에서는 약자 특유의 독기가 잔뜩 풍겨 나왔다.

"공항이라니, 이걸 수출이라도 할 셈인가……. 대체 뭘 하자는 거야, 저 미친 망나니 놈이."
서울로 돌아오는 차 안에서 육만배는 담배 연기와 함께 욕설을 내뱉었다.
쿠우우―.
새벽 첫 비행기들이 이륙하는 소리가 등 뒤에서 육중하게 울렸다.

02

"……님!"
"형……님!"
"형님!"
혼탁해진 머릿속을 헤집고 들어와 먼 메아리처럼 울리는 큰 소리 때문에 충기는 깜짝 놀라 얕은 잠에서 깨어났다. 빨간 구두가 곁으로 다가와 조심스럽게, 하지만 목청을 높여서 그를 부르고 있었다.
"……큼, 큼, 뭐야?"
"수술실이 너무 시끄럽습니다. 이상합니다."
"이상하긴, 이 새끼야. 네깟 새끼가 수술에 대해서 뭘 안다고!"
졸고 있었다는 것을 들킨 게 부끄러워 충기의 언성이 높아졌다. 하지만 빨간 구두는 다급했다.
"좀 들어 보십시오. 수술을 하면서 저런 소리가 납니까? 저는 당최 이해가……."

"끼야아악!"

수술실 안쪽에서 들려오는 비명 소리에 빨간 구두는 말을 채 끝맺지 못했다. 여러 겹의 문을 넘어 들려오는 것이어서 큰 소리는 아니지만, 그것은 분명히 여자의 날카로운 비명이었다. 놀란 충기는 자리에서 벌떡 일어나 수술실 문 앞으로 다가갔다.

'대체 무슨 일이 벌어지고 있는 거야?'

빨간 구두와 부하들 역시 그의 바로 뒤에서 숨을 죽인 채 귀를 기울였다.

"잡아! ……지 말고 눕혀! 진정제! 디프리반! 디프리반 20밀리 투여해!"

"벌써 주사했……니다! 이게 벌써 ……번째입니……."

"끄아악! 이 사람! 떼어 내! 으악!"

가끔 끊겨 들리기는 해도 뭔 일이 벌어지고 있는지는 대충 다 그려졌다. 이건 심상치 않다. 듣고 있던 충기와 빨간 구두의 눈이 마주쳤다. 빨간 구두는 충기의 명령을 기다리고 있었다.

어쩌지? 수술실에 난입했다가 혹시라도 그게 문제를 일으켜 수술이 잘못되기라도 하면…….

아주 짧은 시간 동안 충기는 고민했다. 그때, 그의 우유부단함을 비웃기라도 하는 듯 수술실의 문이 쾅! 소리를 내며 열리고 여자 간호사 하나가 뛰어나왔다.

"아아아악!"

왼 팔목을 부여잡고 미친 듯이 울부짖으며 달려 나오던 간호사는, 미처 그녀를 피하지 못한 빡빡머리에게 부딪쳐 나동그라졌다. 살이 움푹 잘려 나간 그녀의 팔목에서는 말 그대로 피가 샘솟고 있었다.

얼굴이 완전히 파랗게 질린 그녀는 대리석 바닥과 간호사복을 온통 붉은 피로 물들이며 일어나기 위해 버둥거렸다.

"읍! 으, 우웨에엑!"

갑자기 쇼크가 온 때문일까, 간호사는 토사물을 쏟아 내기 시작했다. 그와 더불어 로비와 응급실 주변을 서성이던 사람들의 시선도 대기실을 향해 집중되었다.

"대체 뭔 짓거리를 하고 있는 거야!"

더 이상은 참고 볼 수 없어진 충기와 부하들은 문을 열어젖히고 안으로 들어갔다. 제지하는 사람 하나 없는 널찍한 마취실을 지나 걸어가는 동안, 수술실에서는 계속해서 엄청난 고함과 비명이 들려왔다.

설마, 설마…… 앞쪽으로 발걸음을 떼면서도 충기는 자꾸 뒤돌아 뛰고 싶은 충동에 시달렸다. 뭔가 보아서는 안 될 것을 목도하게 될 것만 같아 두려웠다. 딱딱하게 굳은 표정의 충기가 문제의 소란스러운 수술실을 열었다.

"이런 씨발……."

눈앞에 펼쳐진 광경은 충기에게 저절로 욕설을 내뱉도록 만들었다. 수술실 내부는 그야말로 아수라장이었다. 바닥에 쓰러져 있는 간호사들과 스태프들, 그리고 그들에게서 쏟아져 나온 것이 분명한 엄청난 양의 피. 수술 도구와 기계들은 엉망으로 흩어져 있고, 한 무리의 의사들이 최성호에게 달라붙어 있었다.

그롸아악!

최성호가 비명 같은 고함을 지르며 팔을 거세게 휘두르자 그의 팔을 잡고 있던 의사가 벽에 내동댕이쳐졌다. 조금 전까지 의식을 잃고 쓰러져 있던 사람이라는 게 믿기지 않을 만큼 대단한 힘이었다. 최성호의 얼굴은 피로 범벅이 되어 있고, 목에는 주사기가 박혀 덜렁거렸다.

"……형님! 성호 형님!"

빨간 구두가 소리를 질렀다. 하지만 그의 말에 반응을 보인 것은 최성호가 아니라 조 박사였다. 최성호의 턱을 밀어내느라 안간힘을 쓰고 있던 조 박사가 필사적으로 외쳤다.

"아! 그래! 자네들, 이 사람 좀 떼어 내! 빨리!"

빨간 구두와 부하들이 일제히 최성호에게 달라붙었다. 조 박사를 물어뜯기가 어려워지자 최성호는 곧바로 방향을 바꾸어 가장 가까이에 있는 빡빡머리의 두툼한 가슴팍을 노렸다.

"끄윽! 혀, 형님! 왜, 왜 이러십니까? 끄윽!"

가슴팍을 물린 빡빡머리는 비명을 지르며 사정을 했다. 그러나 있는 힘껏 턱을 꽉 다물며 사방으로 피를 튀기는 최성호의 눈빛에 이미 자비심 따위는 없었다.

만배파 조직원들은 이러지도 저러지도 못하고 그저 최성호의 몸을 잡아끌 뿐이었다. 그사이를 틈타 재빨리 뛰어 나가려는 조 박사의 수술복 자락을 충기가 붙잡았다.

"이게 무슨 일입니까?"

"이거 놔!"

조 박사가 노기 어린 목소리로 소리를 내질렀다. 그 굉장한 박력에 충기는 자신도 모르게 손에서 힘을 뺐고, 풀려난 조 박사는 벽에 붙어 있던 비상경보 스위치를 누르고 그 자리에 털썩 주저앉았다.

얇은 플라스틱 커버가 부서지면서 빨간 스위치가 쿡, 눌리자 삐잉! 삐잉! 하는 사이렌이 병원 전체에 울려 퍼졌다. 그러는 동안에도 여전히 최성호는 괴력을 휘두르며 부하들의 몸에서 닥치는 대로 살점을 뜯어내고 있었다.

"씨발……."

충기는 붕대로 감은 오른손을 들어 이마를 감쌌다. 모든 게 꿈속처럼 아득하고 어지럽다. 주변이 너무나 시끄러워 오히려 귀에는 아무것도 들리지 않게 되어 버렸다.

앞쪽에서 벌어지고 있는 부하들과 최성호의 피 튀기는 활극, 쓰러져 죽어 가는 의사들과 간호사들, 생전 처음 들어 보는 병원 내의 경보음. 그 모든 것이 현실이라기엔 너무나 기괴했다.

"끄으으으으~!"

혼란스러워서 멍하게 서 있던 충기는 누군가 피 끓는 소리를 내며 안기는 바람에 흠칫 놀라 한 발짝 뒤로 물러났다. 조금 전, 응급실에서 보았던 그 젊은 의사였다.

그는 어떻게든 충기에게 기대 보려고 간절히 손을 뻗다가 쓰러져 버렸다. 의사의 얼굴이 충기의 배와 다리를 타고 힘없이 미끄러져 내려갔다.

"흐으으~ 끄극, 끅."

목이 뜯겨 나간 젊은 의사는 벌어진 입술 사이로 피를 쏟아 내며 눈으로 애원을 했다. 비록 그의 입에서 흘러나오는 소리는 아무 의미 없는 신음뿐이지만, 충기는 젊은 의사가 하고 싶은 말을 다 알아들을 수 있었다. 충기는 의사를 향해 고개를 저으며 발목을 잡으려는 그의 손을 뿌리쳤다.

"……무리야. 이미 너무 늦었어."

방금 전까지만 해도 촉망받는 인생을 살던 젊은 의사의 처참한 몰골은 충기에게 현실적인 감각을 되돌려 주었다. 그는 치열한 몸싸움을 벌이고 있는 최성호와 부하들을 그대로 남겨 둔 채 뒷걸음질을 쳐서 혼자만 수술실을 빠져나왔다. 이제 충성이니 의리니 찾는, 뻔한 가면 놀이를 끝낼 때가 온 것이다.

"제기랄, 왜 이렇게까지 일이 커진 거지?"

얼굴을 가린 채 빠른 걸음으로 병원 복도를 가로지르면서 충기는 어떻게 할 것인가에 대해 생각했다. 어찌 된 영문인지는 몰라도 최성호가 되살아나 미친 새끼처럼 의사들을 죽여 버린 덕에 오늘 그들이 벌인 범죄들, 국가 요원 살해에 주요 기밀 강탈까지…… 그 모든 것들은 이제 비밀로 남겨지기 어렵게 됐다.

잡혔다간 일이십 년 감옥에서 썩고 나온다고 될 일들이 아니었다.

아마 죽을 때까지 바깥 공기는 못 마시게 될 테지…….

충기는 늘 이런 날이 올 때를 상상하며 어떻게 빠져나갈 것인가를 궁리해 왔다. 가능한 한 빨리 해외로 달아나야 한다.

"가게! 내 가게로 가야 해, 먼저."

가산 디지털 단지에는 그가 운영하는 룸살롱이 있다. 가게 사무실 금고에 보관해 두었던 달러와 엔화를 챙겨서 곧바로 공항으로 가면 아직 수배가 내려지기 전에 이 나라를 뜰 수 있을 것이다. 다행히 그는 은행보다 지폐를 더 신뢰하던 사람이어서 항상 달러를 넉넉히 꿍쳐 두어 왔다. 나머지는 차후에 마누라에게 챙겨 오라고 하면 된다.

"열쇠! 열쇠 내놔!"

주차 관리소의 창문을 거칠게 두드리면서 충기는 고래고래 소리를 질렀다. 단 1초라도 낭비할 시간이 없었다.

"무슨 열쇠요?"

주차 관리원이 무슨 말인지 모르겠다는 표정을 지었다.

"좀 전에 타고 왔던 검은색 아우디! 이 개새끼야, 빨리!"

"여, 열쇠, 저한테 없어요. 여기 맡겨야 한다니까 그, 그냥 가셨잖아요."

그 말을 하는 주차 관리원의 목소리는 잔뜩 겁에 질려 있었다.

그랬었지…….

충기에게도 기억이 되살아난다. 자동차 열쇠는 운전을 했던 빡빡머리의 주머니 안에 있다. 그리고 지금 그 빡빡머리에게 되돌아가서 열쇠를 찾아오려 했다가는 오히려 발목을 붙들리게 될 것이다.

차는 포기해야 한다. 덜덜 떠는 주차 관리원 뒤편에는 무수한 자동차들의 열쇠가 유혹하듯 걸려 있다. 저 열쇠 중 아무거라도 하나 집어 들고 잠시만 차를 빌리고 싶은 유혹에 1초쯤…… 충기는 갈등했다.

하지만 이내 그 생각을 접었다. 만약 그랬다간 저 멍청한 새끼가 신고를 할 테고, 괜히 긁어 부스럼만 될 터다. 이제부터는 외국행 비행기에서 내릴 때까지 가능한 한 눈에 띄는 짓은 하면 안 된다.

"이런 씨발!"

마음이 급해진 충기는 욕설을 내뱉으며 거리로 뛰어나갔다. 까짓거, 택시를 잡아타면 된다. 아니, 어쩌면 이 몽롱한 정신으로 운전을 하는 것보다 그 방법이 더 나을지도 몰랐다.

어느새 동이 터 오는 거리에 발을 내딛자 피로에 지친 몸이 휘청거렸다. 아직 출근 시간 전의 거리에는 빈 택시가 오가는 사람보다 많았다.

"택시! 어이, 택시!"

충기는 크게 손을 저으며 애타게 택시를 불렀다. 간간이 병원 쪽에서 들려오는 괴성과 비명은 그의 마음을 더욱 조급하게 만들었다. 하지만 어찌 된 일인지 택시들은 그를 보지 못하는 것처럼 멈춤 없이 쌩쌩 지나가 버렸고, 개중에는 일부러 피하는 놈들까지 있었다.

"왜 이러는 거야? 개새끼들이 단체로 나를 엿 먹이는 것도 아니고……."

한참 동안 허탕을 친 충기는 이해할 수 없다는 듯 투덜거렸다. 신호에 막혀 그의 앞에서 멈춰 선 검은 자동차에 비친 자신의 모습을 보지 못했다면, 훨씬 더 오랫동안 그 이유를 알 수 없었을 것이다.

"이…… 이런 씨발, 이러니까 택시들이 부리나케 도망을 쳤지……."

검은 자동차에 비친 그는 얼굴부터 허벅지에 이르기까지 온통 시뻘건 피를 뒤집어쓰고 있었다. 그야말로 야차의 모습이다. 하얀 와이셔츠의 가슴부터 배까지가 빨갛게 물들어 있어서 해부실에서 막 튀어나왔다 해도 믿어질 정도다.

"이게 대체 어디서 이런 거야?"

이유를 생각하자마자 떠오른 것은 최성호가 날뛰던 수술실에서 자신에게 기대 보려던 젊은 의사였다. 그의 목과 입에서 줄줄 흘러내리던 피의 색깔이 눈에 선하다.

"맞아, 그 개새끼가 피 칠갑을 하고 있었지. 그때 묻었구나."

충기는 답답한 마음에 혀를 끌끌, 찼다. 확실히 지금 자신의 꼬라지를 보고도 태워 줄 택시 기사는 없을 것이다.

"어떻게 하지…… 병원 화장실에라도 가서 좀 씻고 와야 하나?"

고민을 하고 있을 때, 맞은편 차로에서 사이렌을 울리며 달려온 경찰차 세 대가 병원 안으로 들어갔다. 아까 조 박사가 울렸던 경보를 듣고 달려온 것이리라.

이제 병원에 돌아갈 수는 없다. 가뜩이나 눈에 띄는 덩치와 외모인데, 이렇게 피까지 뒤집어쓴 채 어슬렁거렸다간 곧바로 체포될 것이 분명하다.

충기는 다른 방법을 찾기로 하고 일단 병원에서 벗어나기 위해 걸음을 재촉했다.

"윽!"

또 팔이 찌릿해지며 마비가 온다. 잘린 손끝에서 시작된 통증은 이제 목덜미까지 옮아갔다. 충기는 이를 악물고 버티며 필사적으로 주위를 둘러봤다.

어떻게 하면 빨리 가게까지 갈 수 있을까……. 지금 여기서 잡히기에는 목숨을 걸고 살아왔던 지금까지의 세월이 아깝다.

"어푸, 어푸, 으으, 씨발. 퉤!"

썩 내키지는 않지만, 어젯밤에 내렸던 빗물이 고인 곳을 찾아 얼굴이나마 대충 피를 씻어 냈다. 담배꽁초가 떠다니는 물에서는 지린내가 났다.

이른 출근을 위해 지하철역을 빠져나오던 사람들이 더러운 물로 얼굴을 씻는 충기의 별난 꼴을 보고 놀라 슬금슬금 갓길로 피해 갔다.

"하필이면 사람들 많은 지하철 쪽으로 와 버렸군……."

투덜대던 충기는 정신이 번쩍 들었다.

지하철! 그랬지…….

높은 계단 위에 박혀 있는, 용산역이라는 세 글자가 구원처럼 다가왔다. 왜 그 생각을 못 했던 건지 우습기까지 했다. 가게 자리를 알아볼 때 역세권이어야 한다고 그렇게 신경을 썼으면서…….

구로까지만 가면 그의 룸살롱이 그리 멀지 않다. 충기는 미친 사람처럼 허우적거리며 역 계단을 뛰어올랐다.

"꺄아아악!"

탕! 탕!

역 안에 들어서기 직전에 병원 쪽에서 들려오는 비명과 총소리에 충기는 잠시 경직되어 뒤를 돌아보았다. 몇 명인가 피를 흘리는 사람들이 병원 정문 밖으로 뛰어나오며 살려 달라고 고함을 치는 중이었다.

"어어! 저, 저기!"

충기는 자기도 모르게 큰 소리를 질렀다. 조금 전, 병원 안으로 들어갔던 경찰차 중 한 대가 사람들을 깔아 죽일 기세로 급하게 달려 나온다.

비명과 브레이크, 경적 소리를 뚫고 도로로 진입한 경찰차는 채 몇 미터도 지나지 않아 달려오던 차들에 받혀 중앙선 너머로 미끄러졌다.

빠아아앙~!

마주 오던 차들이 경적을 울려 봤지만, 이미 경찰차는 제어 능력이 없었다.

콰콰쾅!

대여섯 대의 차들이 연쇄 추돌을 일으켰고, 경찰차는 날아가다시피 밀려 상가 유리창을 박살 냈다.

와장창!

날카로운 유리 조각이 사방으로 튀었다.

순식간에 꽉 막혀 버린 용산역 앞 6차선 거리에는 소음과 고성이 난무했고, 그렇게 멈춰 선 자동차들 사이를 피투성이가 된 병원 탈출자들이 헤집으며 뛰어다녔다.

탕―!

병원 안쪽에서는 다시 한번 총성이 울렸다.

"지옥이 따로 없네……. 미친 새끼들, 잘해 봐라. 난 뜬다."

03

충기는 저주를 떼어 내듯 침을 탁, 뱉은 후, 지하철역 안으로 뛰어 들어갔다. 그가 가장 마지막으로 지하철을 타 봤던 것은, 아마 15년보다 더 오래전이다.

역 내부의 풍경은 모든 것이 낯설기만 해서 충기는 잠시 우왕좌왕해야 했다. 표를 파는 곳도 없고, 역무원도 보이지 않았다.

"에라이!"

표 사는 것을 포기한 충기는 개찰구를 풀쩍 뛰어넘었다.

혹시 나중에 문제가 생기면 돈으로 물어주면 그만이야…….

"후읍, 욱!"

머리가 흔들렸더니 또다시 구토가 밀려와 충기는 입을 막으며 플랫폼을 향해 걸었다. 몸이 점점 뜨거워진다. 그리고 주변의 소음들이 조금씩 메아리치며 웅웅— 울리기 시작했다.

악몽을 꿀 때처럼 무거워져서 도무지 말을 듣지 않는 다리를 억지로 움직이며 세 번의 구토를 거친 끝에 충기는 겨우겨우 플랫폼에 도달했다.

"허억, 허억……."

피가 튄 양복과 와이셔츠를 걸친 충기가 비틀대며 사람들과 부딪칠 때마다 모세의 기적처럼 그의 앞쪽으로 길이 트였다.

사람들은 수군대거나 혹은 외면하면서 가능한 한 그에게서 멀찌감치 떨어져 있기를 원했다. 열차가 도착해서 문이 열렸을 때도 마찬가지였다. 사람들로 붐비던 객차지만, 충기의 주변만은 한산했다.

'여섯 정거장을 가야 하는 건가……. 젠장, 견딜 수 있을까? 끄으응, 으윽!'

머리가 욱신거리고 눈이 가물거려서 문가에 붙은 노선도를 알아보는 데만도 한참이 걸렸다. 고통이 파도처럼 휩쓸고 가는 주기가 점점 더 짧아져서 이제 30초가 멀다 하고 머리가 쪼개지는 것 같다.

충기는 기둥을 붙잡은 손에 힘을 꽉 주면서 쓰러지지 않기 위해 노력했다. 그의 입에서 신음 소리가 흘러나올 때마다 그의 주변에 둘러져 있던 사람들의 원은 더욱 넓어졌다.

"응? 여기가……."

또다시 발작처럼 온몸이 불붙는 것 같은 통증이 지나가고 눈을 떴을 때, 충기는 자신이 어디에 있는 것인지 깨닫지 못했다.

"뭐지? 여기가 어디야? 사람이 왜 이리 많아? 응? 기차인가? 기사 놈은 어디로 가고 내가 이런 걸……."

머리통 한구석이 싹 비워진 것처럼 아무것도 기억이 나지 않는다.

욱신!

혼란스러운 머리가 정리되기도 전에 재차 찾아오는 통증!

충기는 귀신들린 사람처럼 눈을 까뒤집고 거품을 물어 가며 비명을 질렀다. 같은 칸에 타고 있던 사람들은 그런 충기의 기행을 보면서 불평스레 혼잣말을 수군거렸다.

"어우, 무서워. 저 사람, 왜 저래?"

"아, 씨발. 아침부터 재수 없게…… 뭐야?"

"정신병자가 어디서 뭔 사고를 치고 왔나, 가뜩이나 좁아 죽겠는데. 쯧!"

그리고 몇 초 후에 광기 어린 발작을 멈추었을 때, 거기에 웅크리고 있는 것은 더 이상 예전의 충기가 아니었다. 방금 전까지만 해도 검게 번들거리던 눈동자에는 하얀 막이 씌워졌고, 이빨 사이에서는 고약한 냄새를 풍기는 점액이 끊임없이 흘러나왔다.

그르르…….

주위를 둘러보던 충기가, 아니, 한때 충기였던 괴물이 목젖을 울리며 그르렁거렸다. 그 소리는 가뜩이나 눈살을 찌푸리며 긴장하고 있던 사람들이 더더욱 뒷걸음질을 치도록 만들었다.

하지만 괴물의 몰골을 보지 못하는, 객차의 반대편에 서 있던 승객들은 그들의 자리를 비집으며 밀고 들어오는 사람들의 무례함에 오히려 짜증을 부렸다.

"아, 그만 좀 미세요! 여기도 자리 없어요."

"그게 아니라 뒤에서 자꾸 밀어서 저도 밀리는 거예요."

괴물이 최초의 희생자로 점찍은 것은 그로부터 가장 가까이에 서 있던 중년의 여성이었다. 힘 싸움에 밀려 도무지 안쪽으로 들어가지 못한 채 겁에 질린 눈으로 괴물을 바라보고 있던 중년 여성에게 괴물이 달려들었다.

괴물은 중년 여성이 반사적으로 들어 올려 막은 작은 핸드백을 후려치고 주름이 생기기 시작한 볼에 송곳니를 박아 넣었다. 주변의 사람들이 말리거나 가로막을 수 없을 만큼 순식간에 일어난 일이었다.

"꺄아악!"

중년 여성이 비명을 지르며 괴물을 밀쳐 내 봤지만 괴물의 힘은 상상 이상으로 셌고, 볼살을 물어뜯는 힘은 더욱 강해졌다.

으득!

마침내 살점이 뜯겨 나가고 중년 여성의 얼굴은 곧장 피범벅이 되었다.

그롸아악!

괴성과 함께 괴물이 두 번째 공격을 가했다. 이번엔 얼굴을 감싸 쥐고 있는 여자의 손이었다.

빠드득!

손등의 가느다란 뼈들이 부러지는 소리와 함께 핏줄이 터졌다.

"뭐, 뭐야, 이게!"

잠시 얼어붙어 있던 주변 사람들이 정신을 차리고 괴물의 얼굴과 몸을 밀쳐 냈다. 개중에는 용감한 이들도 있어서 괴물을 진압하기 위해 적극적으로 주먹을 휘두르고 발길질을 하기도 했다.

처음엔 요지부동이던 괴물도 한꺼번에 대여섯 명이 달려들자 결국 그 힘을 이기지 못하고 밀려 넘어졌다.

"야이, 미친 새끼야!"

파란 폴로셔츠를 입은 청년과 알로하셔츠 차림의 아저씨 둘이 가장 적극적으로 개입하여 욕설을 퍼부으며 괴물의 옆구리를 걷어찼다. 다른 사람들은 졸지에 봉변을 당한 중년 여성의 상태를 걱정스럽게 살폈다.

"아이고, 아이고…… 이 사람 어떡해. 아줌마, 정신 좀 차려 봐요!"

아무리 애타게 불러 봐도 피를 사방에 흩뿌리며 사람들에게 안긴 중년 여성은 깨어나질 않았다.

"누가 119에 전화 좀 해요!"

"세상에, 이게 웬일이야……."

승객들의 관심이 반쯤 피해자에게 옮겨 갔을 때, 괴물에게 발길질을 하던 알로하셔츠가 고통 어린 비명을 질렀다.

"으아악!"

괴물은 알로하셔츠의 허벅지를 꽉 잡고 몸을 날리면서 올라타 옆구리를 깨물고 비틀어 댔다. 폴로셔츠가 아무리 발로 차고 등에 주먹질을 해 봐도 괴물은 꽉 다문 턱에서 힘을 뺄 생각이 없어 보였다.

"끄으윽!"

솟아 나온 피로 옆구리를 물들인 알로하셔츠의 비명이 높아지면서 그 사이로 우적우적! 사람의 생살을 씹어 삼키는, 생전 처음 들어 보는 소리가 섞여 아수라장이 된 지하철 안을 울렸다.

"이런 씨발 새끼가!"

분노한 한 무리의 승객들이 들고 있던 가방을 휘둘러 괴물의 머리를 후려치고, 구둣발로 얼굴을 걷어찼다. 일부는 괴물의 등 뒤로 돌아가 머리채를 잡아당기기도 했다.

하지만 여전히 괴물은 알로하셔츠의 옆구리를 파먹는 데에만 집중했다. 그 모든 노력들이 수포로 돌아가고, 마침내 알로하셔츠가 단말마를 남긴 채 숨을 거두고 나서야 괴물은 입을 떼고 머리를 들었다.

주르르, 알로하셔츠의 뻥 뚫린 상처에서는 피에 섞여 내장이 흘러내렸다. 그 끔찍한 참상에 사람들은 다시 한번 비명을 질렀다.

"비켜요, 비켜! 아, 좀 제발!"

"아악! 내 팔! 악!"

"사람 넘어졌어요! 밀지 마!"

뒷줄 대부분의 승객들은 어떻게든 다음 칸으로라도 피신하기 위해 문가에 몰려 난리를 치르고 있었다.

문틀에 끼인 사람, 넘어져 깔린 사람, 옴짝달싹도 할 수 없이 앞뒤로 꽉 밀려 숨조차 쉬지 못하는 사람들이 일제히 고성을 질러 대는 바람에 객차 내부는 극도로 혼란스러워졌다.

그르르르…….

고개를 돌린 괴물의 흰 눈동자가 번득이고, 피가 줄줄 흐르는 입이 벌어진다. 가장 용감하게 발길질을 해 대던 사람들조차 이미 섬뜩한 공포를 느끼고 주춤주춤 뒷걸음질을 치는 중이었다. 괴물이 일어나는 동안에도 그들에게는 달아날 공간이 없었다.

서로 밀치고 밀쳐지며 엎치락뒤치락해 보지만, 그래 봐야 결국 괴물로부터 몇 미터도 멀어지지 못한다. 괴물이 한 발짝, 한 발짝을 내디딜 때마다 미처 달아나지 못한 사람들의 가슴은 얼음처럼 차갑게 쪼그라들었다.

"제발, 제발, 제발…… 으아아, 안 돼! 안 돼!"

그롸아아악!

간절한 애원 소리는 괴물의 울부짖음으로 덮였고, 몸을 날린 괴물은 애꿎은 한 사내의 목덜미를 덥석 깨문 뒤 마구 흔들어 댔다.

피시싯!

찢어진 사내의 경동맥에서 분사기처럼 뿜어져 나온 핏방울들로 지하철 한쪽이 붉게 물들었다. 피를 뒤집어쓴 사람들의 비명 소리는 더없이 높아졌다.

사내의 몸이 축 늘어지자 괴물은 제4의 먹잇감을 고르기 위해 눈을 희번덕거렸다. 괴물이 다가오는 것을 막아 보려던 사람들의 손가락이, 그리고 뒤돌아서서 달아나려던 이들의 귀가 차례로 잘려 나갔다.

괴물은 아가리를 크게 벌린 채 닥치는 대로 잡아당겨 깨물고 할퀴고 찢었다. 아무도 이렇다 할 저항 한번 해 보지 못한 채 다들 달아나기만 급급하던 그때, 괴물의 뒤쪽에서 폴로셔츠가 고함을 내질렀다.

"이야아아!"

그새 어디서 구한 것인지, 큼직한 소화기를 휘두르며 폴로셔츠가 몸을 날렸다.

빠가각!

두 손으로 내려찍은 소화기가 괴물의 등뼈를 박살 냈다. 휘청하던 괴물이 곧바로 몸을 돌려 폴로셔츠의 팔목을 향해 이를 드러내고 달려들었다.

아그작!

얕게 물린 상처의 고통을 이겨 내며 폴로셔츠는 괴물을 사정없이 내려찍었다.

콰직! 콰직!

단단한 소화기에 갈비뼈와 어깨가 차례로 부서졌지만, 괴물의 공격은 멈추질 않았다.

"죽어! 이 씨발!"

두어 발짝 물러난 폴로셔츠는 자신의 키보다 높은 곳에 있는 괴물의 머리를 후려치기 위해 있는 힘껏 소화기를 휘둘렀다.

부웅—!

첫 번째 스윙은 허공을 갈랐고, 폴로셔츠는 중심을 잃은 채 비틀거렸다.

대엥~!

소화기에 맞은 지하철의 기둥 손잡이가 큰 소리로 울렸다. 등을 보인 폴로셔츠를 향해 괴물이 달려들려는 바로 그때, 건장한 남자 하나가 괴물을 향해 몸을 날렸다.

"이야!"

건장한 남자는 이종격투기의 태클처럼 두 팔로 괴물의 다리를 안고 밀어 쳤다.

쾅!

넘어지며 날아가던 괴물의 머리가 노약자석 창문에 부딪치며 엄청난 소리를 냈다. 기묘한 각도로 꺾여 의자와 바닥에 널브러진 괴물에게 올라탄 건장한 남자는 쉴 새 없이 펀치를 날렸다.

"빨리 소화기로! 빨리!"

구경하던 승객들이 폴로셔츠에게 응원과 주문을 섞어 일제히 외쳤다. 폴로셔츠는 소화기를 높이 들고 괴물을 향해 뛰었다.

"아저씨, 비켜요!"

폴로셔츠가 소리를 지르자, 괴물에게 파운딩을 하고 있던 건장한 남자가 몸을 뺐다.

빠각!

떡메를 휘두르듯 내려친 소화기에 괴물의 얼굴과 머리통은 박살이 나 버렸다. 하지만 광기에 가까울 만큼 흥분한 폴로셔츠는 두 번, 세 번 같은 자리에 소화기를 내려찍었다. 괴물의 얼굴은 곤죽이 되었고, 이빨과 뼛조각이 사방으로 튀었다.

그것은 보고 있기 끔찍한 광경이었지만, 그를 말리려고 하는 이는 아무도 없었다. 인정을 두기에 저 괴물은 너무 위험하다는 것을 다들 절실하게 경험했기 때문이다.

"허억, 허억……"

마침내 탈진한 폴로셔츠가 소화기를 떨어뜨리며 주저앉았을 때, 분사구를 꽉 움켜쥐고 있던 그의 손은 엉망으로 찢어져 피투성이가 되어 있었다.

"고생했어요."

건장한 남자가 손을 내밀어 폴로셔츠에게 악수를 청하자 어떤 승객들은 박수를 치면서 용기 있는 두 사람에게 감사의 뜻을 전하기도 했다. 그러나 박수 소리보다 더 크고 자주 울린 것은, 찰칵거리는 카메라 셔터 소리였다.

이제까지 계속 달아나려고만 했던 사람들이 이번에는 한 발짝이라도 더 앞쪽으로 나오기 위해 몸싸움을 벌였고, 핸드폰을 꺼내 신들린 것처럼 사진을 찍어 댔다.

잠시 후, 지옥 같던 한 정거장의 여행이 끝나고 대방역에 도착한 지하철의 문이 활짝 열렸을 때, 사람들은 눈물과 피가 범벅이 된 채 앞다투어 기차 밖으로 뛰어나가면서 진저리를 쳤다.

그들의 인생에서 가장 끔찍했던 3분이었다고, 그렇게 생각하면서…….

04

구로역이나 신도림역을 이용하는 사람들이 들으면 콧방귀를 뀌며 비웃을 테지만, 6호선도 출근 시간대에는 꽤나 붐빈다.

아침부터 끈적거리는 땀 냄새와 불쾌한 열기가 가득 차 있는 승강장에서 인파에 부대끼며 열차를 기다리고, 그보다 더 붐비는 열차 안에서 한 시간여를 시달리고 나면 사람의 인내는 한계까지 내몰린다.

그 짓을 매일 아침 반복해야 한다니, 믿을 수 없는 일이지만 사람이란 적응의 동물이니까 참고 또 익숙해지기 마련이다.

스물다섯 살 성준에게도 녹사평에서 출발해 2호선으로 갈아타야 하는 매일의 등교 시간은 몸에 익은 고통이었다.

하지만 요 근래 두어 달, 성준은 그 괴로운 시간을 오히려 즐기며 기다리게 되었다.

"흠, 흠, 흠~ 아직 안 왔네."

플랫폼을 한 바퀴 둘러본 성준은 안심하며 스마트폰을 꺼내 음악 플레이어를 열었다. 듣는 노래는 당연히 이번에 발매된 핑크 펀치의 새 앨범. 성준은 신작이 발표된 첫날, 전곡을 구입했다.

헤드폰으로 흘러나오는 핑크 펀치의 노래를 속으로 따라 부르며 자신을 현실에서 떼어 놓고 있으면, 가슴을 눌러 숨을 쉴 수 없게 하는 만원 지하철도 그나마 견딜 수 있다.

핑크 펀치 신보 열 곡이 전부 한 번씩 재생될 때쯤 그는 지옥 같은 지하철에서 풀려나 학교로 가는 길에 서곤 한다. 이번 앨범에서 성준이 가장 좋아하는 노래는 '두근두근'이다. 비록 타이틀곡은 아니지만, 어쩌면 그렇게 자신의 마음을 고스란히 담아냈는지 신기할 지경이어서 몇 번이나 반복 재생 버튼을 누르게 된다.

"엇, 왔다."

7시 20분쯤 정장을 깨끗이 차려입은 아가씨 하나가 에스컬레이터를 타고 내려오자, 콧노래를 흥얼거리던 성준의 얼굴이 약간 상기되었다.

'아, 오늘도 예쁘구나.'

짙은 남색 레이온 치마 정장에 어깨를 덮는 긴 머리, 스물대여섯쯤으로 보이는 그녀의 검은색 스타킹을 신은 다리가 날씬해서 보기 좋다.

성준의 입가에 미소가 번진다. 아직 이름도 모르는 그녀가 바로 요즘 성준의 등굣길을 기쁘게 만드는 이유였다. 두어 달 전, 우연히 일찍 집을 나섰다가 출근하는 그녀를 처음 보았고, 그때부터 늘 이 시간을 기다려 지하철을 같이 타고 간다.

— ♪~난 그대 잘 알죠, 뭘 좋아하는지.
아침마다 타 줄 수 있는데~ 부드러운 밀크 커피~ ♪

그녀가 플랫폼에 섰을 때, 마침 '두근두근'이 흘러나왔다. 도입부는 청순한 테라의 목소리. 생각해 보면 성준이 매일 뒤에 서서 훔쳐보는 그녀도 어딘가 테라를 닮았다.

물론 그만큼 예쁘다고 하면 조금 거짓말이겠지만, 느낌이 비슷했다. 테라의 뒤를 이어 섹시한 제니가 노래한다. 이 듀오의 하모니는 정말 기가 막힌다.

— ♪~한 번만 내게 웃어 준다면, 손 내밀어 준다면~
I'm yours~ 달려갈 텐데, 아주 깊은 밤에라도~

선이 고운 손으로 쓸어 넘기자 그녀의 갈색 머리카락이 흩날리듯 찰랑거린다. 마음 같아서는 바로 뒤에 서서 상큼한 샴푸 냄새를 맡고 싶지만, 성준은 그렇게 하수는 아니다.

그는 늘 그녀로부터 대여섯 발짝 뒤처진 곳에 서서 지켜보기만 했다. 혹시라도 그녀가 자신의 존재를 알아채고 부담스러워하거나 피할까 봐 두려운 것이다.

열차를 기다리는 동안 그녀는 언제나 이어폰을 꽂은 채 핸드백에서 조그만 문고본을 꺼내 읽는다. 요새 그녀가 읽고 있는 것은 까뮈의 〈페스트〉. 조금이라도 그녀와 가까워지고 싶은 욕심에 성준도 도서관에서 빌렸지만, 재미라고는 없다.

— ♪~멀리서 이렇게 뒷모습만 봐도 좋은걸요.
그대 옷자락, 향기처럼 날리면 내 가슴은 두근두근.
한 번 더, 하루만 더 먼발치서 그댈 훔쳐볼래요.
아직 내 심장 너무 떨려, 고백은 못 해요. 두근두근~♪

테라와 제니가 합창을 하면서 성준의 마음을 대변해 준다. 그 가사 그대로다. 비록 오늘은 아니지만, 언젠가 반드시 그녀에게 자신의 마음을 고백할 날이 올 거라고 성준은 굳게 믿고 있었다.

친구들은 그런 그를 용기가 없다고 놀리지만, 성준은 내일 더 좋은 기회가 올 거라고 생각하며 하루하루 고백을 미루고 있다. 남들보다 잘난 구석이 별로 없는 자신이 그녀의 마음을 사로잡기 위해서는 뭔가 기가 막힌 계획이나 절호의 찬스가 필요하다.

'뭐, 앞으로도 기회는 얼마든지 있을 테니까.'

열차 도착이 꽤나 지연되는 바람에 오늘 그녀와 가지는 혼자만의 밀회는 조금 더 길어졌다. 처음엔 시계를 힐끔거리고 초조한 듯 발을 동동거리던 그녀는 결국 포기하고 책에 시선을 고정했다.

여기저기서 불평불만이 터져 나오는 동안에도 성준의 시선은 그녀의 몸짓 하나하나를 놓치지 않았다. 바로 옆줄에는 한눈에도 군인으로 보이는 젊은 외국인들 예닐곱 명이 배낭을 멘 채 수다를 떨고 있다. 아마 가까운 곳으로 하이킹이라도 가는 모양이다.

'좋겠다. 나도 곧 저렇게 그녀와 마주 보고 웃으며 이야기할 수 있었으면……'

그들 중 한 쌍의 금발 남녀가 즐겁게 재잘대는 모습을 보고 나자 성준의 상상은 그를 데리고 긍정적인 가까운 미래로 간다. 그녀가 그를 위해 라면을 끓여 주는, 아주아주 바람직한 미래다.

뚜르르륵~ 땡땡땡땡.

상상 속에서 라면을 얌전히 먹을 것인가, 아니면 밥상을 옆으로 밀쳐 내고 그녀를 와락 안을 것인가를 고민하고 있을 때, 열차가 들어온다는 안내 방송이 나왔다. 여전히 그녀는 고운 손으로 책장을 넘기고 있다.

"어, 어…… 이게!"

열차가 속도를 줄이며 승강장에 멈춰 설 때, 성준은 눈을 동그랗게 뜬 채 제대로 말을 할 수조차 없었다. 이럴 수가 있나……. 객차의 유리창이 전부 피투성이였다.

지하철 문은 피로 찍은 손바닥 자국이 가득하고, 수많은 승객들이 마치 지옥에서 기어 올라온 몰골로 이쪽을 노려보고 있다. 한쪽에서는 입가에 피를 묻힌 사람들이 얼굴에 피를 흘리는 사람들을 쫓아 뛰고, 또 한편에서는 사람들이 사람들을 잡아먹고 있다.

너무나 의외의 장면이었기에 아주 잠깐 성준의 머릿속은 새하얗게 변해 버렸다. 열차를 기다리던 사람들의 수군거림이 헤드폰을 넘어서까지 들려왔다.

"저거 뭐냐…… 뭐야…… 이상해!"

미지의 공포에 사로잡혀 주춤주춤 뒷걸음질을 치던 사람들 중 절반가량이 멈춰 선 열차가 입을 벌리기 전 뒤를 돌아 뛰기 시작했다. 하지만 나머지 절반은 상황이 제대로 파악되지 않는지 그 자리를 그대로 지켰다.

성준은 도망치는 쪽이었다.

응? 그렇다면 그녀는?

몇 걸음을 달리던 성준은 계단 앞에서 멈춰서 그녀를 돌아봤다.

아, 다행이다. 그녀 역시 울상을 지으면서 계단을 향해 뛰고는 있었다. 하지만 그녀가 택한 계단은 성준이 고른 것보다 사람들의 줄이 더 긴 쪽이었다.

드르르릉.

차단벽 열리는 소리가 죽음의 선고처럼 들린다. 이제 1초 후면 지하철의 문도 열릴 것이다. 자기가 올라갈 차례가 왔지만, 성준은 뒤돌아서서 뛰었다.

"이쪽이 더 빨라요! 이쪽으로 와요!"

사람들에게 밀려 맨 뒤에 서 있는 그녀의 손목을 덥석 잡아끌며 성준이 외쳤다. 상상했던 것보다 더 희고, 부드럽고, 가느다란 팔목이다.

"네?"

깜짝 놀란 그녀가 울상을 짓고 물었다.

"빨리 와요!"

성준과 그가 가리킨 계단을 번갈아 본 그녀가 고개를 끄덕이더니 함께 뛰기 시작했다. 지하철 문은 벌써 열렸다. 그와 동시에 피투성이의 광인들이 이상한 소리를 지르며 일제히 튀어나왔다.

광인들에 섞여 멀쩡한 사람들도 비명을 지르며 뛰쳐나왔는데, 모두 다 피를 뒤집어쓴 채여서 겉모습만으로는 누가 광인이고, 누가 멀쩡한 사람인지 도저히 분간할 수 없었다.

성준과 그녀는 가능한 한 광인들로부터 멀어지기 위해 플랫폼의 반대편으로 돌아 뛰었다. 그래 봐야 불과 5미터 정도의 거리였다. 그들이 계단에 닿을 때까지 제물이 되지 않을 수 있던 것은 순전히 운이었다.

"으악! 으아아!"

광인들에게 붙잡힌 사람들은 비명을 지르며 쓰러졌다.

우적! 콰직!

광인들은 두셋이 한꺼번에 달려들어 사람을 덮친 다음, 닥치는 대로 물어뜯었다.

"여기로 도망가면 돼요!"

누군가 지하철역 맨 끝의 비상 대피 통로 문을 열고 외치자 일부는 그쪽을 향해 우르르 달려갔다. 하지만 성준이 보기에 그리로 가는 건 자살행위였다.

"우린 위로! 위로 가요! 뛰어요!"

사람들이 빠진 계단을 두 걸음씩 뛰어올랐다. 그녀 역시 하이힐을 신고서도 잘 따라와 줬다. 승강장 위쪽에서는 다른 계단으로 올라온 광인 몇이 벌써 자리를 차지하고 그들을 기다리고 있었다.

"꺅!"

앞서 달리던 여자 하나가 머리채를 휘어 잡혀 쓰러졌다. 또 다른 남자는 고개를 숙이며 피해서 달리려다가 제풀에 걸려 넘어져 버렸다. 광인들은 인정사정 보지 않고 올라타 살점을 뜯어내고 피를 뿌렸다.

그들의 처지가 불쌍했지만, 내 몸이 먼저다. 성준은 정의감을 잠시 버리기로 하고 그녀의 팔목만 꼭 잡고 죽어라 뛰었다. 긴 에스컬레이터에서는 대혼잡이 벌어지는 중이었다.

한 칸에 두 명밖에 탈 수 없는 걸 빤히 알면서도 사람들은 어떻게든 몸을 쑤셔 넣으려 들었고, 결국 세 명씩, 네 명씩 억지로 한 계단을 차지했다.

그렇게 하는 바람에 얌전히 순서대로 올라가는 것보다 훨씬 더 많은 시간이 허비된다는 걸 모르는 사람들 같았다.

"하아, 하아…… 구두 좀……. 구두 좀 벗을게요."

에스컬레이터 앞에서 초조하게 좌우로 서성거리고 있을 때, 그녀가 숨을 헐떡이며 말했다. 팔목을 놓아 달라는 말일까……. 하지만 놓고 싶지 않다. 지금 이 손을 놓아 버리면 왠지 다시는 그녀를 못 볼 것만 같은 불안감이 들었다.

성준이 잠시 망설이는 동안 그녀는 오른손만으로 하이힐을 벗었다. 언제 살갗이 벗겨졌는지 찢어진 스타킹 사이로 피가 조금 맺힌 발목이 보였다.

"으아악!"

뒤쪽이 더욱 혼란스러워져서 성준은 고개를 돌렸다. 계단을 뛰어 올라온 여러 명의 광인들이 뒤처진 사람들을 붙잡고서 피와 살이 튀는 축제를 벌이고 있었다. 여기저기서 숨넘어가는 소리가 들리고 높은 비명이 울렸다.

끼이익! 쿠쿵!

"어! 어! 어! 으악!"

이번엔 앞쪽이다. 뒤쪽보다도 오히려 더 큰 비명을 지르며 사람들이 에스컬레이터에서 기우뚱거린다. 한꺼번에 제한 중량보다 훨씬 많은 사람들이 타는 바람에 에스컬레이터의 모터가 멈춰 서 버린 모양이다.

갑자기 멈춰 버린 충격에 억지로 좁게 끼어 서 있던 사람들이 중심을 잃으며 비틀거리다가 옆으로 떨어져 내린다. 그리고 그들이 휘두른 팔에 맞아 더 많은 사람들이 도미노처럼 차례로 떨어졌다.

으아아아~! 허공에서 허우적거리며 떨어지는 사람들의 비명, 적어도 3층 높이는 될 것 같은 바닥에 그들의 몸이 부딪쳐 터지며 나는 끔찍하고 둔중한 소리, 그리고 뒤쪽의 아비규환까지…….

그 자리에 있던 모든 사람들은 공포심 때문에 미치기 직전까지 내몰렸다.

"뒤쪽으로 돌아가면 계단이 있어요. 그리로 가요! 여기는 버리고."

멈춰 놓은 반대 방향 에스컬레이터로 사람들이 몰려가는 동안, 성준과 그녀는 계단을 택했다. 그쪽이 훨씬 더 넓다. 곁에 서 있던 한 무리의 외국인들도 일제히 그를 따라 뛰어왔다. 계단을 향해 돌아 뛰는 동안, 그들은 사람들이 몰려서서 몸싸움을 벌이고 있는 엘리베이터를 지나쳤다.

"아, 탈 수 있다는데 왜 이래? 좀 같이 삽시다."

"이 미친 새끼야, 벨 소리가 나잖아! 내리라고!"

성준과 그녀가 계단 어귀에 도착했을 때까지도 밀고 밀치는 싸움은 계속되었고, 엘리베이터 문은 닫히지 못했다. 그리고 뒤쫓아 달려온 광인들의 이빨이 승강이를 하고 있던 사람들의 목덜미에 박혔다.

사람들이 비명을 지르며 뿔뿔이 흩어지고 두 명의 광인이 풀쩍 뛰어 안으로 들어가 버린 다음, 마침내 몇 분간이나 열려 있던 엘리베이터의 문이 닫혔다.

"God damn it!"

성준보다 앞서 달리던 외국인 중 하나가 욕설을 내뱉으며 멈춰 섰다. 언제 그 위에까지 올라가 있던 것일까, 피투성이 얼굴의 광인 셋이 그르릉, 소리를 내며 계단을 뛰어 내려오는 중이었다.

그롸아악!

광인 하나가 부웅— 몸을 날려 외국인 무리를 덮쳤다. 사람들이 중심을 잃고 쓰러지는 와중에 성준의 얼굴보다도 커 보이는 삼각근을 가진 흑인이 날아오는 광인의 턱에 주먹을 날렸다.

"빠악!

엄청난 소리가 났지만, 광인은 조금도 아픈 기색 없이 달리던 기세 그대로 흑인을 들이받고 쇄골을 깨물었다.

"끄아악!"

흑인이 비명을 지르며 밀려 넘어졌다.

"Jake!"

그의 동료들이 메고 있던 배낭을 벗어 그것으로 광인의 머리통을 후려갈겼다. 특수 투명 아크릴로 만들어진 계단 아래로 광인이 굴러떨어진다. 성준은 그녀의 팔목을 놓지 않은 채 옆으로 피하며 뛰었다. 여기에서 멈추면 죽는다.

흑인 역시 어깨에서 피를 뚝뚝 떨어뜨리면서도 동료들의 부축을 받아 곧바로 벌떡 일어났다. 앞쪽에서는 다른 외국인들이 가방을 방패 겸 무기 삼아 열심히 광인들과 싸우고 있었다. 다행히 이쪽이 수적으로 매우 우세했고, 외국인들은 싸움에 익숙해 보였다.

"괜찮아요?"

조금은 마음을 놓은 성준이 그녀를 돌아보며 물었다. 그렇게 방심하면 안 되는 거였다. 발갛게 상기된 얼굴로 고개를 끄덕이던 그녀의 눈동자가 갑자기 공포로 물들며 커졌다.

"조심해요!"

그녀가 외치는 소리보다 빠르게 성준의 몸이 뒤로 당겨졌다. 광인이 휘두른 팔에 성준의 배낭이 걸린 것이다.

멍청한 놈, 왜 이렇게 짐만 되는 무거운 걸 계속 달고 다녔었지?

강력한 힘에 끌려가는 동안 성준의 머릿속에 제일 먼저 든 생각은 그거였다. 그리고 곧 엄청난 공포가 밀려왔다.

'……죽는구나!'

그녀의 팔목을 잡았던 손이 풀어진다. 올라오는 내내 얼마나 세게 잡아당기고 있었는지 그녀의 가느다란 팔목에는 도장을 찍어 놓은 것처럼 붉게 성준의 손 모양이 그대로 남았다. 그리고 추락하는 중력에 의해 시선이 옮겨 가면서 그녀의 얼굴이 눈에 들어왔다.

그녀의 찌푸려진 이마와 흔들리는 눈동자에서 공포보다 더 커다란 감정을 본 순간, 성준은 갑자기 이를 악물었다. 엄청난 용기와 힘이 솟아나는 것 같았다.

"이익!"

아가리를 쩍 벌리고 달려드는 광인의 얼굴을 피하지 않고, 오히려 먼저 몸을 날려 있는 힘껏 박치기를 했다.

콰각!

성준의 단단한 머리에 받힌 광인의 코가 무너지고 광인의 이빨은 허공을 깨물었다.

성준은 있는 힘껏 고개를 젖혔다가 다시 한번, 그리고 또 한 번 연속해서 박치기를 날렸다.

콱! 콰직!

광인의 눈가가 함몰되면서 눈알이 안쪽으로 밀려 들어갔다.

"으아아아아!"

여전히 광인에게 두 팔을 붙들린 채였지만, 성준은 기죽지 않고 계속해서 들이받았다. 이마가 이지러지고 찢기는 고통보다, 그녀 앞에서 멋지게 승리하겠다는 초인적 의지에서 뿜어져 나오는 아드레날린의 힘이 몇 배나 더 강했다.

그리고 마침내 성준은 미친 듯이 몸부림을 쳐서 단단히 조이고 있던 광인의 손아귀에서 빠져나왔다. 이런 일을 할 수 있다는 게 놀라웠다. 이전에 그는 한 번도 이만큼 치열한 싸움을 해 본 적이 없었다.

빠악!

성준과 광인의 거리가 조금 떨어지자 곁에서 가슴을 졸이고 있던 그녀가 하이힐을 휘둘러 광인의 머리통을 후려쳤다.

나를 위해서……. 성준에게는 감동적인 일이었지만, 공격의 실효는 없었다. 광인은 하이힐을 휘두르기 위해 가까이 다가왔던 그녀의 팔을 덥석 물었다.

"아얏!"

그녀의 입에서 터져 나오는 비명.

그건 성준이 가장 듣고 싶지 않았던 소리 중 하나였다. 성준의 눈에 불이 켜졌다.

"이 개새끼야!"

성준은 가방을 휘둘러 광인의 머리를 후려쳤다.

뻐걱!

광인의 턱이 빠져 덜렁거리고, 그 틈에 그녀는 풀려났다. 가방 안에 들어 있던 두꺼운 토익 책이 처음으로 제 값어치를 했다. 이어 앞 발차기로 광인의 배를 밀어 찼다.

중심을 잃고 계단 아래로 데굴데굴 굴러 내려가는 광인의 꼴을 보고 나서도 흥분해서 벌렁거리는 가슴이 도무지 가라앉질 않아, 성준은 씩씩거리며 아래에서 기어 올라오고 있는 광인들의 행렬을 노려보았다.

"빨리 가요."

이성이고 뭐고 닥치는 대로 죽이고만 싶어진 성준의 눈앞으로 그녀가 손을 내밀었다. 땀에 젖은 작은 손을 꽉 잡고 나니 미친 듯이 뛰던 심장도 조금은 진정이 되는 것 같았다. 뭐라고 멋진 말을 해 주고 싶었지만, 아무것도 생각이 나질 않아 성준은 그냥 맞잡은 손에 힘을 꽉 주었다.

그녀와 성준은 부지런히 계단을 뛰어올랐다. 앞쪽에서도 외국인들이 하나 남았던 광인을 난간 아래로 밀어 던지는 데 막 성공한 참이었다. 햇살이 내리쬐는 대지가 바로 코앞까지 다가온 순간, 성준과 외국인들은 눈빛으로 웃음을 교환하며 마지막 계단을 뛰어넘었다.

05

빠아아앙!

핵 벙커처럼 깊은 녹사평역을 겨우 탈출했다 싶었는데, 도로 위에서도 이미 난리가 벌어지고 있었다. 성준보다 앞서 올라온 사람들이 신호를 무시하고 차도를 가로질러 내달리는 바람에 거리는 날카로운 브레이크 파열음과 경적 소리, 범퍼가 부딪치며 내는 소음으로 가득했다.

하지만 그때까지만 해도 최악은 아니었다. 조금 전 광인들을 태운 채 출발했던 엘리베이터가 지상에 도착해서 문이 열리자 피투성이가 된 사람들이 두 팔을 휘두르며 뛰어나왔고, 그게 신호가 되어 거리 위의 모든 사람들은 더욱 필사적으로 뛰기 시작했다.

그롸아악!

으르르!

광인들은 토끼를 쫓는 사냥개처럼 빠른 속도로 사람들을 따라잡았고, 제압한 뒤 물어뜯었다.

"으악!"

목덜미를 물린 남자가 비명을 내질렀다. 하지만 그는 끝까지 포기하지 않고 발버둥을 쳐서 광인을 밀어냈다. 광인이 옆으로 넘어지자 남자는 피가 콸콸 흘러나오는 목을 움켜쥐고 벌떡 일어나 반대쪽으로 몸을 날려 데굴데굴 굴렀다. 어떻게든 살아 보려는 노력이었는데, 방향이 좋지 않았다.

"어어어…… 이런!"

차도로 뛰어든 사내를 보고 기사가 급하게 핸들을 돌려 봤지만, 대형 관광버스는 그만큼 민첩하게 움직여 주지 않았다.

쾨직!

사내를 깔아뭉갠 버스는 중심을 잡지 못하고 옆 차선의 승용차 두 대를 연달아 들이받은 뒤, 인도를 덮치며 옆으로 누워 버렸다.

빠아아앙! 빵! 빵!

버스를 피해 보려던 차들이 경적 소리를 내면서 지그재그로 춤을 추었다. 하지만 그들은 결국 서로를 들이받은 다음에야 멈춰 섰고, 그 급정거는 뒤에서 따라 달리던 자동차들의 연쇄 추돌로 이어졌다.

그렇게 대혼잡이 벌어지는 동안에도 광인들은 꾸역꾸역 계단을 기어 올라왔다. 성준과 그녀는 외국인들과 함께 삼각지 방향으로 달렸다.

삐이익!

맞은편에서 호루라기 소리가 울리고 근처 의경들이 역사를 향해 뛰어왔다. 경찰을 보고 그렇게 반가운 적은 또 태어나서 처음이었다. 그대로 그들에게 몸을 맡긴 채 이젠 그만 좀 쉬고 싶었다.

하지만 믿음직한 것도 잠시. 그들이 아무런 무장도 하지 않고 있다는 것을 깨달은 성준은 그녀의 손을 잡아끌며 의경들을 지나쳤다. 의경들도 외국인들과 한 무리를 이루며 뛰고 있는 그들에게까지는 관심을 줄 수 없을 만큼 다급한 표정이었다.

"조금만…… 조금만 더 힘내요. 조금만 더 가면…… 하아, 하아……."

성준은 그녀를 돌아보며 기운을 내라고 격려했다. 그녀는 신뢰가 가득한 눈빛으로 고개를 끄덕여 준다. 하지만 실제로는 조금 간다고 해서 무슨 뾰족한 방법이 있는 것은 아니었다. 그냥 그렇게 말해서 안심을 시켜 주고 싶었을 뿐이다. 그게 남자가 해야 할 일 같았다.

끼기긱!

혼란스럽던 왼편 도로에서 갑자기 자동차 한 대가 날카로운 소리와 함께 인도 위로 날아올랐다. 성준 일행은 차에 깔리지 않기 위해 몸을 움츠려야 했다.

콰콰쾅!

휘청대던 자동차는 도로변에 설치된 변압기를 들이받고 나서야 멈춰 섰다. 철제 변압기가 날아가고 매설되어 있던 굵은 고압선들이 당겨져 올라왔다.

파짓! 파짓!

피복이 벗겨진 고압선들이 촉수처럼 흔들리면서 위협적인 파란 불꽃이 튀었다. 그다음에 일어날 일은 보지 않아도 알 수 있었다. 성준은 그녀의 손을 잡고 뒤돌아 뛰었다.

퍼엉! 퍼, 퍼펑!

변압기가 폭음을 일으키면서 폭발하기 시작했다. 처음엔 화약 놀이 정도의 작은 폭발이었지만 곧 커다란 연쇄 폭발로 이어졌고, 자동차에는 화르르, 불이 붙어 버렸다.

뒤쪽엔 피투성이인 미치광이들, 앞쪽엔 불이 붙은 자동차에 고압선까지…….

인도 양쪽이 딱 막혀 버린 성준 일행이 택할 수 있는 방향은, 이제 패닉에 빠진 자동차들이 내달리는 차도로 뛰어드는 것뿐이었다. 변압기와 배전반이 망가지는 바람에 더 이상 신호등조차 작동하지 않았다.

그르르르!

어느덧 익숙해지기까지 한 그르렁 소리가 가까이에서 울려 성준은 뒤를 돌아보았다. 5미터 뒤에서 광인 셋이 숨도 쉬지 않고 달려온다. 피하기 어려울 만큼 가깝고 빠르다. 그 뒤쪽으로 광인들과 사투를 벌이는 의경들의 모습이 보였다.

"제 뒤에 숨어요."

성준은 그녀를 막아선 뒤, 손을 놓고 싸울 준비를 했다. 외국인들도 비장한 표정으로 자세를 낮췄다.

그롸아악!

울부짖음을 앞세워 광인들이 몸을 날렸다. 성준은 배낭으로 그 입을 틀어막았다.

와직!

배낭을 물어뜯는 광인의 힘에 밀려 성준이 주춤거렸다. 찢어진 배낭에서 필기구들이 후드득 떨어졌다.

애꿎은 배낭에 구멍을 뚫어 놓은 광인은 곧바로 다시 아가리를 벌리며 성준의 목을 노렸다. 성준은 고개를 뒤로 젖히면서 광인의 사타구니를 있는 힘껏 걷어찼다. 아무리 미친놈이라고 해도 그곳만큼은 아플 테니까…….

발차기는 제대로 들어갔다. 신발 너머로 발끝에 걸리는 느낌.

이건 분명히 터졌다!

"어?"

하지만 광인은 곧바로 달려들어 성준을 밀치고 올라탔다.

고통을 전혀 느끼지 않는단 말인가…….

필살기가 무산된 성준의 얼굴에는 낭패한 기색이 역력했다.

갸악!

성준의 광대뼈를 향해 광인의 누런 이가 내리꽂힌다. 성준은 왼팔을 들어 막았다.

꽈드득!

인정사정 두지 않는 광인의 이빨이 성준의 팔뚝을 파고들었다.

"으윽!"

성준은 눈살을 찌푸렸다. 지독하게 고통스럽다. 그런데 동시에 이 정도 아픔이라면 충분히 참을 만하다는 생각이 들었다. 지금까지 왜 그렇게 필사적으로 도망을 쳤는지 우스울 정도였다. 무서워하지만 않으면 되는 거였는데…….

광인이 왼팔을 물어뜯고 있는 동안 성준은 오른팔로 바닥을 더듬어 뭔가 무기가 될 만한 것을 찾았다.

'제기랄, 아까 떨어진 볼펜이라도 좀 걸려 줘라.'

바닥을 곁눈질하는 성준의 시야에 그녀의 흰 손이 들어왔다. 그녀가 화단에서 돌 하나를 집어 들었다.

"이야아!"

우는 것인지, 기합을 넣은 것인지 모를 소리와 함께 몸을 날린 그녀는 두 손으로 돌을 꼭 쥐고 광인의 머리를 내려찍었다.

퍼걱!

그래도 성준의 팔뚝을 물고 있는 광인의 턱에서는 힘이 빠지지 않는다.

그녀는 다시 한번 온몸을 이용해 돌을 내려쳤다.

퍼걱!

또 한 번!

퍼걱!

광인의 머리가 이제야 조금 흔들린다. 그때, 성준의 손에도 볼펜이 걸렸다.

"죽어!"

성준은 금속제 파카 볼펜을 길게 쥐고 광인의 귀를 찔렀다.

푹! 고막 저 안쪽까지 볼펜이 들어가 꽂히는 느낌이 손을 타고 전해졌다. 뭔가에 꽉 껴서 잘 빠지지 않는 볼펜을 억지로 비틀어 뺀 성준은 다시 한번 같은 자리에 볼펜을 쑤셔 넣었다.

그러는 동안 그녀 역시 쉬지 않고 돌을 휘둘렀다. 둘 중 누구의 공격이 효과를 거둔 것인지는 모른다. 분명한 것은 절대로 멈추지 않을 것 같던 광인이 나무토막처럼 맥없이 쓰러져 버렸다는 사실이다.

"끄응."

광인의 시체를 밀쳐 내고 일어난 성준은 눈물을 흘리고 있는 그녀를 보았다. 그녀의 손은 돌을 휘두르며 난 상처 때문에 엉망이 되어 있었다. 손톱이 부러지고 살갗이 찢겨 손바닥은 온통 피투성이였다. 성준의 가슴 저 안쪽에서 뜨거운 기운이 확 올라왔다.

"고마워요…… 고마워요."

성준은 자기도 모르게 그녀를 꼭 끌어안았다. 그녀의 흐느낌이 가슴을 통해 전해지자 행복해서 미칠 것 같았다. 살점이 떨어져 나간 왼팔의 고통이 제대로 느껴지지도 않는다.

바로 곁에서는 피범벅이 된 외국인들이 두 명의 광인을 상대로 한 싸움을 거의 끝내 가고 있었다. 광인 한 놈은 차도로 떠밀려져 박살이 났고, 또 다른 광인은 온몸의 뼈가 부러진 채 바닥을 기었다.

"Finish him."

콧수염을 기른 남자가 숨을 헐떡이며 명령하자, 워커를 신은 외국인이 머리를 들기 위해 안간힘을 쓰고 있는 광인의 턱을 향해 킥을 날렸다.

빠각!

광인의 목이 정반대 방향으로 돌아가더니, 힘없이 떨어져 내렸다. 살인의 현장을 지켜보게 되었지만, 이상하게도 성준은 죄의식이 느껴지지 않았다.

'이런 게 광기에 사로잡힌다는 걸까……'

감상에 빠질 시간은 없었다. 앞쪽의 불길은 잦아들 기미가 없이 무섭게 타오르고 있고, 주변에서는 광인과 사람들이 얽혀 비명을 질러 댔다. 성준은 그녀의 손을 다시 잡고 차도를 뛰었다.

하지만 어디로?

그걸 알 수가 없어 두려웠다. 과연 삼각지까지 가면 안전할 수 있을까?

그때, 백마를 탄 기사가 그들 앞에 등장했다.

"Hey, Larry! You're here. What the hell is going on? Terror? Oh, my…… you're bleeding!(여, 래리! 여기 있었네. 이게 대체 뭔 난리야? 테러야? 어, 너…… 피 흘리잖아!)"

커다란 미제 SUV를 그들 앞에 세우고 군복을 입은 운전자가 물었다.

"Thank, God. Glen, You'll never know how glad I am. Are you going to camp?(아이구, 하나님. 글렌, 너를 만나는 게 얼마나 반가운지 넌 모를 거야. 부대로 들어가나?)"

조금 전 명령을 내렸던 콧수염이 이마의 땀을 훔치며 안도하는 표정으로 말했다. 운전자는 고개를 끄덕였다.

"Yes, you wanna ride? Hop in.(응, 태워 줄까? 타.)"

콧수염이 SUV 뒷문을 열고 사람들을 태웠다. 뒤쪽이 트럭처럼 긴 3열짜리 차였다.

"Injured fellas first.(부상자 먼저.)"

콧수염의 명령에 따라 아까 어깨를 물린 흑인, 조금 전 얼굴이 찢긴 여자, 피를 많이 흘린 백인 사내가 차례로 차에 올라탔다.

'좋겠다. 이 자식들, 자기 부대로 들어가나 본데.'

그들의 대화를 반만 알아들었어도 성준에게 부러움을 불러일으키긴 충분했다. 사람들이 흰색 SUV에 오르는 동안 어딘가에서 또 비명이 울려 퍼졌다.

성준은 옆에 선 그녀의 발을 내려다봤다. 신발도 없이 달려온 그녀의 발은 벌써 아까부터 만신창이였다. 이제는 좀 그녀를 쉬게 해 주고 싶었다.

젠장, 회화 공부 좀 열심히 하는 건데…….

"어, 음……."

성준이 잘 떨어지지 않는 혀를 억지로 굴리며 입술을 뗐다. 외국인들이 그를 돌아보았다.

"어, 쉬…… 투…… 플리즈!"

그렇게 말하면서 그녀의 발을 가리켰다. 아까 광인에게 물린 상처와 싸우다가 얻은 상처도. 멈칫하던 콧수염이 운전자와 눈빛을 교환하더니 타라는 손짓을 했다.

성준은 주저하는 그녀를 달래 차 안에 밀어 넣었다. 그러면서 은근히 바라고 있던 것도 사실이다. 외국인들이 잠시나마 함께 싸웠던 그 역시 태우고 가 주기를…….

그런데 사건은 엉뚱하게 전개되었다. 성준이 그녀에게 자신의 이름과 전화번호라도 알려 줄까 하던 순간이었다. 문 앞에서 사람들을 차례로 태우던 콧수염의 표정이 갑자기 어두워지며 물었다.

"Where's Max?(맥스 어디 갔어?)"

외국인들은 서로 얼굴을 마주 봤다.

"When was the last time you see him?(걜 마지막으로 봤던 게 어디야?)"

"Down there…….(지하철역 아래…….)"

흑인이 지하철역을 가리키자 콧수염이 비장한 얼굴로 내뱉었다.

"No man left behind!(낙오자는 없다!)"

그러자 다른 녀석들도 한목소리로 외치며 다시 SUV 밖으로 나왔다.

"No man left behind!(낙오자는 없다!)"

흑인과 다른 부상자들까지 차에서 내리려 들었지만, 콧수염은 그들을 제지했다.

"No, you're injured, not just hurt. Go to medic. It's an order.(너흰 부상자야. 가서 치료받아. 명령이다.)"

그러고는 고개를 돌려 도로에 선 둘에게 말했다.

"Ok, very simple. we go back, get Max, and we get up back here. Got it?(자, 아주 간단해. 돌아가서, 맥스를 찾고, 다시 이리로 온다. 알았지?)"

"Yes sir!"

세 명의 외국인이 다시 지하철역으로 뛰어가려 할 때, 운전자가 외쳤다.

"Gee, Larry! You're unarmed! You got nothing! Gate 3 is right there! Just 200yards away. We can ask for back up or bring our guns.(젠장, 래리! 너희는 지금 비무장 상태야! 무기랄 게 없다고! 3번 문이 바로 저기야. 200야드만 가면 돼. 가서 지원 요청을 할 수도 있고, 무기를 가져와도 되잖아.)"

콧수염은 무표정하게 고개를 저었다.

"It doesn't matter. U.S. army never leave wounded fellow behind. That's the ground rule!(그런 건 상관없어. 미 육군은 부상자를 홀로 두고 가지 않는다. 이건 최우선의 원칙이야!)"

"Ok, ok. Open the trunk, there's my golf bag. Pick any clubs you like.(알았어, 알았어. 트렁크 열면 골프 가방 있어. 아무거나 빨리 채 하나씩 챙겨.)"

트렁크에서 골프채를 골라 든 뒤, 콧수염이 말했다.

"Thank you, Glen.(고마워, 글렌.)"

"Na~ just bring'em back.(아냐, 돌려주기나 해.)"

어이없어하는 성준을 놔두고 세 명의 외국인은 다시 광인들로 가득한 지하철역을 향해 뛰었다. 멋지기는 하지만, 미친놈들이었다. 이제는 자기도 좀 태워 달라는 말은 할 수 없는 상황이 돼 버렸다.

그녀를 태운 SUV가 미군 부대 안으로 사라져 간다. 유리창 너머로 뒤돌아보던 그녀의 애타는 얼굴을 보니 눈물이 날 것 같았다. 순식간에 외톨이가 돼 버린 성준은 잠시 멍해져 있다가 삼각지 방향을 향해 뛰었다. 일단 살아야 나중에 데이트를 해도 할 수 있다.

06

그 시각, 민구는 왼쪽으로 고개를 틀고 앉아 그의 어깨를 꿰매는 의사의 손길을 말없이 지켜보고 있었다. 의사의 손길이 부들부들 떨린다. 민구가 주방에서 가지고 올라와 옆에 놓아둔 커다란 식칼 때문만은 아니었다.

'생각보다 빨리 왔군.'

민구는 턱을 쓸며 생각했다. 조금 전부터 병원이 영 시끄러운 걸 보니, 아무래도 그놈들이 여기까지 퍼진 모양이다. 아직 발목 치료를 받지 못했는데…….

하지만 마취를 하지 않은 건 잘한 것 같군.

민구는 귀찮다는 듯 혀를 찼다. 크지 않은 규모의 교통사고 환자 전문 병원을 골라 들어온 것이 다행이었다. 여기라면 죽여야 하는 놈들이 그리 많지 않을 테니까.

콰장창!

문밖에서 뭔가 깨지는 소리가 들리자, 의사는 또 한 번 엉덩이를 들썩거렸다.

"저, 저…… 선생님, 아무래도 이러고 있을 때가 아닌 것 같습니다."

의사는 꿰매던 손을 멈추고 더듬거리며 말했다.

"그럼 뭘 해야 하는 땐데?"

민구가 담배에 불을 붙이며 물었다.

"끼야악—!"

그사이에도 아래층에서는 또 비명이 울려 퍼진다. 의사 옆에서 보조를 하던 간호사가 겁에 질려 귀를 막고 주저앉았다. 의사가 간곡하게 사정했다.

"아니, 지금…… 뭔지는 모르겠지만, 밖에서 난리가 난 것 같은데요. 저 비명 소리하며…… 사람들이 죽어 가는데, 돕지도 않고 이대로 가만히 앉아 있을 수는……."

"의사 양반."

울먹이는 의사의 말을 끊고 민구가 물었다.

"당신, 대학에서 사람 죽이는 거 공부했소?"

"네?"

의사가 눈을 껌뻑였다.

"사람 죽이는 거 배웠냐고?"

"어, 아닙니다. 무, 무슨 말씀을……."

"그럼 뭐 배웠어?"

"그, 그야, 의대였으니까 병 고치는……."

"그럼 할 줄 아는 거나 열심히 하시오."

민구가 담배 연기를 내뿜으며 명령했다. 그 박력에 거역할 수 없어진 의사는 또 손을 떨며 바늘을 놀려 상처를 대충 맞물려 놓은 뒤, 실을 꽉 조였다.

쾅쾅쾅!

그사이를 못 참고 누군가 잠긴 문을 두드려 댔다. 여전히 복도에서는 비명과 고함이 난무하고 있었다. 두려워진 의사와 간호사는 몸서리를 치며 울상을 지었다. 어깨가 봉합된 것을 확인한 민구는 식칼을 집어 들고 천천히 일어난 뒤 문을 확 당겼다.

"어! 도와주세요! 지금 밖에……!"

문을 두드리던 남자가 이제 살았다는 표정을 지었다. 심하게 물어뜯긴 그의 팔에서는 피가 뚝뚝 떨어져 흘렀다.

"그러기엔 이미 늦었어."

민구가 빠르게 팔을 휘둘렀다. 남자는 자신에게 무슨 일이 일어난 것인지 깨닫기도 전에 목을 움켜쥐고 무너져 내렸다. 사내의 시체를 걷어차 뒤로 밀어 버린 후, 민구는 복도로 몸을 내밀었다.

복도 건너편에서는 괴물이 간호사들을 닥치는 대로 물어뜯고 있다. 살이 뜯겨 나간 간호사들이 피투성이가 되어 비명을 질렀다. 민구는 속도를 높여 걸어간 다음, 괴물의 목덜미를 서너 차례 세차게 내려쳐 잘라 냈다. 그러고는 이제 막 안도의 한숨을 내쉬며 고맙다고 고개를 숙인 간호사들도 함께 처리했다.

일단 이 정도면 발목 치료를 받을 시간은 번 것 같다. 다시 방으로 돌아와 문을 잠근 민구는 피 묻은 칼을 탁자에 올려놓은 다음, 바짝 얼어붙은 의사와 간호사를 보고 씨익 웃었다.

"각자 잘하는 걸 합시다."

녹사평에서 삼각지까지는 불과 지하철 한 정거장. 하지만 너무 많은 사건을 겪은 뒤여서 그 길지 않은 거리를 뛰어가는 것도 힘이 들었다. 숨이 차오르고 허벅지의 근육이 타들어 가는 것 같다.

그렇게 휘청거리면서도 겨우겨우 움직여 주던 발이 뭔가를 밟고 갑자기 쭉 미끄러지는 바람에 성준은 중심을 잃고 굴렀다.

"아, 아야! 이게 뭐야?"

넘어진 자리를 돌아보니 군데군데 토사물이 흩뿌려져 있다.

재수가 없으려니 별…….

성준은 먼지를 탁탁 털고 일어났다. 무릎과 팔꿈치의 살갗이 벗겨져 나갔다. 10미터쯤 앞에는 대머리 아저씨가 무릎을 꿇은 채 엎어져서 또 새로운 토사물함정을 만들고 있는 중이었다.

우웩— 우웨엑!

흔들거리는 대머리 아저씨의 두툼한 옆구리가 피로 흥건하게 젖어 있다. 이 사람도 광인들을 피해 지하철에서 도망쳐 나온 게 분명해 보인다.

'너무 오랜만에 뛰셨구만. 그러게 아저씨, 평소에 운동을 좀 하셨어야지.'

영화에서라면 아저씨의 등을 두드려 준 다음 부축을 해서라도 함께 뛰어 도망가겠지만, 지금 성준에게는 그럴 여유가 없다. 토하다가 머리를 감싸고 쓰러져 뒹구는 아저씨를 뒤로하고 성준은 다시 뛰기 시작했다.

애애앵~!

맞은편 도로에서 여러 대의 경찰차들이 꼬리를 물고 녹사평역을 향해 달려간다. 광인들의 그르렁대는 소리와 비명도 조금은 작아진 기분이다.

'나중에 어떻게 연락을 하지? 그 시간에 지하철역에서 기다리면 될까? 그때도 또 아무렇지 않게 손을 잡고 끌어안을 수 있을까?'

그녀를 태운 SUV가 들어간 미군 부대의 게이트를 지나칠 때, 성준은 그녀를 생각했다. 언젠가 두 손을 꼭 마주 잡고 웃으면서 이 길을 걸어가리라. 낙엽이 가득 쌓일 때의 삼각지 가로수 길은 꽤 그럴듯하다.

그리고 아름드리나무에 기대 키스를 나눠야지…….

성준의 입가에 저절로 흐뭇한 미소가 번졌다. 아까 그녀가 숨을 헐떡거릴 때 얼굴에 닿았던 복숭아 냄새가 지금도 느껴지는 것만 같았다.

그르르르…….

그 순간, 뒤에서 들려오는 소리가 그의 즐거운 망상을 깼다.

아냐, 이건 말이 안 된다…….

성준은 속도를 올리면서 자기의 귀를 의심했다. 분명히 광인들은 그보다 훨씬 뒤에 처져 있었다. 게다가 불길에 휩싸인 차가 인도를 가로막고 있기 때문에 지금 그는 꽤 안전하다고 믿고 있었다.

암만 미치광이들이라고 하지만 무슨 원수 사이도 아니고, 차도를 넘어 저 많은 사람들 중 자신만을 노리고 달려올 리가 없지 않은가. 게다가 바로 뒤쪽에는 아주 먹기 좋으라고 내장을 비우고 엎어져 있던 대머리 아저씨도 있고…….

"왜 하필 나야?"

버럭 소리를 지르며 뒤를 돌아본 성준의 가슴이 철렁 내려앉았다. 조금 전 지나친 대머리 아저씨가 사방으로 분비물을 튀기며 빠르게 달려온다.

왜…… 왜? 대체 뭐 이런 게 다 있단 말인가. 방금 전 그가 지나쳤던 것은 분명히 괴로워하며 쓰러진 피해자였는데, 이제는 광인이 되어 그를 쫓는다. 그리고 치사할 정도로 빠르다. 평소에 운동을 했어야 한다고 아저씨를 비웃었던 자신이 바보처럼 느껴졌다.

"아저씨, 이러지 마요!"

한계까지 몰린 근육에 채찍질을 해서 달리는 속도를 높인 성준이 울부짖었다. 아저씨는 방금 전부터 한 가지 단어만 계속 반복해서 내뱉고 있었다.

그롸아악!

직선으로 정직하게 달려서는 절대 뿌리칠 수 없다는 걸 깨달은 성준은 차도를 가로질렀다.

빠아앙! 빠빵!

등 뒤에서 달려오던 자동차들이 그를 피해 핸들을 틀면서 경적을 울려 댔다.

'어머, 자기야. 이거 뭐야?' 차 안에서 핸드폰을 내밀고 찰칵거리는 것들도 있다.

그러거나 말거나 성준은 서울 운전자들의 실력에 자신의 목숨을 맡기고 무작정 뛰었다. 막 중앙선을 넘었을 때, 번쩍거리는 경광등의 불빛이 성준의 시야를 가득 채웠다.

성준은 반사적으로 고개를 돌리고 손을 들어 얼굴을 가렸다.

콰앙~!

채 완전히 멈춰 서지 못한 경찰차가 성준을 들이받았다.

"으으윽……."

고통스러운 비명을 흘리면서도 성준은 무릎을 감싸 쥐고 다시 일어났다. 깨진 머리에서 피가 흘러내려 눈이 잘 떠지지 않는다. 그래도 달아나야 한다. 이를 악문 성준은 뜨끈뜨끈하게 달궈진 경찰차 보닛을 짚고 절뚝이며 걸음을 옮겼다.

"어이, 뭐 하는 거야? 차도로 뛰어들면 어떡해?"

경찰차 문이 열리고 운전석에 있던 경찰이 호통을 쳤다. 성준은 손을 들어 경찰의 뒤를 가리켰다. 저 아저씨 좀 잡아 줘요…… 라고 말하고 싶은데, 바짝 말라 있는 입에서 소리가 잘 나오질 않는다. 말을 하려고 힘을 줄 때마다 폐가 터지는 것 같다.

"저기, 저…… 으으윽, 조심…… 어으!"

갈비뼈가 부러진 게 분명하다. 그렇지 않고서야 이렇게 아플 리가 없다. 성준은 옆구리를 감싸 쥐고 오만상을 찌푸렸다.

"뭐라는 거야? 어이, 술 먹었어요? 지금 가뜩이나 비상이 걸려서 바빠 죽겠구만……."

경찰의 뒤쪽으로 대머리 아저씨가 뛰어오는 게 보인다. 아주 가까워졌다. 성준은 필사적으로 소리쳤다.

"뒤! 뒤! 으윽!"

성준이 소리를 낼 때마다 부러진 갈비뼈는 확실하게 응징을 해 준다. 성준은 고통을 참지 못하고 다시 눈을 꾹 감은 채 몸을 움츠렸다. 감긴 눈의 깜깜한 시야 저 너머에서 경찰의 비명이 들린다. 그리고 또 다른 경찰들의 당황한 목소리도…….

"으아악! 이건 또 뭐야? 으악!"

그롸아아악!

"김 순경! 김 순경, 괜찮아? 야! 이 새끼가!"

목을 물린 경찰이 곤봉을 제대로 꺼내지 못하고 더듬거리는 동안, 조수석에 있던 경찰이 벌컥 문을 열고 뛰어내렸다. 갑자기 열린 조수석 문에 맞아 성준은 뒤로 벌렁 넘어졌다. 조수석 경찰은 성준에게는 눈길도 주지 않고 대머리 아저씨에게 뛰어가 곤봉으로 등짝을 후려갈기며 욕설을 퍼부었다.

"이 새끼야! 이 미친 새끼!"

아마 그는 그 정도면 충분히 대머리 아저씨를 제압할 수 있다고 믿었을 것이다. 하지만 성준은 잘 안다. 고환이 터져도 끄떡없는 놈들이다. 이쪽에서도 죽일 생각을 하고 싸워야 하는 상대다.

"이…… 이게 왜 안 떨어져? 이 개새끼야!"

당황한 조수석 경찰이 곤봉으로 대머리의 어깨며 다리, 등을 계속 후려쳤다. 아무 효과도 없다.

대머리는 여전히 경찰의 목을 단단히 깨문 채 고개를 흔들어 더욱 깊숙이 이를 찔러 넣었다. 근처의 경찰차들도 차를 세우고 달려왔다. 식은땀을 뻘뻘 흘리고 있는 조수석 경찰에게 성준이 말했다.

"……쏴요. 때려 봐야 소용없어."

너무 작은 소리로 우물거려 그런 것인지, 아니면 성준의 말을 귓등으로 듣는 것인지 조수석 경찰은 여전히 곤봉만 휘둘렀다. 답답하다. 성준은 숨을 고른 뒤, 있는 힘껏 외쳤다.

"씨발, 쏘라고!"

타앙!

마침내 총성이 울렸다. 성준은 그제야 그가 목표로 했던 인도를 향해 걷기 시작했다. 멈춰 서 있던 자동차의 승객들은 난데없는 총소리에 의자 깊숙이 몸을 숨기며 짧은 비명을 질렀다.

타앙! 타앙!

계속해서 도로를 뒤흔드는 소리.

그런데도 여전히 그놈의 그르악거리는 울부짖음은 끊임없이 계속 이어진다. 성준은 뒤돌아보지 않았다. 여기서 달아나는 게 먼저다.

"끄응, 제기랄. 이거 후유증 남는 거 아니겠지?"

절뚝거리는 오른쪽 다리를 부지런히 움직이면서 성준은 걱정스러운 표정을 지었다. 꺾였던 무릎이 땅을 디딜 때마다 불로 지지는 것 같다.

한 가지 그에게 위안을 주는 사실은 이제 조금만 더 걸어가면 끝난다는 것이었다. 삼각지역까지 100미터도 남지 않았다. 이제 다 왔다.

"근데…… 내가 어디를 가고 있는 거지?"

성준은 스스로에게 물으며 고개를 들었다.

새벽까지 비가 그렇게 쏟아졌던 게 거짓말인 것처럼 화창하게 갠 하늘, 그리고 요새처럼 커다란 빌딩.

별과 닻이 그려진 깃발을 보자 비로소 성준은 자신이 왜 삼각지까지 가면 안전하다고 생각했는지 깨달았다.

무장한 군인들이 저기에 있다. 다시 힘을 얻은 성준은 부지런히 걸었다. 그리고 국방부 정문에 도달했을 때, 이미 그곳에는 먼저 도망쳐 온 대여섯 명의 사람들이 몰려 있었다. 다들 생각하는 게 비슷비슷한 것이다.

하지만 분위기는 그가 기대했던 것과 영 달랐다. 입구 초소를 지키고 있던 헌병은 흰 장갑을 낀 손을 들어 올리며 난입하려는 사람들을 제지하고 있었다.

"왜 못 들어가게 하냐고! 지금 저기 뭔 난리가 난 줄은 알아? 사람들을 잡아먹는다고!"

"제발 들여보내 줘요. 여기까지 얼마나 죽을 고비를 넘기고 왔는데……."

몸 여기저기에 상처를 입은 사람들이 숨을 헐떡거리며 애원을 한다. 흘러내린 피만 봐도 그들이 얼마나 힘겹게 달려왔는지 알 수 있다. 하지만 헌병의 대답은 기계적이고 단호했다.

"사정은 알겠습니다만, 이곳은 피신하는 곳이 아닙니다. 인근 경찰서나……."

"그럼 너희는 대체 뭐 하러 있는 거야, 이 새끼야!"

눈가에서 피를 흘리는 아저씨가 헌병의 말을 끊고 버럭 소리를 질렀다. 헌병의 눈빛이 흔들린다. 그의 뒤에서 총을 들고 있는 다른 보초병은 잔뜩 긴장한 채 상황을 지켜보고 있다.

"우리를 지키라고 있는 거잖아? 이 건물, 너희 총! 이, 이 쇳덩어리까지 전부 다 우리 세금이야!"

이번에는 젊은 여자가 바리케이드를 두드리며 호통을 쳤다. 사람들은 부글부글 끓어오르기 직전이지만, 헌병은 상황을 이해하지 못하고 있었다.

하긴 그 누가 21세기 서울에서 집단으로 사람을 잡아먹는 대규모 광인들의 습격을 예상할까. 헌병은 그저 근무 수칙대로 같은 말을 반복했다.

"어쨌든 물러서 주십시오. 여기는 피신하는 곳이 아닙니다. 저는 그 말밖에 할 수 없습니다."

그게 기폭제가 되어 사람들은 이성을 잃고 덤벼들었다. 화가 난 사람들은 헌병의 멱살을 잡고 밀어 친 뒤, 억지로 국방부 차도 안으로 뛰어 들어갔다. 지그재그로 설치된 노란색 바리케이드를 넘기도 하고, 허리를 숙여 그 아래로 기어 들어가는 이도 있었다.

"멈춰! 쏜다!"

뒤쪽에서 지켜보고 있던 보초들이 총을 겨누며 외쳤다.

아주머니 하나가 목이 찢어져라 고함을 질렀다.

"쏴! 쏴 봐! 이 미친 새끼들아!"

말은 그렇게 했지만 다들 설마 민간인에게 총을 쏠까 하는 믿음을 가지고 있었다. 물론 그 믿음은 배신당하지 않았다. 하지만 헌병들은 그녀를 곱게 들여보내 주지도 않았다.

언덕길을 뛰어 영내로 들어가려던 아주머니는 헌병에게 밀쳐져 나뒹굴었고, 그때부터 들어가려는 자들과 막아서려는 자들의 정말 말도 안 되는 몸싸움이 벌어졌다.

성준은 그 싸움에 참전하지 않았다. 걷는 것도 힘에 부치는 몸으로 저 헌병들을 뚫고 들어갈 수 있을 리가 없다.

'……여기는 틀렸어. 다른 살길을 찾아봐야지.'

성준은 힘이 빠져 꺾여 버린 무릎을 달래며 다시 인도로 나섰다. 그리고 마지막 희망까지 날아가는 광경을 보고 말았다.

저 멀리서 피투성이가 된 사람들이 삼각지역 바깥으로 뛰어나오고 있다. 울상이 된 사람들의 머리끄덩이를 잡고 쓰러뜨린 광인들이 살을 뜯고 내장을 파

낸다. 이제 앞뒤가 다 막힌 것이다.

"……씨발. 흐흐흐, 진짜……."

성준은 다시 차도로 뛰어들었다. 소용없다는 건 잘 알지만, 한 발짝이라도 더 도망가 보고 싶었다.

빠앙!

차들이 아슬아슬하게 그를 피해 간다. 자동차가 갈라 놓은 바람이 휙휙, 코끝을 스쳤다.

하지만 성준은 겁내거나 멈춰 서지 않고 똑바로 걸었다. 광인들의 이빨에 물어뜯겨 죽는 것에 비하면 별로 무서울 것도 없다. 몇몇 차를 세우고 좀 태워 달라며 사정을 했다.

그러나 차 안의 그들은 이 느닷없는 혼란과 위험에서 한시라도 빨리 벗어나고 싶은 생각밖에 없었다. 자동차들은 매정하게 쌩쌩 달려 그들을 피해 갔다.

"아아악!"

뒤쪽 길 건너편에서는 계속 비명 소리가 들려온다. 더 자주, 더 많은 사람들이 광인들에게 목숨을 잃고 있다.

쾅쾅쾅!

자동차가 어딘가를 들이받고 터지는 소리도 간간이 끼어든다. 지옥이다.

"하아, 하아……."

정말 열심히 걸었는데 차도를 다 건너는 데만도 엄청난 시간이 걸렸다. 아픈 것은 이루 말할 수도 없다. 어린애 머리만큼 부어오른 무릎도 한계지만, 갈비뼈가 쑤셔 대는 통증에 비하면 그 정도는 애교였다.

게다가 아까 광인에게 물렸던 왼팔…… 이제 아예 감각이 없다. 멈춰 선 성준은 비통한 표정으로 다시 한번 녹사평역 쪽을 돌아보았다.

아까 그 차에 탈 수 있었더라면…….

"끄으응."

그가 선택한 길은 숨어 보는 것이었다. 정말 하늘이 돕는다면 광인들도 그를 보지 못하고 지나칠지도 모른다. 군인 형제가 서로 끌어안는 커다란 구조물 밑에는 개구멍처럼 조그만 구멍이 앞뒤로 뚫려 있다. 성준은 그 안에 기어 들어가 동그랗게 몸을 말았다.

"아야야…… 어흐."

온몸의 상처에서 한꺼번에 고통이 쏟아진다. 성준은 두 손으로 얼굴을 감싸 쥐었다.

"젠장, 끝내 이름도 못 알아냈잖아."

마지막 가는 길에 적어도 애인 이름은 부르고 싶었는데, 그것도 잘 안 된다. 군대에서 유격을 뛰었을 때도 그냥 같은 과 여자애 이름을 애인인 것처럼 외쳤었는데…….

'……대체 이름이 뭐야? 장미는 무엇이라 불러도 그 향기 그대로인 것을…….'

어울리지도 않는 셰익스피어의 문구가 난데없이 머릿속에서 튀어나오는 바람에 성준은 잔뜩 일그러진 미소를 지었다.

크큭, 문학 C를 맞은 주제에.

"날 걱정해 줬었지……."

자신이 광인에게 끌려갈 때 보여 주었던 그녀의 안타까운 눈빛이 생생하게 떠올라서 고통을 좀 달래 주었다.

우린 아마 분명히 사랑에 빠질 수 있을 거야…….

성준은 다시 한번 망상에 빠져 보기로 했다. 그녀와 행복하게 사랑을 나누고, 함께 아침을 맞고, 아이를 낳아 기르는 상상까지 다 해 보려 한다. 이제 그에게 허락된 것은 그 정도뿐이다. 우울하거나 나쁜 생각은 하지 않을 거다.

그르르르…….

익숙한 소리, 익숙한 냄새.

굴의 입구가 어두워진다. 더 알고 싶지 않아서 성준은 눈을 꼭 감았다. 피로 물든 광인의 머리가 굴속으로 쑥 들어오는 것을 그는 보지 못했다.

Chapter 50
마이 프레셔스!

01

"끄으으~ 후우우~ 끄으으!"

안개비가 걷혀 가는 산속에서 진우는 안간힘을 써 가며 들것을 당겼다. 오르막에 잡초들이 더해지자 전진이 쉽지 않다.

앞, 뒤, 옆, 세 방향에 소총을 매단 채로 배낭을 메고 60킬로그램 가까이 나가는 짐을 계속 끌기를 40여 분. 온몸에서는 김이 펄펄 나고, 입 안은 바짝 말랐다.

하지만 진우의 입가에는 광기에 가까운 미소가 가득하다.

흐크크크, 키킥, 자꾸만 웃음이 터진다. 힘이 들어도 좋고, 손바닥에 물집이 잡히는 것 같아도 그저 좋기만 하다.

엄청난 수의 실탄에 꿈도 꿔 보지 못했던 고급 개인 화기까지 잔뜩 얻었다. 뜻밖의 횡재에 가슴이 두근거려서 호흡이 다 가빠질 지경이다.

"로또, 로또에 맞으면 이런 기분일까?"

진우는 들것 가득 실려 있는 검은 가방을 보면서 흐뭇하게 중얼거렸다. 그렇게 죽어라 뛰고 나서 곧바로 무거운 걸 끌고 산길을 헤매는 중인데도 전혀 피곤하지 않다. 하루 종일이라도 걸을 수 있을 것 같다.

그만큼 기뻤다. 태어나 지금껏 살면서 이만큼 풍부하게 원하던 뭔가를 가져본 기억이 없다. 그것도 가장 간절한 순간에.

"훗, 후후후후."

두 팔과 다리에 전해지는 무게가 곧 엄청난 실탄이라는 걸 알기에, 낑낑거리며 언덕 위로 들것을 끌어 올리면서 진우는 웃었다.

하지만 몸은 정직하다. 아드레날린 덕에 솟구쳤던 에너지는 어느새 바닥을 드러냈고, 미리 빚을 내 힘을 쓴 만큼 더 큰 피로감이 전신을 휘감는다.

"윽!"

수풀 속에서 한 걸음을 더 나가려던 진우는 뒤로 엉덩방아를 찧으며 쓰러졌다. 그러고는 다시 일어나려고 땅을 짚다가 자신의 두 팔과 두 다리에 가벼운 경련이 일고 있다는 걸 깨달았다. 근육에서 휴식이 필요하다고 보내는 엄중한 경고다. 인삼 파워도 다 소진되어 버린 모양이다.

"하아아~ 하아아~ 그래, 좀 쉬자……."

진우는 젖은 풀밭에 벌렁 누우며 가쁜 숨을 몰아쉬었다. 체력 게이지에 빨간 불이 들어왔다. 아니, 이미 아까부터 들어와 있었는데 실탄과 새 총에 정신이 팔려 미처 모르고 있던 것뿐이다.

"후우우~ 지금쯤은 수색대가 도착할 때가 된 것 같은데……."

진우는 블랙 호크가 불시착한 방향으로 고개를 돌리며 중얼거렸다. 물론 그동안 꽤나 열심히 도망쳐 왔으니 여기에서 육안으로 보이지는 않는다.

데려가 달라고 애원과 협박을 하던 중사 생각에 마음 한구석이 편치 않다. 하지만 진우로서는 매정하게 거절할 수밖에 없었다.

그를 도와야만 하는 의리도 없고, 그의 부상이 이동을 하기에는 너무 컸다. 그뿐 아니라 100퍼센트의 선의로만 대할 수도 없는 사람이었다.

그가 손을 뻗어 자신의 총을 빼앗는 상황이 온다 해도 그것을 완전하게 통제할 수 없을 것이다. 그렇다고 해도 마음이 쓰이는 것이 온전히 지워지지는 않는다.

"잊어버려. 그 사람들 헬기 타고 날아갈 때, 네가 도와달라고…… 조금만 태워 달라고 했으면 도와줬겠냐? 어림도 없지. 그런데 너는 왜 신경을 써? 그리고 그 다리로는 멀리 도망가지도 못해. 짊어지고 와 봤자 100퍼센트 죽는 거라고."

진우는 일부러 모질게 말을 하며 마음속에 남은 한 가닥의 가책을 떨어 버리려 했다. 그리고 그것이 사실이기도 했다. 진우는 부상병에게 죽음을 남기고 온 것이 아니다. 그에게는 분명한 선택의 여지가 있었다.

진우의 충고대로 투항을 해도 되고, 정 그렇게 용맹과 충절을 자랑하고 싶다면 목숨이 다할 때까지 총격전을 벌여도 된다.

헬기 내부에는 아직도 여러 정의 개인 화기가 방치되어 있고, 여분의 탄창도, 탄통도 꽤나 남겨져 있었다. 부상병 본인의 전술 조끼에도 예비 탄창이 꽂혀 있었으니, 싸우고 싶다면 다시 헬기 내부로 기어 들어가 무장을 하기만 하면 될 테니까.

"끄응~."

억지로 몸을 일으킨 진우는 아직도 부들거리는 팔을 뻗어 들것의 가장 윗부분에 있는 인삼 보따리 속에 손을 넣었다. 지금은 아무 상관 없는 타인의 일에 값싼 동정을 하는 것보다 내 몸을 챙기는 게 몇 배나 더 중요하다. 이 정도로 체력이 소진됐을 때에는 뭔가 먹어서 보충을 해 줘야 한다.

"아, 맞다…… 전투식량. 그걸 먹어 볼까?"

물을 마시고 날 인삼을 우걱우걱 씹던 진우는 배낭에서 오늘 자신의 전리품 중 하나인 전투식량을 한 봉지 꺼냈다. 국방색 밀폐 봉지를 뜯자 딱딱하게 수분을 뺀 음식들이 나온다. 진우는 우선 빵이라고 적힌 비닐부터 열고 안에 든 것을 꺼내 입에 넣었다.

"더럽게 딱딱하네……."

우둑우둑, 씹을 때마다 요란한 소리가 난다. 압착한 빵의 식감은 이게 실제 빵인지, 아니면 빵의 모형인지조차 분간하기가 어려울 지경이었다. 그래도 입 안에서 침에 불고 잘게 부서지면서 먹을 수 있는 음식임을 알게 해 준다.

꿀꺽, 억지로 빵을 씹어 삼키며 진우는 나머지 봉지들을 다 뜯었다.

피넛 버터, 초코바, 강정, 햄······.

전부 칼로리를 극대화한 메뉴들뿐이다. 바로 지금 진우의 상황에서 가장 절실한 음식이라고도 할 수 있다.

진우는 남은 빵 조각과 피넛 버터를 함께 씹었고, 단내가 나는 초코바도 우둑거리며 모두 먹어 치웠다.

탕— 탕탕— 탕탕— 투투투두—!

햄과 강정을 번갈아 가며 한 입씩 잘라 먹고 있을 때, 헬기가 불시착한 쪽에서 총성이 들려왔다. 진우는 멍한 표정으로 총소리에 귀를 기울였다.

타탕— 타타타타—.

총소리는 꽤나 오래 지속됐다. 그 부상당한 중사는 블랙 호크 안에 들어가 싸우기로 한 모양이다. 그리고 정말로 꽤나 잘 싸우고 있는 것 같다. 길게 이어지는 총성이 그 증거다.

"어디, 그럼 나도······."

진우는 먹던 음식을 봉지에 올려 두고 새로 얻은 K-2를 잡았다. 주변에서 총소리가 들려오는 동안이 바로 새로 손에 넣은 무기의 영점을 조절할 기회였다.

바닥에 엎드린 진우는 25미터를 대충 상정해서 그 거리에 있는 나무를 겨누고 방아쇠를 당겼다.

탕—.

첫 발은 그가 조준했던 곳을 거의 정확히 때렸다. 냉정하게 말하자면 몇 센티인가 좌로 비껴 맞았지만, 가벼운 경련이 온 손으로 처음 잡아 보는 남의 총을 쏜 것치고는 나쁘지 않다.

후우~ 숨을 가다듬은 진우는 곧바로 제2, 제3발을 발사했다.

탄착점은 첫 번째 총알보다 약간 더 오른쪽으로 치우쳐 거의 오차 없이 밀집됐다. 진우는 다시 세 발을 더 쐈고, 점점 더 완벽하게 하나의 점을 만들어 냈다.

총은 좋다. 이 정도면 굳이 조준경의 크리크를 돌려 조절을 할 필요도 없을 정도였다.

타아앙—.

멀리서 들려오는 한 발의 긴 메아리.

그것을 마지막으로 총성이 끊겼다. 부상병의 죽음을 알리는 메아리를 들으며 진우도 자신의 새 K-2 방아쇠에서 손을 뗐다. 이제 존재하지 않는 사람처럼 기척을 숨겨야 할 시간이다. 그걸 분명히 알고 있는데도 자꾸 손가락이 근질거린다.

제1화기가 될 K-2의 성능을 확인했으니 저격 소총도, 그리고 소음기가 달린 기관단총도 주물러 보고 싶어져서 그렇다.

어차피 낯선 무기들이라서 익숙하게 다루려면 앞으로 적지 않은 시간을 투자해야 한다는 걸 알지만, 진우의 지금 감성은 원하던 장난감을 손에 넣은 어린아이와 비슷한 상태다. 그저 두근거리고 설렌다. 뭔가 무한한 가능성이 눈앞에 펼쳐져 있는 기분이다.

"후후후……"

진우는 다시 실없는 웃음을 흘리면서 들것에 고정되어 있는 가방들에 눈길을 보냈다. 그것으로도 모자라 나일론 줄 틈으로 아주 조금만 지퍼를 내려 보았다.

가방을 가득 채운 탄창 묶음들.

이렇게 보는 것만으로도 행복해진다. 가방 안에서 눈부신 광채가 뿜어져 나오는 것 같다.

"하하하하, 으으으, 하하하."

진우는 가방들을 온몸으로 덮쳐 안으며 소리 죽여 웃었다. 위치를 노출할 위험만 없다면 만세 삼창을 100번이라도 외치고 싶다.

이게 다 내 거다! 이게 다 내 거야—!

진우는 단단한 가방을 꽉 끌어안으며 행복감을 만끽했다.

보물을 얻었다. 이제 더 이상 남은 실탄의 수를 헤아려 가며 싸우지 않아도 된다. 927307의 총열이 완전히 마모되었다는 것 때문에 한숨짓지 않아도 되고, 무엇보다도 이제 화천의 만 발이 실재하는 것인지 아닌지에 대해 걱정하느라 매일 밤잠을 설치지 않아도 된다.

'탄창 하나가 얼마나 나갈까? 400그램? 350그램?'

진우는 K-2의 탄창을 빼서 손바닥에 올리고 무게를 가늠해 봤다. 고기 한 근보다는 확실히 덜 나가는 것 같다.

그렇다면…….

진우는 자기가 힘겹게 끌고 온 검은 가방들을 보며 대강의 수효를 계산해 봤다. 총기의 무게를 제외한다고 했을 때, 아무리 적게 잡아도 3천 발가량은 되어 보인다. 탄창에 곱게 끼워 놓은 이만큼의 실탄을 가지고 있는데 굳이 화천까지 갈 필요도 없다. 그게 또 기쁜 일이다.

"……곧바로 서울로 갈 수 있다."

진우는 꿈을 꾸는 듯한 얼굴로 중얼거렸다. 너무 갑작스레 이뤄진 꿈이어서 비현실적으로 느껴진다. 동시에 그동안 겪어 온 수많은 일들이 주마등처럼 스치고 지나가면서 가슴이 먹먹하기도 하다.

"아니야, 정신 차려. 아직 횡성이야. 서울까지는 멀었어!"

눈가를 한 번 훔친 진우는 혼잣말을 중얼거리며 몸을 일으켰다. 아직도 팔다리가 좀 후들거리지만, 더 멀리 달아나 둬야 한다. 더 안전하게 몸을 숨길 수 있는 곳으로.

으응차! 진우는 나일론 로프를 두 손에 감고 어깨에 걸친 채 당겼다.

지익— 지익—.

바닥에 끌리는 들것의 손잡이가 비에 젖은 흙을 움푹 파내면서 자신이 얼마나 묵직한지를 보여 준다. 그 무게가 모두 벅찬 기쁨으로 다가와서 진우는 또 히죽거리기 시작했다.

"하아아~ 무거워."

삼식이가 카트 밖으로 고개를 내밀며 한숨을 내쉬었다.

태권 소녀도 땀을 뚝뚝 떨어뜨리면서 힘없이 중얼거렸다.

"거미베……어, 허억."

카트의 철망은 좀비의 뇌수와 살점, 식용유, 그리고 세 사람의 땀으로 범벅이 되어 있다. 유빈은 장갑 낀 손으로 고글을 슬쩍 들었다. 열기와 함께 고여 있던 땀이 주르륵 흘러내린다.

그롸아아—! 그롸아아!

아래쪽에서 발버둥을 치던 좀비가 사납게 포효하고 있다. 하지만 놈은 허리가 반대로 꺾여 버린 터라 더 이상 미끄러운 무빙워크를 기어오를 수 없다.

턱, 턱.

아직도 기름기가 빠지지 않은 바닥을 짚고 기어오르려던 좀비의 몸이 아래로 주르륵 미끄러져 내려간다. 놈의 근처 계단참에는 열 마리가량의 좀비가 복합 골절을 당한 팔다리로 어떻게든 일어서 보려 애를 쓰는 중이다.

"……이제 더는 걸어 다닐 수 있는 놈이 없나 봐."

고글을 들어 올린 삼식이가 장갑을 빼며 중얼거렸다. 유빈의 눈에도 그런 것 같아 보인다. 10여 분 전, 두 층 아래로 떨어뜨려 버린 놈이 마지막이었던 모양이다. 그 이후로는 단 한 마리도 무빙워크를 거슬러 올라오지 못하고 있다.

하긴 그 긴 시간 동안 기어오르기만 하면 밀쳐서 떨어뜨리고, 또 올라오면 보안관이 두들겨 팼으니 몸이 성할 리 없다. 암만 좀비라고 해도 팔다리의 관절이 반대로 돌아가고, 척추가 부러져 버린 뒤에는 그저 버둥대는 정도가 전부였다.

"우리, 몇 시간이나 이 짓을 한 거지?"

따끔거리는 눈을 팔목으로 비비며 유빈이 물었다. 이를 악문 채로 좀비들과 계속 씨름을 한 터라 머리가 멍하다. 보안관이 시계를 확인하고 일러 주었다.

"네 시간. 거의 네 시간 다 되어 간다."

"……그렇구나. 징그럽게 싸웠네."

알려 주는 목소리도, 답하는 목소리도 모두 쉬어 있다. 어찌나 고함을 지르고 안간힘을 썼는지……. 유빈은 물을 들이켜면서 아래쪽 계단참과 한 층 아래의 무빙워크를 내려다보았다.

머리가 으깨진 채 죽어 버린 좀비들의 시체는 수십 구에 달하고, 아직 살아남은 좀비들은 부러져 튀어나온 뼈로 바닥을 짚으며 기어 다닌다.

눈을 돌리는 곳마다 터져 나와 있는 뇌수와 체액들, 그리고 흘러내린 내장들…….

그런 광경들이 헤드 랜턴의 불빛을 받을 때마다 과장된 음영으로 어른거린다.

지옥의 한 귀퉁이를 뚝 떼어 와 코스트코 무빙워크에 얹어 놓은 것 같다. 그나마 붉은 피가 낭자하게 흐르지 않은 점만은 다행이지만, 대신에 엄청난 악취가 후덥지근한 공기 가득 퍼져 있다.

"저것들이 못 올라오면 어떻게 다 죽이지? 우리가 저 아래로 내려가는 건 싫은데."

태권 소녀가 물었다. 그녀의 목소리 역시 갈라지기는 마찬가지다. 유빈이 대답했다.

"아, 그건 나도 동감이야. 저 좀비 범벅이 되어 있는 데를 내려갈 일은 없지. 생각만 해도 끔찍하다."

"그럼 어떻게 할 건데?"

"일단 좀 쉴까? 어차피 여기에서 할 일은 다 끝난 것 같은데."

유빈의 말에 태권 소녀와 삼식이는 등을 옥죄고 있던 특수 장비부터 벗어 버렸다. 배낭 위에 걸친 것인데도 어깨와 등의 피부가 다 벗겨진 듯하다.

물론 그 덕에 좀비들과 몸싸움을 하면서도 크게 부상을 당하지는 않았지만, 무겁고, 딱딱하고, 불편한 장비였다.

"하아~."

제니도 벽에 몸을 기대며 한숨을 내쉬었다. 꼬박 네 시간 동안 플래시를 들어 올린 채 벌을 섰던 그녀의 가녀린 팔이 덜덜덜 떨린다. '오늘 일은 다 끝났다.'라고 안도하며 긴장이 풀리자마자 급격한 신체 반응이 뒤따랐다.

"웁—!"

플래시를 내려놓은 제니는 주차장 구석으로 뛰어나가 구역질을 했다. 눈앞에서 4D로 펼쳐지는 좀비 두개골 및 내장 파괴 쇼를 장장 네 시간 동안이나 감상했으니 무리도 아니다. 벌써 30분 전부터 몇 번이나 토사물이 치밀어 오르는 것을 오로지 의무감 하나로 꾹 눌러 참은 거니까.

"우우욱—! 우우욱—!"

제니가 괴로워하며 속을 게워 내고 있자 보안관이 나서려 했다. 하지만 태권 소녀가 그를 제지하고 성큼성큼 걸어가 제니의 등을 두드려 줬다.

자신이 다른 사람들을 걱정시켰다는 걸 깨달은 제니가 눈물 콧물 범벅이 된 얼굴을 닦으며 중얼거렸다.

"하아~ 미안해요. 가까이에서 싸운 사람들도 있는데…… 웁!"

"괜찮아…… 다 토해 버려. 긴장해서 그래."

자애로운 언니 포스로 등을 두드려 주던 태권 소녀의 얼굴도 갑자기 파랗게 질렸다. 구토가 전염된 것이다. 참을 수 있다고 생각했는데, 한번 역류를 시작한 속은 더 이상 버티지 못하고 모든 걸 격하게 뿜어내기 시작했다.

"으아…… 너희 괜찮냐? 왜 그렇게 바짝 붙어서…… 내가 등 두들겨 줘?"

별로 든 것도 없을 텐데 계속 구역질을 해 대는 두 여자를 걱정스럽게 바라보던 삼식이가 물었다. 태권 소녀는 오지 말라고 손을 들어 보였다.

그녀들이 진정되기를 기다리는 동안 유빈과 보안관은 특수 장비와 짐을 빼내고 무빙워크의 셔터를 내렸다. 혹시 올라오는 놈이 있을 경우를 대비하기 위해서다.

"으아, 좀 쉬자! 두 다리 좀 펴 보자."

삼식이가 주차장 바닥에 등을 대고 벌렁 누우며 큰 소리를 냈다. 햇살이 들지 않던 바닥은 그래도 꽤 서늘하다. 담배까지 한 대 피워 물고 나니 아주 신선놀음에 가까워졌다. 어차피 앞으로 몇 시간 동안 이 부근에 대규모 좀비는 지나지 않을 테니까 이 정도 호사는 부려도 된다.

　보안관과 유빈도 다리를 쭉 펴고 앉아 물을 나눠 마셨다. 마치 멍석말이를 당한 사람처럼 온몸이 다 쑤시고 저려 온다. 지난 몇 시간이 어떻게 지나갔는지 모를 정도로 정신이 하나도 없다.

　"그건 버리지, 뭐 하러 가지고 나왔어?"

　날카로운 창끝이 온통 좀비의 끈적한 피와 살점으로 더럽혀진 특수 장비를 보며 보안관이 중얼거렸다. 기진맥진한 유빈이 힘없이 대꾸했다.

　"혹시 씻어 놓으면 또 쓸 일이 있을까 해서. 애써 만든 거니까."

　이제 겨우 진정이 됐는지 손바닥에 물을 부어 얼굴을 대강 씻어 낸 제니와 태권 소녀가 근처로 와서 앉았다. 둘 다 얼굴이 아주 핼쑥해져 있다. 모두를 찬찬히 돌아보며 유빈이 말했다.

　"고생 많았어. 이제 위험한 거, 힘든 거는 다 끝난 것 같아. 나머지는 걷지도 못하는 놈들이니까, 오늘처럼 이렇게 땀 뺄 일은 없을 거야."

　"그렇게 단정해도 돼? 아직 죽은 건 절반 정도밖에 안 돼. 기어 다니는 놈들이라도 사방에서 덮쳐 오면 감당하기 어렵다고."

　태권 소녀가 자신의 어깨를 주무르며 물었다. 유빈도 아까부터 허리랑 어깨가 아주 끊어지는 것 같다. 좀비들이 한 번씩 쇠파이프 창에 몸을 던져 박힐 때면, 바닥에 내동댕이쳐지는 것과 유사한 충격이 느껴졌었다.

　옷 속으로 손을 넣어 짚어 보니 벗겨진 상처가 따끔거리고, 피가 묻어 나온다.

　"응."

　유빈은 고개를 끄덕였다. 그러면서 자신감 있는 표정을 지어 주려고 했는데, 워낙 기운이 다 쭉 빠진 터라 그건 뜻대로 잘 안 됐다.

　"이제 나머지 놈들은 제풀에 죽게 만들 거야. 생각해 둔 것도 좀 있고, 저 정도로 망가뜨려 놨으니 그건 걱정하지 않아도 돼."

02

"뭔지는 모르겠지만, 말이 너무 시원시원해서 오히려 걱정이 된다."
 그렇게 중얼거리던 태권 소녀가 다시 멍해져서 물었다.
 "근데…… 규영이한테 형 이야기 해 줘야 돼?"
 어? 네 사람이 일제히 난감한 표정을 지었다. 뭐라고 이야기를 시작할지, 어디까지 말을 해 줘야 하는 건지 판단이 잘 서지 않는다. 머리를 긁적이던 유빈이 의견을 냈다.
 "그거, 꼭 오늘 이야기할 필요 없지 않을까? 코스트코 정리할 때까지는 걔한테 신경 써 줄 여유가 없는데, 공연히 상처만 들쑤셔서 좋을 게 없을 것 같아. 여기 좀비 다 치우고 이사 와서 숨 좀 돌리고 난 뒤, 말해 주는 게 나을 거라고 생각해."
 "뭐, 그 말이 맞기는 한데…… 규영이도 자기 형이 코스트코에 갇힌 거 알아. 오늘 돌아가면 나한테 물어볼 수도 있어. 형 봤냐고. 그러면 그때 뭐라고 해?"
 물어보는 태권 소녀의 얼굴에는 걱정이 가득하다. 묵묵히 담배 연기만 뿜어내고 있던 삼식이가 입을 열었다.
 "나는 걔가 충분히 강하다고 생각하는데, 형이 어떻게 했는지 들을 권리도 있고. 그냥 사실대로 말해 주는 게 제일 좋지 않을까? 괜히 어설픈 거짓말 꾸며 내다가 일만 더 꼬이게 만들까 봐 하는 말이야."
 "어디까지 사실로 말하라고? 100퍼센트 다? 그러니까 셔터맨부터 옥상 주차장에서 유리에 적힌 편지 본 것까지 전부 다 그대로 말하라는 거야? 이미 좀비가 되기는 했어도 마지막에 죽인 게 우리 둘인데…… 우리가 앞으로 규영이 얼굴 어떻게 보라고."
 보안관이 끼어들어 문제점을 지적했다. 유빈이 보안관의 말을 정정했다.
 "아니지. 확실하게 말하라면, 죽인 건…… 나지."

유빈은 난감한 표정으로 모두를 돌아봤다. 어차피 좀비가 된 상태니까 누군가 한 사람은 반드시 나서서 해결해야 하고, 자신이 그 역할을 수행했다.

그 사건이 규영이에게 어떻게 느껴질지에 대해서 깊게 생각해 보기 전에 저지른 일이다. 그리고 당시에는 꽤 긴급한 일이기도 했다.

그런데 보안관의 말을 듣고 보니 형의 머리에 못을 박은 녀석과 함께 밥을 먹고 같이 잠을 잔다는 걸 규영이가 어떻게 받아들일지 갑자기 걱정스러워지기 시작했다.

미움을 좀 받다가 끝나는 일이 아니라 규영이가 스스로의 삶을 수치스럽다고 여기게 될까 봐, 그게 두렵다.

"아니, 살아 있는 사람을 죽인 것도 아닌데 왜들 그리 심각해? 너희들이 말하기 껄끄러우면 내가 했다고 해. 내가 그 사람 더 힘들게 하고 싶지 않아서 서둘렀다고 말할게. 이해할 거야."

'정직하게 살자'파 삼식이는 여전히 별거 아니라는 투다. 보안관이 귀찮다는 듯 대꾸했다.

"네 생각대로 세상이 돌아가냐? 걔 사춘기야. 어떻게 반응할지 아무도 몰라."

"그냥 언니는 못 봤다고 하면 되지 않을까요? 우리는 모른 척하고…… 그러다가 우연히 좀비 시체 더미 사이에서 발견한 것처럼 하면, 그래도 충격이 덜할 것 같아서……. 선의의 거짓말이잖아요. 아무도 피해 보는 사람 없어요."

제니는 '거짓말로 좀 꾸미자'는 파다. 태권 소녀가 물었다.

"그럼 어떻게 해서 죽은 건데? 그냥 죽어 있었다는 건 말이 안 되잖아."

"위층에서 떨어지는 좀비에 맞아 죽었다고 하면 안 될까요? 실제로 그렇게 해서 죽은 좀비도 오늘 꽤 될걸요?"

"그래 봐야 보자마자 표가 확 날 텐데. 목뼈는 멀쩡한데 뒤통수에 못이 박혀 있단 말이야. 게다가 그 사람 죽기 전의 동선이 엉망이 된다고. 셔터를 다 내려놓은 다음, 자동차 유리에 편지까지 써 놓고, 다시 매장에 들어갔다고 하면 너무 이상해."

유빈은 특기인 걱정을 꼼꼼하게 늘어놓기 시작했다. 쉽게 결론이 나지 않는다. 길가의 모텔 옥상에서 초조하게 기다릴 신입과 규영을 생각하면 언제까지 이렇게 시간만 보내고 있을 수는 없다. 배도 고프다.

보안관이 해머를 짚고 일어나며 잠정적인 결론을 내렸다.

"아, 너무 어렵다. 그냥 오늘은 일단 못 봤다고만 하자. 그다음 일은 더 생각을 해 보고. 뭐, 무슨 수가 떠오르겠지. 그렇게 다 입 맞추는 거다?"

다섯 명은 임시방편에 합의를 하고 지친 몸을 억지로 일으켰다. 그러고는 주차장 진입로를 통해 밖으로 빠져나왔다. 싸움에서 이겼는데도 영 발길이 가볍지가 않다.

"누나! 삼식이 형! 다 괜찮아요? 다친 사람 없어요?"

주차장 진입로를 빠져나오자 맞은편의 6층 모텔 옥상에서 초조한 얼굴로 거리를 내려다보고 있던 규영이와 신입이 미친 듯이 소리를 질렀다. 삼식이와 제니가 두 손을 흔들면서 인사를 했다.

"그래그래! 다 잘됐어!"

몇 시간 만에 다시 본 거리는 들어가기 전과 별로 달라진 게 없었다. 일행은 셔터를 열고 모텔 안으로 들어갔다.

"혜주 누나! 제니 누나!"

6층에 올라서기가 무섭게 규영이가 휠체어를 밀고 와 두 여자를 꼭 끌어안는다. 신입은 전자 담배를 뻑뻑, 피워 대고 있다. 그들이 앉아 있던 자리에는 깡통과 빨랫줄로 만든 덫이 몇 개나 뒹굴었다.

"하하하, 이거 뭐야? 둘이서 이걸 만들고 있었어? 어라? 담배꽁초 하나도 없네? 계속 전자 담배만 피운 거야? 하하, 웬일로 이렇게 착한 어린이처럼 행동하지? 너답지 않은데, 신입?"

삼식이가 신입의 입에서 전자 담배를 빼고 담배 한 개비를 물리자, 신입은 이걸 피워도 되는 건지 조금 망설였다.

괜찮아, 괜찮아, 삼식이가 고개를 끄덕이며 불을 붙여 주었다.
"씨발, 좀비 새끼들 몰려올까 봐 담배도 못 피우고, 불안하기는 존나 불안하고. 하여간 미치는 줄 알았네."
아직도 불안이 다 가시지 않은 신입의 담배가 가볍게 떨린다. 삼식이는 두 녀석이 만들어 놓은 덫을 들어 보며 웃음을 지었다.
"그래서 이거 만들면서 번뇌를 지운 거야? 큭큭큭, 그러기에 따라오라니까. 우리는 엄청 안전한 데에서 재미있게 놀다 왔는데."
"새끼야, 너희가 첫 번째 좀비 죽인 다음에 괜찮다는 신호라도 좀 보내 줬으면 걱정을 덜했을 거 아니야. 어차피 거리가 멀지도 않아서 소리만 질러 주면 다 알 수 있는데."
"하하, 그 생각이 안 났어. 우리라고 경황이 있었겠냐?"
"바빠도 말 한마디를 못 해? 그건 마음가짐이 글렀다고밖에는 안 보여. 아우, 씨발. 좀비 새끼들은 계속 울어 대지, 뭔 놈의 카트는 계속 쿵창쿵창 울려 대지. 너희들은 중간중간에 뭐라고 외마디 소리를 막 지르지. 도는 줄 알았다, 진짜."
네 시간이 넘게 쌓인 불안감을 삼식이에게 투덜대는 것으로 털어 내 보려는지, 신입은 연신 찡찡거렸다.
제니의 손을 꼭 잡고 있던 규영이도 삼식이를 돌아보며 한마디를 보탰다.
"진짜 형네 들어가고 얼마 안 지났을 때, 갑자기 좀비 우는 소리가 들려서 우리 둘이 얼마나 걱정했다고요. 옥상에는 좀비가 없을 거라고 했었잖아요. 와, 근데 그 좀비 새끼는 대체 어디서 갑자기 튀어나와 가지고 그 난리를 친 거예요? 형들은 안 놀랐어요?"
"어? 아, 이제 괜찮아. 별거 아니야. 우리 밥이나 먹자. 너희도 배 많이 고팠지?"
자꾸 셔터맨의 이야기가 나오는 게 불편해진 보안관은 대충 얼버무리며 코스트코가 보이는 난간 앞에 섰다. 이쪽은 7층, 코스트코 옥상은 5층이지만, 실제 높이는 코스트코 쪽이 더 높아 보인다. 이런 상황이라면 문제의 그 사건이 여기에서 보였을 리는 없다.

"계속 마음을 졸이고 있었더니 배고픈 줄도 모르겠어요. 제니 누나, 무서웠죠? 저는 비록 같이 가서 싸우지는 못했지만, 마음속으로 엄청 빌었어요. 그리고 그 첫 번째 좀비 새끼 우는 소리 듣고 저주의 기운을 막 보냈어요. '빨리 뒈져! 아무도 다치게 하지 말고 얼른 뒈져! 이 개새끼야!' 이러면서. 헤헤, 그러자마자 더 이상 그롸아아— 하는 소리는 안 들리더라고요. 꼭 내 저주가 통한 기분이 들어서…… 아휴, 얼마나 통쾌하던지! 물론 그럴 리는 없겠지만요. 그놈은 누가 죽였어요? 어디에 짱 박혀 있었던 거예요?"

규영이 천진한 얼굴로 묻는다. 내색을 하고 싶지 않지만, 규영이가 셔터맨을 저주하는 걸 듣자마자 다섯 명의 눈빛이 흔들렸다.

"그, 그게……."

혜주가 땀을 뚝뚝 떨어뜨리며 말을 더듬었다.

에? 영문을 모르는 규영이는 다른 사람들 쪽으로 고개를 돌렸다. 제니도, 유빈이도, 보안관도 다들 규영이와 제대로 눈을 마주치지 못했다.

규영이는 그 정도의 이상 징후를 감지하지 못할 만큼 멍청한 아이는 아니었다.

하아아~ 하아아~.

규영이가 가쁘게 숨을 몰아쉬며 제니의 손을 놓았다. 그러고는 초조하게 자신의 양손을 번갈아 쥐어뜯으며 물었다.

"설마…… 설마 그…… 그 울던 좀비가…… 내가 아는 사람이에요? 아후…… 누나, 제발 아니라고 해 줘요. 난…… 나는 그냥 형아는 죽었다고 알고 있고 싶어요. 네? 우리 형아 아니죠? 내가…… 내가 우리 형아한테 빨리 뒈지라고 빈 거 아니죠? 흑!"

규영의 눈에서 눈물이 뚝뚝 떨어진다. 신경질적으로 쥐어뜯은 손가락은 피가 맺혔다.

"규영아…… 네 말이 맞아."

제니가 규영의 두 손을 꽉 붙잡아 더 이상의 자해를 막으면서 차분하게 말을 건넸다.

"그거 그냥 좀비였어. 네 형 아니야."

"……거짓말이잖아요. 흑!"

규영은 여전히 고개를 들지 못하고 눈물과 침으로 범벅이 되어 울먹였다.

"규영아, 날 봐. 누나 눈을 봐."

제니는 규영의 볼을 두 손으로 잡아 억지로 들게 하고, 그의 눈을 보면서 아주 다정하게 속삭였다.

"너희 형은 마지막까지 멋진 일을 하고 나서…… 혜주 언니한테 너를 부탁한다는 편지를 남기고 돌아가셨어. 정말이야."

"……그럼 오늘 그 좀비는 뭔데요? 흐윽."

"너희 형을 따라왔던 놈인가 봐. 규영이 형이 눈을 감은 다음에도 미련이 남아서 그 자리를 계속 지키다가 오늘 죽은 거야. 그러니까 그렇게 울지 마."

"우리 형아는…… 어땠어요? 어때 보였어요?"

"……편안해 보였어. 자동차 의자에 조용히 기대서 눈을 꼭 감고…… 모르고 보면…… 흑, 그냥 잠든 사람 같아."

말을 꾸며 내는 제니의 눈에서도 눈물이 흘러나온다. 규영이는 힘없이 고개를 끄덕이다가 제니의 어깨에 안겨 다시 흐느끼기 시작했다. 언젠가 한 번은 아프게 흘려야 할 눈물이었다.

03

평소의 두 배가 넘는 대규모 좀비 무리가 근접해 온 덕에 건대 쉘터에서는 저녁 식사 시간이 다 지나가도록 병사들이 악을 쓰며 뛰어다니고 있었다.

게이트 병력은 증강 배치 되었고, 주변 건물의 옥상에 배치된 저격조들은 저지선을 넘으려는 좀비들을 향해 난사를 퍼부었다. 예기치 못한 이상 징후 때문에 다들 패닉 직전까지 몰렸다.

에에에엥— 에에에엥—.

요란하게 울려 대는 사이렌도 심리적 압박을 주는 데 한몫 가세했다.

"저게 대체 뭐야? 왜 또 저렇게 색깔이 늘었어?"

쉘터 맞은편 건물의 옥상에 임시 K-3 사대를 구축하던 강 소위가 대로 쪽을 바라보며 중얼거린다.

정체를 알 수 없는 빨강 좀비 무리에 익숙해질 만하니까 이제는 온갖 알록달록한 색깔의 좀비들이 합류해 버렸다. 엄청나게 불어난 규모도 신경이 쓰이지만, 그보다도 인위적이기 짝이 없는 저 채색이 더 거슬린다.

이쯤 되면 누군가 악의적으로 좀비들을 조종하고 있다고밖에는 이해할 수 없다.

하지만 대체 누가?

강 소위는 그 점을 이해할 수 없었다.

대체 누가 좀비들을 마음대로 조종할 수 있단 말인가. 그리고 왜 하필 여기로 점점 더 많이 놈들을 보내는 것일까?

"K-3 다섯 정, 사격 준비 마쳤습니다!"

병장의 보고를 받은 강 소위는 건성으로 고개를 끄덕였다. 좀비들은 어린이 대공원역 앞을 돌아 나가는 중이다.

얌전히 빠져나가 준다면 참 고맙겠는데 워낙 수가 많다 보니 자꾸 정체가 생겨나고, 정체된 무리 중에 일부는 쉘터 방향으로 진로를 수정해서 접근하려고 한다. 그놈들을 몰살시키는 것이 강 소위의 임무다.

"노란 선을 넘자마자 발포한다."

강 소위의 명령을 받은 K-3 사수들은 입을 굳게 다문 채 기다렸다. 그리고 잠시 후, 앞이 꽉 막힌 100여 마리의 좀비들이 방향을 돌린다.

놈들의 발이 미리 그어 둔 노란 실선 위를 지나는 순간, 옥상에서는 요란한 총성과 함께 다섯 정의 K-3가 불을 뿜었다.

투투투투투— 투투투투— 투투투투투—.

이 건물 옥상에서만 사격이 시작된 것이 아니다. 쉘터 주변을 빙 둘러 축조된 저격 사대에서는 수십 명에 달하는 병사들이 모두 이를 악문 채 방아쇠를 당기고 있다.

그래 봤자 좀비 무리의 크기에는 별다른 차이를 발생시키지 못한다. 애초에 너무 많다. 중대형 규모 넷의 좀비들이라는 것은 정말이지 엄청난 압박을 준다.

외부의 군인들이 그렇게 전투에 몰두하고 있을 때, 그와 정반대 편에 위치한 쉘터 남쪽의 한 건물 안 텅 빈 사무실 의자에서는 육만배가 심각한 표정으로 담배 연기를 뿜어내고 있었다.

군인들이 다들 좀비 때문에 정신이 없는 틈을 타서 조용히 '대화'를 좀 나누려고 하는 중이다.

육만배의 맞은편에는 초희가 공손하게 두 손을 모은 채 서서 민구에 대한 보고를 하고 있다. 이야기가 진행될수록 육만배의 얼굴에 분노가 점점 더 크게 번져 갔다.

다쳤다는 것도 날벼락인데, 그것으로도 모자라 잠실로 옮겨 갔다니…….

이건 말이 안 되는 일이다. 정말 다급하게 이송을 했어야 하더라도 적어도 자신에게만은 허락을 받고 움직였어야 맞다. 그게 만배파의 룰이고, 민구가 사는 방식이다. 이렇게 야반도주를 하듯 달아나는 것은 이치에 맞지 않았다.

"그래, 강 실장이 너한테 정성껏 치료해 줘서 고맙다고 해 놓고서 다음 날 가 보니 훌쩍 사라져 버렸다, 이거지?"

육만배는 이글거리는 눈으로 초희를 노려보며 물었다. 초희는 조금 움찔하면서도 미리 준비해 온 거짓말을 태연히 늘어놓았다.

"네. 진짜예요, 회장님. 제가 똥 기저귀 다 갈아 주고, 팔다리도 얼마나 열심히 주물러 줬는데요. 정말로요, 제가 다 해 줬어요. 오죽했으면 강 실장 오빠가 저보고 춘향이는 댈 것도 아니라고 했겠어요."

육만배는 담뱃재를 신경질적으로 털며 잠시 침묵에 잠겨 있었다. 이 떨떨한 계집애가 지껄이는 소리를 다 믿는 것은 아니지만, 적어도 한 가지만은 사실인 것처럼 느껴졌다.

민구가 갑자기 사라지기로 결심했다는 것.

그렇다면 분명한 이유가 있다. 손을 들어 초희의 변명을 제지한 육만배는 고개를 끄덕이며 말했다.

"그래, 알았다. 너 체육관으로 돌아가고, 기동이 오라고 해."

"네. 어휴우~."

책임감을 덜어 낸 초희는 가벼운 발걸음으로 문을 나섰다. 문가에 서서 인상을 구기고 있는 기동이에게 초희가 말했다.

"기동이 오빠, 회장님이 들어오래."

"부르셨습니까, 회장님!"

문을 닫고 들어온 기동이는 허리를 90도로 굽히며 인사를 했다. 녀석의 퉁퉁한 목과 손등에는 두툼한 반창고가 붙어 있다.

으음, 그랬구나…….

육만배는 마음속으로 중얼거렸다. 어제부터 살살 시선을 피해 숨어 다니던 녀석의 이상한 행동이 이제는 이해가 간다. 육만배는 가까이 오라고 손짓을 하며 물었다.

"너 얼굴이 왜 그 모양이냐."

"아, 예. 회장님, 부끄럽습니다. 민간인 어린 애새끼들이랑 가벼운 시비가 붙었는데, 살짝 스친 것뿐입니다."

기동이는 쭈뼛거리며 바짝 다가오지 못했다.

후우우~ 연기를 기동이의 얼굴에 뿜은 육만배가 다시 손을 까딱거렸다. 기동이는 또 마지못해 두 걸음을 다가왔다.

"애들? 어떤 애들이냐? 말썽 나는 건 안 좋은데……."

육만배가 슬쩍 떠보자 기동이는 쑥스럽다는 듯 웃으며 고개를 푹 숙였다.

"회장님께서 신경 쓰실 정도는 아닙니다. 제가 아주 단단히 혼쭐을 내 줬으니까 어디 가서 떠들고 다니지는 못할 겁니다."

"그래?"

피식거리며 웃던 육만배가 일어났다. 그러고는 갑자기 기동이의 팔목을 덥석 붙들었다. 기동이가 머뭇거리는 동안 육만배는 녀석의 반창고 끝을 잡고 떼어 냈다.

찌지익, 피멍이 검게 든 손등에는 두 개의 간결하고도 얕은 상처가 나 있었다. 누가 봐도 애송이들의 솜씨는 아니다.

"애송이들에게 시비를 털다가 칼을 맞았다고? 기동아, 다시 한번 말해 봐라."

육만배는 소매를 걷어 올리며 물었다.

"아…… 회장님, 고정하십쇼. 애들이 여럿이었는데, 버릇만 고쳐 주려다가……."

쫘악!

기동이의 눈에서 불꽃이 번쩍 튄다. 호되게 따귀를 갈긴 육만배는 담배를 질겅거리며 다시 물었다.

"핏덩어리 애새끼들이 만배파 경호실장의 손에다가 이런 기스를 냈다고? 딱 핏줄만 노리고 땄다, 이런 말이냐?"

"아…… 아닙니다, 회장님. 이건 그저 살짝 스친……."

쫘악!

다시 한차례 매서운 따귀가 기동의 귓불을 후려갈긴다. 그래도 기동이는 그 자리에 멈춰 서 있었다. 잡아 뜯을 듯한 기세로 기동이의 귀를 꽉 움켜쥔 육만배가 목에 붙은 반창고도 떼어 냈다.

가늘게 남아 있는 칼자국.

누가 봐도 동맥을 노리고 그은 흔적이다.

눈을 찡그린 채 부들거리며 그 칼자국을 보고 있던 육만배가 중얼거렸다.

"한 번 더 말할 기회를 주마. 이 상처, 어떻게 해서 생겼다고?"

"회장님, 오해십니다. 무슨 말을 들으셨는지 모르지만……."

다급해진 기동이가 하지 말았어야 할 말을 지껄이자, 육만배는 또 한차례 호되게 뺨을 후려쳤다.

쫘악!

빈 사무실 전체를 울릴 만큼 큰 소리가 났지만, 어차피 바깥에 퍼져 나갈 위험은 없다.

지금 건대 쉘터는 북쪽에서 쉬지 않고 울리는 총성에 완전히 덮여 있기 때문에 설령 여기에서 누가 죽어 나가도 모를 것이다.

세 대나 같은 자리를 맞고 나니 살집 좋은 기동이의 볼도 빨갛게 달아올랐다. 여전히 기동이의 오른쪽 귀를 꽉 움켜쥐고 있던 육만배가 귀 끝을 사정없이 흔들었다.

"언제부터 나한테 거짓말을 해도 모를 거라고 생각했나, 응? 이 멍청한 새끼야."

귀 끝이 찢기는 동안 기동이는 당혹스러운 척 연기를 했다. 이 정도로 당황한 기색을 보여 줘야 그 뒤에 이어질 변명이 그나마 신뢰를 얻을 수 있을 거라 믿었다. 잠시 더 시간을 보내던 기동이는 눈을 내리깐 채 다급하게 외쳤다.

"죄, 죄송합니다, 회장님! 사실대로 말씀드렸어야 하는데, 무서워서 그만…… 제가 죽을죄를 지었습니다!"

"강 실장 언제 만났어? 왜 시비가 붙었나?"

육만배는 그제야 귀를 놓아주고 담배를 꺼내 물었다. 기동이는 얼른 불부터 붙여 준다.

후우우~. 육만배는 언짢은 표정으로 연기를 뿜어내며 기동이를 노려보았다.

"형님이 다치셨다니까 제가 미련한 마음에 걱정이 돼서 몇 번 들렀습니다. 회장님께 따로 아뢰지 않았던 건 찾아갈 때마다 형님이 의식이 없어서 그랬습니다. 요즘 신경 쓰시는 것도 많은데 희소식도 아닌 걸 전해 드려 봐야 공연히 심려만 끼쳐 드리게 될까 봐……. 회장님께서 강 실장 형님 아끼시는 마음이야 제가 제일 잘 알지 않겠습니까."

기동이의 말을 들은 육만배가 어이없어하며 인상을 찌푸렸다.

"이놈이 진짜…… 그쪽 건물로 민간인은 아예 못 들락거리게 하는데, 몇 번이나 들렀다고? 초희도 의무대 군인 놈한테 애원을 해서 겨우 따라다녔다고 하던데, 네가 오늘 아주 매를 맞고 싶어서 안달이 났구나?"

"저, 정말입니다, 회장님! 밤에 교대 시간 지나고 철망을 넘으면 쉽게 들어갈 수 있었습니다. 건물 문은 따로 잠가 두지를 않습니다. 그, 그리고 제가 군인들 피해서 숨느라 화단 뭉개진 데도 다 있습니다. 맹세합니다!"

다급해진 기동이가 두 손을 내저으며 지껄여 댔다. 육만배는 여전히 화를 풀지 못하고 고개를 저었다.

"그러니까! 애초에 거길 왜 찾아가? 네깟 놈이 간호에 대해서 뭘 안다고? 뭘 어쩌고 싶었던 거냐?"

"일이 이렇게 되었으니 무슨 말씀을 드려 봐도 다 마뜩잖으시겠지만, 저는 반갑기도 하고, 걱정도 됐습니다. 제가 혼자서 회장님을 제대로 보필하지 못한다는 걸 잘 알고 있는데…… 강 실장 형님이 오셨고…….''

타타타타탕— 타타타타타— 투투투둑—.

총소리가 너무 시끄럽게 울려 대서 기동이는 잠시 말을 끊었다. 오늘따라 어지간히들 볶아 댄다. 잠시 후 조금은 조용해졌을 때, 기동이가 이야기를 이었다.

"그런데 그 믿음직한 형님이 사경을 헤매고 있는 걸 보니 참 만감이 교차했습니다. 저로서는 우리 만배파의 큰 기둥 하나가 없어진 것 같아서…… 그래서 형님 누운 자리 옆에 앉아서 혼자 중얼중얼하다가 오곤 했습니다. 어서 일어나셔야 한다고."

기동이의 이야기가 장황해지자 육만배가 차갑게 끊어 버렸다.

"말 같잖은 소리는 작작 지껄이고, 그렇게 존경하는 형님이랑 왜 칼부림을 벌였는지나 털어놔. 그 지랄을 해 놓고 어제오늘 나를 피해 다녔어?"

"어이구, 칼부림이라니요. 회장님, 그건 아닙니다. 형님이 날카로워져서 일방적으로 저한테 화풀이를 한 거였습니다. 억울합니다. 그리고 제가 짱 박혔던 거는…… 이 나이 먹고 형님한테 그렇게 혼이 난 게 딴에는 또 창피하고 애들 보기에도 낯이 안 서는 것 같아서 눈에 띄지 않으려 했던 거…….”

육만배가 피우던 담배를 땅바닥에 집어 던지면서 소리를 질렀다.

"왜 싸움이 났냐고 물었다! 이 새끼야!"

"애들 때문입니다! 강 실장 형님이 자기 애들을 제대로 챙겨 오지 않았다고 화를 낸 겁니다!"

육만배가 멈칫했다.

그 말을 듣고 보니…… 지금 남아 있는 조직원들 중에 민구의 새끼들은 한 놈도 남아 있지 않다. 문제의 그 트럭을 훔치던 새벽에 민구네 애들이 꽤 많이 상하기도 했거니와, 건물을 지키느라 매일 좀비들과 벌인 싸움에서 죽어 나간 놈들이 대부분 민구의 식구들이었다.

기동이 놈이 잔꾀를 부려 제 부하들은 안으로 돌리고 민구네 애들에게만 위험한 일을 맡겼다는 걸 당시에도 알고 있었다.

하지만 육만배는 별로 간섭을 하지 않았다. 어차피 민구는 녀석이 데리고 있는 부하들의 수가 아니라, 그놈 자체로서 의미를 가지는 무기다.

반면에 이 기동이 놈은 머릿수가 필요한 놈이라서 육만배로서는 균형을 맞추고 싶기도 했다. 그래야 부려 먹기가 좋으니까. 그러면서도 힘의 서열이 깨질까 봐 걱정이 들지는 않았다. 어차피 넘볼 수 있는 수준이 아니라고 판단했기 때문이다.

육만배가 노기를 조금 거두자 기동이는 자신의 말이 먹힌다고 생각했는지 더 열심히 지껄여 대기 시작했다.

"저로서는 정말 당황스러웠습니다. 제가 아무리 강 실장 형님을 존경하고 마음으로부터 따른다고는 하지만, 식구들 안부를 묻다가 갑자기 벌떡 일어나서 난데없이 칼을 막 휘두르시니까…….”

"됐다."

육만배가 짧게 말하고 다시 의자에 걸터앉자 변명을 늘어놓던 기동이는 깜짝 놀라 물었다.

"네?"

"그만 떠들어, 다 알아들었으니까. 참 꼴좋다, 식구들끼리…… 더 말하기도 싫다. 이만 나가 봐. 너희들도 다 나가!"

육만배는 뒤에 서 있던 조직원들에게도 나가라는 손짓을 했다.

"아…… 네. 네, 회장님."

갑작스레 모든 걸 용서받게 된 기동이는 오히려 떨떠름한 표정이 되어 쭈뼛거리며 뒷걸음질을 쳤다. 뭔가 한마디를 더 할까 망설이던 기동이는 허리를 90도로 굽히며 인사를 하고 문을 닫았다.

"후우우~."

혼자 남은 육만배는 머리카락을 쓸어 올리며 한숨을 내쉬었다. 기동이, 저 멍청한 새끼가 대충 꾸며 대는 이야기들을 믿지는 않는다. 하지만 기껏 둘러댄 게 저 정도라면 두 새끼가 서로 칼을 들고 생지랄을 했다는 것 하나만큼은 분명해 보인다.

뭐, 조직 내에서 그런 짓이 벌어진다는 게 바람직하다고 할 수는 없겠지만, 깡패 새끼들이니까 이해 못 할 부분도 아니다. 어차피 힘이 곧 법인 세계, 약해진 놈이 도태되는 일은 일상다반사다.

그런데도 육만배가 충격에 빠진 이유는, 기동이의 몸에 남은 상처가 너무 얕아서였다.

오늘 저놈의 반창고 속 칼자국을 보며 확신할 수 있게 된 것은, 민구가…… 자신이 지금껏 보았던 놈들 중에 가장 뛰어난 칼잡이가…… 이제 아주 못쓰게 망가져 버렸다는 사실이다.

그가 알고 있는 민구는 기동이 같은 놈이 감히 먼저 칼을 꺼낼 엄두조차 낼 수 없는 존재였다. 그리고 만약 서로 칼을 겨누는 상황에 처하게 되었을 때엔 저 정도만으로 봐주는 인간도 아니다.

아둔한 놈의 모가지는커녕 힘줄 하나 도려내지 못할 만큼 민구의 칼끝은 무뎌졌다. 그리고 바로 다음 날 줄행랑을 쳐 버릴 정도로 약해져 있기도 하다.

기동이가 무서워서 도망을 쳤다고? 민구가?

하아……. 육만배는 고개를 저었다. 빤히 보고 있으면서도 도무지 믿기지가 않았다.

"으음……."

육만배의 입에서 회한이 가득 담긴 신음이 터져 나온다.

'총에 맞았다고 들었지만, 아무리 그래도 이 정도까지 형편없어진 건가.'

담배를 입에서 뗄 수가 없었다. 입이 쓰다. 마음이 아리다. 보물이…… 절대 깨지지 않을 거라고 생각했던 단단한 보석이 깨졌다. 칼 한 자루만 쥐어 주면 피바람을 일으키면서 길을 터 내던 민구는 더 이상 존재하지 않는다.

예전 같았으면 얼마가 들든 상관하지 않고 한국 최고의 의사에게 부탁을 해서 원래대로 복원을 했겠지만, 이런 상황에서는 그런 돈지랄도 할 수 없다. 돈을 뽑을 은행도, 의사도 다 존재하지 않는다. 이제 민구는 운에 맡겨졌다.

운이 좋으면 예전의 반만큼이라도 기량을 회복할 것이고, 운이 없으면 저렇게 비실대다가 어딘가에서 성질을 못 이겨 뒈지리라.

그렇기 때문에 육만배는 기동이에게 더 책임을 묻지 않고 돌려보낸 것이다. 민구라는 날카로운 칼을 잃었으니, 기동이의 저 미련한 힘이라도 어찌어찌 써먹어야 한다.

만에 하나 민구가 몸을 만들어 다시 돌아온다면, 그때 선물 삼아 기동이를 내주면 될 터였다. 목을 따든 포를 뜨든 제가 알아서 하도록.

가능성이 아주 없는 이야기는 아니다. 민구는 워낙에 독하고 명이 질긴 놈이었으니까. 어차피 제 놈도 조직이 없으면 아무것도 아니라는 걸 잘 알고 있다. 운신할 수 있을 지경만 되면 반드시 돌아오려 할 것이다.

'벌써 13년이나 됐나? 세월 빠르군.'

'돌아온다'는 단어에 예전 일이 떠오른 육만배는 눈을 지그시 감았다. 아직 자신이 젊던 시절, 처음으로 민구를 만났던 때의 기억이 아직도 생생하다.

바짝 마른 거지새끼 주제에 눈에서는 퍼런빛이 뿜어져 나오던 그 애송이…….

신문지로 감싼 식칼을 주며 첫 번째 사지로 내몰았을 때만 해도 녀석이 살아 돌아올 것이라는 생각은 하지 않았었다.
질긴 인연, 그러나 이제는 훌훌 털어 버려야 하는 때가 됐다.

04

육만배가 그렇게 회한 속에서 계산을 하고 있을 때, 기동이는 부하들과 함께 쉘터 구석으로 물러 나와 담배를 피우는 중이었다. 연기를 뻑뻑 뿜어내는 기동이의 표정은 한결 밝았다.
애들이 보는 데서 망신은 좀 당했지만, 걱정했던 것에 비해 이만하면 선방한 거다.
"형님, 귀 괜찮으십니까? 의무대 가 보셔야 할 것 같습니다."
부하 놈 하나가 눈치를 살피며 묻는다.
"왜? 많이 찢어졌어?"
"예. 윗부분이…… 속살이 다 보입니다. 피도 좀 닦으셔야 할 것 같고."
자신의 귀를 만져 본 기동이는 피식 웃었다.
까짓 귀 하나쯤이야.
"야야, 긁힌 거다. 괜찮아. 저번처럼 네가 가서 반창고나 좀 얻어 와."
"그런데 회장님께서 좀 너무하시는 것 같습니다. 아무리 화가 나셨어도 그렇지, 형님을……."
다른 놈이 투덜대다가 힐끗 눈치를 본다. 기동이가 별로 제지하려는 기색이 없자 녀석은 이야기를 마저 끝냈다.
"사실 기동이 형님 안 계시면 그분이야 이제 그저 힘없는 늙은이 아닙니까? 다 형님이 힘을 쓰고 하셔야 무슨 일이 되는 거지…… 윽!"

기동이가 갑자기 손을 뻗어 볼을 꽉 쥐자 부하 놈은 입을 다문다. 기동이는 녀석의 볼살을 꼬집어 돌리며 말했다.

"야, 이 미련한 씨발 새끼야. 그 늙은이가 줄 서서 기다리다가 그 자리에 올라간 게 아니야. 알어? 짓밟고 올라간 이름들이 다 쟁쟁하단 말이야. 눈에 보이지만 않을 뿐이지, 뒤에 여우 꼬리가 주렁주렁 달렸어. 꾀가 어마어마하다고. 네깟 새끼가 뭘 안다고 깝쳐? 그냥 얌전히 시키는 대로 하고 있어. 아까도 너 내가 싸대기 맞을 때, 움찔하더라? 왜? 뒤에서 쑤시려고? 그러고 나면 뒷감당할 자신 있어? 응? 여우 같은 저 육 회장이 머리 팽팽 굴리지 않았으면 우리 벌써 잠실에서 다 군대 끌려갔던 거야. 아니지, 애초에 잠실은 어떻게 갔겠냐? 다 그 노인네 잔대가리 덕분이라고."

"혀, 형님, 제가 생각이 짧았습니다. 용서해 주십쇼!"

"그래, 이 빠가 새끼야. 너나 나나 생각이 짧아. 대가리가 돌이라고. 그러니까 아직은 깝치지 말고 시키는 대로 얌전히 따르는 흉내나 내, 이 개새끼야. 괜히 툭 튀어나와서 사람 곤란하게 만들지 말라는 말이야. 알아들었어?"

"네! 네!"

"으이구, 대답은 잘하네. 씨발 놈."

기동이는 놈의 뺨을 놓아주고 두어 대 쫙쫙 두들겼다. 그리 오래 잡아당긴 것도 아닌데 이미 피멍이 들 기세다.

하지만 꼬집어 뜯은 놈이나 뜯긴 놈이나 무슨 우스운 일이라도 한 것처럼 낄낄댄다.

투투투투― 투투투― 투투투―.

북쪽 건물의 옥상과 대로 쪽에서는 끊임없이 총성이 울리고 있다. 처음에 기동이의 귀 걱정을 했던 부하 놈이 대로 쪽을 돌아보며 중얼거렸다.

"오늘은 좀 세게 나오는 모양입니다. 아까부터 꽤 오래 쐈는데…… 군인 새끼들, 지금도 정신 하나도 없어 보이네요. 허, 가희 년 신랑 지금 밖에 나가서 작업할 시간인데, 이러다가 뒈져 버리면 그동안 공들여 놓은 거 다 나가리 되는 거 아닙니까?"

"누구? 박 소위?"

기동이는 마뜩잖다는 듯 인상을 찌푸리며 말했다.

"신랑은 니미…… 아, 그 새끼 진짜 어지간히 밝히긴 하더라. 애새끼 얼굴 유심히 보고 있는데, 하루가 다르게 삭아. 큭큭큭, 기가 다 빨리나? 하긴 가희 년이 좀 유별난 데가 있기는 하지. 암만 그래도 그렇지, 씨발, 살이 쪽 내릴 때까지 그 짓을 하고 자빠졌냐? 존나 미련하게 생긴 값을 하더구만. 아마 지금도 다리가 후들대고 있겠지."

"큭큭큭."

기동이가 음담을 하자 부하 놈들도 장단을 맞춰 낄낄거린다.

그렇게 놈들이 씹어 대던 시각에 가희 신랑, 박 소위는 정말로 대로를 뛰어다니며 식은땀을 줄줄 흘리고 있었다. 좀비들의 포효와 커다란 총성, 그리고 두통 때문에 정신이 하나도 없다.

투투투투— 투투투투투—.

병사들은 철책 위로 총구를 내밀고 열심히 방아쇠를 당겼다. 하지만 암만 열심히 갈겨 봐도 접근해 오는 놈들을 다 잡을 수가 없다. 이러다가 정말 철책이 무너지는 건 아닌지 하는 걱정이 들 정도였다.

도로 폐쇄 공사를 위해 좁혀 놓은 도로에 너무 많은 놈들이 한꺼번에 몰려 버렸다. 제 속도로 원활히 코너를 돌아 나가지 못하게 된 좀비들은 자꾸 흩어져 쉘터 방향으로 돌아 들어오려 했다.

놈들과의 거리는 불과 50여 미터. 까딱하면 좀비들의 파도가 쉘터를 휩쓸 수도 있다.

'이러다가 쉘터에 고립되어 버리면…….'

박 소위는 얼른 고개를 저어 생각을 털어 버렸다. 그렇게 되면 외부 건물로 나갈 수 없어지고, 외부 건물을 쓰지 못하면 가희와 밀회를 가질 공간이 없어진다.

그건 생각만 해도 끔찍하다.

가희…… 갑자기 박 소위의 머릿속에 가희에 대한 생각이 뭉게뭉게 피어오른다.

당장 오늘 밤에 어디에서 그녀를 만나야 하는 건지, 예전에 사용하던 건물 쪽은 한동안 발길을 끊어야 할 것 같은데…… 외부인들을 수용하던 그 건물로 가자고 할까?

하지만 거기 옥상에는 저격조 애들이 항상 배치되는데…… 소리가 나지 않으려나?

어젯밤에도 절정의 순간에 그녀의 입을 틀어막아야 했다.

그렇게 상념에 푹 잠겨 버린 박 소위가 멍하니 전방을 보고 서 있을 때, 병사 하나가 그를 애타게 부른다.

"소대장님! 소대장님!"

"……응?"

박 소위는 얼빠진 얼굴로 병사를 돌아보았다.

"뭐야? 왜?"

"저희밖에 없습니다! 다 후퇴하라는 명령 떨어졌습니다!"

박 소위는 주변을 둘러보았다. 정말로 도로에 서 있는 것은 그가 통솔하고 있는 몇 명뿐이다.

명령? 언제 그랬지?

기억을 되짚어 봐도 들은 것 같지가 않다. 하지만 주변 상황으로 미루어 보니, 꽤나 긴 시간 동안 그 혼자서만 모르고 있었던 것 같다.

남겨진 병사들은 사격을 하면서 한 번씩 불만과 불안이 가득한 얼굴로 박 소위를 돌아보았다.

"계속 여기 사수해야 합니까?"

물어보는 병사의 얼굴에도 두려움이 가득하다. 박 소위는 고개를 저었다.

"아, 아니야! 이제 충분하다! 퇴각해! 전원 퇴각!"

박 소위는 모든 게 다 계획되어 있었다는 눈치를 주기 위해 애를 썼다.

야! 그만 쏘고 다 빠져! 애들 다 챙겨!

병사가 자신의 분대원들에게 돌아가 명령을 전달하는 모습을 보며 박 소위는 크게 한숨을 내쉬었다.

등골이 서늘하다. 왜 그런지 모르겠지만…… 요즘 가끔 이렇게 정신 줄을 놓는 일들이 생긴다. 하마터면 오늘 이 자리에서 인생이 종날 뻔했다.

'스트레스 때문인가? 하긴 너무 피곤했지. 이 염병할 놈의 임무, 임무! 젠장, 잠도 제대로 못 자고, 씻지도 못하고 죽어라 일만 한 거잖아! 아흐, 지겨워! 지겹다고! 씨발!'

쉘터를 향해 달려가는 동안 박 소위는 진저리를 치며 마음속으로 고함을 질렀다. 이렇게 봉사를 죽어라 하고 있는데, 그것도 모르면서 아무 소리나 지껄이는 문 대위가 점점 더 증오스럽다.

좀비든 국가의 의무든 싹 다 잊어버리고, 그저 가희와 단둘이 어디 따뜻한 남쪽 나라에나 가 버릴 수 있다면 좋겠다. 뜨거운 햇살 아래에서 그 보석 같은 육체를 마음껏 탐하고 싶다. 파도 소리가 귓가를 울리면 더 로맨틱할 것이다…….

총성이 빗발치는데도 박 소위의 아랫도리는 불룩해진다. 조금 전 자신의 얼빠진 행동 때문에 열 명이 넘는 무고한 젊은 목숨이 위험에 빠질 뻔했다는 자책 같은 것은 끼어들 자리가 없었다.

병사들의 눈총을 받으며 열린 게이트 문 안으로 들어가는 동안에도 박 소위는 오늘 밤 가희를 어디로 불러낼 것인지, 그 쪽지를 어떻게 전달할 것인지에 대해서만 고민하고 있었다.

다른 놈들이 어찌 되든…… 아무 상관 없다.

쏴아아아아— 쏴아아아—.

온종일 후텁지근하더니, 결국 밤 12시를 전후해서 폭우가 쏟아졌다. 빗소리를 들으며 사방이 고요해지기를 기다리던 박 소위는 몰래 관사 밖으로 빠져나왔다. 그러고는 컴컴한 마당과 주차장을 내달려 쉘터의 동쪽 철책 앞에 서서 주위를 두리번거렸다.

 아무도 없다. 애초에 인원이 부족했기 때문에 내부 철책에는 따로 경비를 세우지 않는다. 어둠을 틈타 밀회를 즐기는 연인에게는 다행스러운 일이었다.

 철책의 자물쇠를 연 박 소위는 건물 주차장 아래에 몸을 숨긴 뒤, 비에 젖은 생쥐 꼴이 된 채로 초조하게 기다렸다.

 잠시 후, 쉘터 뒷문을 열고 나온 가희가 요란하게 퍼붓는 비를 뚫고 철책 쪽으로 뛰어오는 게 보인다. 박 소위는 얼른 마중을 나가 철책을 열었다. 두 연인은 건물 그늘 속에 숨어들었다.

 "어서 와. 후후, 많이 젖었네. 뭔 놈의 비가……."

 가희가 입술을 덮쳐 오는 바람에 박 소위는 말을 끝맺지 못했다. 으음~ 박 소위는 부드러운 촉감을 만끽하며 그녀의 몸을 더듬기 시작했다. 비에 젖어 달라붙은 옷 위로 만지는 맛은 또 각별한 데가 있다.

 "너무 보고 싶었어요. 아까 사이렌 울리고 총소리 들릴 때 가희가 얼마나 걱정하고 있었는지 모르죠? 우리 박 소위님, 머리카락 한 올도 다치지 않게 해 달라고."

 비에 젖어 얼굴에 달라붙은 머리카락을 떼어 내며 가희가 말했다. 그 애절한 말투며 눈빛이 아주 사람의 애간장을 녹인다. 박 소위는 벌써 숨소리가 거칠어졌다.

 "하아~ 나도…… 나도 하루 종일 네 생각뿐이었어, 가희야."

 "근데 왜 여기로 오라고 했어요? 아까 편지 줄 때는 정말 깜짝 놀랐어요. 후후, 밖에서는 모르는 사이처럼 굴자고 해 놓고 갑자기 뒤에서 편지를 슥, 쥐여 주고 가니까."

 아, 그거…… 박 소위는 가희의 손을 잡으며 말했다.

 "어디에서 말이 새어 나갔는지 모르지만, 우리 사이에 대해 소문이 돌고 있대. 새 건물 거기만 주시하는 사람들이 있을지도 몰라. 그러니까 당분간만 만나는 장소를 여기로 옮겨야겠어, 가희야."

"어떻게 그럴 수가 있는 거죠? 어쩐지 사람들이 절 보면서 뒤에서 수군대는 기분이 들더라니……. 설마 박 소위님…… 누군가한테 자랑하고 다녔어요? 가희는 그런 건 싫은데…….”

가희가 경계의 눈빛으로 바라보자 박 소위는 다급하게 고개를 내저었다.

"아니, 무슨 소리야? 내가 그럴 사람인가? 가희야, 내가 그 정도밖에 안 되는 사람 같아? 날 못 믿어?”

"아뇨, 믿어요…….”

가희가 서글픈 눈으로 고개를 저으며 말했다. 당연히 믿는다. 왜냐하면 소문은 육만배가 냈으니까. 하지만 이 순진한 녀석은 꿈에도 그런 사실을 모를 것이다. 가희는 육만배가 시킨 대로 고민하는 척 한숨을 내쉬었다.

"후우~ 그런데 이렇게 몰래 만나는 게 뭔가 죄를 짓는 것 같아서 기분은 안 좋아요. 가희는 소위님을 사랑하는 죄밖에 없는데, 왜 이렇게 숨어 있어야 하죠?”

"그, 그건…… 미안해. 내가…… 내가 여기 책임자였다면 이렇게 하지 않았어도 되는데……. 문 대위가…… 중대장님이 이걸 알면 나를 다른 지역으로 이동시킬 거야. 나는 그게 너무 두려워.”

박 소위가 풀 죽어 하자 가희는 금방 표정을 바꾸며 그의 얼굴을 쓸어 준다.

"잊어버려요. 지금 이 시간에는 가희랑 소위님에게만 집중해요. 얼마나 소중한 시간인데…… 하루 종일 이 시간만 기다리는데…… 아우, 가여워. 여윈 것 좀 봐. 일이 힘들죠? 자, 영양제. 아~ 해요. 가희가 먹여 줄게요. 아~.”

가희는 품에서 꺼낸 약통을 열고 알약 하나를 입에 문 뒤, 미소를 지었다. 박 소위는 시키는 대로 입을 벌린 채 기다렸다. 그녀가 키스하듯 약을 건네고 혀로 깊숙이 밀어 넣었다.

"고마워…… 가희가 챙겨 주지 않았으면 나는 정말…… 어! 벌써 기운이 막 나는 것 같아! 후후후.”

준비해 온 물을 한 모금 마시고 박 소위는 과장된 몸짓을 보인다. 가희는 겉으로도, 마음속으로도 웃었다.

그렇게 좋아? 이거, 이제 완전히 약쟁이가 된 모양이네…….

"가자, 가희야. 여기 2층에 병실로 쓰던 방이 있어. 거기 침대도 있고…… 내가 널 얼마나 보고 싶어 했는지 보여 줄게. 대신에 소리 크게 지르면 안 돼. 바로 두 층 위에 병사 애들이 있어. 오늘은 비가 오니까 괜찮을지도 모르겠다."

"어머, 후후후. 그렇게 말하면 가희는 부끄러워서……."

가희는 쑥스럽다는 듯 낯을 가리는 시늉을 했다. 이 젊은 장교가 육만배의 손바닥 위에서 망가져 가는 게 측은하다가도 발정 난 개새끼처럼 밝혀 대는 꼴을 보면 정나미가 다 떨어진다.

이놈은 오직 그 짓을 위해 사는 놈 같다. 사랑한다고 말은 하지만, 실제로 대화다운 대화를 나눈 시간은 모두 합쳐 한 시간도 안 된다.

너는 내가 어떻게 이 지옥 속에서 살아남았는지조차 물어본 적이 없었지…….

손바닥으로 얼굴을 가리고 있는 동안 가희의 눈이 일순간 슬퍼졌다.

만약 네가 내 삶에 대해 진심으로 궁금해했다면…… 나와 어떤 미래를 보내고 싶은지 수줍게 털어놓았다면, 나는 육만배에 대해 이야기해 줄 수도 있었는데…….

팔을 잡아끌고 다급하게 계단을 올라가는 박 소위의 뒷모습을 보면서 가희는 생각했다.

확실히…… 동정할 필요가 없는 놈이다.

쏴아아아―.

비는 모든 것을 집어삼킬 듯이 퍼부어 대고 있다.

05

바로 강 건너 잠실에도 사나운 폭우가 쏟아지고 있었다. 서치라이트 불빛을 받아 반짝이는 빛줄기를 바라보는 민구에게 밤톨이 물었다.

"형님, 무슨 생각 하세요?"

"음, 안 잤나?"

민구는 철창 너머 밤톨을 돌아봤다. 그들이 격리 수용 되어 있는 곳은 잠실 쉘터의 1층. 예전에 분식집이었던 곳을 대충 개조해 만들어 둔 격리 수용 시설에는 민구 외에도 밤톨과 무전병, 그리고 세 명의 병사가 더 들어 있다.

민구도 예전에 한 번 갇혀 본 적이 있는 개인 철창이다. 야구장 내부가 아니라 외부에 위치해 있다는 점만이 다르다.

의사가 제대로 치료를 해 줄 것이라던 밤톨의 기대와 어긋나게, 외부에서 상처를 입고 돌아온 민구는 또 48시간의 격리를 명령받았다.

심지어 가벼운 찰과상의 병사들까지도 모조리 갇힌 걸 보면 외상자 격리의 원칙은 아주 철저한 모양이다.

안전을 위해 당연한 조치이기는 한데, 갇히는 입장이 되면 기분은 그리 좋지 않다.

"예, 잠이 안 오네요. 형님한테 미안하기도 하고…… 쩝, 이렇게 될 거라고는 생각도 안 했거든요. 당장 의무실에 눕혀 줄 거라고 믿었는데……."

밤톨은 민구가 제대로 치료를 받지 못하는 걸 어지간히 마음에 걸려 했다. 민구가 말했다.

"의사가 와서 주사도 놓고 링거도 달고 갔으니, 그럴 거 없어."

"어쨌든 좀 그래요. 몸 상태가 영 안 좋으신데 돌바닥에 이 은박 돗자리 하나 달랑 깔고 48시간을 보내라고 하다니……. 그래도 조금만 참으세요. 내일 오후에 여기서 나가면 의무대로 옮겨 달라고 부탁해 볼게요."

밤톨의 말처럼 민구에게 좁은 철창에 갇혀 있는 시간은 어지간히도 괴로운 것이었다. 기동이가 쑤신 옆구리의 상처, 총알이 살을 뚝 떼어 낸 옆구리, 금이 간 상태에서 무리하게 힘을 주었던 갈비뼈까지…… 전부 다 숨을 쉴 때마다 끔찍한 고통을 선사해 주고 있다.

온종일 그저 멍하니 앉아만 있는데도 쉴 새 없이 식은땀이 뚝뚝 떨어진다. 비가 내리고 난 뒤부터는 어쩐지 더 쿡쿡 쑤시는 것 같기도 하다.

"한 대 피우시겠습니까?"

밤톨이 불붙인 담배를 철창 사이로 내밀었다. 민구는 사양하지 않았다. 기침이 나고 몸이 힘들어지지만, 마음이 답답한 것보다는 낫다. 담배 소지와 흡연은 밤톨이 외곽 경비 중대에 속한 병장이기 때문에 가능한 특별 대우였다.

물론 장교나 부사관들이 보지 않을 때만 누릴 수 있는 반 토막짜리 특전이라고는 해도 그 덕에 48시간을 견디는 게 한결 수월해졌다.

"띨띨아, 넌 뭐 하냐? 아까부터 왜 자꾸 훌쩍거려? 새끼가 사람 심란해지게. 자, 이거나 피워."

밤톨이 오른편의 무전병에게 담배를 건네면서 물었다. 무전병은 눈가를 닦으면서 대답했다.

"감사합니다. 그런데 이렇게 비 오는 소리 듣고 있으니까 자꾸 집 생각이 나서 그렇습니다."

"아냐, 이 새끼. 몸이 편하니까 엉뚱한 생각 하네. 좀 밝고 긍정적인 생각을 해. 기분이 좀 좋아질 생각을 하라고."

밤톨의 충고를 들은 무전병이 물었다.

"예를 들면 어떤 거 말씀이십니까, 조 병장님?"

"그것까지 알려 줘야 하냐? 그냥 네가 좋아했던 거, 소중한 거, 이런 거를 생각하라고."

"좋아하는 거라고 하시면…… 엄마를 정말 좋아했습니다. 무지하게 친하기도 했고 말입니다."

"이 새끼가, 너 지금 나랑 장난치냐? 엄마는 빼! 여친이나! 뭐, 다른 거 있잖아! 취미라든가!"

밤톨과 무전병의 만담 같은 대화를 들으며 민구도 가만히 생각을 해 봤다.

좋아했던 것, 소중했던 것이라……

그런데 담배 한 대를 거의 다 피울 동안에도 소중한 것이라고 부를 만한 게 아무것도 떠오르지 않는다. 훗, 그 사실이 어처구니없어서 민구는 쓴웃음을 지었다.

비싼 값을 지불하고 손에 넣었던 것들…… 그건 그저 사치스러운 장난감이었을 뿐이다.

친구? 애인? 그런 건 없다. 그저 밑에 동생 애들에게 용돈을 좀 더 넉넉하게 쥐여 주는 정도 외에는 누군가와 진심으로 마음을 나누지 않았다.

가족? 애초부터 가져 보지 못한 존재다. 그럼 대체 예전에는 뭣 때문에 어깨에 힘을 주고 살았던 것일까? 소중한 것 하나 없는 주제에…….

민구는 빗속으로 퍼져 나가는 뿌연 담배 연기를 보면서 스스로에게 물었다.

계속 고민을 해 보니 자신이 소중하게 여기던 것은 두 가지였던 모양이다.

하나는 최고의 칼잡이라는 자부심, 그리고 또 한 가지는 만배파의 에이스라는 타이틀.

'그게 전부인가. 참 한심하군…….'

민구는 스스로의 공허함에 새삼 놀랐다. 그 두 가지 모두 순식간에 물거품처럼 사라져 버린 것들이다. 허탈해서 웃음이 나온다.

그는 이제 재활을 해야 하는, 아주 약해 빠진 환자고, 만배파 조직원은 20명 남짓밖에 남지 않았다. 게다가 그중 대부분이 기동이 놈의 부하들이다.

그런 허접한 집단의 에이스라고 해 봐야 빈껍데기 명함일 따름…….

'텅 비었구나. 정말 안에 든 게 아무것도 없어.'

피가 배어 나와 굳어진 복부의 붕대를 보며 민구는 또다시 허탈하게 웃었다.

상봉동의 망우로에도 폭우가 쏟아진다.

후두두둑— 후두두둑—.

가발 가게 간판을 타고 줄줄 흘러내리는 빗물을 보며 유빈과 태권 소녀는 졸린 눈을 비볐다.

보안관 대신 유빈이 1번 경비로 나섰을 때, 태권 소녀는 별다른 말을 하지 않았다. 그저 제니에게 규영이를 좀 신경 써 달라는 부탁만 남겼다.

"괜찮아?"

눈을 껌뻑거리는 태권 소녀를 보며 유빈이 물었다.

"응, 이 정도쯤이야."

태권 소녀는 고개를 끄덕인다. 하지만 어지간히 피곤해 보이기는 했다.

발목도 좋지 않은 상태에서 오늘 고된 싸움을 했고, 게다가 규영의 형 일로 울기도 많이 울었으니, 이렇게 새벽까지 깨어 있는 게 어지간히 고역일 것이다.

"아, 진짜 어지간히 쏟아붓네. 징글징글하게 온다."

창틀에 맞고 튄 빗물을 얼굴에서 닦아 내며 유빈이 말했다. 제대로 배수가 되지 않아 부유물이 떠다니는 도로를 보니 기껏 깔아 둔 '덫'도 다 떠다니게 생겼다. 태권 소녀가 묻는다.

"네가 말한 그 작전이라는 거, 그거 비 오는 날도 쓸 수 있는 거냐?"

"어떤 작전?"

"코스트코에 남은 좀비들 쉽게 죽일 수 있는 작전이 있다며? 아까 종이에 낙서도 열심히 하던데. 혼자서 뭐라고 중얼중얼하면서."

아, 그거…….

유빈이는 잠시 고민을 해 보다가 고개를 저었다.

"아무래도 고인 빗물이 빠진 다음에 맑은 날을 골라서 하는 게 좋지 않을까? 바닥에 물기가 많고 미끄러우면 신경 쓰이는 게 많아지니까."

"그럼 내일은 어렵겠네."

"뭐…… 며칠 내로 못 한다고 무슨 큰일이 나는 건 아니니까. 안전제일이지."

훗, 유빈의 말에 태권 소녀가 아주 약간 코웃음을 쳤다.

그리고 또 잠시 침묵.

빗소리 외에는 고요하던 분위기를 깬 것은 태권 소녀의 질문이었다.

"야, 여자 토하는 거 보면 남자들은 정나미 떨어지냐?"

'이게 웬 난데없는…….'이라고 생각하던 유빈의 머리에 아까 코스트코에서 쌍으로 나란히 서서 토하던 두 여자의 일이 떠올랐다. 유빈은 고개를 저었다.

"무슨 어린애도 아니고, 그런 걸로 정떨어지는 사람은 없을걸? 그런 식이면 애인들끼리 어떻게 술 마시겠어."

"그럼 무슨 생각 해?"

"그야…… 괴롭겠다 정도? 아, 오늘 같은 경우에는 좀 다르지. 오늘은 미안하고 안타까웠지. 죽을힘을 다해 함께 싸우고 나서 그랬던 거잖아. 고맙기도 하고…… 어떻게 보면 아름답기까지 했달까?"

아름답다고?

태권 소녀가 이상하다는 표정으로 유빈을 돌아보았다. 또 잠시 입을 다물고 있던 태권 소녀가 물었다.

"근데 모든 남자가 다 똑같은 반응을 하지는 않을 거 아냐. 그건 그냥 네 생각인 거잖아?"

"에…… 굳이 따지자면 그렇지."

흐음~.

말도 아니고 감탄사도 아닌 숨소리만 짧게 뱉은 태권 소녀가 소방 호스로 물을 발사하는 것 같은 검은 밤하늘을 보며 중얼거렸다.

"그 선배, 다 젖겠네. 운전석 유리창도 깨졌던데……."

옥상 차 안에 남겨진 규영이의 형 이야기다. 물어볼까 말까를 망설이던 유빈이 결국 궁금증을 못 참고 슬쩍 돌려서 질문을 던졌다.

"그 사람, 어지간히 날렵해 보이더라. 혼자서 싸워 가며 4층까지 올라간 거 보면 힘도 대단했던 것 같고."

"음, 테니스 대표였으니까. 올림픽은 몰라도 아시안 게임 메달은 노려볼 만했지. 성격도 좋아서 선수촌에서는 인기인이었어. 그리고 좀비들한테 둘러싸였을 때도 진짜 잘 싸웠어. 다들 무서워서 몸 사리는데 잽싸게 스텝 밟으면서 좀비들 피하고, 그러면서 또 스패너로 갈기고…… 그 선배 보면서 생각했지. 테니스라는 게 실은 격투기구나. 검술을 조금 바꿔 놓은 거구나…… 뭐, 그런 생각.”

"그러면…… 너랑 그…… 서로…….”

"서로 뭐? 좋아했냐고? 아니야, 바보야. 그 선배 약혼자 있었어. 내 타입도 아니었고. 그냥…… 정말 죽느냐 사느냐 하던 때에 이끌어 준, 좋은 리더였어. 이타적이고, 그렇다고 무작정 희생하는 것도 아니고. 그런 사람 있잖아.”

아련한 눈빛으로 떨어지는 빗물을 바라보던 태권 소녀가 다시 말을 이었다.

"너도 오늘 봤으니까 알겠지만, 나랑 규영이는 저 코스트코에 안 좋은 기억이 있어. 사실 지금도 좀 두려워. 저 안에 들어갔다가 또 불행이 닥치는 건 아닐까 하는 걱정 때문에……. 운동하는 애들은 은근히 저주나 징크스, 이런 거 잘 믿거든.”

"그런 일 없어. 우리는 안전하게 들어가서 아주 안전하게 저 안에 있는 거 다 쓰면서 행복하게 잘 살다가, 또 안전하게 다른 곳으로 옮겨 갈 거야. 걱정하지 마.”

유빈이 단언했다. 그 말을 들은 태권 소녀가 중얼거린다.

"행복…… 예전에는 흔한 말이었는데, 지금 들으니까 되게 어색하게 들린다. 정말 저 안에만 들어가면 행복해지기는 할까?”

어…… 유빈은 조금 고민해 보더니 확신하듯 대답했다.

"처음 며칠은 확실히 그럴 거라고 생각해. 금방 또 다른 게 욕심나기 시작하겠지만. 근데 사실…… 행복이란 걸 잘 모르겠어. 별로 그래 본 적이 없어서.”

Chapter 51
킬 하우스

01

폭우가 퍼붓는 서울과 달리 제주도의 밤하늘은 맑았다. 하지만 비바람 대신에 인간들이 만들어 낸 매서운 피와 연기의 폭풍이 지금 막 휘몰아치려 하는 중이다.

그 첫 번째 사건은 강정 기지 골프장 클럽 하우스에서 시작되었다.

8월 4일, 새벽 1시가 되기 전에 클럽 하우스 요리사 신상기는 냉동 컨테이너가 줄지어 늘어선 식당 뒤편의 넓은 잔디밭으로 나갔다. 잔디밭에서 시계를 보고 있는 그의 얼굴에서는 식은땀이 계속 흘러내렸다.

냉동 컨테이너는 대부분 지난 7월 16일 채 장군 휘하의 특수부대가 서울에서 고급 식재료를 가득 채워 공수해 온 물건들이다.

그때만 해도 육군과 다른 군의 사이가 지금처럼 틀어져 버리기 전이고, 다들 워낙 정신들이 없어서 서울에서 뭘 가지고 오는지 관심을 갖는 사람은 없었다. 그저 채 장군이 고급 와인이나 두어 병 내놓으면 그것에만 환호하는 정도였다.

여러 개의 냉동 컨테이너들 중 신상기가 신경 써야 하는 건 6호기와 7호기, 두 개다.

보름 전, 그가 채 장군으로부터 직접 전달받은 명령은 간단한 것이다. 별도의 지시가 없으면 8월 4일 01시를 기해 냉동 컨테이너의 전원을 끄고 문을 열어놓는다. 그것이 명령의 전부였다.

안에 무엇이 들었는지 보려고 해도 안 되고, 시간이 지체되어도 안 된다. 컨테이너의 문을 열어 둔 뒤에는 식당 밖으로 빠져나가면 된다. 그렇게 하면 자신의 식구들 중 아무도 다치지 않는다.

"어이구……."

마침내 1시 정각이 되었을 때, 컨테이너의 문을 열려던 신상기는 앓는 소리를 냈다.

두렵다. 안에 무엇이 들었는지 보지 말라고 했지만, 안 봐도 왠지 다 알 수 있을 것 같다. 무슨 일이 일어날 것인지 상상만 해도 끔찍하다.

하지만 하지 않을 수가 없다. 시키는 대로 하지 않았다가는 지금 제주 북쪽 어딘가에 인질로 잡혀 있는 자신의 아내와 아이 둘이 살아남지 못할 것이기 때문이다.

마음을 독하게 먹은 신상기는 6호기 컨테이너 문을 열고 옆에 붙은 패널을 조종해 전원을 꺼 버렸다.

삐잇— 하고 짧게 울린 경고음에 가슴이 벌렁벌렁 뛴다. 그러고는 7호기의 문도 열어젖혔다.

화아악—.

하얀 냉기가 곧바로 피어 나와 시야를 흐린다.

"이상한데, 영하 20도가 이렇게 추운가?"

신상기는 패널에 표시된 온도와 체감되는 냉기의 차이를 느끼며 혼잣말을 중얼거렸다. 물론 그의 체감이 맞았다.

이 냉동 컨테이너는 영하 57도로 세팅되어 있지만, 표기되는 온도는 항상 영하 20도로 고정된 채 변하지 않는다.

아주 허접한 페이크지만 효과는 확실했다. 겉에 커다란 고깃덩이를 몇 줄 주렁주렁 걸어 두면 속임수는 더 공고해진다. 아무도, 단 한 사람의 군인도 이 냉동 창고에 대해 관심을 보인 적이 없었다. 신상기는 얼른 스위치를 눌러 전원을 차단했다.

삐익—.

그것으로 1차 세팅은 거의 마무리가 되었다. 걸려 있는 고깃덩어리 너머, 컨테이너 안쪽에서 불길하게 너풀거리는 검은 비닐 커튼을 보며 신상기는 거기 무엇이 있는지, 대체 왜 이걸 열라고 하는지 생각하지 않으려 노력했다.

어차피 그가 통제할 수 있는 영역 밖의 일이다. 높으신 분들이 알아서 하는 일이다.

문을 열어 둔 신상기는 두 번째 임무이자 마지막 임무를 수행하기 위해 클럽하우스 직원 숙소로 서둘러 돌아왔다. 그러고는 자신의 방에 숨겨 뒀던 최루탄 두 개를 까서 1층 복도 끝을 향해 데구루루 굴렸다.

치이이이익—.

최루탄에서는 이내 엄청난 연기가 피어오르기 시작했다. 돌아서서 주차장으로 나오는 길에 신상기는 따끔거리는 눈을 몇 번이나 깜빡거려야 했다.

신상기는 몸에 밴 매운 냄새를 날리기 위해 에어컨을 풀로 가동하고 창문 두 개를 다 열었다. 주차장에서 골프장 정문까지는 500미터 이상 떨어져 있지만, 제한속도보다 5킬로미터를 초과해 달리면 금방이다.

묵직한 강철 바리케이드가 지그재그로 설치되어 있는 정문이 가까워지자 초소를 지키던 병사들 중 하나가 성큼 앞으로 걸어 나오며 세우라고 손을 든다.

여기는 요새 장갑차까지 떡하니 배치되어 있어서 아무 죄를 짓지 않은 상태에서도 지나다니기가 무섭다.

"수고 많으십니다."

신상기는 억지로 웃는 낯을 만들어 내며 출입증을 들어 보였다. 병사도 요리사를 알아보고 인사를 건넨다.

"아, 요리사님이시네. 지금 나가십니까?"

"예…… 좀 걸렸어요. 뼈 고아서 육수 우려내느라…….."

"으아, 우리는 똥국 먹는데, 높으신 분들은 이런 때에도……."

두 사람이 대화를 하는 동안에 다른 병사가 거울이 달린 긴 막대기로 차량 밑을 훑고 트렁크를 점검했다. 일상적인 점검 과정이지만, 마음이 다급한 신상기로서는 그저 답답하게만 느껴졌다.

이제 조금 후면 최루탄을 까 놓은 직원 숙소에서 난리가 날 것이다. 그러니 한시라도 빨리 여기에서 도망가야 한다.

아, 이 새끼들…… 대충 훑고 가라고 좀 하지. 이렇게 시간을 끌다가는…….

신상기는 두 다리를 초조하게 떨며 가도 좋다는 신호를 기다렸다.

"……많이 넣으셨나 봅니다."

운전석 옆에 선 병사가 뭐라고 말을 건넨다. 알아듣지 못한 신상기가 '네?' 하고 반문을 하자 병사는 다시 이야기를 해 준다.

"후추 엄청 뿌렸나 보다고요! 지금도 매운 냄새가 장난 아닙니다."

"아…… 예, 예, 그거…… 그…… 후추 통을 한 번 놓치는 바람에…….."

되는대로 아무 소리나 지껄인 신상기는 자신의 몸에서 나는 냄새를 맡아 보았다. 정말이다. 코를 확 찌른다.

퉁, 퉁.

트렁크 문을 닫은 병사가 차를 가볍게 두드리자 검문하던 병사는 흰 장갑을 낀 왼손으로 가도 좋다는 신호를 해 준다.

신상기는 지그재그 바리케이드 사이를 천천히 통과해서 정문을 빠져나왔다. 자꾸 눈이 백미러로 가는 바람에 앞 범퍼를 긁기까지 했다.

끼긱!

날카로운 쇳소리에 병사들이 돌아본다. 신상기는 얼른 창문 밖으로 고개를 내밀었다.

"괜찮아요! 기스야! 신경 쓰지 마요! 어차피 바꿀 때 된 차니까!"

그러고는 곧바로 속도를 높여 도로를 내달렸다.

휘이이잉—.

몰아치는 비릿한 바람이 그렇게 반가울 수가 없었다.

"후아아아~ 후아아!"

신상기는 쏟아져 내리려는 눈물을 꾹 참으며 핸들을 꽉 잡았다. 가슴이 두근거려 터질 것만 같다.

자신이 저지른 일에 대한 걱정 때문이 아니었다. 하마터면 잡혀서 곤욕을 치를 뻔했다는 두려움이다. 그리고 이제 벗어났다는 안도감 때문에 감정이 폭발한 것이다.

나는 몰라…….

신상기는 몇 번이나 고개를 저으며 혼잣말을 중얼거렸다.

나는 그냥 시키는 대로 한 것뿐이야. 이제 집으로 가서 전화를 받고 마누라랑 애만 찾아오면 돼……. 어차피 일주일만 꼭 틀어박혀 있으면 다 해결된다고 채장군이 말했었어. 신세 단단히 갚는다고도 했었고…….

신상기는 얼른 평화로운 일상으로 돌아가고 싶다는 생각밖에 없었다. 자신 때문에 제주 전체가 폭풍 속에 휘말리게 될 것이란 예측을 하기에 그는 너무도 작고 나약한 인간이었다.

"쿨럭, 쿨럭! 뭐, 뭐야? 어흐."

직원 숙소에서 잠들어 있던 여급들과 웨이터들은 기침을 쿨룩거리며 각자의 방에서 깨어났다. 문틈으로 스며들어 온 매캐한 냄새 때문에 제대로 숨을 쉴 수가 없다.

너무 매워 눈을 비볐더니, 더 심하게 화끈거리고 따갑다. 불이 붙은 것 같은 고통이 얼굴 전체를 휘감는다.

"으흑! 크우윽!"

일전에 교수와 농을 주고받던 웨이트리스도 고통 속에서 벽을 더듬어 스위치를 켰다.

팟.

전기가 들어오자 바닥에서 피어 올라오는 연기가 보인다.

윽, 웨이트리스는 당황한 비명을 내질렀다. 처음엔 불이 났다고만 생각했다. 그러나 이내 뭔가 연기의 종류가 다르다는 걸 깨달았다.

드르륵.

웨이트리스는 신선한 공기부터 쐬려고 바깥으로 난 창을 열었다.

후우욱, 바람을 타고 들어오는 것은 똑같은, 더 뭉게뭉게 피어오른 연기다. 지독하게 맵다.

턱.

서둘러 창을 닫은 웨이트리스는 방문의 손잡이를 조심스레 건드려 봤다. 전해지는 열기는 없다.

그럼…… 열어 봐도 되는 걸까? 복도의 불길이 확 들이닥치면 어떻게 하지?

쿵쿵쿵.

그렇게 그녀가 고민을 하고 있을 때, 누군가 밖에서 문을 두드린다. 놀란 것도 잠시, 반가운 목소리가 그녀를 부른다. 마담 언니였다.

"야! 지수야! 나와! 나와! 여기 난리 났어! 빨리 나가야 돼!"

"나, 나가요!"

웨이트리스 지수는 서둘러 문을 열었다.

쿠우우~.

눈과 코의 점막을 할퀴는 것 같은 독한 연기가 복도 전체에 퍼져 있다. 속치마 바람의 마담은 적신 수건으로 얼굴을 가린 채 다른 방을 두들겨 댔다.

그녀의 뒤에는 같은 요정에서 일하던 웨이트리스 셋이 서 있다. 다들 괴로워 발을 동동 구르며 수건에 얼굴을 묻고 있었다.

"나가자! 빨리!"

지수가 다급하게 화장실에서 수건을 물에 적시는 동안 자기 식구들을 다 불러낸 마담이 재촉을 한다. 여섯 명의 여자는 얼굴을 가리고 맨발로 계단을 뛰어 내려갔다.

"세상에! 여긴 더해! 어휴~ 맙소사! 쿨럭!"

안개처럼 뽀얗게 연기가 차오른 1층 복도를 보며 마담이 진저리를 친다. 곧바로 현관문을 열었지만, 거기에도 신선한 공기는 없었다.

복도 여기저기서 기침 소리, 재채기 소리가 끊이지 않는다. 최루탄이 두 발이나 터졌으니, 여간 맵지 않다.

그러나 여자들, 그리고 그 곁을 스치며 뛰어나가는 다른 직원들도 무슨 일이 난 것인지 전혀 인지하지 못한 상태였다.

때르르르릉! 때르르르릉! 때르르릉!

오지랖 넓은 누군가가 소화 비상벨을 울렸다. 캄캄한 새벽, 자욱한 매운 연기, 거기에 비상벨 소리까지 더해지니 사람들의 마음은 더욱 급해진다.

여섯 명의 여자를 포함해 모두 서른 명이 넘는 직원들이 맨발로 잔디밭을 전력 질주해 달아났다.

"어푸푸푸! 어푸푸!"

야외에 설치된 수전을 만난 사람들은 앞다투어 수도꼭지와 호스에 얼굴을 들이밀었다. 여섯 여자도 수도꼭지 하나를 차지해 물을 뒤집어쓰고, 매운 기운을 씻어 내려 애를 썼다.

아무리 별짓을 해 봐도 따끔거리는 기운을 전부 다 털어 낼 수는 없었다. 그러나 눈과 코만 좀 나아져도 한결 살 것 같은 느낌이었다.

"얘, 이쪽으로 와! 이쪽! 그쪽으로 바람 가잖아! 이쪽!"

수건을 물에 빨아 다시 얼굴을 닦아 내고 있는 웨이트리스들에게 마담이 손짓을 한다. 그녀가 있는 방향으로 비척거리며 걸음을 옮긴 여자들은 하나둘씩 잔디밭에 주저앉았다. 잠결에 뛰쳐나와 맨발로 내달린 탈출이라 꽤 지친다.

멀리 보이는 직원 숙소에서는 아직도 연기가 피어오르고 있다. 마담과 다섯 여자를 시작으로, 마땅히 갈 데도 없던 30여 명의 대피자들 거의 전부가 넓은 잔디밭에 무리를 이뤄 군데군데 떨어져 앉았다.

"근데 언니, 이게 불이 맞기는 한 거예요? 뭔 불이 이렇게 매운 연기만 나요?"

"몰라, 얘. 내가 그런 걸 알겠니? 아후~ 자다가 별 지랄을 다 해 본다. 이게 뭔 조화라니? 얘, 내 꼴 좀 봐. 후후, 다 비친다."

마담이 푹 젖은 속치마 자락을 펄럭거리며 너털웃음을 짓는다. 따라 웃는 다른 웨이트리스들의 복장도 그리 큰 차이가 없었다. 다들 얇은 실크 속치마나 헐렁한 티셔츠 한 장만 걸치고 잠들었다가 날벼락을 맞았으니 당연하다. 지수가 웃으며 맞장구를 쳤다.

"언니, 그래도 이만하길 다행이지, 뭐. 계엄령인지 뭔지 때문에 연회 금지 걸리지 않았으면 더 큰일 났을걸요?"

"그러네. 높으신 분들 접대하다가 이런 일 겪었으면 동반해서 아주 빨가벗고 뛰어다닐 뻔했구나. 호호호."

마담의 농담에 웨이트리스들이 웃어 대는 동안 해군 기지 쪽에서 두 대의 레토나와 두 대의 살수 트럭, 그리고 병사들을 실은 트럭 한 대가 사이렌을 울리면서 달려왔다.

"저기 군인 아저씨들, 불 끄러 오네. 에그, 복도 지지리 없지. 이리로 지나가면 눈요기라도 한 번 하고 가는 건데."

"아휴, 언니는. 어떻게 이쪽으로 와요? 저 뒤에는 절벽이랑 바다인데."

지수는 고개를 돌려 불이 꺼진 클럽 하우스 건물을 보며 중얼거렸다. 그때, 시커멓고 커다란 건물의 윤곽 밖으로 검은 그림자 하나가 슥, 뛰어나왔다.

"어머, 깜짝이야!"

지수가 소리를 빽! 지르자 다른 여자들도 움찔하며 몸을 일으킨다.

"왜? 왜 그래?"

마담이 물었다. 지수는 검은 그림자를 가리켰다.

"저기…… 저 사람 보고 놀라서 그런 거예요. 아후~ 뭐야. 가로등 많은 데 놔두고 왜 저런 데서 기웃거려?"

"어디…… 에이, 술 드셨네. 저 비틀거리는 거 봐라, 얘. 누군지는 모르겠지만,

높으신 분인가 보다, 얘. 안 그러면 저렇게 대놓고 술 먹고 돌아다니겠니? 요즘 분위기가 어떤데…… 어? 뭐야? 저 사람, 왜 저렇게 뛰어?"

마담이 당황스러워한다. 비척대던 검은 그림자의 걸음이 조금씩 빨라지더니, 이내 전속력으로 잔디밭을 내달린다.

어머! 여자들은 소리를 지르며 직각으로 멀어져 가는 검은 그림자를 따라 고개를 돌렸다.

검은 그림자는 담배를 피우고 있던 웨이터 무리를 향해 힘껏 몸을 내던졌다. 그러고는 곧바로 등에 올라타서 목덜미를 물어뜯는다.

끄아악— 꺄아악—.

근처의 사람들에게서 비명이 터져 나온다. 바닥에 뒹군 첫 번째 피해자는 전력으로 검은 그림자를 떨어내고 달아난다.

뒤로 넘어졌다가 벌떡 일어난 검은 그림자는 곧바로 가장 가까이 서 있던 남자를 덮쳤다.

"어어…… 언니, 저거…… 저거 뭐예요?"

지수가 온몸을 떨며 마담을 붙들었다. 어지간히 담이 큰 마담도 이를 딱딱 부딪치며 발을 떼지 못한다. 오금이 달라붙기라도 한 양 자꾸 무릎이 무너진다.

좀비 사태 첫날 아침, 한 교수와 함께 헬기를 타고 서울을 빠져나왔기 때문에 그녀들은 실제로 좀비를 본 적이 단 한 번도 없었다.

"달아나요! 구, 군인들 있는 쪽으로 뛰어요, 언니! 꺄아악!"

마담을 잡아끌던 지수가 비명을 지르더니 손을 놓아 버리고 등을 돌려 내달렸다.

왜? 마담은 뒤를 돌아보았다. 지독한 악취와 함께 또 다른 검은 그림자가 확 덮쳐 온다.

으윽! 마담은 들이받힌 충격을 이기지 못하고 뒤로 나뒹굴었다.

까드득! 까득!

엄청난 고통!

조금 전 물로 씻어 낸 그녀의 입술과 코가 좀비의 이빨에 걸려 뜯겨 나간다.

"끄아아! 아아악!"

죽음의 공포와 고통이 지나고 천천히 의식이 사라져 갈 때, 마담의 뇌리에 한 가지 의문이 떠올랐다.

왜? 왜 이렇게 지독한 냄새가 나는 놈들이 근처에 올 때까지도 느끼지 못했을까? 바람도 등 뒤에서 불어왔는데…….

꽈드득!

목덜미의 살이 또 한 줌 뜯겨 나가고 붉은 피가 솟아올랐다. 모로 쓰러진 채 움직이지 못하는 마담의 시야에 조금 전 자신이 떨어뜨린 수건이 들어온다.

그랬구나…… 코가, 마비되었던 거야…….

꿀쩝! 꿀쩍!

요란하게 씹어 대는 소리가 길어질수록 좀비의 주둥이는 피로 물들고, 마담의 눈동자에서는 생명의 기운이 빠져나간다.

"사람! 사람 살려요! 살려 주세…….."

트럭의 불빛을 향해 내달리던 지수의 앞을 또 다른 검은 그림자가 막아섰다.

그롸아아악! 그롸아아!

방향을 틀 여유도 없었다. 좀비는 지수의 탐스러운 머리채를 꽉 움켜잡고 모질게 당겼다.

뜨드득!

머리카락이 뭉텅 뜯겨 나가고, 지수는 잔디에 쓰러졌다.

으아아!

풀밭을 기며 지수는 필사적으로 소리를 질렀다.

투투투— 투투—.

어디선가 들려오는 총성.

퍼벅—.

살덩어리가 터져 나가는 소리.

'살았나? 괴물이…… 죽은 건가?'

지수는 무심코 등 뒤를 돌아보았다. 그 덕에 자신을 향해 아가리를 쫙 벌리고 몸을 날린 좀비를 정면으로 보게 되었다. 놈의 뻥 뚫린 흉부 사이로 가로등 불빛이 관통되어 반짝인다.

와드득!

지수의 허벅지에 좀비의 이빨이 박힌다. 한 교수가 어지간히도 쓰다듬던 바로 그 자리가 뜯겨 나가며 피가 콸콸 흘러나온다.

그르르르—.

지수가 발버둥을 치는 동안 그녀의 머리 쪽에서 또 한 마리의 좀비가 다가온다. 놈의 얼굴과 가슴팍은 이미 뜨거운 피로 붉게 물들어 있다.

"안 돼! 안 돼! 제발! 꺄아악!"

지수는 좀비의 얼굴을 꽉 잡고 밀어내 보려 했다. 하지만 그녀가 전력을 다하는 것보다 놈의 힘이 몇 배나 강하다.

으득!

팔목이 반대로 꺾이며 좀비의 송곳니가 목덜미에 박혔다.

쐐애애—.

뜯겨 나간 기도를 통해 이상한 소리가 새어 나온다.

끄윽! 끅! 끅!

지수는 경련하며 그렇게 서서히 생명을 잃어 갔다.

탕— 타타타—.

뒤늦게 울리는 총소리는 그녀를 구하지 못했다.

불을 끄기 위해 출동했던 병사들도 당혹스럽다는 점에서는 죽어 가는 지수에 못지않았다. 살수차의 호스를 풀어내고 관에 연결하는 작업이 다 끝나기도 전에 여기저기서 비명이 터져 나오고, 갑자기 패닉을 일으킨 사람들이 사방으로 내달렸다. 그중에는 피투성이가 된 사람들도 여럿이다.

40여 명의 병사들이 있지만, 무장하고 있는 것은 여섯뿐이었다. 그들은 어디까지나 소방 작업을 위해 투입되었기 때문이다.

"어어, 저기! 저기!"

소방 호스를 잡고 있던 병사가 좀비를 발견하고 소리를 지른다. 강정 기지에서 상주하고 있던 그들 역시 실제 좀비를 본 것은 처음이었다.

당연히 교전 경험은 없다. 무장하고 있던 병사들이 당황하면서 안전장치를 해제한 뒤, 총을 겨눴다.

그런데…… 뒤엉킨 사람들 때문에 쉽사리 방아쇠를 당기기가 어려웠다. 외등이 밝혀 주고 있다 해도 어차피 깊은 밤. 시야는 좁아질 수밖에 없고, 판단은 느려진다.

"쏘, 쏩니까, 김 중사님?"

"쏴! 쏴! 저기! 여자 덮치잖아!"

탕— 투투둑— 투두둑— 투투둑—.

일제히 발사한 총알은 근처의 잔디밭과 좀비의 가슴, 그리고 달아나던 여자의 허벅지를 맞혔다.

끄아아악!

바닥에 나동그라진 여자의 입에서 비명이 터져 나온다. 정작 죽어야 할 좀비는 쓰러진 여자를 향해 멀쩡히 걸어가고 있다.

"쏴! 정확히 조준해서 쏴!"

잠시 얼어붙었던 병사들을 향해 지휘관이 악을 썼다.

투투둑— 투투둑—.

먼 거리는 아니지만, 좀비의 머리를 맞힌다는 건 여간 까다롭지 않았다. 총에 맞아 팔이 날아갔는데도 좀비는 꽉 문 여자의 손가락을 놓지 않고 있다.

그라아악—.

반대쪽에서도 좀비들의 포효가 날카로운 비명과 한데 섞여 울린다. 병사들의 마음은 더욱 초조해졌고, 총구는 심하게 흔들렸다.

풀려 나온 좀비들이 피비린내를 풍기고 있을 때, 골프장 설비 관리실의 지하에서는 한 40대 남자가 콧노래를 부르고 있었다. 그의 오랜 숙원이 이뤄지려는 순간이다.

"두루루루~ 두, 두루루~ 뚜뚜 루루~ 두루루루~ 두, 두루루~ 두두두 루루~."

군 병력이 모든 시설을 관리하는 강정 기지와 달리 부속된 골프장의 전원은 이곳에서 통제한다. 관리의 주체도 군이 아닌 공사다. 남자가 걸어가는 복도에는 한 구의 시체가 엎어져 있었다.

뒤통수가 움푹 팬 그 시체는 남자와 같은 유니폼을 입고 있다. 남자는 시체의 사인을 알기에 당황하지 않았다. 둔기에 의한 두개골 함몰. 방심하고 있을 때 뒤에서 묵직한 스패너가 반복적으로 내려쳐진 것이다. 남자는 잘 안다. 자신이 저지른 일이니까.

"두루루루루루~ 두루루루~ 따라, 땃따라라, 땃따라라, 라~."

남자는 배전반의 커버를 열어 바닥에 내팽개쳐 버리고 스위치들을 살폈다. 매캐한 연기를 맡자마자 작전이 시작되었다는 것을 인지했고, 총소리를 들었을 때 확신을 얻었다. 이제 자신도 역할을 해야 할 때였다.

'채 장군님······.'

첫 번째 전원을 차단하면서 남자는 채 장군을 떠올렸다. 결코 잊을 수 없는 은인. 그저 여부사관 한두 명을 좀 데리고 놀았다는 이유로 군 감옥에까지 수감될 뻔했던 자신을 끝까지 감싸 주고 챙겨 주신 분이다.

그분이 여기에 일자리를 마련해 주시지 않았다면 불명예 제대 후에 분한 마음을 못 이겨 자살했을지도 모른다.

'씨발, 그까짓 게 죄냐고. 제 년들도 은근히 즐겼다니까!'

철컥, 두 번째 스위치가 내려갔다. 남자는 모든 스위치를 빠르게 꺼 버렸다.

끼우웅—.

일제히 전원이 꺼진 조명에서 묘한 소리가 울려 나온다.

딸각, 플래시를 켠 남자는 스패너를 들어 배전반에 힘껏 집어 던졌다.

파시식! 파짓!

박살 난 계기판에서는 푸른 불꽃이 튀어 올랐다.

후후후~. 남자는 만족한 웃음을 지으며 계단을 올라왔다. 3층의 자기 숙소 앞에 도착한 남자는 채 장군이 계실 것이라고 상상되는 방향을 향해 멋들어지게 거수경례를 올려붙였다.

이제 몇 시간 후면 정점에 서실 그분께서 보름 전 약속을 해 주셨다. 이 작업만 성공하면 다시 군복을 입게 될 거라고.

임무는 완수했다. 자동차 헤드라이트를 제외하면 빛이라고는 보이지 않는다. 완전한 암흑 속에 묻힌 강정 기지 골프장을 만족스러운 얼굴로 바라보던 사내는 자신의 방으로 들어가 문을 잠갔다.

투투투— 투투투—.

멀리서 총성이 울려온다.

02

"소등, 확인했습니다."

망원경으로 골프장을 주시하고 있던 특임대 소령이 채 장군을 향해 보고했다. 간이 의자에 앉은 채양균은 당연하다는 표정을 지으며 중얼거렸다.

"그래, 내가 말했잖아. 걔는 내 말이라면 껌뻑 죽어."

"그 사람 말고도 오늘 죽을 놈 많습니다."

시간을 확인한 소령은 계단을 내려가 자신을 기다리고 있는 특임대원들과 해병대 병사들 앞에 섰다.

에에에엥—.

골프장 정전 때문에 강정 기지에서는 사이렌이 울려 대고 있다.

그들이 위치한 장소는 폐쇄된 채 방치된 구 대학 건물 2층. 강정 기지에서 불과 1.5킬로미터도 떨어지지 않은 곳이다.

반란군 놈들이 이곳 수색을 마치고 철수하자마자 여기로 옮겨 와서 비어 있던 건물을 통째로 차지했다.

"주목!"

소령이 입을 열자 수십 명의 병사들이 일제히 그를 향해 고개를 돌렸다.

"그동안 쫓겨 다니면서 재미있었지?"

후후후, 소령의 농담에 몇 군데서 웃음이 터진다. 잠시 뜸을 들인 소령이 다시 물었다.

"혹시 무서웠던 사람 있으면 투항 허락하겠다. 있나?"

하하하! 또 작은 웃음이 터진다. 소령은 병사들의 얼굴을 찬찬히 둘러보다가 입을 열었다.

"쫓아오던 새끼들, 어떻게 하고 싶었나?"

"죽이고 싶었습니다."

가장 앞자리에 앉아 있던 특임대 대원이 나직하게 대꾸한다. 다들 고개를 끄덕이며 동조한다. 열흘이 넘도록 한 몸이 되어 목숨을 걸고 도망 다니는 동안 해병대 병사들도 이미 뼛속까지 동질화되어 있었다.

"너희 전우의 몸에 총알을 박은 새끼들, 어떻게 하고 싶었나?"

"죽이고 싶었습니다!"

해병대 병사들의 입에서 나온 대답이다.

"오늘, 그걸 허락해 주겠다."

가벼운 환호가 인다. 소령은 손을 들어 제지하며 말을 이었다.

"오늘 이 시간부로 우리는 도망 다니지도, 주저하지도 않을 것이다. 총 끝에 인정을 두지도 않을 것이다. 무슨 말인지 알겠나?"

척, 일제히 고개를 끄덕이는 소리가 하나의 구령처럼 절도 있게 울린다.

"오늘 밤 우리는! 저 부패하고 타락한 역도의 무리들을 모조리 처단하고 다시는 쫓기지 않을 것이다! 그간 쌓아 왔던 너희의 분노! 적을 향한 증오! 나라를 구하겠다는 뜨거운 열망! 모두 이 한순간에 뜨겁게 불살라라! 아무것도 두려워하지 말고! 지금 너희 곁에 있는 동료들을 믿어라! 나를 믿어라! 채 장군님을 믿어라! 우리는 옳다! 그리고 승리할 것이다! 특임대와 해병대가 하나가 되어! 나라를 구한 역사의 현장에! 우리의 이름을 피로 새길 준비가 되었나?"

소령의 열변이 질문으로 끝나자 무릎앉아 자세로 대기하던 병사들은 손바닥으로 바닥을 한 번 쳤다. 도망자로 살다 보니 큰 소리를 내지 않는 습관이 아주 몸에 뺐다. 신뢰를 가득 담은 눈으로 병사들을 바라보던 소령이 나직하게 지시를 내렸다.

"각 팀장들, 팀원들과 작전 다시 확인하도록."

소령의 말이 떨어지기 무섭게 특임대원들과 해병대 병사들이 팀별로 뭉쳐서 머리를 맞대고 수군거린다. 급조해서 그린 단면도를 자그만 플래시 불빛으로 비춰 보는 초라한 환경이지만, 다들 의욕 하나만큼은 끓어 넘칠 기세였다.

"철웅아, 너 나중에 정치할래? 야~ 말 잘하네."

소령이 3층으로 돌아왔을 때, 채양균이 빙글거리며 물었다. 연설을 귀담아들은 모양이다. 소령은 피식 헛웃음을 지었다.

"큭, 장군님도 참 놀리시는 거 좋아하십니다. 저는 딱 이게 적성입니다."

"적성이라…… 뭐, 잘하기는 하지."

채양균은 담뱃불을 붙이며 중얼거렸다. 소령은 얼른 창가를 가리고 섰다. 채양균은 전혀 신경 쓰지 않고 여유롭게 맛을 음미하며 연기를 내뿜었다.

그때까지도 단 한마디 없이 구석에 기댄 채 어두워진 도로를 초조하게 바라보던 이승남이 입을 열었다.

"꼭 성공해야 하는데……."

"성공합니다."

대답하는 소령은 표정 하나 변하지 않았지만, 이승남은 한숨을 내쉬었다. 아무리 저쪽이 연일 강행된 수색으로 지쳐 있다고는 해도, 워낙에 병력의 차이가 압도적이다.

게다가 현대 특수전에서 가장 중요한 전력이라 할 공중 지원도 받지 못하고 싸워야 한다. 걱정이 되지 않을 수가 없다.

"야, 승남아. 너는 말이지, 간이 너무 작아. 어차피 인생 백 년 살기 힘들어. 그럴 바에야 좀 화끈하게 가 보자. 아…… 내가 배짱부릴 수 있는 근거를 좀 줄까? 승남아, 너 저 강정 기지 짓다가 마무리 공사 장기 지연 되었을 때 뭐 했어? 해군 참모 총장으로서."

"뭐 하냐니요? 해군 참모 총장이랑 기지 공사랑 무슨 관계가 있습니까? 그거야 건설사 일 아닙니까?"

채양균이 고개를 끄덕였다.

"그렇지, 너는 골프나 쳤겠지. 대빵이 그러고 있으니까 밑에 애들이야 오죽했겠냐? 뭐, 사실 나도 그랬으니까 뭐라 그럴 자격은 안 되는데…… 근데 말이지, 얘는 달랐어."

채양균은 소령을 가리키며 말을 이었다.

"얘는 그 몇 달 동안에 여기에 와서 살다시피 했어. 내 허락 받고 자기 팀원 싹 다 끌고 왔었다고. 그래서 저 해군 기지 본부 건물부터 별관, 식당까지 싹 다 제 발로 밟고 돌아다녔단 말이야. 여기에서 혹시 있을지 모르는 인질 사건이나 테러 대비하고 싶다고 부탁을 하는데…… 참 내, 얼마나 대견하고 예뻐 보이는지……. 아예 실제 건물을 킬 하우스 삼아서 연습을 했다고. 그게 무슨 의미인지 알겠어? 주제도 모르고 깝치는 한 교수랑 네 밑에 그 염병할 똥별 새끼들은 지금 우리 킬 하우스 안에 들어 있다는 거야. 싹 다 뒈질 일만 남았지."

소령은 엷은 미소를 지으며 상관의 칭찬에 답했다. 채 장군의 말은 절반 정도만 사실이다. 대한민국 군인 중에 오직 그의 대원들만이 실제 강정 기지를 무대로 삼아 테러 진압 훈련을 해 봤다는 말은 사실이다.

자신도 있다. 눈을 감으면 도면이 한눈에 그려질 정도니까. 적에게는 강정 기지가 집무실이고 관사겠지만, 그에게는 전장으로만 인식되고 있다.

어디로 들어가서 어디를 치면 가장 빠르고 효과적일지 그 자신보다 잘 아는 사람은 없을 것이다.

하지만 여전히 화력의 차이는 무시할 수 있는 범위를 넘어선다. 간이 콩알만 한 좀생이들이 가용 병력을 총동원해서 방어선을 구축하는, 지금과 같은 상황은 그가 연습했던 시나리오 속에 포함되어 있지 않았다. 목표까지 닿기 위해 죽여야 할 놈들이 너무 많다.

그러니 승률은 반반의 균형 위에서 아슬아슬하게 이쪽으로 기운 정도라고 봐야 했다. 최선을 다할 것이지만, 운이 도와주지 않는다면 승리를 기대하기는 어렵다.

지키는 쪽과 치려는 쪽, 어느 쪽이 더 운이 좋은지는 지금으로부터 약 한 시간 후, 03시 05분이 되면 알게 될 것이다.

"준비 마쳤습니다."

레드 팀의 팀장이 대표로 올라와 보고를 한다. 좌측 담장에서 출발해 세 개의 건물을 지나 가장 빠른 시간에 본부 건물에 도착해야 하는 팀이다.

이 녀석들과 이미 출발한 블랙 팀의 활약이 이 작전 성패의 6할을 짊어지고 있다고 해도 과언이 아니었다.

"무운을 빈다."

소령은 레드 팀장의 어깨를 두드려 주었다. 레드 팀장은 운 따위 없어도 충분히 이길 수 있다는 듯 자신만만한 미소를 지으며 고개를 끄덕였다.

40분 뒤, 강정 기지 정문 게이트에서 570미터 떨어진 작은 횟집의 문이 열리며, 다섯 명의 남자가 도로로 나섰다. 열린 문틈으로 피투성이가 된 채 죽어 있는 시체들이 몇 구나 보인다.

조금 전, 순찰을 돌다가 다섯 남자에 의해 살해된 경비병들이다. 주변의 상가는 모두 고요했다.

투투투투― 투투투― 투투투투―.

아직도 총성이 들려오는 강정 기지를 보며 제일 키가 큰 사내가 비웃음을 지었다.

"저 새끼들 진짜…… 크, 좀비 몇 마리 풀어놨더니 그걸 한 시간이 넘도록 진압을 못 하네."

"정예 병력을 그쪽으로 안 빼고 뒀다는 거 아니겠습니까?"

다른 남자가 의견을 제시한다. 사내는 시계를 보며 중얼거렸다.

"뭐, 그렇겠지. 양동작전이라고 생각해서 오히려 게이트 쪽에 집중할 거다. 02시 45분…… 슬슬 준비해라."

사내가 명령하자 네 명의 남자는 승합차 뒷문을 열고 뭔가를 꺼냈다.

굵고 긴 막대 두 개와 검은 쇳덩어리들 뭉치.

대전차 로켓 판처파우스트 3와 탄두다.

두 명이 기관단총을 들고 주변을 살피는 동안 다른 두 명은 능숙한 솜씨로 탄두의 추진부를 발사관에 연결했다. 조립된 발사관을 세운 남자들은 탄두의 연장관을 쭉 뽑아낸 뒤, 나사를 돌려 고정했다.

"시계 양호. 목표 확보했습니다."

10여 미터 간격으로 벌려 앉은 두 남자가 조준경에 눈을 붙인 채 보고한다. 돌담 위에 저격 소총을 걸치고 전방을 관찰하던 키 큰 사내가 다시 시간을 확인했다.

초침이 2시 50분을 막 가리키자마자 사내가 명령했다.

"우측, 좌측. 각자 장갑차부터 날려."

"시작은 화려하게!"

콰아앙!

두 남자가 농담과 함께 방아쇠를 당기자 엄청난 폭발음과 함께 로켓이 발사되고, 뒤쪽으로는 카운터매스가 날아가 후폭풍을 반감시킨다.

쑤우웅―.

빠르게 날아간 로켓은 상대방이 대응해야겠다는 마음을 먹기도 전에 장갑차의 장갑을 때렸다.

성형 작약탄 특유의 먼로-노이만 효과는 엄청난 고열과 에너지로 두꺼운 장갑의 한 점을 뚫어 냈고, 장갑차 내부는 순식간에 화염과 폭발에 휩싸였다.

퐁—.

장갑차의 해치 위로 산산조각 난 장갑차장의 시체와 함께 불꽃이 솟아오른다. 게이트를 지키고 있던 두 대의 장갑차는 완전히 궤멸되었다.

그만한 발사음과 후폭풍이 있었으니 초소 쪽에서도 당연히 반응이 이어졌다. 다섯 남자가 있는 방향을 향해 서치라이트를 돌리려는 경비병을 스코프로 보며 키 큰 사내가 중얼거렸다.

"어림없어, 인마."

타아앙—.

그가 방아쇠를 당기자 경비병의 목과 얼굴이 퍽! 하고 터져 나간다. 서치라이트는 붉은 피와 뼛조각으로 범벅이 된 채 멈춰 섰다. 곧바로 다른 병사가 라이트를 잡았다.

"교훈을 얻어라, 좀."

사내는 다시 방아쇠를 당겼다. 이번 탄환은 병사의 눈을 관통했다. 두 명의 피를 뒤집어쓴 서치라이트는 온통 뻘겋다.

"재장전 마쳤습니다."

저격수가 시간을 버는 사이, 판처파우스트의 탄두를 재장전한 남자들이 보고를 한다. 재장전이야말로 이 독일제 무기의 탁월한 특성이다. 저격수는 조준경에서 눈을 떼지 않은 채 대답했다.

"03시 정각 됐으면 쏘고 가자. 뭘 기다리냐?"

콰아아아앙—.

또다시 날아간 두 발의 로켓은 초소와 게이트 주변의 바리케이드를 불바다로 만들었다. 폭발에 휩싸인 경비병들은 시체조차 발견하기 어려울 만큼 갈기갈기 찢겨 나갔다.

타앙— 타앙—.

세 발째의 재장전 시간 동안 저격수는 계속 총구를 돌려 가며 방아쇠를 당겼다. 라이트를 깨고, 차량의 운전병을 사살했다.

콰아앙—.

또다시 날아간 로켓이 터지면서 정문 일대는 완전히 아수라장으로 변해 버렸다. 뒤늦게 정문 쪽으로 달려온 지원 차량에서 K-3를 난사했다.

"저 새끼들, 대강 막 갈기네."

다섯 남자는 서둘러 승합차에 몸을 싣고 라이트도 켜지 않은 채 곧바로 내달렸다. 이제 골프장 게이트도 날려 줄 차례다.

500여 미터 우측의 정문 게이트에서 불꽃과 검은 연기가 치솟는 것을 확인한 레드 팀은 해군 기지의 좌측 벽에 C4를 붙여 두고 다시 기다렸다.

3시 정각에 폭파 스위치를 누르자 폭발음과 함께 두꺼운 콘크리트가 산산조각 나며 파편이 사방으로 튄다.

하지만 기지 내부에서 그 소리를 인지한 사람들은 없을 것이다. 동 시각에 정면에서 제2차 폭발이 워낙 성대하게 일어났기 때문이다.

"들어가! 뛰어! 뛰어!"

콘크리트 먼지가 다 가라앉기도 전에 레드 팀장은 대기하고 있던 스무 명의 병력을 모두 들여보냈다.

특임대가 셋, 나머지는 해병대로 구성된 레드 팀은 매끄럽게 강정 기지 안쪽으로 뛰어들었다. 벽에 설치되어 있던 센서가 날아가면서 사이렌이 시끄럽게 울어 대지만, 그것도 괜찮다.

어차피 5분 전에 정문에서 장갑차들이 폭발할 때부터 기지 전체를 사이렌 소리가 휘감고 있었으니까.

퓨퓨퓩— 퓨퓨퓩—.

기지 안으로 뛰어든 레드 팀 대원들은 소음기가 장착된 기관단총으로 가로등부터 전부 박살 내 버렸다. 이렇게 몰래 들어오는 일은 모름지기 어둠 속에서 해야 맛이 제대로 난다.

길게 펼쳐진 화단을 빠르게 가로지른 레드 팀원들은 첫 번째 건물인 해군 회관 부근에서 멈춰 섰다.

긴 직사각형 구조의 해군 회관 앞은 병력을 태운 트럭과 실탄을 지급받고 트럭에 뛰어오르는 병사들로 분주했다. 해군 회관 옥상에서는 라이트가 쉬지 않고 움직이며 아래를 비춘다.

'너, 너, 옥상. 너, 너, 수류탄. 너, 너, 위치 이동해서 제압사격.'

아름드리나무 뒤에 몸을 숨긴 레드 팀장은 손가락으로 병사들을 지정해서 임무를 분담했다.

모두 고개를 끄덕인다. 서브 소닉탄을 장착하고 있는 특임대원이 소음기가 부착된 MK14를 옥상을 향해 겨눈다.

틱— 틱— 틱—.

박수 소리보다도 작은 금속음만 남긴 채 음속을 돌파하지 않는 7.62㎜탄이 옥상의 병사들을 향해 날아가 꽂힌다. 순식간에 세 명의 경비병이 쓰러져 버렸다.

그와 동시에 화단 아래 숨어 있던 두 명의 해병대원이 몸을 일으키며 병사들을 태운 트럭을 향해 수류탄을 집어 던졌다.

툭, 투르르르—.

바닥에 떨어져 구르는 물체에 대해 해군 회관 앞의 병사들이 인지하기도 전에 수류탄은 요란한 굉음과 함께 폭발했다.

콰앙—.

트럭의 장막이 찢어지고, 순식간에 수십 명의 젊은 군인들이 쇳조각 파편에 목숨을 잃고 쓰러진다.

투투투투— 투투투투투—.

건너편 화단으로 이동해 대기하고 있던 해병대원 네 명이 일제히 연사를 개시하자 아직 살아남아 있던 병사들이 사방으로 피를 흩뿌렸다.

틱— 틱—.

그러는 동안에도 MK14는 계속 옥상의 병사들과 라이트를 향해 소리 없는 실탄을 날려 보냈고, 두 번째 수류탄 투척이 이루어졌다.

폭연과 신음이 어두운 밤하늘을 가득 메운다. 이만하면 기선 제압으로서는 아주 훌륭하다.

투투투투— 투투투투—.

레드 팀장은 가장 먼저 몸을 일으켜서 해군 회관을 향해 기관단총을 난사하며 돌진했다. 나머지가 열을 이루며 그 뒤를 따랐다.

폭발의 충격파에 날아갔다가 겨우 몸을 추스르려던 병사들이 벌집처럼 온몸이 관통된 채 다시 나뒹굴었다.

20명의 레드 팀이 지나가는 길 주변에는 시체들이 줄줄이 널린다. 아직 단 한 사람의 아군 손실도 발생하지 않았다.

이제 두 개의 건물만 더 통과하면 해군 본부 건물에 닿을 수 있다. 본 게임은 거기서부터다.

해군 회관 1층으로 들어가 지하에서 방향을 바꿔 빠져나오며 건물 내부로 수류탄을 까 던져 넣는 레드 팀장의 얼굴은 한 시간 전 소령과 인사를 하던 때와 마찬가지로 자신감이 가득했다.

레드 팀장이 수류탄을 던지고 팀원들과 합류해 어둠 속으로 사라질 때, 그것을 지켜보는 눈이 있었다. 해군 본부 건물의 좌측 날개 옥상에서 M24 저격 소총의 양각대를 펴 놓고 주야 조준경을 통해 아래쪽을 살피던 씰 팀의 저격수이다.

"그리로 올 것 같더라."

빙긋 웃으며 혼잣말을 한 씰 저격수는 녹색 원의 십자 표시 한가운데에 레드 팀장의 머리를 넣었다. 그러고는 상대방의 움직임에 맞춰 천천히 총구를 따라 돌렸다.

거리는 800미터 이상 떨어져 있지만, 건물들의 사각 밖으로 모습을 드러낸 이상 끝이다. 놓칠 일이 없다.

"인사해 주시지 말입니다?"

씰 저격수의 우측에 서서 적외선 망원경으로 아래를 보던 감적수가 말했다. 저격수의 생각에도 그 정도 예의는 있어야 할 것 같았다. 그래야 저 아무 데서나 수신호를 주고받으며 깝치는 특임대 애들도 겸손이 뭔지 좀 배울 테니까.

슥, 저격수의 손가락이 방아쇠 위에 얹힌다. 방아쇠 압력을 910그램에 맞춰 뒀기 때문에 그리 큰 힘을 줄 필요도 없다.

아주 살짝, 레드 팀장의 머리를 십자선의 중앙에 맞춘 저격수는 손가락을 까딱했다.

피아앙—.

워낙 탄환의 무게와 속도가 월등해서 소음기를 낀 상태에서도 음속 돌파의 충격파는 커다랗게 울렸다. 그리고 그 소리를 직접 귀로 듣기도 전에 레드 팀장의 머리는 몸에서 뜯겨 나갔다.

"정타!"

핏줄기가 높이 솟아오르는 레드 팀장의 목을 보며 감적수가 말했다. 레드 팀이 혼비백산 흩어지는 모습은 덤이었다.

철컥—.

씰 저격수는 노리쇠를 뒤로 당겨 재장전을 하며 빙긋 웃었다. 이제 저 리더 없는 놈들을 하나하나 데리고 놀아 주면 된다.

03

말 그대로 눈 깜짝할 사이에 리더를 잃은 레드 팀의 열아홉 명은 다급하게 산개해 건물의 그늘 속에 몸을 숨겼다. 둘로 나뉜 레드 팀의 절반가량은 해군 회관의 우측 벽에, 나머지는 거기에서 20여 미터 전진해서 용사의 집 건물 측면에 등을 바짝 붙이고 커다래진 눈으로 서로를 돌아본다.

두 건물의 중간 지점 보도에는 목 위쪽이 거의 다 뜯겨 나가 아직도 피가 콸콸 솟아 나오는 팀장의 시체가 쓰러져 있다.

"어디에서 날아온 거야? 본 사람?"

뒷줄에 서 있다가 뛰어온 특임대 MK14 사수가 서브 소닉 탄창을 일반 7.62㎜ 나토 탄창으로 교환하며 묻는다. 조용하고 느린 총알보다 시끄럽지만 빠른 총알을 써야 할 때가 왔다. 다들 고개만 젓는다. 아무도 보지 못했다.

팀장이 가장 앞서 있었기 때문이기도 하지만, 그보다는 발사 지점이 너무 멀었다. 어떤 낌새도 느끼기 전에 전방을 살피던 팀장의 머리가 거의 폭발하다시피 했고, 몸이 반응을 하고 나서야 총성이 울려왔다.

벽의 끝 쪽에 바짝 붙은 MK14 사수는 아주 빨리 힐끔 고개를 내밀었다가 다시 돌렸다. 이미 머릿속에 든 지형이지만, 뭔가 바뀐 점이 있는지를 확인하기 위해서다.

변화는 없었다. 저격을 할 만한 포인트라고는 멀리 떨어진 해군 본부 건물의 좌측 코너 딱 한 귀퉁이밖에 없다. 나머지 부분은 벽에 가려져 보이지도 않는다.

이 밤중에 저 먼 거리에서?

예상치 못했던 불운에 MK14 사수는 고개를 저었다.

젠장, 기껏 건물을 통과하면서 한 바퀴 돌아 방향을 바꿨는데…….

애초에 저기에 저격수가 배치되어 있다는 것은 침입 경로를 어느 정도 예측했다고밖에는 생각할 수 없다.

적을 우습게 보지 않으려 노력했지만, 작전에 교만한 구석이 있었다는 걸 인정해야 할 시점이 왔다. 적에게도 얼마든지 우수한 인재가 존재함을.

저항과 마주하게 될 것이라는 점은 계산 내에 있었지만, 좀 빠르다. 용사의 집까지는 진출한 이후에 농성을 하게 되리라고만 짐작했었다. 병력이 나뉜다는 점도 애초의 작전과 달라진다. MK14 사수는 용사의 집 쪽으로 고개를 돌렸다.

거리는 약 20여 미터. 저격수가 빤히 노려보고 있는데 저기까지 열 명을 인솔하고 뛰어간다는 건 자살 행위에 가깝다. 이제부터는 분명 적 저격수가 목표물의 머리가 아닌, 다리를 노려 쏠 것이다.

그러면 부상병을 데리고 오기 위해서 또 병력이 무모한 구출을 감행해야 하고, 거기에서 아주 줄줄이 초상이 나게 된다. 미끼를 만들어 놓고 지속적인 피해를 입히기. 저격의 가장 고전적인 전략이다.

그걸 빤히 다 알아도 일단 부상병이 생겨나면 그대로 내버려 두고 갈 수는 없다는 게 우스운 점이다. 그러면 곧바로 사기가 확 떨어질 것이기 때문이다. 합류는 포기해야 한다.

"그래도 우리가 이긴다는 건 변함없지."

MK14 사수는 무뚝뚝하게 혼잣말을 중얼거리고는 뒤에 늘어선 해병대 병사들을 향해 말했다.

"별거 아니다. 기죽지 마라. 우리는 다시 해군 회관으로 돌아가 농성한다. 우리의 나머지 팀들이 목표를 타격할 때까지 25분만 버티면 우리 승리다. 25분은 순식간이다."

해병대원들이 검은 얼굴을 끄덕인다. 어차피 지난 열흘 동안 사람 죽는 것은 면역이 생길 만큼 봐 왔다. 농성이 있을 것이라는 점도 인지하고 있었다.

첫 아군 사상 발생 후에도 병사들의 사기가 꺾이지 않은 것을 확인한 MK14 사수가 명령했다.

"해군 회관 2층 연회실로 간다. 움직이는 건 전부 사살해. 너, 너, 둘이 선봉에 선다. 움직여."

조금 전, 수류탄이 터져서 파편이 가득 널려 있는 해군 회관의 뒷문으로 해병대원들이 뛰어 들어가는 것을 확인한 MK14 사수는 용사의 집 뒤에 숨은 나머지 팀원들 쪽으로 고개를 돌렸다. 그러고는 너희는 계속 전진하라는 수신호를 보냈다. 저쪽에 남겨진 특임대원이 고개를 끄덕이고 건투를 빈다는 수신호로 답해 온다.

작전 전달을 마친 MK14 사수는 해병대원들의 뒤를 따라 해군 회관 내부로 뛰어 들어갔다. 리더의 머리는 박살이 나 버렸지만, 이쪽에도, 저쪽에도 아직 지휘할 수 있는 특임대원들이 남아 있고, 해병대 병력에는 아무런 손실이 없다. 그 정도면 됐다.

투투투투— 투투투—.

선봉에 서서 길을 뚫는 해병대원들이 계단에서 K-2를 난사하는 소리가 들린다. 건물 내부의 적들은 조금 전 일어난 수류탄의 폭발에서 겨우 몸을 추스른 상태다. 이쪽에 분명한 전술적 우위가 있다.

2층에 올라선 레드 팀은 건물 반대쪽 끝을 향해 언더 토스로 두 발의 수류탄을 집어 던졌다.

콰콰앙—!

건물이 뒤흔들리고, 유리창들이 모조리 박살 난다. 전등이 터져 나간 천장에서는 열을 감지한 스프링클러가 일제히 물줄기를 뿜어냈다. 문짝이 떨어져 내리고 여기저기서 비명이 올라온다.

지직— 지직—.

간신히 매달려 있는 몇 개의 조명등에서 스파크가 이는 소리가 들린다. 이렇다 할 병력의 움직임은 감지되지 않았다.

"들어가! 세 번째 방이다."

복도의 상황을 파악한 MK14 사수가 명령했다. 해병대원들은 K-2를 앞세우고 물로 흥건해진 복도를 내달려 2층에서 가장 큰 방인 연회실로 잠입했다.

300명 이상이 호화로운 식사를 하기 위해 만든 연회실은 텅 비어 있고, 값비싼 장식물들은 조금 전의 폭발로 모두 떨어져 나온 채였다. 해병대원들은 둥근 8인용 테이블을 옆으로 굴리며 내와서 엄폐물로 삼았다.

"무조건 선제 사격이다! 도탄 주의해!"

병력이 제대로 배치되었는지를 확인한 MK14 사수는 커튼 사이로 총구를 내밀었다.

부우우웅—.

지원 병력들을 가득 싣고 운동장을 똑바로 가로질러 달려오는 트럭들이 보인다.

"무슨 배짱이냐……. 그렇게 일직선으로."

운전수의 얼굴을 조준경에 포착한 MK14 사수는 천천히 총구를 움직이며 모드를 연사로 놓고 방아쇠를 당겼다.

타앙— 타앙— 타앙— 타앙—.

당겼던 네 발 중 세 발 만에 트럭의 전면 유리가 피로 물든 것을 확인한 MK14 사수는 곧바로 옆의 트럭을 향해 총구를 옮겼다.

투투투투— 투투투—.

복도에서도 총성이 울려 댄다. MK14 사수는 입 안의 쓴 침을 꿀꺽 삼켰다. 겨우 25분만 버티면 되는데, 어째 그게 아주 아득한 일처럼 느껴진다.

반으로 나뉜 레드 팀이 교전을 벌이기 10여 분 전에 강정 기지의 화물 항만 쪽에서는 블랙 팀 20명이 상륙을 끝냈다. 맨몸으로 30분 이상을 헤엄쳐 온 그들에게는 장비랄 게 거의 없었다.

특임대원 여덟 명이 가지고 있는 부력 배낭과 그 위에 얹어 놓은 MP5 소음 기관총은 전체를 다 무장시키기에 턱없이 부족했다.

'너, 너, 너, 너, 나를 따라와.'

속옷 하의에서 물을 짜낸 블랙 팀장이 네 명을 지목했다. 두 명은 배낭에서 전술 조끼를 꺼내 장착하고 소음 기관총으로 무장을 마쳤다.

나머지 셋은 속옷 하의와 날을 세운 대검 한 자루뿐이다. 나머지 인원들도 똑같이 5인 1조의 조를 구성했다.

블랙 팀의 A, B, C, D조 20명은 몸을 숙인 채 맨발로 콘크리트 독을 내달려 네 방향으로 흩어졌다. 밤바다에서 계속 체온을 빼앗겼고, 상륙한 뒤에도 옷을 거의 걸치지 못한 그들이지만, 여름이어서 충분히 견딜 만하다.

'대기!'

블랙 팀장이 신호를 보내자 네 명의 조원은 컨테이너 뒤쪽에 몸을 숨겼다. 두 명의 경비병이 순찰을 돌기 위해 접근하고 있다. 어깨에 총을 멘 그들의 시선은 화물 항만 자체보다 총성과 폭발음이 울리는 해군 기지 쪽에 더 치우쳐 있었다.

휙―.

경비병들이 컨테이너를 지나친 순간, 어둠 속에서 튀어나온 두 명의 특임대원이 뒤에서 그들을 덮쳤다. 특임대원들은 병사들의 입을 틀어막아 뒤로 젖힌 후에, 노출된 목에 울트라마린 나이프를 그었다. 그러고는 곧바로 칼을 앞으로 돌려 왼쪽 겨드랑이를 찔렀다.

피해자들이 발버둥을 치기도 전에 블랙 팀원들은 나이프로 다시 한번 오른쪽 겨드랑이를 그었고, 오금을 발로 차서 자세를 무너뜨렸다. 블랙 팀원들은 경련하듯 떨리는 경비병들의 다리를 잡고 컨테이너의 그늘 안으로 끌어들였다.

으그그극―.

그르륵!

순식간에 엄청난 고통에 휩싸인 경비병들은 눈을 홉뜬 채 엎어져서 가래 끓는 소리를 냈다. 그러는 동안에도 치솟아 오른 피는 그들의 식도와 기도, 양쪽 모두를 타고 넘어간다.

목 뒷덜미로 한 차례 더 칼날이 깊게 지나가자 병사들은 몸부림조차 칠 수 없게 되었다.

블랙 팀원들은 경비병들이 온전히 숨을 거두기도 전에 개인 화기를 탈취하고, 전투화와 양말을 벗겨 내 대기하고 있는 해병대원들에게 피범벅이 된 전술조끼와 함께 넘겼다. 예비 탄창을 확인한 대원이 보고한다.

"60발이 전부입니다."

"너무하는군. 교전이 벌어질 수 있다는 걸 뻔히 알면서도 달랑 탄창 두 개만 줘서 내보낸 건가?"

블랙 팀장이 어처구니없다는 표정으로 중얼거렸다. 이래서야 경비병 몇 명

죽인다고 해도 팀 전체를 무장시키기가 어려워진다. 한 사람당 60발로는 5분도 못 버틸 것이다.

"뭐, 두 배로 부지런히 움직이면 되는 거 아닙니까?"

소음 기관총을 든 대원이 싱긋 웃는다. 이제 다섯 명 중에 개인 화기로 무장한 사람은 넷. 일행은 다시 컨테이너 사이를 내달렸다.

콰아앙—.

해군 기지 내에서 폭발음이 들린다. 레드 팀이 교전을 개시했다는 신호다. 속도를 올려야 하는 타이밍이다.

"넘어!"

담을 만나자 두 명의 대원이 가장 아래에 서서 달려오는 두 명을 담장 위로 올렸다. 담장에 몸을 걸친 두 명은 한 손씩을 뻗어 뛰어오른 한 사람을 붙잡아 끌어 올렸고, 10초도 걸리지 않아 다섯 명이 3미터 높이의 담을 모두 뛰어넘었다.

땅에 내려선 다섯 사람은 가장 가까운 건물인 화물 항만 관리 센터 안으로 난입했다. 그러고는 움직이는 모든 것들을 향해 망설임 없이 방아쇠를 당겼다.

드르르륵— 드르르륵—.

소음기가 달린 MP5에서 불꽃이 쏟아져 나온다. 종소리 정도의 총성이 울렸지만, 오늘 밤은 워낙 사방이 시끄러워 이 정도 소리는 금방 묻힌다.

"비슷한 사이즈는 일단 무조건 신어라."

피투성이가 된 채 죽어 있는 병사의 시체에서 구두를 벗겨 내 신으며 블랙 팀장이 아직 맨발인 대원들에게 명령했다. 맨발이라는 것 자체가 커다란 전술적 약점이다. 자동차로 이동하는 경우라고 해도 크게 다르지 않다.

"찾았습니다."

다른 병사들이 실탄을 회수하는 동안, 접수대를 뒤지던 특임대원이 옥상 열쇠를 발견하고 들어 올렸다.

이 건물 옥상에는 대공 캐논이 설치되어 있다. 그걸 해군 기지 내부를 향해 발포할 계획이다. 블랙 팀장이 고개를 끄덕이며 대답한다.

"최대한 시끄럽게 놀아 주자."

우측 돌파의 레드 팀과 항만 침투의 블랙 팀에 이어 블루 팀은 좌측의 벽을 뚫고 난입했다. 규모는 앞서의 두 팀과 같고, 팀의 구성도 비슷했다. 소수의 특임 대원과 다수의 해병대로 이루어져 있다.

C4로 담장을 뚫고 들어가자마자 블루 팀은 철저하게 해군 기지의 외곽으로 돌았다. 그들의 목표는 단순하다. 가능한 한 빨리 충무관까지 도달해서 그곳의 장비들을 탈취해 중앙을 공격하는 것이다.

충무관은 도면상으로 보면 해군 회관과 좌우 대칭을 이루는 곳에 위치한 건물로, 그 두 건물과 해군 본부 건물을 선으로 연결하면 커다란 삼각형이 만들어진다.

투투투투— 투투투투—.

블루 팀은 소리를 죽이는 것에 별로 연연하지 않았다. 적군을 만나자마자 방아쇠를 당겼고, 그들의 피가 땅을 적시기도 전에 그 자리를 돌파했다.

그들은 아주 짧은 시간 만에 충무관에서 500여 미터 떨어진 외빈관까지 도달할 수 있었다. 그들의 작전은 효율적인 것처럼 보였다. 여러 정의 K-3로 무장하고 있는 간이 초소와 마주하기 전까지는…….

투투투투투— 투투투투—.

천둥 같은 총성이 울리는 것과 거의 동시에 앞서 달리던 세 명의 블루 팀원이 피를 흩뿌리며 나뒹군다.

핑— 핑—.

K-3 탄환은 블루 팀원들이 몸을 숨기고 있는 벽에 깊은 생채기를 남기며 튕겨 나갔다.

"끄아아아! 으으윽!"

두 다리에 관통상을 입은 병사들이 고통스러운 비명을 질러 댄다. 복부가 터져 나가는 바람에 제대로 숨조차 쉬지 못하고 있는 나머지 병사는 어떻게든 자신의 내장을 다시 주워 담아 보려는 것인지 자꾸 두 손을 허우적거린다.

"여기서 엄호해. 우리는 뒤로 돌아간다. 너희 셋, 뒷문으로 나오는 거 모조리 다 갈겨."

명령을 남긴 블루 팀장은 저격수 하나와 해병대원 둘, 총 네 명의 조를 짜서 벽에 바짝 붙어 건물의 반대편으로 뛰어갔다. 그러고는 곧장 건물 내부로 뛰어 들었다.

투투투투— 투투투— 투투투투—.

그러는 동안에도 K-3가 긁어 대는 소리와 아군이 응사하는 소리가 건물 벽을 울리며 커다란 메아리를 만들어 낸다.

드르륵— 드르륵—.

MP5를 앞세운 네 명의 블루 팀 별동대는 거의 텅 비어 있다시피 한 외빈관을 빠르게 점령하고 3층까지 올라갔다. 그리고 가장자리의 방문을 거칠게 걷어차 열었다. 덜덜 떨고 있던 외국인 해군 장교가 두 손을 들어 올린다.

빡!

뭔가 더 말을 하기도 전에 블루 팀장은 안에 들어 있던 외국인 해군 장교의 머리통을 개머리판으로 갈겼다. 그러고는 한 번 더 전투화로 걷어차 버렸다. 창가 벽에 바짝 달라붙은 저격수에게 블루 팀장이 묻는다.

"어때, 시야 확보되나?"

"저쪽 건물 처마에 가려서 반만 보입니다."

저격수가 고개를 갸웃거렸다. 어떻게 해도 한꺼번에 다 잡기는 어려워 보인다. 블루 팀장은 망설임 없이 명령했다.

"반이라도 처리해."

"그러려는 중입니다."

외국인 장교가 쓰던 베개를 창틀에 받쳐 두고 사격 자세를 잡은 저격수는 조준경에 눈을 붙인 채 호흡을 가다듬었다.

거리를 500에 맞춘 저격수는 시야에 들어오는 가장 우측의, 그러니까 처마가 가려 주기 직전의 기관총 사수부터 표적으로 삼았다. 그러고는 방아쇠를 당기기 전에 머릿속으로 그 좌측으로 조준을 바꾸는 시뮬레이션을 해 보았다.

시간적 여유가 많지 않으니까 리듬을 타고 죽 흘러가듯이 나머지 셋도 처리해야 한다. 기관총 하나가 남으면 5분 이상 지연될 수밖에 없다.

타앙ㅡ.

첫 발이 격발되고 타깃이 쓰러지는 것을 확인하기도 전에 저격수는 미리 연습했던 그 리듬대로 총구를 옆으로 돌렸다. 그러고는 두 번째 K-3 사수를 향해 방아쇠를 당겼다.

타앙ㅡ.

다시 몸을 옆으로 튼 저격수는 세 번째, 네 번째 발을 발사했다.

그가 세 번째 발을 발사하는 순간, 해병대원으로부터 빌린 K-2를 들고 창의 반대쪽에서 대기하고 있던 팀장이 아래를 향해 3점사를 퍼붓기 시작했다.

투투투ㅡ 투투둑ㅡ 투투둑ㅡ 투투둑ㅡ.

저격수가 놓친 세 번째 표적을 사살하기 위해서였다.

그리고 두 사람은 동시에 창문 옆으로 비켜났다.

쨍그랑ㅡ.

타타타타타ㅡ.

곧바로 총알이 날아와 맹렬한 기세로 유리창을 박살 낸다.

"제가 놓쳤습니까?"

유리 조각이 빗발치는 사이로 저격수가 묻는다. 팀장이 대답했다.

"네 개 쏴서 세 개 잡았으면 나쁘지 않다!"

투투투투ㅡ 투투투ㅡ.

또 한차례 총알이 비처럼 날아 들어온다.

윽! 복도를 감시하고 있던 해병대 병사 중 한 명이 도탄에 어깨를 맞고 쓰러진다.

"괜찮아? 일어날 수 있나?"

세 명의 동료가 부상병을 끌어 일으키며 묻는다. 부상병은 어깨에서 피를 철철 흘리면서도 이를 악물고 외친다.

"이 정도는 아무것도 아닙니다! 끄떡없습니다!"

"하하하! 이 새끼! 독기가 있는데? 좋아! 장하다!"

네 명의 별동대는 퍼붓는 총알이 잠잠해진 틈을 타서 다시 총구를 내밀고 사격을 시작했다. 저 멀리 어느새 지원을 나온 적 병력의 트럭들이 보인다.

막혔다. 원래의 목표 지점보다 500미터 이상 뒤처진 곳에 정체되어 버렸다. 하지만 이런 것도 나쁘지는 않다. 블루 팀장은 작전이 척척 맞아 들어가고 있다는 생각에 미소를 지었다.

04

판처파우스트 3로 무장한 병력이 정문을 날리고 세 개의 팀이 각각 좌우와 해안으로 침투하여 기지 내부에서 교전을 벌이기 직전에, 채 장군과 소령이 이끄는 주력 병력은 제주 시내의 한 렌터카 회사에 잠입해 있었다.

그들은 순식간에 당직을 서고 있던 직원들을 제압하고, 차고에 세워진 모든 자동차의 열쇠를 빼앗았다.

"아, 그 새끼. 차량 좀 징발하면 하나 보다 하고 좀 있지, 괜히 설치다가 저 얼굴 꼴이 저게 뭐야? 야, 인마! 내일 열 배로 갚아 줄게."

얻어터져 곤죽이 된 채 묶인 직원들을 향해 채 장군이 아무 소리나 지껄여 댔다. 그사이 두 대의 오픈카를 포함한 여덟 대의 승용차와 세 대의 SUV, 세 대의 승합차에 60여 명의 병력들이 탑승을 끝냈다. 모두 이 부근에서 징발해 온 차량들이다.

"장군님, 타시죠."

소령이 대형 SUV의 뒷좌석 문을 연다.

 부르릉—.

 엔진 소리도 요란하게 총 열네 대가 일렬로 도로를 내달린다. 병사들은 대부분 MP5로 무장한 특임대원들이고, 소수의 해병대원들은 거의 K-3 사수와 유탄발사기를 장착한 K-201 사수들이다.

 콰쾅— 타타타타—.

 해군 기지 쪽에서 요란한 소리들이 들려온다.

 "후후~ 이 새끼들, 동에서 번쩍, 서에서 번쩍…… 아주 혼이 다 나가는 중일 테지."

 담배에 불을 붙이며 웃은 채양균이 눈빛을 빛내며 외쳤다.

 "하지만 여기가 메인이다, 이 개새끼들아!"

 선봉으로 달려가는 두 대의 SUV 뒷좌석에는 각각 K-201 유탄발사기 사수와 K-3 사수가 앉아 있다. 길을 막고 선 초소를 최대한 빨리 날려 버리고 돌파하기 위해서다.

 하지만 도로는 의외로 한적해서 그들은 출발한 이래 딱 두 개의 초소만을 폭파한 뒤, 쭉 내달릴 수 있었다. 한라산 북측에서 여전히 대규모 수색 작업이 진행 중이라는 점을 감안해도 너무 허술한 대응이었다.

 "하여간에 이 새끼들, 멍청해. 이래서 먹물 먹은 새끼들은 안 돼."

 뻥 뚫린 도로를 바라보며 채양균은 코웃음을 쳤다. 불안함을 감추지 못하며 이승남이 묻는다.

 "뭐가 그렇게 안 된다는 거요?"

 "아무한테나 턱턱 자리를 내줘서 안 된다는 거야!"

 채양균이 대답했다. 그는 자신이 어떻게 이 좁은 제주도에서 그토록 긴 시간 동안 체포되지 않은 채 버틸 수 있었는지 잘 안다.

 물론 조철웅이가 이끄는 특임대 애들이 워낙 똘똘하게 자신을 잘 보필해 준 것도 큰 이유이기는 하다. 하지만 근본적인 원인은 다른 데 있다. 그것은 바로 인사 문제였다.

정신 나간 한 교수 새끼는 대빵으로 임명한 놈이 죽자마자 바로 다음 서열을 승진시켜 그 공석을 메웠다. 자리가 비어 있는 꼴을 못 봐준다. 제 딴에는 동기 부여를 하겠다고 하는 짓인지 모르겠지만, 입장을 조금만 바꿔 놓고 보면 말이 안 되는 인사다.

밑의 참모들 입장에서는 일을 똑바로 할 이유가 없어지는 셈이다. 수색과 경비를 대충 하면 할수록, 그래서 더 많은 장군들의 대가리가 저격을 당해 날아갈수록 더 빨리 자신이 별을 달거나 군의 정점에 설 가능성이 높아지기 때문이다.

이 새끼들은 존나게 안일하다. 문제가 발생했을 때, '어떻게 해결할 것인가'보다 그 일로 '어떤 이득을 얻을 수 있는가'를 먼저 생각한다.

놈은 확실히 별들을 모른다. 그런 특성을 알고서야 이런 식으로 후다닥 승진을 시켜 주진 않았을 테니까.

그것이 열흘이 넘도록 채 장군과 특임대, 그리고 해병 중대가 해군 전체에게 쫓기면서도 제주도라는 폐쇄된 공간에서 숨어 지낼 수 있던 가장 큰 이유였다.

반대편에 있는 벼락출세를 한 장성들 중에서 단 한 놈만이라도 직접 필드에서 상황을 봐 가며 진두지휘를 했다면, 채 장군 쪽은 그 적은 인원과 장비로 이렇게까지 버텨 내지는 못했을 것이다.

"애들 와 있습니다."

목표 지점에 가까워지자 약간 속력을 줄였던 운전수가 소령을 향해 보고했다. 멀리 전방 주택 2층 창에 모두 불이 환하게 밝혀져 있다.

반대로 1층과 3층은 완전히 소등된 채다. 미리 입을 맞춰 둔 신호대로다. 플래시 불빛으로 서로 교신을 마친 뒤, 소령이 고개를 끄덕였다.

"우리도 가자."

긴 차량의 행렬이 불 켜진 주택 쪽으로 이어졌다. 좌회전을 하기도 전에 이미 마중 나와 있는 대원이 있다.

"오시는 데 불편한 점 없으셨습니까?"

농담 섞인 말로 인사를 건네는 것은 2시 50분에 해군 기지 정문을 향해 판처파우스트 3를 발사했던 그 다섯 남자 중의 하나다.

자동차에서 내린 소령은 남자로부터 적외선 망원경을 건네받으며 물었다. 골프장과는 500여 미터 떨어져 있다.

"내부 상황은 어때 보이나?"

"개판입니다. 좀비들을 아직도 다 못 잡았는지 총소리는 계속 나고, 그런데도 골프장 정문 병력은 별로 움직일 생각이 없고…… 그렇다고 정리가 되는 것도 아닙니다. 명령 체계가 다 꼬여 있는 것 같습니다."

소령은 시간을 확인했다. 03시 21분. 진입 작전이 시작된 지 20여 분이 지났다. 이미 침투한 레드, 블루, 블랙 팀을 상대하기 위해 적의 병력이 이동할 만큼 충분한 시간을 줬다.

"장갑차가 있군. 트럭이 두 대."

불 꺼진 골프장 정문을 적외선 망원경으로 살피며 소령이 중얼거렸다. 남자는 방금 막 소등한 주택의 3층을 가리키며 말했다.

"조준경도 새것으로 다 갈아 끼웠습니다. 명령만 기다리고 있습니다."

판처파우스트 3는 착탈식 조준경을 채택하고 있다. 세 발 이상 로켓을 발사하면 조준경의 조준점이 틀어져 버리기 때문에 그것을 갈아 끼운 후, 새로 발사를 해야 정확도가 유지되는 것이다. 소령은 다시 SUV에 오르며 명령했다.

"좋아, 준비되는 대로 때려."

"넵! 20분 후에 뵙겠습니다!"

남자는 문을 닫아 주며 경례를 붙였다. 그러고는 주택을 향해 돌아서서 손가락을 빙글빙글 돌렸다.

옥상에서 대기하고 있던 남자들이 고개를 끄덕인다. 그들은 판처파우스트 3의 새 조준경에 눈을 바짝 붙이고 목표물을 찾았다.

제1타깃, 장갑차.

제2타깃, 병력을 가득 실은 트럭 1호.

저격수의 조준은 트럭 2호의 운전병에게 고정되어 있다. 저격수가 먼저 운전병을 날리면, 곧바로 두 발의 로켓이 발사되고 골프장 정문을 불바다로 만들 것이다.

"준비됐지?"

키 큰 저격수가 조준을 마치고 묻는다.

넵! 다들 눈을 조준경에 바짝 붙인 채 대답한다.

저격수는 망설이지 않고 방아쇠를 당겼다.

타앙—.

쨍강!

트럭 2호의 앞 유리가 박살 나고, 운전대에 기대 있던 운전병의 얼굴이 피투성이 고깃덩어리로 변한다. 그리고 곧바로 로켓에 직격당한 장갑차가 불덩이로 바뀌었다.

콰아앙—.

엄청난 폭발을 일으키며 튀어 오르는 트럭 1호 역시 곧바로 화염에 휩싸여 버렸다.

"출발해!"

적외선 망원경으로 전방을 주시하고 있던 소령이 폭발을 확인하자마자 운전수에게 명령했다.

부아아앙—.

SUV들을 앞세운 긴 차량의 행렬이 500여 미터 전방의 골프장 정문을 향해 내달리기 시작했다. 그들이 중간 지점까지 도착했을 때, 두 발의 로켓이 한 번 더 골프장의 굵은 철제 정문과 아직 폭발하지 않고 있던 트럭을 때렸다.

화르르르—.

주변이 온통 환해질 만큼 강력한 불꽃이 정문 주변을 휘감으며 타오르고, 철문과 바리케이드가 수십 미터 바깥으로 날아가 요란한 소리를 내면서 떨어진다.

위이이잉—.

속력을 최대한으로 낸 승합차가 가장 먼저 골프장 정문을 돌파하였다. 네 번의 폭발이 있은 이후여서 별로 장애물이라고 할 만한 것은 없었다. 그 뒤로 속속 자동차들이 골프장 내부로 달려 들어갔다.

"하하하, 이 개새끼들! 골프 그렇게 좋아하더니, 결국 골프장 때문에 망하는구나!"

진입로를 내달리는 SUV 뒷좌석에서 채양균이 통쾌하게 웃었다. 해군 기지의 정문에서 해군 본부 건물까지 닿으려면 세 개의 게이트와 무수한 건물들을 돌파해야 한다. 한세월이다.

반면, 지금 그들이 달리고 있는 뒤쪽의 골프장에서는 접근하기가 상당히 용이하고 가깝다.

2.5킬로미터 길이 정도에 걸쳐져 설계된 18홀과 골프 연습장을 지나면 헬기 이착륙장이고, 곧바로 해군 본부 후문에 닿는다. 게이트 하나와 일반 사병 막사가 그 사이에 있다고는 해도 정문 쪽과는 비교가 안 되게 단출하다.

해군 참모 총장이었던 이승남으로서도 지금 생각해 보면 어이가 없을 만큼 멍청한 배치였다.

'왜 이렇게 기지 설계를 했던 걸까?'

무의식적으로 질문을 던지기는 하지만, 이승남은 사실 그 답을 알고 있다. 이 기지는 처음부터 전쟁을 대비하기보다는 외국 해군 간부 의전과 국내 장성의 복리 후생 쪽에 더 목적을 두고 설계되었기 때문이다.

특히 장군들과 그 가족들이 외부 사람들 눈치 보지 않고 더 편안하게 라운딩을 할 수 있도록 하기 위해 골프장을 본부 뒤에 바짝 붙여 뒀다.

지금 이 상황처럼 제주도 내에서 침입 세력이 발생할 것이라는 변수는 아예 상정해 두지도 않았다. 그것이 오늘 밤, 아킬레스건이 되어 해군 간부 전체의 목줄을 잡아당기게 될 것이다.

부우우우웅—.

열네 대의 차량은 굴곡진 잔디밭을 빠른 속도로 가로질렀다. 이따금씩 헤드

라이트 불빛 내에 뛰어다니는 좀비들의 모습이 들어왔다가 사라진다. 피투성이가 된 채 엎어져서 필드에 토사물을 게워 내고 있는 병사들의 모습도 보인다.

기껏해야 좀비 몇 마리를 풀었을 뿐인데, 골프장 주변의 경비 병력들은 어지간히 큰 타격을 입은 모양이다.

투투투투투— 투투투투—.

좀비들과 싸우고 있던 경비병들을 발견할 때마다 SUV의 측면에 배치된 K-3가 불을 뿜는다. 좀비, 경비병 가리지 않고 무조건 제거한다. 미리미리 보이는 대로 처리해 둬야 후환이 없다.

그롸아아—.

승합차의 앞을 막아서려던 좀비의 몸통이 차 아래로 말려 들어가며 터진다. 승합차는 심하게 휘청거리기는 했지만, 속도를 멈추지 않고 계속 내달렸다. 다른 차량들도 마찬가지다.

전속력으로 내달린 차량들은 2.5킬로미터 거리를 금방 돌파했다. 공중 지원도, 통신도 없이 수행해야 하는 이 작전에서 비장의 무기는 스피드다.

적들이 세 방향에서 몰아쳐 오는 공격에 혼이 팔린 사이, 몰래 다가가 심장을 치는 것이 요점이다. 해군 본부 함락까지 20분 이상 끌어도 안 되고, 끌기도 어렵다.

투두두두두— 투투둑— 투투투투—.

선두 차량의 요란한 사격 소리가 헬기 이착륙장에 도달했음을 알린다. K-3가 철책을 경비하고 있던 경비병들을 제압하고 있는 것이다.

저쪽은 단순한 K-2, 이쪽은 K-3와 저격 총.

화력의 수준이 다르다. 당연히 경비병들은 순식간에 제압되었다.

그동안 소령을 비롯한 모든 병력은 하차를 마쳤다. 절단기를 동원해 펜스를 뜯어내고 60여 명의 병사들은 헬기 이착륙장 안으로 잠입하는 데 성공했다.

관제탑 주변은 불이 환하게 밝혀져 있지만, 아직 이륙하는 헬리콥터는 보이지 않는다.

당연한 일이다. 판처파우스트 3로 정문을 때려 작전 시작을 알린 때로부터 아직 30분밖에 지나지 않았다. 계급별로 보고에 보고, 보고를 거쳐야 하는 딱딱한 관료 조직의 특성상, 한 교수는 이제야 겨우 무슨 일이 일어났는지를 전달받았을 것이다.

"저거부터 처리해."

아직 아무도 탑승하지 않은 헬리콥터 두 대를 가리키며 소령이 명령했다. 이 싸움에서 끝을 내야 한다. 그러니 달아날 수 있는 수단 같은 건 일찌감치 제거해 두는 것이 상책이다.

C4를 든 특임대원들이 헬기로 달려가는 동안 다섯 명의 K-3 사수와 다섯 명의 특임대가 불이 환히 밝혀진 관제탑으로 뛰어들었다.

저 정도 인원이 저 높은 장소에서 농성을 한다면 중대 병력 정도는 충분히 저지할 수 있을 것이다.

"저기도 난리구만."

좌측 아래에 위치한 사병 막사를 내려다보며 채 장군이 중얼거렸다.

투투투— 투투둑—.

병사들은 막사 건물 사이를 뛰어다니면서 달려오는 좀비들과 사투를 벌이고 있었다. 그리고 그 너머에 문제의 원흉, 해군 본부 건물이 보인다.

원래대로라면 지금 좀비와 사병들이 정신없이 얽힌 저 막사 건물을 통과해야겠지만, 그래서야 단기간에 목표까지 닿지 못한다.

하지만 소령에게는 다른 복안이 있었다. 시간도 줄이고 병력 손실도 최소화할 수 있는 복안이.

"하수구 열었습니다!"

헬기장 구석에서 둥근 맨홀 뚜껑을 들어 올린 병사가 보고를 한다. 소령은 플래시로 안쪽으로 비춰 보았다.

10여 미터 아래로 이어진 맨홀.

하수구와 가스 공급용 파이프를 배치해 놓은 높이 2.5미터, 폭 4미터가량의 지하 통로다.

이 루트는 기지 어디로든 거미줄처럼 이어진다. 당연히 해군 본부 건물 아래로도 지난다.

이곳으로 들어가 땅 밑에서 500여 미터를 달리면 막사에서 쓸데없는 충돌을 벌이지 않고도 해군 본부의 지하 3층 주차장에도, 반대편의 보일러실에도 닿을 수 있다.

예전에 그가 팀원들과 아직 골조밖에 지어지지 않은 강정 기지를 킬 하우스 삼아 연습하던 때에 직접 밟아 본 경로다.

"들어가! 빨리! 서둘러!"

특임대원들이 서로를 격려하며 사다리를 타고 맨홀 아래로 내려간다.

콰쾅—.

뒤쪽에서 헬리콥터를 폭파하는 소리가 울리고, 관제탑을 점거한 병력들이 막사를 향해 사격을 시작했다.

투투투투— 투투투—.

지형적으로 워낙에 유리하기 때문에 기갑 병력의 추가 지원이 올 때까지 20분 이상 버틸 수 있을 것이다. 그사이 소령의 메인 화력은 해군 본부를 점거하면 된다. 계획은 깔끔했다.

탁탁탁탁탁—.

50여 명의 메인 타격대는 플래시 불빛에 의존해서 캄캄한 지하의 터널을 빠르게 돌파했다. 몇 개의 코너와 갈림길을 지나야 했지만, 조철웅의 기억에 새겨진 지도에는 오차가 없었다.

중간 지점에서 병력은 다시 반으로 갈라졌다. 메인 B팀은 보일러실부터 출발해 해군 본부의 좌측을 정리한 뒤, 작전 사령실에서 A팀과 합류할 것이다.

"클리어! 아무도 없습니다."

맨홀 뚜껑을 밀어 열고, 슬쩍 고개를 내밀어 주차장 내부를 살펴본 선봉이 보고한다. 소령이 손가락 두 개를 돌리자 선봉은 연막탄을 주차장 내부로 던졌다.

피시시싯—.

하얀 연기가 피어오르는 것을 확인하고 나서 선봉이 사다리를 뛰어 올라갔다. 그 뒤를 이어 25명이 차례대로 사다리를 오른다.

"장군님, 호위 병력과 함께 여기 계시는 게…….."

소령의 권유에 채양균은 호탕하게 웃으며 산탄총을 들어 올려 보였다.

"야! 나 아직 현역이야! 이승남이랑 같은 과로 몰지 마. 승남아! 가자!"

유일하게 아무런 무기도 소지하지 못한 이승남을 앞세우고, 채양균은 사다리를 올랐다. 4성 장군이 그렇게 나오는데 소령이 할 수 있는 건 없었다. 소령은 결의를 다지며 맨홀을 기어올랐다.

주차장 내부는 연막탄에서 피어오른 하얀 연기로 자욱해져 있었다. 시야가 가리기는 하지만, 이쪽의 병력 규모와 이동 방향을 CCTV 너머로 적에게 모두 알려 주는 것보다는 전략적으로 이점이 있다.

스물다섯 명의 A팀 중 여섯 명이 다시 방향을 달리해 주차장을 가로질렀다. 지금 분리되어 나간 여섯 명은 한 층 아래의 전기 설비실로 가서 건물 전체의 모든 전원을 완전히 파괴한 뒤, 다른 경로로 이동할 것이다.

나머지 병력은 빠르게 계단을 뛰어올랐다. 적이 지하 주차장에서 이상 징후를 발견했다고 하더라도 병력이 투입되기 위해서는 1층을 거치게 마련이다. 그런 작업이 이뤄지기 전에 미리 2층까지는 올라가 있어야 한다.

'대기!'

2층 복도 문에 다다른 선봉이 왼 손바닥을 보이며 일행의 전진을 막는다. 계단 벽에 붙은 조명등을 개머리판으로 쳐서 깨뜨려 버린 선봉은 아주 살짝 문을 돌려 손 한 마디 정도만 열었다.

상대적으로 어둑한 복도에 비해 2층 복도는 환하다. 상황이 상황이다 보니 병사들은 정신없이 뛰어다니며 명령을 받고, 또 전달하고 있었다. 어깨에 총을 멘 채로 초조하게 명령을 기다리는 사병들의 모습도 보였다.

외부 상황을 확인한 선봉은 다시 문을 당겨 닫았다. 어두운 계단에 선 대원들 사이로 초조한 시간이 흐른다.

팟—.

그 순간, 아래층 계단과 위층 계단의 조명등이 일제히 꺼졌다.

어? 뭐야?

복도 쪽에서 당황한 웅성거림이 들려온다. 건물의 전기가 나간 것이다.

틱, 문 위에 붙은 희미한 비상등이 켜지는 것과 거의 동시에 선봉은 섬광탄을 건물 내부로 집어 던지고 다시 문을 닫았다.

파악—.

갑자기 찾아온 암흑 때문에 한껏 커졌던 적 병사들의 동공을 강렬한 섬광이 칼처럼 찔렀다.

으아악!

복도 전체에 커다란 비명이 울린다. 네 사람의 선봉대는 복도로 이어진 문을 열고 뛰어들었다.

파파파파파팟—.

선봉대의 MP5에 부착된 LS-162 라이트가 빠르게 깜빡이며 복도의 경치를 보여 준다. 1초에 일곱 번 반 점멸하는 이 75루멘 라이트는 그들의 시야를 밝히는 빛이자 무기다.

암흑 속에 위치한 상대가 이 조명을 정면에서 마주 보면 한동안 시각이 마비된다. 물론 아군에게도 상대방의 모습이 아주 선명하게 보이지는 않지만, 그 정도 핸디캡은 충분히 감수할 수 있다.

드르르륵— 드르르륵—.

선봉대는 복도의 왼쪽으로 돌아 나가며 MP5를 난사했다. 눈을 가리고 총을 더듬거리던 병사들은 이렇다 할 저항도 해 보지 못하고 벌집처럼 몸이 꿰뚫린 채 쓰러져 버렸다.

드르르륵— 드르르륵—.

MP5에서 발사된 9㎜ R.I.P.탄은 목표물의 배를 뚫고 들어가 내장 전체를 헤집어 댔다. 어린 병사들의 목숨보다 돈 몇 푼이 더 소중했던 군 수뇌부는 오늘 방탄조끼를 표준 장비로 채택하지 않은 대가를 톡톡히 치르게 될 것이다.

그와 거의 동시에 제2대가 오른쪽으로 진행하며 복도 위에 움직이는 모든 것들에게 총알을 먹였다.

콰앙ㅡ.

산탄총에 맞은 적병이 문짝을 안고 넘어간다. 방 안에서 비명을 지르던 놈들에게도 무자비한 총알 세례가 퍼부어졌다.

"03시 29분……."

소령은 시계를 확인했다. 예상 종료 시점까지 잔여 시간 11분. 작전은 꽤나 순조롭게 진행되고 있다.

05

쿠웅ㅡ 두두두두ㅡ.

머리 위 3층에서 폭발음과 총성이 울려온다. 보일러실 쪽에서 올라온 메인 B팀의 병력이 공격을 시작했다는 신호다. 소령은 팀을 재정비하여 계단을 올랐다. 이제 그들이 F층의 방어 병력을 제압하는 동안 3층을 정리한 B팀이 뒤쪽을 칠 것이다.

그 외에 추가 지원 병력은 오지 않는다. 먼저 투입된 세 팀은 처음부터 적군들을 유도하고 발을 묶어 놓는 것이 목적이었기 때문이다.

"끄으으으~! 으으으~!"

중상을 입은 방어 병력들의 입에서 새어 나오는 신음과 산발적으로 울리는 총성을 뒤로하고 소령이 이끄는 A팀의 주 병력은 중앙의 계단으로 이동했다.

드르륵ㅡ 드르륵ㅡ.

3층의 학살을 피해 뛰어 내려오던 방어군의 사병들이 총알 세례를 받고 계단 아래로 나뒹굴었다.

두 줄로 갈라진 병사들은 로마 시대 신전처럼 장식된 넓은 대리석 계단의 가장자리를 밟으며 두 층 위로 올라갔다.

시체와 피로 물든 계단 위에서 소령은 힐끔 뒤를 돌아보았다. 채 장군과 이승남을 호위하는 두 명의 특임대원은 3층의 B팀과 합류하기 위해 반대편 계단으로 이동 중이다.

팟, 맹렬한 불빛이 갑자기 뻗어 나오며 개방된 형태의 계단과 3층부터 5층까지 통으로 연결된 전면 유리를 환하게 비춘다. 대비하고 있던 놈들이 제논 라이트를 켠 모양이다. 다급하게 엎드리는 대원들의 그림자가 커다랗게 천장과 벽면을 물들인다.

타타타타— 타타타—.

쨍강! 쨍강!

F층 방어 병력이 쏴 대는 총알은 특임대원들의 머리 위를 스치고 지나 건물 전면의 거대한 유리창을 박살 낸다. 메인 A팀은 대리석 계단과 난간에 바짝 몸을 붙였다.

소령은 뒤쪽에 대기하고 있던 병력들 중 K-201을 소지한 해병대원들을 향해 손가락으로 신호를 보냈다.

F층은 조금 독특한 공간이다. 한 층의 높이라고 할 수 없을 만큼 엄청나게 높고, 거대한 샹들리에가 달린 중앙 계단의 장식도 너무 과하게 화려하다.

반면에 바로 위 5층은 허수에 가까워서 해당 층 자체에는 이렇다 할 시설이 거의 존재하지 않는 곳이다.

이 기이한 건축 설계는 해군의 야망과 육군의 위상, 그리고 군이라는 집단의 이상한 집착을 모두 동시에 보여 주는 것이라고 할 수 있었다.

원래 해군 측에서는 작전 통제실을 5층에 두려 했다. 물론 당시의 설계는 지금의 형태와 꽤나 다른 모습이었다.

하지만 5층의 5라는 숫자가 5성 장군을 연상시킨다는 이유로 채 장군의 육군에서 그것을 극렬히 반대했다.

해군 원수에 대한 해군들의 로망은 거대한 영향력을 가진 채 장군이라는 인물의 벽을 만나 좌절되었고, 결국 작전 통제실은 F층에 설치되어야 했다. '해군 너희는 별 넷까지만'이라는 의미였다.

다만, 해군도 나름의 자존심이 있으니까 완전히 물러난 것은 아니다. 그들은 작전 통제실에 이르는 4층의 긴 복도에 야트막한 한 단을 만들고 그 위에 작전 통제실을 얹었다.

해군의 입장에서는 그렇게라도 해서 4층보다 더 높은 곳에 섰다는 자위가 필요했다. 유치하지만 어떤 이들에게는 핏대를 세우고 꼼수를 쓸 만큼 중요한 일이다.

작전 통제실은 그 위층까지 뻥 뚫린 구조이기 때문에 4.5층 정도에 위치해 있는 셈인 것이다.

"머리 들지 마! 아직 기다려!"

특임대 지휘관들이 자신의 팀을 돌아보며 고함친다. 어차피 적은 긴 복도 안쪽에 있기 때문에 여기까지 수류탄을 던지지 못한다. 마지막 고비이므로 신중하게 접근해야 한다.

이 작전 최대의 난관은 그 4.5층으로 이어진 한 단, 요새화된 복도의 공간을 얼마나 적은 손실을 입은 채 통과하느냐에 달려 있다.

적도 바보가 아니니까 거기에 꽤 많은 대비를 해 두었음이 자명하다.

투투투— 투투투투투—.

지금 머리 위로 돌가루를 흩뿌리는 저 맹렬한 제압사격이 그 대표적인 증거다.

"유탄, 각도 낮춰서 멀리 발사해."

박살 난 난간에 몸을 숨기면서 소령이 명령했다. 일전에 사족 보행 로봇 관창이 폭발하면서 그 충격으로 무너져 내린 부분들이다. 해병대원들이 K-201 유탄발사기로 계단 위쪽을 비스듬히 겨누고 방아쇠를 당긴다.

풍―.

맥없는 소리와 함께 날아간 유탄들은 50여 미터를 날아가 F층 복도를 뒤흔들며 폭발했다.

끄아아아, 바리케이드를 구축해 두고 있던 방어 병력들이 폭발에 휘말려 죽어 가는 비명이 들려온다.

풍―.

한 번 더 날아간 유탄이 폭발하자 건물 전체가 다 흔들렸다. 복도는 금방 화약 냄새로 가득해졌다. 대낮보다도 환하게 건물을 밝히던 라이트가 깨지자 모든 게 다시 암흑 속으로 빠져 버린다. 귀를 어지럽히던 총소리도 뜸해졌다. 이제 적의 총알이 빗나가기를 빌며 뛰어들 차례다.

드르르륵― 드르륵―.

MP5로 무차별 제압사격을 하며 A팀원들이 계단 위로 뛰어올랐다.

투투투투― 투투투―.

아직 죽지 않고 남아 있던 적 방어군도 곧바로 응사한다.

으아악!

어깨를 직격당한 특임대원이 난간 뒤로 밀려 떨어지고, 적의 병력에서도 비명이 쉼 없이 터져 나왔다.

퍽― 퍼벅―.

두 다리와 복부를 잇달아 관통당한 대원이 쓰러지고, 7.62㎜ 나토탄에 머리를 맞은 해병은 몇 미터나 쭉 밀려나며 즉사했다.

소령도 MP5를 꽉 잡은 채 4층 복도로 뛰어 올라갔다. 서로 상대방의 눈을 향해 쏘아 대는 플래시 불빛과 총성 때문에 4층의 입구는 아수라장, 그 자체였다.

"머뭇거리지 마! 흩어져!"

응사하고 있는 10여 명의 대원들을 향해 외친 뒤, 소령은 세 명의 대원을 이끌고 우회했다. 이 건물은 넓다. 직선으로 돌진하지 않더라도 저기까지 닿을 경로는 많다.

그리고 아직도 그의 카드는 다 사용되지 않았다. 저렇게 참호까지 구축해 놓고 기다리는 놈들에게 정면으로 맞서 봐야 희생만 늘어날 뿐이다.

핑— 피잉—.

머리 위로 총알이 지나는 소리가 요란하게 들려온다.

몇 개의 작은 회의실을 지난 소령은 바리케이드의 왼쪽에 위치한 사무실까지 접근하는 데 성공했다. 단단히 잠긴 이 5센티 두께의 강철 벙커 너머에 무방비 상태의 적군 측면이 있다.

'뚫어.'

소령이 손짓으로 명령하자, 특임대원이 배낭에서 두꺼운 스펀지 막대처럼 생긴 가변 성형 작약을 꺼냈다.

동그랗게 만 성형 작약 접착 면을 강철 문에 붙이고 뇌관을 끼워 넣은 뒤, 네 명의 특임대원은 거리를 두고 물러나 귀를 막은 채 벽에 바짝 달라붙었다.

콰쾅—.

화염과 불꽃이 튀고, 두꺼운 강철판이 둥글게 잘려 나간다.

뗑그렁—.

떨어져 나온 철판 조각이 바닥에 구르는 것과 동시에 소령은 아직도 불이 붙어 있는 구멍 안으로 총구를 넣은 뒤 방아쇠를 당겼다.

드르르륵— 드르륵— 드르르륵—.

30발짜리 탄창 하나를 다 쏟아붓는 동안 소령은 총구를 조금씩 돌렸다.

척, 소령이 뒤로 물러나 빈 탄창을 갈아 끼우는 사이, 두 번째 사수가 구멍 안에 총구를 넣고 무차별 난사를 시작했다.

끄아아아—.

퍼퍼벅—.

으악—.

티잉—.

소음기가 달린 MP5의 총성을 뚫고 적군의 비명과 도탄이 벽을 맞고 튀는 소리가 들려온다.

세 번째 사수가 난사를 끝낸 뒤에야 특임대원은 구멍에 눈을 대고 강철 벽 너머를 살펴봤다. 피투성이가 되어 엄폐물 위에 쓰러져 있는 방어 병력들의 시체가 희미한 조명 아래에서 연기를 피워 올리고 있다. 이곳은 정리가 끝났다.

드르르륵— 드르르륵—.

건물의 반대편에서도 일방적인 MP5 난사 소리가 울려 대는 중이다. 4.5층이 슬슬 정리되어 감을 알리는 신호다. 특임대원들의 총구에 붙은 플래시가 복도를 완전히 장악한 채 환하게 밝히고 있다.

이제 은행 금고처럼 단단한 보안 장비 뒤에 숨은, 작전 통제실 본체만 남았다. 공략 방법도 이미 정해 놨다. 천장의 귀퉁이에 C4를 터뜨리고, 그렇게 생겨난 틈으로 진압탄을 앞세워 침투할 것이다.

"저항이 미미했습니다."

F층에서 4.5층으로 올라가는 한 개의 단을 오르며 A팀 부팀장이 말했다. 방금 전의 교전에서 사상자는 일곱 명. 예상했던 것보다 적다.

소령도 고개를 끄덕여 주기는 했지만, 무전으로 다른 팀들과 교신을 할 수 없다는 점이 한 가닥 불안으로 마음을 무겁게 한다. 흩어져서 힘겨운 농성을 벌이고 있는 다른 팀들도 마찬가지일 것이다.

그들은 지금 스스로의 경험과 상상만 믿고 모두 눈을 가린 채 코끼리를 더듬어 가며 거세를 하는 중이다. 코끼리가 얼마나 성질을 내고, 누구를 가장 먼저 짓밟을 것인지 전혀 알지 못한다. 거세가 성공해도 이미 짓밟혀 죽은 사람은 살아 돌아오지 못한다.

축전지를 사용하는 작전 통제실은 건물 전체가 정전이 된 지금도 아무 이상 없이 가동되고 있을 것이다. 당연히 CCTV를 통해 F층이 완전히 제압당했다는 것도 알 수 있다.

양측에 더 큰 희생이 있기 전에 놈들이 투항해 주면 좋겠지만, 애초에 그럴 만한 그릇의 놈들이 아니었다.

"다들 부디 살아남아야 한다……."

작전 통제실의 지붕에 올라가 C4를 부착하고 있는 대원들을 보며, 소령은 혼잣말을 중얼거렸다. 실력과 충성심을 모두 신뢰할 수 있는 부하들을 그만큼 다시 모은다는 건 꽤나 어려운 일이다.

휘이이잉—.

교전과 폭발 속에서 박살이 나 버린 유리창을 통해 바닷바람이 불어 들어온다.

"응? 이건 뭐야?"

C4 폭발에 대비해 창가로 물러나 서 있던 해병대 K-201 사수가 뭔가를 발견하고 당긴다.

처음에는 케이블의 단선된 부분이라고만 생각했다. 그런데 문제의 케이블이 5층이 아니라 더 위쪽에서부터 외부를 통해 늘어져 내려와 있다는 걸 깨달았다.

"거기에는 폭발이 없었는데……."

K-201 사수는 케이블의 단면을 눈 가까이 들어 올렸다. 플래시 불빛이 작전 통제실에만 집중되어 있기 때문에 워낙 컴컴해서 잘 보이지가 않는다.

자세히 살펴보니 단선된 것이 아니었다. 끝부분에 뭔가 빛을 반사하는 유리 재질이 붙어 있다.

"뭐야, 뭘 찾았어?"

가벼운 미소와 함께 다가온 특임대원이 K-201 사수의 어깨를 툭, 친다.

"아, 이게 뭔지 아시겠습니까? 아무렇게나 흔들거리던데 말입니다."

대수롭지 않은 듯 말하며 K-201 사수가 케이블을 내밀자 특임대원의 표정이 굳어졌다. 케이블 카메라다. 누군가 위층에서 이쪽의 움직임을 엿보고 있었다. 그것도 이만한 특수 장비를 사용할 수 있는 고도로 훈련된 집단이…….

"매복입니……."

특임대원의 목소리가 다 터져 나오기도 전에 쾅장창! 요란한 소리와 함께 유리창의 잔해가 깨지고 로프에 몸을 묶은 병력들이 F층의 정면과 우측에서 창을 뚫고 뛰어든다.

드르르륵— 드르르륵— 드르르르르—.

창을 깨고 들어온 습격대는 땅에 발을 내딛기 전에 일단 MP5로 난사부터 작했다.

퍼버벅— 퍼퍼퍼벅—.

C4를 설치하던 병사들이 등에 무수한 총알을 맞고 앞으로 고꾸라진다. 넘겨서 노출된 그들의 하체에 다시 한차례 총알 줄기가 훑고 지난다.

퍼버벅— 팅— 팅—.

주변은 금세 흥건한 피로 물들었다.

드르르륵— 드르륵—.

수십 정에 달하는 기관단총의 총성에 F층 전체가 압도되어 버렸다.

퍼버엉— 피시시싯—.

최루탄이 바닥을 뒹굴며 호흡을 고통스럽게 하고 시야를 흐린다. 특임대원들은 사방으로 흩어져 뒹굴며 신음한다. 갑자기 전세가 뒤집혔다.

"9밀리야! 정신만 바짝 차려! 괜찮다!"

바닥에 엎드렸다가 다시 몸을 일으키며 소령이 외쳤다. 함께 데려온 소수의 해병대 병력들에게는 미안하지만, 특임대원들은 케블라 방탄 패드가 든 전술조끼를 착용하고 있었다. MP5에서 발사된 권총 탄알 정도는 치명상이 되지 않을 만큼 얼마든지 막아 주는 장비다.

문제는 적도 비슷한 방어 장비를 착용한 채 덤벼 왔다는 것이다. 몸통을 어정쩡하게 쏴서는 못 죽인다. 저쪽은 방독면까지 착용한 채여서 장기전으로 가면 무조건 진다.

"쿡! 쿨럭! 따라와! 너! 응사하면서 뛰어!"

소령은 주변의 특임대원들과 해병대원들을 끌고 조금 전 그가 벽에 구멍을 뚫어 적을 사살했던 방어 참호 쪽으로 내달렸다.

거기에는 특임대원의 방탄 헬멧을 뚫어 버릴 만큼 강력한 7.62㎜ 나토탄 사용 화기가 있다.

르륵—.

린 채 로프를 풀던 습격대가 달려오는 소령 일행을 발견하고 소령도 지지 않고 응사했다.

습격대가 중심을 잃고 허우적거리다가 긴 비명을 남긴 채 건물 어져 버린다.

— 드르륵—.

서도, 또 그 옆에서도…… 습격대의 난사는 끝없이 이어졌다.

 -윽!"

를 맞아 쓰러진 특임대원이 자세를 돌려 사격하며 외쳤다.

가십쇼! 끄으! 제가 막겠습니다!"

소령은 돌아보지 않았다. 여기에서 우왕좌왕하면 모두 개죽음을 당하게 된다. 단 한 명이라도 살아남고 이겨야 나라를 구한 영웅들의 이름 한 줄을 국립묘지에 새겨 넣어 줄 수 있다.

"탄띠 확인해!"

피범벅이 된 참호 안에서 두 정의 M240 기관총을 발견한 소령은 직접 한 정을 들어 올리며 명령했다. 나머지 특임대원들은 K-2를 챙겼다. 9㎜ 권총탄보다는 5.56㎜ 나토탄의 저지력이 월등하다.

핑— 핑—.

머리 위로, 또 벽으로 수없이 총알이 날아든다. 특임대원들은 참호와 시체를 함께 엄폐물로 삼고 응사했다. 그사이 탄띠를 갈아 끼우고 재장전을 마친 소령이 방아쇠를 당겼다.

투투투투— 투투투투투투투— 투투투투—.

순식간에 복도 건너편을 향해 예광탄과 불덩어리들이 날아간다. 목표는 단순하다. 창가에 붙어 있는 놈들과 서서 뛰어다니는 모든 놈들의 몸통을 꿰뚫으면 된다.

드르르륵— 드르르륵— 드르르르르—.

창을 깨고 들어온 습격대는 땅에 발을 내딛기 전에 일단 MP5로 난사부터 시작했다.

퍼버벅— 퍼퍼퍼벅—.

C4를 설치하던 병사들이 등에 무수한 총알을 맞고 앞으로 고꾸라진다. 넘어져서 노출된 그들의 하체에 다시 한차례 총알 줄기가 훑고 지난다.

퍼버벅— 팅— 팅—.

주변은 금세 흥건한 피로 물들었다.

드르르륵— 드르륵—.

수십 정에 달하는 기관단총의 총성에 F층 전체가 압도되어 버렸다.

퍼버엉— 피시시싯—.

최루탄이 바닥을 뒹굴며 호흡을 고통스럽게 하고 시야를 흐린다. 특임대원들은 사방으로 흩어져 뒹굴며 신음한다. 갑자기 전세가 뒤집혔다.

"9밀리야! 정신만 바짝 차려! 괜찮다!"

바닥에 엎드렸다가 다시 몸을 일으키며 소령이 외쳤다. 함께 데려온 소수의 해병대 병력들에게는 미안하지만, 특임대원들은 케블라 방탄 패드가 든 전술 조끼를 착용하고 있었다. MP5에서 발사된 권총 탄알 정도는 치명상이 되지 않을 만큼 얼마든지 막아 주는 장비다.

문제는 적도 비슷한 방어 장비를 착용한 채 덤벼 왔다는 것이다. 몸통을 어정쩡하게 쏴서는 못 죽인다. 저쪽은 방독면까지 착용한 채여서 장기전으로 가면 무조건 진다.

"쿡! 쿨럭! 따라와! 너! 응사하면서 뛰어!"

소령은 주변의 특임대원들과 해병대원들을 끌고 조금 전 그가 벽에 구멍을 뚫어 적을 사살했던 방어 참호 쪽으로 내달렸다.

거기에는 특임대원의 방탄 헬멧을 뚫어 버릴 만큼 강력한 7.62㎜ 나토탄 사용 화기가 있다.

드르륵— 드르르륵—.

창문에 매달린 채 로프를 풀던 습격대가 달려오는 소령 일행을 발견하고 MP5를 갈긴다. 소령도 지지 않고 응사했다.

드르륵—.

몸통을 맞은 습격대가 중심을 잃고 허우적거리다가 긴 비명을 남긴 채 건물 바깥으로 떨어져 버린다.

드르르륵— 드르륵—.

그 옆에서도, 또 그 옆에서도…… 습격대의 난사는 끝없이 이어졌다.

"끄으윽!"

다리를 맞아 쓰러진 특임대원이 자세를 돌려 사격하며 외쳤다.

"가십쇼! 끄으! 제가 막겠습니다!"

소령은 돌아보지 않았다. 여기에서 우왕좌왕하면 모두 개죽음을 당하게 된다. 단 한 명이라도 살아남고 이겨야 나라를 구한 영웅들의 이름 한 줄을 국립묘지에 새겨 넣어 줄 수 있다.

"탄띠 확인해!"

피범벅이 된 참호 안에서 두 정의 M240 기관총을 발견한 소령은 직접 한 정을 들어 올리며 명령했다. 나머지 특임대원들은 K-2를 챙겼다. 9㎜ 권총탄보다는 5.56㎜ 나토탄의 저지력이 월등하다.

핑— 핑—.

머리 위로, 또 벽으로 수없이 총알이 날아든다. 특임대원들은 참호와 시체를 함께 엄폐물로 삼고 응사했다. 그사이 탄띠를 갈아 끼우고 재장전을 마친 소령이 방아쇠를 당겼다.

투투투투— 투투투투투투투투— 투투투투투—.

순식간에 복도 건너편을 향해 예광탄과 불덩어리들이 날아간다. 목표는 단순하다. 창가에 붙어 있는 놈들과 서서 뛰어다니는 모든 놈들의 몸통을 꿰뚫으면 된다.

분당 900발이라는 놀라운 연사 속도와 대구경 탄환의 위력은 순식간에 창가 주변을 초토화시켰다. M240 기관총 두 정이 동시에 불을 뿜자 참호를 때리는 총알의 수가 확연히 줄어들었다.

"너희 넷! 이거 더 끌고 천천히 전진해! 나머지는 따라와! 뛴다!"

보이는 각도 내의 위협들을 제거한 소령은 특임대원들에게 M240을 맡기고 넘겨받은 K-2를 꽉 쥔 채 달려나갔다.

드르르륵— 드르륵—.

연기 속에서 MP5의 총성과 비명이 들려올 때마다 심장이 찢겨 나가는 것 같은 고통이 인다.

내 새끼들이…… 죽어 가고 있다.

탕— 탕— 타타타—.

방독면을 쓴 채 연기 속을 걸어오던 습격대의 옆구리와 목을 꿰뚫은 소령은 총구를 돌려 다른 놈들의 몸통을 겨냥했다.

타타탕— 탕— 탕—.

소령은 적군의 피를 뒤집어쓰며 빠르게 내달렸다.

조금만…… 조금만…… 더 시간을 끌면 이긴다. 기관총과 탄통을 든 네 명이 복도 끝까지 뛰어오고, B팀의 잠입이 끝나기만 하면…….

"이야아!"

연기 속에서 소령을 발견한 습격대가 기합을 넣으며 총구를 돌린다. 소령도 다급하게 몸을 틀며 놈을 발로 찼다.

드르르륵—.

하늘로 치솟은 총구에서 불이 뿜어져 나온다. 하지만 상대도 만만치 않다. 놈은 소령의 K-2를 꽉 잡고 누른 채 버틴다.

끄으으~. 잠시 힘 싸움을 벌이던 소령은 K-2를 뒤로 빼서 상대의 균형을 무너뜨리고, 오른팔로 놈의 목젖을 노려 쳤다.

턱! 상대는 균형을 잃어 넘어지면서도 어깨로 소령의 공격을 막고 오히려 다리를 걸어온다.

이놈이!

한 덩어리가 되어 중앙의 대리석 계단 아래로 굴러떨어지는 소령의 눈에는 놀라움이 가득했다.

쿵!

대리석 계단의 중간, 무너져 버린 난간에 걸친 두 사람은 서로 우위를 점하기 위해 애를 썼다. 하지만 소령은 계속 최루탄의 연기를 들이마시고 있고, 놈은 방독면을 쓴 채다.

결국 소령은 아래에 깔렸다. 하지만 그렇게 되는 동안 소령은 놈의 방독면을 벗기는 데 성공했다.

"하하하하! 조철웅 소령님! 내 밑에 깔리니까 기분이 어떠십니까? 격투 훈련에서 그렇게 사람 괴롭히시더니!"

환하게 웃는 적의 얼굴.

이놈일 줄 알았다. 해군 특수전 전단 소령, 썰의 젊은 에이스라 할 녀석이다. 예전에 함께 훈련할 때부터 싹수가 보였던 놈이다.

"707도…… 끄응~ 공중 지원이 없으니까…… 별거…… 아닙니다?"

놈이 어떻게든 팔을 빼내려고 안간힘을 쓰면서 도발을 한다. 사실이다. 헬기 한 대만 떠 있었어도, 무전으로 다른 팀들과 연락만 주고받을 수 있었어도 이렇게 허접한 매복에 당하지는 않았을 거다.

소령은 놈의 오른손을 꽉 낀 채 놔주지 않았다. 그러고는 녀석의 허벅지에 끼워진 권총집을 무릎으로 눌렀다.

"애들 그만 죽이고 빼! 우리의 승리다!"

"전원 몰살을 승리라고는 안 하죠!"

소령은 오른손으로 놈의 오른팔을 꺾어 잡아당기며 다시 한번 설득했다.

"지금쯤 우리 B팀이 작전 통제실 장악했을 거다. 다 끝났어."

"후후후, 끄으응…… 다급해지니까 뻥까 치깁니까? 거기를 무슨 수로?"

"비상 탈출용 엘리베이터…… 거기로 기어 올라가는 게 계획이었어. 내부에 전투 병력이 얼마나 있나? 공정 통제사들? 그렇게 소수로 버틸 수 있다고 생각해?"

놈은 대답하지 않는다. 소령은 다시 한번 설득했다.

"더 죽고 죽이는 거 무의미하다. 그만 애들 빼자. 전부 군에 꼭 필요한 애들이야…… 끄으응."

"익!"

결국 놈은 왼손으로 대검을 빼는 걸 택했다.

스트라이더 나이프. 길이도 짧고 날이 바짝 선다고도 할 수 없지만, 자동차 강판을 뚫을 수 있을 만큼 터무니없이 단단한 놈이다.

씰의 에이스가 왼손으로 칼을 눌러 온다.

끄으으~!

소령은 고개를 돌려 피하려고 했다. 하지만 자세가 너무 불리하다. 소령의 이마부터 사선으로 칼이 내리그어진다.

깊지는 않지만 아주 천천히…… 그리고 눈썹을 지난 칼날은 소령의 왼쪽 눈꺼풀을 잘라 내고 눈알을 터뜨렸다.

"으으윽!"

비명을 듣고 흥분한 놈이 체중을 왼손에 더 실으며 웃는다.

"그런 소리도 낼 줄 아는지는 몰랐습니다. 후후후, 어색하네요."

놈의 관심이 온통 왼손과 터져 나온 눈알에 쏠려 있을 때, 소령은 고통 속에서 자신의 허벅지를 당겨 올리고 있었다.

마침내 충분히 권총집이 가까워진 순간, 소령은 놈의 오른팔을 놓아주고 권총 손잡이를 잡았다. 그리고는 재빨리 권총을 꺼내 놈의 옆구리, 조끼 안쪽으로 밀어 넣었다.

그러는 동안에도 놈은 집요하게 스트라이더 나이프를 안구 안에 쑤셔 넣으려 하고 있다.

지독한 고통.

소령은 이를 악물고 글록 19의 방아쇠를 당겼다.

탕— 탕, 탕, 탕, 탕!

여섯 발이 순식간에 놈의 옆구리를 사선으로 뚫고 들어가 내장과 폐를 헤집는다.

"크어어억!"

놈은 조금 전까지 웃고 있던 입으로 피를 왈칵 쏟으며 경련했다. 소령의 눈을 후벼 파고 있던 칼이 놈의 손에서 떨어져 바닥에 뒹군다. 놈의 놀란 얼굴을 마주 보면서 소령은 차갑게 말했다.

"나도 네가 저런 새끼들에게 붙을 줄은 몰랐다."

그러고는 다시 한번 방아쇠를 당겼다.

탕— 탕— 탕—.

세 발을 더 퍼부은 소령은 맥없이 무너져 내린 놈의 시체를 밀어내고 일어났다. 눈에서 붉은 피를 줄줄 흘리며 소령은 계단 위로 뛰어 올라갔다.

드르르륵— 탕탕탕— 투투투투—.

아직도 F층 전체에서는 다양한 종류의 총성이 쉼 없이 울려 대고 있다.

"3시 43분……."

소령이 시계를 확인하고 중얼거렸다. 지금쯤이면 B팀이 C4로 벽을 뚫고 엘리베이터 통로를 기어오르기에 충분한 시간이다.

내부에 호위 병력이 있다고 해 봐야 어차피 제한된 공간에서 응전하는 입장에서는 기습을 막기 어렵다. 그리고 수적으로도 이쪽에 우위가 있다.

씰의 리더가 사망한 지금, 최고 엘리트 병력들끼리 죽고 죽이는, 이 소모적인 싸움을 중지시키는 유일한 방법은 한 교수와 해군 장성들이 항복을 선언하는 것뿐이다.

저 멀리 4.5층의 작전 통제실에서 외부 스피커를 통해 명령이 전달되기만 하면 된다.

삐익—.

소령의 바람이 통하기라도 한 것처럼 그 순간 스피커에서 우웅— 하고 울리는 소리가 들려왔다. 작전 통제실 내부에서 모종의 결판이 났다는 의미다.

방송이 나오기 전까지 1초도 안 되는 그 짧은 딜레이 동안 소령은 피가 마르는 것 같았다. 총알이 머리 옆을 스치는 것보다 더 두렵고 무서운 순간이었다.

누구의 목소리가 울릴 것인가. 채 장군인가, 한 교수인가……. 그리고 그 목소리로 무슨 말을 할 것인가.

소령은 얼굴에 흐르는 피도 닦지 않은 채 오직 청각에만 온 신경을 집중했다.

삐이익—.

한 차례 더 마이크가 울리고 굵은 목소리가 흘러나온다.

— 아, 아, 합참의장 채양균이다.

거기까지 듣고 소령은 남은 한쪽 눈을 지그시 감았다.

다 끝났다. 승리다. 한 교수와 그 역도들을 처단했다.

채 장군은 잠시 뜸을 들인 후, 명령을 내렸다.

— 다들 총 내려놔! 해군 특수전 전단! 해병대! 707특임대! 전부 잘 싸웠다! 이제 새로운 명령을 하달할 때까지 부대 전체 쉬어! 너희는 다 같은 한편이다! 야, 이거 어떻게 끄는 거야? 꺼! 아, 아니다. 누가 한 번 더 복창해라! 해군 참모 총장, 당신이 말해. 당신 새끼들도 있잖아.

소령의 입에서 미소가 피어난다.

후후후, 저분은 참…… '승남아, 네가 말해!'라고 하시지 않은 게 다행인 건가…….

눈 하나를 잃었지만 아깝지가 않다. 오늘 작전 중에 목숨을 잃은 대원들도 편히 눈을 감을 수 있을 것이다. 군이 이제야 바로 섰으니까…….

치이익—.

— 아, 아, 나 해군 참모 총장 이승남이다…….

이승남이 같은 말을 하기 위해 마이크를 잡았다. 하지만 아직도 주변은 총성으로 시끄럽다. 대부분의 병사들은 눈앞의 적에 너무 몰입해 있는 상태여서 귓가에 울리는 늙은 장군들의 목소리 따위 신경 쓸 틈이 없다. 사건은 그때 일어났다.

썰이 창을 깨고 습격해 올 때, 가장 먼저 총을 맞았던 특임대원 중 하나가 의식을 되찾았다.

"크헉! 큭!"

기침을 하자 입 안에서 피가 터져 나온다. 대원은 내장이 터지는 듯한 고통을 느끼며 주위를 둘러보았다. 플래시를 들어 봐도 잘 보이지 않는다.

좁아진 시야. 아마도 출혈 때문인 것 같다. 대원은 이를 악물고 고개를 돌렸다. 좌측, 눈을 홉뜨고 있는 동료. 죽었다. 차갑게 식어 있다. 방탄조끼 덕에 몸통은 버틸 수 있었지만, 목을 관통당한 것이다.

"젠장…… 젠장!"

대원은 최루탄 때문에 따끔거리는 눈을 비벼 가며 동료가 쏟아 낸 피 위를 기었다. 다리는 아무 감각이 없다. 그래도 지독하게 아파서 움직일 수 없는 것보다는 낫다고 대원은 생각했다.

드르르륵— 탕— 탕— 탕—.

아래쪽에서는 계속 총소리가 울려 대며 아직도 교전이 끝나지 않았음을 알린다.

"내가…… 끄으으…… 끝을 내 주마."

아군이 이미 승리하였음을 전혀 모르는 대원은 이를 빠득, 갈며 중얼거렸다. 그는 자신의 임무를 기억하고 있다. C4를 폭파해 그가 올라타고 있는 이 단단한 작전 통제실의 귀퉁이를 날리는 것이다.

피격되기 직전까지 그는 동료와 C4의 양을 얼마나 쓸 것인가에 대해 논의하고 있었다.

하지만 이제는 그런 계산을 할 필요가 없다. 어차피 2차 폭발을 시도할 수 없는 상황이 된 터, 건물이 무너지는 한이 있어도 전부 다 쏟아부으면 된다.

가물거리는 눈처럼 기능이 저하된 그의 뇌는 엘리베이터 통로를 타고 접근할 B팀을 까맣게 잊고 있었다.

대원은 자신과 동료의 배낭에 든 모든 C4를 전부 동원해서 한데 모았다. 그러고는 떨리는 손으로 뇌관을 꽂아 넣었다.

드르르륵— 드르륵— 타타타—.

고막을 찢을 듯 울려 대는 총소리마저도 아득하게 들린다. 대원은 마지막 숨을 몰아쉬며 격발 장치를 꽉 잡았다. 그러곤 마지막 힘을 다 끌어모아 눌렀다.

콰아아앙—!

커다란 폭발은 대원의 몸과 동료의 시체를 가장 먼저 산산이 흩트렸고, 작전 통제실의 지붕과 건물 전체의 모든 유리를 박살 냈다.

끼우우우웅—.

이미 관창이 폭발할 때 약화되어 있던 골조에서 휘는 소리가 난다.

"……안 돼."

폭발에 놀라 몸을 숙였던 조철웅 소령의 입에서 힘없는 목소리가 흘러나온다.

치이이—.

— 끄아아아아!

— 뭐, 뭐야!

스피커를 타고 작전 통제실 내부의 아비규환이 고스란히 전해졌다. 마주 보며 총질을 하던 씰과 특임대원들조차 멍해져서 돌가루와 연기가 날리는 작전 통제실을 바라보고 있다.

'지금이라도!'

소령은 작전 통제실을 향해 달려갔다. 무슨 계산 끝에 수를 떠올렸기 때문에 한 행동은 아니었다. 그저 저 벙커 같은 구조물 내에 갇힌 채 장군을 구해 내겠다는 일념에 본능처럼 내달린 것뿐이다.

콰장창! 우우웅!

호화로운 거대 샹들리에가 대리석 계단으로 떨어져 박살 났다. 그러는 동안에도 무게중심이 뒤로 기운 작전 통제실은 점점 더 건물 외부 쪽으로 가라앉는다.

애초에 설계를 바꾼 게 문제였다. 지지하는 기둥과 벽도 없이 두 층에 가까운 건축물을, 그것도 두꺼운 철판으로 벽을 보강한 무겁고 커다란 방을 달랑 바닥만 믿고 얹어 놓은 대가가 지금 지불되는 중이다.

"문을 여십쇼! 장군님!"

들리지 않을 것이라는 걸 알면서도 소리를 지른다. 소령은 숨을 헐떡이며 달려가다가 시체에 걸려 바닥을 나뒹굴었다.

그리고 그가 다시 고개를 들었을 때, 작전 통제실은 그 자리에 없었다.

와드드득―.

창틀이 뜯겨 나간 틈으로 거대하고 단단한 구조물이 떨어져 내린다.

콰아앙―.

믿을 수 없는 광경에 모두의 눈이 커졌다. 소령은 비틀거리며 바람이 휘몰아치는 건물의 잔해 속으로 걸어갔다. 소령은 잘린 철근을 밟고 아래를, 20여 미터 아래의 지상을 내려다보았다.

작전 통제실은 이제 콘크리트와 철근, 그리고 사람의 피와 살이 뒤섞인, 기묘한 덩어리로 변해 있었다. 저기에서 생존자가 나올 가능성은 없다.

"으으!"

갑자기 어찔함을 느낀 소령은 한동안 비틀거린 후에야 겨우 바로 설 수 있었다. 도대체 왜 일이 이렇게 되었는지…… 아무리 입술을 깨물어 봐도 비통함과 당혹스러움을 감출 수 없다. 최악의 결과다. 이건…… 아군이 모두 죽느니만도 못하다.

소령은 손으로 얼굴을 감쌌다. 다가올 모든 비극들이 주마등처럼 머리를 스친다.

이제 군에는…… 대가리가 없어졌다.

Chapter 52
팁!

01

짹— 째째잭— 째잭—.

새들이 지저귀는 소리에 나무 향기를 맡으며 진우는 잠에서 깼다. 약초꾼들이 지어 놓고 잠시 머물렀던 듯한 허름한 움막의 비닐 장판이 어젯밤 그의 아늑한 보금자리였다.

뱀을 쫓기 위한 백반 통과 물기를 머금고 곰팡이가 피어 있는 담요와 베개 등이 거슬렸지만, 그 정도는 봐줄 수 있다. 그러나 그런 곳에서 자고 일어났어도 진우는 전혀 슬프거나 괴롭지 않았다.

"잘 잤냐?"

아침에 눈을 뜨자마자 인사를 건네는, 소중한 검은 가방들 덕에 진우의 가슴은 아직도 뿌듯하게 뛴다. 꼭 끌어안고 잠이 들었던 새 K-2도 믿음직하다.

"아하암~."

진우는 기지개를 켜고 수통의 물을 마신 뒤, 배낭에서 전투식량을 한 봉지 꺼냈다.

우두둑, 우두둑, 딱딱한 빵에 땅콩버터를 발라 꾹꾹 씹으며 진우는 밤새 모기에 뜯긴 팔목을 긁었다.

"어디······."

입 안 가득 빵을 채운 진우는 검은 가방에서 꺼낸 망원경으로 주변의 정세를 살폈다.

먼저 남쪽, 저 멀리 산 아래의 도로로 몇 대의 트럭이 이동 중이다. 다음은 동쪽, 망원경의 한계까지 배율을 확대하면 나무 사이로 참호를 쌓는 병사들의 모습이 보인다.

"어제저녁이랑 비슷한 건가······."

시간을 들여 꼼꼼하게 주변의 산들을 모두 돌아본 뒤, 진우는 한숨을 내쉬었다. 사방이 모두 다······ 아주 골고루 군인들에게 막혀 있다. 병사들이 진을 치고 있는 곳과의 거리는 꽤나 멀지만, 어느 한쪽 안전하게 돌파할 수 있을 것이라 보이는 방향은 없다.

말하자면 그는 지금 태풍의 눈 한가운데에 있는 셈이다. 이 주변에 머물러 있는 것이 가장 안전하고 최선의 행동이다.

섣불리 움직였다가는 또 며칠 전처럼 이동 중인 군 병력에 붙잡혀 끌려가서 인간 미끼 노릇을 하게 되거나, 아니면 저격 한 방으로 생을 마감하기 딱 좋다.

예전처럼 맨몸에 배낭 하나 메고 있었다면 빠르게 달려서 주파할 수도 있을 것이다. 그러나 지금은 검은 가방이 잔뜩 실린 들것을 끌고 가야 한다.

어디에서 리어카라도 하나 구해 도로를 따라가는 게 아니라면 한나절 내내 진땀을 쏟아 내도 고개 두 개를 넘기가 벅차다.

"너희랑, 너희가 싸울 것 같은 모양새인데······."

진우는 다시 망원경으로 북쪽과 서쪽의 진영을 살폈다. 하룻밤 사이 더 불어난 양쪽의 군세는 전투가 임박해 온다는 걸 짐작하게 해 주었다. 어제 대공 캐논을 쏘았던 서쪽의 산속에는 장갑차와 탱크까지 가세했다.

북쪽의 병력들도 나름 분주하게 움직여 대고는 있지만, 화력이 상대가 안 된다. 막상 충돌이 일어나면 단 몇 시간도 버티지 못하고 북쪽이 먼저 전멸하게 될 거다.

"아, 진짜 좀비도 안 보이는 이 깊은 산속에 대체 뭐 욕심날 게 있다고 그렇게 목숨을 걸어 가며 총질을 해 대냐……. 그건 그렇고, 이왕 싸우기로 했으면 좀 서둘러 주면 안 되나……. 서쪽 애들이 북쪽으로 자리를 옮겨서 점령을 해 주면 서울로 가기는 그게 더 나은데……."

그렇게 강 건너 불구경을 하고 있던 진우는 자신이 이렇게 주위를 살피고 있는 것처럼 사방의 군인들도 정찰을 하고 있으리라는 걸 문득 깨달았다.

그렇다면…….

진우는 얼른 자세를 낮췄다. 이렇게 당당하게 허리를 펴고 서서 쳐다볼 일이 아니다. 망원경이라는 신기한 물건이 생겨서 너무 흥분해 있었다.

"맞다!"

진우는 움막을 돌아보았다. 비록 색이 바래긴 했어도 붉은 플라스틱으로 만든 지붕과 은박 돗자리로 둘러쳐 둔 벽은, 온통 초록색인 이 산속에서 눈에 띄기 딱 좋다.

특이한 게 있으면 아무래도 한 번 더 눈길이 가는 게 사람의 마음이다. 진우의 머리가 복잡해진다.

여기는 은신하기에 좋은 자리는 아닌가 보다. 일단 전망이 너무 탁 트였다.

"옮기자."

결단을 내린 진우는 움막을 향해 고맙다는 표시로 고개를 한 번 꾸벅 숙여 주고 짐을 챙기기 시작했다. 진우는 저격 소총의 멜빵을 3점식으로 연결해 뒤로 비스듬히 걸고, 그 위에 배낭을 멨다. 그리고 새로 획득한 K-2 멜빵을 목에 건 뒤, 검은색 하이바를 들어 올렸다.

새 하이바 안에는 예전처럼 핑크 펀치의 사진을 넣어 뒀다. 어제 비를 맞아 인쇄가 좀 벗겨진 부분이 있기는 하지만, 둘 다 여전히 아름답다.

훗, 제니와 테라를 한 번씩 보면서 진우는 가벼운 미소를 지은 뒤, 하이바를 쓰고 끈을 조였다. 927307은 개머리판을 접어서 검은색 가방 안에 고이 넣어 놨다.

들것 손잡이를 두 손으로 잡은 진우는 출발하기 전에 혹시 놓치고 가는 게 없는지 움막 주변을 둘러보았다. 그런 후, 힘차게 걸음을 뗐다.

이 산속의 좀 더 깊숙한 곳으로 들어가 숨어야 한다. 군인 녀석들이 망원경으로 둘러보더라도 쉽게 눈에 띄지 않을 만한 곳으로.

"덜컹거리느라 힘들었지?"

그 후, 두 시간 동안 진땀을 흘리며 산길을 걷던 진우는 잠시 나무 그루터기에 기대앉아 숨을 돌리면서 들것과 가방을 향해 말을 걸었다.

검은 가방들은 대답하는 법이 없다. 어지간히 과묵한 놈들이다. 수통을 기울이던 진우가 손을 멈췄다.

쫄쫄쫄쫄—.

물이 흐르는 소리다. 그것도 꽤 많이.

어디지?

진우는 사방으로 귀를 쫑긋거려 보며 물소리의 방향을 좇았다.

주변 군인들의 대치가 얼마나 더 길게 이어질지 모르는 상황이기 때문에 식수원을 확보하는 것은 곧 생존과 연결되는 문제다.

전투식량 안에 든 이온 음료 가루를 입에 물고 있어 봐야 물이 없으면 갈증은 온전히 해결되지 않는다.

"……이쪽인가."

진우는 들것을 끌고 천천히 소리가 나는 쪽으로 걸음을 옮겼다. 조금씩 커지던 물소리는 잠시 후, 쭈르르르— 쭈르르르— 정도까지 커졌다.

바가지 가득 담은 물을 쏟을 때나 나는 소리다. 물소리가 커짐에 따라 진우의 기대도 커졌다.

"윽."

먼 곳만 보고 소리에 홀려 걷던 진우는 발바닥에 느껴지는 작은 통증 때문에 눈살을 찌푸렸다.

언제 들어갔는지는 모르겠지만, 왼쪽 전투화 바닥에 뭔가 날카로운 돌 조각 같은 게 돌아다니다가 이따금씩 밟힌다. 그렇다고 전투화를 벗을 만큼 거슬리는 것도 아니어서 진우는 며칠째 그저 참고 있는 중이다.

"우와…… 좋구나."

물소리를 따라 걷기를 20여 분, 진우는 마침내 근원지를 찾아냈다.

3미터 정도 높이의 완만한 폭포.

둥글둥글하게 깎인 바위들 사이로 투명하게 맑은 물줄기가 쉼 없이 쏟아져 내린다.

물이 가득 찬 아래쪽 웅덩이는 웬만한 목욕탕보다도 넓고, 그 주변을 빙 둘러 나무들이 솟아 있다. 나무꾼이 선녀의 옷을 훔친, 전설 속의 바로 그 장소라고 해도 믿을 법한 절경이었다.

"세상에……."

감탄사를 내뱉은 진우는 들것을 내려놓고 웅덩이 앞에 무릎을 꿇고 앉았다. 아침부터 진땀으로 푹 젖어 끈적거리는 얼굴과 목에 시원한 물을 끼얹자 청량감이 가슴속까지 번진다. 맛도 기가 막힌다.

"완전히 나를 위한 낙원이네. 밥 있겠다, 총이랑 총알 있겠다, 이제 물도 이렇게 넉넉하면 뭘 더 바라지? 선녀?"

혼잣말을 중얼거리던 진우는 얼른 고개를 저어서 자신이 한 말을 취소했다. 너무 많은 걸 바라면 안 될 것 같은 기분이 들어서였다.

안전을 확인한 진우는 바닥에 앉아 전투화를 벗고 양말을 확인했다. 피로 물든 양말 바닥에는 날카로운 가시가 박혀 있다.

"젠장, 이렇게 된 것도 모르고 며칠을 돌아다닌 거야?"

진우는 인상을 찌푸리며 가시를 빼서 던지고 양말을 벗었다. 다행히 상처가 심하지는 않다. 물을 끼얹어 발바닥의 피를 씻어 내던 진우의 머릿속에 문득 이런 생각이 스쳤다.

'너, 목욕하고 싶지 않냐?'

목요~옥?

꿀꺽!

군침을 삼킨 진우는 음흉한 짓이라도 꾸미는 사람처럼 주변을 둘러보았다. 여전히 숲은 고요하다.

'근데…… 그건 너무 사치스러운 거 아닌가? 너 좀 살 만해졌다고 너무 막 나가면…….'

삼가는 마음이 제동을 건다. 동시에 그보다 훨씬 더 큰 욕망이 가슴속에서 꿈틀댔다.

'이 끈적거리고 땀에 찌들어 온통 소금이 핀 옷을 벗고, 저 차가운 물속에 전신을 풍덩'이라는 상상을 하는 것만으로도 정신이 멍해질 만큼 좋다. 목욕은 정말…… 황홀할 것이다.

하지만 지금 그의 상황에서는 대단한 사치인 게 맞다.

누가 망을 봐 주는 것도 아니고, 무방비 상태로 물속에 들어갔다가 뭔가 위험한 게 불쑥 튀어나오기라도 하면 어쩌지?

그 질문에 진우는 선뜻 대답을 할 수 없었다. 그게 가장 두려운 일이었다. 여기까지 어떻게 왔는데, 대단한 것도 아닌, 고작 목욕을 하다가 허무하게 죽고 싶지는 않다.

그래서 진우는 일단 주변 정찰부터 마치기로 했다. 아무리 물이 좋아도 처음 와 본 곳에서 아무 정보도 없이 함부로 무장해제를 할 수는 없는 노릇이니까.

발에서 물기를 털어 내고 다시 전투화를 신은 진우는 들것과 배낭을 모두 물웅덩이 한쪽에 벗어 놓은 채 달랑 K-2와 망원경만 가지고 작은 폭포와 물웅덩이 주변을 넓게 한 바퀴 빙 돌았다.

"하아, 목욕 한 번 하는데 뭐가 이렇게 복잡해? 하아……."

나무 사이를 비집고 바위들을 오르고 내리느라 땀을 줄줄 흘리면서 진우는 끌탕을 했다. 주변 산세가 험해서 한 바퀴 돌아본다는 게 말처럼 쉽지만은 않았다.

정찰을 하는 동안에도 시선은 계속 웅덩이 옆에 놔둔 들것과 배낭이 잘 있나 돌아보게 된다.

 물이 흘러오는 길은 양쪽으로 아주 급격하고 좁은 경사로여서 그 위로 사람이 접근해 올 가능성은 없어 보였다. 나머지 부분도 그저 산이다.

 급격한 비탈과 나무와 바위, 그리고 우거진 잡초들뿐이다. 진지를 구축하는 군인들도 없고, 좀비 특유의 느낌도 없다.

 이만하면 되는 거 아닌가?

 나무숲 사이에 서서 아래쪽을 바라보며 진우는 스스로에게 고개를 끄덕여 준 뒤, 다시 먼 길을 빙 둘러 폭포 아래로 돌아왔다.

 목욕이라는 아주 사소한, 일상적 행위를 하기 위해 한 시간 가까이 산속을 헤매며 정찰을 해야 한다니…… 좀 우습다.

 "가만있어 보자. 이거는…… 아무래도 손에 닿는 곳에 놓아둬야 할 것 같지?"

 물에 들어가기 전, 진우는 배낭과 가방들을 어떻게 배치할 것인지에 대해 진지하게 고민을 했다.

 그는 결국 웅덩이 가장자리의 넓적한 바위 주변을 가방으로 둘러 시야를 막고, 그 가방 위에 나뭇가지를 걸쳐서 위장을 하기로 했다. 벗은 옷과 총, 대검은 바위에 올려놓으면 된다. 여차할 때 당하지 않도록.

 "거의 목욕탕을 만드는 기분인데?"

 나뭇가지들을 꺾고 덤불을 뽑아 와서 쌓느라 또 땀을 한바탕 흘리면서 진우는 혼잣말로 투덜댔다. 위장 작업을 한다는 게 의외로 손이 많이 가는 일이었다.

 아무리 나뭇가지를 가져다가 쌓아 봐야 자꾸 더 수상하게만 보인다. 짜증스러워하던 진우가 손을 멈추고 중얼거렸다.

 "아니, 이게 아니지……. 여기에서 며칠 잠도 자게 될지 모르는데, 이왕 만드는 거, 이것보다는 좀 잘 만들자."

 마음을 고쳐먹자 일도 더 잘되는 것 같다. 진우는 무인도에 표류한 사람의 마음이 되어 덤불을 몇 아름이나 잘라 오고, 나뭇가지도 더 꺾어서 그럴듯한 구조로 쌓았다. 큼직한 돌도 몇 개 주워 와 군데군데 받쳐 놓으니, 이젠 제법 그럴듯하다.

정면으로 물러나서 바라보니 웅덩이 안쪽을 상당히 가려 준다. 혹시 누군가 지나가더라도 이 각도에서 흘낏 보는 정도로는 목욕하고 있는 자신을 발견할 수 없을 것이다.

"좋아, 이제 좀 씻자."

가방이 올려진 들것을 위장 은폐물 뒤에 가져다 놓은 진우는 마지막으로 한 번 더 주변을 살핀 후에, 전술 조끼를 시작으로 몸의 일부처럼 달라붙어 있던 군복을 하나씩, 하나씩 벗었다.

벗어 놓은 옷과 전투화를 바위에 곱게 접어 깔고, 그 위에 K-2, MP5, 권총, 대검, 배낭을 나란히 늘어놓았다.

"실수한 것 없지?"

혹시라도 준비가 안 된 부분은 없는지 결벽증 환자처럼 몇 번이나 재확인을 하고 또 한 다음에야 진우는 속옷을 벗었다. 그러고는 땀으로 흥건히 젖은 몸을 천천히 웅덩이 안에 집어넣었다.

"으허어어어~."

목욕탕에 온 노인처럼 입에서 저절로 앓는 소리가 난다.

시원하다. 청량하다. 이 차가운 물의 촉감…… 이거, 이렇게 좋아도 되는 건지…….

진우는 물가의 바위를 꼭 잡은 채 자신도 모르게 진저리를 쳤다. 이렇게 물속에 몸을 담그는 것이 대체 몇 달 만인지 이제 기억도 까마득하다.

발가락을 까딱거리고, 겨드랑이와 다리를 움직이면 사이사이로 물이 휘감고 들어와 그동안 잊고 있던 감각을 깨운다.

진우는 몽롱한 표정으로 간만의 목욕을 만끽했다. 웅덩이는 넓이만큼이나 깊이도 넉넉해서 조금만 안쪽으로 들어가도 그의 가슴까지 차올랐다.

"세상에, 이렇게 좋은 걸…….."

맑고 시원한 물을 손바닥으로 떠서 얼굴에 끼얹고 마신 뒤에 진우의 입에서 혼잣말이 새어 나온다. 삼척 발전소에서 샤워를 한 적은 있지만, 몸 전체를 담그는 시원한 목욕은 차원이 다른 쾌감을 주었다.

그리고 그 샤워라는 것도 대체 얼마나 오래된 일인가. 기름과 때, 땀, 피, 그리고 온갖 오물들로 범벅이 되어 있던 몸이 정화되는 기분이다.

처음 한동안은 바위에 손을 얹고 바짝 붙은 자세에서 덤불 사이로 숲 바깥을 노려보던 진우지만, 시간이 지나면서 조금씩 과감해져서 마침내는 두 손을 놓고 웅덩이 안에서 가볍게 헤엄까지 쳤다.

뒤로 누운 채 두 팔과 두 다리를 휘휘 젓고 있으려니, 그 순간만큼은 세상에 별 근심이 없었다.

몸은 시원하고 햇살을 받는 얼굴은 따뜻하다. 떨어진 물방울들이 만드는 작은 무지개들을 보면서 진우는 만족한 미소를 지었다.

"비누가 없다는 게 아쉽네."

배낭에서 전투식량을 꺼내 입에 넣고 씹으면서 진우는 웅덩이 전체를 마음대로 헤집고 다녔다.

주르르르르—.

떨어져 내리는 약한 폭포에 머리를 대 봤다. 그것도 또 아주 좋다.

아푸, 아푸, 계속 입으로 물을 뱉어 내면서도 진우는 천연이 만들어 준 샤워기에 머리를, 어깨와 목덜미를 맡겼다. 그간 하루도 쉬지 않고 혹사당해 왔던 근육이 조금씩 풀어진다는 게 느껴진다.

"어~ 좋다."

그렇게 진우가 눈을 지그시 감고 한여름 자연의 즐거움을 만끽하고 있을 때, 비릿한 냄새가 바람에 실려 코를 자극했다.

좀비 특유의 악취도 아니고, 사람의 체취도 아니었다. 이건…… 이건 동물원에서 맡아 봤던 냄새. 진우는 다급하게 얼굴의 물을 훑어 내고 눈을 떴다.

으르르르르~.

들개다. 열댓 마리나 되는 들개 떼들이 웅덩이 주변으로 모여들고 있었다. 약속이나 한 것처럼 다들 한 덩치 하는 놈들이 잇몸을 드러내며 으르렁거리고 있으니, 맹수가 아닌 개라고 해도 대형견들이라서 꽤나 위압적이다.

진우는 물을 첨벙거리며 얼른 옷을 놓아둔 바위 앞으로 걸어갔다. 무기가 필요해지면 언제라도 손에 집을 수 있도록 하기 위해서다.

으르르~.

진우가 가까워지자 정면에 있는 놈들의 으르렁대는 소리가 더 커진다. 진우도 지지 않고 노려보며 권총과 대검을 집어 들었다.

02

― 오 대위님은 계속 구해 달라고 소리를 쳤어요. 올무에 걸려 꼼짝도 못 하는 상태에서 개들한테 뜯어 먹히고 있던 거야.

하 중위가 슬픈 표정으로 해 주었던 이야기가 떠오르자 호흡이 가빠진다. 진우는 무기를 잡은 두 손을 위로 든 채 뒤로 물러나며 개들에게 말했다.

"나, 시체 아니야. 올무에 걸린 것도 아니고. 그러니까 제발 덤비지 말고 가라. 응?"

들개들이 웅덩이 주변을 빙 둘러싸는 바람에 진우의 고개도 덩달아 바빠졌다. 혹시라도 미친 척하고 물에 뛰어드는 놈이 있을까 봐 두려워서다.

권총의 탄창에는 열세 발이 들어 있다. 두 줄로 차곡차곡 들어 있던 열다섯 발 중에 어제 두 발을 쏘며 연습을 해 봤다.

그러니까 정말로 개들과 일대 사투가 벌어진다고 해도 결과가 이쪽의 패배로 끝날 리는 없다.

만약 놈들이 물에 뛰어든다면 느릿느릿 개헤엄을 쳐서 가까이 오는 동안에 머리통을 날려 주면 된다. 왼손에 든 칼을 사용해도 되고. 진우가 웅덩이 가운데에 있는 동안에는 전략적 우위가 있다.

하지만 진우는 개를 죽이고 싶은 마음이 정말 추호도, 단 1그램도 없었다. 사람을 몇 명이나 죽인 주제에 그런 생각을 하는 게 위선적이라 느껴질 수도 있겠지만, 멀쩡한 개나 고양이를 시체로 만드는 건 아주 다른 차원의 이야기랄까, 하여간 뭐 그랬다.

"근데…… 너희들 왜 이리로 왔냐? 그냥 얌전히 가던 길 가지……."

들개들이 그저 인상만 쓰고 있을 뿐, 뛰어들 기미는 없다는 걸 확인할 즈음, 진우가 주위를 한 바퀴 빙 둘러보며 설득을 했다.

들개들은 반응을 보이지 않는다.

개새끼들, 사람이 말을 하면 좀 듣는 척이라도 할 것이지…….

진우는 한숨을 내쉬었다.

이런 대치가 장기전이 되는 건 반가운 일이 아니다. 그러지 않아도 이제 슬슬 추워지는 것 같아서 물 밖으로 나가려던 참이었기 때문에 진우의 입술은 가볍게 떨리기 시작했다. 아주 천천히 물에 체온을 빼앗기고 있는 중이다.

"어쩌지? 더 오래 있으면 안 될 것 같은데……."

진우는 걱정스러운 눈으로 개들을 돌아보다가 그중 한 마리가 물가로 한 걸음 다가와 머리를 내밀고 혀를 날름거리는 것을 보았다.

첩첩! 첩첩!

물을 마시고 있다.

아하, 그래서…….

진우는 자신이 이 개들에게 둘러싸이게 된 이유를 알 것 같았다.

어릴 때 TV에서 보았던 동물의 왕국이 기억난다. 사자와 영양이 서로 멀찍이 거리를 두고 강에서 물을 마시던 모습. 개들도 물에 끌려 여기에 온 것이리라.

"그래그래, 나 신경 쓰지 말고 얼른 물 마셔. 그래, 얼른 마시고 가. 오줌 안 쌌어."

진우는 개들에게 열심히 권유했다. 그래도 여전히 놈들의 저 큰 덩치는 신경이 쓰인다. 어쩌면 이놈들이 작은 놈들을 잡아먹으면서 생존해 왔을지도 모른다는 생각이 들자 소름이 더 바짝 돋았다.

쿵— 쿵— 쿵—.

두어 마리가 덤불 속에 숨겨 둔 가방들에 관심을 보이려 한다. 놈들이 코와 앞발로 나뭇잎을 헤치자 진우는 화들짝 놀라서 목소리를 높였다.

"야! 야! 이 새끼야! 그건 안 돼! 이 개새끼들아! 너희 거 아냐!"

진우가 물을 첨벙거리며 뛰어오자 개들은 주춤 물러났다. 하지만 기분이 상한 것 같다. 개새끼들의 주둥이가 다시 열리며 날카로운 송곳니가 드러난다.

으르르르—.

나직하게 으르렁대는 대형견들. 위협적이다. 기분 탓인지 모르겠지만, 이빨 하나의 길이가 3센티는 넘어 보인다. 그리고 이번의 으르렁 소리는 또 다른 의미에서 두려워지는 일이었다.

"어어어, 짖지 마. 너희 위협한 거 아니야. 큰 소리 내지 말자, 우리."

진우의 만류에도 불구하고 개새끼들은 일제히 짖어 대기 시작했다.

으르렁! 멍! 멍!

월! 월! 웡! 웡!

조용하고 평화롭던 숲속 작은 물가는 순식간에 개들이 짖는 소리로 가득 차 버렸다. 덩치에 비례해 목청도 좋아서 아주 귀청이 떨어져 나가는 것 같다.

아…….

진우는 난감함에 어쩔 줄을 몰라 했다. 짖는 개는 물지 않는다는 말도 있고 하니까, 개 짖는 소리가 무섭다거나 하는 건 아니었다.

그저 이 시끄러운 소리 때문에 이 산과 계곡이 다른 군인들의 주의를 끌게 될까 봐 그게 걱정이 된다.

"야! 이 개새끼들아! 시끄럽잖아!"

진우는 물속에서 발가락으로 집어 올린 조그만 자갈을 개들 사이로 집어 던졌다. 어린 시절, 동네에 돌아다니던 개들은 이 정도 하면 다들 깨갱대며 도망가

곤 했다. 하지만 이놈들한테는 그 방법이 먹히지 않았다.

멍! 멍! 웡! 웡!

으르르르~!

자갈 투척 위협을 받은 들개들은 더 바짝 약이 올라 짖어 댔다. 계속 이러다가는 물에 뛰어드는 놈도 나올 것 같은 기세여서 진우의 긴장도도 올라간다.

어쩌지? 어쩌지?

고민하는 동안에도 점점 더 개새끼들의 짖는 소리는 커지고, 다른 놈들에게 옮아가기까지 한다. 여러 마리가 빙 둘러싸고 짖어 대는 걸 듣고 있자니 머리가 어떻게 되는 것만 같다.

얼!

갑자기 울려온, 굵고 커다란 소리.

다른 개들이 짖는 것보다 두 배는 우렁차다. 그 소리가 들리자마자 개새끼들은 입을 다물고 낑낑대거나 조용해졌다.

우렁찬 그 '얼!' 소리의 메아리만 남아서 몇 번이나 꼬리를 만들고 울린다. 진우는 소리가 난 방향으로 고개를 돌렸다. 가슴팍과 눈 위의 점이 황토색인, 시꺼먼 개 한 마리가 진우를 정면으로 마주 보고 있다.

"……네가 대장이구나."

터벅, 한 발 다가오는 검은 개를 보며 진우가 중얼거렸다.

정말 크다. 넓적하고 둥근 얼굴에 커다란 입, 떡 벌어진 황토색 무늬 가슴팍. 근육이 똘똘 뭉친 것 같은 다리와 몸통.

한마디로 위압적인 투견의 모습이다.

대장 개의 개입 이후 조용해진 나머지 들개들은 꼬리를 축 늘어뜨린 채 웅덩이 구석으로 가서 물을 마시는 데에만 몰두했다.

휴우~.

놈들이 조용해졌다는 것과 더 이상 이빨을 드러내지 않는다는 것, 그 두 가지 변화가 진우에게 안도의 한숨을 짓게 만든다.

그런데 아직 남은 문제가 하나 더 있다. 이 대장 놈이다. 시꺼먼 대장 개는 터벅터벅 몇 걸음을 더 다가와서 진우의 덤불 위장 부근에 아예 자리를 턱 잡고 앉아 버렸다.

놈의 표정은 아주 평화롭지만, 시간이 길어질수록 진우는 상당히 곤란해졌다. 이제 정말 추워지고 있는데, 저 새끼는 도무지 움직일 기미가 보이지 않는다.

놈이 배낭과 바짝 붙어 앉아 있기 때문에 옷을 집기 위해 팔을 뻗는 것조차 부담스럽다. 주둥이 크기를 볼 때, 물리면 그 순간 끝이다.

살점이 뚝 떨어져 나가는 건 기본이고, 뼈가 부러진대도 그리 이상할 게 없다.

그나마 다행인 점은 놈들이 배낭과 가방에 오줌을 갈기지 않는다는 정도뿐이었다. 이 귀찮은 녀석들을 한 방에 쫓아낼 방법은 잘 알고 있다. 다만, 그게 여건상 허락되지 않을 뿐이다.

총소리를 들려주면 놈들은 기겁을 하고 곧바로 줄행랑을 놓을 테지만, 근처 다른 군인들 때문에 진우는 꾹 참고 있다. 여기에 무장한 사람이 있다는 걸 알리면 안 된다.

"이제 물 다 마시지 않았니?"

상냥하게 말을 걸어 봐도 대장 개는 뻔뻔한 표정으로 하품만 크게 할 뿐이다. 또 지루한 대치가 이어진다.

그사이 더 체온을 빼앗긴 진우의 입술은 파랗게 질렸다. 얼마나 더 참을 수 있는 것일까에 대해 고민하고 있는 차에, 저 멀리 앞산에서 요란한 총소리가 들려온다.

투투투투— 투투투투투— 타앙— 타앙— 투투투—.

누군가에게는 목숨을 건 싸움이겠지만, 진우에게는 개들을 쫓을 찬스다. 진우는 얼른 총구를 위로 하고 방아쇠를 당겼다.

타앙—.

나무와 폭포로 막힌 공간 내에 커다란 총소리가 울린다.

깨갱— 깽— 깽—.

제멋대로 주인 행세를 하고 있던 개새끼들이 먼지를 일으키며 후다닥 뛰어 도망간다. 그런데…….

정작 가장 가까이에 앉아 있는 이 시꺼먼 놈은 고개만 한 번 꿈쩍하고 만다. 엉덩이를 땅에서 떼지도 않았다.

뭐, 이런 게 다 있지?

황당해진 진우는 다시 한 번 더 하늘을 향해 권총을 쏘았다.

타아아아앙―.

사람이 듣기에도 어지간히 크고 무서운 소리. 개들에게는 더욱 그럴 것이다. 하지만 이번에도 대장 개는 도망치지 않았다.

진우를 힐끔 돌아보더니 침이 주렁주렁 매달린 입술 사이로 혀를 내밀고 헥헥거린다.

"너는…… 귀가 먹었냐?"

진우가 놈의 뻔뻔한 얼굴을 보며 맥없이 중얼거렸다. 어쨌든 소리로는 이놈을 쫓아낼 수 없다는 게 분명해졌다.

하아~.

한숨을 내쉰 진우는 웅덩이의 반대편으로 성큼성큼 걸어갔다. 더는 물속에 못 있을 것 같다. 일단 놈과 거리를 두고 물 밖으로 나가서 다른 방법을 강구해야 한다.

얼!

대장 개는 짧게 한 번 짖고 나서 천천히 엉덩이를 뗐다. 그러고는 진우가 움직이는 방향을 따라 웅덩이 밖을 돈다.

진우가 오른쪽으로 가면 놈도 오른쪽으로 가고, 진우가 왼쪽으로 돌면 놈도 왼쪽으로 돈다. 그리고 이따금씩 경고처럼 얼― 하고 짖기도 한다.

이래서야…… 무슨 숨바꼭질 놀이를 하는 것도 아니고…….

"후우~ 너 왜 그래?"

진우는 한숨을 내쉬면서도 물속에 그대로 있을 수밖에 없었다. 일단 뭍으로 나가면 놈의 세계다. 달려와서 확 뛰어들면 목을 물리기까지 단 몇 초도 안 걸린다.

그러니까 각오를 단단히 하기 전에는 웅덩이 밖으로 나가면 안 된다. 여차하면 놈의 머리통을 향해 이 권총의 방아쇠를 당기겠다는 각오가 필요했다.

"먹을 걸로 꾀어 볼 수 있을까?"

녀석의 배가 홀쭉한 것 같아서 진우는 식량으로 로비를 해 보기로 했다.

이것도 안 되면 그때는 정말…… 어휴, 그건 나중에 생각하자…….

고개를 설레설레 젓던 진우는 대검을 옷 위에 내려놓고 왼손을 살살 배낭 쪽으로 뻗었다. 대장 개는 호기심 가득한 눈으로 그의 행동을 가만히 바라보고 있다.

"자, 이거 먹고 얌전히 있는 거야. 알았지? 던진다~."

진우는 전투식량의 초콜릿 바를 꺼내 놈의 눈앞에 대고 흔들었다. 이렇게 주의를 끌다가 멀리 휙 던지고, 놈이 그걸 쫓아가면 그 틈에 땅 위로 올라선다는 계획이었다.

그런데 이놈은 진우의 생각과 좀 다르게 반응했다.

초콜릿 바를 흔들자마자 녀석은 빠르게 몸을 쭉 뻗으며 진우의 손에 들린 초콜릿을 한입에 집어삼켰다.

턥!

03

놀랄 만한 스피드.

너무 순식간에 일어난 일이라 진우는 손을 뺄 틈도 없었다. 그저 헉, 하고 짧게 숨넘어가는 소리만 터져 나왔다.

'손가락이 잘리는 건가?'

놈의 벌어진 주둥이가 확 뻗어 올 때, 진우는 그런 생각을 했다. 하지만 녀석은 정확하게 초콜릿 바만을 부스러기 하나 남기지 않고 통째로 받아먹었다.

진우의 손끝, 바로 몇 밀리 앞쪽을 녀석의 커다랗고 날카로운 이빨이 지나쳤고, 진우의 손가락에는 끈적한 침이 잔뜩 묻었다. 컴퓨터처럼 대단한 정확도다.

"하아~ 하아~."

진우는 놈의 침이 묻은 손가락을 보며 가쁜 숨을 몰아쉬었다. 태평하게 초콜릿 바를 씹어 먹고 있는 놈을 보고 있으니 화가 치밀어 올랐다.

"놀랐잖아, 이 새끼야! 쏠 뻔했다고!"

야단을 쳐 봐야 어차피 놈은 듣는 척도 않는다.

아그작, 아그작!

오로지 초콜릿을 씹는 데만 집중하고 있다.

하긴 총소리도 못 듣는 놈인데…….

진우는 고개를 저으며 반대편 물가로 걸어갔다.

저놈이 처먹을 것에 정신이 팔려 있는 동안 빨리 옷을…… 이라고 생각했는데, 어느새 대장 개는 또 자신을 따라 움직인다.

초콜릿으로 새까맣게 물이 든 채 축 늘어진 혀는 입 안에 음식이 남아 있지 않다는 걸 보여 주고 있다.

"벌써 다 먹었다고? 그 딱딱한 걸?"

'너 암만 대형견이라도 너무하는 거 아니냐.'라고 중얼거리던 진우는 얼른 고개를 저었다. 그런 소리를 늘어놔 봐야 자신만 추워질 뿐이다. 진우는 얼른 두 번째 음식을, 초콜릿 바보다 더 큰 빵을 꺼내 이로 물고 비닐봉지를 찢었다.

헥헥헥, 녀석의 숨소리가 거칠어진다. 이미 한 번 놀라 본 진우였기에 이번에는 음식을 흔들지 않고 곧바로 멀리 집어 던졌다.

"자! 얼른 가서 먹어! 빵이야!"

하지만 놈은 움직이지 않는다. 빵이 날아간 쪽으로 고개를 돌려 위치만 파악해 둔 대장 개는 다시 진우를 한 번 보고, 바위에 놓인 전투식량 봉지를 쳐다본 다음, 헥헥댔다. 그 '헥헥'은 '이거 내놔!'로밖에는 해석할 수 없다.

"왜 안 쫓아가?"

놈의 행동을 이해할 수 없어서 묻던 진우가 스스로 답을 냈다.

"……던지지 말라 이거야?"

놈은 여전히 헥헥대며 기다리고 있다. 혀가 삐져나온 입술 사이로는 침이 길게 늘어지다가 뚝 떨어지며 바닥을 적셨다. 배가 고픈 것만은 확실해 보인다. 진우는 고개를 끄덕였다.

"그래, 알았어. 그럼 바닥에 놓을게."

이번에는 햄과 강정을 집었다. 두 개니까 시간도 조금은 늘어날 거라고 생각해서였다. 봉지를 뜯어낸 햄과 강정을 겹쳐 바닥에 놓으려는 순간…….

텁!

놈은 또 벼락같이 달려들어서 음식물을 받아먹는다. 이번에도 아주 아슬아슬한 데까지 잘도 깨물고 지나갔다. 놈의 입술이 스친 손가락을 보며 진우는 인상을 찌푸렸다. 침도 어지간히 많이 나오는 놈이다.

와작! 와드득! 와작!

빠르다. 진우는 놈의 속도에 감탄하면서 재빨리 바위 위로 몸을 끌어 올렸다. 햇살 속으로 나오기만 해도 한결 살 만했다. 진우는 몸을 부르르 떨면서 얼른 팬티와 K-2를 집었다. 그러고는 두어 발짝 뒤로 뛰어 물러났다.

여기라면 놈이 달려들더라도 총을 들어 어찌어찌 막을 수 있을 것 같은 기분이다. 그렇게 두 가지 행동을 정말 눈 깜짝할 사이에 해치워야 했다. 언제 놈이 확 덮쳐 올지 몰라서 무서웠다.

그런데 정작 녀석은 음식물을 꿀꺽 집어삼키고도 달려들지 않았다. 오히려 엉덩이를 바닥에 붙이고 앉아 버렸다. 서둘러 팬티를 입느라 비틀거렸던 진우는 개에게 바보 취급을 당한 기분이 들었다.

자신은 혼자서 두려워하고 온갖 생쇼를 다 했는데, 저 개새끼는 그저 세월 좋게 태평하기만 하다.

얼!

놈은 진우를 향해 낮고 짧게 짖은 뒤, 전투식량 봉지를 힐끔 쳐다본다. 봉을 만났다고 생각하는가 보다.

후우~.

진우는 짧게 한숨을 내쉬고 놈을 노려보다가 새 전투식량을 한 봉지 뜯었다. 아까 다른 들개들이 미친 듯이 짖어 댈 때 이 녀석이 조용히 만들었던 걸 생각해 보면, 그 정도 밥값은 이미 한 셈이다.

"일어서지 마. 덤벼들지도 말고."

녀석이 듣지 못한다는 걸 알면서도 진우는 구구절절 설명을 했다. 비닐을 뜯은 고형 어포를 천천히 내밀자 놈도 천천히 주둥이를 벌리고 다가온다. 서로에게 아주 조금, 신뢰가 생겼다는 의미일까.

텁!

고형 어포의 끝부분을 문 놈은 진우가 손을 떼기를 기다렸다가 천천히 그걸 입 안으로 당겨 넣고 씹었다.

어제 진우가 먹었을 때는 한동안 입 안에 물고 있어야 겨우 좀 씹히던 음식인데, 이놈은 다짜고짜 씹기 시작한다. 게다가 순식간에 다 발기발기 찢어서 잘도 먹고 있다.

"……천천히 먹어."

아무 상관도 없는 사이지만, 놈이 하도 급하게 씹고 삼켜 대니까 조금은 걱정이 되었다. 진우는 놈이 어포를 다 씹을 때까지 기다렸다가 단팥 블록을, 강정을, 그리고 마지막으로 고형 밥인지 떡인지 알 수 없는 어떤 것을 내밀었다. 이것 역시 딱딱하기로는 둘째가라면 서러울 음식이었다.

와그작, 와그작!

그러나 그 떡조차 놈의 강철 같은 이빨 앞에서는 새우깡처럼 맥없이 부서져 나간다. 그 가공할 씹는 힘을 보고 있자니 괜히 기분이 으스스해진 진우는 뒤로 물러나며 바지를 집어 올렸다.

헥헥헥—.

바지에 다리를 꿰고 있을 때 녀석은 또 혀를 내보였다. 개들끼리 빨리 먹기를 겨루는 대회가 있다면 출전시켜 보고 싶은 놈이다. 진우는 지퍼를 올린 뒤, 왼 손바닥을 펼쳐 보였다.

"이제 없어. 봐. 다 먹었지?"

놈이 고개를 갸웃갸웃한다. 진우는 오른손으로 여전히 총을 꽉 쥔 채 왼 손바닥을 흔들었다.

"없다고, 인마."

납득을 했는지 녀석은 엉덩이를 떼고 일어났다.

그래, 잘한다. 이제 가라.

진우는 꼬리가 뭉뚝한 녀석의 뒷모습을 보면서 마음속으로 주문을 외웠다.

그러나…… 주문은 듣지 않았다. 녀석은 아까 진우가 던진 빵을 물고 다시 웅덩이 앞으로 돌아왔다. 그러고는 아예 엎드려서 우둑! 우둑! 요란한 소리를 내며 딱딱한 빵을 씹어 먹는다.

이상한 놈일세…… 아까 던졌을 때는 거들떠도 안 보더니. 저 빵은 저금해 놓은 셈 쳤던 건가? 뭐, 더 얻어먹을 거 없으면 가겠지…….

진우는 놈에게서 눈을 떼지 않으며 얼른 웃옷을 걸쳤다.

퀴퀴한 냄새가 나고 땀에 찌들어 뻣뻣해진 옷이지만, 그래도 반갑다. 어찌나 물속에서 떨었던지, 이 뙤약볕 아래에서 난리를 치는 동안에도 땀 한 방울이 안 난다.

헥헥헥.

또 '헥헥헥'이다. 그새 빵을 다 해치운 대장 개가 해맑은 눈빛으로 진우를 돌아보았다. 진우는 고개를 저었다.

"없어. 이제 진짜 없으니까 가. 네 부하들 따라가야 할 것 아냐."

놈이 배낭에 코를 대고 킁킁거리다가 진우 쪽으로 머리를 돌렸다. '없다고? 그럼 이건 뭔데?'라고 묻는 것 같다. 왠지 거짓말을 들킨 것 같아 부끄러워진 진우가 변명을 했다.

"나도 그거 먹고 살아야 돼. 너 배불리 먹이려면 끝도 없어. 거기까지야. 어휴 참, 나 지금 뭐 하냐? 개랑 말싸움을 하고 있네."

녀석을 설득하려던 자신이 바보 같아서 진우가 입을 다물자 개는 천천히 진우를 향해 걸어왔다.

왜 또…….

진우는 도망치고 싶었다.

덩치라도 좀 웬만해야지, 이건 무슨 송아지만 한 게 성큼성큼 다가오니 경계를 안 할 수가 없다. 진우는 총구를 녀석에게 겨누며 가능한 한 위엄 있게 말했다.

"더 오지 마. 거기 서."

물론 상대는 애초부터 말을 듣는 놈이 아니었다. 놈은 보란 듯이 당당하게 한 발짝 더 다가섰고 진우는 뒤로 한 발 물러났다.

놈이 침을 뚝뚝 떨어뜨리며 또 한 발짝 앞으로. 그러면 또 진우는 뒤로 한 걸음. 팽팽한 신경전이 이어진다. 마침내 놈이 먼저 패배를 인정했다.

끄으응~.

덩치에 어울리지 않게 앓는 소리를 낸 녀석이 바닥에 납작 엎드리며 목을 쭉 뺐다. 굵고 빨간 가죽 목걸이가 걸려 있다. 목걸이의 질로 보아 누군가 꽤 신경을 써서 키우던 놈인 모양이다. 진우는 고개를 끄덕였다.

"그래, 네 주인도 아마 죽었겠구나. 그래도 너는 용케 살아남았네."

끄으응―.

놈은 한 번 더 앓는 소리를 내며 쭉 뺀 목 사이로 발을 올려 목걸이를 긁었다. 그 주변만 가죽이 다 해져 있다. 괴로워 보인다.

"……목걸이를 빼 달라고?"

얼!

총소리도 못 듣던 놈이 그 말에는 고개를 반짝 들고 대꾸를 한다.

아, 어쩌지?

진우는 잠시 망설였다. 지금 보니 놈의 굵은 목에 비해 목걸이가 꽉 조여 보이기는 했다.

저걸 빼 주면 놈은 한결 살 만할 거다. 그런데 그러려면 놈의 곁에 바짝 붙어서 두 손을 다 써야 한다.

괜찮을까? 내가 저 새끼를 언제 봤다고…….

진우는 고민했다. 병원도 없고 약도 없는 이런 상황에서 크게 물리기라도 하면 영 골치가 아파질 것이기 때문이다.

끄으응~ 끙, 끙.

녀석은 진우가 갈등하고 있다는 걸 눈치채기라도 한 양 더욱 애절하게 낑낑대기 시작했다. 소리만 들어 보면 아주 다 죽어 가는 것 같다.

조금 전까지 뻔뻔한 얼굴로 음식을 잘도 처먹었다는 걸 모르는 사람이 보면 깜빡 속아 넘어갈 만큼 좋은 연기였다. 어찌나 애절한 연기였는지, 진우조차도 결국 놈을 돕기로 했다.

"그럼, 가만히 있어. 움직이면 안 빼 줄 거야."

진우는 엎드려 있는 녀석을 향해 맨발로 살금살금 다가가며 말했다.

끄응, 끄응.

진우가 천천히 뒤로 돌자 녀석은 눈으로 진우를 좇으면서 입으로만 건성건성 앓는 소리를 냈다. 이래서 이놈을 100퍼센트 신뢰할 수가 없는 거다.

"……만진다. 놀라서 지랄하지 마."

놈의 등 뒤로 가서 무릎앉아 자세를 취한 진우가 조용히 말했다. 개는 빤히 보고 있으면서도 이렇다 할 반응을 하지 않았다.

놈의 빽빽한 털을 살살 쓰다듬는 동안 진우는 여전히 오른손에 K-2를 꽉 쥐고 있었다. 사실은 쏠 용기도 없으면서 왜 이렇게 하는 건지, 그 자신도 설명하기 어렵다.

등을 쓸어 주자 녀석은 만족했다는 듯 고개를 앞으로 돌리고 헥헥댔다. 진우는 조금씩 목덜미 쪽으로 손을 더 뻗었다. 그리고 잠시 후, 그의 손이 목걸이에 닿았다.

"어휴, 완전 빡빡해."

놈의 개목걸이는 보이는 것보다 더 꽉 조여져 있었다. 털 안으로 깊숙하게 파고든 모양을 보니, 대충 왼손만 써서 풀기는 글렀다. 초조하게 입맛을 다시던 진우는 바닥에 총을 내려놓은 뒤, 두 손으로 목걸이를 잡았다.

"이게…… 뭐에 걸렸기에 이렇게……."

손가락 끝조차 들어가지 않는 목걸이.

자세히 보기 위해서 진우는 녀석에게 더 바짝 붙어야 했다. 놈의 목을 억지로 들어 올린 뒤, 아래쪽을 살펴보고서야 진우는 이유를 깨달았다.

목걸이가 한 번 꼬여 있는 데다가 그 사이에 굵은 개 줄이 말려 들어가 목을 더 꽉 조이고 있는 상태였다. 제 딴에는 얼마나 풀어내리고 발버둥을 쳤는지, 개 줄이 매듭처럼 친친 감겨 있었다. 풀어내기도 어렵다.

"안 되겠어."

진우는 풀어내는 걸 포기했다. 손가락을 매듭 사이에 넣을 때마다 개가 입을 벌리고 컥컥댔다.

"너 진짜 대단하다. 목이 이런데 그렇게 잘 먹었던 거야?"

진우는 한숨을 내쉰 뒤 팔을 뻗어 대검을 집어 들었다. 새로 획득한 대검은 국방부 보급품과는 비교가 안 되는 퀄리티여서 뭔가를 정말로 잘 자른다.

가방 안에 든 만능 툴을 꺼내 써도 되지만, 대검 쪽이 훨씬 빨리 일을 마칠 수 있을 거다.

"놀라지 마. 이걸로 목걸이 자르려고 하는 거야. 너 다치게 하려는 거 아니라고. 알았지?"

진우는 아주 진지한 얼굴로 개에게, 그것도 총소리조차 듣지 못하는 놈에게 자신이 왜 칼을 들고 있는지를 설명했다.

반면, 놈은 태평한 얼굴로 침을 뚝뚝 떨어뜨리면서 엎드린 채 먼 산을 보고 있다.

진우는 일단 꼬인 목걸이를 친친 감고 있는 굵은 개 줄에 날을 갖다 댔다. 그러고는 칼을 톱처럼 사용해 그 매듭을 잘랐다.

비록 목걸이 가죽 위라고는 해도 자기 목덜미에서 칼이 왔다 갔다 하는데 녀석은 태평하다. 간이 큰 건지, 바보인 건지…….

진우는 이따금 한 번씩 놈의 기색을 살피면서 열심히, 그러면서도 조심스럽게 칼질을 했다. 이제 슬슬 땀이 난다.

툭—.

한참의 칼질 이후, 매듭들이 하나둘 끊어져 나가자 진우는 대검을 내려놓고 잘린 개 줄 조각들을 일일이 손으로 빼냈다. 꽉 조여져 있던 목에 그나마 여유가 조금 생겼다.

"이…… 이게 대체 언제 묶어 두고서 안 뺐기에 이렇게 딱 달라붙어 버렸냐……. 어후~ 냄새."

꼬여 있는 개목걸이의 버클이 좀처럼 빠지지 않아서 진우는 안간힘을 썼다. 점점 가까이 다가가다 보니 결국에는 개의 목을 뒤에서 끌어안고 있는 형태가 되어 버렸다. 거리가 좁혀지자 씻지 않은, 야생동물다운 냄새가 코를 확확 찌른다.

"됐다!"

마침내 목걸이를 빼내자 긴 세월 억눌려 있던 자국이 훤히 모습을 드러냈다. 아까 놈이 긁어 대던 자리에는 생채기가 꽤나 나 있었다.

얼!

목이 홀가분해지자마자 놈은 벌떡 몸을 일으키며 진우를 돌아본다. 그 모습이 제법 위압적이어서 진우는 얼른 뒤로 물러났다.

"괜찮아졌지? 이제 가. 치료해 주면 좋겠지만, 나도 약은 없어. 어떤 개새끼들이 내 배낭을 아주 통째로 빼앗아 버렸거든."

진우가 간청했다. 녀석은 머리를 한 번 부르르 털고 나서 입구의 나무 쪽으로 걸어가 뒷다리 한 짝을 턱, 걸쳤다.

놈이 오줌을 갈기는 동안 진우는 자신의 손 냄새를 맡아 봤다.

으아~ 개 냄새 작렬!

기껏 목욕까지 했는데 상쾌 지수가 뚝 떨어진다.

아마 벼룩도 옮았을 것이다. 놈을 보내고 나면 목욕도 다시 하고, 빨래도 한번 해야겠다고 진우는 생각했다. 그런데 오줌을 다 갈긴 놈은 몸을 돌려 다시 물웅덩이 쪽으로 터벅터벅 걸어왔다.

"어이, 어이. 가라고."

슬슬 짜증스러워진 진우가 큰 소리를 내도 놈은 전혀 신경 쓰지 않았다. 잘난 척하며 고개를 빳빳이 쳐들고 걸어온 녀석이 진우의 바로 앞에 와서 섰다. 그러고는 진우의 발가락에 코를 대고 킁킁, 냄새를 맡는다.

킁킁킁, 발에서 시작된 녀석의 냄새 맡기는, 종아리로, 그리고 허벅지로 이어졌다. 수박보다도 커다란 머리통이 그렇게 가까이 달라붙어서 슬슬 움직이는 걸 보고 있으니 긴장이 된다. 이제 물릴 것 같은 불안함은 그리 크지 않지만, 그래도 마음이 편치 않았다.

"이, 이러지 마라……."

경고인지 사정인지 모를 맥없는 소리를 하며 진우는 몸을 움츠렸다. 진우가 불안해하거나 말거나 놈은 계속 코를 킁킁대면서 나선을 그리며 다리를 타고 올라와 마침내 코를 진우의 엉덩이에 딱 붙였다.

킁킁킁— 헥헥헥—.

녀석의 뭉뚝한 꼬리가 바쁘게 흔들렸다. 낯선 개가 자기 엉덩이 냄새를 맡으며 꼬리를 치고 있다는 게 그리 기분 좋은 상황은 아니었다. 진우는 놈의 몸을 밀며 자리를 피했다.

"이러지 마! 나 더러운 사람 아니야! 조금 전에 씻었어. 냄새 안 난다고. 바, 바지를 못 갈아입어서 그런 거야."

진우가 싫다는 기색을 보였는데도 녀석은 계속 그의 꽁무니만 쫓아다닌다. 진우는 휙 돌아서서 엉덩이를 가리며 버럭 소리를 질렀다.

"하지 마, 이 새끼야! 신경 쓰인다고!"

끄응~.

녀석은 또 앓는 소리를 내고 갸웃거리더니, 고개를 축 늘어뜨리고 뒤돌아 걷는다. 그렇다고 정말 가 버리는 것도 아니다. 녀석은 검은 가방을 가리기 위해 쌓아 둔 은폐용 덤불과 나뭇가지 옆에 털썩 자리를 잡고 엎드려 버렸다.

그러고는 눈동자를 위로 뜬 채 진우를 보았다. 그렇게 덩치가 큰 놈인데도 눈꺼풀 위에 박혀 있는 황토색 점 때문에 조금 애교스럽게 보이기도 했다.

이런 종류 개가 품종이 뭐더라?

진우는 기억을 더듬어 봤다.

마스티프였나…… 아니, 그건 좀 다른 종인데…… 뭔가 독일 냄새가 좀 났는데…… 로슈…… 로드…… 아, 로트와일러였나? 하긴 무슨 종류면 뭐 해. 키울 것도 아닌데.

"저기…… 너 뭔가 착각하나 본데, 나 네 주인 아니야. 젠장, 내가 평범하게 생겼다는 건 잘 알고 있었지만, 이젠 개새끼들까지 사람 구분을 못 하네. 그…… 개들은 자기 주인 냄새 평생 기억한다고 하던데, 널 보니까 그것도 아닌 모양이다."

진우는 그렇게 툴툴거리며 물을 떠 손을 씻고 전술 조끼를 착용했다. 이렇게 이놈이 지키고 앉아 있으니 오늘 목욕을 다시 하기는 텄다. 장비를 갖춰 입는 진우가 신기했던지, 녀석의 뭉툭한 꼬리가 또 바쁘게 팔락거린다.

"아부해 봐야 소용없어. 나는 네가 부담스러워. 많이 먹는 것도 그렇지만, 네가 갑자기 휙 눈이 돌아가서 달려들까 봐 무섭다고. 내가 강아지 때부터 키운 놈이 아닌데 너무 덩치가 커서 그래. 이해하지?"

발바닥에 모래를 털어 내고 양말과 전투화를 신은 진우가 허리를 숙인 채 전투화 끈을 묶고 있을 때, 놈이 갑자기 벌렁 드러누웠다.

진우는 자신의 발밑에서 배를 까고 몸을 뒤틀어 가며 아양을 떠는, 커다란 개새끼를 가만히 바라보며 생각했다.

'……어쩌라고?'

04

진우가 애써 못 본 체하고 있는데도 녀석은 여전히 배를 까고 누운 채로 몸과 머리를 핵핵 비틀어 가며 진우를 바라보았다.

저 눈빛…… 부담스럽다. 진우가 묵묵히 전투화 끈만 조이자 놈은 좀 더 본격적으로 보채기 시작했다. 앞다리를 뻗어 진우의 손을 잡아끌더니 제 배에 얹어 놓는다.

결국 진우는 놈의 배를 만져 줄 수밖에 없었다. 처음엔 살살 쓰다듬다가 북북, 손가락에 힘을 줘 두툼한 털가죽을 긁어 주니, 녀석은 천국이 보인다는 듯이 헥헥거렸다. 녀석이 하는 짓 때문에 진우의 입에서도 헛웃음이 터졌다.

"너, 진짜 엄청 붙임성이 좋구나."

놈을 쓸고 있다 보니 어릴 때 키웠던 개들 생각도 났다. 물론 그 개들의 무게를 모두 다 더해도 지금 이 녀석의 반 정도나 겨우 나갈까 말까 하겠지만.

"그러게. 좋구나, 이런 것도……."

진우가 가볍게 한숨을 쉬면서 중얼거렸다. 삼척 발전소에서 탈출한 이래 그는 늘 외롭고 혼자였다. 하 중위를 제외하면 살아 있는 뭔가와 평화로운 교감을 하는 것이 처음이다.

"그런데 이러면……."

좀 더 다정한 태도로 녀석의 털을 쓸어 주던 진우의 손길이 어느 순간 갑자기 멈추었다. 어차피 헤어져야 하는 사이인데 이렇게 정이 들어 봐야 곤란하다는 걸 깨달은 까닭이다.

서울에 도착할 때까지 그는 계속 숨어 다녀야 한다. 소리도 내지 않아야 하고, 모습을 드러내서도 안 된다. 그리고 먹을 것도 마음대로 구하지 못한다.

이 모든 제약을 수행하는 데 개는 방해되는 존재다. 아무 때나 짖고, 많이 먹는다. 당장은 물이라도 넉넉하지만, 일단 길을 나서면 언제 수통을 채울 수 있는

지도 장담할 수 없었다.

그리고 지금이야 입에 먹을 걸 넣어 줬으니까 이렇게 헥헥대고 있지만, 막상 식량이 바닥나 버렸을 때 녀석이 어떻게 돌변할지도 장담할 수 없다. 한마디로 지금 진우는 이렇게 큰 개를 거둘 입장이 못 되었다.

"그만하자. 정들면 서로 힘들다."

냉정해지기로 마음먹은 진우는 녀석의 가슴팍을 톡톡 두드려 주고 손을 뗐다. 대신에 빨리 가라고 등을 떠미는 짓도 그만두기로 했다.

이 산이 자신의 소유물도 아니고, 물웅덩이도 혼자만 쓰라고 있는 게 아니니까 그냥 녀석이 하고 싶은 대로 하도록 내버려 두는 게 옳다는 생각이 들어서였다. 자신이 떠날 수 있을 때, 그냥 가 버리면 그만이다.

"그런 의미에서 정찰을 좀 해야겠다. 혹시 길이 뚫린 곳이 있는지…… 목욕하고 너랑 노느라고 주변이 어떻게 돌아가는지 까맣게 잊어버리고 있었네."

진우가 손을 떼고 배낭을 뒤져 망원경을 꺼내자 개도 벌떡 몸을 뒤집고 일어났다.

녀석의 얼굴을 빤히 보면서 진우는 권총집에 권총을 넣고, K-2 멜빵을 멨다. 그러고는 나무 사이로 걸어 나가 산 아래쪽의 동향을 살폈다.

망원경에 눈을 붙인 채 고개를 돌리고 있는데, 옆에서 헥헥거리는 소리가 들린다.

이놈, 또 따라왔다.

녀석은 진우의 바로 곁에 아주 의젓한 자세로 우뚝 서 있었다. 마치 원래 자신의 임무가 정찰하는 사람의 곁을 지키는 경비견이라는 듯이. 그러는 녀석의 모습을 물끄러미 바라보던 진우는 고개를 끄덕였다.

"하긴, 네가 계속 짐 놔둔 데에 앉아 있었으면 나도 불안하기는 했겠다. 가방이고 뭐고 그 튼튼한 이빨로 다 찢은 다음에 전투식량 꺼내 먹을까 봐."

진우가 자리를 옮겨 다니며 동서남북을 두루 살펴보는 동안에도 녀석은 여전히 쫄래쫄래 뒤를 따라다녔다.

그렇다고 특별히 신경이 쓰일 만한 행동은 하지 않았다. 진우가 걸으면 따라 걷고, 진우가 멈춰 서서 망원경을 보면 녀석도 같은 방향을 보며 서 있다.

"붙을 거면 빨리빨리 붙고 끝내라. 애먼 사람 갈 길도 못 가게 붙잡아 놓지 말고."

정찰을 마치면서 진우는 서쪽의 병사들을 향해 닿지도 않을 말을 건넸다. 주변의 동향은 그가 아침에 살펴봤을 때와 비교해 크게 달라지지 않은 상태다.

지금의 화력으로도 이미 충분히 완전 제압이 가능할 것 같은데, 서쪽 놈들은 계속 뜸을 들이고 있었다.

물웅덩이로 돌아가는 길, 개는 앞장서서 걸어가며 헤딱헤딱 뒤를 돌아본다. '이 길로 가야 돼.'라고 말하는 것 같다.

"그래, 너 길 잘 알아서 좋겠다."

진우가 건성으로 대답하려는데, 갑자기 녀석이 날카로운 척을 하며 고개를 척 치켜든다. 그러더니 전속력으로 산길을 내달렸다.

어? 진우는 의외의 상황에 당황하며 영문도 모르는 채 녀석을 쫓아 뛰었다.

저 새끼, 저거 왜 저러지? 무슨 일이지?

진우가 아무리 열심히 뛰어 봐야 대형견의 스피드를 따라잡을 수는 없다. 그와 녀석의 거리는 순식간에 쫙쫙 벌어졌고, 마침내 놈은 시야 밖으로 사라져 버렸다.

대체 무슨 말썽을 부리려고?

진우는 숨 가쁘게 달리며 마음속으로 사정했다.

너, 진짜 내 가방은 안 돼! 차라리 먹을 걸 꺼내 달라고 해! 줄게! 준다고!

얼! 얼!

녀석의 짖는 소리, 그리고 다른 개들의 짖는 소리도 함께 들려온다. 진우는 땀을 삐질삐질 흘리며 물웅덩이 부근에 도착했다. 거기엔 개들의 향연이 벌어지고 있었다.

대장 개가 진우의 짐을 등진 채 으르렁거리고 있고, 나머지 놈들은 한쪽으로 몰려서서 이를 드러냈다. 낯이 익은 놈들이다. 아까 진우가 물속에 있을 때, 그를 둘러싸고 있던 그놈들이 다시 돌아온 것이다.

멍!

개중 덩치가 커다란 놈이 한 발 앞으로 몸을 내밀려다가 대장 개의 기세에 눌려 뒤로 물러섰다. 전투력으로는 대장 개 쪽이 월등하겠지만, 상대는 수가 많다. 덕분에 양쪽 모두 섣불리 달려들지 못하고 팽팽하게 맞서고만 있는 중이다.

철컥.

대치가 길어지는 걸 원치 않은 진우가 권총을 꺼내 슬라이드를 뒤로 당기며 쇳소리를 냈다. 들개 떼들의 시선이 진우 쪽으로 향했다.

진우가 햇빛에 총을 반사시키자 놈들이 슬금슬금 뒤로 물러난다. 녀석들도 총소리가 났던 것을 기억하고 있는 거다.

얼!

그래도 아쉬움이 남았는지 뭉그적거리던 녀석들을 향해 대장 개가 달려든다. 후다다닥, 들개들은 아까 총소리를 들었을 때와 똑같이 또 떼를 이루어 숲속으로 달아나 버렸다.

헥— 헥—.

아직 흥분을 다 가라앉히지 못한 대장 개는 놈들이 달아난 방향을 노려보고 서서 가슴과 배를 들썩이고 있다.

휴우우~.

진우는 안도의 한숨을 내쉬었다. 총으로 위협을 하기는 했지만, 막상 발사를 했다면 여기에 더 있기 어려웠을 것이다. 이렇게 피도 안 보고, 큰 소리도 안 낸 채 끝을 낼 수 있어서 다행이다.

"왜 또 왔지? 저 새끼들······."

하지만 그 질문의 답은 금방 찾을 수 있었다. 진우가 만들어 놓은 은폐물 덤불과 나뭇가지가 엉망으로 훼손되어 있었다. 그리고 검은 가방에는 개새끼들이 뜯으려 했던 이빨 자국과 침이 잔뜩 묻은 채다.

다행히 질긴 재질이어서 단번에 뜯겨 나가지는 않았다. 아마도 부근에 숨어 있던 들개들이 진우와 대장 개가 자리를 비운 틈을 타 식량을 훔쳐 가 보려고 내려왔던 모양이다. 음식 부스러기를 좀 남겨 뒀던 게 실수였다.

"하아~ 저놈들이 온 줄 알고 뛰어온 거야? 이걸 지켜 주려고?"

진우는 아직도 우뚝 버티고 서 있는 대장 개에게 다가가 놈의 머리를 쓸어 주었다. 녀석은 금방 온순해져서 진우의 손바닥을 널름널름 핥는다. 진우의 왼손은 녀석의 침으로 흥건하게 젖었다.

대체 나한테 왜 이렇게 하는 거냐…….

진우는 낑낑거리는 녀석의 얼굴을 보며 생각했다.

오늘 처음 본 사람인데, 겨우 딱딱한 과자 쪼가리 몇 개 얻어먹었다고 이렇게까지 잘해 준다는 게 말이 안 되잖아…….

생각해 보니까 개들에게 포위를 당했을 때도 이 녀석이 구해 줬다. 처음부터 놈은 자신을 주인이나 친구로 대했다.

"혹시 내가…… 개들이 보기에는 엄청 멋있게 생긴 얼굴일까?"

진우는 말도 안 되는 소리를 중얼거리고는 녀석과 함께 짐을 놔둔 바위 앞으로 걸어와 배낭을 벗었다. 그러고는 전투식량을 꺼냈다.

헥헥헥헥.

녀석의 헐떡이는 속도가 빨라진다.

"그러고 보니 너는 저놈들처럼 이빨로 가방을 뜯지도 않았었네. 음식이 여기 있는지 빤히 알면서도 내가 꺼내 줄 때까지 기다렸고. 너 엄청 예절 바른 녀석이구나……. 무슨…… 개 학교 같은 곳에서 교육을 받았냐?"

진우는 답이 돌아올 리 없는 질문을 녀석에게 던지고, 비닐을 찢어 반으로 나눈 초콜릿 바 한쪽을 내밀었다.

텁!

녀석은 맨 처음 그랬듯이 진우의 손에서 직접 음식을 받아먹으며 와구와구 씹어 댔다.

"개는 초콜릿 많이 먹으면 안 된다는 말을 들은 거 같기도 하고……. 아닌가?

고양이인가? 아, 근데 이 침은 좀 어떻게 해야 할 것 같다."

개 침으로 범벅이 된 손을 옷자락에 닦아 낸 뒤, 진우도 초콜릿 바를 입에 넣었다. 점점 이놈이 좋아지려고 한다. 매력적인 점이 많은 개였다.

헥헥.

진우가 아직 한 입도 채 삼키지 못했을 때, 녀석은 벌써 자신의 몫을 다 먹어 치우고 햄에 코를 박고 있다.

"이것부터 뜯으라고? 햄?"

얼!

진우의 물음에 녀석은 짧게 대답한다. 뭐, 어차피 먹을 거니까 순서 정도야 녀석이 원하는 대로 따라 줘도 괜찮다.

햄도 절반, 빵도 절반, 강정도 절반……을 먹어야 맞는 건데, 진우의 턱과 이빨은 녀석처럼 강하지가 못했다.

결국 진우는 전투식량의 3분의 2가량을 녀석에게 내줬다. 단지 먹는 속도가 느리다는 이유로.

칵! 칵!

녀석은 빵을 정말 맛나게 먹으며 아직도 햄을 씹고 있는 진우를 힐끔거렸다. 훗, 진우는 코웃음을 지으며 남은 햄 조각을 내밀었다. 녀석은 혀를 한 번 날름 해서 햄 조각을 받아먹는다.

"그래, 그거는 네가 다 먹어라. 나는 인삼 먹어도 되니까."

진우는 들것의 나일론 그물 매듭을 풀고 가방에 넣어 놨던 인삼 보따리를 꺼냈다. 사실 영양학적인 밸런스만 아니라면 인삼이 훨씬 더 고급 식량이다. 먹기도 편하고.

전투식량 따위 개나 주라지.

그런데 진우가 인삼 몇 뿌리를 꺼내자 녀석의 주둥이에는 또 침이 고인다.

"이것도 먹는다고? 이거 써. 무지하게 쓴데."

아니? 안 그럴 것 같은데?

녀석의 열정적인 얼굴은 그런 말을 아주 적극적으로 하고 있다. 진우는 시험 삼아 작은 뿌리 하나만 내밀었다.

아작, 아작.

녀석은 아주 맛나게 인삼을 씹었다.

"근데 이게 다야, 오늘은."

한 뿌리를 더 주고, 자신도 인삼을 씹으면서 진우가 말했다.

"언제 이 산에서 나가게 될지 모르니까 음식을 아껴야 하거든. 그러니까 배가 부르지는 않겠지만, 좀 참아야 돼."

오늘 하루만 생각한다면 몇 봉지 더 인심을 써도 되겠지만, 처음부터 한계를 분명히 정해 두는 게 낫다.

진우가 이제는 음식이 없다는 표시로 손을 탁탁, 털자 녀석은 더 조르지 않고 웅덩이로 걸어가 물을 할짝거린다. 그러고는 진우의 곁으로 와서 다시 엎드렸다.

아무 생각 없이 녀석의 머리와 가슴팍을 쓸던 진우는 자신의 행동을 의식하고 손끝을 움츠렸다.

이래도 되는 걸까?

말로는 데려갈 수 없다고 하면서 정작 하는 짓은 정반대로 정을 쌓고 있다.

하지만…… 이렇게 애교를 부리고, 나를 위해서 위험을 무릅쓰는 녀석이니까 귀여워지는 게 당연하다. 이제는 어떻게 하는 게 현명한 선택인지도 솔직히 잘 모르겠다.

투투투투― 타타타타― 투투둑― 탕― 탕― 투투투투투―.

그렇게 진우가 고민에 빠진 채 녀석을 쓸어 주고 있을 때, 또 멀리서 총성이 들려온다. 이번에는 동쪽이다. 진우는 벌떡 몸을 일으켰다.

누군가에게는 죽느냐 사느냐의 전투지만, 이렇게 총성이 정신없이 울려 대는 동안이 진우에게는 사격 연습을 할 수 있는 기회였다.

진우는 갑작스러운 변화에 멍해져 있는 개를 내버려 두고 저격 소총과 탄창, 망원경을 챙겨 나무숲 밖으로 뛰어나갔다. 당연히 개도 쫓아온다.

"야, 너 이거 아까 그 권총이랑은 달라. 훨씬 더 큰 소리가 나는데……."

언덕 위 덤불 숲 사이에 양각대를 펼치고 자리를 잡은 진우가 자신의 발치에 앉아 있는 녀석을 돌아보며 물었다.

당연한 이야기지만 개는 아무 대답도 없다. 뭐, 달리 어떻게 설명을 할 방법이 없어서, 진우는 그냥 사격을 하기로 했다.

만일 녀석이 총소리에 놀라 도망간다면 그건 어쩔 수 없는 일이다. 앞으로도 자신은 계속 총성 속에 살게 될 테니까 그걸 버티지 못하는 놈과는 함께 다니지 못한다.

진우는 망원경으로 건너편 산에서 적당한 표적을 골랐다.

"820미터……."

진우는 망원경의 윗부분에 표시되는 거리를 보며 중얼거렸다. 그가 엎드린 곳에서 산 하나를 지나 다음 산의 중턱에 있는 고목이 표적이다. 물론 망원경에서 눈을 떼면 아무것도 안 보인다.

망원경을 내려놓은 진우는 저격 소총의 개머리판에 어깨를 바짝 붙이고 볼을 가져다 댔다. 개머리판 측면에는 간단한 정비 도구가 든, 솜 가방 같은 것이 부착되어 있었다.

발사 시 얼굴에 전해지는 마찰과 충격을 줄여 주기 위한 장비 같은데, 이놈의 높이가 미묘하게 진우의 얼굴 크기와 맞지 않았다. 그래서 조준경을 보는 각도가 자꾸 틀어지게 만들었다.

조준경 위치를 조절하는 건 복잡해 보여서 어제 진우는 이 솜 가방 위에 나일론 로프를 두어 번 친친 감아 높이를 올렸었다. 그 조정 효과는 확실해서 조준경 내에 어른거리는 그림자가 사라졌다.

"오늘은 좀 맞혀 보자."

높이를 가늠하는 수평선을 한 칸 아래로 돌린 진우는 숨을 고르며 기다렸다.

투투투투— 타타타타—.

아직도 동쪽 산에서는 쉼 없이 총성이 울려오고 있다. 연습할 시간은 충분할 것 같다.

타앙—.

첫 번째 발이 날아가고 반동 때문에 잠시 총 끝이 들렸다. 표적에 맞았는지 확인하기 전에 진우는 뒤의 개부터 돌아보았다.

진우의 걱정과 달리 녀석은 아주 평온한 표정으로 기다리고 있다. 이 정도면 정말로 귀가 먹은 건지도 모르겠다.

"아…… 꽤 많이 어긋났네. 이거, 뭔가 거리별로 맞히는 요령이 있을 것 같은데……."

망원경으로 목표물을 확인한 진우는 아쉬움에 혀를 찼다. 그가 쏜 총알은 표적에서 2미터 이상 아래쪽을 때렸다.

800미터에 한 칸 아래 조정은 정답이 아닌 것 같다. 이전에는 한 번도 쏴 본 적이 없는 먼 거리여서 궤적을 머릿속으로 그린다는 게 영 쉽지 않았다.

"그럼 원래대로 놓고 때려 볼까?"

진우는 다시 눈을 조준경에 붙이고 숨을 멈췄다. 아주 조금만 떨려도 표적에 이르러서는 확 궤도가 틀어져 버린다.

타아앙—.

또다시 요란한 소리와 함께 날아간 총알은 이번엔 그가 정했던 목표의 좌측을 맞혔다. 총구가 흔들리거나 한 건 아니었다.

"바람 문제인가 보네."

탄피를 주워 주머니에 넣으면서 진우는 목표에서 벗어난 이유를 알아내기 위해 노력했다.

지금 그가 엎드려 있는 곳에는 바람이 불지 않지만, 표적 주변의 나뭇잎은 가볍게 흔들리고 있다. 중간 지점의 바람 사정은 또 모른다.

말이 820미터지, 축구장 여덟 개가 일렬로 죽 늘어서 있는 것과 마찬가지였다. 엄청나게 멀다. 날아가는 동안 바람의 영향을 받을 게 분명하다.

그런 변수들을 다 이해하고 통제할 수 있어야 이 저격 소총을 제대로 다룰 수 있게 된다.

"갈 길이 멀구나."

진우는 다시 조준을 바꾸고 방아쇠를 당겼다.

타아앙—.

요란한 총성과 함께 날아간 총알은 표적에서 50센티 정도 떨어진 곳을 박살 냈다.

무슨 차이지?

진우는 고개를 갸웃거렸다.

아직 안개 속을 걷는 것처럼 뭔가 명확하지가 않다. 역시 이 거리에 익숙해지는 것이 중요할 것 같다.

"너 진짜 괜찮냐?"

아직도 얌전히 앉아 있는 개에게 진우가 물었다. 녀석이 좋아하는 엉덩이가 고스란히 드러나 있는데도 킁킁거리지조차 않고 얌전히 잘도 기다린다.

마치 진우가 지금 하는 게 사격이고, 사격을 할 때에는 사수의 신경을 건드리지 말아야 한다는 사실을 아는 개처럼 행동하고 있었다.

"두 발만 더 쏠게."

진우는 녀석에게 미리 일러 주고 신중하게 조준을 했다. 좀처럼 가져 보기 어려운 총을 겨우 손에 넣었는데, 이걸 제대로 써먹을 수 없다면 너무 아쉬울 것이다.

후우, 후우, 후우우~.

진우는 아주 신중하게 방아쇠를 당겼다.

저녁 5시가 넘어가자 슬슬 서산에 해가 기울었다. 진우는 아직 주변이 보일 때 개와 함께 오늘의 저녁 식사를 나눠 먹었다.

그러고는 나무 은폐물 뒤 바위에 기댄 채 어둠이 산을 덮어 가는 것을 가만히 지켜보았다.

헥헥헥.

그의 곁에 엎드려 있는 녀석이 헐떡이는 소리가 낮과는 또 다른 느낌으로 다가온다. 뭐랄까, 뭘 하고 있는지 보이지 않으니까 좀 무섭다.

"거기에서 자. 더 가까이 오지 말고. 잠은 각자 편안하게 자자, 우리."

자꾸 다리 쪽으로 달라붙고 싶어 하는 개를 밀어내면서 진우는 거리를 강조했다. 그렇게 하는데도 여전히 불안감이 마음 한구석에서 자꾸 고개를 치켜들고 있다.

이윽고 사방이 완전하게 암흑처럼 변했을 때, 진우는 K-2에 붙은 적외선 사이트를 통해 개를 한번 살펴봤다.

낮의 모습과 거의 다르지 않다. 그저 자신을 바라보고 있을 뿐이다. 억지로 헤어졌다가 몇 년 만에 다시 만난 연인을 보듯이.

'잠들어도 되는 걸까?'를 고민하던 진우의 눈꺼풀이 감기고, 고개가 아래로 뚝뚝 떨어진다. 꾸벅꾸벅 조는 그를 보면서 개도 크게 하품을 한다.

그렇게 둘은 잠에 빠져들었다. 밤이 깊어지고, 기온은 내려간다.

"으으으~."

차가워진 공기 때문에 잠에서 반쯤 깬 진우는 필사적으로 다시 눈을 감았다. 팔짱을 끼고 다리를 움츠려 봐도 추위는 좀처럼 떨쳐지지 않는다.

그때, 녀석이 조금 더 가까이 다가와 진우의 옆구리에 머리를 붙인다. 따뜻한 기운이 혹, 전해진다.

자연스럽게 그 온기에 끌린 진우는 녀석의 목을 쓰다듬다가 결국 꼭 끌어안았다. 따뜻하다. 그리고…… 냄새도 정말 무지하게 난다. 잠에 취해 잘 돌아가지 않는 혀로 진우가 잠꼬대하듯 중얼거렸다.

"너…… 내일은 목욕 좀 해야겠다."

(다음 권에서 계속)

※ 실제로는 개에게 초콜릿을 주면 매우 위험하다고 합니다. 진우는 전혀 모르는 상황에서 실수한 것이니 독자님들께서는 따라 하시면 안 됩니다.